ANN MAXWELL

Seidenpfade

Buch

Die junge Wissenschaftlerin Danielle Warren ist eine internationale Expertin für antike Stoffe. Immer auf der Suche nach noch unentdeckten Schätzen, stößt sie in Tibet auf einen kostbaren alten Seidenstoff. Doch von diesem Moment an gerät ihr Leben in einen Strudel aus Gier, Intrigen und tödlichen Gefahren. Schließlich kreuzt sie die Spur von Shane Crowe, eines geheimnisvollen Abenteurers, der sofort eines begreift: Diese wunderschöne, temperamentvolle Frau könnte ihn zu Tibets heiligstem Schatz führen – und ihm ein Vermögen verschaffen. Als das unersetzliche Seidentuch gestohlen wird, nimmt Dani widerwillig die Hilfe des undurchschaubaren Shane in Anspruch. Ihre gemeinsame Jagd führt sie jedoch nicht nur quer durch die Kontinente – sondern auch an die Abgründe ihrer geheimsten leidenschaftlichen Wünsche ...

Autorin

Ann Maxwell, die ihre ebenfalls überaus erfolgreichen historischen Liebesromane unter dem Namen Elizabeth Lowell schreibt, ist ein wahres Multitalent. Unter beiden Namen hat sie in den USA bisher weit über vierzig Titel veröffentlicht und wurde vielfach mit Preisen ausgezeichnet.
Sie lebt mit ihrem Mann in Anacortes, USA.

Im Taschenbuch von Ann Maxwell:
Flammender Diamant (42427), Flammender Himmel (43615),
Lockende Wildnis (42428), Schimmernder Rubin (43406)

Im Taschenbuch von Elizabeth Lowell:
Abenteurer meiner Träume (43484), Brandung des Herzens (42489),
Fesseln aus Seide (42867), Feuergipfel (43784),
Im Strudel der Gefühle (42492), Lockende Nachtigall (43408),
Roulette der Liebe (42497)

ANN MAXWELL

Seidenpfade

Roman

Aus dem Amerikanischen
von Gertrud Wittich

BLANVALET

Die amerikanische Originalausgabe erschien unter dem Titel
»Shadow and Silk« bei Zebra Books,
Kensington Publishing Corp., New York

Umwelthinweis:
Alle bedruckten Materialien dieses Taschenbuches
sind chlorfrei und umweltschonend.
Das Papier enthält Recycling-Anteile.

Blanvalet Taschenbücher erscheinen im Goldmann Verlag,
einem Unternehmen der Verlagsgruppe Bertelsmann

Deutsche Erstveröffentlichung Oktober 1998

Umschlaggestaltung: Design Team München
Umschlagillustration: Ennis/Schlück, Garbsen
Satz: deutsch-türkischer fotosatz, Berlin
Druck: Elsnerdruck, Berlin
Verlagsnummer: 35041
Lektorat: SK
Redaktion: Barbara Gernet
Herstellung: Heidrun Nawrot
Made in Germany
ISBN 3-442-35041-7

1 3 5 7 9 10 8 6 4 2

1

Lhasa, Tibet
Oktober

Du kannst es nicht länger hinausschieben, sagte sich Danielle Warren energisch. Jetzt oder nie.

Sie holte tief Luft und trat wieder einmal in die engen, gewundenen Gassen von Lhasa hinaus. Die steinerne Stadt versank allmählich im schwindenden Licht der Dämmerung; Gebetsfahnen flatterten im eisigen Wind und schickten ihre stummen Bitten über die jahrhundertealten Mauern hinaus.

Am liebsten hätte Dani selbst einen Hilferuf gen Himmel gesandt. Sie befürchtete, daß mehr als nur der eisige Wind, der von den Höhen des Potala Palastes herunterwehte, sie verfolgte.

Die Fäuste tief in den Taschen ihrer schäbigen Daunenjacke vergraben, trotzte sie mit gesenktem Kopf dem tobenden Sturm. Ihre steifen Finger umklammerten die zwei Rollen chinesischen Geldes, als ob die tibetischen Dämonen sie ihr entreißen könnten.

Aber ihre Hauptangst galt der zweibeinigen Spezies von Dämonen, der sie im schrägen Dämmer dieses Oktobertags so verzweifelt zu entkommen suchte.

Zitternd vor Kälte, suchte Dani Zuflucht in einem Hauseingang, der älter als Jesus Christus war. Bei dreitausendsiebenhundert Metern über dem Meeresspiegel herrschte eine ziemlich dünne und schneidend kalte Luft. Da sie jedoch zuvor wochenlang mit tibetischen Schafhirten auf den kargen Weiden des Himalajagebirges gelebt hatte, machte ihr die Höhe nichts mehr aus.

Der Schatten, den sie aus den Augenwinkeln zu erspähen vermeinte, allerdings schon.

Tief und gleichmäßig atmend, wartete sie mit zusammengebissenen Zähnen. Nichts bewegte sich außer den Gebetsfahnen, die wie Laken von zahlreichen Leinen flatterten und knatterten.

Rasch und entschlossen trat Dani aus dem Hauseingang heraus und schlich sich in Richtung Markt. Ihre Schritte waren in den gewundenen Gassen und auf den abgetretenen Steintreppen kaum zu hören.

Alle paar Minuten duckte sie sich blitzschnell in einen Hauseingang oder hinter einen Pfosten, als ob sie trotz ihrer warmen Jacke Schutz vor dem beißenden Wind suchen würde. Jedesmal warf sie dann einen Blick über die Schulter.

Und sah immer nur Schatten.

Ich muß sie abgehängt haben, dachte Dani und beruhigte sich ein wenig. Sie haben den Vordereingang des Hotels bewacht, nicht den Dienstboteneingang.

Erleichtert seufzte sie auf und machte sich erneut auf den Weg. Als Archäologin mit dem Spezialgebiet antike Textilien war sie es gewöhnt, in Tibet und anderen abgelegenen Gebieten der Welt herumzureisen.

Aber dieses ausgeprägte Gefühl von Gefahr, das sie mit der kalten Himalajabrise verfolgte, hatte sie bisher nicht kennengelernt.

Das spirituelle Zentrum Tibets war eine besetzte Stadt, eine unfreiwillige Gefangene der Volksrepublik China. Was Dani vorhatte – sobald sie den Marktplatz erreichte – verstieß gegen das Gesetz.

Es verstieß ebenfalls gegen ihre eigene Berufsauffassung. Persönlich und professionell verurteilte sie den weitverbreiteten Schwarzhandel mit antiken Objekten aus der uralten tibetischen Kultur. Kunst und Geschichte verdienten absoluten Respekt. Den Schwarzhandel bekämpfte sie, wann immer sie ihm begegnete.

Nur heute nicht. Heute abend war sie zum ersten Mal in ihrem Leben Mitspieler in diesem gefährlichen Poker.

Und sie hatte Angst.

Laß das, darauf rumzureiten! sagte Dani sich wütend. Es ist ja nicht so, als würde ich ein unersetzliches Stück einheimischer Kultur kaufen, um es in einem westlichen Land weiterzuverscherbeln und tausend Prozent Profit zu machen. Ich verhindere, daß ein buchstäblich unbezahlbares, äußerst fragiles Kunstobjekt der Zerstörung anheimfällt.

Ob ihr das die Soldaten der Volksrepublik China abkaufen würden, wenn sie sie schnappten, stand auf einem anderen Blatt.

Die Finger taten ihr weh, so fest umkrallte sie das Geld in ihrer Jackentasche. Mit diesen fettigen Scheinen würde sie eines der außergewöhnlichsten Gewebe, das sie je erblickt hatte, retten.

Es war kaum zu glauben … ein einfaches Stück blauer Seide von vor mehr als zweitausend Jahren! Ein uraltes Tuch, das, wenn man es nicht schützte, vom heftigen tibetischen Wind zerrissen würde. Ein Stoffetzen, der das Herz und die Seele Tibets repräsentierte.

Du wirst noch überschnappen, ermahnte sich Dani, und das hilft auch nichts. Du hast es dir schon hundertmal durch den Kopf gehen lassen und deine Entscheidung getroffen. Jetzt leb auch damit.

Oder geh dabei drauf.

Hör jedenfalls auf zu grübeln!

Die Archäologin lockerte ihren Griff um die chinesische Banknotenrolle. Sie trug umgerechnet mehr als zweitausend amerikanische Dollar in der Tasche. Selbst in New York oder Tokio hätte ihr dieser Betrag unerwünschte Aufmerksamkeit eingebracht. In einer abgelegenen, gesetzlosen Stadt wie Lhasa konnte man mit dieser Summe alles kaufen, einschließlich eines Menschenlebens.

Was Dani jedoch wirklich nervös machte, waren die zwei gefährlich aussehenden Männer, die ihr schon den ganzen Tag über abwechselnd gefolgt waren. So richtig belästigte sie keiner der beiden. Tatsächlich hatten sie nicht einmal den Versuch gemacht, sie anzusprechen. Dani hätte sich besser gefühlt, wenn das der Fall gewesen wäre. Wie die meisten allein reisenden Frauen verstand sie es mittlerweile perfekt, unerwünschte männliche Aufmerksamkeit abzuwehren.

Unglücklicherweise waren diese Männer jedoch anders. Beide taten, als hätten sie weder mit ihr noch miteinander etwas zu tun.

Dennoch blieben sie ihr wie Schatten hartnäckig auf den Fersen. Die Verfolgung als solche beunruhigte sie nicht. Soldaten in Zivil und Agenten des chinesischen Sicherheitsdiensts waren überall in Lhasa. Sie beobachten sowohl die Tibeter als auch die Touristen und Trekker, die in Lhasa ebenso zum Alltag gehörten wie der kalte Wind.

Doch diese beiden Störenfriede waren keine Asiaten, keine Agenten der chinesichen Volksrepublik. Darüber hinaus gehörten sie zu dem Typ Mann, der sie aus dem Konzept brachte.

Früher einmal hatte sich Dani zu großen, starken Männern hingezogen gefühlt, wie gesagt: früher. Doch seit ihrem Ex-Gemahl fürchtete sie solche Gestalten.

Wenn man von den Trekking-Boots und der Polarjacke ausging, würde sie den Mann, den sie als erstes erspäht hatte, während sie einen Reisescheck im Holiday Inn einwechselte, für einen Amerikaner halten.

Der Mann hatte dunkles, kurzgeschnittenes Haar und einen kurzen Vollbart. Er bewegte sich leicht und geschmeidig, was auf Kraft und Fitneß-Training schließen ließ.

Komischerweise fand sie ihn irgendwie attraktiv. Das verstand sie einfach nicht, ja, wollte es keinesfalls vor sich zugeben. Für ihren Geschmack war er viel zu maskulin.

Er besaß einen durchdringenden Blick. Das eine Mal, als sie ihn ertappte, wie er sie unverblümt musterte, kam es ihr vor, als schaue er ihr direkt in ihre nervöse, zitternde Seele. Tapfer hatte sie durchdringend zurückgestarrt. Ihre Mißbilligung ignorierte er einfach. Als sie das Holiday Inn, diesen amerikanischen Außenposten auf dem Dach der Welt, verließ und auf die Straße hinaustrat, die zum Potala hinaufführte, war ihr der dunkle Fremde ohne Zögern nachgegangen.

Da hatte Dani sich darauf eingestellt, daß er sie ansprechen würde. Doch statt dessen war er, ohne sie auch nur eines Blickes zu würdigen, in der wimmelnden Menge buddhistischer Pilger und weltlicher Touristen verschwunden.

Nach der Umwechslung weiterer Devisen in der Bank der Volksrepublik in einheimische Währung wartete er doch tatsächlich draußen im Schatten des Gebäudes auf sie.

Aber er wendete den Blick ab, bevor Dani ihm in die Augen schauen konnte.

Bei dieser Gelegenheit prägt sie sich indessen den finsteren Fremden genau ein. Er besaß ein kantiges, wettergegerbtes Gesicht, das aussah, als hätte er geraume Zeit in der hohen Gebirgssonne des Himalaja verbracht. Mit seiner schlanken, muskulösen Erscheinung sah er aus, als wäre er soeben von einer ausgiebigen Gebirgstour mit limitierter Verpflegung zurückgekommen.

Trotz seiner westlichen Kleidung schien er sich in den Straßen von Lhasa heimisch zu fühlen. Als ein Mönch vorbeiging, nickte ihm der Hüne respektvoll zu. Diese Geste der Reverenz sah man gewöhnlich nur bei Tibetern und gläubigen Buddhisten.

Vielleicht hatte er damit auch lediglich sein Gesicht vor ihr verbergen wollen. Aber seine Verneigung besaß etwas Selbstverständliches. Je länger sie darüber nachdachte, desto mehr gelangte sie zu der Ansicht, daß er tatsächlich ein Buddhist sein könnte.

Es beruhigte sie irgendwie, daß der Mann vor einem Mönch, der nur halb so groß war wie er, den Kopf senkte.

Dieses Gefühl verflog jedoch rasch, als sie merkte, daß er ihr weiter durch den übelkeiterregenden Fleischmarkt namens Yak Alley folgte. Sie war froh über die Höhenlage, denn in dieser dünnen, kalten Luft verbreiteten sich Gerüche kaum. Im Gegensatz dazu kannte sie einige Fischmärkte am Amazonas, die ein Stinktier zum Spucken gebracht hätten.

Nach der Yak Alley verschwand sie rasch in einen kleinen Laden, gleich neben dem Jokhang Tempel, in dessen Dunkel sie so lange ausharrte, wie sie es für nötig hielt.

Als sie sich hinauswagte, war der große bärtige Fremde weg. An seiner Stelle stand nun ein anderer großer Unbekannter.

Der zweite Mann war ebenso ein Riese wie der erste. Man konnte die beiden jedoch leicht auseinanderhalten, denn der zweite hatte im Vergleich zum ersten eine sehr helle Haut. Er trug keinen Bart. Sein feines, weißblondes Haar hing ihm beinahe auf die Schultern, und er besaß ausgeprägte Wangenknochen samt hellblauen Augen. Dani hielt ihn für einen Skandinavier. Aus irgendeinem Grund wünschte sie sich auf einmal, der erste Mann wäre wieder da. Instinktiv zog sie ihn seinem blonden Partner vor.

Der »Skandinavier« wußte genau, wie man untertauchte. Er verschwand mühelos in einer der unvermeidlichen holländischen Touristengruppen, die sich laut schwatzend vor dem Haupteingang des Tempels versammelten. Als Dani den Pilgerweg einschlug, der um den Tempel herumführte, folgte ihr der Blonde. Möglicherweise überwachten die beiden sie schichtweise.

Dann erblickte sie in der Menge die Daunenfelljacke des dunklen Fremden. Er hatte sein schwarzes Haar unter einer tibetischen Fellmütze versteckt und lehnte mit der tief in die Augen gezogenen Kappe an einer Wand auf der anderen Marktseite. Es schien, als würde er dösen.

Beim nächsten Umsehen hatte sich der Amerikaner wiederum in Luft aufgelöst.

Seine Abwesenheit beunruhigte sie beinahe noch mehr. Immer wenn sie seinen blonden, blauäugigen Kumpan erblickte, ertappte sie sich dabei, wie sie erneut nach dem ersten Mann Ausschau hielt.

Als sie sein wind- und sonnengegerbtes Gesicht jedoch nicht mehr erblickte, wurde ihr also zunehmend unbehaglich. Halb erwartete sie, aus einer dunklen Gasse von ihm angesprungen zu werden.

Dani mißtraute großen Männern, diesen rohen, brutalen Kerlen, ob es ihnen nun bewußt war oder nicht.

Sie selbst konnte man nicht direkt als klein bezeichnen. Mit einem Meter achtundsechzig und einem gut durchtrainierten Körper von fünfundfünzig Kilo lag sie nur leicht unter der Durchschnittsgröße ihrer Geschlechtsgenossinnen. Aber das Leben – und ihr Ehemaliger hatten sie gelehrt, daß nur das persönliche Ehrgefühl eines Mannes die körperliche Unversehrtheit einer Frau garantierte.

Eine Menge junger Draufgänger besaßen dieses Ehrgefühl nicht.

Zitternd nahm Dani Zuflucht in einer Nische. Sie hatte die lange Treppe, die zum Potala Palast hinaufführte, beinahe erreicht. Frierend klappte sie den Kragen ihrer Jacke hoch und verbarg ihre Nase in der dicken Watte, um sich warm zu halten, vor allem jedoch, um ihr westliches Gesicht zu verbergen.

Dort drängte sie sich an die Wand und sah zu, wie die Sonne langsam hinter den kahlen braunen Bergen der Umgebung von Lhasa verschwand. Die Schatten wurden länger. Die Kälte schnitt durch ihre chinesische Patchworkjacke. Nach sechs Wochen Aufenthalt mehr oder weniger im Freien war sie ziemlich schmutzig, so daß sie ohne weiteres für eine Einheimische durchgehen hätte können, wäre da nicht ihr Gesicht mit den runden Augen gewesen.

Obwohl der Markt bei Sonnenuntergang zumachte, wimmelte es immer noch überall von Pilgern und Trekkern. Die abgerissenen, ärmlichen Pilger schleppten sich erschöpft voran; viele von ihnen hatten eine sehr weite Reise, meist zu Fuß, hinter sich. Auf ihren Gesichtern lag dennoch Entzücken und Ekstase, waren sie doch endlich dem langersehnten heiligen Zentrum ihres spirituellen Universums nahe.

Die Trekker, mit ihrer sündteuren westlichen Ausstattung, wirkten zuversichtlich und selbstbewußt, bereit, die Herausforderung der höchsten Berge der Welt anzunehmen. Diejenigen, die gerade von ihrer Tour zurückkamen, trugen einen Ausdruck von Ferne und Hingerissenheit auf den Gesichtern, der dem der Pilger erstaunlich ähnelte.

Reglos beobachtete Dani, wie ein Trupp chinesischer Sicherheitspolizisten in dunkelgrünen Uniformen über die Straße zur breiten Treppe marschierte, die zum Palast hinaufführte. Die Soldaten patrouillierten mit steifem, wachsamem Schritt vorwärts; denn trotz gegenteiliger Behauptungen von offizieller Seite wußten die Chinesen genau, daß sie sich auf feindlichem Territorium befanden.

Mehr als vierzig Jahre waren vergangen, seit die Volksrepublik China das Bergkönigreich Tibet annektiert hatte. Seit jener Zeit versuchte die Kommunistische Partei, den Geist und den Willen der Einheimischen auf mehr oder weniger offene oder verhüllte Weise zu brechen.

Die Ausübung tibetischer Bräuche, von denen die meisten in der uralten religiösen Tradition des Landes wurzelten, war verboten worden. Buddhistische Priester und Mönche wurden verfolgt und gedemütigt. Tibets Regierung bestand aus chinatreuen Vasallen.

Tausende ethnischer Chinesen waren in das rauhe Bergland eingewandert. Dies geschah auf Betreiben des mächtigen Nachbarn, der das tibetische Volk in seinem eigenen Land zu entmachten und zu entmündigen trachtete. China dominierte das zivile und kommerzielle Leben in Lhasa vollkommen.

Aber Dani hatte das Leben der tibetischen Bauern auf dem Lande geteilt, die noch in ihren traditionellen Zelten auf den öden Hochebenen hausten. Dort bildete der Buddhismus weiterhin das Rückgrat, ja, das Blut und den Atem der Menschen. Sie lebten in dem Bewußtsein, daß ihre Götter jeden Augenblick, jede Handlung, auch die Gedanken bestimmten.

Selbst in den Städten gab es Feindseligkeiten zwischen den unbeugsamen, tiefreligiösen Tibetern und den atheistischen Kommunisten von jenseits der Grenze. In den letzten fünf Jahren war es immer häufiger zu offenen Revolten gekommen.

Doch auch wenn die überlegene Gelbe Armee die Proteste meist im Keim erstickte, gab es dennoch Winkel in Lhasa, die die chinesische Sicherheitspolizei nur in Truppenstärke aufsuchte. An manche Orte wiederum wagte sie sich überhaupt nicht.

Denn, wie viele Jahre die chinesische Herrschaft nun schon andauern mochte, wie viele Versprechen in bezug auf Wohlstand, Kommunismus und Brüderlichkeit bereits gemacht wurden – in den Augen der meisten Tibeter war China nach wie vor eine Besatzungsmacht.

Zehn Minuten lang harrte Dani am Rande des Territoriums aus, das für die Chinesen immer noch Niemandsland bedeutete. Sie kniff die Augen vor dem beißenden Wind zusammen und spähte in alle Richtungen.

Die beiden Fremden waren nirgends zu sehen. Und auch sonst

niemand, der aussah wie ein Agent des Sicherheitsdienstes in Zivil.

Schließlich trat Dani in ihre ungewisse Zukunft hinaus.

Die weißen Flügel des Sandsteingebäudes mit dem »roten Palast« in der Mitte – einst Residenz des Dalai-Lama – erhoben sich dreizehn Stockwerke über ihr. Die chinesische Armee hatte den Heiligsten aller Tibeter ins Exil getrieben und seinen Palast in ein Museum für neugierige westliche Touristen verwandelt.

Nicht, daß es, abgesehen von dem Gebäude selbst, noch allzuviel zu bestaunen gab. Die wertvollsten sakralen Kunstgegenstände waren längst »zur Aufbewahrung« nach Peking abtransportiert worden.

Doch nichts, was die Chinesen unternahmen, konnte die Verwurzelung der Tibeter in ihrem Glauben lösen. Sie lockern ja, aber nicht ausreißen.

Andernfalls wäre Dani kaum allein und frierend hier draußen gestanden, um ein äußerst ehrwürdiges Stück tibetischer Vergangenheit zu erwerben.

Jetzt oder nie, sagte sich Dani erneut. Wenn die Seide nicht richtig behandelt wird, ist sie für immer verloren. Nun mach schon, beweg dich!

Sie trat aus dem kalten Schatten der Nische und ging auf den heiligen Palast zu. Eine lange, breite Steintreppe führte hinauf. Aber sie blieb am Fuß der Treppe stehen.

Eine Gruppe von Mönchen in orangeroten Kutten, in die sie sich wegen des kalten Winds eng eingewickelt hatten, kam ihr entgegen. Einer von ihnen erblickte die junge, dunkelhaarige Frau und sagte etwas auf tibetisch.

Dani verstand, daß er meinte, der Palast und die Ausstellungsräume wären inzwischen geschlossen. Sie nickte ergeben und wartete weiter.

Die Mönche schritten auf die Innenstadt zu.

Fünf Minuten lang stand sie allein am Fuß der langen Treppe. Es wurde immer dunkler. Aus einer naheliegenden Gasse hörte sie das Rascheln einer Ratte. Irgendwo heulte ein Hund. Sie erschrak.

Dani stampfte mit den Füßen. Die Steinstufen waren kalt, obwohl sie einen ganzen Tag Sonnenschein gespeichert hatten. In dieser Höhe war die Wärme der Sonne ebenso spärlich wie der Sauerstoff.

Während Dani sich in Geduld übte, nahm die ehemalige Residenz des Dalai-Lama in der Dämmerung einen fast unheimlichen Glanz an. Uralt und dennoch zeitlos, solide und dennoch transparent, erhob sich das heilige Bauwerk über dem Land und schimmerte im Licht des kalten Sonnenuntergangs.

Einen Augenblick lang kam Dani sich winzig und verloren vor, überwältigt von dem tausendjährigen Ort, an dem unzählige Menschen ihre Gebete gen Himmel geschickt hatten und nach wie vor auf die Knie fielen.

Nicht das erste Mal erkannte sie, wie zerbrechlich der Mensch, wie kurz sein Leben war angesichts der Ewigkeit. Durch ihre Arbeit als Archäologin kannte sie mittlerweile das Gewicht der Zeit und den Staub menschlicher Knochen und Träume.

Aber dies war das erste Mal in Danis Leben, daß sie ihre eigene Verwundbarkeit spürte: denn sie stand im Begriff, ein Verbrechen zu begehen, das mit dem Tod bestraft wurde.

Trotzdem harrte sie aus. Dieses Stück Seide besaß einen höheren Wert als ein Einzelschicksal – auch als ihr eigenes.

2

Die Ratte war riesig.

Sie stahl sich unter einer losen Dachschindel hervor und trippelte über den First.

Kleine Krallen huschten leise klickend über den Giebel. Die feinen Geräusche waren in der Stille um den Palast deutlich zu vernehmen.

Shane Crowe, der flach ausgestreckt und absolut regungslos auf dem Dach lag, spürte genau den Moment, in dem das Biest ihn witterte.

Der Nager erstarrte. Seine schwarze Schnauzenspitze hob sich und zuckte. Kohlschwarze Äuglein richteten sich auf ihn.

Der Kletterer wettete, daß das Vieh auf eine kostenlose Mahlzeit spekulierte. Sorry, Kumpel, da wird nix draus. Ich dufte ja vielleicht nicht gerade wie ein Rosengarten, und mein Bart juckt von all dem Ziegelstaub – aber ich bin keine Leiche, die ein luftiges Begräbnis in tibetischen Höhen bekommt.

Die Ratte war vorsichtig. Sie lauerte darauf, ob sich der Fleischberg dort bewegen würde.

Rieche ich nicht tot genug für dich, hm? fragte Shane lautlos. Nun, warte ab … Ich hab kein gutes Gefühl, was heute abend betrifft.

Zur Hölle mit sämtlichen Amateuren!

Die hochstudierte Dr. Danielle Warren – Dani für ihre Freunde – hat weiß Gott hier nichts zu suchen, fand er. Schöne Beine oder nicht, Schwanenhals oder nicht, das hier gehörte absolut nicht in ihren Bereich.

Besonders nicht, wenn ein Schleimbeutel wie Feng in der Sache mit drinsteckte. Shane hatte sich millimeterweise übers Dach geschoben und rechnete nun mit diesem Herrn. Leider war zuerst die vierbeinige Ratte aufgetaucht. Sie wartete nun mit der Geduld aller Räuber und überlegte, ob dies als Beute in Frage kam oder ob nicht doch besser ein schneller Rückzug angebracht wäre.

Shane starrte das Scheusal an. Für Tiere bedeutete so ein direkter Blickkontakt eine Bedrohung. Er hoffte, das Vieh auf diese Weise zu verscheuchen, ohne sich regen zu müssen, was seine Anwesenheit möglicherweise verriet.

Im Gegensatz zur ahnungslosen Dani würde Feng nämlich auf jedes Geräusch achten, das Gefahr bedeuten konnte, auch wenn es vom Dach kam.

Ob er die Seide wohl dabeihat? fragte sich Crowe zum hundertsten Mal. Oder wird er die hübsche kleine Professorin bloß rupfen wie ein Hühnchen und Fersengeld geben?

Ermutigt durch Shanes Regungslosigkeit, trappelte die Ratte ein wenig näher.

Von der Straße unten war ein anderes Trappeln zu hören – menschliches.

Shane strengte sich an und lauschte. Er betete inbrünstig zu den tibetischen Geistern, daß er etwas von der Unterhaltung zwischen dem Han-Dieb und der amerikanischen Archäologin mitbekommen möge.

Nun mach schon, Feng, dachte er ungeduldig. Ich möchte den Mann kennenlernen, der die Seide aus dem Azurtempel stehlen konnte, obwohl sie von Männern bewacht wurde, die ich selbst ausgebildet habe.

Der Han-Dieb war geschickt. Einer unter einer Million.

Shane kannte die tibetische Hauptstadt so gut, wie sie ein Europäer oder Amerikaner nur kennen konnte; doch Feng war ihm seit drei Tagen immer wieder durch die Lappen gegangen. Was bedeutete, daß der Halunke sehr gute Verbindungen haben mußte und außerdem extreme Vorsicht walten ließ.

Dies hier war Shanes beste Chance, die Seide wiederzubekommen, vielleicht seine einzige.

Verdammtes Weib, dachte er. Sie hätte sich keine dümmere Zeit und keinen schlechteren Ort aussuchen können, um seinen Weg zu kreuzen.

Nun, ich sollte nicht undankbar sein, dachte er. Immerhin hat sie mich zu Feng und – hoffentlich! – zu der Seide geführt. Aber sie ist so verdammt naiv, ich kann sie nicht einfach den Geiern überlassen.

Als Shane Dani zum ersten Mal zu Gesicht bekam, überraschte ihn sein spontaner Beschützerinstinkt ihr gegenüber. Er hatte sich dagegen gewehrt, weil er wußte, daß es nur zu Komplikationen führen würde, die er sich nicht leisten konnte.

Aber das Gefühl wollte nicht weichen, er hielt sich für die Frau verantwortlich.

Da hatte Shane die Angelegenheit mit einem Schulterzucken akzeptiert, wie er inzwischen so viele Dinge in seinem Leben hinnahm.

Streite dich nie mit deinem Karma, mahnte er sich trocken. Du kannst nur verlieren.

Aber seine vornehmlichste Loyalität mußte den Azurmönchen gelten. Sie hatten Risk Limited – und ihn – engagiert, um die heilige Seide zurückzuholen.

Das war sein oberstes Ziel, seine oberste Pflicht! In dieser Hinsicht gab es überhaupt keinen Zweifel.

Als die Schritte an der Stelle vorbeigingen, wo Dani stand, erfüllten ihn gleichzeitig Enttäuschung und Erleichterung ... erstere, weil die Seide noch immer nicht in Reichweite war. Zweitens befand sich Dani nicht mehr in unmittelbarer Gefahr.

Er wollte nicht, daß ihr etwas zustieß oder daß sie auch nur Angst hatte – wenn es sich irgendwie vermeiden ließ.

Zwar würde ihr mal ein ordentlicher Schreck gar nicht schaden, dachte Shane ungehalten. Sie hat überhaupt keine Ahnung, wie gefährdet sie ist. Ein paar Dollar an einen Hotelpagen, und schon hatte er alles über sie herausgefunden, bis auf ihre Blutgruppe.

Und die hätte er auch noch in Erfahrung gebracht, wenn sie den entsprechenden Paß besäße; denn er hatte ihr Zimmer gründlich durchsucht. Sie machte weder irgendeinen Versuch, ihre Identität zu verbergen, noch hatte sie eine andere zur Hand, falls sie sie nach dem Erwerb dieser Kostbarkeit brauchte.

Viel zu vertrauensselig, dachte der Amerikaner. Ein Unschuldslamm in einem Spiel von Menschenfressern.

Mit einem Wort, eine Närrin, faßte er grimmig zusammen.

Selbst jetzt konnte er kaum begreifen, daß Dani wirklich mitten auf einem öffentlichen Markt gestanden und mit Feng um die Seide gefeilscht hatte. Dann war sie in ganz Lhasa herumgegeistert und hatte legal und illegal Geld gewechselt, bis ihr Sümmchen stimmte.

Shane hatte sie fast den ganzen Tag lang bei ihren nur allzu durchsichtigen Unternehmungen beobachtet. Allerdings überraschte es ihn, daß die chinesische Sicherheitspolizei sie nicht längst kassiert hatte.

Oder der Russe, der ihr folgt, dachte Shane unbehaglich. Zumindest glaubte er, daß er Russe war. Auf jeden Fall machte das die Sache auch für ihn riskanter.

Der hellhäutige Fremde besaß den bulligen blonden Quadratschädel eines Esten oder Ukrainers. Crowe kannte den Typ aus seiner Zeit in Afghanistan – Spetznaz-Soldaten, eine Sondereinheit, die Afghanistan in den Tagen vor dem Zusammenbruch des sowjetischen Großreichs heimgesucht hatte wie ein Wolfsrudel.

Wie ein Spetznaz aussah, wußte er genau. Monatelang hatte er mit den heruntergekommenen Soldaten der Mudschaheddin gelebt und ihnen beigebracht, wie man High-tech-Sowjetpanzer mit antiquierten Pulverwaffen außer Gefecht setzte.

Innerlich fluchend überlegte er, wie naiv Dani wohl sein mochte. Nur eine blinde Unschuld konnte die plumpe Beschattung des Russen übersehen.

Nun, gestand Shane sich widerwillig ein, sie hat immerhin genug Intelligenz bewiesen, das alte Spielchen mit dem Hintereingang des Holiday Inn zu spielen. Dumm war sie also nicht.

Aber dennoch eine Amateurin, die sich in ein Match einmischte, in dem selbst Profis regelmäßig das Zeitliche segneten.

Vielleicht macht die Gier sie blind, fragte er sich. Das würde erklären, warum sie, ohne mit der Wimper zu zucken, solche Risiken eingeht.

Der Gedanke, daß Dani eine gierige Kunsthändlerin sein könnte, die auch vor Schwarzmarktgeschäften nicht zurückschreckte, gefiel Shane ganz und gar nicht. Und es paßte auch nicht zu dem, was er in ihrem Zimmer gefunden hatte. Sie besaß keine dieser Luxusartikel, die man gewöhnlich mit Gier assoziierte. Ihre Kleidung war bequem, leicht auswaschbar und oft getragen.

Ihre Unterwäsche ebenso.

Wenn er auch nur ein, zwei Spitzenhöschen unter Danis Wäsche gefunden hätte, dann wäre es ihm leichtgefallen, sie zu ignorieren. Unterwäsche für die Phantasie. Eine Frau für die Phantasie. Dieser Typ ließ Shane Crowe absolut kalt.

Aber da war etwas an ihrer einfachen, ausgefransten, peinlich sauberen Garderobe, das ihn sofort angesprochen hatte.

Zum ersten Mal seit fast drei Jahren empfand er sein selbstgewähltes Keuschheitsgelübde mehr einengend als befreiend.

Wieder erklangen Schritte. Sie hielten bei Dani an. Er hörte Stimmen.

Ihre und die eines Mannes.

Feng? rätselte Shane.

Mehr konnte er auch nicht tun. Er war zu weit vom Dachrand weg, als daß er etwas Genaueres hätte feststellen können. Wenn er sich nun bewegte, würde die Ratte quietschen und davontrippeln.

Dani würde das nicht auffallen, aber Feng schon, falls er der Hinzugekommene war.

Shane und die Ratte starrten einander im Halbdunkel an. Das Tier war ihm jetzt so nahe, daß er einen Floh über ihre haarlose Nase zu ihrem Augenwinkel krabbeln sehen konnte.

Die Ratte kümmerte sich nicht um den Parasiten. Hin- und hergerissen zwischen dem Instinkt, zu fliehen oder anzugreifen und eine fette Mahlzeit zu bekommen, wartete der Nager unentschlossen ab.

Der Amerikaner spitzte die Lippen und blies langsam in Richtung dieses Greuels.

Die Ratte tat einen Schritt zurück, drehte sich dann um und hastete leise zu ihrem Bau unter der losen Schindel zurück.

Millimeter um Millimeter schob sich Shane weiter zum Dachrand vor, wobei er zuerst jede Schindel prüfte, bevor er weiterkroch. Er bündelte seine gesamte Energie in sich und schloß jegliche Gedanken, die ihn ablenken könnten, aus. Keinesfalls durfte er sich durch ein Geräusch verraten.

Noch ein halber Meter, dann nur mehr ein viertelter.

Lautlos wie die Nacht glitt Shane die Dachschräge abwärts, bis der Rand einen Zentimeter von seinen ausgestreckten Fingern entfernt war.

Jetzt vernahm er die Stimmen deutlich.

»Du bist schon vor einer Weile hier vorbeigeschlichen«, sagte Dani vorwurfsvoll.

»Ja, Miss Warren.«

»Ich habe dir doch gesagt, daß ich allein kommen würde.«

»Ja, das haben Sie. Aber dieser Unwürdige mußte sichergehen, daß wir ungestört sind.«

Wieder rückte Shane ein kleines Stückchen vor. Mit einem Auge konnte er nun gerade Danis Kopf sehen. Sie hatte dunkles, samtiges Haar. Sicher ist sie schon ’ne Weile unterwegs, dachte Shane. Ihr Haar sieht aus, als wär es erst kürzlich mit einem Jagdmesser oder einer stumpfen Schere geschnitten worden.

Langsam wie ein Schatten im Mondlicht schob sich Shane das letzte Stückchen vor, so, daß er nun auch Danis Gesicht ins Blickfeld bekam. Sie hatte eine klare, reine Haut und wohlgeformte Züge. Ihre lebhaften, haselnußbraunen Augen waren jetzt so dunkel wie die Nacht.

Attraktiv hätte er sie zu jeder Zeit gefunden, aber die Intensität ihrer Augen, mit denen sie Feng in diesem Moment musterte, war unwiderstehlich.

Diese Frau besitzt Stärke, erkannte Shane. Zu dumm, daß sie so naiv ist, sich in eine derart ausweglose Situation zu manövrieren.

Aber nicht naiv genug, um ihre Deckung zur Gänze zu verlassen. Noch nicht jedenfalls.

»Haben Sie keine Angst, Miss Warren. Sie kennen doch den alten Feng!«

Fengs breites Lächeln entblößte eine Reihe gelber, schlechter Zähne, die auf ein langes Leben als Kettenraucher hinwiesen.

Sein Lächeln beruhigte Dani keineswegs. Es erinnerte sie eher an die unheimlich grinsenden Halloweenkürbisse ihrer Kindheit.

Und sie war verblüfft darüber, daß ein Asiate mit einem derart zahnlosen Lächeln ein so ausgezeichnetes Englisch beherrschte. Selbst die schwierigen Konsonanten sprach er präzise, wenn auch langsam aus.

»Und wie ich dich kenne«, sagte Dani. »Wo ist die Seide?«

Sie versuchte gar nicht erst, ihre Ungeduld zu verbergen. Je länger sie an einem derart öffentlichen Ort herumstand, desto größer wurde das Risiko, entdeckt zu werden.

»Feng ist ein Mann von Ehre«, beteuerte er.

Er drehte den Oberkörper. Auf seinem Rücken hing ein Metallrohr. Im Abendschein schimmerte es und reflektierte das Leuchten wie der Palast.

»Die Seide?« fragte Dani.

»Wie Sie sehen.«

»Ich sehe nur ein Metallrohr.«

Feng blieb dicht vor ihr stehen. Er neigte den Kopf zur Seite und musterte sie von Kopf bis Fuß.

»Und ich sehe keine Hände mit Geld«, entgegnete er.

Dani behielt die Fäuste in den Taschen. Sie hatte Feng schon bei Tageslicht und in einer Menschenmenge nicht gemocht. Bei Einbruch der Nacht und ganz allein mochte sie ihn noch weniger.

»Ich habe es«, sagte sie kurz angebunden.

»Wo?«

»In der Nähe.«

Feng zischte durch seine Zahnlücken.

»Kein Geld. Keine Seide«, sagte er mit einer Grobheit, die er von den Europäern gelernt hatte.

»Ich habe die Seide noch nicht gesehen.«

Fengs verengte schwarze Augen suchten nervös die Umgebung ab, versuchten jeden dunklen Schatten, in dem ein unerwünschter Beobachter versteckt sein könnte, zu durchdringen.

Der Wind heulte, und die Nacht brach endgültig herein.

Dani, die sich zwang, nicht vor Kälte zu zittern, wartete ab. Sie tat, als ob sie alle Zeit der Welt und ein prasselndes Kaminfeuer zum Wärmen hätte.

Zögernd nahm Feng den Lederriemen mit dem Metallrohr vom Rücken und schraubte die Kappe auf. Als sich nichts rührte, schüttelte er kräftig.

»Stop!« rief Dani entsetzt. »Nicht so heftig!«

»Nicht so laut, bitte!« nuschelte Feng.

»Wenn dieser Stoff das ist, was du sagst«, zischte sie leise zurück, »schadet ihm unsachgemäße Behandlung!«

Feng grunzte und spähte ins Rohr hinein.

Dani hatte das deutliche Gefühl, daß ihm der Inhalt unbekannt war.

Gott sei Dank, dachte sie. Hoffentlich haben die, die den Stoff verpackten – wer immer das gewesen sein mag –, ja mehr davon verstanden als dieser Trampel.

»Darf ich?« fragte Dani.

Sie streckte die Hand auf eine Weise aus, die mehr wie ein Befehl als wie eine Bitte wirkte.

Feng zögerte, reichte ihr dann jedoch das Rohr.

»Sie zerstören, sie zahlen«, sagte er.

Dani warf ihm einen ungehaltenen Blick zu.

»Wenn der Stoff bereits beschädigt aus dem Rohr rauskommt«, sagte sie, »kriegst du nicht einen Pfennig.«

Feng grunzte.

Sanft tippte Dani an den Metallzylinder, bis der Inhalt in ihre Handfläche rutschte. Es war eine in weiße Seide eingeschlagene Stoffrolle, die mehrere azurblaue Bändchen zusammenhielten.

Ein einziger Blick auf die weiße Hülle – und Dani wußte, daß der Stoff neu und maschinengefertigt war.

Das beunruhigte sie keineswegs, ganz im Gegenteil. In Ermangelung eines klimatisierten Museumsraums bildeten eine feste Textilschicht und Lhasas extrem trockene, kalte Luft den besten Schutz, den es für die zarte, uralte Seide, die sie heute vormittag bereits kurz geprüft hatte, geben konnte.

Mit kalten Fingern knüpfte Dani das Bändchen an einem Ende der Rolle auf. Behutsam klappte sie ein Ende der Hülle um, wobei sie darauf achtete, ja nicht direkt auf den Inhalt zu atmen.

In der Rolle befand sich das Gewünschte. Selbst ohne direktes Licht erkannte sie die Kombination aus echten Seidenfäden, also solchen, aus einer Maulbeerzucht, und wildseidenen Kettfäden. Das Webmuster selbst war antik und ergab sich nur aus den Schußfäden.

In Anbetracht des angeblichen Alters des Gebildes war die azurblaue Färbung des Stoffs noch erstaunlich intensiv. Sie schimmerte selbst im Zwielicht. Das leuchtende Blau wurde raffiniert verstärkt durch die erlesenen Goldfäden, die man mit der Seide verarbeitet hatte.

Was für ein herrliches Stück, dachte Dani ehrfürchtig. Einfach unglaublich, wie gut es erhalten ist.

Sie rieb die Fingerspitzen fest an der Innenseite ihrer Jacke, um sie so gleichzeitig anzuwärmen und zu säubern. Dann strich sie zart wie Schmetterlingsflügel über eine Ecke des Tuchs.

Mit ihrem ausgezeichneten Tastsinn spürte sie sofort die glatte Resistenz von Organsinseide und die beinahe unmerklichen Variationen im Gewebe, die sowohl von der Seide selbst als auch von dem Webstil des Meisters stammten.

Der Stoff war genauso, wie sie ihn zuvor auf einer Kommode ausgebreitet gesehen hatte, und zwar im Hinterzimmer des Ladens, in dem Feng sie angesprochen hatte. Sie irrte sich nicht. Ihre sensiblen, trainierten Fingerspitzen erkannten ihn wieder.

Rasch deckte Dani nun das edle Stück zu, wickelte es ein und verschnürte es. Dann schob sie die Stoffrolle vorsichtig in das Metallrohr zurück. Mit einem erleichterten Seufzer schraubte sie die Kappe fest. Mehr konnte sie nicht tun, bis sie das fragile Kunstwerk sicher in den Vereinigten Staaten hatte.

Ohne Vorwarnung riß Feng ihr das Rohr aus den Händen.

»Sie sind zufrieden«, bemerkte er.

Es war keine Frage, aber Dani antwortete trotzdem.

»Jawohl«, bestätigte sie. »Vollkommen.«

»Das Geld, Miss Warren. Dann bin auch ich mit dem Geschäft einverstanden.«

Fengs flüchtiges Grinsen war alles andere als beruhigend.

»Einen Moment noch«, bat Dani sich aus.

»Warum warten? Es wird gleich Nacht.«

Daran brauchte er sie nicht zu erinnern. Dennoch zögerte sie.

Fraglos war die Seide echt.

Aber nachdem sie den ganzen Nachmittag lang zwei große Fremde verfolgt hatten, mußte sie besonders vorsichtig sein.

»Wo hast du sie her?« fragte sie ohne Umschweife.

Feng stieß ein verächtliches Schnauben aus.

»Ihr Amerikaner seid doch bloß an dem Alter von diesem Plunder interessiert«, sagte er. »Was kümmern euch schon die Schwierigkeiten modernen Handels?«

»Die Zeiten haben sich geändert, seit die Europäer vor einem Jahrhundert hier auftauchten«, erklärte Dani ruhig. »Einige von uns wollen Kunstwerke und Reliquien bewahren, und nicht an den Meistbietenden verkaufen.«

Ungeachtet dessen warf Feng ihr ob ihres mangelnden Vertrauens gekränkte Blicke zu. Er hielt das Aluminiumrohr hoch, so daß sie es sehen konnte.

»Ich hab es gehütet wie meinen Augapfel«, sagte er. »Auch mir liegt etwas daran.«

»Deshalb sind auch diese Beulen im Behälter«, sagte Dani sarkastisch.

Feng wollte ihr schon widersprechen, machte dann jedoch eine wegwerfende Handbewegung.

»Ich konnte das Ding doch nicht ständig mit mir rumschleppen«, maulte er. »Die Polizei war heute überall ... mußte es hinter ein paar Ziegeln in der Wand meines Hauses verstecken.«

Doch Dani zögerte immer noch. Sie fühlte, daß dies der Moment größter Gefahr für sie war. Argwöhnisch starrte sie Feng an und überlegte, was wohl hinter dieser hageren, wettergegerbten Miene vorging.

Er ist nicht viel größer als ich, dachte Dani, aber unterschätze bloß nicht seine Stärke!

Wie kann ich ihn daran hindern, sich mit dem Geld plus der Seide in Luft aufzulösen?

Der Chinese starrte sie ebenfalls an. Er wurde zunehmend ungeduldig.

»Nur noch eine Frage«, beharrte Dani.

»Aber ...«

»Sag die Wahrheit«, unterbrach sie ihn, »oder ich verschwinde auf der Stelle.«

Feng nickte nervös.

»Warum hast du mich auf dem Barkhor-Markt angesprochen?« fragte Dani.

Nur ein Lidzucken verriet seine Überraschung.

»Sie sind Amerikanerin«, riß er sich schnell zusammen.

»So wie tausend andere Touristen!«

»Sie waren am Kauf von Kunstobjekten interessiert.«

»Wie fünfhundert andere auch. Warum ich, Feng? Warum hast du mich ausgewählt?«

Sie sah ihn an und wartete.

Nichts an seiner Erscheinung beruhigte sie.

»Ich, äh, war dabei, wie Sie die Gebetsfahnen der Khampa im Tempel studierten«, begann Feng. »Sie haben sie so vorsichtig berührt, daß ich annahm, Sie wären an den alten Seiden interessiert.«

»Tatsächlich?« hakte Dani leise nach.

Feng nickte.

»Die Fahnen der Khampa wurden erst jüngstens gefertigt«, sagte sie, »und dennoch wußtest du, daß ich eine Expertin für antike Stoffe bin.«

Seine Augenlider flatterten erneut. Er sagte nichts.

»Versuchst du mich reinzulegen?« fragte Dani.

»O nein, nein, Miss«, beeilte sich Feng zu versichern. »Ich habe mehr Angst vor der Polizei als Sie.«

»Warum hast du dies Stück dann ausgerechnet mir gezeigt?«

Shane, der platt wie eine Flunder auf dem Dach lag, wußte nicht, ob er fluchen oder applaudieren sollte. Bis zu diesem Zeitpunkt hatte Dani es kaum abwarten können, ihren hübschen Hals in die Schlinge zu stecken.

Wird auch Zeit, Lady, dachte Mr. Crowe sarkastisch. Du befindest dich bis zu deinem niedlichen Kragen in Yakscheiße, und endlich merkst du es auch.

Raus mit der Sprache, Feng. Warum hast du dir die unschuldige kleine Professorin ausgesucht?

Shane war selbst neugierig.

Dann drang ein leises Geräusch zu ihm, wie das Schaben von Metall an Metall. Er erkannte es sofort als das, was es war: Die Heckklappe eines Lastwagens wurde heruntergelassen.

Gefahr.

Der Amerikaner hatte das Geräusch schon viele Male gehört, bei einem Hinterhalt oder einer nächtlichen Patrouille in den Bergen. Die Laster der chinesischen Volkspolizei besaßen solche Klappen. Sie mußten geöffnet werden, damit die Soldaten herausklettern konnten.

Langsam hob Shane den Kopf und spähte in die Richtung, aus der das Geräusch gekommen war. Etwa siebzig Meter entfernt, jenseits der breiten Freitreppe zum Palast, erhaschte er einen Blick auf einen Laster.

Vor ein paar Minuten war er noch nicht dagewesen.

Selbst im Zwielicht hatte Shane keine Probleme, die grünen Uniformen zu erkennen. Wie dem Geräusch der aufgehenden Heckklappe, so war er den Farben der chinesischen Volkspolizei schon viel zu oft und bei jedem Grad von Helligkeit begegnet.

Nur mit abgestelltem Motor und ohne Scheinwerfer konnte sich der Laster unbemerkt genähert haben.

Das ist keine Routinepatrouille, erkannte Shane. Das ist eine Elitetruppe auf einer sorgfältig geplanten Operation.

Dreck!

Shane wandte den Kopf in Richtung Stadtmitte. Von dort bewegte sich noch mehr Scheinwerfer auf ihn zu.

Feng und Dani sitzen wie Ratten in der Falle, dachte er. Und ich auch. Nur zum Unterschied weiß ich es.

Shane hoffte, damit den entscheidenden Vorteil zu besitzen.

Dann erhaschte er ein anderes Geräusch, Stiefel, die über Pflastersteine trappelten. Die Soldaten rückten heran.

Ich muß mir die Seide schnappen, beschloß Shane ruhig. Eine bessere Chance kriege ich nicht. Und auch keine zweite.

Langsam stemmte er sich hoch und schätzte die Entfernung zwischen sich und Feng ab, der die Metallröhre in der Hand hielt.

»Also was ist, Feng?« drängte Dani. »Warum hast du unter all den westlichen Touristen ausgerechnet mich ausgewählt, heute morgen?«

Feng seufzte, lächelte schief und gab nach.

»Sie sind wirklich clever, Miss Warren. Ich kam zu Ihnen, weil …«

Ein dumpfer Knall wurde laut.

Schalldämpfer, dachte Shane sofort. Allmächtiger!

Dani sah den überraschten Ausdruck auf Fengs Gesicht, als die Kugel ein Loch in seine Jacke riß. Blut sprudelte hervor, während der Mann gegen die Wand geschleudert wurde.

Instinktiv versuchte Dani, nach dem Aluminiumbehälter zu greifen – doch Feng, der auf den Pflastersteinen zusammensank, befand sich bereits außerhalb ihrer Reichweite. Sein Körper rollte sich schützend über das Rohr.

Fassungslos starrte Dani auf Fengs seltsam verdrehten Körper.

Seine Knie zog er an den Bauch, doch den Behälter mit der Seide ließ er nicht los.

Auf einmal hörte seine Wunde auf zu bluten.

Da wußte Dani, daß Feng ihre Frage nie mehr beantworten würde. Er war tot.

Shane erkannte schon daran, wie Feng gegen die Wand geschleudert wurde, daß es ihn erwischt hatte. Mit kühler Präzision schätzte er die sich nähernden Geräusche und den Schußwinkel ab.

Sofort kam ihm der Russe in den Sinn – der mußte es gewesen sein. Die Sicherheitstruppen benutzten keine Schalldämpfer. Sie traten mit ballernden Kanonen und im Sturmschritt auf.

Das gründliche militärische Training des Amerikaners übernahm nun die Regie. Wohl wissend, daß ihn der Killer noch nicht gesehen hatte, wendete er den Kopf langsam der Richtung zu, aus der der Schuß gekommen war. Er erhaschte eine flüchtige Bewegung.

Der Russe, der seine Position veränderte!

Dani rang nach Luft, als der blonde Fremde mit dem ausdruckslosen Gesicht, der ihr zuvor gefolgt war, etwa dreißig Meter von ihr entfernt aus seiner Deckung auftauchte.

Seine Waffe war direkt auf ihr Herz gerichtet.

»Treten Sie zurück«, zischte er, »oder Sie sind tot.«

3

Bis auf seine eigenen Bewegungen schien sich die Welt um ihn herum auf einmal wie in Zeitlupe zu bewegen. So war es immer für Shane, wenn er sich in Gefahr befand. Das verschaffte ihm einen strategischen Vorteil.

Während sich Shane zur Seite rollte, zog er seine Waffe aus dem Holster über seinem Gesäß. Es war eine mattschwarze kleinkalibrige Pistole mit einem langen Lauf, die Art Waffe, die viele Rucksacktouristen in die tibetische Bergwildnis mitnahmen.

Für Shane war Zielsicherheit wichtiger als die Stärke der Schußwaffe. Und in jedem Fall konnte man den hiesigen Behörden eher ein solches Gerät erklären als eine hochkalibrige Killermaschine mit einem fünfzehnschüssigen Clip und sonstigem Schnickschnack.

Bevor Shane sein Eisen jedoch auf den Russen zu richten vermöchte, hörte er einen Ruf auf chinesisch.

»Halt! Hier spricht die Polizei!«

Zwei Männer in grünen Uniformen tauchten einen halben Block entfernt zwischen zwei Gebäuden auf.

Der Russe reagierte sofort. Er vertauschte blitzschnell die Pistole mit einer Automatikwaffe und feuerte ein paar rasche Salven ab.

Die chinesischen Volkspolizisten gingen in Deckung. Ein paar Sekunden später erwiderten sie das Feuer mit ihren eigenen Kanonen.

Jetzt konnte Shane den Russen sehen, der ausgezeichnet trainiert und entweder tollkühn oder verrückt war. Oder beides. Er gab etliche wohlgezielte Schüsse ab, wobei er sein halbes Magazin leer feuerte, um die Sicherheitstruppen festzunageln.

Doch statt nun die Gelegenheit zur Flucht zu ergreifen, drehte sich der Bursche wieder um und schlich rasch durch die Dunkelheit zurück. Er hatte es auf den toten Feng abgesehen.

Und auf die lebende Danielle Warren.

Dani wollte gerade nach der Röhre greifen, als der Russe sie durchschaute. Er schickte eine kurze Salve in ihre Richtung. Die Kugeln prallten von den Pflastersteinen ab.

Mit einem erstickten Laut sprang Dani beiseite und blickte sich panisch um nach Deckung.

Shane wußte nicht, ob er erleichtert oder wütend sein sollte, als sie sich in den Hauseingang direkt unter ihm drückte.

Er verharrte drei Herzschläge lang vollkommen reglos und versuchte die Situation abzuschätzen.

Der Russe bewegte sich wieder, wobei er die natürliche Deckung der engen Gassen ausnützte. Zwei präzise Schußregen fielen in die Richtung der Soldaten.

Sie duckten sich und feuerten zurück. Zuerst war es nur eine Waffe, dann zwei, dann drei. Bald konnte man unmöglich mehr feststellen, wie viele Waffen antworteten. Die Kugeln pfiffen nur so um die Gebäude, und der Putz flog von den Wänden.

Der Russe verbarg sich lange genug in einem Hauseingang, um das Magazin in seiner Automatik zu wechseln. Dann schoß er erneut um sich und rannte blitzschnell auf sein Ziel zu.

Zehn Meter war er noch vom gefallenen Feng entfernt und zwanzig von Dani.

Besonnen nahm Shane den Schädel des Russen ins Visier.

Auf diese Entfernung war es ein Kinderspiel, doch Shane konnte keinen Schuß abgeben, ohne die Aufmerksamkeit der Chinesen auf sich zu lenken. Und wenn die ihn erst mal entdeckt hatten, dann blieben ihm noch schätzungsweise fünf Sekunden – höchstens! –, bevor sie ihn vom Dach pusteten.

Das war nicht genug Zeit, um sich zu retten, geschweige denn die Seide.

Mr. Crowe sah, was der Russe anpeilte – den Behälter in der Hand des Toten. Den wollte auch Shane – aber leider befand er sich nicht in der Position, ihn zu erreichen.

Dann sah Shane Dani aus ihrer Deckung in dem Hauseingang hervortreten. Auch sie war hinter dem nämlichen Gegenstand her.

Also Mut hat sie, dachte Shane bewundernd, wenn auch nicht gerade viel Verstand.

Leise rief er zu ihr hinunter: »Dani, nicht!«

Sie hörte ihn kaum, doch erkannte ihren Namen. Wie angewurzelt blickte sie nach oben.

Der Russe folgte ihrem Blick. Sein blonder Kopf schwang herum und suchte das Dach ab, während er diesen neuen Faktor in die Situation einzuordnen suchte.

Zum ersten Mal sah Shane die Waffe des Russen. Es war eine Uzi.

Da schien sich alles um ihn herum noch mehr zu verlangsamen. Während die Mündung in seine Richtung schwang, wunderte er sich träge, was ein Uzi-schwingender Russe hier zu suchen hatte.

Dann sah Shane die Mündung, sah direkt in die gähnende Öffnung und rollte auch schon auf den Bauch, während vier Kugeln die Schindeln am Dachrand zerschlugen.

Dadurch zog der Russe wieder das Feuer der Chinesen auf sich. Er ging in die Hocke, während die Kugeln in die Wand über ihm drangen.

Für den Augenblick schienen die Chinesen Shane noch nicht bemerkt zu haben. Sie pumpten Geschosse in die Stellung des Russen und begannen mit ihrem mörderischen Tanz von Vorstoß und Rückzug.

Shane sah den Ausgang vor seinem inneren Auge. Der Russe war zwar total unterlegen, aber auch nahe genug an dem Behälter, um ihn sich schnappen und verschwinden zu können.

Dani würde ebenfalls flüchten müssen oder von den herankommenden Truppen überrannt werden. Ein ausgebildeter Agent würde jetzt rasch und leise handeln und in der Dunkelheit untertauchen.

Aber Dani wußte nicht, wie. Sie war noch nie in einen Schußwechsel geraten, hatte noch nie eine Erschießung erlebt. Und niemals hatte sie einem Mörder als Zielscheibe gedient.

Sie war eine Unschuldige, eine Zivilperson, die einem Agenten wie Shane den Schweiß aus allen Poren trieb.

Er konnte die Seide retten – oder Dani.

Die Wahl lag bei ihm.

Eine Kostbarkeit oder ein Leben.

Keine Wahl, verdammt noch mal.

Zur Hölle damit, fluchte Shane im stillen.

Dann rollte er wieder zum Dachrand und streckte den Kopf vor, so daß Dani ihn sehen konnte.

»Hierher, Dani«, drängte er.

Sie riß die Augen auf und starrte Shane an, als wäre er ein Domwasserspeier, der soeben in ein Trällern ausgebrochen war.

Der Russe selbst befand sich im Zwiespalt. Er konnte keinen klaren Schuß auf Shane abfeuern, ohne seine Deckung aufzugeben.

Als gutausgebildeter Geheimdienstagent, der er war, drückte er sich im Türrahmen platt und wartete auf eine bessere Chance.

Shane ließ seine Rechte hinunterbaumeln.

»Hier, nehmen Sie meine Hand«, sagte er leise. »Rasch! Das ist Ihre einzige Möglichkeit.«

Dani warf einen Blick auf den Russen, auf die herannahenden Truppen und auf den toten Feng, der die kostbare Seide immer noch umklammerte.

Sie trat aus ihrer Deckung und reckte den Arm zum Dach empor.

Shanes Hand schloß sich um Danis Handgelenk. Sie war klein und relativ leicht, und das Adrenalin durchtoste ihn wie ein Tornado. Er zog sie hoch, als wäre sie eine Strohpuppe statt aus Fleisch und Blut.

Dani half ihm. Sie schwang ein Bein über den Sims, stützte sich ab und lag auch schon flach auf den Schindeln.

Gut, daß sie in Form ist, dachte Shane erleichtert. Sie war aufs Dach geschnellt wie eine Trapezkünstlerin auf ihr Podest hoch oben im Zirkuszelt.

Shane, der Dani immer noch am Handgelenk festhielt, zog sie rasch aus dem Gefahrenbereich. Sie wehrte sich nicht, sondern kroch mit und streckte sich dann sofort wieder flach aus. Diesmal lag sie auf dem Rücken statt auf dem Bauch und atmete schwer vor Anstrengung.

Dagegen kam der Atem ihres Retters langsam und regelmäßig. Er wälzte sich auf den Bauch, den rechten Arm mit der Waffe über Danis Oberkörper gelegt, und beobachtete den unten liegenden Hof. Während er darauf wartete, daß ihm etwas in die Schußlinie kam, merkte er, daß sein Arm über den Brüsten der Frau lag.

Einen Augenblick lang spürte er ihren weichen, femininen Körper. Sie keuchte vor Anstrengung. Ihr süßer Atem strich über sein Gesicht.

»Rühren Sie sich nicht«, hauchte er. »Die Cops haben uns noch nicht gesehen.«

Shane schob sich vor, bis er halb auf Dani lag. Dann spähte er vorsichtig über den Dachrand. Er kam noch rechtzeitig, um zu sehen, wie das Spiel da unten ausging.

Es geschah ohne Vorwarnung. Der Russe feuerte den Großteil seines Magazins leer. Die Schüsse echoten noch durch die Gassen, da hechtete er auch schon aus seiner Deckung und rannte geduckt los. Ohne eine Sekunde innezuhalten, stieß er Feng beiseite, raffte den Aluminiumbehälter an sich und stürmte über die Straße davon.

Die Soldaten waren so erstaunt über sein waghalsiges Manöver, daß sie nicht sofort zur Gegenoffensive antraten. Bis sie sich gefangen hatten und erneut die Waffen hoben, war es bereits zu spät. Ihre Beute hatte sich verflüchtigt.

Die Soldaten feuerten zehn oder fünfzehn Sekunden weiter, bevor sie schließlich aufgaben.

Schnelle, klatschende Stiefeltritte verhalten in der Ferne.

Auf einmal lastete Sille auf dem Platz.

Wieder nahm Shane die Frau, die unter ihm lag, wahr. Dani rührte sich vorsichtig, fast wie eine Geliebte, die sich ihrem Partner zuwendet.

Er blickte sie an; ihr Gesicht war nur wenige Zentimeter von seinem entfernt. Irgendwie mußte sie ihm seine instinktive männliche Reaktion auf ihre Nähe angemerkt haben, denn Danis Gesichtsausdruck veränderte sich.

»Ich hab mich nur deshalb bewegt«, zischte sie »weil sich mir eine zerbrochene Schindel in den Rücken bohrt.«

»Also komm gar nicht erst auf dumme Gedanken, wollen Sie damit sagen?« murmelte Shane.

»Ganz genau.«

»Keine Sorge. Sie sind noch einen Monat sicher.«

»Was?«

»Für uns wird es allmählich Zeit«, erläuterte er leise. »Wie gut sind Sie im Klettern?«

»Besser als im Auf-dem-Rücken-Liegen.«

Shane lächelte zerknirscht. Er rollte auf die Seite und nahm die Pistole in die andere Hand. Dann ergriff er Danis.

»Kriechen«, murmelte er.

Gemeinsam krochen sie das niedrige Dach hinauf.

Am gefährlichsten war es für sie auf dem First, denn dort

konnte man sie am leichtesten entdecken. Der Retter stieß Dani mit einem entschlossenen Schulter-Hüft-Schwung auf die andere Seite. Gemeinsam schlitterten und krochen sie blitzschnell wie Krabben drüben hinunter.

Am Rand zögerte Dani. Shane riß an ihrem Handgelenk und stieß sie ohne weiter Umschweife vom Dach. Bis auf ein erschrockenes Aufkeuchen, als sie plötzlich ins Nichts stürzte, blieb sie vollkommen still.

Shane mußte ihr insgeheim zu ihrem Mumm gratulieren. Die meisten Leute wären ganz schön in die Defensive gegangen, wenn sie auf einmal von einem Dach gestoßen würden.

Er stoppte Danis Fall in der Mitte, hielt sie einen Moment lang fest, um ihr Zeit zu geben, sich zu sammeln, und ließ sie dann langsam los. Mit einem leisen Ächzen landete sie auf dem Kopfsteinpflaster.

Eine Sekunde später sprang Shane neben sie. Er packte sie abermals und wollte sie wegziehen.

Dani tat einen Schritt und stöhnte.

»Mein Fußgelenk«, sagte sie.

»*Still!*«

Der Gigant beugte sich zu Danis Ohr nieder. Zum ersten Mal fiel ihm auf, wie klein sie war. Nicht winzig oder zierlich, aber eben klein.

»Truppen kommen von allen Seiten«, murmelte Shane. »Muß ich Sie tragen?«

»Keine Sorge, Sie riesiger Bastard«, sagte Dani ebenso leise. »Ich werde Sie schon nicht aufhalten.«

Ihre schiere Wut überraschte Shane.

So wirkt Adrenalin auf manche Leute, erinnerte er sich. Heiße, sengende Wut. Besonders, wenn man es nicht gewohnt ist, um sein Leben zu kämpfen.

»Lassen Sie mich hier«, fauchte Dani weiter. »Ich weiß nicht, wer Sie sind oder warum diese Leute auf Sie schießen, aber ich bin bloß eine amerikanische Archäologin. Ich riskier es.«

»Leider sitzen Sie wie die Schneeflocke in der Hölle. Sie befinden sich nämlich in einem erstklassigen Charlie Foxtrott.«

»Einem was?«

»Ein Clusterfuck. Ein Misthaufen erster Klasse, okay? Also können Sie jetzt gehen, oder soll ich Sie tragen?«

»Ich weiß ja nicht mal, wer Sie sind«, wisperte Dani. »Warum sollte ich mit Ihnen kommen?«

»Mein Name ist Shane Crowe, und ich bin der einzige, der nicht versucht hat, Sie ins Jenseits zu befördern.«

»Wie würden Sie es nennen, wenn man vom Dach gestoßen wird?«

»Ihr Leben retten.«

»Ich kann gehen.«

»Gut.«

Damit richtete sich Shane auf, ergriff Dani wieder beim Handgelenk und machte sich auf die Socken.

Dani sträubte sich nicht mehr. Humpelnd aber dennoch gefügig ließ sie sich von Shane durch eine enge Gasse führen. Sie mündete am Fuß der Treppe, die zum heiligen Palast hinaufführte.

Hinter sich hörten sie ein heilloses Durcheinander. Befehle wurden gebrüllt, Stiefel stampften straßab, und die Bewohner der Häuser, die durchsucht wurden, wehrten sich lautstark. Hie und da ertönte ein schriller Schrei.

Dani hatte die chinesische Besatzungsmacht schon mal in Aktion gesehen. Sie konnte sich vorstellen, was da vorging.

Wütend oder nicht, riesig oder nicht, Fremder oder nicht, sie war froh, daß der Mann namens Shane Crowe sie nicht zurückgelassen hatte.

Shane konnte sich sogar noch besser vorstellen, was dort hinten los war. Die Soldaten hatten den toten Feng erreicht, aber sonst niemanden vorgefunden. Jetzt durchkämmten sie die Nachbarschaft, weckten Hausbewohner und suchten mit brutalen Fäusten und Gewehrkolben nach ihrer entflohenen Beute.

Danis Fußgelenk pochte und hämmerte. Sie biß die Zähne zusammen, denn keinesfalls wollte sie hinter Shanes weit ausholenden Schritten zurückbleiben. Er bewegte sich mit einer eigenartigen Grazie, die sie an einen Indianer oder einen Kung-Fu-Kämpfer erinnerte.

Nun, angesichts der Umstände, dachte sie trocken, würde ich auf den Kung-Fu-Kämpfer setzen.

Ohne das geringste Zögern zerrte Shane Dani durch ein Labyrinth von Gassen und Gäßchen, das jeden außer einem Einheimischen hoffnungslos verwirrt hätte. Viermal hielt er abrupt an und drängte Dani in einen Hauseingang.

Sie hörte allerdings nichts, das sie alarmiert hätte. Und jedes Mal marschierte ein Trupp chinesischer Soldaten nur ein paar Meter an ihnen entfernt vorbei.

Und zunehmend spürte sie die Stärke dieses Mannes. Ein Arm lag vor ihrer Brust wie ein Stahlband und hielt sie im Schatten des Hauseingangs fest.

Irgendwo in ihrem Innern merkte Dani, daß sie trotz der Waffe, die Shane in der anderen Hand hielt, nicht dieses Gefühl von Ohnmacht verspürte wie bei ihrem Ex-Mann, wenn der sie gepackt und festgehalten hatte. Sie wußte nicht, was an Shanes Kraft so anders war, so neu für sie.

Als Shanes Arm herunterfiel, folgte ihm Dani. Sie erreichten den Fuß der Treppe, die sich zum Potala Palast emporschwang. Shane blieb stehen und ließ sie zu Atem kommen.

»Dann sind Sie also Archäologin«, sagte er leise. »Was tun Sie hier?«

»Ich komme gerade von einem sechswöchigen Exkurs aus dem Hochland zurück. Es geht um alte Handelsrouten. Und was sind Sie, so eine Art Cop?«

»Nein!« Abwehrend hob er die Hände.

»Was dann?«

»Das spielt keine Rolle. Sie würden mir wahrscheinlich ohnehin nicht glauben, selbst wenn ich es Ihnen sage.«

»CIA?«

Shane lachte leise.

»Haben Sie es noch nicht mitbekommen?« fragte er dann. »Die sind doch ein internationaler Witz. Ich gehöre einer privaten Organisation an.«

Dani schüttelte den Kopf wie ein Hund, der aus dem Wasser kommt. Irgendwie war ihr das alles viel zu verwirrend.

»Sie glauben, Sie hätten bis jetzt einen ziemlich ungewöhnlichen Tag gehabt?« fragte Shane belustigt. »Dann warten Sie ab. Jetzt kommen Sie an einen Ort, wo noch keine Frau vor Ihnen gewesen ist.«

Shane nahm Dani bei der Hand und führte sie die erste Reihe von abgetreten Steinstufen hinauf. Dann klopfte er an eine kleine, fensterlose Holztür, die in die Mauer eingelassen war.

Die Tür öffnete sich geräuschlos. Ein uralter Mönch in einer dunkelblauen Kutte trat beiseite und ließ sie ein.

Der amerikanische Bastard zog Dani durch die Tür in die Finsternis.

Als Dani merkte, wo sie war, hatte sie das Gefühl, in ein Kaninchenloch gefallen zu sein und daß jetzt nichts mehr so sein würde wie früher.

Und sie hatte recht.

4

Harmony Estate, Aruba
Oktober

Katja Pilenkowa warf einen Blick auf ihre elegante Cartier-Armbanduhr. Rasch errechnete sie die Zeitverschiebung zwischen Aruba und Lhasa.

Jeden Moment, sagte sie sich. Er wird jeden Moment anrufen. Er muß einfach. Ohne die Seide …

Angst und Sorge schnürten Katja die Brust zu. An dieses Gefühl war sie gewöhnt. Eiskalter Wodka, so kalt, daß er beinahe gefroren war, half.

Dafür ist es noch zu früh, ermahnte sie sich. Zuerst müssen die Männer eintreffen.

Und was Ilja anbelangt, er wird anrufen, wenn er etwas zu berichten hat. Bis dahin gibt es jede Menge Arbeit. Das Anwesen muß perfekt sein für dieses Treffen.

Katja wollte persönlich dafür sorgen, daß alles so arrangiert würde, wie sie es haben wollte, und zwar bis ins letzte Detail.

Das war eine Aufgabe, vor der die meisten Leute zurückgeschreckt wären. Mit einer Größe von gut zwanzig Hektar war Katjas Anwesen eines der größten, noch in privater Hand befindlichen Grundstücke auf der Insel.

Die zwanzig Cabanas, die in einem Radius von einer Viertelmeile auf dem Privatstrand verstreut lagen, boten jeden erdenklichen Luxus. Drei ausgedehnte Swimmingpools warteten in türkiser Klarheit auf Badende, die lieber nicht ins Salzwasser gingen.

Das große, stuckverzierte Haupthaus wies knapp siebenhundertfünfzig Quadratmeter Wohnfläche auf. Ursprünglich hatte es ein holländischer Kaufmann errichtet und danach ein venezolanischer Ölmagnat umgebaut. Erst kürzlich hatte ein kolumbianischer Drogenbaron zehn Millionen Dollar in das Anwesen investiert, bevor er dem Falschen den Rücken zudrehte und ins Gras biß.

Das Ganze sah aus wie ein exklusiver Erholungsort oder ein teurer Firmenferiensitz. Tatsächlich glich es mehr einem französischen Landschloß aus dem achtzehnten Jahrhundert. Anstelle von Philosophen und Dichtern gingen jedoch die führenden kriminellen Köpfe des späten zwanzigsten Jahrhunderts dort ein und aus.

Die Eigentümerin und Gastgeberin – und nicht zuletzt das kluge Hirn, das hinter der ganzen Sache steckte – hieß Katja Pilenkowa. Harmony Estate war sowohl ihre Visitenkarte als auch ihr Refugium.

Der Weihnachtsbaum für den Vorplatz, dachte Katja und ging im Geiste die Liste durch. Wie wird er aussehen, wenn die Männer eintreffen? Erste Eindrücke sind entscheidend.

Im Moment bedeckte Arubas berühmter zuckerweißer Sand die Zufahrt. Es war zwar kein Schnee, aber das Beste, was Katja in der Karibik auftreiben konnte.

Die sanften Passatwinde des Oktobers strichen über den Vorplatz. Die Äste der zwölf Meter hohen Coloradotanne wiegten sich leise rauschend. In den Zweigen hingen zahllose weiße Lichter und blinkten in der tropischen Sonne, viertausend Meilen von dem Ort entfernt, an dem die Tanne gewachsen war.

Obwohl die Passatwinde über Aruba hinwegstrichen, war die Tanne noch frisch und grün. Der Baum wurde nach dem Fällen innerhalb von vierundzwanzig Stunden mit einem eigens dafür gecharterten Jet angeliefert. Der Tannennadelduft hing schwer und würzig in der schwülen Luft.

Katja betrachtete den Baum mit einem Stirnrunzeln. Für sie war die Frische des Baums nicht das Entscheidende, sondern sein Schmuck. Sie hatte einen Bühnenbildner vom Broadway einfliegen lassen, um das Dekor auch möglichst echt hinzubekommen. Sie hatte das für eine gute Idee gehalten.

Jetzt war sich Katja nicht mehr so sicher. Doch sie neigte stets zu Unsicherheit, wenn sie einen Mann nicht sexuell kontrollieren konnte. Der Bühnenbildner war homosexuell, wie sich herausstellte, und neigte ein wenig zu Extravaganz.

Katja verstand Extravaganz, den schwulen Bühnenbildner jedoch nicht.

Sorgfältig musterte sie die grüne Tanne. Die Lichter waren kunstvoll plaziert, ebenso wie der übrige Schmuck. Tatsächlich bestand eine erstaunlich clevere Balance zwischen den amerikanischen Santa-Claus-Figürchen, den mundgeblasenen französischen Glaskugeln und den künstlerischen italienischen Ornamenten.

Es genügt, entschied Katja schließlich. Es genügt, um Tycoons zu beeindrucken, die ebenso sentimental wie brutal sind.

Sie wandte sich um und ließ ihre Blicke weiterschweifen über ihren Besitz, den sie Harmony getauft hatte.

Silber- und Goldgirlanden waren um Palmen und Buschwerk gewunden und glitzerten und flatterten im Wind. Farbige Lichterketten funkelten in den fackelförmigen Dividivi-Bäumen. Die Beleuchtung fiel im Moment noch nicht sehr auf, doch in der tropischen Nacht würde daraus ein einziges Lichtermeer werden.

Die Strandcabanas waren mit Weihnachtsschmuck aus zwölf verschiedenen Kulturen geschmückt. Das gesamte zwanzig Hektar große Grundstück ähnelte einem Märchenland, wie der wahr gewordene Traum eines armen Kindes.

Die Illusion von Weihnachten war gelungen, ja, es gab sogar eine Krippe, komplett mit einem russisch-orthodoxen Christkind, die vor Katjas eigener Privatcabana prangte.

Katja Pilenkowa war ein Genie, wenn es um das Kreieren von Illusionen ging. Und das wußte sie auch.

Ganz konsequent nutzte sie ihr Talent schamlos aus.

Die dreißigjährige Blondine besaß eine blendende Erscheinung mit grünen Augen und einer Figur, die perfekt zu dem trägerlosen, bodenlangen Chanelkleid paßte, das sie im Augenblick trug.

Als die Sowjetunion noch existierte, hatte sie eine vielversprechende Karriere am Moskauer Filminstitut begonnen. Jedoch erkannte sie schon sehr bald, daß Schauspieler und Schauspielerinnen in ihrem Land lediglich den Mächtigen als Faustpfand dienten. Die wahren Drahtzieher standen hinter der Kamera.

Also machte sich Katja daran, Regisseurin zu werden. Mit der Zeit gewann sie den Ruf, sich in diesem Institut auf dem Weg an die Spitze zu befinden. Unglücklicherweise fanden ihre ehrgeizigen Pläne mit dem Zusammenbruch des sowjetischen Großreichs jedoch ein rasches Ende, da die gewohnten Subventionen ausblieben.

Wie viele Angehörige der *Nomenklatura,* der staatlich geförderten Elite, sah sich Katja auf einmal gezwungen, um ihr Überleben zu kämpfen.

Es war nicht leicht gewesen. Fast über Nacht breitete sich eine Art Goldgräberstimmung in Moskau aus und mit ihr Gesetzlosigkeit. Für Geld war alles zu haben, und nichts besaß mehr einen Wert, am wenigsten ein Menschenleben. Nun, wo die Kommunistische Partei auseinandergebrochen war, ging die Macht an skrupellose Glücksritter und Wirtschaftsbetrüger.

Stolz ließ Katja den Blick über ihre Errungenschaften schweifen; sie hatte Erfolg gehabt, wo viele neben ihr untergegangen waren …

Auch ihr Leben verloren hatten …

Für Katja war die Metamorphose von der Filmregisseurin zur Bordellmadam eine durchaus natürliche. Illusionen blieben nun mal Illusionen. So weit es sie betraf, bestand der einzige Unterschied nur in derGröße des Publikums.

Früher habe ich mit meinen Illusionen Millionen von Kinofans unterhalten, dachte Katja überaus zufrieden. Jetzt erfülle ich die privaten Phantasien einer Handvoll reicher, exklusiver Herrschaften.

Die neuen Illusionen waren allerdings eine kostspielige Angelegenheit und der Preis für einen Fehlschlag viel höher. Dennoch zog Katja ihr neues Leben dem alten vor. Professionelle Girls betrachteten das Leben viel realistischer als professionelle Schauspieler.

Katja selbst stand nicht zur Verfügung. Sie mußte einem Mann nicht in die Augen sehen und ihm sagen, daß er der beste war, den sie je gehabt hatte, während sie sein Geld einsteckte.

Das Lügen machte Katja nichts aus – die Demütigung schon. Das bißchen Respekt, das ein Mann einer Frau gegenüber empfand, löste sich in Rauch auf, sobald sie die Beine für ihn spreizte.

Besonders wenn es um die Männer der Harmony ging.

Das Leben hatte Katja gelehrt, daß diese Sorte immer die Frau höher schätzte, die sie noch nicht gehabt hatte. Solange sie den Kunden der Harmony ihren Körper vorenthielt, behielt sie ihre Macht über sie. Und ihre Faszination. Wie die literarischen Gastgeberinnen des achtzehnten Jahrhunderts besaß Katja eine Menge indirekten Einfluß.

Aber nicht genug, dachte Katja kühl, während sie über den Vorplatz zum Haupthaus ging. Noch nicht. Zu viel hängt von dieser kleinen Weihnachtsscharade ab.

Sobald ihr Fuß die marmorne Schwelle des Eingangs berührte, tauchte ein schwarzer Page in einem Elfenkostüm auf, um die Doppeltür für die Herrin und Besitzerin zu öffnen.

Kalte Luft traf sie beim Eintreten wie eine Wand. Die Fensterläden waren geschlossen, so daß es drinnen aussah, als wäre es draußen dunkel.

Boston, der farbige Haushaltsvorstand, kam Katja mit einem breiten Lächeln, das eine Reihe prächtiger weißer Zähne entblößte, entgegen.

»Die Klimaanlage muß noch mehr aufgedreht werden«, sagte Katja. »Dann legt mehr Holz in die Kamine. Man soll sich hier fühlen, als wäre draußen Winter.«

Boston nickte pflichtschuldigst.

»Yas'am«, sagte er in seinem gedehnten Inseldialekt.

Der Majordommus war zwar ein Einheimischer, doch er dirigierte das Personal mit einer Effizienz, die auf Aruba ihresgleichen suchte. Dann schritt er neben Katja her wie ein Unteroffizier bei einer Truppeninspektion.

Katja deutete auf die Glitzergirlanden, die eine Wand zierten.

»Diese Girlanden«, erkundigte sie sich. »Für welches Land sind die typisch?«

»Sie werden unsere amerikanischen Gäste erfreuen«, erwiderte Boston wie aus der Pistole geschossen. »Ich habe sie extra aus Chicago herschicken lassen, Zarin.«

Bostons Umgang mit Katja war eher entspannt und informell, doch er ging nie zu weit damit. Er war der einzige, der es wagte, Katja offen mit ihrem Namen anzusprechen. Das tat er jedoch nur, wenn er sich ihrer guten Stimmung sicher war.

»Der Schmuck muß absolut stimmen«, erinnerte sie ihn. »Weihnachten ist das wichtigste Fest des Jahres. Alles soll authentisch wirken.«

»Das tut es«, beruhigte Boston sie. »Ich kenne mich auch aus mit Illusionen.«

»Selbstverständlich«, sagte Katja ungeduldig. »Sonst würde ich dein unverschämtes Mundwerk wohl kaum tolerieren.«

Raschen Schrittes ging sie zum Kamin. Dort inspizierte sie die Reihe übergroßer roter Flanellsocken, die dort artig nebeneinander hingen.

»Ausgezeichnet«, murmelte sie.

Der Butler nickte nur. Er war zwar dagegen, Nägel in das antike Rosenholz des englischen Kamins aus dem achtzehnten Jahrhundert zu schlagen, doch Katja hatte darauf bestanden.

Gründlich studierte sie jede der kunstvoll gestickten Aufschriften der ordentlichen Reihe von zwölf Socken.

»Die Namen«, sagte sie.

»Korrekt. Habe sie zweimal geprüft.«

»Was für eine Heidenarbeit, so viele Kulturen, so viele stolze, empfindliche Herzen ...«

»Dafür ist unser Haus nun mal bekannt.«

Katja blieb bei einer Socke stehen, auf der ihr ein kompliziertes chinesisches Schriftzeichen ins Auge stach.

»Bei der hier habe ich mich sogar dreimal beim Manager der Handelsbank von Schanghai in Oranjestad rückversichert«, beteuerte Boston und kam Katjas Frage damit zuvor. »Es ist fehlerfreies Mandarin.«

»Ist Tony Liu nicht Kantonese?« fragte Katja scharf.

»Er spricht Mandarin. Wenn er nur einen Hinterwäldlerdialekt sprechen würde, wäre er nicht hochgekommen.«

»Du schon.«

»Ich spreche verschiedene Idiome, darunter Oxford-Englisch. Das ist auch der Grund, warum Sie mich angestellt haben, Zarin.«

»In der Tat.«

Mit einem dünnen Lächeln ging Katja weiter, doch gleichzeitig nahm sie sich vor, Bostons Herkunft nochmals zu überprüfen.

Ein intelligenter Haushaltsvorstand und persönlicher Assistent kam einem Wolf als Haustier gleich. Er war zwar sehr nützlich, doch irgendwann würde er unweigerlich seinen Rachen aufsperren.

Katja wandte ihre Aufmerksamkeit dem sechs Meter hohen Christbaum zu, der den Salon schmückte.

Der Baum war eine Synthese der unterschiedlichen Herkunft ihrer Gäste. Da gab es russische Ikonen, kolumbianische *Penas*, italienische Kerzen und anmutige chinesische Schriftzeichen auf Reispapier. Alles war kunstvoll auf den Ästen verteilt. Das Buffet bog sich unter den Weihnachtsspezialitäten aus den zwölf Ländern, aus denen die Erwarteten stammten. Wahrhaftig hatte man den Eindruck, der Kalender zeige bereits Winter an und nicht eine Woche vor Halloween.

In der Bar fanden sich erstklassiger Whiskey und kostbare Liköre; außerdem gab es dunkles mexikanisches Bier, das als Ersatz für den Dezemberbock herhielt, der in Italien, Frankreich und Rußland üblicherweise in der Weihnachtszeit getrunken wurde.

Erst nachdem sich Katja von der Makellosigkeit aller Arrangements überzeugt hatte, wandte sie sich den Mädchen zu, die in einer bescheidenen Gruppe beim Buffet standen und darauf harrten, was da kommen mochte.

Es gab vierzehn Schönheiten für genau ein Dutzend Gäste. Die beiden überzähligen waren für José Gabriel de la Pena, den Kolumbianer, und für Salvatore Spagnolini, den Mafioso, der die Interessen des Chicagoer Kartells in Las Vegas überwachte.

La Pena und Spagnolini traten als die härtesten persönlichen Rivalen in der Harmony auf. Sie tobten diese Konkurrenz im Schlafzimmer aus. Wenn einer der beiden behauptete, ein Mädchen wäre zu wenig für seine überwältigende Potenz, so daß er zwei oder gar drei benötigte, dann erhöhte auch der andere automatisch sein Kontingent.

Wie albern, dachte Katja. Spagnolini war ein Säufer, der gewöhnlich umkippte, bevor er auch nur ein Mädchen bedient hatte, geschweige denn zwei.

Katja kannte die sexuellen Wünsche und Neigungen jedes Klienten. Sie hatte sich Videos von Kameras angesehen, die in sämtlichen Cabanas versteckt installiert waren.

Die Kameras hatte sie unter dem Vorwand anbringen lassen, die Arbeit der Mädchen überwachen zu wollen, ob sie ihre 25.000 Dollar pro Woche auch verdienten. In Wahrheit waren diese Bänder ihre wertvollste Informationsquelle.

Schöne Huren waren leicht zu finden, verläßliche Informationen nicht.

Das erste Mädchen, das Katja inspizierte, war Magda, ein großes schlankes Fotomodell aus Mexico City. Ein süßes Lächeln umspielte ihren Mund und zog die Aufmerksamkeit auf den winzigen Schönheitsfleck an ihrem Mundwinkel, der ihr erst kürzlich auftätowiert worden war. Auch ihre Lippen verdankte sie einer Schönheitsoperation.

Katja hatte erfahren, daß Giovanni Scarfo, der Abgesandte der sizilianischen Mafia, Cindy Crawford einmal eine Million Dollar für eine Nacht angeboten hatte – leider ohne Erfolg. Magda, mit ihrem neuen Schönheitsfleck und ihren veränderten Lippen, war ein adäquater Ersatz.

»Sehr hübsch«, sagte Katja und nickte.

»*Gracias.*«

Kühl prüfte Katja das Make-up der Mexikanerin, ihre reichlich vergrößerten Brüste und ihr knappes Abendkleidchen. Es war offensichtlich, daß Magda nichts darunter anhatte.

»Denk daran, die Knie zusammenhalten, wenn du sitzt«, befahl ihr Katja kurz angebunden.

»Die ganze Nacht?« fragt Magda mit unschuldig aufgerissenen Augen.

»Natürlich nicht. Aber du darfst nicht alle anwesenden Männer ablenken. Du bist ein spezielles Geschenk für Signor Scarfo.«

Katja hob ihre Stimme, damit alle Mädchen sie hören konnten.

»Einige unserer Gäste möchten möglicherweise zuerst Geschäftliches besprechen. Also beginnt nicht zu früh mit eurer Arbeit. Reizt sie nur ein wenig. Wartet auf mein Signal, nachdem wir die Geschenke verteilt haben.«

»Ich dachte, wir wären die Geschenke«, sagte Galina Tereschkowa, die ätherische Blondine aus dem Kaukasus.

Sie war die weibliche Hälfte des an sechster Stelle plazierten sowjetischen Eiskunstlaufpaars gewesen, bis ihr Partner an AIDS verstarb. Jetzt wurde sie von Katja gefördert, und diese beabsichtigte, sie zu einem permanenten Mitglied ihrer Mädchengruppe zu machen.

Die Zarin lächelte schwach. »Ihr seid nicht die Geschenke, sondern lediglich die kostenlosen Partyhäppchen. Vergeßt das nie!«

Damit ging Katja zu einem der asiatischen Mädchen, einer ehemaligen stellvertretenden Miss Thailand. Die mandelförmigen Augen des Mädchens hatte ebenfalls kürzlich ein Chirurg verschönert. Katja zollte ihr Beifall.

»Ausgezeichnete Arbeit!« Sie blickte Boston an. »Notiere dir den Namen des Arztes.«

»Yas'am.«

»Aufgepaßt, Mädchen«, erhob die junge Herrin ihre Stimme. »Vergeßt nicht die Hausregeln. Ihr seid keine gewöhnlichen Prostituierten. Keiner ist es gestattet, Geld oder Geschenke von unseren Gästen anzunehmen. Ihr werdet alle gut bezahlt, und zwar ausschließlich von mir.«

Holly Trent, die üppige Blondine aus Los Angeles, die für Tony Liu ausersehen war, murmelte etwas, während sie ihren Push-up-BH zurechtrückte.

»Was war das, Holly?«

Holly zog eine Grimasse. Sie schmollte immer noch, weil sie dem chinesischen Gangster zufiel.

»Ich will mein Geld bis spätestens morgen früh um acht haben«, sagte Holly. »Und ich brauche auch den Lear Jet – für ein wichtiges Wochenend-Date in Newport.«

»Kommt da noch jemand in Frage?« schaltete sich Tawni Lee ein.

Sie war eine Amerikanerin asiatischer Herkunft, klein und zierlich, mit einem makellosen Püppchengesicht.

Holly musterte das amerasische Mädchen von oben bis unten, dann schüttelte sie den Kopf.

»Keine Exoten, tut mir leid«, meinte Holly in sachlichem Ton. »Diese Typen sind amerikanische Immobilienmakler. Sie mögen den gut gefütterten, uramerikanischen Look.«

»Gut gefüttert?« fragte Shari Cyrus sarkastisch. »Wohl eher gut gestillt, würde ich sagen.«

Shari war ein texanisches Mädchen mit einem süßen Gesicht, einer Wespentaille, schlanken Hüften und Brüsten, die der Schwerkraft zu spotten schienen unter ihrer hauchdünnen Seidenbluse. Ihre Nippel waren hochaufgerichtet und hart, als ob sie erregt wäre oder frieren würde.

Katja wußte jedoch, daß auch diese Brustwarzen moderner Schönheitschirurgie entsprangen.

»Hört auf mit diesem vulgären Gezänk«, befahl Katja energisch. »Vergeßt nicht, was ich euch beigebracht habe.«

Shari Cyrus lachte laut auf.

»Ich weiß ja nicht, was man Ihnen in Rußland drüben so beibringt«, meinte sie gedehnt, »aber in Amerika lernt ein Mädchen lediglich, wie man die Beine spreizt und der Natur ihren Lauf läßt, sozusagen.«

»Ein Mann mag ja glauben, daß er bloß der Natur ihren Lauf läßt«, erwiderte Katja Kühl, »aber der Trick an der Sache ist das, was nicht von alleine kommt.«

»Hä?«

»Mein Job«, sagte Katja forsch, »zielt darauf ab, daß jeder anwesende Mann mich begehrt. Und ihr sollt eure individuellen Kunden dazu bringen, sich mit weniger zufriedenzugeben.«

Ein leises Wispern ging durch die Reihe. Dann folgte Gelächter.

Sharis Züge leuchteten.

»Das muß ich mir merken«, sagte sie, »für mein späteres eigenes Unternehmen.«

Katja zwitscherte: »Nicht auf Aruba!«

»Darauf können Sie wetten«, gab Shari zur Antwort.

Und sie meinte, was sie sagte. Shari hatte sehr schnell gemerkt, daß Katja die gefährlichste von all jenen war, die auf dem Anwesen ein und aus gingen.

»Noch etwas«, murmelte Katja. »Ich habe gehört, daß einige von euch frühzeitig losgeflogen sind und ein wenig – wie sagt man noch? – im Aruba-Hilton-Casino gezockt haben.«

Mehrere Mädchen warfen verstohlene Blick auf ein umwerfend schönes irisches Mädchen mit roten Haaren namens Imelda, die ein Apartment in London und eins in Paris besaß.

»Damit ist sofort Schluß«, fuhr Katja schneidend fort. »Eure Kunden heute abend sind einige der einflußreichsten Männer der Welt.«

»Ich hab sie nie in der *Times* gesehen«, murmelte Imelda.

»Nur Society-Aufsteiger und Politiker erscheinen in den Nachrichtenblättern«, sagte Katja. »Diese Männer sind viel zu reich und zu mächtig, um eine solche Publicity zu erlauben.«

»Na und?« reagierte Imelda mit einem Schulterzucken.

»Also dürfen diese Männer nie in die Lage geraten, wo sie in der einen Nacht eine Dame in einem Casino aufgabeln, nur um sie am nächsten Abend hier auf dem Anwesen wiederzutreffen«, erläuterte die Chefin.

»Keiner unserer Kunden hat sich dort blicken lassen«, wandte Imelda ein. »Ich hab es überprüft ... bin ja nicht von gestern, wissen Sie!«

»Von unseren nicht-ansässigen Kunden noch niemand«, winkte Katja ab, »aber es werden heute abend auch jede Menge Hiesiger da sein. Einer davon ist der Vorsitzende der örtlichen Zweigstelle der Bank Leumi, ebenso wie der Zweigstellendirektor der Londoner Seven Oaks Bank.«

»Bankiers? Ich dachte, das hier wäre eine Party für internationale, äh ...« Imelda suchte nach einem neutralen Ausdruck, »Geschäftsleute – kann man sie wohl nennen.«

»Wegen der Bankiers funktioniert die Harmony so prima auf Aruba«, flüsterte Shari Imelda zu. »Die Wasser der Karibik tun Wunder, wenn es darum geht, Blut von Gold zu waschen.«

»Wirklich?« entgegnete Imelda.

Sie klang, als würde sie das näher erklärt haben wollen; doch Katja schnitt Shari, die dem Wunsch Folge leisten wollte, das Wort ab.

»Der Background unserer Klienten geht euch nichts an«, befand Katja. »Sorgt nur dafür, daß sie sich gut amüsieren.«

Noch während sie das sagte, nahm sie sich insgeheim vor, Imelda von ihrer Liste zu streichen. Das Mädchen war entweder total naiv oder auf Informationen aus.

In beiden Fällen stellte sie eine Gefahr dar.

Besonders jetzt, wo soviel von ihrer sorgfältig ausgeklugelten Strategie hinsichtlich der Seide abhing.

Ilja, dachte Katja nervös, wo bist du? Hast du sie schon?

Darauf gab es keine Antwort. Nicht, bevor Ilja Kasatonin anrief, jedenfalls.

Wenn er anrief.

Das wird er sicher, sagte sie sich fest. Er muß einfach.

Nichts von Katjas Nervosität zeigte sich jedoch auf ihrem Gesicht, während sie fortfuhr, die Reihe der Mädchen abzuschreiten, hier einen Ausschnitt zurechtrückte und dort einen besonderen Effekt überprüfte. Beinahe war sie fertig damit, als sich Boston mit einer unauffälligen Bewegung meldete.

»Die Limousinen fahren soeben vor«, verkündete er.

»Auf die Plätze, Mädchen«, befahl Katja und klatschte gebieterisch in die Hände. »Das Spiel beginnt.«

5

Die erste weiße Nobelkarosse glitt leise die Auffahrt vor dem Haupthaus heran. Mit geübter Hand brachte der Chauffeur das Fahrzeug genau mit der Passagiertür vor dem Eingang zum Halten. Die Rücktür schwang auf, noch bevor der Butler sie erreicht hatte. Ein beleibter, pausbäckiger, aber nichtsdestotrotz muskulöser Latino in einem rotbraunen Seidenanzug stieg aus. Sein blütenweißes Hemd war trotz Klimaanlage in der Limousine schweißgetränkt. Das dunkle, grobe Gesicht glänzte vor Erwartung.

Er verfluchte abwechselnd auf spanisch und englisch das hiesige Wetter und die Welt im allgemeinen. Sein Vokabular war derart deftig, daß selbst ein erfahrener Straßenräuber zusammengezuckt wäre.

Um ihren Ekel zu verbergen, schenkte Katja ihm ein strahlendes Lächeln.

Sie war es gewöhnt, ungebildete Klötze ohne Manieren ein halbwegs zivilisiertes Verhalten zu lehren, aber José Gabriel de la Pena war ein schwerfälliger Schüler. Er benahm sich entsprechend seiner Karriere, die mit dem Stehlen von Grabsteinen begonnen hatte; deren Inschriften schliff er ab und verkaufte sie anschließend an neue Trauerfälle weiter.

»Es tut mir ja so leid, daß du keine angenehme Reise hattest, José«, sagte Katja.

»*Hijo de la chingada*«, lautete La Penas Antwort.

Katja strich mit den Fingern über La Penas Arm. Mit dem geduldigen Lächeln einer Mutter oder Geliebten zog sie ihm das rostrote Jackett, das sich über seinem Bauch spannte, glatt. Ihre Hand kam in die Nähe seiner Genitalien, doch achtete sie sorgfältig darauf, ihn nicht wirklich dort zu berühren.

»Komm herein, da ist es kühl, *mi corazon*«, schnurrte Katja. »Die anderen kommen auch schon.«

»Laß sie warten. Ich brauche erst mal einen Drink. Oder besser gesagt, zwei.«

Sie warf einen Blick auf das halbe Dutzend Limousinen, die ihre Passagiere unter den Ästen der Tanne entließen. Die Mädchen sammelten sich wie ein Schwarm bunter Vögel, bereit, sich auf die ihnen zugewiesene Beute zu stürzen.

»Die Amerikaner, sind sie auch schon da?« fragte La Pena.

Katja blickte ihn unter kunstvoll geschwärzten Wimpern hervor an. Er war wirklich ungewöhnlich streitlustig.

»Selbstverständlich«, sagte sie und betrat mit ihm den Pavillon. »Stimmt etwas nicht, *mi corazon*?«

»Ich muß mir diese Sau Spagnolini mal vorknöpfen«, brummte der Kolumbianer. »Unser Mann in New York hat für heute die Zahlung einer Lieferung erwartet, aber sie ist nicht eingetroffen.«

Katja wurde noch nervöser unter ihrer kühlen Fassade. Sie fürchtete, daß diese Zahlung bloß einen Vorwand mehr lieferte für das Hickhack zwischen den kolumbianischen und den amerikanischen Syndikaten.

»Handelt es sich um eine große Summe?« fragte sie ruhig.

Trotz seines bulligen Körperbaus zuckte La Pena mit südlicher Anmut die Schultern.

»Eineinhalb Millionen«, gab er Auskunft.

»Amerikanische?«

»Kanadische, zur Abwechslung.«

Die Hausherrin murmelte etwas Beruhigendes. Ein paar Millionen kanadischer Dollar waren es nicht wert, ihre sorgfältig geplante Party durch einen Streit zu ruinieren.

»Aber es geht nicht um die Höhe des Betrags«, fügte la Pena barsch hinzu. »Ich bekomme das Geld, oder ich gehe dem Bastard an die Eier. Er muß lernen, daß er nicht Manns genug ist, seinen Schwanz mit meinem zu messen.«

Katja schenkte ihm einen bewundernden Blick.

Der Butler riß die große Glastür des Hauptgebäudes auf, sobald das Paar auftauchte. Katja legte ihre Hand auf La Penas Arm und drückte ihn beruhigend.

»Natürlich ist niemand in der Lage, dich einzuschüchtern«, schmeichelte sie ihm.

La Pena grunzte.

»Du wirst dich nicht mit Mr. Spagnolini streiten, während du hier bist, nicht wahr?« bat Katja sanft. »Heute möchten wir einfach schön feiern.«

»Er wird bezahlen.«

»Natürlich wird er das. Aber hier ist nicht der Ort, ihn daran zu erinnern. Dies ist Harmony Estate, *mi corazon*, nicht irgendeine schmutzige Gasse in der Bronx oder in Bogotá.«

Erneut schnaubte La Pena verdrossen und ließ sich von ihr zur gut bestückten Bar des Hauses führen.

Der Barkeeper war bereits auf die Ankunft des Kolumbianers vorbereitet. Zwei Schnapsgläser mit starkem, billigem Fusel standen auf dem Tresen, nebst der offenen Flasche, so daß jederzeit nachgeschenkt werden konnte.

Der Latino kippte das erste Glas auf einen Zug hinunter. Ungeduldig setzte er es auf der Rosenholztheke ab und langte nach der zweiten Portion. Er wollte schon trinken, da hielt er inne. Gerade noch rechtzeitig fiel ihm ein, daß zuviel Alkohol, zu schnell getrunken, den Verstand trübte.

Es tat nicht gut, in Gegenwart der wunderschönen, unberührbaren Katja Pilenkowa benebelt zu sein.

»Irgendwas Neues von dem Japaner?« fragte er. »Wird Kodjimura auch dasein? Oder dieses betrügerische Schwein Ishida?«

Katja schüttelte den Kopf, wobei sie darauf achtete, La Pena einen freien Blick auf ihr schimmerndes blondes Haar und ihren Ausschnitt zu gönnen, während sie sich ihre Antwort überlegte. Kodjimura und Ishida waren große Köpfe in der mächtigen Organisation der Yakuza. Als solche stellten sie wichtige Kontaktpersonen für Katjas Pläne dar.

Wichtiger vielleicht sogar als La Pena.

»Mr. Kodjimura und Mr. Ishida sind vergangene Woche hiergewesen«, sagte Katja in unbeteiligtem Tonfall.

Der feurige Schnaps behagte dem Kolumbianer.

»Zusammen?« fragte er.

»Ja. Sie haben sich prächtig amüsiert, obwohl ich glaube, daß Mr. Ishida ein hübsches Sümmchen am Spieltisch verlor.«

»Das passiert ihm immer«, bemerkte La Pena. »Er ist dieser Tage mehr am Glücksspiel als am Geschäft interessiert. Genau deshalb wird Kodjimura ihm auch ein zweites Arschloch bohren.«

»Bin genau deiner Ansicht. Doch die Yakuza wird in jedem Fall der Harmony treu bleiben.«

Noch wichtiger für Katja war jedoch, daß sie über die Yakuza ihre Beziehung zum mächtigsten Mann Japans, Yukio Koyama, einfädelte. Er war das hochgeachtete Bindeglied zwischen den Yakuza und dem immensen Reichtum Japans. Mit Koyama gelänge ihr derjenige Fischzug, um den sie so lange gerungen hatte: einen gierigen Abnehmer für die Kunstschätze, die sie dank ihrer ausgezeichneten Verbindungen zu dem brachliegenden Sowjetreich gleich lastwagenweise aus Rußland herausschaffen konnte.

Ihr erster Gast trank sein Glas in einem Zug aus und knallte es in wortloser Aufforderung auf den Tresen.

Der Barkeeper blickte Katja an.

Unmerklich schüttelte sie den Kopf, aber so, daß der Kolumbianer es nicht sah. Aguadiente war das bevorzugte Getränk unter den kolumbianischen *cartelistas*. La Pena konnte riesige Mengen davon in sich hineinschütten, bevor man es ihm anmerkte.

Aber dieser Fusel machte ihn dennoch aufbrausend und unberechenbar. Die Gastgeberin wollte nicht, daß das Treffen der Harmony in einem häßlichen Streit endete.

»Deshalb habe ich Mr. Kodjimura und seinen Patron zu unserer kleinen Konferenz nächsten Monat in Seattle eingeladen«, berichtete Katja. »Ich fürchte, bis dahin wird Mr. Ishida jedoch kein Faktor mehr sein.«

»*Verdad?*«

»So ist es«, fuhr sie mit unverhohlener Befriedigung fort. »Offenbar hat er sich eine schmerzhafte und ziemlich ernste Geschlechtskrankheit eingefangen. Ich fürchte, daß selbst die beste Behandlung …«

Taktvoll verschwieg Katja den Rest.

La Pena lachte hämisch. Mit einer herrischen Handbewegung forderte er den Barkeeper auf, ihm nachzuschenken.

»Erinnere mich daran, deine Nutten das nächste Mal, wenn ich hier übernachte, auf Infektionen hin untersuchen zu lassen«, meinte der Schwerenöter.

»Infektionen dulde ich hier niemals, *mi corazon*«, flötete Katja.

Sie nahm dem Barkeeper die Flasche aus der Hand, bevor er La Penas Glas auffüllen konnte.

»Es ist klar«, sagte Katja, »daß Kodjimura derzeit der mächtigste Yakuza-Führer in Japan ist.«

Der Kolumbianer blickte Katja mit seinen durchdringenden schwarzen Augen an.

»Mr. Kodjimuras Patron scheint zu einem Gespräch über eine Teilnahme an unseren hier getroffenen Übereinkünften bereit zu sein«, fügte Katja hinzu.

Nun goß sie selbst sein Glas zur Hälfte mit dem öligen Schnaps voll.

»Scheint bereit zu sein?« wiederholte La Pena.

Er ergriff das Glas und goß sich das Zeug in die Kehle. Brüsk hielt er ihr das leere Glas noch mal hin und fuhr ärgerlich fort: »Ist das das Beste, was du auftreiben konntest, meine schöne Madonna?«

Katja lächelte wie die Schauspielerin, die sie war.

»Kodjimuras Mitwirkung ist leider unentbehrlich«, fauchte nun der gute Mann. »Ohne ihn bleibt Asien unseren Drogen verschlossen. Der Bund, den du Harmony nennst, wäre sinnlos, wenn die halbe Welt nicht mitmacht.«

Das Lächeln der Russin vertiefte sich noch aus Respekt vor der Intelligenz des Kolumbianers.

»Du hast ja so recht«, murmelte sie. »Ich habe viel darüber nachgedacht.«

La Pena sah es nicht besonders gern, wenn Frauen selbständig dachten; aber er mochte den enormen Zuwachs an persönlichen Dollars, den ihm sein Beitritt zur Harmony bescherte.

»Mr. Kodjimuras Patron«, sagte Katja, »ist auch nicht anders als wir. Er möchte nur sichergehen, daß wir seine Stellung innerhalb seiner Machtsphäre und der unsrigen gebührend zu schätzen wissen.«

Mit zunehmender Ungeduld hielt ihr La Pena sein Glas hin.

Katja berührte es mit dem Flaschenhals und goß herzhaft noch einen kleinen Schuß der feurigen Flüssigkeit hinein. Dann setzte sie, wie eine Mutter bei ihrem Sohn, die Flasche mit einer energischen Bewegung auf der Bar ab – eine Geste, mit der sie unmißverständlich signalisierte, daß das alles war, was der Herr noch bekommen würde.

»Ich kann dir versichern, daß Kodjimura sowohl interessiert als auch willens ist«, versicherte sie. »Und für seinen Patron gilt dasselbe, sobald er einmal unser kleines Geschenk erhalten hat.«

Während sie sprach, streichelte sie La Penas Hand und nahm ihm sanft das Schnapsglas weg.

»Alles, was wir tun müssen, ist – wie nennen das die Amerikaner noch mal? –, ihm mit der richtigen Stärke ins Ohr blasen«, sagte Katja.

»Warum versuchst du nicht, seinen Schwanz zu blasen.«

»Böser Junge!« Die Herrin drohte mit dem Finger.

Ihr Lächeln drückte jedoch das Gegenteil aus.

La Pena vergaß den Drink, den sie ihm verwehrt hatte. Jedesmal, wenn er sich her begab, war er sicher, dem Einlaß zu Katjas langen, weißen Schenkeln näher gekommen zu sein.

Und jedesmal, wenn er wieder ging, machte er sich gesättigt von dannen, aber nicht von der feurigen Madonna.

»Ich habe herausgefunden«, ergänzte Katja, »daß Kodjimuras Patron nur eine Leidenschaft hat. Koyama ist ein passionierter Sammler.«

»Von was? Den Fingerspitzen seiner Männer?«

La Pena lachte kurz auf und warf einen Blick auf seine eigenen Hände. Für einen Mann, der selbst mehr als genug Kehlen aufgeschlitzt hatte, war er seltsam empfindlich in bezug auf die Tradition der Yakuza-Soldaten, sich die Spitze des kleinen Fingers als Loyalitätsbekundung zu ihrem Anführer abzuhacken.

»Seide!« Katja sprach es genüßlich aus. »Mr. Koyama besitzt die umfangreichste Sammlung antiker und moderner Seidenstoffe der Welt.«

»Seide? Ich furze durch Seide.« Der Latino plusterte sich auf. »Er kann meine Unterhose für seine Sammlung haben.«

Katja spitzte ungehalten die Lippen.

»Seide und Stahl sind die wichtigsten Metaphern der japanischen Kultur«, erklärte sie ernst.

La Pena zuckte mit den Schultern. Er hatte überhaupt kein Interesse an Kultur, einschließlich der seines Landes.

»Koyama ist besessen von antiker Seide«, setzte die Dame unbeirrt fort. »Er besitzt Stücke, die vor Christi Geburt datiert sind.«

»Dann begrab ihn doch in Seide!«

»Nun, da ist etwas Subtileres angebracht, würde ich denken«, sagte Katja trocken.

Ihr Gesprächspartner langweilte sich; er blickte zu den jungen Prostituierten hinüber, die ihre ihnen zugewiesenen Kunden mit einem gekonnten Lächeln und schwingenden Hüften zu becircen versuchten.

»Schade, daß Koyama heute abend nicht kommt«, sagte La Pena. »Wir könnten die Gespielinnen in Seide wickeln und ihm als Weihnachtsgeschenk überreichen, das er nicht so schnell vergessen würde.«

»Frauen hat er genug. Sein Geschenk muß etwas ganz Besonders sein.«

»Was also?«

»Eine bestimmte Seide.«

Katja lächelte und hakte sich bei La Pena unter.

»Komm«, säuselte sie verführerisch, »es ist Zeit für die Bescherung.«

Als Katja den Raum betrat, wandte sich jedes männliche Auge auf sie. Auf ihr Signal hin entschuldigten sich die Mädchen bei ihren Kunden und trippelten zu dem prächtigen Rosenholzkamin. Eine nach der anderen und in vorherbestimmter Reihenfolge gingen die Mädchen zu ihren Freiern zurück und reichten ihnen die kunstvoll bestickten Weihnachtssocken.

Katja tat, als ob sie jeden Gast mit gleicher Aufmerksamkeit beobachtete, aber ihr Hauptaugenmerk galt Tony Liu. Er saß in einem Sessel in einer Ecke des eleganten Salons und unterhielt sich mit niemandem, auch nicht mit dem ihm zugewiesenen Schatz.

Grinsend und mit dem Kopf nickend, stocherte er mit einem feinen Elfenbeinstäbchen in seinen Zähnen herum und sah zu, wie die anderen Mitglieder der Harmony ihre Geschenke auspackten. Gelegentlich saugte er geräuschvoll die Luft durch die weite Lücke zwischen seinen Vorderzähnen. Wortlos beobachtete er die Szenerie, als ob er es zufrieden wäre, nur zuzuschauen, bis ihn von selbst jemand ansprach.

Katja wußte, daß Lius Verhalten ebenso sorgfältig kalkuliert war wie ihr eigenes.

Liu wirkte wie ein Fremdkörper in der Harmony. Die meisten der Männer waren große, robuste Prügel, nicht unbedingt gutaussehend, aber markant, oft vorzeitig beleibt, aber dennoch muskulös. Der zierliche, in sich gekehrte Liu schien in dieser Runde fehl am Platze, ja, kaum der Mühe einer Aufnahme in die Gemeinschaft wert.

Und der chinesische Gangster arbeitete hart daran, diesen Eindruck aufrechtzuerhalten.

Katja durchschaute jedoch seine Fassade und wußte, was für ein Mensch dahintersteckte. Sie hatte den kleinen Mann mit den großen Zähnen und dessen Kultur sorgfältig studiert. Für einen Asiaten galt es als schlimme Beleidigung, sich bei Tisch die Zähne zu säubern, so ähnlich wie für einen Europäer das Furzen während der Mahlzeit.

Liu genoß es, den Europäern und Amerikanern seine Verachtung zu zeigen, aber auf eine ihnen verborgene Weise. Also konnte er gleich zweimal über sie lachen.

Das war eine sehr asiatische Freizeitbeschäftigung, wie Tai Chi Chuan, die anmutige, langsame Kampfsportart, mit der man allerdings einem Menschen in Sekundenschnelle das Genick brechen konnte.

Katja wußte um die Nützlichkeit, zu schwach oder zu lächerlich zu erscheinen, um eine Bedrohung darzustellen. In ihren Augen kam das weiblicher Taktik gleich: Subtilität statt roher Muskelkraft.

Deshalb gab sich Katja auch solche Mühe, Tony Liu für die Harmony zu gewinnen. Tatsächlich war er der wahre Grund für diese ganze Weihnachtsscharade. Er sollte ein Geschenk erhalten, das ihn beeindrucken würde, ohne die empfindlichen Egos der anderen Kerle zu treffen.

In Tony Liu steckte weit mehr, als er die Welt je wissen ließ. Er war Anführer des Himmel-und-Erde-Tong, einer Organisation, die seit mehr als drei Jahrhunderten bestand. Sie verfügte über einen Schmugglerring, der Tausende von Chinesen in den Westen schleuste.

Überdies hatte er durch sein legales Familienunternehmen immensen privaten Reichtum angesammelt. Seine Firma produzierte und verkaufte Früchte und Gemüse in sämtlichen Chinatowns der Welt. Die Kombination aus technischem Geschick und einem globalen, legitimen Verteilernetz würde einer delikaten Vereinigung wie der Harmony unendliche Dienste erweisen.

Was die männlichen Prinzipale der Harmony jedoch nicht erkannten – und Katja schon – war, daß Liu den Kontakt zwischen einer riesigen Organisation chinesischer Gangs und dem Westen herstellen konnte.

Der Himmel-und-Erde-Tong lieferte Luxusautos und andere Schwarzmarktware an regionale Zwischenhändler auf dem chinesischen Festland. Festlandkommissare hießen ihn in ihren Büros und an ihren Tafeln willkommen. Selbst Hongkongs Triadenbosse zollten Liu Respekt – denn sie hatten begriffen, daß er, was Skrupellosigkeit und Gerissenheit betraf, durchaus einen ebenbürtigen Partner abgab.

Tony Liu konnte den westlichen Mafiabossen der Harmony großes Leid oder große Profite bescheren, je nachdem, auf welcher Seite er stand.

Doch selbst sechs Monate nachdem seine provisorische Mitgliedschaft in der Harmony besiegelt wurde, hielt Tony Liu grinsend und zähnepickend Distanz zu den übrigen Insidern.

Für José de la Pena, Giovanni Scarfo und den Rest der Männer im Pavillon war Tony Liu bloß ein lächerlicher kleiner Asiate mit einer Kette von Spielsalons und Opiumhöhlen in den Chinatowns der Welt, der darüber hinaus den asiatischen Gemüsemarkt kontrollierte. Soweit es die Männer der Harmony betraf, betrachteten sie Liu als Bauern in ihrer Halbgötterwelt.

Katja mußte beinahe lächeln, wenn sie an ihren nächsten Schritt dachte. Als Tony Liu an die Reihe kam, ging Katja selbst zu der Socke am Kamin und überbrachte sie ihm höchstpersönlich.

»Mr. Liu«, sagt Katja mit einem anmutigen Lächeln und einem ebenso unwiderstehlichen Knicks, »dies ist ein kleines Zeichen unserer Wertschätzung für Sie.«

Für eine Sekunde wirkte Tony Liu unbehaglich. Das diffuse Grinsen erfror auf seinem runden, bartlosen Gesicht. Eigenartig zögernd nahm er die Socke an.

Liu hatte die Geschenke der anderen gesehen. Giovanni Scarfo, der Italiener, der immer in tadellosem Anzug erschien, hatte eine dreikarätige, diamantene Krawattennadel erhalten, die er sofort an seinem Designerschlips befestigte.

La Pena, ein passionierter Angler, wedelte hämisch mit den Schlüsseln zu einem brandneuen Grady White Offshore Cruiser, der an der privaten Anlegestelle des Anwesens auf ihn wartete.

Sallie Spags, der Chicagoer Gangster, konnte die Augen kaum von dem kitschig-geschönten Ölbild, das Katja nach Fotografien von ihm hatte anfertigen lassen, abwenden.

Die übrigen Geschenke waren ebenso kostspielig und darauf abgezielt, den jeweiligen Empfänger gebührend zu beeindrucken.

Liu wußte um die Wichtigkeit und Macht von Schmeichelei. Sich selbst indessen hielt er für immun dagegen.

Aber gegen das Lächeln der außergewöhnlich schönen Kaukasierin Katja Pilenkowa war Liu nicht ganz immun. Seine männliche Eitelkeit wollte durchaus wissen, was für ein Geschenk sie wohl für ihn ausgewählt haben mochte.

Die Socke fühlte sich beinahe leer an.

Tief unten in dem übergroßen roten Strumpf lag ein kleines, flaches Paket. Liu fischte und wühlte, bis er das Ganze schließlich umstülpte und den Inhalt kurzerhand in seinen Schoß schüttelte.

Sein Präsent war in hübsches, goldblaues Geschenkpapier eingewickelt und mit einem leuchtend blauen Samtband verschnürt. Das Muster auf dem Papier sah offiziell aus und kam ihm auch irgendwie bekannt vor, aber er konnte es nicht gleich einordnen.

Dann fiel es ihm wieder ein.

Beinahe widerwillig zog er das Samtband auf. Er blinzelte einen Moment zu Katja hinüber. Auf seiner dunklen Miene malte sich ein Ausdruck gelinder Überraschung.

Katjas grüne Augen funkelten wie die einer entzückten Mätresse, die keine Mittel scheute, ihrem Herrn und Meister eine Freude zu machen.

Liu, der immer noch zögerte, drehte das flache Paket um und sah sich die Rückseite an. Dann öffnete er rasch die Schleife mit seinen kleinen geschickten Fingern und brach das Siegel der Verpackung auf. Das blaue Papier paßte genau zu dem blauen Einband des Büchleins, das darin lag.

Tony Liu wußte, worum es sich bei diesem Büchlein handelte, schon bevor er es umgedreht und die Großbuchstabeninschrift auf der Vorderseite gelesen hatte.

Passport, Commonwealth of Canada.

Wortlos strich Liu über das kunstvolle Siegel auf dem Deckel. Er öffnete das Dokument und starrte sein Paßfoto an, das auf der Innenseite klebte und mit einem offiziellen Stempel versehen war. Darunter befand sich eine leere Zeile für seine Unterschrift.

Für ein paar Sekunden verschwand das Grinsen endgültig von seinem Gesicht. Er sah skeptisch drein. Mit vorgetäuschter Gleichgültigkeit untersuchte er den Einband des Passes, seine Bindung, das Vorgedruckte und blätterte dann durch die leeren Visumstempelseiten.

»Das ist eine exzellente Fälschung«, nickte er anerkennend.

»Die Regierung von Kanada gibt keine Fälschungen heraus«, korrigierte Katja leise.

Liu blickte sie an, um zu sehen, ob sie sich einen Scherz mit ihm erlaubte.

Sie setzte ihr charmantestes Lächeln auf.

»Der Paß ist so echt wie die Wertschätzung der Harmony für Sie«, erläuterte sie. »Die Anträge sind allesamt bewilligt worden, und die erforderlichen Unterlagen wurden in Ottawa angefertigt.«

Sie zauberte einen Mont-Blanc-Kugelschreiber von der Größe einer teuren Zigarre hervor und reichte ihn Liu.

»Wenn Sie Ihre Unterschrift auf die leere Zeile setzen, werden Sie automatisch kanadischer Staatsbürger«, drängte Katja ihn.

»Kanadier?«

Sallie Spagnolini lachte und kam herbeigeschlendert, um einen Blick auf das originelle Geschenk zu werfen.

»Wenn ich gewußt hätte, daß du eine neue Staatsbürgerschaft brauchst«, sagte er, »dann hätte ich mit einem meiner Senatoren geredet. Du hättest ein waschechter US-Bürger werden können.«

Katja warf ihm einen kühlen Seitenblick zu.

»Die amerikanische Staatsbürgerschaft ist nicht mehr das große Los, das sie einmal war«, meinte sie. »Ein kanadischer Paß schenkt einem dieselben Vorteile, aber ohne die damit verbundenen Probleme.«

»Genau, Sallie«, mischte sich La Pena ein. »Ein Amerikaner in einem gekidnappten Flugzeug ist eine Geisel, ein Kanadier ist ein Botschafter des guten Willens.«

Bevor die abfällige Bemerkung noch zu einer Auseinandersetzung führen konnte, gab Katja diskret ein Signal. Eine Parfumwolke stob auf, als die Mädchen rasch herankamen, um sich mit flinker Hand ihres jeweiligen Klienten zu bemächtigen.

Nun waren die Männer der Harmony beschäftigt und ließen Katja mit Tony Liu allein.

Obwohl sich Lius Gesichtsausdruck, mit dem er Katja ansah, nicht verändert hatte, schimmerte jetzt zum ersten Mal die Intelligenz durch, die er hinter seinem ausdruckslosen, glatten Gesicht versteckte.

»Wie haben Sie das geschafft?« fragte er ruhig.

»Wieso dieser Antrag bewilligt wurde, wo all Ihre anderen abgewiesen wurden?« fragte sie.

»Ja.«

»Das ist unwichtig.«

»Ach ja?«

»Es zählt nur«, sagte Katja liebenswürdig, »daß Sie nun direkt an der Einwanderungsbehörde vorbeispazieren können, wenn Sie das nächste Mal auf dem Flughafen von Vancouver landen, um Ihren kleinen Enkel in Burnaby zu besuchen.«

Lius schwarze Augen weiteten sich leicht bei der Erwähnung seines Enkels.

»Und Sie können darüber hinaus jederzeit über die Grenze in die Vereinigten Staaten reisen«, fügte sie hinzu. »Kanadischen Staatsbürgern ist das grundsätzlich gestattet.«

»Nicht, wenn sie Tony Liu heißen«, wandte er leise, aber deutlich ein.

»Es wird keine peinlichen Verhöre geben«, versicherte Katja ihm. »Ein Freund von uns hat Ihren Namen von der Schwarzen Liste des Computersystems der amerikanischen Einwanderungsbehörde gelöscht.«

Etwas wie Feindseligkeit oder Respekt flackerte kurz in Lius Augen auf.

»Woher wissen Sie von dem Baby in meiner Familie?« fragte Liu. Katja ließ ihr charmantes Lächeln absichtlich eine Sekunde lang verschwinden. In diesem Moment war die skrupellose Intelligenz, die sie hinter ihrer Schönheit versteckte, deutlich zu erkennen.

Sie wollte, daß Liu genau wußte, wer die Instanz war, die hinter der Harmony steckte.

»Es ist mir ein Bedürfnis«, murmelte sie, »alle meine Freunde auf bestmögliche Weise zufriedenzustellen.«

»Solange niemand Ihnen in die Quere kommt, nehme ich an?« konterte Liu.

»Genau, Mr. Liu. Aber ein intelligenter Mann braucht sich über so etwas nie Gedanken zu machen.«

Katjas Lächeln war wieder auf seinem Platz, ebenso wie ihre

entzückende Fassade. Ihre wunderschönen grünen Augen strahlten verführerisch, und ihr Haar leuchtete wie die Nachmittagssonne.

Liu konnte kaum glauben, daß dies dieselbe Frau war, die ihn noch vor einem Moment mit der Intelligenz eines Menschen und den Emotionen einer Schlange in Bann schlug.

»Sie sind ziemlich klug, nicht wahr?« fragte er nachdenklich.

»Frauen müssen sich klug verhalten, weil Männer immer stark sind.«

Liu blickte wieder auf seinen Paß. Er sann darüber nach, wie Katja von seinen bisherigen erfolglosen Bemühungen um die kanadische Staatsbürgerschaft erfahren haben konnte. Und wie er sie dermaßen hatte unterschätzen können.

Dann fragte er sich, warum sich Katja Pilenkowa gerade jetzt entschlossen hatte, ihm ihr wahres Gesicht zu zeigen.

»Ich bitte um Entschuldigung!« Boston trat hinzu.

Katja blickte auf und maß Boston mit einem Blick, der ihm ihr gesammeltes Mißfallen verriet.

»Ein Anruf für Sie«, sagte er entschuldigend.

Da glitt ein eigenartig erwartungsfroher Ausdruck über Katjas Züge. Es gab nur einen Anrufer, der eine derartige Unterbrechung rechtfertigte.

Ilja, dachte sie aufgeregt. Endlich!

6

Die Hausherrin eilte aus der Halle zu ihrem Büro, das in einem abgelegenem Nebenflügel lag und nur durch ein Lanai, einen überdachten Gang, mit dem pompösen Haupthaus verbunden war. Ihre Privaträume befanden sich ebenfalls dort.

Wenn Katja arbeitete oder ihren gefährlichen Liebhaber empfing, wollte sie in vollständiger Abgeschiedenheit sein. Ihre isoliert gelegene Privatsuite garantierte dies.

Das Lämpchen an ihrem persönlichen Telefon blinkte. Mit

nervös zitternden Händen nestelte sie an ihrem rechten Ohrring herum, bis sie das aus einem russischen Diamanten und einem kolumbianischen Smaragd bestehende Schmuckstück entfernen konnte. Sie legte ihn auf den Tisch neben ihrem Computer.

Rein aus Gewohnheit schaltete Katja das Tonbandgerät an. Als sie den Hörer abnahm, verriet ihr das hohle Rauschen in der Leitung, daß der Anruf von weit her kam.

Sie versuchte ihre freudige Erregung zu zügeln, schaffte es aber nicht.

»Ilja?« fragte sie heiser. »Bist du das?«

Der Name hallte in der Leitung.

»Keine Namen, Weib«, sagte Ilja Kasatonin abweisend. »Die Computer der Vereinigten Staaten hören immer zu.«

Katja wurde rot. Diese Ermahnung hätte eigentlich überflüssig sein sollen. Sie wußte sehr wohl, daß die amerikanischen Sicherheitsbehörden jedes internationale Ferngespräch überwachten, und die örtlichen Behörden taten wahrscheinlich desgleichen.

»Es tut mir leid«, sagte sie ruhig. »Ich werde es nicht wieder vergessen.«

Im Grunde war Katja wie Tony Liu. Sie verbarg sorgfältig ihre Emotionen. Der Männerwelt begegnete sie im allgemeinen mit Verachtung – allen, außer einem.

Und dieser befand sich am anderen Ende der Leitung.

»Schon gut«, beschwichtigte Kasatonin. »Ich hätte auch nicht gedacht, daß meine Kleine verrückt ist.«

»Nur nach dir, Liebster. Deinetwegen habe ich mir Sorgen gemacht. Du erwartest doch von mir, daß ich mich sorge, oder nicht? Wo bist du?«

Ein hartes, tiefes Rasseln hallte über die Kontinente.

»Genau da, wo ich sein soll«, scherzte Kasatonin.

»Dann hast du also ... dann hast du es?«

Wieder lachte er.

»Aber natürlich«, sagte Kasatonin.

»Aber natürlich«, äffte Katja ihn nach. »Warum rufst du dann erst so spät an, mein Bester?«

»Es gab ein kleines Problem.«

Katja hielt den Atem an.

»Ist mit dir alles in Ordnung?« erkundigte sie sich eilig.

»Klinge ich vielleicht so, als ob dem nicht so wäre?«

Sie seufzte. »Nein. Es wird wohl einfach meine Unruhe sein. Was war los?«

»Ich tippe auf unsere Freunde von dieser komischen Risikogruppe.«

»Heilige Mutter Gottes«, murmelte Katja. »Nicht schon wieder.«

»Gewonnen habe ich! Das allein zählt.«

»Bist du noch in Gefahr?«

»Ja, aber wohl nicht mehr lange.«

»Die übliche Route?« fragte sie.

»Nein. Ich muß ein wenig improvisieren. Sieht aus, als ob die örtlichen Behörden verdammt aufgeschreckt sind.«

Katja blieb fast das Herz stehen. Kasatonin bewahrte dann erst recht die Ruhe, wenn die Gefahr am größten war.

»Kann ich irgendwas tun?« fragte sie.

»Nichts, außer du hast einen abflugbereiten Jet für mich.«

»Das versteht sich doch von selbst.«

»Und eine sichere Landepiste an meinem Ende ...«

Stille. Beide wußten, daß es so etwas wie eine sichere Landepiste in Tibet nur für Flüge gab, die die Chinesen bewilligt hatten.

»Was wirst du tun?« fragte Katja.

»Ich werde ein gemütliches Schiff nehmen.«

Katja runzelte die Stirn. Sie hatte gehofft, Kasatonin bald wiederzusehen. Sehr bald.

»Veranlasse, daß mich jemand an dem heimlich vereinbarten Ort trifft – du weißt schon, der, über den wir vor meiner Abreise sprachen.« Kasatonin gab sich kurz angebunden. »Es wäre mir lieb, wenn das jemand mit sehr guten örtlichen Verbindungen wäre. Ist das möglich?«

Ihre Lippen verzogen sich zu einem erleichterten Lächeln.

»Ja, in der Tat, das ist möglich«, bestätigte sie. »Zufällig kenne ich genau die richtige Person, die so etwas mühelos arrangiert.«

»Gut. Dann kann ich also auf dich zählen.«

»So, wie ich auf dich, mein Liebster«, flüsterte Katja.

»Was? Ich verstehe dich nicht. Die Verbindung ist ziemlich schlecht.«

»Nichts«, sagte sie hastig.

»Gut. Vorübergehend habe ich schon gefürchtet, du würdest sentimental werden.« Kasatonin stieß ein rauhes Gekrächze aus. »Ah, schöne Schlange! Vermißt du mich?«

»Wie das Salz in der Suppe«, bekannte Katja.

»Törichtes Kind, was soll ich bloß mit dir anfangen?«

Katja schloß die Augen.

»Da fallen mir einige Sachen ein, Liebster«, murmelte sie.

Kasatonin knurrte unwillig.

»Wie oft soll ich dir noch sagen, daß du dich nicht zu sehr an mich binden sollst?« sagte er. »Irgendwann wird eins meiner kleinen Abenteuer schiefgehen.«

»Nein!«

»Doch. Das weißt du genauso wie ich. Und was wird dann aus dir, du dummes Ding?«

»Weiß ich nicht«, hauchte sie.

In Katjas Stimme lag eine Verzweiflung, die jeden im Hause Harmony erstaunt hätte, wenn er sie gehört hätte. Sie besaß nur eine Schwäche, und die hieß Ilja Kasatonin.

»Ich habe dich gewarnt«, polterte Kasatonin verächtlich. »Wir benutzen einander und profitieren beide davon. Aber komm mir nicht mit Liebe. Liebe ist für Bauern und Narren.«

Katja schwieg eine Weile. Das Brummen der Fernleitung kam ihr auf einmal viel lauter vor.

Schließlich brach Kasatonin das Schweigen.

»Für mich wird es Zeit«, sagte er.

Sie schluckte schwer. Als sie dann sprach, besaß ihre Stimme wieder ihre gewohnte Forschheit.

»Wann wirst du in der vereinbarten Stadt eintreffen?«

»In vier Tagen.«

»Erwarte jemanden, der von einem Kanadier namens Tony geschickt wurde.«

»Tony. Alles klar.«

Es klickte in der Leitung. Ilja hatte aufgelegt.

Lange Zeit stand Katja da und starrte den Hörer in ihrer Hand an. Dann trennte sie sich davon und holte tief Luft.

Sie begriff nicht, warum ihr soviel an Kasatonin lag. Daher akzeptierte sie es einfach und versuchte, die Beziehung auf die leichte Schulter zu nehmen.

Im Moment war es wichtig, daß sie sich ihren sehr persönlichen, sehr weiblichen Kummer über die Gefahr, in der sich ihr Geliebter befand, nicht anmerken ließ. Die Männer der Harmony würden nicht zögern, jede vermeintliche Schwäche gegen sie zu verwenden.

So, wie sie die individuellen Schwächen der Männer gegen diese selbst einsetzte.

Katja schaltete das Tonband ab und spulte es zurück, um sich das Gespräch nochmals anzuhören. Das würde sie später tun, wenn ihre gefährlichen Gäste mit ihren überaus professionellen Huren beschäftigt waren.

Langsam sank sie in ihren Schreibtischsessel. Wie immer war der Computer angeschaltet, so daß sie jederzeit daran arbeiten konnte. Flink tippte sie auf einige Tasten und rief eine spezielle Datei auf.

Es war ihre codierte Privatdatei, in der sie alle Anrufe speicherte, auch ihre Gedanken, solange ihr Hirn noch nicht vom eisgekühlten Wodka – der sie beinahe ebenso zwingend im Griff hatte wie Kasatonin – aufgeweicht war

Aber im Gegensatz zu ihrer Sehnsucht nach Kasatonin konnte sie ihre Sehnsucht nach dem süßen Vergessen, das sie im Wodka fand, einigermaßen kontrollieren.

Sie tippte weniger als eine Minute lang, wobei sie ihre eigene Kurzschrift benutzte. Routinemäßig kopierte sie das Dokument auf eine ihrer privaten Disketten.

Als Katja ihr sündteures Kleinod wieder von der lackierten Oberfläche ihres Schreibtisches nahm und an ihr Ohrläppchen steckte, zitterten ihre Hände nicht mehr.

Kühl wandte sie sich um und inspizierte ihre Erscheinung im

Spiegel neben der Tür. Eine wunderschöne, mysteriöse Frau in einem eisgrünen Kleid trat ihr daraus entgegen. Sie wirkte gefaßt und bereit, sich der feindlichen Welt zu stellen.

Als Katja zum Hauptgebäude zurückkehrte, war die Party bereits in ein Sauf- und Sexgelage ausgeartet. Es blieb ihr nurmehr wenig Zeit, um das Nötige zu veranlassen, also ging sie direkt zu Tony Liu.

Der kleine Asiate saß allein vor dem prasselnden Kaminfeuer. Nachdenklich starrte er den blauen Paß in seiner Hand an.

Bei Katjas Kommen hob er den Kopf. Er musterte sie voller Respekt.

»Sie sind eine sehr kluge Frau«, sagte er. »Ich habe Sie unterschätzt.«

»Sie meinen das Geschenk? Das war doch nur eine Kleinigkeit.«

»Nicht nur das ...«

Katja wartete und hoffte, daß sie den stolzen, diskreten Chinesen nicht irgendwie beleidigt hatte.

»Die meisten Frauen«, begann Liu ruhig, »beherrschen einen Mann mittels der Kunst, sich auszuziehen. Aber Katja Pilenkowa beherrscht ein Dutzend Männer, indem sie ihr Kleid anbehält.«

Liu sprach ohne Groll, als ob er das Ganze wirklich lustig fände.

Vielleicht traf das sogar zu.

Doch Katja war auf der Hut, denn sie spürte, daß er mit sich kämpfte.

Er spielte noch eine Weile mit dem Paß herum, dann schob er das Geschenk in die Innentasche seines Jacketts.

»Ich habe geglaubt, derartige Schwächen überwunden zu haben«, sagte er, »aber seltsamerweise ist es Ihnen gelungen, auch eine gewisse Herrschaft über mich zu erlangen.«

Katja war eine liebenswürdige Gewinnerin. Sie lächelte Liu an, als ob er tatsächlich ein hochgeschätzter Freund wäre.

Was im Moment auch stimmte – um Kasatonins willen, wenn schon aus keinem anderen Grund.

»Lassen Sie uns lieber über Freundschaft sprechen als über Herrschaft«, sagte sie sanft.

Liu lächelte ironisch.

»Wie merkwürdig es doch zusammenpaßt«, murmelte er, »daß Ihre Kontrolle über mich auf eine Zeit zurückgeht, in der ich in den Armen einer Frau schwach geworden bin. Wäre da nicht diese Schwäche gewesen, hätte ich nie einen Sohn gehabt und dieser hätte nie einen Sohn bekommen. Dann würde ich mich nun nicht in Ihrer Schuld befinden.«

»Wir sind alle gegenseitige Schuldner«, versicherte Katja ihm. »Das ist der Grund, warum es die Harmony gibt.«

Liu blieb stumm.

In diesem Augenblick war sie beinahe froh, vom diskreten Tony Liu einen Gefallen erbitten zu können. Wie sämtliche Männer hier und anderswo besaß auch Tony Liu einen ausgeprägten Stolz. Er konnte ein gefährlicher Feind sein.

Katja jedoch brauchte gefährliche Freunde.

»Mr. Liu«, raunte sie, »sind Sie nicht mit dem Anführer der Karen verwandt, dem Mann, den man den Generalissimo der Mohnkapseln nennt?«

Sofort nahm Lius gedankenvolle Miene wieder die alte Maske an. Umgehend breitete sich das unterwürfige Grinsen auf seinen glatten Zügen aus.

»Wir sind verwandt, das stimmt«, bejahte Liu.

»Es gibt ein Städtchen namens Baoshan in der oberen Region des Lancang Jiang oder Mekong, wie er meist genannt wird – dort, wo er im Himalajagebirge entspringt«, beschrieb Katja die Lage. »Ich glaube, Ihr Verwandter kontrolliert diese Region.«

Liu nickte. »Das Volk der Karen kontrolliert das ganze Gebiet dort, obwohl es teilweise auf dem Territorium der Volksrepublik China liegt.«

»Könnten die Karen ein wertvolles Paket von dieser Stadt nach, sagen wir, Hongkong befördern?«

Abermals nickte Liu. »Wenn das Paket klein und wertvoll genug ist, um das Risiko einzugehen.«

»Es ist nicht groß – und wertvoller für die Harmony als alles Rohopium, das die Untertanen der Karen in einem ganzen Jahr produzieren. In zehn Jahren.«

Überraschung flackerte kurz hinter Lius Maske auf.

»Das ginge schon«, meinte er.

»Können Sie es veranlassen?«

Er nickte.

»Im Namen der Harmony«, sagte Katja, »möchte ich Sie bitten, in vier Tagen einen vertrauenswürdigen Boten nach Baoshan zu schicken. Er soll sich mit einem Mann namens Ilja Kasatonin in Verbindung setzen.«

»Kasatonin? Ein Landsmann von Ihnen? Wie sieht er aus?«

Katja wischte die Frage beiseite. »Er wird der einzige Russe in Baoshan sein. Sein Gepäck besteht aus einem kleinen, aber äußerst wichtigen Paket, das nach Hongkong befördert werden muß.«

»Ich veranlasse es.«

»Ist es auch möglich, des Objekt nach Seattle im Nordwesten der Vereinigten Staaten weiterzuschaffen?«

»Ja. Wieviel Zeit habe ich?«

»Einen Monat.«

Liu überlegte kurz.

»In einem Monat«, sagte er, »treffen Sie sich mit dem ehrenwerten und recht widerspenstigen Gentleman aus Japan?«

Katja wußte, daß es keinen Zweck hatte, Liu anzulügen. Es gab nichts dabei zu gewinnen – aber jede Menge zu verlieren.

»Das stimmt«, gab sie also zu.

»Ist eine besondere Handhabung vonnöten?«

»Sehr wahrscheinlich.«

»Ich werde ein paar Anrufe tätigen müssen«, meinte Liu.

»Ihre Cabana ist schon für Sie vorbereitet. Ich habe einen Koch aus Taipeh, der sich um Ihre Wünsche kümmert.«

»Und eine Frau mit kleinen Füßen aus Fukien, nehme ich an«, spann Liu mit einer kleinen Verneigung den Faden weiter. »Sowie eine üppige Blondine.«

»Ihre Freude ist auch meine Freude.«

»... und Ihre Gastfreundschaft wie immer überwältigend!«

Liu verbeugte sich erneut, ein wenig tiefer diesmal, und machte sich auf den Weg zu seiner Cabana.

Katja erwiderte den Gruß mit chinesischer Präzision, das heißt mit einer Neigung des Kopfes, um den ihr gezollten Respekt zu erwidern.

Nicht mehr. Aber auch nicht weniger.

Als Liu gegangen war, wandte sich Katja um und ging zu La Pena, der sie vom anderen Ende des Raums aus beobachtet hatte. Der behäbige Kolumbianer hockte in einem großen Sessel. Zwei Mädchen fummelten an ihm herum und hingen bewundernd an seinen Lippen.

»Ein wenig eisgekühlte Shrimps gefällig?« fragte Katja.

La Pena grunzte wie gehabt. Auf seine kurze Handbewegung verschwanden die Mädchen und gingen zum Buffet, wo sie weiterer Befehle von ihm harrten.

»Was für ein Interesse hast du an Tony Liu?« fragte la Pena ohne Umschweife.

Katja hätte es vorgezogen, gar nichts zu sagen, aber La Pena war der ordnungsgemäß gewählte Vorstand der Harmony.

Im Moment jedenfalls.

»Es gab ein Problem mit der ursprünglichen Versandroute des Geschenks für Mr. Koyama«, sagte Katja. »Mr. Liu konnte uns eine bessere Route vorschlagen.«

»Du hättest zu mir kommen sollen. Ich habe gute Kontakte in Thailand. Einer der Triadenbosse dort schuldet mir den einen oder anderen Gefallen. Wir hätten das Paket auch so rum schicken können.«

»Mr. Liu muß das Gefühl haben, zur Harmony dazuzugehören.«

Das hielt La Pena allerdings nicht für unbedingt nötig.

»Dieses Paket«, erläuterte Katja, »ist viel empfindlicher als Heroin. Mr. Liu verfügt über die notwendigen Kontakte, um die Sendung entsprechend zu präparieren. Die Emigranten, die er in den Westen schmuggelt, schmuggeln auch Kunstschätze für ihn.«

Der Latino zuckte mit den Schultern und akzeptierte Katjas Entscheidung. Seine Augen wanderten zum Buffet.

Katja beäugte die immer größer werdende Wölbung im Schritt des Kolumbianers und sprach rasch. Offenbar hatte La Pena im Moment weder Geschäfte noch Essen im Sinn.

»Hast du immer noch diesen Washingtoner Anwalt?« fragte Katja.

Der Harmony-Vorstand blickte sie irritiert an.

»Demosthenes ist nur für ganz besondere Zwecke vorgesehen«, knurrte er.

»Sicher.«

»Nach dem Reinfall mit der Bank of Credit and Commerce International sind die Washingtoner Anwälte viel vorsichtiger geworden, was die Klienten betrifft, die sie vertreten.«

»Diese Angelegenheit ist äußerst delikat«, sagte Katja.

»Schon wieder Bestechung?«

»Nein. Eine andere Art von Botschaft.«

Ihr Gast lächelte und entblößte dabei zwei Reihen scharfer, krummer Zähne.

»Mein sechsjähriger Sohn ist ein besserer Messerstecher als der Anwalt«, verriet La Pena ihr.

Katja lächelte.

»So blutig will ich es nun auch wieder nicht«, bremste sie ihn. »Bloß eine simple Warnung an eine Gruppe, die uns seit einiger Zeit ein paar Probleme bereitet.«

La Pena wandte seine Aufmerksamkeit wieder Katja zu.

»Probleme?« echote er.

»Ja.«

Katja kniete neben seinem Sessel nieder, so daß sie ungestört mit ihm sprechen konnte.

»Hast du schon von einer Gruppe amerikanischer Privatagenten gehört«, murmelte sie in seinen verschwitzten Haarschopf, »die sich Risk Limited nennt?«

7

Tibet
Oktober

Zuerst war es die Stille, die an Danielle Warrens Nerven zerrte. Achtzehn Stunden allein, achtzehn Stunden, in denen sie in der reglosen Luft der Steinzelle unter dem Potala Palast auf ein Geräusch gewartet hatte.

Jetzt machte sie das laute, durchdringende Krachen des Motors, fünf Zentimeter von Danis Ohr entfernt, verrückt. Das hätte es jedenfalls können, wenn sie es zugelassen hätte.

Wenigstens bin ich nicht allein, dachte Dani.

Andererseits war sie sich nicht sicher, ob die neue Gesellschaft eine echte Verbesserung darstellte. Ganz gewiß gäbe es ohne Shane Crowe, der halb unter ihr lag, mehr Platz in der Kiste.

Schon seit dem Morgengrauen klemmten sie in der Schmugglerkiste, die unter dem Vordersitz des Jiefang Geländelasters versteckt war. Ihre Unterbringung besaß etwa die Größe eines Sargs.

Das Versteck war nicht zum Schmuggeln von Menschen gedacht. Es offerierte keinerlei Bequemlichkeit, wenn man mal von dem matratzenähnlichen Effekt absah, den Shanes Körper ihr bot.

Schöne Matratze, dachte Dani. Kaum eine Spur weicher als Stahl. In ihrer Position spürte sie nämlich jeden Zentimeter von Shane Crowes Luxuskörper.

Na ja, nicht *jeden* Zentimeter, dachte Dani trocken.

Der Humor, mit dem sie die ganze Situation betrachtete, erstaunte sie einerseits, andererseits entsetzte er sie. Seit Stunden befanden sie sich nun schon in dieser erzwungenen Intimität.

Nicht, daß das Arrangement etwas Persönliches an sich gehabt hätte. Es war halt die einzige Weise, in der sie beide in diesem »Geheimfach« hatten Platz finden können.

Noch gestern wäre Dani nicht im Traum eingefallen, stundenlang mit einem großen Fremden in einer Sardinenbüchse eingequetscht zu sein, nicht Luft holen zu können, ohne ihn an ihren

Brüsten zu spüren und praktisch jeden seiner Atemzüge zu inhalieren. Der Gedanke an eine solch erzwungene Zweisamkeit hätte ihr kalte Schauder über den Rücken gejagt.

Aber gestern hätte sie sich eine ganze Menge Dinge noch nicht vorstellen können, zum Beispiel, wie vor den eigenen Augen ein Mann erschossen wird.

Nun, aus Erfahrung wird man klug, sagte sie sich. Wenigstens bin ich noch am Leben, um Erfahrungen zu sammeln. Der arme Feng hat diese Chance nicht mehr.

Und ohne Shane wäre ich jetzt ebenfalls tot.

Der Gedanke, daß sie dem großen Fremden ihr Leben verdankte, gefiel Dani keineswegs. Noch unbehaglicher machte sie jedoch, daß sie tief in ihrem Innern das Gefühl von Shanes Nähe, von seinem herben männlichen Duft genoß.

Vielleicht liegt es ja bloß daran, daß Shane besser riecht als der Auspuff, argumentierte sie. Und viel besser als das scheußliche Kraut, das der Fahrer raucht.

Dann fragte sie sich, was Shane wohl dachte und ob er ihren Geruch bemerkte.

Der Gedanke beunruhigte Dani, aber sie verfolgte ihn dennoch. Alles, bloß nicht an die Abgase denken und an ihre Übelkeit und die Angst, die hinter ihrem Galgenhumor lauerte …

Das ist ein Abenteuer, hielt sie sich zum hundertsten Mal vor. Deshalb bin ich ja in die Ferne und nicht in einem verstaubten Museum hocken geblieben. Ich wünschte mir Abenteuer statt eines Schreibtisches an einer Uni.

Aber so ein Schlamassel nun auch wieder nicht!

Der Laster rumpelte in ein ungewöhnlich großes Schlagloch. Dani bumste hart an die Metalldecke und dann zurück auf Shane.

Zuerst war der Lärm sogar noch schlimmer für Dani gewesen, als mit einem Fremdling in einem Metallsarg untergebracht zu sein. Aber nach fünf Stunden registrierten ihre Ohren den Krach nicht mehr.

Ihre Empfindungen gegenüber Shane änderten sich indessen eher auf subtile Weise. Seine Stärke machte sie nicht mehr nervös. Die Tatsache, daß er ihr das Leben gerettet hatte und ebenso entschlossen wie sie zu sein schien, ihre körperliche Intimität zu ignorieren, beruhigte Dani auf einer elementaren Ebene, die sie nicht beschreiben konnte.

Was immer Shane Crowe auch sein mochte, er war kein sexueller Brutalo wie ihr Ex-Gatte.

Die Straße zog sich endlos hinauf ins Himalajagebirge. Das Motorengeräusch tat zwar nicht mehr weh, aber es nervte fürchterlich. Das Getriebe krachte, große Auspuffwolken stiegen auf und vermischten sich mit dem Tabakrauch in der Fahrerkabine über Danis und Shanes Köpfen.

Grimmig atmete Dani durch die Nase ein und durch zusammengebissene Zähne aus. Während sie gegen ihre Übelkeit ankämpfte, erinnerte sie sich daran, daß die einzige Alternative ein richtiger Sarg gewesen wäre statt dieser Schmugglerkiste.

Ohne den Laster hätten sie keine Chance gehabt, dem Schleppnetz zu entwischen, das die Armee und die Polizei über Lhasa und Umgebung ausgeworfen hatten. Doch obwohl sie das wußte, hatte sie lauten Protest angemeldet, als sie die Größe des Behälters sah, der ihren Weg in die Freiheit ermöglichen sollte.

Shane war wortlos hineingeklettert und hatte sich auf dem Rücken ausgestreckt. Seine Schultern waren zu breit, also mußte er seitlich auf einem Arm liegen.

Beschämt hatte sich daraufhin Dani zu ihm gesellt und an die Seite gedrückt, um ihn so wenig wie möglich zu berühren. Natürlich war es für sie unbequem, aber für ihn zweifelsohne noch schlimmer.

Dennoch hatte sich Shane in all den Stunden kein einziges Mal bewegt.

Wenn Dani nicht seine regelmäßigen Atemzüge gespürt hätte, hätte sie ihn für tot gehalten. Seine Augen waren halb geschlossen, sein Körper vollkommen entspannt.

So etwas kannte sie nur von Mönchen, die in der Meditationsart der Selbsthypnose bewandert waren.

Der Laster schnellte hoch und rumpelte dann wieder auf die Straße zurück. Das Getriebe protestierte mit einem lauten Quietschen.

Shane nahm den Lärm und Gestank nur am Rande wahr. Sein linker Arm schickte Schmerzsignale an sein teilnahmsloses Hirn. Der rechte Arm war ihm schon seit geraumer Zeit unter Danis Gewicht eingeschlafen.

Körperliches Unbehagen existierte nicht wirklich für Shane. Sein Verstand war vollkommen auf die runde Oberfläche eines Bolzens im Metalldeckel über seinem Kopf konzentriert. Nur dies ließ er in seinem persönlichen Universum zu. Er studierte den Bolzen mit unnachgiebiger Aufmerksamkeit.

Nichts existierte, außer dem Bolzen und dem Gehirn, das darüber meditierte.

Das Holpern und Rumpeln, das röhrende Dröhnen des Motors, das Kreischen des Getriebes, die erstickenden Abgase und der weit faszinierendere Duft von Danielle Warren – all das klammerte Shane aus, während ihm die umfassende Realität des Bolzens durch den Kopf ging.

Er dachte über die Geschichte solcher Bolzen nach, all die unterschiedlichen Technologien, die zur Herstellung so einer Vorrichtung notwendig waren.

Was für eine Reihe kluger Primaten hatte doch diese Technologien erfunden.

Ja, er verbrachte sogar einige Zeit damit, zu überlegen, was wohl passieren würde, wenn alle Bolzen der ganzen Welt mit einem Schlag verschwinden würden.

Shane gab sich jede erdenkliche Mühe, seine Gedanken von dem erstickenden Duft der Frau, deren Kopf an seiner Schulter ruhte, abzulenken.

Ganz bewußt hütete er sich davor, sich den Rest von Danis Körper auszumalen, der sich mit dem Entgegenkommen einer Geliebten an ihn schmiegte.

Wenn Shane den Kopf drehte, sah er einen kleinen Schlitz zwischen Fahrerkabine und Wagenunterteil, durch den das Licht hereindrang. Der Laster transportierte acht Tonnen unterschiedlicher Ladung.

Er wußte, daß der Wagen bereits zwei Armee-Kontrollpunkte passiert hatte. Der erste war eine permanente Einrichtung an der

Straße nach Katmandu. Der zweite mußte wohl eine Ersatzstelle sein, von der aus sie nach ihm und Dani suchen wollten.

Seine Disziplin hielt er aufrecht, indem er sich die Gefahr, in der sie sich befanden und daher in dieser Kiste stecken mußten, vergegenwärtigte. Doch nun wurde selbst Shane allmählich unruhig.

Zuerst gab er sich die Schuld an seiner mangelnden Konzentration.

Ich bin müde, sagte er sich. Zu müde, um meine Gedanken in Schach halten, geschweige denn wie ein gläubiger Buddhist lenken zu können.

Doch noch während ihm diese Erklärung in den Sinn kam, verwarf er sie wieder. Er hatte schon unter weit unbequemeren Umständen, als diese Streichholzschachtel sie bot, meditiert, und zwar Stunde um Stunde.

Es ist Dani, entschied Shane. Ich könnte ignorieren, daß ich sie überall an mir fühle – aber sie fühlt sich eindeutig unwohl.

Danis Körper hatte seine ursprüngliche Geschmeidigkeit verloren. Sie war steif und verkrampft, weil sie andauernd versuchte, ihm nicht zu nahe zu kommen und gleichzeitig, sich gegen das Holpern und Rütteln abzustützen.

Shane hätte ihr sagen können, daß ersteres unnötig und letzteres unmöglich war.

Vielleicht ist sie aus Angst so verkrampft, überlegte er.

Die lange Zeit in den Katakomben des Potala Palastes hatten sie getrennt verbracht. Aus Rücksicht wollte Shane es Dani nicht zumuten, schon vorher in einer Zelle mit ihm eingesperrt zu sein.

Vielleicht habe ich mich auch geirrt, dachte er, und ich war ihr gar nicht auf Anhieb unsympathisch ...

Und vielleicht können Schweine ja fliegen ...

Shane mochte bereits eine geraume Zeit bei buddhistischen Mönchen verbracht haben; aber er hatte noch nicht vergessen, wie eine Frau einen Mann ansah, an dem sie interessiert war.

Das erste Mal, als Dani mich im Hotel entdeckte, haben ihre Augen ein klares Signal gefunkt.

Verzieh dich, wie Cassandra sagen würde.

Letztere hatte diesen Blick in ihrer Zeit als Botschafterin perfektioniert. Shane war selbst ein paarmal in den Genuß desselben gekommen, seit er für Risk Limited arbeitete.

Nicht, daß er versucht hätte, sich an Cassandra ranzumachen. Ganz im Gegenteil!

Da müßte ich erst mal an Gillie vorbei, dachte er trocken, und meine Mama hat keinen Dummkopf großgezogen.

Außer vielleicht in letzter Zeit ...

... seit kürzestem, mußte Shane sich eingestehen. Eine gewisse Lady mit haselnußbraunen Augen, deren Haar süß duftet, fährt Schlitten mit meiner Konzentration.

Entspann dich, Dani, riet Shane ihr in Gedanken. Wir werden schon heil aus der Sache rauskommen.

Taub vielleicht, sonst aber unversehrt.

Hier drinnen in der Schmugglerkiste machte der Motorenlärm eine Unterhaltung unmöglich. Ansonsten hätte Shane Dani längst versichert, daß Klaustrophobie unter den gegebenen Umständen ganz normal war, im Grunde unvermeidlich.

Siehst du den Lichtstrahl? fragte Shane sie in Gedanken. Die Welt da draußen gibt es noch. Und wir sind auch bald wieder dort.

Ich hoffe, du bist immer noch ein so guter Sportler wie gestern.

Shane wußte, was Dani nicht wußte. In vieler Hinsicht stand ihnen der schlimmste Teil der Reise noch bevor.

Der Laster erreichte den Kamm einer Steigung. Auf einmal wurde es still um sie.

Dani kapierte, warum. Es war kein Trost.

Die tibetischen Lastwagenfahrer kannte sie und ihre Praxis, bergab den Gang rauszunehmen und den Motor abzuschalten, so daß nur noch die Bremsen zwischen ihnen und einer Katastrophe standen; außerdem waren die Bremsseile hierzulande meist ebenso dünn wie die Luft in knapp fünftausend Metern Höhe.

Als Dani nun plötzlich stocksteif wurde, ging auch das letzte bißchen von Shanes Konzentration flöten.

»Alles okay mit Ihnen?« fragte er.

Das waren die ersten gesprochenen Worte seit Beginn ihres Höllentrips.

»Es geht schon«, stieß Dani zwischen zusammengebissenen Zähnen hervor.

Shane war nicht überzeugt.

»Vorhin, als mein Arm noch nicht eingeschlafen war, habe ich gefühlt, wie Sie zitterten.«

»Mir geht es gut«, wiederholte sie. »Ich hoffe bloß, daß sich das alles auch wirklich lohnt.«

»Das tut es. Tibet wimmelt nur so von bewaffneten Soldaten, die nach uns suchen.«

»Warum? Glauben die, wir hätten Feng getötet?«

»Ein toter Schmuggler mehr oder weniger ist denen egal. Sie glauben, wir hätten die Seide.«

»Woher wissen Sie das?«

»Ich habe verläßliche Quellen in Lhasa«, klärte Shane sie auf. Können Sie Ihren Kopf mal für 'ne Minute hochheben?«

Dani hob den Kopf und bumste prompt gegen eine scharfe Metallkante. Sie unterdrückte ein ärgerliches Autsch.

»Sorry«, sagte Shane.

Er bewegte seinen Arm ein wenig. Langsam kam das Gefühl wieder zurück, zuerst als scharfer Schmerz, dann als Nadelstiche.

»Okay«, er krächzte ein wenig, »alles wieder normal«.

»Normal?« brummte Dani, legte jedoch gleich wieder den Kopf auf seine Schulter. »Was ist an dieser Situation normal?«

»Kann ich irgendwas tun, um es Ihnen bequemer zu machen?« fragte er. »Außer mich in Luft aufzulösen?«

Shanes Fürsorge kam so unerwartet, daß Dani loskicherte.

»Das würde auch nichts helfen«, gluckste sie. »Immerhin sind Sie weicher als die Metallkiste. Ein bißchen zumindest.«

Der Lichtstrahl, der durch den Schlitz in der Fahrerkabine zu ihnen hereindrang, enthüllte Shanes flüchtiges Grinsen.

»Im übrigen«, fügte Dani hinzu, »sollten Sie eigentlich derjenige sein, der sich beschwert.«

»Warum?«

»Sie liegen unten.«

Shanes Brust bebte, als er nun aufprustete.

Dani fühlte es in jeder Zelle ihres Körpers. Sie fragte sich, ob er ihr Lachen ebenso gespürt hatte. Der Gedanke war sowohl faszinierend als auch beunruhigend.

»Wie lange müssen wir noch hier drinnen bleiben?« fragte sie rasch.

»Etwa drei Stunden«, sagte Shane. »Vielleicht ...«

Der Rest seiner Worte ging im Kreischen des Getriebes und im neuerlichen Brüllen des Motors unter. Der Laster machte sich an die nächste Steigung.

Dani seufzte und fragte sich, wie lange drei Stunden wohl dauern konnten.

Lang, entschied sie. Eine Ewigkeit!

Shane konzentrierte sich wieder auf den Bolzen, der aus dem Deckel ragte. Er prägte sich jeden Kratzer, jede Unebenheit ein, die Zeit und harte Abnutzung ins Metall gegraben hatten.

Zwanzig Minuten krochen vorbei.

Allmählich spürte Shane, wie sich Dani wieder verkrampfte.

Auf einmal umgab sie erneut gesegnete Stille.

»Drei Stunden, vielleicht auch vier«, nahm Shane ihr Gespräch da wieder auf, wo es unterbrochen worden war.

Dani gab sich Mühe, nicht zu stöhnen.

»Atmen Sie durch den Mund«, sagte Shane. »Langsam. Dann sind die Abgase nicht so schlimm.«

Außerdem verging die Zeit schneller, wenn sie sich um ihren Atem kümmerte, setzte er stillschweigend hinzu.

Vorsichtig begann Dani, durch den Mund zu atmen.

Nach ein paar Minuten spürte Shane, wie sie sich wieder entspannte. Er drehte den Kopf herum, daß er sie ansehen konnte.

Dani hatte die Augen so fest zusammengekniffen, daß kleine Krähenfüße an ihren Augenwinkeln zu sehen waren.

»Machen Sie die Augen auf«, schlug Shane vor. »Suchen Sie sich etwas, worauf Sie sich konzentrieren können.«

Zögernd öffnete Dani die Augen.

Die Kiste anzusehen war keine so gute Idee. Sie wählte schließlich Shanes zerknittertes Khakihemd, dem sie sich ohne Anstrengung widmen konnte.

»Denken Sie über das nach, was Sie vor sich haben«, meinte

Shane. »Überlassen Sie es Ihrem Körper statt Ihrem Gehirn, die Balance zu halten.«

»Das sagt sich so leicht.«

»Versuchen Sie es.«

Warum nicht? dachte Dani bei sich. Vielleicht funktioniert es ja. Shane wirkt erstaunlich locker.

Plötzlich vermochte Dani sich vorzustellen, daß Shanes Hemd in Wahrheit die öden Berge und Täler der tibetischen Mondlandschaft darstellte. Sie lag auf einem fliegenden Teppich und blickte auf die weite, hüglige Landschaft.

Auf einmal kam ihr die Transportbox viel größer vor.

Ohne sich dessen bewußt zu sein, holte Dani tief Luft und ließ sich bereitwillig auf ihren ganz persönlichen Zauberteppich sinken.

»Besser?« fragte Shane.

Dani nickte.

Shane spürte die Bewegung an seinem Bizeps. Zudem fühlte er das Nachlassen ihrer Verkrampfung.

Gut, beglückwünschte er sie in Gedanken. Du brauchst deine Kraft für das, was noch vor uns liegt.

»Wer sind Sie überhaupt?« fragte Dani ein wenig später. »CIA?«

Shane stieß eine Art Wiehern aus.

»Dann sind wir also wieder da gelandet, stimmt's?« fragte er.

»Sie haben gesagt, ich soll mich auf was konzentrieren. Da bleiben nur Sie oder die Kiste, und ich habe so viel von diesem Kasten mitgekriegt, daß es mir für ein Leben lang reicht.«

»Warum glauben Sie, daß ich vom CIA bin?«

»Sie wissen eine ganze Menge über das Leben im Untergrund, wie man sich verdünnisiert, versteckt und so weiter.«

»Tu ich das?«

»Ja, das tun Sie. Kein normaler Zivilist hätte mich lebend da rausbekommen.«

Shane widersprach ihr nicht. Er konnte sich nur zu gut an die Entscheidung erinnern, die er hatte treffen müssen.

Die Seide zu retten – oder die Frau!

»Sie sind selbst recht ungewöhnlich«, bemerkte Shane.

»Sie meinen im Sinne von dumm?« entgegnete Dani.

»Das dachte ich zuerst, ja.«

»Vielen Dank.«

»Bitte sehr. Dann habe ich meine Meinung geändert.«

»Warum?« fragte Dani.

»Eine dumme Person hätte zu schreien angefangen, noch bevor wir Lhasa in dieser Streichholzschachtel verlassen hätten.«

»Ist das ein Kompliment?«

»Eher eine Tatsache.«

Dani dachte ein paar Holperer lang darüber nach. Dann merkte sie, daß Shane ihre ursprüngliche Frage gar nicht beantwortet hatte.

»Also sind Sie nun vom CIA?« insistierte sie.

»Nein, ich gehöre nicht zur Regierung, sondern arbeite für eine Organisation namens Risk Limited.«

»Nie gehört.«

»Dafür stecken wir unseren PR-Leuten ja auch dicke Scheine in die Tasche«, sagte Shane, »um uns aus den Schlagzeilen rauszuhalten.«

»Hat Risk Limited seine Büros in Asien?«

»In den Vereinigten Staaten.«

»Sie sind ganz schön weit weg von zu Hause.«

»Wir haben – hatten – einen Vertrag mit der Azursekte der tibetischen Buddhisten. Einen Beratungs- und Sicherheitsvertrag. Den werden sie uns jetzt wahrscheinlich aufkündigen.«

»Und dem CIA übergeben«, erwiderte Dani düster.

Shane holte tief Luft, ließ den Atem langsam ausströmen und mit ihm seinen Ärger.

»Was macht das schon für einen Unterschied?« fragte er schließlich.

»Keinen, nehme ich an«, räumte Dani ein. »Zumindest versuchen Sie nicht, sich für einen von uns auszugeben.«

»Von uns?«

»Einige von diesen Undercover-Typen geben sich als Forscher oder Professoren aus, um an Informationen ranzukommen.«

»Wie schockierend!« Shane klang angewidert.

»Da haben Sie verdammt recht, das ist es«, fauchte Dani. »Archäologen haben es schwer genug in den Dritte-Welt-Ländern. Wir brauchen nicht auch noch Spione und Spitzel, die sich hinter alten Kunstschätzen verschanzen.«

Shane wollte etwas sagen, aber das plötzliche Aufheulen und Röhren des Motors kam ihm dazwischen.

Dani versteifte sich.

Kurze Zeit später fühlte Shane, wie sie wieder locker ließ. Er fragte sich, was sie sich wohl als Meditationsobjekt ausgesucht hatte. Behutsam wuchtete er sich herum, um einen Blick auf sie zu werfen.

Ihre Augen waren offen, aber von langen, dichten Wimpern überschattet.

Keine Tusche, stellte Shane fest. Sauber und glänzend. Von ihrem Blickwinkel aus kann sie höchstens mein Hemd sehen.

Was sie da wohl vorfindet? Schweiß? Dreck?

In Gedanken zuckte er mit den Schultern. Was immer Dani auch betrachtete, es beruhigte sie.

Er starrte zu dem Bolzen hinauf, doch der hatte nun endgültig seine Faszination verloren. Wieder schaute er auf Danis Wimpern.

Schwarze Schmetterlingsflügel, dachte er. Die sich ausruhen.

Da fiel Shane das alte asiatische Rätsel ein: *Letzte Nacht träumte mir, ich wäre ein Schmetterling. Ich erwachte und sah mich als Mensch.*

Oder bin ich ein Schmetterling, der träumt, er sei ein Mensch?

Das Rätsel war interessanter für Shane als der rostige Bolzen und weniger beunruhigend als Danis Wimpern.

Lange Zeit lagen sie so beieinander, jeder in seine eigene Welt versunken, und rangen darum, den Lärm, Gestank und die Enge der Realität zu ignorieren.

Abrupt änderte sich das Motorengeräusch. Der Fahrer trat dreimal wild aufs Gas.

Der Schmetterling entschied, daß er ganz bestimmt ein Mensch war und daß dieser Mensch verdammt tief in der Tinte saß.

Dani rollte den Kopf zu ihm und setzte zu einer Bemerkung an, doch er schnitt ihr das Wort mit einem Kopfschütteln ab.

Der Fahrer schaltete herunter und bremste mit unnötiger Heftigkeit.

»Soldaten«, hauchte Shane.

Dani erstarrte.

Der Laster hielt. Der Motor rasselte im Leerlauf.

Trotz des Motorenlärms bekam Dani einen barschen Befehl auf chinesisch und eine unverständliche Antwort auf tibetisch mit.

Der winzige Lichtstrahl in ihrem Sarg verschwand mit einem Mal. Er wurde von einem dunkelgrünen Vorhang blockiert. Die Brust eines Soldaten. Er trug einen roten Lackstern.

Volksrepublik China.

Himmel, dachte Dani. Jetzt haben sie uns doch erwischt!

8

Instinktiv hielt sie den Atem an und versuchte, sich unsichtbar zu machen. Da fühlte sie, wie auch der Mann unter ihr sich anspannte.

Komischerweise beruhigte sie das ein wenig. Shane kam ihr so stark, so beherrscht, so unheimlich selbstsicher vor, daß er absolut angstfrei gewirkt hatte. Aufgrund seiner Sprungbereitschaft kam sie sich nicht so allein vor.

Dani verstand nicht genug Chinesisch, um der Unterhaltung zwischen dem Lastwagenfahrer und den Soldaten folgen zu können.

Shane schon. Er hörte aufmerksam zu, weil er wissen wollte, wie tief sie in der Patsche saßen.

Der Fahrer verteilte Zigaretten. Das wurde an den offiziellen Straßenblockaden auch erwartet. Man sah das als Höflichkeitsgeste an und weniger als Bestechung.

Der Fahrer und die Soldaten standen plaudernd und rauchend

im beißenden Wind herum. Während die Unterhaltung so dahinplätscherte – über das kalte Wetter und heißen Schnaps, über sture Vorgesetzte und willige Frauen –, legte sich Shanes Alarmzustand.

Die Soldaten schnüffelten gar nicht nach zwei flüchtigen Amerikanern. Den Männern war es schlicht und einfach langweilig auf ihrem abgelegenen Posten im Hochgebirge.

Schließlich röhrte der Motor wieder auf, und mit einer lauten Fehlzündung und einem asthmatischen Husten rumpelte der Laster, eine schwarze Abgaswolke hinter sich ausstoßend, über den Checkpoint. Nach einer kurzen Holperstrecke nahm der Fahrer wieder den Gang heraus und ließ das Fahrzeug das Gefälle hinunterrollen.

Shane entspannte sich noch mehr. Sie waren zwar nicht ganz in Sicherheit, aber immerhin näher dran.

»Endlich«, sagte Dani. »Ich hab die Abgase schon vermißt.«

»Sie machen Witze!«

»Nö. Mir ist richtig kalt geworden, als der Motor aus war.«

»Öffnen Sie Ihre Jacke«, sagte Shane in sachlichem Ton. »Meine Körperwärme reicht locker für uns beide.«

Ohne zu überlegen, riß Dani den Kopf zurück, so daß sie Shane ins Gesicht sehen konnte. Prompt haute sie sich die Birne an. Ihr Kopf plumpste wieder auf seinen Brustkorb zurück.

Das Getriebe kreischte. Der Motor heulte und hörte nicht auf zu rasseln, während sich der Laster erneut eine Anhöhe hinaufschleppte.

Reden war da unmöglich.

Das Gefährt kletterte höher und höher, bis schließlich nicht mal mehr die Abgase des Motors ausreichten, um Dani warm zu halten.

Öffnen Sie Ihre Jacke. Meine Körperwärme reicht locker für uns beide.

Es war nicht einfach in der engen Sardinenbüchse – aber Dani schaffte es schließlich, ihre Jacke aufzuknöpfen, so daß sie nicht mehr von Shanes Körperwärme isoliert war.

Sehr rasch merkte sie, daß er recht hatte. Er produzierte genug Wärme für sie beide.

Mit einem tiefen Seufzer kuschelte sie sich an ihn und ließ ihre Gedanken wieder über die Täler und Gipfel ihres Zauberteppichs wandern.

Shane fühlte ihren warmen Atem an seinem Hals, fühlte, wie weich sie war, und verfluchte sein voreiliges Heiz-Angebot.

Logik, sagte sich Shane. Das ist der Schlüssel zur Selbstbeherrschung. Schmetterling und Blume. Ein Schmetterling, der zart und sanft, aber unnachgiebig in der Blüte nach dem warm fließenden Nektar bohrt ...

Abrupt wandte Shane seine Aufmerksamkeit wieder dem Bolzen zu.

Er wußte nicht, wieviel Zeit vergangen war, als ihre Verwahrung plötzlich zu ruckeln und zu rumpeln aufhörte. Blinzelnd konzentrierte er sich wieder auf die Realität. Dann prüfte er das Licht, das durch den Schlitz hereinfiel.

Es mußte früher Nachmittag sein.

Der Fahrer lenkte den Laster auf einen kleinen Feldweg, der von der Hauptstraße abzweigte. Er schaltete den Motor ab, stieg aus und urinierte hinter dem Wagen. Dann ging er zur Vorderseite und wetterte über den Motor, daß es die reinste Freude war – für einen Lkwler zumindest. Ein Mönch sollte solche Ausdrücke beim besten Willen nicht in den Mund nehmen.

»Machen Sie sich bereit«, flüsterte Shane.

»Wofür?«

»Können Sie gehen, oder soll ich Sie tragen?«

»Hatten wir das nicht schon mal?«

»Antworten Sie mir bitte!«

»Ich kann gehen.«

»Wenn Ihnen die Beine wegknicken, trage ich Sie.«

Daran zweifelte Dani nicht. Shanes Stimme war ebenso ausdruckslos und kühl wie der Metallkasten, in dem sie sich schichtartig zusammenquetschten.

Mit einem Ruck öffnete der Mönch die kreischende Motorhaube. Er kam in die Fahrerkabine zurück und murmelte etwas in einem tibetischen Bergdialekt über Werkzeug und einen störrischen Schrotthaufen.

Als sich der Fahrer ins Innere hineinlehnte, sprach er plötzlich leise und präzise englisch.

»Rasch«, wisperte er. »Da steht ein kleines Wegheiligtum hinter dem Laster. Der Rucksack liegt schon dort. Wenn ich den Sitz aufklappe, packt eure Sachen und verschwindet.«

»Ist die Luft rein?« fragte Shane ebenso leise.

»Etwa zwei Meilen hinter uns patrouilliert ein kleiner Armeetrupp.«

»Shit!«

»Ich werde sie ablenken, aber ihr müßt euch beeilen!«

Als der Fahrer den Sitz aufklappte, wurde Dani von der hellen Nachmittagssonne geblendet. Mehrmals flatterten ihre Lider auf und zu. Ächzend versuchte sie sich aufzurichten. Sie kam weit genug hoch, um zu sehen, daß der Fahrer wieder zur Vorderseite seines störrischen Schrotthaufens gegangen war. In der Hand hielt er eine Winde.

Shanes freier Arm umschlang sie. Sie stieß einen Überraschungslaut aus, als er sie auf einmal in eine sitzende Position brachte.

»Können Sie sich bewegen?« fragte er.

Dani antwortete nicht. Sie begann sich einfach aus der Kiste herauszuhanteln.

Die kalte Luft bohrte sich wie ein Messer in ihre Lungen.

Rechts von ihnen erblickte Dani einen steinernen Schrein. Zerfetzte Gebetsfahnen knatterten im Wind und sandten ihre stummen Bitten um Sicherheit zu den Gebirgsgeistern hinauf

»Verlassen Sie den Wagen über die Beifahrerseite und verstecken Sie sich sofort hinter dem Heiligtum«, sagte Shane. »Und bleiben Sie unten, hören Sie? In der Luft kann man hundert Meilen weit sehen.«

Dani verkniff sich ein Stöhnen und krabbelte mit steifen Gliedern aus der Kiste über den Beifahrersitz ins Freie. Die Beine knickten ihr weg, als sie unten aufkam. Sie kniete am Boden und rang um ihr Gleichgewicht, während sie sich gleichzeitig die Steppjacke zuknöpfte.

Bevor Dani den ersten Knopf geschafft hatte, landete Shane

neben ihr. Eine große Hand schloß sich um ihren Oberarm und stützte sie.

Bitter registrierte Dani, daß er sich für einen langen Lulatsch, der stundenlang in einer Sardinenbüchse eingepfercht war, mit erstaunlicher Leichtigkeit bewegte.

»Schnell, schnell«, beschwor der Fahrer sie.

Shane zog Dani rasch auf die Füße. Geduckt lief er, Dani hinter sich herziehend, zum Schrein hinüber.

»Herzlichen Dank, Dorjee«, rief Shane leise. »Mögen die Götter dir beistehen!«

»Dir ebenfalls, ehrwürdiger Meister«, rief ihnen der Tibeter hinterher. »Aber *beeilt euch.*«

Als Dani und Shane sich in Bewegung setzten, schlug der Fahrer die Motorhaube wieder zu. Rasch kletterte er hinter sein Lenkrad. Er ließ den Höllenmotor an, glitt rückwärts auf die Hauptroute, legte den ersten Gang ein und holperte von dannen.

Dani lehnte mit dem Rücken an der Steinwand des Schreins und sog keuchend die dünne, eisige Luft in ihre Lungen. Während Shane in dem abgerissenen Lederrucksack herumwühlte, knöpfte sie ihre Jacke fertig zu.

Von der Straße hinter ihnen hörten sie auf einmal ein weiteres Fahrzeug den Weg zu ihnen heraufschnaufen.

Shane lauschte angestrengt und überschlug rasch die Distanz und die Möglichkeiten, die ihnen verblieben. In kaum zwei Atemzügen fällte er eine Entscheidung.

»Da drüben, etwa dreißig Meter von hier, ist ein Graben!« Er deutete in die angegebene Richtung. »Sehen Sie ihn?«

Dani nickte.

»Dorthin müssen wir«, zischte er. »Sofort!«

Ohne weitere Vorwarnung riß er Dani auf die Füße und begann mit ihr über den unebenen Boden zu rennen. Felsblöcke und Steine versperrten ihnen überall den Weg. Es sah aus, als hätte ein unvorsichtiger Götterbote einen riesigen Tempel umgestoßen.

Ohne innezuhalten oder langsamer zu werden zerrte er Dani den steilen Abhang hinunter in den Graben. Dann wies er das ausgetrocknete Flußbett hinauf.

»Rennen Sie um Ihr Leben!« rief er.

Und schon schubste er sie vorwärts, um seinem Befehl Nachdruck zu verleihen.

Dani rannte.

Shane folgte ihr auf dem Fuße. Das Geräusch ihrer Tritte auf dem rutschigen, steinigen Untergrund übertönte Danis keuchende Atemzüge. Sie fühlte sich, als wäre sie eine Meile gerannt, obwohl es sich um kaum hundert Meter handelte.

Auf einmal riß Shane sie zur Seite und stieß sie in eine kleine Höhle, die die Schneeschmelze aus dem Ufer gewaschen hatte.

»Bleiben Sie hier«, keuchte er. »Was Besseres – kriegen wir – nicht.«

Dani nickte nur. Sie war zu sehr mit Luftholen beschäftigt, um antworten zu können.

»Wie geht es dem Fuß?« fragte Shane einen Augenblick später. »Können Sie damit weiter?«

Wieder nickte Dani.

Shane streichelte ihr flüchtig über die Wange und lächelte.

»Ich wußte, daß Sie zäher sind, als Sie aussehen«, lobte er sie.

Absurderweise lächelte Dani zurück, obwohl ihr die Leichtigkeit, mit der Shane wieder zu Atem gekommen war, gegen den Strich ging.

»Was – jetzt?« brachte sie mühsam hervor.

»Wir warten.«

»Auf einen Führer?«

»Auf die Soldaten der Volksarmee«, berichtigte Shane und wies mit dem Daumen zum Schrein zurück. »Bleiben Sie hier. Versprechen Sie mir das?«

Dani nickte.

Shane schlich sich am steinigen Abhang des Flußbetts entlang, bis er den Schrein im Auge hatte, ohne selbst gesehen zu werden.

Nur Augenblicke später rumpelte ein schwerer Armeelaster im Schneckentempo über die Kiesstraße auf den Schrein zu.

Shane wartete ruhig atmend auf das, was die tibetischen Geister für ihn vorgesehen hatten.

Der Laster dröhnte ohne anzuhalten an dem Schrein vorbei.

Shane sprach ein lautloses Dankgebet an alle seine Schutzgeister. Dann schlich er zu Dani zurück.

Wie versprochen saß sie brav dort, wo er sie zurückgelassen hatte.

»Und?« fragte sie.

»Volksarmeesoldaten aus Lhasa«, sagte Shane. »Sie sind immer noch hinter Dorjee her. Er muß sich auf was gefaßt machen, wenn sie ihn erwischen.«

»Warum sollten sie an einem Lastwagenfahrer, der auf einer leeren Metallbox sitzt, interessiert sein?«

Ohne zu antworten warf Shane einen Blick über den Rand des Abhangs. Sowohl der Jiefang-Laster als auch die Armeepatrouille waren außer Sicht. Er schickte dem Laster ein stummes Gebet nach und drehte sich wieder zu Dani um.

»Dorjee ist nicht einfach ein Lastwagenfahrer«, erklärte Shane, »sondern Priester, ein Mönch von der Azursekte.«

Dani starrte ihn mit großen Augen an.

»Er ist einer meiner besten Männer und hat ausgeschissen, wenn ihn die Soldaten erwischen.«

Einen Augenblick bekam Dani keine Luft mehr. Ihr fiel ein, wie Dorjee Shane genannt hatte. *Ehrwürdiger Meister*.

»Können wir ihm nicht irgendwie helfen?« flehte sie.

»Dorjee hat seinen Frieden mit sich und seinen Göttern gemacht, als er sich freiwillig für diesen Einsatz meldete.«

»Aber ...«

»Auf alle Fälle sollten wir dafür sorgen, daß sein Opfer nicht umsonst war«, unterbrach Shane sie kurz angebunden. »Wir müssen weiter.«

Dani blickte sich um. Die kahle Landschaft erstreckte sich Hunderte von Meilen in alle Richtungen. Sie hätte beim besten Willen nicht sagen können, welche Richtung besser war als die andere.

»Wohin?« fragte sie.

»Vertrauen Sie mir«, forderte Shane sie auf.

»Habe ich denn eine Wahl?«

»Zu Fuß oder über meiner Schulter?«

Dani stand auf.

»Okay«, sagte Shane. »Dann also zu Fuß. Wenn Sie sich es anders überlegen, geben Sie Bescheid.«

»Mein ganzes Leben lang bin ich zu Fuß gegangen«, erwiderte Dani gepreßt.

»Nicht in dieser Höhe.«

»Ich habe Monate bei den Hirten verbracht.«

»Das erklärt einiges.«

»Was?«

»Ihre Jacke. Sieht aus, als hätten Sie sie einem chinesischen Lumpensammler abgeschwatzt.«

Shane nahm Danis Oberarm.

»Kommen Sie jetzt«, befahl er. »Wir haben noch zwei Stunden Tageslicht und fünf Kilometer vor uns. Ein Teil davon geht bergauf.«

Sie befreite sich aus Shanes Umklammerung. Seine Geste besaß etwas beinahe Besitzergreifendes, das ihr instinktiv widerstrebte.

»Ich bin kein Gepäckstück«, keifte sie. »Und lasse mich nicht durch die Gegend zerren!«

Shane warf ihr einen raschen Blick zu. Dann drehte er sich um und machte sich auf den Weg.

Sie verlor keine Zeit und folgte ihm.

In der ersten Stunde schlug Shane ein flottes Tempo über das öde, trockene Plateau an. Er hatte lange Beine und Erfahrung mit der dünnen Luft. Außerdem war er in ausgezeichneter körperlicher Verfassung und wußte, daß ihn jeder Schritt der Rettung näher brachte.

Dani war auch an die Höhe gewöhnt, aber ihre Beine wiesen nicht diese Länge auf. Gelegentlich mußte sie fast rennen, um mit ihm Schritt zu halten. Ihr steifes Fußgelenk lockerte sich zwar, aber sie wußte, daß sie es später, wenn sie anhielt und es kalt wurde, zu spüren bekäme.

Über den Berggipfeln brauten sich dicke Wolken zusammen. Shane beobachtete sie mit zunehmendem Unbehagen, sagte aber nichts.

Dani schätzte, daß sie etwa vier Kilometer zurückgelegt hatten, als Shane einen Grat erklomm und gleich auf der anderen Seite stehenblieb. Wortlos sank sie japsend auf einen naheliegenden Felsblock.

Shane blickte sie an. Sie war zwar blaß und keuchte, war aber offensichtlich noch in einigermaßen guter Verfassung. Er nickte, wandte sich ab und kletterte das kleine Stück zum Grat zurück, so daß er die Piste überblicken konnte, die sie soeben hinter sich gelassen hatten.

Dort, wo Shane stand, war es nicht schwer, sich vorzustellen, daß es außer ihnen keine anderen menschlichen Lebewesen auf der Welt gab. Oder überhaupt ein Lebewesen.

Das weißgraue Band der Kiesstraße schlängte sich durch die kahle Landschaft. Der Himmel war ebenso leer wie dieser Pfad. Nicht mal ein Geier kreiste dort oben. Die Sonne stand genau über dem Kamm der Berge.

In einer halben Stunde würde sie hinter den schneebedeckten Gipfeln versinken. Und dann kam die Kälte.

Als Shane zu Dani zurückkehrte, atmete sie wieder etwas normaler. Er nahm ihr Handgelenk und fühlte den Puls unter ihrem Handschuh.

»Was zum ...«, begann sie.

»Still«, unterbrach Shane sie.

Dani gehorchte überrascht.

»Nicht mal achtzig«, sagte Shane und ließ ihr Handgelenk wieder los. »Sie haben das ernst gemeint, daß Sie bei den Yakhirten lebten, nicht wahr? Wir sind gut dreihundert Meter höher als vorher.«

Dani war auf einmal unheimlich stolz auf sich. Sie hatte mit einem großen, außergewöhnlich trainierten Mann mitgehalten, und das trotz ihres Fußgelenks.

Wenn mich Steve jetzt sehen könnte, dachte Dani. Ich würde ihn in seinen arroganten Arsch treten!

»Was für ein böses Lächeln«, sagte Shane. »Ich bin froh, daß Sie immer noch so kratzbürstig sind wie vorher.«

»Warum? Wir haben doch nur noch einen Kilometer vor uns.«

»Ja, aber diesen Kilometer da.«

Shane deutete auf eine Felswand, die sich vor ihnen auftürmte.

Mit zusammengekniffenen Augen und einer Portion Phantasie konnte Dani gerade einen schmalen Pfad ausmachen, der sich die steile Wand hinaufschlängelte. Ihr Herz setzte einen Schlag aus.

»Teufel noch mal«, stammelte sie.

»Gillie hätte es nicht besser ausdrücken können.«

»Wer ist Gillie?«

»Da oben befindet sich eine Einsiedlerhütte«, überging Shane Danis Frage. »Sie liegt in einem Kar, einer kreisförmigen Vertiefung, und ein See samt einer kleinen Weide für Yaks ist auch gleich daneben.«

»Ich kann nichts erkennen.«

»Die Dämmerung kommt früh in diesen Breiten«, erläuterte Shane und blickte den Felsen hinauf, »und die Sterne sind einfach herrlich. Im Moment befindet sich kein Mensch dort.«

Dani warf Shane einen Seitenblick zu.

»Klingt, als ob Ihnen der Ort bekannt ist«, bemerkte sie.

»Ich hab mal sechs Monate in der Hütte gelebt.«

»Und Yaks gehütet?« fragte sie ungläubig.

»Nein. Es ging um eine Klausur, bevor man Azurmönch wird.«

Bevor Dani einen Kommentar abgeben konnte, schulterte Shane den Rucksack und machte sich an den Aufstieg. Er drehte sich nicht zu ihr um.

Nach den ersten hundert Metern war es Dani egal, ob Shane nach ihr sah oder nicht. Alles, woran sie denken konnte, war atmen und gehen.

Der Wind nahm zu, während die Sonne langsam unterging. Die Kälte biß sich wie ein wildes Tier in die Landschaft.

Als Dani die Unterkunft endlich erreichte, hatte Shane bereits ein kleines Feuer entzündet und Wasser aufgesetzt. Es brodelte in dem kleinen Kessel. Erleichtert, dem Höhenwind zu entkommen, duckte sich Dani durch die Tür.

Die Sonne schien noch auf die schneebedeckten Gipfel, die mehrere hundert Meter über ihnen in die Höhe ragten; aber in dem schattigen Tal war die Luft eisig.

Als Dani die Flammen in dem kleinen Steinkamin tanzen sah,

verstand sie auf einmal, warum die Urmenschen das Feuer anbeteten.

Zunächst einmal ließ sie sich einfach ein wenig Zeit, um zu Atem zu kommen und ihre tauben Hände über dem Feuer zu wärmen. Sie hätte sich noch mehr Wärme gewünscht, aber es lag nur ein kleines Häuflein Holz neben der Feuerstelle.

»Ich glaube kaum, daß das für die ganze Nacht reicht«, meinte Dani.

»Wenn Sie mein *sang-yum* wären, würde ich Sie jetzt zum Sammeln von Yakdungfladen schicken.«

»Das können Sie gleich vergessen«, fuhr sie auf. »Sie sind kein Mönch, und ich bin ganz sicher nicht Ihr Kuli.«

Shane lächelte leise.

»Sie können einfach kein Mönch sein«, beharrte Dani.

»Wie kommen sie darauf?«

»Ich glaube, meine erste Vermutung stimmt doch.«

»Sie meinen den CIA?«

Sie nickte.

»Für die hab ich mal gearbeitet«, gab Shane zu, »damals, als dieser häßliche Krieg in Afghanistan tobte. Wir hatten eine kleine Meinungsverschiedenheit, wie man so sagt.«

Nach Shanes Ton zu schließen konnte sie so klein nicht gewesen sein.

»Nun«, faßte Dani zusammen, »dann sind Sie also ein Spitzel und ein Eremit. Was noch?«

Er zuckte die Schultern. »'ne Weile hab ich mal für eine private Hilfsorganisation gearbeitet. Aufräumen und kommunale Entwicklung.«

Dani lachte verächtlich.

»Kommunale Entwicklung?« fragte sie sarkastisch. »Sie? Als ehemaliger CIAler? Was haben Sie gemacht? Guerillas ausgebildet?«

Shane holte einen Metallbehälter aus dem Rucksack und öffnete ihn.

»Ich hab Löcher in den Boden gegraben«, berichtete er.

»Minen?«

»Nö. Entschärfen. Die Russen haben Landminen in ganz Afghanistan verstreut. Die Mudschaheddin haben dasselbe getan.«

»Und?«

»Als die Kämpfe vorbei waren, mußte sich schließlich jemand ans Ausgraben machen, bevor es die Kids aus der Umgebung taten.«

Dani machte Fäuste über den Flammen und starrte Shane fassungslos an. Seine Lässigkeit jagte ihr einen kalten Schauder über den Rücken.

»Sie haben sich Ihren Lebensunterhalt mit dem Ausgraben und Entschärfen von Landminen verdient?« fragte sie ungläubig.

»Ich hab sie ausgegraben und den Einheimischen dann beigebracht, wie man sie entschärft.«

»Allmächtiger!«

»Der Himmel hatte wenig damit zu tun«, korrigierte Shane. »Nach Schätzungen der UN sind weltweit fünf Millionen Landminen vergraben. Die Bezahlung ist nicht sehr gut, aber man wird nie arbeitslos.«

»Warum haben Sie damit aufgehört?«

Shane blickte von dem Aluminiumgestell auf, das er dabei war zusammenzustecken. Sein Blick war verschlossen und düster.

»Sie stellen eine Menge Fragen«, beschwerte er sich.

»In Anbetracht dessen, was ich heute durchmachen mußte, habe ich nicht zuviel gefragt, finde ich.«

Shanes Ausdruck besänftigte sich. Er machte wieder mit dem Metallgestell weiter.

»Ich hab aufgehört, weil mir die Nerven durchgegangen sind«, erwiderte er einfach.

»Ihnen? Das glaube ich nicht.«

»Glauben Sie es ruhig. Ich hatte drei Assistenten, alles intelligente, junge Afghanis, die innerhalb von acht Monaten von den Minen zerrissen wurden. Da kam ich zu dem Schluß, daß es wohl mit meinem Unterricht haperte.«

»Vielleicht waren sie keine sehr guten Schüler«, sagte Dani. »Intelligente junge Männer können manchmal ganz schön vernagelt sein. Ich weiß es, denn ich habe selbst ein paar unterrichtet.«

Shane antwortete nicht. Er konzentrierte sich auf die Ausrichtung der Aluminiumstreben, aus denen er ein kleines Gestell errichtete. Als er zufrieden war, postierte er die Antenne draußen vor der Tür. Dann wühlte er einen Radiotransmitter aus dem Rucksack, prüfte die Batterie und schloß ihn an die Antenne an. Nun betätigte er ein paar Knöpfe und stellte seine Funkanlage beiseite.

»Was kommt jetzt?« fragte Dani.

»Wir warten auf unsere Abholung.«

»Wie? Fliegende Yaks? Oder ein magischer Teppich?«

»Nichts Ausgefallenes. Nepal liegt ungefähr hundert Meilen Luftlinie von hier. Dort steht ein Hubschrauber abflugbereit und hat nun unser Signal. Er wird heute abend eintreffen, wenn noch genug Licht ist, ansonsten spätestens morgen.«

»Sie schütteln Satellitenstrahlen und Helikopter einfach so aus der Tasche, und ich soll glauben, daß Sie nicht beim CIA sind?« erkundigte sich Dani.

»Deren Ausrüstung ist nicht schlecht, aber Risk Limited ist ein Privatunternehmen mit besserem Zeug.«

Shane blickte Dani zum ersten Mal, seit das Thema Landminen aufgekommen war, direkt an.

»Also, was diesen Yakdung anbelangt«, begann er.

»Was ist damit?«

Shane warf einen Blick zu den in der Sonne golden glänzenden Berggipfeln hinauf.

»Es wird ziemlich kalt werden heute nacht. Und wenn dieser Chopper nicht in der nächsten halben Stunde eintrifft, kommt er vor Morgengrauen nicht mehr. Das heißt, Sie müssen sich entweder an mich kuscheln oder besagte Fladen sammeln.«

»Ich bin fürs Sammeln!«

»Wie Sie wollen.«

Ein rotes Lämpchen leuchtete kurz auf dem Transmitter auf, dann hörte man ein statisches Knacken.

Shane langte nach dem Radio und drückte auf einen Knopf, um das Signal zu bestätigen.

»Sie müssen schon in der Luft gewesen sein und haben bereits auf unsere Meldung gewartet«, informierte er sie. »Die Lady ist rechtzeitig zum Dinner in Katmandu.«

Er stand auf und ging zur Tür der Hütte. Schweigend suchte er den Himmel ab.

Dani trat zu ihm. Aus der Ferne war das leise Rattern eines Helikopters zu hören.

»Ich bin dir was schuldig, Gillie«, murmelte Shane. »Du weißt gar nicht, wieviel.«

Dann lachte er leise.

Dani blickte Shane an. Selbst im Dämmerlicht des Tals konnte sie sehen, daß sich sein kantiges Gesicht geglättet hatte. Zufrieden grinste er.

Jetzt, wo sie wußte, daß sie beinahe in Sicherheit war, fühlte sie sich wie ein Ballon, aus dem auf einmal die Luft entwich. Die letzten vierundzwanzig Stunden waren die reinste Achterbahnfahrt gewesen – die plötzlich anhielt.

Es wurde ihr schwindlig. Ihr Fußgelenk, das sie bis jetzt ignoriert hatte, pochte auf einmal wie mit Nadelstichen. Sie streckte die Hand nach dem Türrahmen aus, weil sie das Gefühl hatte, sich wie ein Kreisel zu drehen. Ihr Arm stieß an Shane.

»Dani?«

»Mein Fuß«, brachte sie nur noch heraus.

Die Welt kippte auf einmal, als Shane einen Arm hinter ihren Rücken und den anderen unter ihre Knie schob und sie hochhob.

»Ganz ruhig, Schätzchen«, nuschelte Shane in ihr Haar. »Es ist fast vorbei.«

Seine Stärke und Wärme durchrieselten Dani wie elektrischer Strom. Sie stieß einen langen Seufzer aus und ließ die Tatsache, daß sie endlich sicher war, einfach auf sich wirken.

Ein Hubschrauber tauchte dicht über den Berggipfeln auf und zerriß die Stille des Tals. Der Chopper kam im Steilflug herab und trudelte zu einer flachen Stelle etwa fünfzig Meter von der Hütte entfernt. Dort landete er ohne Zögern.

Shane lief mit Dani in den Armen zu der Maschine.

»Verwundet?« fragte der Pilot.

Zu Danis Überraschung war es eine Frauenstimme.

»Fußgelenk und Erschöpfung«, meldete Shane.

»Okay. Heben Sie sie rein!«

Shane setzte Dani schwungvoll auf einem Sitz ab und schnallte sie fest.

»Alles klar«, sagte er und trat zurück.

Auf einmal begriff Dani, daß Shane nicht mitkommen würde. Sie war zutiefst enttäuscht, ja, fühlte sich sogar betrogen.

»Warten Sie!« rief Dani. »Wohin gehen Sie?«

»Die Seide suchen.«

»Sie haben das alles nur inszeniert, um mich aus Tibet rauszubekommen?«

Shane nickte und machte eine Drehbewegung mit dem Finger.

Der Rotor drehte sich schneller.

»Aber warum?« schrie Dani. »Sie kennen mich doch gar nicht!«

»Meine Entscheidung, Dani, nicht Ihre. Sie schulden niemandem auch nur das Geringste. Denken Sie daran, wenn die sich an Sie ranmachen.«

»Wer? Wovon reden Sie? Verdammt, wer *sind* Sie?«

Der Chopper röhrte und schwang sich in den rasch dunkler werdenden Himmel, so daß Dani Shanes Auskunft nicht mehr verstehen konnte.

Falls er ihr überhaupt eine gegeben hatte.

Irgendwie bezweifelte sie das.

9

Aruba
November

Feuchte, samtige Nachtluft wehte durch die offene Terrassentür in Katja Pilenkowas Privatquartier. Ein Vollmond hing über dem stillen karibischen Meer, wie gehämmertes Gold über einer Silberfläche.

Wie immer nach einem anstrengenden Abend mit den Bankiers von Aruba saß Katja genüßlich in der Wanne und nahm ein Duftbad. Und wie gewohnt lockerte das heiße Wasser nach einiger Zeit ihre harten Muskeln und erlöste sie auch von dem Ekel, den sie für die Männer, die sie heute abend unterhalten hatte, empfand. Das Duftöl vertrieb den Gestank ihres Schweißes und ihrer primitiven Sexualität, den sie immer noch in der Nase hatte.

Tiere, dachte Katja verächtlich.

Werden sie niemals lernen, daß ich kein Objekt für ihre Lustbefriedigung bin? Bankiers sind doch bloß jämmerliche Marionetten und Bürokraten, Aktenmäuse.

Das heiße Wasser umspülte Katja blubbernd und sprudelnd und brachte ihren Körper dazu, sich langsam zu entspannen. Auch der dezente Duft, den das Badewasser verströmte, wirkte beruhigend auf ihre gereizten Nerven.

Aber ihr innerer Friede fehlte noch. Seit sie durch die Harmony selbst zu Reichtum und Macht gelangt war, gab es nichts, das ihr die Bankiers von Aruba mehr bieten konnten. Also verachtete sie sie.

Diese Typen sind sogar hinterlistigere Schleimer als die Männer der Harmony, dachte Katja mit eisiger Arroganz. Die Gangsterbosse und Mafiosi verfügten zumindest über ihren eigenen Reichtum, ihre eigene Macht, die Bankiers dagegen nur über Titel.

Ja, mußte sie sich widerwillig eingestehen, sie sind eben nützlich, so wie Waschweiber von Nutzen sind: Sie waschen das Geld effektiv.

Dieser Gedanke glättete ihr gesträubtes Gefieder mehr als jedes Parfum oder heiße Bad. Sie hatte sich heute abend nicht umsonst prostituiert! Waschweiber mochten zwar unter ihr stehen, aber nichtsdestotrotz waren sie unverzichtbar.

Mit einem Seufzer überließ sich Katja ihrem Whirlpool.

Als sie schließlich aus der Wanne stieg, glühte ihre Haut rosa vom heißen Wasser. Sie nahm ein großes, flauschiges Badetuch und rubbelte die letzten Tropfen ihres Duftschaums von Brüsten, Beinen und Rücken. Genießerisch schlüpfte sie in ein Nachthemd aus reiner, flammend roter Seide. Es fühlte sich auf ihrer Haut an wie der Atem eines Geliebten.

Wo ist Ilja? dachte Katja. Ist er in Sicherheit? Wann kommt er zu mir zurück?

Zur Antwort bauschte sich der dünne Vorhang lautlos in der warmen Nachtluft.

Katja knipste das Licht im Bad aus und wandte sich ihrem Bett zu. Im Schlafzimmer war es dunkel, doch der Mond schien durch die große Terrassentür herein.

Wie schön wäre es doch, ein wenig in die Nacht hinauszuspazieren, dachte sie rastlos.

Aber sie tat es nicht, sondern blieb in ihrem dunklen Gemach. Sie konnte das Gefühl einfach nicht abschütteln, daß jemand sie von draußen durchs Fenster beobachtete. Dieses Gefühl hatte sie oft, wenn die Männer der Harmony zu Gast waren.

Ein Gefühl, als würde ihr ein kalter Finger übers Genick streichen, ließ Katja zusammenzucken.

Ihr Herz fing wie wild an zu hämmern, doch schon einen Augenblick später wurde ihr ihr Irrtum klar. Das Haar war im Nacken feucht von dem Bad, da hatte sich ein Tropfen gelöst und war ihr über den Rücken geronnen.

Ungeduldig knüpfte sie das schwarze Samtband auf, mit dem sie ihr Haar hochgebunden hatte, damit es nicht naß wurde, und band ihre langen blonden Locken erneut hoch. Dennoch überfiel sie ein kalter Schauder, als ob Fingernägel über ihren Nacken strichen.

Eine Mischung aus Angst und sexuellem Hunger durchfuhr Katja. Für sie war das ein und dasselbe. Sie hatte sich noch nie zu einem Mann hingezogen gefühlt, den sie manipulieren konnte. Und sie fürchtete sich vor jedem, den sie nicht kontrollieren konnte. Besonders vor einem.

Ilja Kasatonin.

Es fröstelte und überrieselte sie gleichzeitig heiß. Rasch durchschritt sie ihre Räumlichkeiten zu ihrer Bar mit dem kleinen Gefrierschrank. Sie öffnete ihn und nahm eine Flasche Wodka heraus.

Der gefrorene Flaschenhals stieß klirrend an ein Whiskeyglas. Der Wodka war so kalt, daß sich sofort beim Eingießen eine dünne Frostschicht auf der Außenseite des edlen Kristalls bildete.

Bevor Katja sich auch nur einen winzigen Schluck von der Flüssigkeit erlaubte, nach der sie so hungerte, verschloß sie die Flasche wieder und stellte sie in das Gefrierschränkchen zurück. Ihre Bewegungen waren beherrscht, ja beinahe ritualisiert.

Sie beherrschte den Wodka. Nicht er sie.

Katja nippte an der großzügigen Menge. Dann kippte sie die Hälfte mit einem Schluck hinunter. Wärme breitete sich in ihrem Magen und dann in ihrem ganzen Körper aus.

»Ahhhh«, murmelte sie.

Nach einem Abend mit den feigen, geldgierigen Bankiers brauchte sie die Wärme in ihrem Innern, die dem Balsam karibischer Nächte gleichkam.

Mit dem eisigen Glas in der Hand stand Katja da und dachte über die Dinnerparty nach, die sie heute abend im Namen der Harmony gegeben hatte. Genau ein Dutzend der wichtigsten Bankiers von Aruba waren an der Tafel versammelt gewesen. Und dieses Dutzend hatte auf ihre von dem smaragdgrünen Abendkleid so raffiniert ent- und gleichzeitig verhüllten Brüste gestarrt.

Aber es war kein einziger richtiger Mann unter ihnen, dachte Katja verächtlich. Jeder von ihnen hat Angst, mich anzufassen, geschweige denn, mit mir zu schlafen.

Sie hatten eine tödliche Angst vor jenem Augenblick männlicher Schwäche, wenn sie in den Armen einer Frau die Kontrolle verloren.

Deshalb stürzten sie sich auf Huren, das wußte Katja. Bei einer Hure sind sie immer der Herr und Meister, selbst im schwächsten aller Momente, wenn ihre aufgeblasenen Schwänze ihren jämmerlichen Samen verspritzten.

Mit einem kalten Lächeln auf den Lippen stand Katja in der Dunkelheit. Sie hatte schon sehr früh gelernt, daß die meisten Männer den Verlust sexueller Kontrolle ebenso fürchteten wie den Tod.

»Meinetwegen auf den kleinen Tod, wie die Franzosen sagen«, flüsterte Katja und erhob ihr Glas zu einem zynischen Toast.

Selbst die brutalen Bosse der Harmony fürchteten, sich auf diese Weise zu verlieren.

Bei ihr.

Diesen Horror teilten sie mit den blutleeren Bankiers, den leidenschaftslosen Anwälten und rückgratlosen Politikern rund um den Erdball.

Weise von ihnen, billigte Katja ihnen zu. Sie wissen, wie ich meinen Tschetschenen-Vormund tötete, als ich ihm schließlich erlaubte, mich zu verführen. So einfach ... eine Spritze in seine Eichel, mit ein wenig Gift – und einem dramatischen Ende. Herztod, hatte die Polizei gemeint.

Die Mitglieder der russischen Unterwelt wußten es jedoch besser. Sie respektierten Katja wegen ihrer Schläue, mit der sie in die Schuhe des Tschetschenen-Gangsters geschlüpft war.

Und fürchteten sie!

Katja hatte dafür gesorgt, daß die Männer der Harmony von der Geschichte erfuhren.

»Auf die Angst«, sagte Katja von oben herab. »Das einzige Aphrodisiakum, das tatsächlich wirkt!«

Sie leerte ihr Glas mit einem raschen Kopfschwung.

Manchmal kam es ihr so vor, als gäbe es nur noch Vorstandseunuchen, Bürokraten und Erbsenzähler. Kreaturen ohne innere Stärke. Insekten mit großen Ängsten und kleinen Visionen. Beim bloßen Gedanken, einem von ihnen Zugang zu ihrem Körper zu gewähren, wurde ihr ebenso kalt, wie ihr vom Wodka warm wurde.

Nochmals ging sie zu dem Gefrierschränkchen, öffnete es und genehmigte sich einen Fingerbreit. Mit einem entschlossenen Ruck schloß sie die Tür.

Den letzten, sagte sie sich. Den habe ich mir heute abend verdient.

Sie trank den Wodka schnell und wild, als ob sie mit ihrer Hast die Tatsache, daß sie ihre Regeln zu dem Wann und Wieviel dieses Alkohols brach, irgendwie verschwinden lassen könnte.

Und, was macht es schon? dachte Katja bitter. Ich bin allein. Meine Schlafzimmertür steht offen, aber keiner besitzt genug Mumm, um die Herausforderung anzunehmen.

Ruhelos schritt Katja wieder in ihr Schlafzimmer zurück. Der hauchzarte weiße Vorhang vor ihrem Fenster schaukelte sanft im warmen Wind. Doch da war ein fremder Geruch. Der Geruch eines Mannes.

...hier, in ihrem Schlafzimmer!

Katja öffnete den Mund, um zu schreien, doch da schlang sich auch schon ein harter Arm um sie, direkt unter ihren Brüsten. Eine schwielige Hand erstickte ihr Entsetzen. Er bemächtigte sich ihrer schlanken, hochgewachsenen Gestalt mühelos, indem er sie mit seinem gewaltigen Arm an sich drückte und so ihre verzweifelte Gegenwehr zu einem Witz machte.

Katja versuchte, ihre Lungen mit Luft zu füllen, für einen erneuten Schrei, doch er hielt ihr sowohl Mund als auch Nase zu. Gleich würde sie ersticken. Sein Arm schloß sich enger um ihren Brustkorb und zerquetschte ihren Busen, preßte ihr buchstäblich die Luft aus dem Leib.

»Ich könnte dich umbringen, das weißt du«, flüsterte er.

Katja erstarrte. Angst und Ungewißheit durchzuckten sie ... und noch ein Gefühl, ein Gefühl, das ebenso elementar war wie die Angst vor dem Tod.

»Das weißt du, nicht wahr?« krächzte der Mann heiser. Sie nickte.

»Vielleicht tue ich das auch«, wisperte er nun.

Seine Lippen waren dicht an Katjas Ohr. Genüßlich spannte er seinen Bizeps unter ihren Brüsten an. Er war so stark, daß er ihr, wenn er wollte, ohne weiteres die Rippen brechen konnte.

Katja zitterte.

War jetzt tatsächlich ihre Zeit gekommen?

Angst und sexuelle Erregung durchzuckten sie.

Der Mann sog tief die Luft durch die Nase ein, als ob er soeben erst Katjas Geruch wahrgenommen hätte, den Duft von ihrem Bad, ihren Angstschweiß und noch etwas, etwas Urweibliches.

Lautlos lachte er auf.

»Aber vielleicht ja auch nicht«, fuhr er fort. »Diesmal noch nicht. Solange du tust, was ich von dir verlange.«

Sein Griff lockerte sich ein wenig. Zögernd holte Katja Luft.

Seine Hand glitt über die glatte Seide ihres Nachthemds, bis sie unter ihren hochaufgerichteten Brüsten ruhte. Mit seinem Kinn rieb er über die zarte Haut unter ihrem Ohr.

Er hatte stachelige Bartstoppeln, als ob er sich eine Woche oder länger nicht mehr rasiert hätte. Sein Atem roch nach Wodka und nach scharfen Gewürzen. Curry, das mußte es sein, oder Cayennepfeffer.

Katja stand auf den Zehenspitzen und hielt den Atem an, als sie ihn roch. Sie zitterte am ganzen Leib, gab jedoch keinen Laut von sich.

»Bist du allein?« fragte er barsch.

Sie nickte.

Langsam nahm er seine rechte Hand von ihrem Mund, hielt sie jedoch mit dem linken Arm noch immer fest an sich gedrückt. Er lauerte auf ihre Reaktion, wartete nur auf ein Anzeichen, daß sie wieder schrie.

Nichts geschah.

»Ah«, sagte er. »Du kapierst allmählich.«

Als Katja darauf noch immer nichts sagte, ließ er seine Hand tiefer gleiten. Langsam strich er über die nackte Haut ihres Schlüsselbeins und dann über ihre rechte Brustwarze.

Seine Fingerspitzen waren rauh und schwielig. Sie blieben an dem zarten Seidenstoff hängen. Und an etwas, das noch interessanter war.

Katja merkte, wie sich ihre Nippel gegen ihren Willen verhärteten.

Seine Fingerspitzen umschlossen ihre Brustspitze so fest, daß es weh tat. Sie keuchte vor Schmerz. Er strich mit der Handfläche über den Stoff und die hochaufgerichtete Warze darunter.

»Mach dir nicht die Mühe zu schreien«, drohte er. »Ich töte jeden, der auftaucht. Aber zuerst töte ich dich.«

Katja zweifelte keine Sekunde daran.

Die Hand über ihrer Brust verschwand. Sie hörte ein schwaches Kratzgeräusch, wie Metall an hartem Stoff. Ein Messer tauchte vor ihrem Gesicht auf. Die Klinge war rasiermesserscharf und spitz und besaß eine tiefe, lange Einkerbung in der Mitte für ablaufendes Blut.

Das Mondlicht glitzerte auf dem kalten Metall wie gefrorenes Quecksilber.

»Ich mach alles, was du willst«, ergab Katja sich. »Aber bitte tu mir nicht weh.«

»Natürlich wirst du tun, was ich sage. Das Messer macht Frauen äußerst gefügig.«

Er lockerte seinen Griff um ihren Brustkorb und strich dann mit der Handfläche über ihren angespannten Bauch.

Seine Freundin spürte ihre Chance, einen kurzen Augenblick, in dem er sie losließ. Sie spannte all ihre Muskeln an, um fortzuspringen.

Aber er war zu schnell für sie. Wie immer.

Ihre Arme hielt er mit einer Hand hinter ihrem Rücken zusammen und riß sie zurück. Dann packte er sie so wie einen anmutigen, langflügeligen Vogel.

Das schrecklich befreiende Gefühl absoluter Hilflosigkeit ließ Katja erbeben. Ihre Glieder wurden zu Wachs.

»Du tust, was ich will«, sagte er leise, »weil es auch das ist, was du willst. Meine Frage lautet nur, wann und wohin stecke ich das Messer?«

Katja erschauerte und starrte das funkelnde Messer wie hypnotisiert an.

Er lachte. Mit einer raschen, geschmeidigen Handbewegung schob er das Messer über ihr Schlüsselbein. Die Messerspitze glitt unter den dünnen Träger ihres Nachthemds.

Katja fühlte, wie der Seidenstoff über ihre Brust rutschte. Wieder blitzte das Messer auf. Sie rang nach Luft. Aber es war nur Seide, nicht Fleisch, die dem Messer zum Opfer fiel.

Diesmal.

Das Nachthemd blieb an ihren Hüften hängen, als er sie grob zu sich zurückriß. Sie zitterte heftig. Heiser stöhnte sie auf.

»Still«, sagte der Mann an ihrem Ohr. »Ich habe dir ja noch gar nicht weh getan, oder?«

Wie betäubt schüttelte Katja den Kopf.

So standen sie dicht beieinander, er mit dem Messer in einer Hand und Katjas Handgelenken in der anderen. Sie fühlte seinen Blick auf ihrer nackten Haut und bot alle ihre Kräfte auf, sich nichts anmerken zu lassen.

Ihre Brustwarzen verhärteten sich zu stählernen Knospen.

Diesmal war sein Lachen echt.

Diesmal.

Sein brutaler Griff lockerte sich ein wenig. Schwindel übermannte Katja und raubte ihr den letzten Widerstand. Ihr Kopf rollte zur Seite, und sie sank an seinen harten Körper.

»Hast du geglaubt, das wäre schon alles?« wisperte er.

Er hielt ihre Arme fest hinter ihrem Rücken und legte ihr die Messerklinge zwischen die Brüste. Die Spitze drückte gegen die zarte Haut dicht unter ihrer Kehle.

Katja rang nach Luft und richtete sich erschrocken auf, versuchte, vor der Bedrohung zurückzuweichen.

»Du weißt, was du zu tun hast?« flüsterte er.

»Ja.«

»Ich traue dir nicht. Los, geh mit mir.«

Einen Augenblick lang war einzig das weiche, stolpernde Rutschen von Katjas nackten Füßen über den Teppich zu vernehmen. Da sie ihm zu langsam war, stieß er sie mit einem Fuß vorwärts.

Auch er trug keine Schuhe.

Als sie das Bett erreicht hatten, hörte Katja nichts als den keuchenden Atem ihres Peinigers. Auch ihr Atem kam rasch und wild.

»Halt still«, warnte er.

Er ließ ihre Arme los.

Sie fühlte, wie sich seine rauhe Hand um ihren Hals schloß. Sein schwieliger Zeigefinger strich über ihre feinen Härchen dort. Sie erschauerte und holte erschrocken Luft, als er mit einem Ruck ihr samtenes Haarband aufzog. Kaltes Haar fiel über ihren Nacken.

Der Eindringling preßte sein Gesicht an ihren Hals und biß sie mit Nachdruck, eindeutig mehr Warnung als Liebesbezeugung.

»Dreh dich um«, befahl er.

Zögernd drehte sich Katja zu ihm um – mit gesenktem Kopf. Sie hatte Angst, ihm ins Gesicht zu sehen, schreckte davor zurück, dieses Mal nur den Killer zu entdecken und nicht den Geliebten ihrer Träume.

Und Alpträume.

Er war groß. Zu groß. Und stark. Zu stark. Sie kam sich vor wie eine Birke gegenüber einer Eiche.

»Deine Hände«, befahl er leise.

»Nein«, flüsterte Katja. »Bitte nicht.«

»Deine Hände.«

Die Herrin von Harmony senkte den Kopf noch mehr, um ihr kleines, triumphierendes Lächeln zu verbergen. Selbst dieser Rohling fürchtete sie.

Aber im Gegensatz zu den Bankiers und Gangstern würde er sie dennoch nehmen.

Langsam streckte Katja ihm ihre Hände hin.

Das Messer verschwand in seiner Scheide. Mit einer raschen Bewegung schlang er das schwarze Samtband um ihre Gelenke. Bevor sie wußte, wie ihr geschah, waren ihre Hände fest zusammengebunden.

Triumph und Hilflosigkeit durchzuckten Katja und erregten sie so wie nichts anderes.

»Leg dich aufs Bett«, befahl er. »Du weißt, wie.«

Langsam sank Katja aufs Bett, wobei sie darauf achtete, ihm ja nicht in die Augen zu schauen, während er sich ihr näherte. Ihr seidenes Nachthemd fühlte sich kühl auf ihrem erhitzten Körper an.

Sie rutschte über das Laken und legte den Kopf auf das Kissen. Mit den gefesselten Händen bedeckte sie ihre Schamhaare.

»Willst du das?« sagte Katja leise.

Ihre Stimme klang weich und eigenartig unschuldig.

»Nein«, erwiderte er kurz angebunden. »Soll ich deine Erinnerung mit Blut auffrischen?«

Katja sah, wie seine Hand an den Messergriff glitt. Sobald seine Finger Stahl berührten, hob sie ihre gefesselten Hände und legte sie träge über ihrem Kopf auf das Kissen.

Erst dann hob sie den Blick und sah ihren Peiniger an. Erleichterung, Angst und Lust durchzuckten sie.

»So, Ilja?« hauchte sie.

»Spreiz deine Beine weiter.«

Während das Weib in ihr gehorchte, schälte sich Kasatonin aus seinem schmutzigen Hemd. Seine Brust war bleich, glatt und haarlos, wie weißer Stein im Mondlicht. Er hatte enorm muskulöse Arme und Schultern und überall tiefe Narben.

Nun warf er das Hemd zur Seite. Seine Hand ruhte einen Moment lang auf dem Messergriff an seinem Gürtel. Stahl blitzte im Mondlicht auf.

»Wenn du mich nicht befriedigst, töte ich dich«, kündigte Kasatonin an. »Aber vielleicht töte ich dich auch in jedem Fall.«

Katja schwieg. Was er sagte, war die reine Wahrheit und das Geheimnis seiner Macht über sie.

Nie wußte sie, ob sie der kleine oder der große Tod in Ilja Kasatonins Armen erwartete.

Er ließ das Messer am Fußende des Betts auf den Boden fallen, öffnete seinen Gürtel und stieg aus seiner Hose. Als er zum Kopfende des Betts schritt, fiel Mondlicht auf die glatten, hervortretenden Narben, die seine Lenden größtenteils bedeckten.

Katja stieß einen Laut halb wie ein Seufzer, halb wie ein Schluchzer aus. Sie rollte sich auf den Bauch und streckte die gefesselten Hände nach ihm aus. Dann streichelte sie über die Narben, als ob sie die Erfüllung all ihrer Wünsche bedeuteten.

Ein kleiner Streifen Fleisch zuckte unter ihren Händen. Mehr war von Kasatonins Genitalien nicht übrig. Zärtlich drückte sie die flachen Hände auf die kalte Oberfläche seiner Narben.

»Ich habe dich so sehr vermißt«, flüsterte sie.

Kasatonin sagte nichts, stand einfach nur da und ließ sich die alten Wunden und das Überbleibsel seiner Männlichkeit von ihr streicheln. Er fragte sich, wie schon tausendmal zuvor, ob die afghanischen Teufel wohl extrem ungeschickt gewesen waren.

Oder extrem geschickt.

Langsam schloß Kasatonin die Augen und überließ sich Katjas liebkosenden Händen.

»Beinahe fürchtete ich schon, du würdest nie mehr kommen«, sagte Katja mit einem Seufzer.

»Warum solltest du dir darüber Gedanken machen?«, fragte er heiser vor Erregung. »Du weißt, daß du nichts von mir kriegst.«

»Aber ich kriege genau das, was ich will.«

Die junge Frau kroch näher und reckte den Kopf, um die Narben, die den schmalen Fleischstreifen umgaben, zu küssen.

»Nicht so«, mäkelte er.

Kasatonin wandte sich von ihr ab und ging zum Gefrierschränkchen, wo immer Wodka zu finden war.

Einen Moment lang glitt Katjas Blick zu dem Messer am Fußende ihres Betts.

Nein, sagte sie sich. Mit gefesselten Händen habe ich keine Chance, da ist er schneller als ich.

Das hatte sie das erste Mal lernen müssen, als Kasatonin sie nahm. Seitdem trug auch sie Narben zur Erinnerung, feine Linien, die sich unter dem Schamhaar über ihre Haut zogen. Damals hatte sie ihren ersten Höhepunkt erlebt, und er hatte sie süchtiger gemacht als der Wodka. Und er war gefährlicher.

Kasatonin kehrte mit der eisgekühlten Flasche zurück. Er warf einen Blick auf das unberührte Messer, lächelte vor sich hin und nahm einen Schluck aus der fast leeren Flasche. Dann strich er mit dem glatten, kalten Gefäß über ihre Brüste.

Sie rang nach Luft und schoß in die Höhe. »Du Schwein! Das ist ja eisig!«

»Nur ein Schwein hat Zugang zu deinem Bett, schöne Schlange!«

Ungerührt hielt Kasatonin Katjas Handgelenke mit der linken Hand fest und umkreiste mit der Flasche, die er in der rechten hielt, ihre Nippel.

Sie zuckte bei dem Kontakt mit dem kalten Glas zusammen, aber machte keinen Versuch, sich ihm zu entwinden. Als Kasatonin mit der Flasche über ihren Brustkasten und dann über ihren warmen Bauch strich, biß sie sich erwartungsvoll auf die Unterlippe.

»Die Flasche ist herrlich«, sagte Kasatonin leise. »Sie ist wie du.«

»Was meinst du damit?«

»Eisig, glatt, transparent! Wie alles Glas wird sie eines Tages zerbrechen. Aber bis dahin läßt sich eine Flasche auf alle mögliche Weise gebrauchen.«

»Gebrauchen?« lispelte Katja.

Kasatonin lachte, hob den Flaschenhals an seine Lippen und trank, bis nur mehr ein Schluck darin war. Dann sah er sie an und fuhr fort, ihren Körper mit der gläsernen Länge zu erkunden.

Katja hielt den Atem an. Eiskaltes Feuer glitt über ihren Bauch und stoppte an der Stelle, an der ihr feines blondes Haar wieder begann.

»Auf alle mögliche Weise«, deutete Kasatonin an. »So transportiert Tony Liu beispielsweise die Seide.«

»Was?« fragte Katja benommen.

Wirklich niemals wußte sie, was als nächstes von ihrem gefährlichen Geliebten auf sie zukam.

Kasatonin neigte die Flasche. Dicker, fast gefrorener Wodka floß heraus und bildete eine Pfütze auf Katjas Haut.

»Sein Mann hat einen Glasbläser aus Bangkok kommen lassen«, erläuterte er.

»Bangkok«, wiederholte Katja betäubt.

Mehr fiel ihr nicht ein, während sie zusah, wie der Wodka in ihr Schamhaar sickerte.

»Der Glasbläser ist ein Heroinsüchtiger, der im Austausch für seine tägliche Ration Laborausrüstungen herstellt.«

Katja keuchte und räkelte sich wie eine Katze, als der eisige Wodka zwischen ihre Schenkel rann.

»Sie haben die Seide in einer Glaskapsel versiegelt«, fügte Kasatonin hinzu und ließ ihr Gesicht nicht aus den Augen, »damit das Gewebe in der feuchten Luft nicht zerfällt.«

Da nun die Aufmerksamkeit seiner Geliebten ausschließlich ihrem Schoß galt, ließ er ihre Hände los. Wie der Wodka zuvor, fuhr jetzt sein kalter Mund über sie hinweg und saugte den langsam wärmer werdenden Schnaps von ihrer Haut. Doch das war alles, was er saugte.

Zitternd sank Katja in die Kissen. Kasatonins Mund liebte sie. Sie wollte mehr davon, mehr von ihm, von der eisigen Flasche und von seinen Zähnen, die sie brutal zum Leben erweckten.

»Das war meine Idee«, sagte sie schwach. »Die Flasche.«

Seine Zunge wilderte im blonden Dickicht von Katjas Schamhaar. »Warum?« fragte er.

»Die Seide muß in perfektem Zustand sein für den japanischen Lord.«

»Deswegen wäre ich beinahe draufgegangen.«

Während Kasatonin sprach, goß er auch den Rest des Wodkas über Katjas Venushügel.

»Bist du deshalb so feucht?« fragte er. »Dir gefällt der Gedanke, daß ich draufgehen könnte?«

Bevor sie zu einer Antwort ansetzte, war sein Mund wieder über ihr. Seine Zähne rissen an ihr, bis sie sich wand wie ein Aal und um die Erlösung bettelte, die er ihr im letzten Moment immer wieder vorenthielt. Seine Zunge bohrte sich in sie hinein, konnte sie jedoch nicht befriedigen.

Das wußte er. Er genoß ihre Qual, die der seinen so sehr glich, seit ihn die Mudschaheddin kastriert und als Warnpaket nach Rußland zurückgeschickt hatten.

Dann war er der kühlen Katja begegnet und hatte gelernt, daß selbst Eis unter entsprechenden Bedingungen brennen konnte. Außerdem hatte er noch etwas gelernt. Befriedigung war doch möglich für ihn. Auf eine gewisse, begrenzte Weise zumindest.

Aus diesem Grund hatte er sie nicht getötet, als sie versuchte, ihm die Kehle aufzuschlitzen.

Katja stieß einen heiseren Laut aus, als eiskaltes Glas brutal in sie hineingerammt wurde, wieder und wieder. Das hatte sie sich gewünscht, aber es reichte ihr immer noch nicht.

Wie beiden klar war.

Kasatonin steckte den Kopf zwischen ihre Schenkel. Rücksichtslos biß er in ihr erhitztes Fleisch und schmeckte den Wodka.

Innen Eis, außen Feuer. Katja verkniff sich einen lauten Schrei über den brennenden Schmerz. Und die brennende Lust. Sie hämmerte mit den gefesselten Händen auf Kasatonins Kopf.

»Hör auf«, stieß sie heiser hervor.

»Nein. Mir gefällt es so.«

»Es ist brutal!«

»Arme schöne Schlange«, spottete Kasatonin. »Wirklich zu brutal? Oder nicht brutal genug?«

Seine Zähne schlossen sich über ihr und zerrissen zarte Haut, bis er Blut und Wodka schmeckte. Katja bockte und wand sich unter ihm. Dann schmeckte er eine andere Flüssigkeit, als sie zum Höhepunkt kam. Höhnisch lachte er auf.

»Ich bin nur für das Grobe gut«, sagte Kasatonin und hob sein Gesicht. »Genau deshalb kommst du zu mir und zu keinem anderen.«

Dann quälte und peinigte er sie noch eine Weile, bis sie schließlich keuchend und vollkommen erschöpft dalag und ihn anflehte aufzuhören. Das tat er auch nach einer gewissen Zeit, aber nicht bevor er dafür gesorgt hatte, daß sie wieder erregt war.

Und unbefriedigt.

Ruhig nahm er das Messer zur Hand und durchschnitt Katjas samtene Fesseln.

»Wie ich, taugst auch du nur für das Grobe«, tat er sie verächtlich ab.

Er schob sich über sie, bis er schwer auf ihr lag. Dann rollte er sich auf den Rücken und nahm sie mit sich.

»Grobe Sachen«, keuchte Katja. »Genau das habe ich für dich im Sinn.«

»Du meinst so etwas?«

Kasatonin drückte seinen vernarbten Unterleib erbarmungslos an sie. Es war gerade noch so viel von ihm übrig, um sie beide zu quälen.

Katja hielt die Luft an, teils aus Schmerz, teils aus Lust.

»Ja«, sagte sie heiser. »Das und noch ein paar andere Sachen.«

Mit einer geschickten Bewegung veränderte sie ihre Position, so daß sie nun das, was noch von seinem Geschlecht übrig war, in den Mund nehmen und ihm dafür ihr eigenes, pulsierendes Fleisch anbieten konnte.

Kasatonins Finger krampften sich um das Messer. Das war der Moment größter Verwundbarkeit. Er wußte es genau.

Und war süchtig danach.

»Was für andere Sachen?« erkundigte er sich.

»Du hättest diese Narren in Lhasa umbringen sollen«, sagte sie und saugte leicht und spielerisch an ihm.

Aber sie trieb das Spiel nicht zu weit. Das Messer in seiner Hand sprach seine eigene Sprache.

»Die Typen von Risk Limited?« fragte Kasatonin mit etwas gepreßter Stimme.

Triumph durchzuckte sie gleichzeitig mit Lust, denn Kasatonins Zunge hatte ihr heißes Spiel wieder aufgenommen. Nur ihr gefährlicher, geschickter Mund konnte das, was von seiner Begierde übrig war, zum Leben erwecken. So gut wie, jedenfalls. Richtig wußte sie das eigentlich nie.

Seine Frage konnte den Tod für sie nach sich ziehen.

»Dieser Amerikaner«, sagte Katja, »und auch die Frau.«

»Die fällt nicht ins Gewicht.«

Einen Moment lang war Katja zu sehr mit ihrer Aufgabe beschäftigt, um antworten zu können. Als sie wußte, daß Kasatonin gleich käme, löste sie ihren Mund.

»Wir dürfen – wie sagen die Amerikaner doch schnell? Keine losen Enden zurücklassen«, erklärte Katja.

Kasatonin runzelte die Stirn, dann nickte er kurz.

»Du hast recht«, pflichtete er ihr bei. »Nichts Unerledigtes.«

Katja belohnte ihn mit einem harten Saugen, das beinahe schmerzhaft war. Er stieß gegen ihren Mund, schneller und schneller, bis er zuckte wie eine Marionette am Faden.

Erleichterung durchströmte Katja. Die heutige Nacht würde sie überleben.

Und morgen?

Zitternd vor Angst und Erregung verschlangen Katjas Lippen Kasatonins narbigen Leib und liebten ihn so auf die einzig mögliche Weise.

10

Washington D.C.
November

Meine Entscheidung, Dani, nicht Ihre. Sie schulden niemandem auch nur das geringste. Denken Sie daran, wenn die sich an Sie ranmachen.

Als Danielle Warren in das wartende Taxi einstieg, fragte sie sich, ob diese Einladung, sich mit Elmer Johnstone zu treffen, um über die Konservierung alter Gewebe zu sprechen, von den mysteriösen »die da« kam, von denen Shane gesprochen hatte.

Natürlich nicht, sagte sich Dani energisch, und das schon zum zehnten Mal in ebenso vielen Minuten.

Nun, nachdem sie schon etliche Wochen wieder zurück in Washington D.C. war, kam es Dani so vor, als hätte sie ihren Sommeraufenthalt in den Hochebenen Zentralasiens und ihre beinahe tödliche Verwicklung in den illegalen Antiquitätenhandel nur geträumt.

Zugegeben, es war teilweise ein ganz schön beunruhigender Traum. Besonders, wenn Dani an einen gewissen Zweibeiner mit dunklen Haaren, dunklen Augen und einem gefährlichen Lächeln dachte.

Ein Traum, beharrte Dani, mehr war es nicht.

Augenblicksweise glaubte sie das tatsächlich.

Doch der unwirtliche Herbst der amerikanischen Hauptstadt hörte nicht auf, in Dani Erinnerungen zu wecken. Der Wind raunte etwas von der Kälte Tibets und von einer Hütte hoch in einem versteckten Bergtal, wo ein Mann, der sich bewegte wie ein Krieger, einst eine Zukunft im Kloster erwogen hatte.

Du bist in D.C., nicht in Tibet, ermahnte Dani sich. Sieh dir die Eichen und Ulmen an. In Tibet kannst du die Bäume an einer Hand abzählen.

Wie in dem höflichen, aber rätselhaften Brief von Mr. Johnstone angewiesen, ließ sie das Taxi vor dem neuen Flügel der National Gallery of Art anhalten. Als sie ausstieg, umwirbelten sie die Blätter, die von den nahen Ulmen geweht wurden. In der Ferne hoben sich die mächtigen Eichen, die vor dem Kapitol standen, majestätisch vom grauen Himmel ab.

Die beinahe unmerkliche Spannung, die Dani seit dem Erhalt des Briefs erfüllte, löste sich ein wenig, während sie sich umsah. Sie liebte die lange Allee, die das Herz ihrer derzeitigen Wahlheimat durchzog. Mit jeder neuen Jahreszeit freute sie sich wieder über die Stadt und ihre Atmosphäre.

Ein untersetzter Mann in einem grauen Regenmantel blickte von seiner Ausgabe der *Post* auf, als Dani den Taxifahrer bezahlte und sich dann zum Museum umwandte. Sie fragte sich, ob das Johnstone war.

Er hegte keine solchen Zweifel an ihrer Identität.

»Mrs. Warren«, begrüßte er sie und streckte ihr eine fleischige Hand entgegen. »Ich bin Elmer Johnstone.«

Dani lächelte mit der einstudierten Höflichkeit eines Menschen, der sich häufig in der Öffentlichkeit bewegte. Trotz ihres Lächeln musterten ihre Augen ihn, als wäre er ein Stück Stoff, das ihr zur Inspektion vorgelegt wurde.

»Mr. Johnstone«, sagte Dani und nahm seine Hand.

Unter seinem gutgeschnittenen, halb zugeknöpften Regenmantel trug Johnstone einen konservativen blauen Anzug, ein weißes Hemd und statt einer Krawatte eine gelbe Fliege: Ihr sah man an, daß sie von menschlicher Hand und nicht von einer Maschine gebunden worden war. Die Fliege verlieh ihm den individuellen Touch, den ein Senator aus den Südstaaten oder ein reicher Lobbyist oder exzentrisches Mitglied des Washingtoner Pressecorps besitzen konnte.

»Schön, daß Sie gekommen sind«, sagte Johnstone in warmem Ton.

Politiker oder Lobbyist, dachte Dani. Ein Reporter würde sich nicht die Mühe machen, mir Honig ums Maul zu schmieren.

»Ich bin immer bereit zur Nationalgalerie zu kommen, um über die ordnungsgemäße Konservierung historisch bedeutsamer und archäologisch signifikanter Textilien zu sprechen«, sagte Dani.

Johnstones Lächeln veränderte sich ein wenig, als er ihre wortgetreue Wiederholung seiner gestrigen Botschaft an sie hörte.

»Ach ja?« Johnstones rundes Gesicht sah auf einmal ganz trübselig aus. »Genau das muß ich Ihnen erklären. In diesem speziellen Fall gibt es erst ein Problem zu beseitigen, bevor wir auf die Konservierung zu sprechen kommen. Das heißt, also, äh ...«

Er suchte nach den richtigen Worten.

Dani lächelte frostig und wartete.

Johnstone seufzte.

»Leider haben Sie mich entlarvt«, sagte er schließlich. »Ich bin nicht für die Nationalgalerie tätig...«

»Für wen dann?« unterbrach Dani ihn scharf.

»... aber ich wollte Sie einen Augenblick privat sprechen«, fuhr Johnstone ohne Pause fort, »und es gibt keinen ungestörteren Ort, der dennoch so sicher, weil öffentlich, ist wie die Pennsylvania Avenue an einem kalten Herbsttag. Wollen wir uns ein wenig die Beine vertreten?«

»Hat dies etwas mit antiken Textilien zu tun oder nicht?«

»Durchaus.«

Doch Dani zögerte trotzdem. Johnstone sah zwar harmlos aus, aber sie war keine Närrin. Washington D.C. beherbergte jede Menge Ungeziefer, ob nun gewählt oder selbsternannt.

»Machen Sie sich keine Sorgen«, sagte Johnstone lächelnd. »Ich bin nicht nur glücklich verheiratet, sondern darüber hinaus kein Partner für eine sportliche junge Frau, die über Dächer klettert und einsame tibetische Bergpfade erklimmt.«

Ein paar Herzschläge lang starrte Dani ihn fassungslos an.

Sie hatte mit niemandem über Lhasa gesprochen. Nicht mit einer Menschenseele.

»Tibet?« fragte Dani ruhig. »Ich war erst kürzlich dort und habe bei einigen Bergstämmen den Sommer verbracht.«

»Und sich mit einem Dieb namens Feng getroffen.«

»Feng? Sie müssen sich irren. Mein Dolmetscher hieß nicht Feng. Und er war auch kein Dieb.«

Johnstone nickte zufrieden.

»Wie er sagte, eine Unschuld, aber nicht dumm.«

»Er?«

»Shane Crowe, natürlich.«

Diesmal fiel es Dani schwer, sich nichts anmerken zu lassen.

»Ich arbeite für Risk Limited«, erklärte Johnstone. »Shane ist ein alter Freund von mir. Hat mir das Leben gerettet, um die Wahrheit zu sagen. So wie Ihnen.«

Dani entging die Betonung nicht, die er auf den letzten Satz legte.

Sie schulden niemandem auch nur das Geringste. Denken Sie daran, wenn die sich an Sie ranmachen.

Offenbar war dieser Fall nun eingetreten.

Damit hatte Shane recht behalten; aber er irrte sich, was den Rest betraf. Dani schuldete ihm ihr Leben.

In Wahrheit verdankte sie Shane sogar mehr als das. Er hatte sie obendrein gelehrt, daß es zumindest einen großen, starken Mann gab, der seine Stärke nicht mißbrauchte.

»Hat Shane Sie geschickt?« fragte sie ohne Umschweife.

»Nein. Sein Boß!«

Dani wußte nicht, warum sie enttäuscht war, na ja, Schwamm drüber!

»Nein«, gab Johnstone zu. »Shane war dagegen. Ziemlich vehement sogar, wenn Sie die Wahrheit wissen wollen.«

Er warf einen Blick auf seine fette rostfreie Rolex Oyster. Die Armbanduhr wirkte für einen Mann mit einer gelben Fliege eigenartig nüchtern.

»Ich fürchte, die Uhr drängt, wie Gillie sagen würde«, meinte Johnstone.

»Gillie. Shane hat den Namen auch erwähnt.«

»Tatsächlich? Wie ungewöhnlich. Nun, Gillie dachte jedenfalls, es wäre lehrreich für Sie zu sehen, worauf sich Risk Limited in bezug auf die Seide, die Shane in Lhasa durch die Lappen ging, eingelassen hat.«

Meine Entscheidung, Dani, nicht Ihre.

Und er hatte sich dafür entschieden, sie zu retten und nicht die Seide.

»Gehen wir ein Stück?« fragte Johnstone.

»Hm«, erwiderte Dani abrupt. »Ich denke, das sollten wir.«

Johnstone ging in Richtung Capitol Hill, drei Blocks weiter. Er bewegte sich mit einer Frische und Energie, die bei einem Mann seiner Statur überraschte.

Während er ging, redete Johnstone.

»Wie Sie vielleicht aus meinem Akzent geschlossen haben, komme ich aus Kanada«, erklärte er. »Ich war der Korrespondent im Iran für die *Toronto Globe und Mail.*«

»Jetzt erinnere ich mich an den Namen«, sagte Dani. »Sind Sie nicht vor ein paar Jahren von kurdischen Rebellen entführt worden?«

Johnstone nickte. »Ihr Gedächtnis beeindruckt mich.«

Dani zuckte die Schultern.

»Ich habe selbst mal ein paar Wochen in Kurdistan verbracht«, sagte sie. »Es gibt dort wundervolle alte Webstücke.«

Ihr Begleiter lächelte grimmig.

»Meine Erinnerungen an Kurdistan sind nicht so, äh, ästhetisch befriedigend wie Ihre«, meinte er.

»Verständlich!« Dani runzelte die Stirn. »Jetzt fällt mir ein, daß ich nie von einer Befreiung gehört habe. Sie sind bloß einfach irgendwann aus den Schlagzeilen verschwunden.«

»Meine Firma hat öffentlich verkündet, aus Prinzip kein Lösegeld zu bezahlen.«

»Wie charmant!«

»Klug«, korrigierte Johnstone. »Sie hatten allerdings eine private Sicherheitsfirma engagiert, die auf Kidnapping und Lösegeldfälle spezialisiert war.«

»Risk Limited«, warf Dani ein.

Es war keine Frage.

Johnstone nickte. »Exakt.«

»Privat, nicht staatlich.« In Danis direkter Feststellung lag etwas Skepsis.

»Äußerst privat«, bekam sie zur Antwort. »In der postmodernen Welt sind große Einheiten – ob nun staatlich oder von multinationalen Organisationen – einfach nicht in der Lage, kleine Feuer zu löschen, bevor sie sich in Buschbrände verwandeln.«

Dani widersprach ihm nicht. Sie hatte erlebt, wie sich Geiselverhandlungen endlos hinziehen konnten. Zu oft bestand das Resultat aus großen Schlagzeilen und toten Geiseln – die vergessen waren, sobald der nächste Terrorakt verübt wurde.

»Worum handelt es sich bei Risk Limited genau?« fragte sie.

»Um eine internationale Organisation von Männern und Frauen, die bewiesen haben, daß sie in feindlichen, unstrukturierten Gegenden operieren können.«

»Versuchen Sie es mal in einfachem Englisch.«

Johnstone lächelte.

»Risk Limited«, machte er einen neuen Anlauf, »erledigt den Job, ohne sich lange mit stilvoller Diplomatie aufzuhalten.«

Diesmal lag das Lächeln auf Danis Seite.

»Oh, ich weiß nicht«, sagte sie. »Shane hatte einen recht ausgeprägten Stil.«

»Hm?«

»Hinsichtlich Integrität verbunden mit Stärke und Intelligenz«, erläuterte Dani.

»Integrität«, meinte Johnstone und ließ das Wort einen Moment lang auf seiner Zunge zergehen. »Wie interessant!«

»Sie glauben nicht, daß Shane Integrität besitzt?«

»Oh, doch, ganz entschieden! Aber die meisten Leute schätzen ihn falsch ein. Sie halten ihn für einen Grobian statt für einen talentierten Vermittler.«

»Vermittler? Nun, man kann auch eine Pistole als Vermittlungsinstrument betrachten«, sagte Dani trocken.

»Ich habe Shane nicht als eine Mutter Teresa bezeichnet. Wenn eine Vermittlung fehlschlägt, greift er freilich auf andere Hilfsmittel zurück. So hat er auch mich gerettet.«

»Mit Reden?«

»Keinen Pieps hat er gemacht. Er hat dem Wachmann, der im Hof unter meinem Fenster stand, eins über den Schädel gehauen, ist mit bloßen Händen die Wand hochgeklettert und durchs Fenster gekommen.«

»Und dann eine lange Fahrt unter dem Autositz eines Schmugglers, stimmt's?«

»Nicht in meinem Fall. Ein forscher, fünfminütiger Spaziergang und ein wartender Hubschrauber.«

»Den scheint Shane immer bei der Hand zu haben«, meinte Dani.

»Kein Kunststück, mit tausend Dollar pro Stunde Stand-by-Zeit im Rücken«, winkte Johnstone ab.

Dani blinzelte ungläubig. »Risk Limited muß ja über ein Wahnsinnsbudget verfügen.«

»Sie gleichen es wieder aus, indem sie Wahnsinnsrechnungen stellen. Meine Rettung hat meine Firma beinahe eine Million Dollar gekostet.«

Sie schulden keinem auch nur das Geringste.

Von wegen, dachte Dani bitter. Ich hab mich selbst in dieses Schlamassel gebracht. Shane und Risk Limited haben mich wieder rausgeholt.

Und ein Azurmönch namens Dorjee. Ich kann ihn einfach nicht vergessen.

Er hat seinen Frieden mit sich und seinen Göttern gemacht, was wir tun können, ist, dafür zu sorgen, daß sein Opfer nicht umsonst war.

»Wieviel Geld habe ich gekostet?« wollte Dani wissen.

Johnstone sagte nichts und wandte den Kopf in beide Richtungen, bevor er Dani über die Pennsylvania Avenue und dann am Südrand des Capitol Hill entlangführte. Das Senatsgebäude türmte sich vor ihnen auf.

»Wenn jemand hätte bezahlen müssen«, sagte Johnstone, »wie Ihr archäologisches Department beispielsweise, dann hätte die Rettung wohl mehrere hunderttausend Dollar gekostet.«

»Hunderttausend pro Tag oder wie?« hakte Dani nach.

»Hängt von der Örtlichkeit und den Umständen ab!«

Dani sagte nichts. Um so eine Schuld abzutragen, benötigte man ein Leben.

Johnstone warf einen Seitenblick auf seine plötzlich still gewordene neue Bekanntschaft.

»Machen Sie kein so verzweifeltes Gesicht, Mrs. Warren. Shane hat bereits für einen anderen Klienten an dem Fall gearbeitet. Er besteht darauf, Ihre Rettung als, äh, Spende von seiten Risk Limiteds zu deklarieren.«

»Firmenunternehmen arbeiten nicht auf Spendenbasis.«

»Deshalb ist Risk Limited ja auch keine Firma«, meinte Johnstone mit einem gewinnenden Lächeln. »Nun, jedenfalls hat Shane gesagt, Sie wogen nicht genug, um beim Benzinverbrauch eine Rolle zu spielen.«

Dani erinnerte sich, wie er sie zum Helikopter getragen hatte. Das Gefühl von Geborgenheit war überwältigend gewesen.

»Ich hatte riesiges Glück«, sagte sie leise.

»Das hatten wir beide. Beide schulden wir unser Leben demselben Mann und derselben Organisation.«

»Ja.«

»Aus genau diesem Grund wurde ich das, was ich heute bin.«

»Und das wäre?« erkundigte Dani sich.

»Seit ich Shane Crowe begegnete, bin ich Public-Relations-Berater für Risk Limited.«

»Einer der Leute, die dafür bezahlt werden, Risk Limited aus den Schlagzeilen rauszuhalten?«

»Sie bringen es auf den Punkt!«

»Shanes Worte, nicht meine. Aber für mich klingt es immer noch wie CIA«, fügte Dani hinzu.

»Unschuldig, aber nicht vertrauensselig. Interessante Kombination.«

»Unschuldig oder nicht, eine alleinstehende Frau entwickelt rasch ein gesundes Mißtrauen«, stellte Dani klar.

»Dann bin ich doppelt überrascht, daß Sie in jener Nacht in Lhasa Shane Crowes Hand ergriffen.«

Dani holte tief Luft.

»Mir kommt es auch komisch vor«, flüsterte sie. »Ich weiß immer noch nicht, warum ich ihm vertraut habe.«

»Vielleicht hatte ja der tote Mann zu Ihren Füßen was damit zu tun«, schlug Johnstone vor.

»Ich weiß nicht, wer Feng erschossen hat.«

»Erstaunlich! Kein Wunder, daß Shanes Beschützerinstinkt auf Sie so stark reagiert.«

Dani schüttelte wortlos den Kopf, doch sie konnte das Geschehene nicht bestreiten.

Sie schuldete jemandem etwas.

»Was will Risk Limited als Gegenleistung?« fragte sie also rundheraus.

»Wir beschäftigen sehr viele Fachleute auf Teilzeitbasis oder als Berater.«

Es entstand eine Pause.

»Ah, da sind wir ja«, sagte Johnstone kurz darauf.

Mit »da« war der Seiteneingang zum neuen Senatsbürogebäude gemeint, das sich am südlichen Abhang des Capitol Hill befand. Johnstone führte Dani durch die Metalldetektoren und einen Gang entlang zu einem kleinen Wachtisch, der vor einer großen, unbeschilderten Doppeltür stand.

Der uniformierte Wächter hinter dem Tisch verglich Johnstones Personalausweis mit einer vor ihm liegenden Liste. Einen Moment später nickte er und zauberte zwei Namensschildchen an langen Ketten hervor.

Johnstone legte sich seines um den Hals und das andere um Danis.

Sie nahm das Schildchen und blickte darauf. In fettgedruckten Lettern stand dort, daß sie ein »geladener Gast« war.

»Zu was geladen?« fragte Dani.

»Hier entlang«, komplimentierte Johnstone sie vorwärts.

Ein paar Augenblicke später wies er sie auf eine diskrete Bronzeinschrift hin, die auf einer Marmorplatte neben einer Tür stand.

Anhörungszimmer,
Senatsausschuß für Spionagefragen
Geschlossene Versammlung

Dani machte den Mund auf.

»Stellen Sie jetzt keine Fragen mehr«, bat Johnstone sie. »Wenn jemand Sie fragt, Sie arbeiten für Risk Limited.«

»Ich arbeite nicht …«

»Wir sprechen später über die Einzelheiten«, unterbrach er sie. »Doch jetzt müssen Sie still sein.«

Ohne Dani die Chance zu einem Rückzug zu geben, öffnete er einen Flügel der Doppeltür und führte sie in die Korridore der Macht.

11

Das Anhörungsraum selbst war klein. Es gab keine Sitze für Zuhörer, keine Pressegalerie. Der Senatsausschuß für Spionagefragen war eine jener amtierenden Gruppen auf dem Capitol Hill, die ihre Arbeit unter Ausschluß der Öffentlichkeit erledigen durften.

Im Moment befanden sich nur fünf Senatoren im Raum. Einer von ihnen war der Vorsitzende, ein vornehmer Gentleman aus den Südstaaten namens Horace Sumpter.

Dani erkannte außer ihm nur noch einen weiteren Senator, den gefeierten John Fitzroy, Sproß eines der ältesten und mächtigsten Polit-Clans in Amerika. Er hatte einen der beiden Senatssitze von Connecticut inne, eine Position, die er wohl sein Leben lang behaupten würde.

Die anderen Senatoren kamen ihr vage bekannt vor, wie sie so in ihren Lederstühlen saßen – was wohl einzig daran lag, daß sie sich so glichen: groß, willensstark, befehlshaberisch und männlich. Egal welcher politischen Strömung sie angehörten, alle trugen konservative Anzüge aus feinstem Kammgarn.

Der Textilhistorikerin in Dani fiel die glatte, wollene Uniformität der Senatoren auf. Hochwertige Tuchanzüge waren das Markenzeichen der Washingtoner Elite, so wie Seidentogen die Uniform von Roms mächtigsten Männern darstellten.

Dani fragte sich, ob die teuren, mühevoll gewebten Anzüge der Senatoren dem Zahn der Zeit ebenso standhalten würden wie der golddurchwirkte Seidenstoff, auf den sie in Lhasa gestoßen war. Sie bezweifelte es. Für die Tibeter stellte diese Antiquität ein Objekt der Verehrung dar, etwas Heiliges, eine greifbare Brücke zum Jenseits. Die exklusiven Anzüge waren und blieben lediglich Bekleidungsstücke.

Am hinteren Ende des Anhörungsraums stand ein schöner, erhöhter Sessel, gleichsam wie ein Thron, links und rechts davon fünfzehn hochlehnige Lederstühle, ein kleiner Sitzbereich für Stabsmitglieder, und davor ein Tisch, an dem die vorgeladenen Zeugen saßen. Die Hufeisenform des Podests bewirkte, daß sich die Aufmerksamkeit auf den Anhörungstisch in der Mitte richtete, wo in diesem Moment zwei Männer und eine Frau saßen.

Dani hielt den Atem an, als sie einen der Männer erkannte.

Lhasa mochte zwar auf der anderen Seite der Erdkugel liegen, doch Shane Crowe wirkte in seinem dunklen Cut, dem weißen Hemd und der dunkelgrünen Krawatte ebenso einschüchternd wie in seiner zweckdienlichen Trekkerausrüstung und dem Sieben-Tage-Bart.

Streng befahl Dani sich, den Blick von ihm abzuwenden. Der andere Mann am Tisch war ebenfalls groß und wahrte eine kerzengerade militärische Haltung, selbst jetzt im Sitzen. Das schwarze Haar trug er sehr kurz geschnitten.

Zuerst dachte Dani, der Mann wäre stark sonnengebräunt. Dann, als er sich der Dame an seiner Seite zuwandte, erkannte Dani in ihm einen Schwarzen. Er war einer der attraktivsten Männer, die Dani je erblickt hatte.

Wenn Michelangelo dem hier begegnet wäre, dachte Dani bei sich, dann hätte er seinen David aus schwarzem Marmor gehauen anstatt aus weißem.

Der Mann murmelte der Frau, die in der Mitte saß, etwas zu. Sie saß aufrecht und selbstbewußt da, ohne jedoch im geringsten militärisch zu wirken.

Als sie sich zur Seite drehte, sah Dani, daß die Frau wohl schon in der Lebensmitte stand, denn die Zeit hatte ihre feingeschnittenen Züge ein wenig weicher gemacht. Sie besaß eine Ausstrahlung von ungeheurer Energie und Intelligenz. Ihre Wangen und ihre grünen Augen waren dezent geschminkt, was ihr sehr gut stand, aber keinesfalls auffallend wirkte.

Dani bemerkte mit Freude, daß die Frau selbstbewußt genug war, die ersten grauen Strähnen in ihrem roten Haar nicht durch ohnehin kaum überzeugende Färbemittel zu übertünchen.

»Cassandra Redpath«, flüsterte Johnstone der beeindruckten Dani ins Ohr.

Cassandra Redpath war die erste Frau, die zur stellvertretenden Leiterin des CIA, der Central Intelligence Agency, aufstieg, hatte darüber hinaus den Posten einer Botschafterin der Vereinten Nationen innegehabt und besaß überdies ein Diplom mit Auszeichnung in Neuerer Geschichte.

»Was hat sie mit Shane zu tun?« fragte Dani zurück.

»Sie ist sein Boß. Aber jetzt psst!«

Während Dani die Tatsache verdaute, daß Cassandra Redpath Risk Limited leitete, tauchte ein sechster Senator in einer Tür hinter dem Podest auf. Er winkte Cassandra Redpath freundlich zu, bevor er seinen Platz einnahm.

Cassandra Redpath erwiderte seine Begrüßung mit einem liebenswürdigen Nicken. Sie wandte sich Shane zu, der zu ihrer Rechten saß, und besprach sich leise mit ihm.

Als er sich vorbeugte, um Cassandra Redpath etwas zuzuzischeln, warf er einen Blick über die Schulter und sah Dani bei Elmer Johnstone stehen. Bis auf ein leichtes Verengen seiner Augen zeigte er keinerlei Reaktion.

Dennoch hatte Dani das deutliche Gefühl, daß er nicht gerade glücklich war, sie wiederzusehen.

Sie schulden niemandem auch nur das Geringste.

Gut gemeint, dachte Dani ärgerlich, aber ich zahle meine Kredite zurück.

Mit einer leichten Berührung am Arm forderte Johnstone Dani auf, ihm zu einer einzelnen Sitzreihe zu folgen, die sich an einer Seitenwand entlangzog.

Kaum saßen sie da, wies der Vorsitzende mit einem Kopfnicken auf die Zeugen.

»Botschafterin Redpath, es ist mir eine Freude, Sie hier in Washington begrüßen zu dürfen«, leitete Sumpter ein. »Ihre Intelligenz und Erfahrung sind uns immer willkommen.«

Er hielt inne, räusperte sich und strich über seine Krawatte, wie um sicherzugehen, daß sie auch richtig saß.

Eine Geste der Nervosität? fragte sich Dani. Oder gehört er einfach zu den Männern, die dauernd an ihrer Kleidung herumfummeln?

»Dies ist eine ungewöhnliche Anhörung, Botschafterin«, fuhr Sumpter fort, »also steht Ihnen auch eine Erklärung bezüglich des Anlasses zu.«

»Sie sind sehr freundlich, Senator«, entgegnete Cassandra Redpath, »aber ich kann Ihnen versichern, daß wir sehr genau wissen, warum wir hier sind. Nicht jeder in diesem Raum ist begeistert über die Existenz von Risk Limited.«

Sumpter berührte seine goldene Krawattennadel.

»Äh, hm«, brummte er. »Wie auch immer, Ihre Organisation hat schon sehr viel für das Allgemeinwohl getan.«

Senator Fitzroy rutschte in seinem Sitz hin und her und klopfte mit einem Stift auf den Tisch. Es war nur ein leises Geräusch, aber laut genug, um von Sumpters Worten abzulenken.

»Ihre Enthüllung der häßlichen Verbindung zwischen dem mexikanischen Verteidigungsminister und der kolumbianischen Drogenmafia war eine brillante Leistung«, sagte Sumpter mit leicht erhobener Stimme.

»Danke schön«, erwiderte Redpath deutlich.

»Ebenso wie die Auffindung und erfolgreiche Rettung von Ferdinand Marcos' verstecktem Vermögen«, sagte Sumpter, »und die Konfiszierung von Spaltprodukten der Russen in Zürich.«

Cassandra Redpath nickte jetzt ergeben. Sie wußte, daß unter dem Honig die bittere Medizin lag.

»Offengestanden haben Sie mit Ihrer Effizienz bei den staatlichen Sicherheitsbehörden einiges Mißfallen erregt«, fügte Sumpter hinzu.

»Risk Limited konkurriert nicht mit den Regierungsbehörden«, wehrte Cassandra sich. »Wir sind ein strikt privates Unternehmen.«

Fitzroys Stift klopfte schneller.

»Mit globalen Verbindungen«, meinte Sumpter.
»Internationale Organisationen sind keineswegs illegal.«
»Natürlich nicht.«
»Beurteilen Sie Risk Limited doch nach seinen Feinden, Senator.«
»Wie bitte?« fragte Sumpter.
»Als Resultat der Hilfe, die Risk Limited dem italienischen Magistrat bei der Enthüllung der Korruption in der Regierung leistete«, erläuterte Cassandra, »hat die sizilianische Mafia ein Preisgeld von hunderttausend Dollar auf meinen Kopf gesetzt.«
Sumpter warf einen Seitenblick auf Fitzroy, dessen Stiftgeklapper allmählich beleidigend wurde.
Cassandra Redpath ignorierte Fitzroy.
»Ein dubioses russisches Versprechersyndikat hat letztes Jahr einen unserer Agenten in Brighton Beach ermorden lassen«, fuhr Cassandra fort, »und ein anderer Mitarbeiter geriet in Cambria, Kalifornien, in einen Hinterhalt, als er einen Zeugen zu einem Fall befragen wollte.«
»Ich nehme an, Ihre Litanei zielt auf etwas Bestimmtes ab?« erkundigte sich Fitzroy.
Cassandra Redpath blickte ihn durchdringend an.
»Ja, Senator«, sagte sie unerbittlich, »das tut sie. Unsere Feinde sind die Feinde aller zivilisierten Völker. Doch als Privatagentur genießen wir nicht den beruflichen Schutz, der gewöhnlich Regierungsagenten zugestanden wird.«
»Wie zum Beispiel?« fragte er herausfordernd.
»Offizielle Geheimhaltung.«
Mit diesen Worten wandte Cassandra ihre Aufmerksamkeit wieder Sumpter zu.
»Und deshalb«, verkündete sie, »hält sich Risk Limited so weit wie möglich im Hintergrund. Wir sind äußerst besorgt über die potentielle Gefahr, in die sich unsere Mitarbeiter bei Anhörungen wie diesen begeben.«
Sumpter nickte. Dann beugte er sich vor und blickte von seinem Podest auf seinen neuenglischen Kollegen hinunter.
»Damit wir uns richtig verstehen«, sagte Sumpter, »dieses

Meeting unterliegt, wie die meisten unseres Komitee, strikter Geheimhaltung.«

Fitzroy zog ein gelangweiltes Gesicht.

»Botschafterin Redpath und ihre Kollegen sind heute aus freien Stücken hier«, fuhr Sumpter fort. »Was hier besprochen wird, darf unter keinen Umständen an die Öffentlichkeit dringen, und ich möchte auch keine Geschichten in der Zeitung lesen über Risk Limited und seine Aktionen. Keine Hinweise an die Presse oder dergleichen!«

Fitzroy warf einen Blick auf seine Armbanduhr. Ein Gehilfe beugte sich vor und flüsterte auf den Senator ein.

»Nun, wo wir uns verstanden haben«, endete Sumpter, »gebe ich das Wort an meinen guten Freund, Senator Fitzroy, der das Erscheinen der Mitarbeiter von Risk Limited persönlich angefordert hat.«

Fitzroy fuhr noch ein Weilchen fort, sich wichtigtuerisch mit seinem Assistenten zu unterhalten. Er berechnete die Zeit mit einer Präzision, die ihn ein langes Leben auf der politischen Bühne gelehrt hatte. Die Unterbrechung war genau so dosiert, um unhöflich zu sein, aber nicht direkt beleidigend.

Dani lächelte dünn. Man mußte kein Washington-Insider sein, um zu erkennen, daß Fitzroy seine eigene Auffassung von Risk Limited hatte.

Das Gesicht des Senators, das ihr sowohl aus den Zeitungen als auch aus den Society-Nachrichten wohlbekannt war, sah in der Realität aufgeschwommen und gerötet aus. Er besaß privat den Ruf eines Trinkers und Weiberhelden.

Nichts Neues, dachte Dani. Die meisten Politiker in Washington stehen in diesem Ruf.

Der propere junge Mann mit der Nickelbrille und dem arroganten Auftreten eines Harvard-Absolventen fuhr fort, den Senator flüsternd zu unterrichten. Der Assistent blätterte einige Seiten eines kurzen Dokuments durch, wobei er auf bestimmte Passagen wies, und reichte es dann seinem Chef.

Irritiert zog Fitzroy eine Lesebrille mit halben Gläsern hervor und beäugte die Papiere eine Weile. Dann drehte er schließlich seinen Stuhl wieder nach vorne und wandte sich der Zeugenbank zu.

»Vielen Dank, Herr Vorsitzender«, übernahm Fitzroy das Wort. »Ich möchte meinem hochgeschätzten Kollegen versichern, daß jegliche Informationen, die aus diesem Ausschuß hinausgedrungen sind, nicht von meinem Team stammten.«

Sumpter nickte reserviert.

Trotz ihres betont höflichen Umgangs war Dani klar, daß die beiden Männer wenig Respekt füreinander empfanden.

»Gleichzeitig jedoch, Herr Vorsitzender«, sagte Fitzroy mit unverhüllter Aggression in der Stimme, »bin ich besorgt über die zunehmende Privatisierung im internationalen Gesetzesvollzug. Ich finde, Angelegenheiten, bei denen es um Leben und Tod geht, sollten besser in den Händen rechtmäßig gewählter Regierungsabordnungen bleiben.«

Sumpter wirkte desinteressiert. Offenbar hörte er Fitzroys Ansichten nicht zum ersten Mal.

»Insbesondere«, sagte Fitzroy und wendete sich Cassandra Redpath zu, »habe ich Fragen zu den Operationen privater Sicherheitsorganisationen wie der Ihren.«

»Deshalb sind wir hier.« Cassandra verzog keine Miene.

»Stimmt es nicht«, meinte Fitzroy, »daß private Sicherheit gefährdet ist durch diskreditierte Spionageagenten und skrupellose Privatiers – die eine kostenlose Ausbildung von legitimen Regierungsorganen erhielten, um ihre Dienste dann jedem Meistbietenden zur Verfügung zu stellen? Weltweiten Multis zum Beispiel, die Privatarmeen anheuern, um ihre Auslandsprofite zu schützen?«

Cassandra Redpath lächelte amüsiert.

»Senator Fitzroy«, hub sie an, »Ihre Aussage steckt voller überladener Adjektive und falscher Annahmen.«

Fitzroy verrückte seinen Stuhl, um sie noch direkter mustern zu können. Ihre unverblümte Zurückweisung schien ihn zu überraschen. Dazu wollte er sich äußern, doch sie redete schon weiter und gab ihm keine Chance zu einem Zwischensatz.

»Risk Limited beschäftigt ehemalige Soldaten, Regierungsagenten und Polizeibeamte«, fuhr Cassandra fort. »Ich selbst bin eine ehemalige Regierungsangestellte mit einem unbefleckten beruflichen und persönlichen Ruf – was mehr ist, als man von vielen gewählten Regierungsvertretern behaupten kann.«

»Worum es hier geht ...«, warf Fitzroy ein.

Cassandra Redpath ignorierte ihn.

»Was den Rest Ihres Monologs betrifft«, unterbrach sie ihn, »so arbeitet Risk Limited tatsächlich für Privatfirmen in allen Teilen der Welt. Darüber hinaus führen wir internationale Untersuchungen für ausländische Regierungen durch und sind für Einzelpersonen tätig, die besondere Dienste benötigen.«

»Besondere Dienste«, höhnte Fitzroy. »Welche Ihrer besonderen Dienste müßte ein *ehrlicher* Bürger in Anspruch nehmen?«

»Beratung bei der Entführung eines Familienmitglieds durch Terroristen oder internationale Verbrecherbanden. Über die Jahre haben wir eine ganze Reihe solcher Fälle bearbeitet.«

»Für wen?« brauste Fitzroy auf.

»Sie wissen sehr genau, daß wir unseren Klienten strikte Anonymität garantieren.«

»Das behaupten Sie. Ich würde es als lukrativ bezeichnen.«

Cassandra Redpath blickte Fitzroy lediglich mit der aufmerksamen Geduld der Diplomatin an, die sie einst gewesen war.

»Anonymität verdeckt kriminelle Handlungen«, behauptete Fitzroy nun.

»Ich beuge mich Ihrer größeren Erfahrung auf diesem Gebiet«, erwiderte Cassandra glatt.

»Aber Ihre ist weit größer«, schoß Fitzroy zurück. »Eine anonyme Gruppe hat Risk Limited angeheuert, um Anschläge auf politische Aktivisten in Nordirland auszuüben.«

Fitzroy blickte vielsagend auf den großen Schwarzen, der neben Cassandra Redpath saß.

Sie neigte sich zum Mikrofon. Ihre Stimme war nicht laut, aber ihre grünen Augen funkelten hart und kalt wie Diamanten.

»Ich weiß nicht, wovon Sie sprechen«, sagte sie.

»Da wäre beispielsweise Ihr Komplize Sergeant-Major Gillespie!« Fitzroy zerrte an seinem Kragen.

Der Mann mit der militärischen Haltung wurde noch steifer.

»Mr. Gillespie«, fuhr Fitzroy hitzig fort, »ist ein ehemaliges Mitglied des berüchtigten Secret Air Services der britischen Armee, jener räuberischen Einheit, die schon seit Jahren Verheerung in Nordirland anrichtet und unschuldige politische Aktivisten ermordet sowie die zivile Ordnung zerstört.«

»Berüchtigt? Räuberisch? Verheerung? Ermordet?« wiederholte Cassandra erstaunt. Dann meinte sie kühl: »Das ist absurd, Senator. Es ist absurd, die Irisch-Republikanische Armee als unschuldige politische Aktivisten zu bezeichnen.«

»Nicht so absurd, wie Sie vielleicht meinen«, fauchte Fitzroy. »Haben wir nicht in Mr. Gillespie den Mann, den die britische Presse als Soldat Nummer Drei identifizierte bei einer offiziellen Untersuchung von politischen Attentaten, die Spezialagenten der britischen Regierung durchgeführt hatten?«

Dani sah deutlich die Anspannung, die sowohl von Shane als auch von Redpath Besitz ergriff. Gillespies Haltung blieb unverändert.

»Ich wußte gar nicht, daß diese Anhörung eine Diskussion über die militärischen Taktiken der britischen Armee mit einschließen würde«, sagte Cassandra in neutralem Ton, »sonst hätte ich Experten zum Thema mitgebracht.«

»Dies ist eine Anhörung über die Aktivitäten von privaten Sicherheitsdiensten und deren kriminelle Mitarbeiter«, entgegnete Fitzroy. »Sie sind die einzige sogenannte Expertin, die benötigt wird.«

Gillespie beugte sich vor und flüsterte Cassandra Redpath etwas ins Ohr. Sie wandte sich ihm zu. Ganz kurz tauschten sie einen Blick aus, der eher persönlich als professionell war.

Redpath schüttelte leise den Kopf.

Gillespie fing wieder an zu flüstern.

Offenbar gar nicht glücklich, raunte Cassandra Redpath hinter vorgehaltener Hand Gillespie etwas zu.

Ein eigenartig zärtliches Lächeln, begleitet von einem Kopfschütteln, war Gillespies einzige Antwort.

Schließlich richtete Cassandra das Mikro widerwillig auf ihn.

Gillespie beugte sich vor und sprach mit einer tiefen, melodiösen Stimme, der man deutlich die Akzente der Karibik, Großbritanniens und Amerikas anhörte.

»Ich bin Ranulph Gillespie, Offizier im Ruhestand des 22. Special Air Services Regiments Ihrer Majestät«, stellte Gillespie sich vor. »Außerdem bin ich der Mann, der in den von Ihnen erwähnten Berichten offiziell als Soldat Nummer Drei identifiziert wurde.«

Cassandra preßte die Lippen zusammen.

»Allerdings habe ich in keiner Weise gegen irgendwelche Abmachungen verstoßen«, sprach er weiter. »Und das war genau das Ergebnis, zu dem die genannte Untersuchungskommission kam.«

»Eine *britische* Untersuchungskommission«, bemerkte Fitzroy.

»Bei den ›unschuldigen politischen Aktivisten‹, die in den fraglichen Vorfall verwickelt waren«, fuhr Gillespie fort, »handelte es sich um zwei junge Iren, die eine Armalite AR-15, drei Handgranaten und eine Neun-Millimeter-Browning Hi-Power bei sich hatten.«

Fitzroy trommelte wieder mit seinem Stift auf den Tisch.

»Ich muß zugeben, Senator«, fügte Gillespie hinzu, »daß die beiden naiv, wenn nicht vielleicht sogar unschuldig waren. Später haben wir festgestellt, daß sie von ihren Kameraden von der Irisch-Republikanischen Armee in eine Falle gelockt wurden.«

»Das bezweifle ich.«

»Bezweifeln Sie, was Sie wollen«, sagte Gillespie. »Die Beweise sind hieb- und stichfest. Die IRA hat diese Burschen wie Lämmer auf die Schlachtbank laufen lassen, bloß um einen internationalen Aufruhr anzuzetteln.«

»Sie geben also zu, daß es junge Burschen waren?«

»Senator, in unserem Alter kommt einem die halbe Bevölkerung vor wie junge Burschen.«

Sumpter gluckste.

Fitzroy konnte eine leichte Verärgerung darüber, an sein Alter erinnert worden zu sein, nicht ganz verbergen.

»Wenn ich überhaupt eine Schuld an der Sache trage«, fügte

Gillespie hinzu, »dann nur die, ein besserer Schütze zu sein als die beiden jungen Männer, die mich töten wollten.«

Mit einer scharfen Kopfbewegung wandte sich Fitzroy seinem Assistenten zu, der rasch ein paar Papiere durchblätterte.

Cassandra Redpath beugte sich vor und sprach in das Mikrofon, das sie soeben an Gillespie abgetreten hatte.

»Was Sie interessieren sollte, Senator Fitzroy«, ergänzte Redpath kühl, »ist die Tatsache, daß die beiden jungen Iren im Besitz von Waffen waren, die durch Spendengelder aus den USA finanziert wurden.«

Fitzroy wandte sich sofort wieder Cassandra Redpath zu.

»Der Großteil des Geldes«, sagte sie, »stammte laut Nachforschungen aus irisch-republikanischen Bars im Nordosten der Vereinigten Staaten. Die Eigentümer dieser Bars gehören zu ihren loyalsten Sponsoren.«

Eine häßliche Röte überzog mit einem Mal das Gesicht des Senators.

»Wollen Sie damit etwa andeuten, daß ich Verbindungen zu Terroristen habe?« donnerte er.

»Das würde die Botschafterin nie tun«, schaltete sich Gillespie ein. »Sie weist lediglich diskret auf zwei Tatsachen hin. Die Schlüsse überlassen wir anderen.«

Fitzroy funkelten den kühlen, selbstbewußten Soldaten zornig an.

Gillespie lächelte.

Schließlich wandte Fitzroy seinen Zornesblick auf seinen Stabsassistenten.

Der junge Mann besaß die gewisse gepflegte Ostküstenpolitur, die auf Ehrgeiz, eine ausgezeichnete Ausbildung und gute Familienverbindungen hinwies. Sein Blick war auf Gillespie fixiert, als ob er nicht glauben könnte, was er gerade gehört hatte.

Erschrocken fuhr er zusammen, als er merkte, daß der Senator praktisch mit den Fragebögen vor seinem Gesicht herumwedelte. Loyal richtete er seine Aufmerksamkeit auf seinen Boß.

Fitzroy zischte ihm hinter vorgehaltener Hand eine Frage zu. Das hilflose Schulterzucken des Assistenten war beredt genug.

Er nahm Fitzroy die Papiere ab und kramte abermals nervös darin herum. Dann deutete er auf eine andere Passage.

Der Herr Senator überflog sie stirnrunzelnd, schüttelte jedoch den Kopf und funkelte den jungen Assistenten mit einem Blick an, der Glas zum Schmelzen gebracht hätte.

»Herr Vorsitzender«, sagte Fitzroy und zog seine Armbanduhr zu Rate, »mein Assistent hat mich soeben daran erinnert, daß im Wirtschaftsausschuß, bei dem ich ja auch Mitglied bin, eine äußerst kritische Angelegenheit zur Debatte steht. Wenn der Vorsitzende also nichts dagegen hat, würde ich die weitere Befragung gerne meinem Assistenten, Sidney March, überlassen.«

Sumpter tat, als wäre er verblüfft.

»Aber«, wandte er ein, »haben nicht Sie selbst ausdrücklich um diese Anhörung und Befragung gebeten? Wollen Sie damit sagen, daß diese Angelegenheit Sie nicht mehr interessiert?«

Fitzroy ließ sein Fernsehlächeln aufblitzen, das sein Markenzeichen war.

»Aber ganz im Gegenteil, Herr Vorsitzender«, versicherte er eilig. »Mein Interesse hängt mit Mr. Marchs Recherchen zusammen. Ich finde es nur fair, daß er selbst die Befragung der Botschafterin übernimmt; eine interessante Erfahrung für ihn.«

Mit diesen Worten gab Fitzroy seinem Assistenten den vorbereiteten Nachforschungskatalog zurück, nickte Sumpter würdevoll zu und verließ die Konferenz.

Sidney March starrte verständnislos die Papiere in seiner Hand an, dann Sumpter und schließlich die drei Leute auf der Zeugenbank. Einen Moment lang war er vollkommen sprachlos.

Gerade ging ihm ein Licht auf, daß ihn sein Boß den Wölfen vorgeworfen hatte.

»Wenn Sie dann soweit sind, Mr. March«, bedeutete Sumpter ihm.

Der Angesprochene schluckte kräftig und versuchte seine Fassung wiederzugewinnen. Verzweifelt blätterte er die Papiere durch, auf der Suche nach einem Fakt oder einer Frage, mit der er sein Gesicht wahren konnte.

»Botschafterin Redpath«, begann er mit wackeliger Stimme.

»Stimmt es nicht, daß Ihre Organisation manchmal eine Art Selbstjustiz übt, das heißt also, sich den Gesetzen entzieht?«

Cassandra Redpath übernahm wieder das Mikro.

»Keineswegs«, erklärte sie. »Die Mitarbeiter von Risk Limited operieren innerhalb der jeweiligen rechtlichen Struktur des Landes, in dem sie sich befinden. Wenn wir das nicht täten, würden wir uns, ebenso wie jeder einheimische Privatbürger, der gerichtlichen Verfolgung aussetzen.«

»Aber wenn nun dieses Land keine wirksame rechtliche Struktur besitzt?« forderte March sie heraus.

»Wenn Gesetze existieren, handeln wir innerhalb derselben. Wenn nicht, handeln wir nach den Regeln des gesunden Menschenverstands.«

»Ihre Agenten sind in Gewaltausübung trainiert«, meinte der junge Mann bedeutungsvoll.

»Stimmt. Manchmal ist das die einzige Alternative zu Kapitulation.«

»Dann billigen Sie also private Gewaltausübung«, triumphierte March.

Gillespie beugte sich vor und berührte Redpath am Arm. Sie überließ ihm das Mikro.

»Nur ein Teil der Menschen, die Gewalt ausüben, billigen sie im Grunde ihres Herzens – und noch weniger genießen sie sie«, sagte Gillespie. »Zu meinem Job gehört es, dafür zu sorgen, daß niemand, der Gewalt liebt, für Risk Limited arbeitet.«

Sidney March wollte etwas sagen, doch Sumpter schaltete sich ein.

»Mr. March, wir verschwenden wertvolle Zeit mit Philosophiedebatten, statt uns um die Fakten zu kümmern. Auf welchen speziellen Vorfall oder Vorfälle sind Sie gestoßen, um Senator Fitzroys Mißtrauen gegenüber Risk Limited zu schüren?«

March machte zweimal den Mund auf und klappte ihn wieder zu.

»Genau das wollte ich in dieser Anhörung aufdecken«, sagte March schließlich.

»Ich habe aber etwas anderes gehört, als Senator Fitzroy auf diese Anhörung drängte«, hielt Sumpter ihm vor. »Er erwähnte klare Beweise. Haben Sie die?«

»Ich ... ich ... das heißt, ich hatte gehofft ...«

»Vielen Dank«, unterbrach ihn der Vorsitzende. »Sie haben die Atmosphäre bewundernswert geklärt.«

March wurde knallrot und blickte sich hilfesuchend unter den Senatoren um.

Nur noch einer war übrig. Die anderen hatten sich kurzerhand verdrückt, als sie merkten, daß sich der politische Wind gedreht hatte.

»Vermutlich hat sonst niemand mehr Fragen an die Zeugen«, nahm Sumpter an.

Stille legte sich über den Raum.

»In diesem Fall«, meinte der Leiter, »möchte ich mich nochmals bei Ihnen dreien bedanken, daß Sie so kurzfristig zu diesem vergeblichen Unterfangen kommen konnten.«

»Es war uns ein Vergnügen, Herr Vorsitzender!« Cassandra Redpath lächelte.

»Das glaube ich Ihnen gern!«

Sumpter nahm sein Hämmerchen zur Hand und klopfte energisch auf den massiven Rosenholztisch.

»Dieser Ausschuß ist hiermit aufgelöst«, sagte er. »Mr. March, auf ein Wort bitte!«

»Würde ihn auch gern sprechen«, murmelte jemand in Danis Ohr.

Sie fuhr zusammen und blickte Shane an. Vor lauter Konzentration auf das Procedere hatte sie ihn gar nicht kommen hören. Gillespie stand neben ihm.

Dani kam sich vor wie Unkraut in einem Tannenwald. Sie stand hastig auf.

»Du kannst später mit ihr reden«, vertröstete Gillespie Shane. »Jetzt hat Mrs. Warren erst mal eine Verabredung mit Buddhas Erben.«

»Tatsächlich?«

»Ja«, erwiderte Gillespie frisch. »Um genau vierzehn null null!«

»Ich salutiere aber miserabel, Sergeant-Major, Sir«, sagte Dani verschämt.

Shane lachte leise.

Gillespie ebenso.

»Willkommen an Bord, Mrs. Warren«, sagte Gillespie, »und wenn es Ihnen nicht allzuviel ausmacht, wäre ich Ihnen sehr verbunden, wenn Sie Ihr charmantes Hinterteil zur Tür bewegen könnten. Wir werden in zwanzig Minuten erwartet.«

»Buddhas Erben«, sagte Dani. »Es geht um die Lhasa-Seide, nicht wahr?«

Gillespie und Shane blickten sich beide rasch um, um zu sehen, ob sie belauscht wurden.

Keiner war in der Nähe.

»Jawohl«, bestätigte Gillespie gedämpft.

»In vierzig Minuten habe ich ein Seminar«, warf Dani ein.

»Sie werden vertreten.«

»Wie bitte?«

»Die Botschafterin hat viele ehemalige Studenten. Einige davon in akademischen Positionen. Sie werden Sie vertreten.«

»Einfach so?« fragte Dani.

Gillespie nickte. »Kommen Sie nun?«

»Sie müssen nicht«, erinnerte Shane sie. »Schon vergessen?«

»Ganz bestimmt nicht«, schnappte Dani. »Nach Ihnen, Sergeant-Major.«

12

Eine andere große Senatsanhörung war soeben zu Ende gegangen. Im Korridor wimmelte es von Reportern und Kameraleuten. Im Moment konzentrierte sich die Meute auf einen Senator, der kräftig über die Übel der hohen Steuern schimpfte und gleichzeitig verlangte, mehr für die Armen dieses Landes zu tun.

Falls den Reportern ein Widerspruch in den Aussagen des Redners auffiel, so muckste sich jedenfalls keiner.

»Gehen Sie mit Shane«, sagte Gillespie. »Wir kommen gleich nach.«

Auf Gillespies Wink nahm Shane Danis Arm. Dann pflügte er sich wie ein Eisbrecher durch die Menschenmenge, Dani immer im Schlepptau. Die diskrete Kraft, mit der er ihren Arm festhielt, weckte beinahe sehnsüchtige Erinnerungen an Tibet. Sie mußte an Shanes beherrschte Stärke und an die Art denken, in der er sich zwischen ihr und jeder möglichen Gefahr aufgebaut hatte. Doch obwohl sie das Gefühl, beschützt zu sein, genoß, irritierte es sie auch. Wir sind in Washington D.C., nicht im wilden tibetischen Bergland, dachte Dani ärgerlich. Ist wohl kaum wahrscheinlich, daß man in den Korridoren des Senatsgebäudes über mich herfällt ... Als Shane die Drehtür zur Straße erreichte, ließ er Dani los und trat hinaus. Sie folgte ihm. Schon einen Augenblick später stand sie in der kalten Nachmittagsluft und atmete den Geruch verbrannter Herbstblätter ein. Shane stand wartend auf dem Gehsteig. Die rechte Hand hatte er nach ihr ausgestreckt, doch sein Blick glitt aufmerksam die Straße hinunter. Irgendwo zwischen Anhörungsraum und Drehtür hatte er sein dunkles Jackett aufgeknöpft. Dani erhaschte einen Blick auf eine mattschwarze Pistole, die an einem Holster an Shanes Gürtel hing. Einen schwindelerregenden Moment lang glaubte sich Dani nach Tibet zurückversetzt. Die kühle Luft wurde mit einem Mal bitterkalt, und der Rauch stammte nicht von Blättern, sondern von Tausenden kleiner Kochfeuer.

»Dani?«

Sie blinzelte und sah, daß Shane dicht vor sie getreten war.

»Was ist?« fragte er drängend. »Haben Sie jemanden, den Sie aus Tibet kennen, gesehen?«

»Nicht jemanden. *Etwas.*«

»Was denn?«

»Ihre Pistole. Einen Augenblick lang glaubte ich, wieder in Lhasa zu sein.«

Ihr Ritter entspannte sich fast unmerklich.

»Sie haben die Botschafterin gehört«, sagte er. »Lhasa ist ein Vorort von Washington. Die Welt wird mit jedem Tag kleiner.«

»Falls Sie mir damit Angst einjagen wollen, dann mühen Sie sich vergeblich«, winkte Dani ab. »Ich lebe in Adams Morgan, zusammen mit der Hälfte der Washingtoner Taxifahrer und sämtlichen ausländischen Terroristen im District Columbia.«

Shane riß die Augen auf und lachte schallend. Dann zog er ein überraschtes Gesicht, als ob ihn seine eigene Reaktion komisch anmutete ... und darüber hinaus unpassend.

Mit einem täuschend gleichgültigen Ausdruck blickte er sich in alle Richtungen um und berührte Dani dann an der Schulter.

Sie fiel auf seine nachlässige Art nicht herein. Diesen klaren, aufmerksamen Augen entging kein einziges Detail.

»Hier entlang«, sagte Shane.

Er führte Dani zu einer schwarzen Limousine, die nicht weit am Straßenrand parkte. Shane mochte zwar höflich und zuvorkommend sein, doch Dani bemerkte deutlich, daß sich seine linke Hand nie sehr weit von dem Pistolenhalfter an seinem Gürtel entfernte. Während er die Tür öffnete und ihr in die weichen, roten Polster half, ließ seine Wachsamkeit Straßenverkehr und Gehsteig keine Sekunde aus den Augen.

Ein Gefühl des Unbehagens legte sich wie ein unsichtbarer Schleier über Dani. Shane war hier in Washington ebenso auf der Hut und gefährlich wie in der Nacht, in der er sie auf ein Dach in Lhasa gezogen und dann in eine dunkle Gasse hinuntergelassen hatte.

Sein Knie stieß an ihres, als er auf einen der gegenüberliegenden Notsitze glitt. Die kurze Berührung erinnerte sie daran, daß ihr Rock zwar modisch, aber auch ziemlich kurz war. Wenn sie saß, reichte er ihr gerade mal bis zur Mitte der Oberschenkel.

Shane bemerkte es ebenfalls.

Ihre Blicke trafen sich sekundenlang. Er schenkte ihr ein kleines, offenes Lächeln, worüber sie sich wunderte. Sie fand es ebenso verstörend wie die Tatsache, daß Shane bewaffnet war.

»Kein Wunder, daß Sie sich aus dem Kloster verdrückt haben«, murmelte Dani.

Shanes Blick glitt noch einmal über Danis elegante, schlanke Beine, bevor er zu ihr aufsah.

»Das war nicht der Grund«, stritt Shane ab, »aber keine Angst, Sie sind noch ein Weilchen vor mir sicher.«

Dani öffnete den Mund, doch nichts wollte herauskommen.

»Ich habe Sie gewarnt«, sagte Shane. »Wissen Sie noch? Sie schulden niemandem auch nur das Geringste. Wenn Sie also nur aus der hirnrissigen Annahme, mir oder Risk Limited etwas schuldig zu sein, mitgekommen sind, dann sollten Sie besser diese Tür aufmachen und davonrennen wie der Teufel.«

»Aber ...«

»Letzte Warnung«, unterbrach Shane sie. »Gillie wird in einer Minute hiersein.«

»Ich bin wegen der Seide da«, schnauzte Dani. »Sie nicht?«

»Welche Art Seide meinen Sie?« fragte Shane und nahm wieder Danis bestrumpfte Beine ins Visier.

»Verdammt, hören Sie auf damit.«

»Ich bin doch sicher nicht der erste Mann, dem Ihre reizenden Stelzen auffallen«, erwiderte Shane ruhig.

»Nein, aber ...« Dani sprach nicht weiter.

»Aber?« meinte er hilfreich.

Dani biß mit einem Klicken die Zähne aufeinander. Sie würde ihm kaum sagen, daß seine Blicke sie nervös machten, weil sie bei ihm stets eine Schwäche überfiel.

»Fahren Sie zur Hölle«, riet sie ihm.

»Da war ich bereits. Viele Male. Nicht zu empfehlen, der Ort. Deshalb sage ich Ihnen ja auch, Sie machen sich besser aus dem Staub, solange Sie noch können.«

Dani bedachte Shane mit einem kühlen Blick und richtete ihre Aufmerksamkeit sodann auf die verdunkelten Scheiben der Limousine.

Shane streckte seine Gesamtlänge vorsichtig aus und machte es sich auf dem Notsitz bequem. Doch seine linke Hand blieb nach wie vor in Reichweite seines Gürtels.

Die Limousinentür öffnete sich. Cassandra Redpath schlüpfte auf den Notsitz neben Shane. Die Botschafterin bewegte sich mit einer vollkommen selbstverständlichen Grazie. Offenbar fühlte sie sich in Limousinen ebenso wohl wie mit sich selbst.

Sie zog den Wagenschlag hinter sich zu und ließ eine Ledertasche auf den Boden fallen. Diese landete mit einem dumpfen Plumps auf dem dicken Teppich.

Gillespie öffnete die andere Tür und setzte sich neben Dani. Gleich würde es losgehen.

Sie sollten aussteigen, solange es noch nicht zu spät ist.

Dani befürchtete, daß es schon seit jenem Moment zu spät war, in dem sie ihre Hand – und ihr Leben – in Shanes Pranken gelegt hatte.

»Ich bin Cassandra Redpath, und ich möchte mich für die ganze Heimlichtuerei und das Gehetze entschuldigen«, sagte die Botschafterin fröhlich. »Wäre vielleicht nicht nötig, aber man weiß ja nie. Unter diesen Umständen zumindest ...«

Während sie sprach, ergriff sie Danis Hand und drückte sie herzlich wie eine Tante diejenige ihrer Lieblingsnichte.

»Und dies hier ist Ranulph Gillespie, Offizier der britischen Armee, im Ruhestand«, fügte Cassandra hinzu.

»Wir sind uns bereits bei der Anhörung begegnet«, entgegnete Dani mechanisch.

»Ja, nun, manchmal vergißt Gillie kleine Formalitäten wie sich vorzustellen, wenn er gerade jobt«, flocht Cassandra ein.

Gillespie nickte ihr kurz zu. »Mrs. Warren, erfreut, Sie kennenzulernen und so weiter.«

Dann beugte er sich vor, griff über Cassandra hinweg und klopfte an das kugelsichere Glas, das sie vom Chauffeur trennte. Die Limousine fuhr sofort los.

»Gib her«, sagte Gillespie und lehnte sich wieder zurück.

Shane hob die schwere lederne Aktentasche auf und reichte sie Gillespie. Während sie sich in den Verkehr einfädelten, öffnete der hochgewachsene Offizier die Tasche.

Dani erhaschte einen Blick auf eine tödlich aussehende Maschinenpistole und mehrere Munitionsclips.

»Kümmern Sie sich nicht um den Sergeant-Major«, riet Cassandra Dani leicht amüsiert. »Er ist einer jener Waffenprofis, die ich vorhin dem Ausschuß gegenüber erwähnt habe. Das heißt, er sieht Feinde, von denen wir keine Ahnung hätten.«

»Da geht es mir ja gleich viel besser«, meinte Dani ironisch.

»Gillie ist außerdem noch ein wenig durcheinander«, fügte Cassandra hinzu. »US-Senatoren nimmt er nicht jeden Tag auseinander.«

»Im Gegenteil, Frau Botschafterin, ich bin es nur zu sehr gewöhnt, hirnlose Politiker das Fürchten zu lehren, Anwesende natürlich ausgenommen«, verkündete Gillespie. »Die dummen kleinen Wichser, die für sie arbeiten, sind es, die mir Blähungen verursachen.«

Gillespie blickte Dani mit seinen durchdringenden schwarzen Augen an.

»Was halten Sie von dem Theater vorhin?« fragte er.

»Ich sollte öfter den Politikkanal gucken, denke ich«, erwiderte Dani schlagfertig. »Hatte gar keine Ahnung, daß Senatsanhörungen so interessant sein können.«

»Es hätte ein royaler Charlie Foxtrott werden können«, sagte Gillespie.

Dani gab sich betont unbefangen, und Shane zwinkerte ihr zu.

»Dieser Wichser hat versucht, Risk Limited wie eine Privatarmee von Ollie North hinzustellen«, fuhr Gillespie fort. »Danach wollte er das Protokoll einem ehemaligen Kumpel zuspielen, der jetzt Reporter bei der *Washington Post* ist.«

Dani lüftete ihre Augenbrauen.

»Was hat dieser Assistent gegen Risk Limited?« fragte sie.

»Nichts Persönliches, soweit ich feststellen konnte«, sagte Shane. »Sie haben uns diesmal kaum gewarnt.«

»Dann ist er also bloß einer von diesen Washingtoner Power-Junkies?« fragte Dani.

»Kann sein.« Shane zuckte die Schultern. »Mir ist nur Marchs immenser Ehrgeiz bekannt, so daß er sich unter Umständen sogar wissentlich benutzen ließ.«

»Benutzen?«

»Yep!« Shane blickte Cassandra an. »Hast du rausgefunden, wer March aufgehetzt hat?«

Cassandra lächelte wie eine Katze nach der Mäusejagd.

»Wir hatten einen kurzen Plausch mit dem jungen Mr.

March«, murmelte sie. »Er ist ein wirklich höflicher, hilfsbereiter junger Mann, sobald er mal rausgefunden hat, auf welcher Seite sein Croissant gebuttert ist.«

Gillespie schnaubte verächtlich.

»Die Idee, Risk Limited aufs Korn zu nehmen«, sagte Cassandra, »wurde ihm von einem Seniorpartner von Demby, Kravitz und Shorr drüben aus der Pennsylvania Avenue eingeflüstert.«

»Demby, wie George Demby, ehemaliger Vorsitzender des Demokratischen Nationalkomitees?« fragte Shane.

»Genau der«, knurrte Gillespie. »Offiziell sind sie bloß eine dieser einflußreichen Washingtoner Anwaltskanzleien …«

»… vertreten aber darüberhinaus ganz offiziell ein halbes Dutzend Holdinggesellschaften in Luxemburg sowie die Banker's League von Aruba«, beendete Cassandra.

»Aruba?« fragte Shane in scharfem Ton. »Dann ist es also sicher, daß die Harmony mit drinsteckt?«

Weder Cassandra noch Gillespie sagten etwas, was als Antwort genügte.

Shane richtete den Blick auf Dani.

»Jesus Christus, Lady«, sagte er leise. »Wenn Sie in ein Schlamassel geraten, dann aber richtig.«

Einen Moment lang starrte Dani Shane nur wortlos an. Nichts in seinem Gesichtsausdruck, der grimmigen Linie seines Mundes ließ darauf schließen, daß er scherzte.

»Die einzige Harmonie, die ich kenne, herrscht in der Musik«, konterte Dani. »Wie habe ich denen zwischen die Füße geraten können?«

»Sie haben versucht, die Seide zu retten«, klärte Cassandra sie auf.

»In Lhasa?« fragte Dani.

Shane nickte.

»Natürlich habe ich versucht, die Seide zu retten«, gab Dani ihm ungeduldig zu verstehen. »Das ist schließlich mein Job. Ich suche, erwerbe und konserviere alte Textilien. Das mache ich schon seit Jahren, ohne in lauter Schlamassel zu geraten, wie Sie es nennen.«

Shane lächelte kühl, als ob er sich über eine kleine, aber äußerst gefährliche Ironie amüsierte.

»Wie ich Ihnen schon die ganze Zeit beizubringen versuche«, sagte Shane, »leben wir in einer ziemlich kleinen Welt.«

»Und das heißt?«

»Das heißt, daß der quadratschädlige Hurensohn, der Feng umgebracht und dasselbe bei Ihnen versucht hat, ein Russe namens Ilja Kasatonin ist.«

»Woher wissen Sie das?« fragte Dani, die sich allmählich in die Enge getrieben fühlte.

Shane spürte es. Er schüttelte den Kopf.

»Zu spät, Schätzchen«, sagte er. »Sie stecken bis zu Ihrem hübschen Halse drin!«

»Kasatonin«, warf Gillespie ein, »ist ein Spetznaz-Veteran. Der unehrenhaft entlassen wurde.«

»Sowjetische Spezialeinheit«, übersetzte Shane.

»Na und?« beharrte Dani.

»In einfachen Worten, Mrs. Warren«, sagte Gillespie, »ist Kasatonin einer der gefährlichsten Männer der Welt. Er fungiert als Direktor für Sicherheit und Allzweckattentäter der Harmony.«

»Schon wieder die Harmony.« Danis Nackenhaare sträubten sich. »Was ist das eigentlich?«

Gillespie blickte Shane an und gab ihm ein lautloses Zeichen. Dani sah es trotzdem.

»Später«, vertröstete Gillespie sie.

»Sicher«, sagte Dani in einem Ton, der ihre Worte Lügen strafte. »Und woher soll ich wissen, daß Kasatonin der ist, den Sie beschreiben? Shane hat seinen Namen in Lhasa nie erwähnt.«

Shane warf Gillespie einen schiefen Blick zu.

»Ich hab dir doch gesagt, sie ist eine Unschuld, aber nicht dumm«, sagte er. »Schon vergessen?«

Gillespie grunzte.

»Du wolltest es ja so haben«, meinte Shane unbarmherzig. »Himmel noch mal, du hast es sogar *verlangt*. Nun, hier ist sie, Gillie. Viel Spaß.«

»Teufel, Teufel, *Teufel*«, brummte Gillespie.

Cassandra warf beiden einen abwägenden Blick zu.

Der Sergeant-Major streckte seine langen Beine und legte sie zwischen Cassandra und Shane auf den Sitz. Er verschränkte die Hände hinter dem Kopf.

Eine Minute schwiegen alle.

»Es werden nicht allzu viele internationale Ferngespräche von Lhasa aus geführt«, erläuterte Gillespie schließlich zögernd und widerwillig.

Dani nickte. Sie wußte, wie schwer es war, eine Leitung für ein Ortsgespräch zu bekommen, geschweige denn für ein Ferngespräch ins Ausland oder auf die andere Seite des Globus.

»Ein großer blonder Europäer hat mehrere internationale Ferngespräche geführt, in der Woche, bevor Sie Feng trafen«, präzisierte Gillespie. »Er hat noch mal telefoniert, kurz nachdem Feng ermordet worden war. Alle Anrufe gingen in die Karibik.«

»Sie wollen mir also verklickern, daß jemand einen blonden Mann mit 'ner Telefonkarte gesehen hat«, sagte Dani skeptisch.

»So einfach war es nicht«, meinte Cassandra.

»Das beruhigt mich«, Dani schnitt eine Grimasse.

Cassandra lächelte einfühlsam. »Sie müssen verstehen, daß Gillespie nur höchst ungern preisgibt, wie er und Shane ihre Kunststückchen zustande bringen.«

»Methoden und Mittel, Frau Botschafterin«, korrigierte Gillespie. »Sprich nie über Methoden und Mittel!«

»Taschenspielertricks«, berichtigte Cassandra.

»Taschenspielertricks, die uns zehntausend Dollar kosteten, bevor ich im Bilde war«, entgegnete Gillespie.

Dani zuckte zusammen und schlug den Betrag zur Rechnung, die sie verursacht hatte, dazu.

»Dann also teure Taschenspielertricks«, gestand ihm Cassandra mit einem Kopfschütteln zu. Dann beugte sie sich vergnügt vor und tätschelte Gillespie am Knie. »Sprich bitte mit ihr«, sagte sie sanft. »Wir brauchen sie.«

Gillespies attraktive Züge glätteten sich für einen Moment. Man merkte ihm jedoch an, daß es ihm trotzdem nicht gefiel, über seine »Taschenspielertricks« reden zu müssen.

»Ich habe mal einen Tag mit einem afrikanischen Schamanen verbracht«, erzählte Dani beiläufig. »Er hat mir jedes heilige Amulett und jeden Trank in seinem Zebrafellbeutel erklärt. Sein Vertrauen habe ich nie enttäuscht, Sergeant-Major. Ihres werde ich auch nicht enttäuschen.«

Gillespie blickte Dani durchdringend an. Er wollte wissen, ob sie sich über ihn lustig machte.

»Sie meint es ernst«, kam Shane ihr zu Hilfe. »Du kannst ja versuchen, sie über alles im dunklen zu lassen; aber ich wette, damit ziehst du dir bei dieser Dame bloß blutige Schienbeine zu.«

Shane verkniff sich ein Ich-hab's-dir-ja-gesagt, denn das war gar nicht nötig.

Gillespie begriff die Botschaft und packte weiter aus. »Nachdem Shane das mit den Anrufen rausgekriegt hat, habe ich einen unserer Agenten aus Hongkong auf die Sache angesetzt. Er hat sich als Vertreter für Telekommunikation ausgegeben, dem Agenten für Tibet-Telekom einen Überraschungsbesuch abgestattet und die Rechte an sämtlichen Überseetelefonaten für den Zeitraum von einer Woche erworben.«

»Einfach so?« Und gleich fügte Dani hinzu: »Nehme meinen Einwurf zurück. Harte Währung ist knapp in Tibet.«

Gillespie lächelte flüchtig. »Sobald wir mal die Rechte hatten, lief der Rest von allein. Es standen mehr als sechstausend Anrufe auf der Liste, aber das Muster war so klar wie Druckerschwärze auf Papier. Sechs Anrufe gingen an eine uns vertraute Nummer in Aruba.«

Das mußte Dani erst mal verdauen. Dann warf sie einen Blick zu Shane.

»Woher wußten Sie, daß er Russe war?«

»Ich habe Ihnen doch erzählt, daß ich vor Jahren eine Zeitlang bei den afghanischen Mudschaheddin verbrachte«, wiederholte er geduldig.

Dani nickte.

»Man braucht eine Spetznaz-Truppe bloß einmal in Aktion zu sehen«, fuhr er fort. »Wenn man es überlebt, vergißt man ihre Angriffs- und Rückzugstaktiken nie mehr.«

Cassandra zog ein vergrößertes Foto aus der Akte in ihrer Ledertasche. Sie reichte es Dani.

»Ist das der Mann, den Sie in der Gasse in Lhasa sahen?« fragte sie.

Auf dem Foto war ein großer, muskulöser Mann abgebildet, der mit hochgereckten Armen auf einem Sprungbrett über einem großen Swimmingpool stand. Die Aufnahme war grobkörnig, also offenbar aus weiter Distanz aufgenommen und dann vergrößert worden.

Trotzdem sah man noch genug. Dani erkannte das Gesicht des Mannes ohne Schwierigkeiten. Die drei tiefen Narben auf seinem Torso stachen ebenfalls deutlich hervor. Da er vollkommen nackt war, konnte sie auch seine Kastration sehen.

»Mein Gott«, hauchte Dani.

»Die Afghanis hatten da eine interessante Foltermethode, reserviert nur für die russische Spezialeinheit«, erläuterte Shane. »Die Drohung allein genügte meist, um die gewünschten Informationen zu bekommen, aber offenbar nicht bei Ilja Kasatonin.«

»Was ich immer noch nicht ganz kapiert habe«, sagte Gillespie, »ist, wie er mit unserer tüchtigen Katja im Bett zurechtkommt.«

»Benutz deine Phantasie«, schlug Shane vor.

»Hab ich schon. Hilft auch nicht.«

»Dann kann ich dir höchstens ein paar Videos empfehlen.«

»Leck mich, Kumpel.«

»Wer ist Katja?« forschte Dani nach.

»Katja Pilenkowa ist die Eigentümerin des Anwesens der Harmony, genannt Harmony Estate«, erklärte Cassandra. »Sie scheint außerdem diejenige zu sein, die die ganze Bande von Mördern und Hehlern zusammenhält. Ich nehme an, daß dieser kleine Triumph des weiblichen Managementstils eine Genugtuung für mich sein sollte, aber das ist er nicht.«

»Eunuchen? Sie meinen Männer wie Kasatonin?«

»Nicht ganz«, informierte Shane sie. »Der Rest ist noch vollkommen intakt, wenn auch in manchen Fällen nur am Rande funktionstüchtig.«

»Kasatonin muß irgendeine Methode gefunden haben, wie es

doch noch klappt«, sinnierte Gillespie. »Katja hat schließlich ihre Bedürfnisse, so seltsam sie auch sein mögen.«

Dani warf beiden einen großäugigen Blick zu. »Ihr gehört also zu der Sorte Mann, die die Lippen zusammenkneift und ruft: ›Schau mal, Mama, ohne Hände!‹«

Gillespie klappte der Kiefer herunter, dann lachte er schallend. Cassandra ebenso.

Shane musterte Dani nur mit einem nachdenklichen Blick.

Er kapiert einfach zu schnell, dachte Dani. Wann lerne ich endlich, in seiner Gegenwart das Maul zu halten?

Sie reichte Cassandra das Foto zurück. Dann stellte sie sich gefaßt Shanes Blick.

»Das ist der Mann aus Lhasa«, bestätigte sie und wandte sich dann Cassandra zu. »Wahrscheinlich hat Shane ebenfalls versucht, die Seide zu stehlen?«

»Nicht mehr und nicht weniger als Sie«, gab Shane ihr ein wenig barsch Bescheid.

»Ich hatte einen guten Grund«, verteidigte Dani sich.

»Studien?«

»Konservierung. Antike Seide ist unglaublich fragil. Trotz der Stabilität, die die eingewobenen Goldfäden dem Stoff verleihen, hätte dieser Feng die Kostbarkeit zerstört, selbst wenn sie nur halb so alt ist, wie er meinte.«

»Aber sie ist so alt«, sagte Cassandra.

»Siebtes Jahrhundert vor Christus?« zitierte Dani in scharfem Ton. »Das bezweifle ich.«

»Die rechtmäßigen Eigentümer der Seide sind sich ziemlich sicher, was deren Alter und Ursprung anbelangt.«

Schweigend versuchte sich Dani an ihre eigenen Eindrücke bezüglich des edlen Stückes zu erinnern. Dann zuckte sie die Schultern. »Kann sein«, meinte sie sachlich. »In jedem Fall war die Seide, die ich sah, ziemlich alt und der Stoff in erstaunlich gutem Zustand. Offenbar wußten die vorherigen Eigentümer, wie sie damit umzugehen hatten.«

Shane blickte Cassandra an. Sie nickte leicht.

»Diese Seide ist Eigentum der Azurbrüder«, berichtete Shane.

»Azur ...«, meinte Dani mit einem Stirnrunzeln. Dann: »Dorjee. Unser Fahrer. War er ein Azurmönch? Hat er deshalb sein Leben für uns riskiert? Weil die Seide für ihn heilig ist?«

»Erraten!« Shane nickte.

»Hat er es geschafft?« fragte Dani erstarrt.

»Er hat was abbekommen, ist aber entwischt.«

Dani stieß langsam den unbewußt angehaltenen Atem aus.

»Gott sei Dank«, murmelte sie. »Der Gedanke, daß er möglicherweise wegen mir sein Leben lassen mußte, war ... einfach unerträglich.«

Gillespie warf ihr einen überraschten Blick zu. Cassandra nickte nur, als ob diese Worte auch ihren Standpunkt ausdrückten. Sie langte nach der Akte und zog ein anderes Foto hervor.

»War das die Seide, die Feng Ihnen in der Nacht, als Kasatonin Sie überfiel, zeigte?«

Dani betrachtete das Foto eine Zeitlang stumm. Es zeigte ein azurblaues Material in einem Glasgehäuse. Das Foto war bei künstlichem Licht aufgenommen, doch selbst das konnte den satten Glanz des mit Goldfäden durchwirkten Stoffes nicht beeinträchtigen.

Der Schaukasten ruhte auf einem mit buddhistischen Symbolen bemalten Altar. Der Raum selbst bestand aus dunklem Stein. Er erinnerte Dani an die Zelle, in der sie sich endlose Stunden lang hatte verstecken müssen, bis Shane sie holen kam.

»Der Stoff auf diesem Foto sieht ziemlich ähnlich aus«, bemerkte sie schließlich, »aber solange ich das Gewebe nicht mit eigenen Augen sehen – und berühren – kann, möchte ich keine hundertprozentige Aussage machen.«

»Aber es könnte die Seide sein?« bohrte Cassandra.

»Möglicherweise. Oder es könnte etwas ganz anderes sein.«

Gillespie grunzte. »Nicht gerade das, was ich 'ne positive ID nennen würde.«

»Wäre es Ihnen lieber, wenn ich lüge?«

»Nein«, protestierten Shane und Gillespie gleichzeitig. »Aber es würde helfen, wenn Sie uns die Echtheit wenigstens als Möglichkeit einräumen könnten«, fügte Shane hinzu.

»Haben Sie das Original gesehen? Den Stoff im Glaskasten?« fragte Dani Shane.

»Ja.«

»Hatte er dieselbe Farbe wie die Seide auf dem Foto?«

Shane runzelte die Stirn. »So ziemlich, aber in Wirklichkeit ist er viel ... die Farbe ist viel leuchtender, würde ich sagen – ein einmaliger Blauton.«

»Dann deutet alles darauf hin, daß es derselbe Stoff ist, den ich in Lhasa gesehen habe«, sagte Dani.

Gillespie grinste. »Gute Neuigkeiten.«

»Wirklich?« hielt Dani dagegen. »Farben verblassen mit der Zeit. Es ist unwahrscheinlich, daß die Seide so alt ist, wie die Mönche behaupten.«

»Sie sind die Expertin«, warf Gillespie den Ball zurück. »Ob alt oder neu, die Mönche haben das Prachtstück verloren und wollen es wiederhaben.«

»In der kalten, trockenen Luft der tibetischen Berglandschaft halten sich die Dinge länger«, informierte Shane sie leise, aber deutlich.

»Ja, aber ...«, begann Dani.

»Dieses Stück Stoff wurde von Generationen von Mönchen liebevoll gehegt und gepflegt«, fuhr Shane fort. »Es ist das sichtbare Symbol all ihrer Glaubenssätze und Überzeugungen. Den Bergvölkern ist es ebenso heilig wie das Grabtuch von Turin den gläubigen Christen. *Buddha selbst trug dieses Tuch als Gewand.*«

»Ich bestreite ja nicht seine Heiligkeit«, entgegnete Dani vorsichtig, »nur sein astronomisches Alter.«

Shane sah aus, als wollte er widersprechen, doch dann schluckte er es hinunter.

»Bisher habe ich erst sehr wenig über die Azurkongregation gehört«, sagte Dani in einem Versuch, das Thema zu wechseln.

»Sie sind weit reservierter, was Publicity betrifft, als der Gelbe Orden des Dalai-Lama«, erläuterte Shane. »Aber die Azurmönche sind nicht weniger bedeutsam, wenn es um die Loyalität des tibetischen Volkes geht.«

»Diese Kongregation«, fügte Cassandra hinzu, »ist nach dem

Glauben der Tibeter Hüter der uralten Traditionen des Berg- und Wüstenkönigreichs, das die mittlerweile verfallenen Städte entlang der Seidenstraße errichten ließ. Sie haben einige dieser Stämme aufgesucht, wie ich hörte?«

»Letzten Sommer«, teilte Dani ihr mit.

»Sind das religiöse Menschen?«

»Sehr sogar«, bestätigte die junge Archäologin. »Ihre Religion ist so eng mit ihrem alltäglichen Leben verwoben, daß man ihre Gesellschaft zerstören würde, nähme man ihnen ihren Glauben.«

»Ganz richtig«, stimmte Shane ihr zu. »Trotzdem haben Sie versucht, den Stoff käuflich zu erwerben.«

»Nur um ihn zu retten«, erwiderte Dani hitzig. »Und ich wußte nicht, daß er eine heilige Reliquie ist.«

»Dann hätten Sie sich, zum Teufel noch mal, aus der Sache …«

Cassandra räusperte sich vernehmlich. Shane klappte den Mund zu.

»Das buddhistische Tibet«, belehrte Cassandra sie milde, »ist mehr eine Theokratie denn ein Nationenstaat, wie wir ihn im Westen haben.«

»Also in den Bergen und auf dem Land regiert ganz gewiß die Religion das Leben der Menschen«, stimmte Dani ihr zu.

»Die Stadtleute sind etwas vorsichtiger, was die Ausübung ihrer Religion betrifft«, bemerkte Shane. »Sie wollen schließlich überleben. Aber auch sie verstehen sich als strenggläubige Buddhisten.«

»Reliquien wie diese Seide sind Instrumente des Staates«, sagte Cassandra. »Sie stellen ein Symbol für den Nationalstolz der Tibeter dar und ein Banner, um das sich sowohl politisch engagierte als auch religiöse Tibeter scharen können.«

»Das ist mir durchaus klar«, sagte Dani. »Denn das ist auch einer der Gründe, warum China den Schmuggel von Kunstschätzen mit dem Tod bestraft.«

»Außer, die Diebe stammen aus der chinesischen Republik«, schränkte Shane ein. »Die schnappen sich, was sie an buddhistischen Reliquien in die Finger kriegen, und schicken sie nach Peking zur ›Aufbewahrung‹.«

»Wollen Sie damit sagen, daß Feng ein Agent der chinesischen Regierung war?« fragte Dani.

»Das ist uns in den Sinn gekommen, ja«, meinte Shane. »Ihnen hätte dieser Gedanke ebenfalls kommen sollen.«

»Ist er auch.«

»Halleluja!« brummte Shane.

»Mr. Crowe«, mahnte Cassandra.

»Ist gut, Botschafterin. Ich halt schon die Klappe.«

»Ausgezeichnet.« Cassandra wandte den Blick wieder Dani zu. »Sie hatten jetzt einige Wochen Zeit, über Ihr Erlebnis in Lhasa nachzudenken. Können Sie sich irgendeinen Grund vorstellen, warum Feng gerade an Sie herangetreten ist?«

»Vielleicht wollte ...« Dani zögerte, dann zuckte sie die Schultern. »Ich glaube, wer immer Feng die Seide gab, wollte sichergehen, daß sie nicht beschädigt wird. Irgendwie wußten die, daß ich damit umgehen kann.«

»Interessant«, murmelte Cassandra. »Dann glauben Sie also nicht, daß Feng selbst den Stoff gestohlen hat?«

»Nein«, erwiderte Dani unverzüglich. »Feng wußte nichts über die Handhabung von antiker Seide. Wenn er sie gestohlen hätte, dann wäre nur noch ein Haufen Fäden bei mir angekommen.«

Gillespie räusperte sich. »Du hattest recht, Cassie. Wir brauchen sie. Keiner unserer Asse oder Experten hat an so was gedacht.«

Shane preßte die Lippen zusammen, sagte aber nichts.

»Werden Sie uns helfen?« fragte Cassandra Dani.

»Wie? Ich bin Akademikerin, keine Nahkämpferin.«

Cassandra lachte. »Risk Limited beschäftigt weit mehr Experten aller Art als, äh, Nahkämpfer.«

Dani antwortete nicht. Beobachtend schaute sie in die wachsamen, jadegrünen Augen der anderen.

»Sie besitzen ein einzigartiges Wissen über antike Seidenstoffe im allgemeinen«, sagte Cassandra, »und über die gestohlene Seide im besonderen. Zudem haben Sie uns bewiesen, daß Ihr Verstand hervorragend analytisch arbeitet. Und Shane sagt, Sie halten sich tadellos in Gefahrensituationen.«

Überrascht blickte Dani Shane an.

»Ich sagte, Sie würden sich nicht gleich in die Hosen machen«, brummte er.

»Danke.« Dani senkte bescheiden den Kopf.

»Ist bloß die Wahrheit!« sagte Shane mit Betonung.

Die Limousine verlangsamte ihr Tempo. Sie bog in eine lange, eingezäunte Auffahrt. Vor ihnen, auf einer Anhöhe, lag ein elegantes Herrenhaus. Der umliegende Park vermittelte ein Gefühl tiefen Friedens. Dani kam es vor wie eine andere Welt, weit entfernt von der Realität, in der aus Macht- oder Geldgier oder aus politischen Gründen heilige Reliquien gestohlen wurden.

Nun fuhr sie in einen hohen Säulengang und stoppte vor einem massiven hölzernen Doppelportal. Das Herrenhaus besaß einen frischen, schneeweißen Anstrich, der die herrliche blaue Farbe des Portals besonders hervorhob.

Dani erkannte den Farbton sofort. Eine Robe in diesem Blau hatte der Mönch getragen, der Shane und sie nach dem Verschwinden der Seide versteckt hatte.

»Azurmönche?« fragte Dani. »Hier?«

»Wie die Botschafterin schon sagte«, meinte Shane, »besitzt die Seide sowohl einen weltlichen als auch einen spirituellen Wert. Washington und Umgebung ist das Mekka des Weltlichen.«

Als Gillespie die Wagentür öffnen wollte, fiel ihm Cassandra in den Arm.

»Mrs. Warren?« fragte sie. »Haben Sie eine Entscheidung getroffen?«

»Ich habe mich schon entschieden, als ich hörte, wieviel es kostet, eine Helikopter auf Abruf zu halten«, erklärte Dani.

»Sie schulden niemandem …«, begann Shane.

»Bullshit«, unterbrach Dani ihn heftig. »Wenn Risk Limited mich braucht, dann stehe ich zur Verfügung.«

Cassandra lächelte.

»Wir brauchen Sie dringend. Jetzt mehr denn je.«

»Warum?« fragte Shane.

»Weil ich fürchte, daß wir unseren Klienten nicht mehr hundertprozentig trauen können.«

»Den Mönchen?« Shane hob ungläubig die Stimme.

Cassandras kurze, manikürte Fingernägel trommelten sekundenlang auf die Ledermappe in ihrem Schoß.

»Warum?« insistierte er.

»Nenn es Intuition.«

»Ich nenn es einen Affendreck«, entgegnete Shane freimütig.

Gillespies Kopf fuhr herum. Er warf Shane einen stählernen Blick zu.

Cassandra lächelte nur.

»Mach die Tür auf, Gillie«, sagte sie. »Wir haben jede Menge vor, und die Zeit drängt.«

13

Der Mann, der aus dem Portal trat, trug einen einfachen schwarzen Anzug, aber seine wettergegerbte Haut und sein kurzgeschorenes schwarzes Haar wiesen ihn als Tibeter aus. Nachdem er die Wagentüren geöffnet hatte, machte er eine tiefe Verneigung vor den herauskletternden Insassen.

Als Shane den Mann in seiner Heimatsprache begrüßte, grinste er breit, sagte rasch etwas auf tibetisch und kehrte dann wieder ins Englische zurück.

»Geehrt ist Prasam Dhamsa, zu wissen, daß Sie hier, Botschafterin«, sagte der Türsteher und wiederholte seinen Bückling.

»Darauf würde ich nicht wetten«, murmelte Gillespie, aber so, daß nur Cassandra es hören konnte. Diese ignorierte den Sergeant-Major, lächelte und winkte dem Türsteher freundlich zu.

»Die Ehre ist ganz meinerseits«, versicherte sie.

Der Türsteher führte die vier zum azurblauen Portal, öffnete beide Flügel und lud sie mit einer Handbewegung zum Eintreten ein. Es war, als würde man in eine andere Zeit zurückversetzt, eine Zeit, in der Maschinen noch nicht existierten.

Nur Götter.

Über der Tür, die zum Innengebäude führte, befanden sich

zwei stilisierte goldene Hirsche, die ein Rad trugen. Sowohl Shane als auch Dani kannten das Symbol, denn dasselbe Motiv prangte an jedem tibetisch-buddhistischen Tempel.

Die Hirsche symbolisierten den Ort, an dem Buddha seine erste Predigt gehalten und die vier edlen Wahrheiten verkündet hatte – das Leiden, den Ursprung des Leidens, die Aufhebung dieser Ursache und den Weg, der dorthin führte. Das Rad repräsentierte die vier Komplexe und deren Beziehung zum Menschen und zum endlosen Zyklus von Geburt, Tod und Wiedergeburt.

Gemalte Buddhas prangten an den Wänden, die Hände in anmutiger Lotushaltung auf die Schenkel gelegt. Dahinter befanden sich Paravents, die den großen Saal an drei Seiten in eine Ansammlung kleinerer Räume unterteilten.

Überall gab es Gebetsmühlen, die darauf warteten, von Gläubigen in Bewegung gesetzt zu werden, um ihre frommen Botschaften gen Himmel zu schicken. Die Luft war erfüllt von Weihrauch, und sie hörten den fernen, tiefen Gesang von Mönchen.

Dem Ohr eines Europäers mußten die Laute eher primitiv als sakral vorkommen. Im Gegensatz zum vollen Klang der gregorianischen Chöre hörte es sich eher an wie das gutturale Keuchen eines Ungeheuers. Die tibetischen Gesänge besaßen etwas geradezu Hypnotisierendes, etwas, das über den individuellen Verstand hinausging und das kollektive Unterbewußtsein ansprach.

Erst jetzt merkte Dani, daß der Türsteher verschwunden war. Niemand sonst erschien.

Nachdem sie eine Minute gewartet hatten, nahm Gillespie eine militärische Ruhehaltung an, die deutlich seine Ungeduld signalisierte. Shanes Haltung war etwas lässiger, unter der Oberfläche jedoch genauso erwartungsvoll.

»Nicht die übliche Begrüßung?« flüsterte Dani ihm zu.

»Weit davon«, hauchte Shane zurück.

»Prasam Dhamsa muß stinksauer auf mich sein.«

Gillespie sagte etwas in der melodiösen Sprache der Jamaikaner.

Cassandra warf ihm einen Seitenblick zu und antwortete in derselben Sprache.

»Ich mag es nicht, wenn man mich wie einen verdammten

Dienstboten herzitiert, Botschafterin«, fügte Gillespie auf englisch hinzu. Dann, aber viel leiser: »... ganz besonders, wenn es sich um eine Falle handelt.«

»Egal«, murmelte Cassandra, »wir werden hübsch vorsichtig sein, und vielleicht kriegen wir ja dann das Mönchlein, verstehst du?«

»Wenn das eine Falle ist«, mischte Shane sich gedämpft ein, »dann bezweifle ich, daß Dhamsa was damit zu tun hat.«

Gillespie schnaubte.

»Kann sein«, meinte Cassandra. »Und sollte das mit der Falle zutreffen, hat er aber unter seinen Mönchen gewaltig an Einfluß verloren, was von uns um so größere Wachsamkeit erfordert.«

Shane dachte einen Augenblick darüber nach, dann nickte er. Nach einigem weiteren jamaikanischen Gemurmel verfiel auch Gillespie in Schweigen.

Dani beobachtete die Szene mit Interesse. Cassandra mochte zwar der Boß sein; aber das war nicht der Grund, warum sie das letzte Wort behielt. Beide Männer respektierten ganz offensichtlich ihre Intelligenz und beugten sich ihr aufgrund dieses Respekts. Doch jeder von ihnen konnte ihr wie ein Streichholz das Genick brechen. Gillespie war sogar noch größer als Shane. Cassandra reichte dem Sergeant-Major kaum bis zum Schlüsselbein, doch sie benahm sich, als ob das überhaupt nicht von Belang wäre.

Vielleicht stimmt das ja bei manchen Männern, dachte Dani. Bei ungewöhnlichen jedenfalls ...

Der Gedanke ließ ihr keine Ruhe. Die Erfahrung hatte sie gelehrt, daß irgendwann während der Pubertät die männliche Spezies Mensch stärker wurde als die weibliche. Punktum. Alle Rufe nach grundsätzlicher Gleichstellung änderten nichts an dieser unverrückbaren Tatsache. Im Grunde also konnte der Mann sich von der Frau nehmen, was er wollte, wenn er seine körperliche Überlegenheit ausspielte.

Dani erinnerte sich noch gut an den Schock, den sie erlitt, als die Jungen, die sie mit ihrem Köpfchen und ihren schnellen Reflexen bisher immer besiegte, auf einmal stärker waren als sie. Einige von ihnen wurden sogar schneller.

So wie Shane. Dani hatte noch nie einen Mann gesehen, der sich so schnell bewegte wie er auf dem Dach in Lhasa. Und umsichtig noch dazu. Doch vor allem waren seine Bewegungen beherrscht und kontrolliert.

Vielleicht ist das ja das einzige, worauf es ankommt, dachte Dani. Männer und Frauen können friedlich miteinander auskommen, wenn die Männer freiwillig auf die Ausübung ihrer körperlichen Überlegenheit verzichten.

Steve hat das nie gelernt, wollte es auch gar nicht. Er genoß es in vollen Zügen, mich unterzubuttern. Er hat Gebrauch gemacht von seiner Stärke.

Nein, steigerte Dani sich grimmig, er hat sie mißbraucht. Und mich.

Nach Steve glaubte Dani, daß in allen Mann-Frau-Beziehungen die Frauen am kürzeren, schmerzhaften Strang zogen. Doch wenn man Cassandra, Gillespie und Shane so beobachtete, dann konnte man sich des Gedankens nicht erwehren, daß es noch andere Möglichkeiten des Zusammenlebens gab, friedliche, gewaltlose Formen.

Sie warf einen Seitenblick auf Shane und fragte sich, auf welcher Basis eine Frau wohl eine Beziehung mit ihm eingehen konnte. Er war so unheimlich beherrscht. Fast bis zur Besessenheit.

Shanes eiserne Disziplin beruhigte und beunruhigte sie gleichermaßen.

Was würde passieren, wenn er einmal die Zügel locker ließe? grübelte Dani im stillen.

Der Gedanke war nicht gerade ermutigend.

Aber sie mochte ihn trotzdem.

»Von dem Maler Gilbert Stuart«, sagte Cassandra jetzt.

Dani merkte, daß sie Shane angestarrt hatte – und er sie. Seine Augen bildeten durchdringende enge Schlitze. Rasch wandte sie sich Cassandra zu, die ein Wandgemälde der Eingangshalle begutachtete, in der man sie warten ließ.

»Muß wohl bei dem Mobiliar dabeigewesen sein«, meine Shane.

»Die Mönche respektieren Kunst, auch wenn es nicht ihre eigene ist.«

»Warum sind die Azurmönche nach Virginia gekommen?« fragte Dani. »Die hochindustrialisierte Ostküste der Vereinigten Staaten ist doch kaum der richtige Ort für Klosterbrüder, die die Einfachheit und Spiritualität des Lebens in Konventen propagieren.«

»Die Welt ist klein und wird immer kleiner«, dozierte Shane. »Die Azurmönche haben schließlich eingesehen, daß sie sich nach außen öffnen müssen, wenn sie die Chinesen jemals besiegen wollen.«

Etwas in Shanes Stimme faszinierte Dani.

»Haben Sie Ihnen zu dieser Einsicht verholfen?« fragte sie.

»Ich weiß nicht.«

»Es ist keine sehr erfreuliche Tatsache, nicht wahr?« meinte Dani.

Shane schwieg. Am Ende war es Cassandra, die etwas sagte.

»Ob gut oder schlecht, die Azurmönche sind mittlerweile recht weltlich geworden«, sagte sie. »In diesem Haus hier empfangen sie offizielle amerikanische und englische Regierungsvertreter, die sie mit einem Hauch östlicher Kultur beeindrucken.«

»Ganz schön gewagt«, Dani verschränkte die Arme. »Politiker suchen immer nach irgendeinem gemeinsamen Nenner. Die Düfte, die kehligen Gesänge und gemalten Buddhas sind den amerikanischen Politikern doch vollkommen fremd.«

Cassandra lächelte ein wenig.

»Da stimme ich Ihnen zu«, murmelte sie. »Vor achtzehn Monaten, als ich hier zusammen mit der Hälfte der Botschafter in Washington ein Seminar besuchte, gab es nur eine Prise Weihrauch und keine Gesänge – und die Buddhabilder hingen im Dunkeln statt im Scheinwerferlicht.«

»Dhamsa muß Sie inzwischen für schockgeprüft halten«, bemerkte Dani.

Eine Tür sprang auf, bevor Cassandra antworten konnte. Eine Schar tibetischer Männer in azurblauen Roben kam in einer ordentlichen Reihe hereinspaziert, fast so forsch und gleichförmig wie eine Soldatentruppe.

Selbst barfuß und in flatternder Baumwolle war ihr Anführer

groß und beeindruckend. Er trug eine runde Nickelbrille mit Metallrand, einen schwarzen Bürstenschnitt und den Gesichtsausdruck eines Mannes, der es gewohnt ist zu befehlen.

»Guten Tag, Frau Botschafterin«, sagte der Lama in gebrochenem Englisch. »Schwierig ich hoffe nicht, die Reise war.«

Sein starker Akzent wies darauf hin, daß die englische Sprache eine Tortur für ihn war, die er nur widerwillig ertrug.

»Prasam Dhamsa, Euch zu sehen ist immer einige Mühe wert«, schmeichelte Cassandra ihm.

Sie bot ihm ihre Rechte. Der Buddhist nahm sie in beide Hände. Die Geste sollte wohl warm und formell sein, wirkte am Ende jedoch nur formell.

»Folgen«, ordnete Dhamsa an. »Wir essen.«

Der Lama führte sie in ein komfortables, westlich eingerichtetes Speisezimmer. Seine schlauen schwarzen Augen überwachten die Sitzordnung der Gäste und mehrerer Mitglieder seines Gefolges an einem langen Tisch.

Dani sah, daß es traditionelles tibetisches Essen gab – Kichererbsen, frisch gebackenes Fladenbrot und einen dicken fetten Eintopf. Sie zog die aromatischen Düfte tief ein und runzelte leicht die Stirn.

Etwas fehlte.

»Rind statt Yak«, flüsterte Shane.

»Ach ja, stimmt!«

»Aber der Tee wird mit Yakbutter zubereitet.«

»Wenigstens etwas.«

Shane blickte sie überrascht an.

»In Tibet habe ich Geschmack daran gefunden«, gestand Dani.

»Ich auch. Gillie hält mich für verrückt. Die Botschafterin ebenso.«

»Nun, dann bleibt um so mehr für uns allein«, sagte Dani und leckte sich erwartungsvoll die Lippen.

Shane lachte leise.

Während das Mahl seinen Fortgang nahm, taute Dhamsa allmählich auf. Ganz besonders gefiel ihm Danis Freude an den einfachen Speisen und ihre unübersehbare Vertrautheit mit den kleinen Ritualen, die mit Handhabung und Zusichnehmen eines jeden Gerichts verbunden waren.

Schließlich wandte der Lama seine Aufmerksamkeit Cassandra zu, die zu seiner Rechten saß.

»Meine Seide?« fragte er. »Wo ist sie?«

Ihr jahrelanges diplomatisches Training machte es Cassandra möglich, ihre Überraschung über seine ungewöhnliche, fast unhöfliche Direktheit zu verbergen.

»Wir sind noch dabei, mehrere Spuren zu verfolgen«, leitete sie ein.

Dhamsa suchte zögernd nach Worten.

Cassandra hätte ihm vorschlagen können, Shane als Dolmetscher zu benutzen, doch sie entschied sich dagegen. Es war ihre dezente Art, dem Lama zu zeigen, daß sie es nicht mochte, wie ein ungehorsamer Jünger an die Seite selbst eines göttlichen Befehlshabers zitiert zu werden.

»Dr. Danielle Warren ist uns ebenfalls behilflich«, ergänzte sie und wies mit einem Nicken auf Dani.

»Eine Frau?« fragte der Lama.

»Diese Dame«, sagte Cassandra ein wenig irritiert, »kommt von der archäologischen Fakultät der amerikanischen Universität. Dr. Warren ist eine Expertin auf dem Gebiet antiker Textilien.«

Durchdringende schwarze Augen musterten Dani eine Weile.

»Eine Gelehrte«, sagte der Lama. »Geehrt ich bin!«

»Die Ehre ist ganz auf meiner Seite, Eure Heiligkeit«, beteuerte Dani und verneigte sich leicht. »Obwohl ich schon viel von Ihrem Orden gehört habe, hätte ich nie erwartet, ihn im Farmland von Virginia zu finden.«

»Uns Sie kennen?« fragte der Lama.

Dani fühlte den sanften Druck von Shanes Fuß an dem ihren. Sie nahm es als Warnung, so wenig wie möglich auszuplaudern.

»Ich habe viele Sommer an der Seidenstraße verbracht«, sagte sie. »Die Azurmönche werden von den Stämmen hoch verehrt.«

»Seidenstraße«, wiederholte Dhamsa. »Die Straße des Wissens. Dort unser Orden war geboren. Der Geist, er ... ich ...«

Der Lama stieß einen frustrierten Laut aus.

Ruhig sagte Shane: »Prasam Dhamsa wandelte einst über die Seidenstraße, um dem Weg des Buddhismus von Indien bis nach China zu folgen. Der zeitlose Geist des Gautama Buddha offenbarte sich ihm in der endlosen Stille des Landes.«

»Ja, mein Sohn«, nickte der Tibeter stürmisch. »Viele Ja! Wieder eines Tages, ich wandeln die Straße des Wissens, wenn ...«

Dann seufzte er und lächelte traurig. »Komplex die Welt ist. Jetzt hier mein Platz.«

Der Mönch zu Prasams Linken blickte zum ersten Mal von seinem unberührten Teller auf.

»Willkommen im westlichen Heim der Azurmönche«, sagte er in ausgezeichnetem Englisch zu Dani.

Er war jung genug, um Dhamsas Enkel sein zu können. Dani hatte bereits bemerkt, daß sein Gewand nicht aus Baumwolle war wie das des alten Lamas, sondern aus feiner, himmelblauer Seide.

»Offenbar ist Ihr Sachverstand jetzt doppelt nötig«, fügte er hinzu.

»Wie meinen Sie das?« fragte Dani vorsichtig.

»Der einzige Europäer, der unser Land verstand, wurde mit Schmach aus Tibet ausgewiesen. Stimmt das nicht, Mr. Crowe?«

Shane kaute sehr sorgfältig, dann trank er mehrere Schlucke Yaktee, bevor er Anstalten machte, dem Mönch zu antworten.

In Amerika gehörte es zum guten Ton, bei einem Gespräch das Kauen zu unterbrechen. Bei den Stammesvölkern von Tibet demonstrierte man damit seine Gleichgültigkeit. Shane wußte das. Dani ebenso.

Und der junge Mönch auch. Shane hatte ihm, ohne ein Wort zu sagen, seine Mißbilligung zu verstehen gegeben.

»Sollte ich diesen jungen Mann kennen?« fragte Shane den Lama.

Dhamsa blickte den Glaubensbruder mit einer Mischung aus Irritation, Langmut und Bewunderung an.

»Pakit Rama«, sagte er. »Ein Juniormönch.«

Shane zog die Brauen hoch. Daß ein Juniormönch in Gegenwart des Lamas seine Meinung so offen kundtat, war unerhört. Shane bedachte Pakit Rama mit einem knappen Kopfnicken.

»Wie Sie zweifellos bereits vermutet haben«, übernahm Pakit wieder das Wort, »wurde ich im Westen ausgebildet.«

»Ihr Englisch ist ausgezeichnet«, sagte Cassandra in neutralem Ton.

»Ihres auch«, entgegnete der Mönch.

Gillespie warf dem jungen Mann einen scharfen Blick zu.

Der Lama sagte etwas Barsches auf tibetisch. Pakit preßte die Lippen zusammen, verneigte sich jedoch respektvoll vor dem Lama und dann vor Cassandra.

»Ich habe das nicht beleidigend gemeint«, entschuldigte er sich.

»Hab's auch nicht so aufgefaßt«, beruhigte sie ihn.

Dani war nicht sicher, wem von beiden sie mehr glaubte. Oder weniger.

»Ich fürchte, die westliche Ungeduld hatte mich befallen«, sagte Pakit. »Die Seide ist lebenswichtig für Tibet ... Ich kann gar nicht ausdrücken, wie!«

»Begreiflich«, meinte Cassandra.

Diesmal glaubte Dani beiden.

»Prasam Dhamsa«, fuhr Pakit fort, »verläßt sich auf meinen Rat, was unsere Kontakte mit dem Rest der Welt betrifft.«

Dhamsas Gesichtsausdruck verriet, daß der Rat des jungen Mönchs nicht immer willkommen war.

Shane verstand den Zwiespalt, in dem sich der Lama befand. Es war nicht leicht, die Kluft zwischen spiritueller Einfachheit und geopolitischer Komplexität zu überbrücken.

Nicht leicht? Von wegen! dachte Shane. Es ist unmöglich. Für mich war es das zumindest.

»Meine westliche Ausbildung, die dem heiligen Lama soviel Unbehagen bereitet, habe ich in internationaler Politik und Diplomatie absolviert«, erklärte der junge Mann.

»Wahrscheinlich eher in Stanford als an der University of California?« meinte Cassandra.

Pakit blickte sie überrascht an. »Stanford – aber woher wissen Sie das?«

»Kalifornier haben ihren eigenen Akzent.«

»Tatsächlich? Das ist mir noch gar nicht aufgefallen.«

»Machen Sie sich darüber keine Gedanken«, beschwichtigte Cassandra den jungen Mann. »Das Fernsehen glättet sämtliche linguistischen Unterschiede in den Vereinigten Staaten. Ihr Akzent ist oder wird bald der dominante sein.«

Lächelnd nippte Dani an ihrem Yakbuttertee und schwelgte in Erinnerungen an die Sommer, die sie entlang der Seidenstraße verbracht hatte.

»Viel von dem, was Sie geschrieben haben, war in meinen Kursen Pflichtlektüre«, vertraute Pakit Cassandra an.

Es hätte ein Kompliment sein sollen. Doch so wie Pakit es sagte, klang es, als ob er die Ergüsse der Botschafterin tatsächlich nur gezwungenermaßen gelesen hätte.

Shane genoß auch seinen Tee und sah ebenso entspannt aus wie Dani. Er war es jedoch nicht, denn er spürte, daß Pakit Cassandras Anwesenheit gegen den Strich ging.

Vielleicht bloß Stolz, dachte Shane insgeheim. Die meistverbreitete Seuche unter jungen Männern. Pakit möchte der einzige sein, der Prasam beeinflußt.

»Einiges davon habe ich geschrieben, bevor Sie geboren wurden«, sagte Cassandra wegwerfend. »Ich bin sicher, Sie fanden es veraltet.«

Pakit blinzelte überrascht. Dann verzog sich sein Mund zu einem schiefen Lächeln.

»Die Welt ändert sich rasch, und jetzt ändert sie sich radikal«, stimmte er ihr zu. »Die Institutionen, die überleben, müssen sich anpassen.«

Dhamsa runzelte die Stirn und rückte unbehaglich auf dem Sitz hin und her.

»Die Welt mag sich ja ändern«, räumte Cassandra ein, »die menschliche Natur aber nicht. Ehrgeiz, Gier, Stolz, Angst, Sexualität. Das sind Konstanten.«

»Eine sehr altmodische Sichtweise«, lautete Pakits Kommentar.

»Vielen Dank«, murmelte Cassandra. »Ich finde nur wenig Empfehlenswertes im Postmodernismus.«

Shane verbarg sein Lächeln hinter seiner Teetasse. Er befürchtete, daß der junge Mönch nur zu bald feststellen würde, daß verbales Klingenkreuzen mit Cassandra Redpath fast jeden Kontrahenten ins Hintertreffen brachte.

Pakit schnappte: »Seine Heiligkeit teilt Ihre Ansichten!«

»Ja«, murmelte Cassandra. »Mit Hilfe von Mr. Crowe haben der Lama und ich schon so manche philosophische Diskussion geführt.«

»Jetzt verstehe ich, warum er gerade Ihnen und Ihren Leuten diesen Auftrag erteilt hat.«

»Das klingt, als wären Sie mit der Entscheidung des Lamas nicht einverstanden gewesen«, deutete Cassandra an.

Pakit hob vielsagend die Hände.

»Ich hätte gar nicht erst einen Wachposten bei der Seide aufgestellt«, erklärte der junge Mönch. »Das hat bloß die Aufmerksamkeit auf die Reliquie gelenkt.«

Dhamsa sagte leise etwas auf tibetisch. Shane übersetzte:

»Die Robe des Buddhas repräsentiert das Herz der tibetischen Kultur. Die chinesische Regierung weiß um die Macht, die von solchen Symbolen ausgeht, auch wenn einige jüngere Azurmönche das nicht zu begreifen scheinen.«

Pakit stützte die Ellenbogen auf den Tisch, legte die Fingerspitzen aneinander und starrte Dhamsa direkt an.

Der junge Mönch erinnerte Dani an einen Anwalt, der sich bereit machte, ein sorgfältig einstudiertes Plädoyer vorzutragen.

»Wir Tibeter müssen am Ende mit der Volksrepublik Frieden schließen«, verkündete er.

»Müssen wir?« fragte der Lama.

»Ja. Sie sind unsere Zukunft.«

Dhamsa sagte etwas Tibetisches.

Shane dolmetschte leise.

»Seine Heiligkeit meint, daß viele Zukunften kamen und gingen. Der Buddhismus jedoch bleibt. Er ist die unsterbliche Essenz unter all der Wandlung – die Große Konstante.«

Pakit schoß Shane einen finsteren Blick zu.

»Ist meine Übersetzung falsch?« fragte Shane den jungen Mönch.

»Es gibt nichts daran auszusetzen.«

»Wie gütig«, sagte Shane gleichgültig.

»Allerdings bleibt die Tatsache«, fuhr Pakit fort, »daß die Volksrepublik keine größere Gefahr für Tibet darstellt als jede andere zentralistische Regierung.«

»Kann sein«, meinte Shane. »Die meisten Tibeter sind jedoch anderer Ansicht. Sie glauben, daß der Kriegerkönig Gesar zurückkehren wird. Dann genießt Tibet erneut die Freiheit, die ihm unter einem gerechten Führer winkt.«

»Die meisten Tibeter entfernen sich nie weiter als zwanzig Meilen von ihrem Geburtsort«, tat Pakit seine Landsleute ab.

»Deshalb schätzen sie ihre Religion um so mehr«, gab Shane zu bedenken. »Sie haben sie praktisch mit der Muttermilch eingesogen. Sie ist die Luft, die sie atmen, der Himmel über ihnen und die Steine zu ihren Füßen. Durch sie wird das Transzendente greifbar.«

»Religion und Modernismus können sehr gut nebeneinander existieren«, befand Pakit. »Sehen Sie sich die Amerikaner an.«

»In Amerika hält sich die Regierung aus der Religion raus«, korrigierte Shane. »Die Chinesen aber nicht.«

»Im Grunde eigentlich schon, aber die Wahrheit ist, daß die Volks ...«

»Genug ...«, unterbrach ihn Dhamsa in gebrochenem Englisch. »Seide wichtig! Reden Verschwendung!«

Er setzte seine Teetasse mit einem vernehmlichen Klirren auf den Tisch.

Pakit langte nach seiner eigenen Tasse, nippte und lenkte reumütig ein: »Ich bitte um Verzeihung! Seine Heiligkeit spricht wie immer weise Worte, während weniger Begnadete lernen.«

Dhamsas Gesichtsausdruck glättete sich ein wenig. Er deutete Pakit mit einer Handbewegung an, ihm die Bürde der englischen Unterhaltung auch weiterhin von den Schultern zu nehmen.

»Ich riet also davon ab, die Seide, die einst die Gestalt des Gautama Buddha zierte, so provokativ zu bewachen«, knüpfte Pakit den Faden wieder an.

Dhamsa blickte sofort weniger zufrieden drein.

»Die Ereignisse haben bewiesen, daß meine Befürchtungen wohlbegründet waren«, fuhr der junge Mann fort. »Es gibt Strolche in dieser Welt, die selbst den hochgeschätzten Agenten von Risk Limited überlegen sind.«

Diesmal grunzte Dhamsa.

Gillespie rückte auf seinem Stuhl hin und her und lenkte damit zum ersten Mal die Aufmerksamkeit auf sich. Er wurde langsam ungeduldig mit diesem cleveren Mönchlein, das sich so gerne selbst reden hörte.

»Darauf würde ich mal nicht wetten, Kumpel«, blaffte er. »Wir verfolgen ein paar ganz schön heiße Spuren.«

»Tatsächlich?« fragte Pakit. »Warum ist der berühmte Mr. Crowe dann hier statt in Tibet?«

Gillespie blickte Cassandra an. Sie nippte an dem abscheulichen Yakbuttertee, als ob es Champagner wäre.

»Wir gehen dorthin, wohin die Spur uns führt«, erklärte sie schließlich.

»Mit anderen Worten, Sie glauben, die Seide hätte unser Königreich bereits verlassen«, argwöhnte Pakit.

Dann wiederholte er dasselbe auf tibetisch, um sicherzugehen, daß Dhamsa das volle Ausmaß der Katastrophe auch erfaßte. Es war überflüssig. Obwohl der Lama nur sehr gebrochen Englisch sprach, verstand er die Sprache ziemlich gut.

»Der Mann, der Feng die Seide entriß, war kein Tibeter«, sagte Shane. »Er ist wohl kaum in Tibet geblieben.«

Dhamsa sagte rasch etwas in seinem Idiom.

»Aber warum sollte man die Seide aus der Heimat fortbringen?« übersetzte Pakit alarmiert. »Dort wird dieses Objekt angebetet. Buddhas Seide aus Tibet zu entfernen wäre, wie wenn man das Heilige Grab aus Jerusalem wegschaffte. Einfach sinnlos!«

Dani warf dem jungen Mönch einen überraschten Blick zu. »Sie haben Ihrer Heiligkeit doch sicher von Kunstsammlern erzählt?«

»Ich ...« Pakits Stimme erstarb. Er sah zutiefst besorgt aus. »An Sammler habe ich in Verbindung mit der heiligen Reliquie nie gedacht, um ehrlich zu sein.«

»Dann sind Sie doch mehr Buddhist als modern, trotz Ihres Studiums in Stanford«, stellte Shane fest.

»Sammler«, sagte der Lama. »Erklären bitte!«

»Es gibt auf der ganzen Welt Sammler von Seidenstoffen«, begann Dani. »Antike Seidenstoffe können ebenso wertvoll sein wie Gemälde von alten Meistern oder griechische Marmorbüsten aus der Zeit des Perikles.«

Dhamsa wurde ganz still. Er sah aus, als würde er Kraft schöpfen für einen Kampf, der ihn zerstören konnte.

»Die Japaner sind besonders leidenschaftliche Sammler«, fuhr die Archäologin fort. »Sie verfügen über die geschichtlichen Kenntnisse, um antike Seidenstoffe richtig einzuschätzen – außerdem über den Stolz wahrer Kunstsammler sowie das Geld, die Preise für gewisse Textilien in die Hunderttausende von Dollars zu treiben.«

»Was könnte geschehen, wenn der Dieb mit solch weltlichen Raffzähnen in Verbindung stand?« fragte Pakit.

»Die Seide würde höchstwahrscheinlich an den Meistbietenden verkauft werden«, erwiderte Dani schlicht.

»Wie?« fragte Pakit. »Sie ist so empfindlich …«

Shane musterte den jungen Mönch eher mitleidig als ungeduldig.

»Die Diebe waren sehr sorgsam mit der Seide«, beschwichtigte Shane ihn. »Das stimmt doch, Dani, nicht wahr?«

Diese beschloß taktvoll, Fengs Inkompetenz nicht zu erwähnen.

»Aber natürlich«, sagte sie. »Das Objekt hätte keinen Wert mehr, wenn es nur noch ein Haufen zerfallender Fäden wäre.«

Pakit blickte sie entsetzt an. Dhamsa wirkte auf einmal um Jahre gealtert.

»Sie erwähnten Auktionen?« fragte Pakit schwach.

»Wenn man die Historie der Seide in Betracht zieht«, wiegelte Dani ab, »und die Art, wie sie aus Ihrem Orden gestohlen wurde, glaube ich nicht, daß sie bei einer Auktion auftaucht.«

»Warum nicht?« fragte Cassandra.

»Zu auffällig«, erläuterte Dani. »Zu gefährlich, daß der Verkauf dieser Reliquie an die Öffentlichkeit dringt. Dann gäbe es in der Tat unheiliges Schlamassel.«

»Die Seide würde konfisziert und an die rechtmäßigen Eigentümer zurückgegeben werden«, pflichtete Cassandra ihr bei. »Mit entsprechend devoten Entschuldigungen von allen Beteiligten.«

Dani nickte. »Deshalb wird man die Seide wahrscheinlich nur unter der Hand ein paar äußerst diskreten Sammlern anbieten. Vielleicht ist sie sogar laut Auftrag gestohlen worden.«

»Erklären«, sagte Dhamsa prompt.

»Die Diebe hatten womöglich einen festen Kunden im Auge, bevor sie sich ans Werk machten«, sagte Dani.

»Aber was ist mit Museen?« drängte Pakit. »Vieles von dem, was man heute in Museen findet, wurde ursprünglich gestohlen.«

»Einige mögen es so sehen«, hielt Dani sich zurück. »Andere nicht. Auf jeden Fall werden neuere Kunstdiebstähle als Raub gewertet, und als nichts anderes.«

»Dann würde kein Museum die Seide akzeptieren?« fragte Pakit verzweifelt.

»Höchst unwahrscheinlich. Warum?«

»Ein Museum oder eine Universität würde sich des Gewebes annehmen«, stammelte Pakit jetzt. »Diebe und Sammler, die von Dieben kaufen ... wer weiß, wie die mit kostbaren alten Stoffen umgehen?«

»Deshalb müssen wir das Tuch ja auch so rasch wie möglich wiederbeschaffen«, sagte Cassandra.

»Es wäre besser gewesen, wenn Mr. Crowe es gar nicht erst verloren hätte«, trotzte Pakit.

»Shane hat die Seide nicht verloren«, korrigierte Dani. »Ich war das.«

Pakit schüttelte bloß den Kopf, überwältigt vom Ausmaß der Katastrophe.

»Prasam Dhamsa«, schaltete Shane sich ein, »Euer Orden wird in ganz Tibet hoch verehrt. Ihr und andere Tibeter hört Dinge, die hilfreich sein könnten, selbst wenn sie Euch vorerst noch unwichtig erscheinen.«

Dhamsa nickte sofort.

»Habt Ihr kürzlich etwas von einer ungewöhnlichen Pilgergruppe erfahren oder von Überlandlastern?« hakte Shane nach.

Dhamsa schien die Frage zunächst gar nicht mitbekommen zu haben. Dann sagte er leise etwas auf tibetisch.

»Ich hätte mir nie vorstellen können, daß Buddhas Robe aus Tibet je verschwinden könnte«, dolmetschte Shane den Lama, »außer, sie wird von den Chinesen erbeutet. Sie ist so delikat und empfindlich. Manchmal glaubte ich, daß dieser Stoff einem christlichen Heiligenschein gleicht – wie etwas Überirdisches.«

»Wir müssen aber von dieser Welt sein«, konterte Pakit entschlossen, »oder untergehen. Soviel habe ich im Westen gelernt.«

Dhamsa sprach einfach weiter.

Shane dolmetschte simultan, was in Dani das komische Gefühl hervorrief, den Lama tatsächlich zu verstehen.

»Um deine Frage zu beantworten: Die chinesischen Behörden sind derzeit ganz besonders wachsam. Individuen, Gruppen, Straßen oder Flugzeuge, alles und jeder wird durchsucht.«

»Es gibt noch andere Wege, die aus Tibet herausführen, Eure Heiligkeit«, deutete Cassandra an.

»Nun, man kann sich ja Flügel wachsen lassen wie die Geier, die auf der Suche nach Aas am Himmel kreisen«, spottete Pakit.

»Ich habe mehr an Fluchtrouten gedacht, die so schwierig sind, daß die chinesischen Behörden sie gar nicht in Betracht ziehen«, sagte Shane.

Dhamsa zog ein nachdenkliches Gesicht. Er sagte rasch etwas zu Pakit.

»Einer unserer Brüder hielt sich kürzlich in einem Kloster im Osten Tibets auf«, übersetzte Pakit. »Er berichtete, daß man eine Schar Wanderer ins Tanglhagebirge gehen sah.«

»Wann?« fragte Shane scharf.

»Ein paar Tage nach dem Diebstahl«, gab Pakit Auskunft.

Dani spürte die Spannung, die Shane erfüllte, wie elektrischen Strom, der unsichtbar durch einen Draht fließt und dennoch Vibrationen verursacht.

»Warum hat man uns nichts gesagt?« fragte er täuschend sanft.

»Es waren bloß westliche Bergsteiger auf der Suche nach neuen Gipfeln«, sagte Pakit. »Davon gibt es viele in Tibet.«

Shane nickte und schwieg. Aber seine Haltung war mit einem Mal eine andere; die fast greifbare Anspannung verschwunden. Jetzt wirkte er vollkommen in sich zurückgezogen, ja beinahe verschlossen.

Doch Dani hatte das deutliche Gefühl, daß in ihm ein scharfer Verstand zu arbeiten begann. Ganz plötzlich konnte sie sich diesen Shane Crowe sechs Monate in tiefer Meditation gut vorstellen. Die Mischung aus Ruhe und Konzentration, die von ihm ausging, war beinahe ebenso plastisch wie die Anspannung vorhin.

»Wurde sonst noch etwas berichtet?« fragte Cassandra den Lama.

»Nein.«

Energisch nahm Cassandra nun die Zügel der Unterhaltung in die Hand. Obwohl sie alles andere als ungeduldig wirkte, geschweige denn unhöflich, brachte sie es fertig, die Tafel in weniger als fünfzehn Minuten aufzuheben. Der unumgängliche Austausch von guten Wünschen und Lebewohls nahm nicht mehr als fünf Minuten in Anspruch.

Kaum waren Dani, Shane, Gillespie und Cassandra in die Limousine geklettert und hatten die Türen hinter sich geschlossen, wandte sich Cassandra auch schon an Shane.

»Also schön«, sagte sie. »Spuck es aus. Warum wolltest du, daß ich uns so schnell wie möglich rausschaffe?«

»Du weißt doch noch, wie Dani und ich uns aus Tibet gemogelt haben?« fragte Shane.

»Das vergesse ich ganz bestimmt nicht«, entgegnete Cassandra. »Hab gerade erst die Hubschrauberrechnung bezahlt.«

Dani zuckte zusammen.

»Nun, wenn es auf diese Weise nicht geklappt hätte«, legte Shane ihnen dar, »wäre meine nächste Alternative eine Floßfahrt den Mekong hinunter zum Hochland der Karen in Thailand gewesen.«

»Na und?«

»Der Mekong fließt durch drei Länder in Südostasien«, sagte Shane. »In jedem Land ist er unter einem anderen Namen bekannt. An seinem Ursprung beispielsweise wird er Nu Jiang genannt.«

»Worauf willst du hinaus?« fragte Cassandra gereizt.

»Das Gebirge, das dem Nu Jiang am nächsten liegt, ist das Tanglhagebirge. Die Höhe der Berge kann jedoch kaum jemandem imponieren. Ich bezweifle, daß sich Bergsteiger damit abgeben würden.«

Lange Zeit blickte Cassandra grübelnd die dunkler werdenden Bäume an, die jenseits ihres Wagenfensters aufragten.

»Aber der Mekong wäre eine Fluchtroute, egal wie er nun heißt.«

Gillespie beobachtete sie. Ein leises Lächeln umspielte seinen Mund.

Ganz plötzlich langte sie nach dem Autotelefon. »Gillie?«

»Ja, Botschafterin?«

»Was ist die Vorwahl für Thailand? Wir müssen noch eines unserer örtlichen Asse aktivieren.«

14

Während Cassandra kurz darauf in ihrem Büro weitertelefonierte, warteten Dani, Shane und Gillespie in der großen Bibliothek des Landhauses, in dem sich Risk Limiteds Washingtoner Hauptquartier befand.

Das Gebäude erstreckte sich mit würdiger Eleganz über ein großes Grundstück am Ende des Rock Creek Parks in Georgetown. Die zahlreichen Räume im Erdgeschoß waren in Büros verwandelt worden, die selbst einer subventionierten Washingtoner Denkfabrik oder einer reichen internationalen Wohlfahrtsorganisation zur Ehre gereicht hätten. Auf den anderen Stockwerken befanden sich Privatapartments, in denen Cassandra und andere Mitarbeiter der Organisation wohnten, wenn sie sich in Washington D.C. aufhielten.

Bis auf die leise Stimme von Cassandra aus dem Nebenzimmer war alles still.

»Dieses Ambiente kommt mir irgendwie bekannt vor«, sagte Dani.

Die Bemerkung war an Shane gerichtet, der auf dem Rückweg von Virginia kaum mehr als drei Worte mit ihr gewechselt hatte. Gillespie beantwortete Danis unausgesprochene Frage.

»Dies hier war das einzige Botschaftsgebäude, das Frank Lloyd Wright entworfen hat.«

»Alles klar!« Jetzt konnte sie es einordnen.

Shane sagte nichts. Seit sie die Azurmönche verlassen hatten, ignorierte er Dani.

Oder tat, als ob er sie ignorieren würde. Zweimal, als sie sich plötzlich zu ihm umdrehte, sah sie, wie er sie mit einer Mischung aus Feindseligkeit und unübersehbarem männlichem Interesse anstarrte.

Sie wußte nicht, welches von beidem sie mehr beunruhigte. Um ihre Gedanken von Shane abzulenken, blickte sie sich in Cassandras persönlicher Bibliothek um. Sie besaß die Größe eines kleinen Ballsaals. Kunstwerke und Bücher füllten den Raum fast vollständig aus.

Langsam fuhr Dani mit den Fingern über das Ende eines Holzregals. Kühl, glatt, poliert und dennoch natürlich, streichelte das Holz ihre Sinne.

»Rosenholz«, erklärte Gillespie.

»Wie bitte?« fragte Dani überrascht.

»Die Regale ...«

»... sind wunderschön!«

Dani ließ den Blick zu den aufgestellten Büchern schweifen. Sie war sofort in Bann geschlagen und vergaß die Zeit, vergaß sich selbst – ja alles, bis auf das unglaubliche, faszinierende Wissen, das sich in diesem Raum versammelte. Langsam wanderte sie zwischen den Regalen umher.

Geschichte, Kulturstudien, politische Analysen. Antike und moderne Sprachen. Ledergebundene Erstausgaben, beleuchtete Manuskripte, moderne Wälzer, Taschenbücher. Es gab alles. Und alles war auf eine subtile Weise geordnet, die Dani allerdings nicht durchschaute.

Dennoch wußte sie, daß eine solche Ordnung existieren mußte. Cassandra Redpath war eine Frau, die Verbindungen herstellte, wo andere Menschen nur Chaos sahen.

»Bemerkenswert«, sagte sie leise.

»Es ist eine Arbeitsbibliothek, keine zum Schmökern«, erläuterte Gillespie.

»Ich meinte den Geist, der all die Bücher zusammengetragen hat.«

Gillespie grinste glücklich, und Dani dachte einmal mehr, wie gut er doch aussah.

»Cassandra ist eine bemerkenswerte Frau«, bestätigte er.

»Ganz offensichtlich. Sie muß mindestens fünf Sprachen lesen können.«

Der Sergeant-Major nickte abwesend. Die Tür zu Cassandras Privatbüro war nicht ganz geschlossen, und der Großteil seiner Aufmerksamkeit galt der weichen Stimme seines weiblichen Bosses, die mit Risk-Limited-Mitarbeitern rund um den Globus sprach.

Dani schlenderte durch einen anderen Gang. Wenn man bedachte, daß sich Cassandra Redpath beruflich überwiegend mit Politik beschäftigte, so war es schon erstaunlich, welche Fülle an Büchern es gab über antike Kunst neben den Abhandlungen über Philosophie, Zivil- und Kriegsgeschichte sowie Lexika.

Islamische Ornamentalkunst, chinesische Bronzen, keltische Kunst und Manuskripte aus dem Spätmittelalter schienen ihr besonders am Herzen zu liegen.

»Einfach erstaunlich«, flüsterte Dani.

»Was ist erstaunlich?«

Erschrocken wirbelte sie herum. Shane stand weniger als eine Armlänge von ihr entfernt. Sie hatte ihn überhaupt nicht kommen gehört oder seine Anwesenheit auch nur im geringsten gespürt.

»Es überrascht mich, daß hier so viele Werke über Ästhetik stehen«, sagte Dani.

»Kunst bildet die Essenz einer Gesellschaft.«

Dani zog eine Grimasse, weil sie an ihren letzten Bummel durch die Galerien von Manhattan denken mußte.

»Wenn das wahr ist, dann stecken wir aber tief im Yakdung«, sagte sie.

Shane mußte gegen seinen Willen lächeln. Dani bemerkte es nicht. Sie hatte soeben die Erstveröffentlichung einer alten französischen Monographie über persische Wandteppiche entdeckt.

»Das kenne ich in der Übersetzung«, sagte sie und berührte ehrfürchtig das Inhaltsverzeichnis. »Nicht auszudenken, das Original zu besitzen. Es muß Tausende wert sein.«

»Schon möglich«, bemerkte Shane vollkommen desinteressiert.

Das Buch sah aus, als würde es rege gebraucht. Es stand neben einer zeitgenössischen Studie über mittelalterliche Schwertkunst, komplett mit einer Erörterung der subtilen, aber pragmatischen Unterschiede zwischen eingriffigen, eineinhalbgriffigen und zweigriffigen Hiebwaffen.

»Einfach erstaunlich«, wiederholte Dani.

»Das Geld?«

Dani blickte auf und sah, daß Shane sie durchdringend musterte. Ein eigenartiges Zittern durchrann ihren Körper.

»Nein.« Kopfschüttelnd stellte sie das Buch ordentlich ins Regal zurück. »Die Mischung aus Gewalt und Schönheit. Das ist immer wiederkehrendes Thema in Mrs. Redpaths Bibliothek.«

»Eine akkurate Wiedergabe des Lebens!«

»Ich würde Ihnen gerne widersprechen, kann es aber nicht.«

»Wünschen Sie sich denn einen Elfenbeinturm?« fragte Shane.

Der subtile Spott, der in seiner Stimme mitschwang, irritierte Dani.

»Meinen Elfenbeinturm gibt es schon seit Jahren nicht mehr«, erwiderte sie glatt. »Ich gehe nicht durchs Leben, indem ich die Existenz von Gewalt leugne und trotzdem meine Haustür jeden Abend dreifach verriegle.«

»Sie akzeptieren also das Vorhandensein von Gewalt?«

»Ist das ein Multiple-Choice-Test?«

Shane fand sie fast witzig.

»Sorry«, lenkte er ein. »Nur wenige können Brutalität als Bestandteil des Lebens akzeptieren.«

Dani studierte Shane offen. Im Moment sah er weniger gefährlich, weniger tödlich aus, als sie ihn je angetroffen hatte.

Und doch, gemahnte sie sich, trägt er eine Pistole unter seinem eleganten Anzug.

»Also allzeit bereit, Gewalt anzuwenden«, dachte Dani laut.

»Allzeit bereit zu sterben«, korrigierte Shane sie leise. »Das ist ein Unterschied. Einzig auf diese Weise findet man in unserer gnadenlosen Welt Frieden.«

»Für einen großen sportlichen Mann sagt sich das leicht. Sie werden wohl kaum an der nächsten Straßenecke auf einen Gegner stoßen, der Ihnen ebenbürtig ist.«

»Glauben Sie?«

»Ich weiß es.«

»Sie irren sich. Man braucht nur ganz wenig Kraft, um am Abzug zu ziehen. Fragen Sie ruhig Eltern, die eine geladene Pistole am falschen Ort liegenließen.«

Dani schnitt eine Grimasse, konnte jedoch auch diesmal nicht widersprechen.

Ein silbernes Läuten ertönte in der Stille. Es war das zweite Mal, daß die Kristalluhr die volle Stunde schlug, seit Dani die Bibliothek betreten hatte.

Dankbar über die Ablenkung schritt sie zu dem Konferenztisch am anderen Ende des Raums, in dessen Mitte die Uhr stand.

Zweiundzwanzig Uhr.

Dani setzte sich an den langen Tisch und studierte den ungewöhnlichen Chronometer.

Zehn Minuten später war sie auch nicht schlauer, was seine Funktionsweise betraf, als zwei Stunden zuvor. Andererseits bot das nicht weit von ihr entfernt prasselnde Kaminfeuer um so zugänglicheren Genuß.

»Kristalltechnologie«, dozierte Shane hinter Dani.

Überrascht zog sie die Luft ein. Der Mann war einfach unglaublich leise auf seinen großen Füßen.

»Dieses Uhrwerk schwingt wie der Kristall in Ihrer Digitaluhr«, setzte er seine Lektion fort. »Wurde sogar von denselben Leuten entwickelt. Cassandra hat ihnen mal in einer Patentrechtssache geholfen.«

Gillespie setzte sich in einen Ledersessel vor den flackernden Kamin und wärmte sich, als ob tiefster Winter wäre.

»Das verfluchte Ding ist 'n richtiger Charlie Foxtrott«, sagte er.

»Was heißt das?« fragte Dani unschuldig.

Shane gluckste.

»Total unpraktisch«, beschwerte sich Gillespie. »Eine Berührung, und sie geht nach. Keiner der neuen Vorsitzenden hat die Finger von dem Ding lassen können, und ich muß dann sehen, wie ich das verflixte Biest wieder richte.«

»Woher genau stammt der Ausdruck ›Charlie Foxtrott‹?« fragte Dani.

Gillespies Unbehagen war nicht zu übersehen. Da tat es Dani auf einmal leid, ihn geneckt zu haben. Irgendwie war Gillespie in Cassandras Abwesenheit viel unsicherer in Gegenwart von Frauen.

»Na los, Gillie«, ermunterte Shane ihn.

»Es ist eine amerikanische Redewendung«, meinte Gillespie. »Erklär du es ihr.«

Dani drehte sich um und sah Shane an, als ob sie nicht die leiseste Ahnung hätte, worum es ging. Nur das vergnügte Funkeln in ihren Augen verriet sie.

»Er meint einen internationalen Funkcode«, begann Shane. »Charlie Foxtrott steht für die Buchstaben C und F und ist ein höflicher Ausdruck für einen sogenannten ›Clusterfuck‹.«

»Und das ist dasselbe wie ein Quartalsdebakel?« erkundigte sich Dani zungenfertig.

Gillespie zog ein überraschtes Gesicht, dann mischte sich sein Gelächter in Shanes.

»Drei Punkte für Sie«, applaudierte Gillespie. »Sie mögen ja eine kleine Professorin sein, aber Sie sind nicht der Elfenbeinturm-Typ. Großartige Reaktion!«

Bevor Dani fragen konnte, was Gillespie meinte, öffnete sich die Tür zu Cassandras Privatbüro. Sie sah müde aus, aber auf ihrem Gesicht lag ein zufriedenes Lächeln.

»Einer meiner alten Collegefreunde aus Langley arbeitet jetzt bei der thailändischen Drogenbehörde«, eröffnete Cassandra ihnen. »Er unterhält gute Kontakte zu den Paßkontrollbehörden auf den Flughäfen in dieser Region.«

Gillespie war mit einem Mal wieder angespannt wie eine Sprungfeder. Er wartete. Für Shane galt dasselbe.

Cassandra gähnte. »Entschuldigung!«

»Nur, wenn du gute Nachrichten hast«, schränkte Shane ein.

»Ein großer, attraktiver blonder Europäer versuchte, an Bord eines Flugzeugs der British Airways zu gelangen«, spielte Cassandra ihren Trumpf aus.

»Und?« fragte Gillespie.

Cassandra bedachte ihn mit einem katzenhaften Lächeln. »Traurigerweise«, murmelte sie, »enthielt der südafrikanische Paß des Mannes keinen Einreisestempel.«

»Woher kam er?« fragte Shane.

»Aus dem Goldenen Dreieck.«

»Das Gebiet kontrollieren die Karen«, sagte Shane. »Ich wußte gar nicht, daß die Harmony auch dort Verbindungen unterhält.«

»Ich auch nicht«, sagte Cassandra. »Offenbar hat sich Tony Liu dieser globalen Diebesbande angeschlossen.«

»Verflucht noch mal«, brummte Gillespie.

»Dem kann ich nur zustimmen«, sagte Shane. »Sonst noch was?»

»Die örtlichen Behörden überprüften den Flugschein des Mannes und seine Route«, fuhr Cassandra fort. »Er war für London via Karachi gebucht, und von dort in die Karibik.«

»Aruba?« fragte Gillespie eilig.

»Aruba«, bestätigte Cassandra.

»Viele Leute fliegen nach Aruba«, meinte Shane. »Wir müssen ganz sicher sein.«

»Das sind wir«, behauptete Cassandra.

»Wie sicher?«

»So sicher, wie man diesseits der Hölle nur sein kann. Weil der Mann aus einem bekannten Drogenanbaugebiet kam, wurden er und seine Sachen gründlich durchsucht.«

»Sämtliche Körperöffnungen, hm?« meinte Gillespie. »Was hat man gefunden?«

»Was man *nicht* fand, war das Beeindruckendste«, sagte Cassandra trocken.

Shane kapierte als erster. Ein dünnes Lächeln umspielte seine Lippen.

»Dann war es also wirklich Kasatonin«, folgerte er. »Hatte er die Seide bei sich?«

»Nein«, erwiderte Cassandra.

»Oder einen Partner«, fragte Gillespie.

»Nein. Wäre auch egal gewesen. Aus irgendeinem Grund hat die örtliche Drogenpolizei jeden überprüft, der sich in der Gruppe des Russen befand, gleich welcher Nationalität.«

Shane stieß einen leisen Pfiff aus. »Die Chinesen müssen wirklich stinksauer sein, wenn sie sogar die Behörden in den Nachbarländern alarmieren.«

»Das stimmt!« Cassandra nickte. »Man fand jedoch keine Spur von Schmuggelgut.«

»Zu schade«, meinte Shane. »Ich hätte mir die Passagiere in Kasatonins Flugzeug gerne mal der Reihe nach zur Brust genommen.«

»Wir haben ganz schön Druck ausgeübt«, sagte Cassandra, »aber nichts zu machen. Je kleiner das Land, desto ausgeprägter der Nationalstolz.«

Gillespie grunzte. »Haben die wenigstens eine Passagierliste rausgerückt?«

»Nein.«

»Ärsche!«

»Aber wir haben uns in deren Computer reingehackt«, teilte Cassandra ihnen mit. »Ein Gegencheck mit Polizeiakten förderte einen anderen Reisenden zutage.«

»Amerikaner?« fragte Shane.

»Ein Brite«, sagte Cassandra. »Er ist so eine Art Labortechniker. Man vermutet, er beliefert die chinesischen Triaden mit Geräten zur Herstellung von Heroin aus dem Opium der Karen.«

Shane runzelte die Stirn. »Na und?«

»Als die Behörden sein Gepäck durchsuchten, fanden sie eine kleine Vakuumpumpe und eine Ausrüstung zum Glasschmelzen und -blasen. Aber kein Opium oder Heroin«, meinte Cassandra vielsagend. »Nicht einen Hauch.«

Gillespie und Shane sahen verwirrt aus. Dani nicht.

»Gott sei Dank«, sagte sie voller Inbrunst.

»Was ist so wunderbar an einem Typen, der 'ne Glasbläserausrüstung den Mekong runterschleppt?« fragte Shane.

»Es bedeutet, daß die Seide sorgsam behandelt wird.«

»Wie?« fragte er barsch.

»Eine versiegelte Glaskapsel böte einen hervorragenden Schutz für das Gewebe«, sagte Dani. »Und am perfektesten wäre eine Vakuumkapsel. Die wird nur noch von den klimatisierten Schaukästen in den Museen übertroffen.«

»Ausgezeichnet«, lobte Cassandra. »Ich bin froh, daß Sie sich entschlossen haben, uns zu beraten, Mrs. Warren. Jetzt wissen wir zumindest, wonach wir suchen müssen.«

Gillespie warf Shane einen Ich-hab-es-dir-doch-gesagt-Blick zu. Shane preßte die Lippen zusammen. Dani sah es und fragte sich, warum Shane sich von Anfang an so heftig gegen ihre Beteiligung gewehrt hatte.

»Kasatonin muß sich verdammt sicher fühlen, daß er den Stoff einfach aus der Hand gibt«, mutmaßte Gillespie, der seinen eigenen Gedankengängen folgte.

»Die Karen schmuggeln schon länger, als der Zoll existiert«, sagte Shane. »Wenn jemand eine kleine, unbezahlbare Sendung durch diesen Dschungel kriegt, dann sie.«

»Und wohin würde die Sendung weitertransportiert?« fragte Gillespie.

»Hast du etwa einen kleinen Raub im Sinn?« zog Shane ihn auf.

»So oder so, wir müssen den elenden Fetzen wiederkriegen.«

»Da spricht wie immer der Pragmatiker«, sagte Cassandra anerkennend.

»Deshalb brauchst du mich ja, Botschafterin.«

»Deshalb?« murmelte Cassandra. »Genau das möchte ich auch gerne mal wissen.«

Gillespie zwinkerte seinem Boß zu, was seine ganze Erscheinung von einem wilden Tiger in einen sinnlichen Kater verwandelte.

Dani starrte die beiden ungläubig an.

Shane beachtete sie nicht. Er hatte aufgehört, über ihre komplexe Beziehung nachzudenken, und akzeptierte sie einfach.

»Also das ist der Weg, den die Seide nehmen wird«, kam Shane wieder zur Sache.

Er deutete auf den Kristallglobus. Ohne den leise vibrierenden Kristall zu berühren, zeichnete er eine Route über seine glänzende Oberfläche.

»Golf von Thailand«, begann er, »dann das Südchinesische Meer.«

Sein Finger wanderte in nordöstliche Richtung, zum Rand des Pazifiks.

»Hongkong«, sagte Shane jetzt.

Gillespie beugte sich vor. »Gut. Dann sind wir schon halbwegs am Ziel.«

Shane schüttelte den Kopf. »Hast du eine Ahnung, wie viele Schiffe es in dieser Ecke der Welt gibt?« fragte er.

»Eine begrenzte Anzahl«, meinte Gillespie.

»Eine verdammt große begrenzte Anzahl«, korrigierte Shane ihn. »Ohne Informant oder irgendwelche Hinweise könntest du ebensogut Fliegendreck in einer Pfeffermühle von der Größe des Lincoln Memorials suchen.«

Eine Zeitlang herrschte Schweigen, während die vier den eleganten Kristallglobus anstarrten, als ob er die Antwort auf die einzig wichtige Frage wüßte: *Wo ist die Seide?*

Ein aufgeregtes Glücksgefühl durchfuhr Dani. Noch nie waren ihre Intelligenz und ihr Sachverstand auf solche Art und Weise herausgefordert worden.

Ein globales Schachspiel, dachte sie.

Doch schon eine Sekunde später erkannte sie, daß sie die Situation unterschätzte. Teilweise zumindest.

Es ist sogar mehr als ein internationales Bridgeturnier, dachte sie nun. Ein Spiel zwar, das schon irgendwie, aber eins, in dem es mehr zu einem großen Schlemm braucht als die nötigen Stiche.

Nach einer Weile schüttelte Shane den Kopf und fluchte leise. Sein Gesichtsausdruck sagte, daß er alle Möglichkeiten durchgegangen und zu einem negativen Schluß gelangt war.

»Aruba«, polterte er. »Das ist alles, was wir haben.«

Cassandra blickte Shane scharf an.

»Da können wir nicht mithalten«, wehrte sie ab. »Der Harmony gehört praktisch die Insel, bis hinunter zum kleinsten Sandkörnchen.«

»Ich hab nicht gesagt, daß es mir gefällt«, brummte Shane. »Erwähnte bloß, wie die Dinge stehen!«

»Wir haben nur ein As dort«, erinnerte Cassandra ihn. »Und selbst das ist suspekt.«

Shane zuckte mit den Schultern. »Was soll's! Ich werde loszittern, sobald du den Flug arrangiert hast.«

»Nein«, verbot Cassandra. »Du kannst nicht allein dorthin. Es ist zu gefährlich.«

»Nichts ist gefährlicher, als die Seide zu verlieren«, sagte Shane in beinahe sanftem Ton.

Cassandras Mundwinkel bogen sich nach unten. Sie schwieg.

»Warum?« fragte Dani.

Shane blickte sie mit einem besorgten Ausdruck an.

»Zwei Gründe«, zählte er auf. »Wenn der Verlust der Seide durchsickert – und das wird er irgendwann –, dann verlieren die Azurmönche ihren Einfluß auf die Stämme.«

»Für sie«, fügte Cassandra hinzu, »symbolisiert Buddhas Robe das Transzendente und macht es sichtbar. Für uns Westler ist das schwer zu verstehen, aber für die Tibeter die Wahrheit.«

Dani nickte zögernd.

»Die Azurmönche sind es, die die tibetische Freiheitsbewegung am Leben erhalten«, erklärte Shane.

»Irgendwie kann ich mir Prasam Dhamsa schlecht als Terroristen oder Freiheitskämpfer vorstellen«, sagte Dani.

»Das ist er auch nicht«, bekam sie zur Antwort. »Aber allein die Tatsache, daß es Mönche gibt, die Buddhas Gewand hüten, ist für die Tibeter ein machtvolles Symbol. Ein Banner, eine Art Flagge, wenn Sie so wollen.«

Langsam nicke Dani.

»Die Volksrepublik China«, warf Cassandra ein, »herrscht bereits über einen zu großen Teil der Weltbevölkerung, als daß ein Mensch, der an die Freiheit des Individuums glaubt, noch ruhig schlafen könnte.«

»Ewig wird die auch nicht herrschen«, bemerkte Dani. »Seht doch bloß, was in der Sowjetunion passiert.«

»Die UdSSR ist aus vielen Gründen zerfallen«, sagte Gillespie, »nicht zuletzt wegen des Drucks, immer mehr Waffen bei einem immer kleiner werdenden Bruttosozialprodukt herzustellen. Wäre das anders gelaufen, würde es die UdSSR jetzt noch geben.«

»Das ist das große Bild«, meldete sich Shane. »Doch dann gibt es noch das kleine.«

Dani blickte Shane an. »Sie meinen das persönliche?«

»Ich meine das professionelle«, erwiderte er kühl. »Wenn Prasam Dhamsa publik macht, daß Risk Limited den Auftrag vermasselt hat – dann wäre alles, wofür Cassandra und Gillie so hart gearbeitet haben, alles, wofür wir stehen, nur noch einen Mundvoll warmer Spucke wert.«

»Unser Ruf hält ein, zwei größere Erschütterungen schon aus«, sagte Cassandra. »Und ich werde weder dir noch einem anderen befehlen, sich in die Höhle des Löwen, oder besser gesagt des Teufels, zu begeben.«

»Du befiehlst es mir ja nicht«, sagte er. »Ich melde mich freiwillig.«

»Aber …«

»Aber nichts«, unterbrach Shane sie. »Ich habe die Seide verloren und werde sie wiederbeschaffen. Wenn das bedeutet, einen oder zwei Stiche zu verlieren, dann ist das eben so. Risk Limited wird das Spiel jedenfalls überleben.«

Dani blickte Shane leicht schockiert an. Auch er verglich das Ganze mit einer Partie Karten.

»Stiche?« fragte sie. »Heißt das dasselbe wie ›Asse‹?«

Shane nickte.

»Menschen«, faßte Dani zusammen.

Wieder nickte Shane.

»Menschenleben!«

»Jeder stirbt früher oder später.«

Einen angespannten Moment lang starrte Dani zu Shane hinüber. Er erwiderte ihren Blick mit absoluter Gelassenheit.

Das sagt er nicht bloß so, erkannte sie mit einem kalten Schaudern. Er hat es wirklich ernst gemeint, das Auf-den-Tod-gefaßt-zu-sein wäre die einzige Weise, in Frieden zu leben.

Aber Dani wollte nicht, daß Shane starb. Die Intensität ihrer Gefühle erschreckte sie.

»Mir wär es lieber, Sie sterben später als früher«, rutschte es ihr heraus.

Shanes dunkle Augen musterten Dani. Wieder hatte sie das komische Gefühl, er sähe direkt in sie hinein, könnte erkennen, ob sie die Wahrheit sagte oder nicht.

»Wir haben einen Informanten in den Kreisen der Harmony«, berichtete Cassandra nun. »Unglücklicherweise ist dieser Informant nicht hundertprozentig vertrauenswürdig.«

»Was soll das heißen?« fragte Dani scharf.

»Ist gut möglich, daß Shane sich mit einem Doppelagenten an der Hand wiederfindet.«

»Ach du dickes Ei«, ächzte Dani.

»Unter normalen Umständen würde ich Shane diesen Ausflug verbieten«, ergänzte Cassandra. »Das ist mein Recht. Risk Limited gehört mir. Ich kann ein richtiger Tyrann sein, wenn ich will.«

»Tun Sie es«, bat Dani.

»Leider kann ich mir diesen Luxus nicht leisten«, mußte Cassandra zugeben.

Gillespie rieb sich mit der Hand über seine schwarze Bürste.

»Ich begleite ihn«, sagte er.

»Nein«, brüllten Shane und Cassandra gleichzeitig.

»Du bist einfach zu bekannt in der Karibik«, setzte Cassandra ihm auseinander, »und wärst bloß ein Risiko für Shane.«

»Auf Aruba kennt mich keiner«, meinte letzterer. »Tatsächlich wissen nur sehr wenige Leute, daß ich für Risk Limited arbeite.«

»Wie willst du auf die Insel kommen?« fragte Cassandra.

»Fünftausend Touristen und Spieler fliegen allwöchentlich dorthin«, rechnete Shane ihr vor.

»Die Harmony läßt jeden Flug überwachen«, wandte Gillespie ein. »Die machen sich schon bei dem Gedanken in die Hose, der FBI oder die amerikanische Drogenbehörde könnten Agenten einschleusen.«

»Du vergißt etwas«, sagte Dani zu Shane.

»Was?«

»Kasatonin hat dich gesehen.«

Shanes Augen verengten sich.

»Okay«, winkte er ab. »Dann also Plan B. Ich nehme ein Schnellboot von Curaçao. Dann schwimme ich an Land.«

Cassandra blickte Gillespie an. Der zuckte mit den Schultern. »Für ein Boot kann ich sorgen«, sagte er, »oder einen Hubschrauber. Viel Zeug brauchst du nicht. Wir schicken Dillman und Souther als Vortrupp. Die können alles besorgen oder mieten, was Shane in Oranjestad braucht.«

»Eine verläßliche Geliebte können sie ihm aber nicht mieten«, meldete sich Dani.

Shane starrte sie an, als hätte er nicht richtig gehört.

»Ein einzelner Mann stellt eine Bedrohung dar«, sagte sie. »Ein Mann mit einer Freundin ist bloß auf 'ne schöne Zeit aus.«

»Nein«, wehrte sich Shane sofort. »Auf gar keinen Fall!«

»Ich bin für den Verlust der Seide verantwortlich, nicht Sie«, präzisierte Dani. »Wenn ich nicht im Weg gewesen wäre, hätten Sie die Seide vor Kasatonin gehabt.«

»*Nein*«, wiederholte Shane.

»Wer ist hier Tyrann?« fragte sie ruhig, »Sie oder der da?«

Cassandra lachte. »Sie hat recht, Shane. Du wärst weniger verdächtig mit einer Frau an deinem muskulösen Arm.«

»Shit!«

»Yak oder Bull?« entgegnete Dani. »In Tibet hab ich doch auch mit Ihnen mitgehalten, schon vergessen?«

»Den Mumm haben Sie«, gab Shane zu, »aber nicht das nötige Training.«

»Oh, ich weiß nicht. Mein Ex-Mann war auch ein Muskelprotz. Man hat mir immer wieder versichert, daß ich gut an seinem Arm aussah.«

Shane schnaubte ungehalten durch die Nüstern.

»Im übrigen«, fuhr Dani fort, »falls Sie Glück haben und die Seide tatsächlich finden, woher wollen Sie wissen, daß es die echte ist und nicht nur eine Imitation?«

»Ich hab die echte mehr als einmal gesehen.«

»Könnten Sie es auch im Dunkeln feststellen, bloß durch Berührung?« fragte Dani herausfordernd.

»Nein.«

»Aber ich!«

»Was?« entfuhr es Cassandra und Gillespie gleichzeitig.

Dani zuckte mit den Schultern. »Ich besitze die Kenntnisse, die Erfahrung und äußerst sensible Fingerspitzen. Einer meiner Professoren hat mal gesagt, ich hätte Safeknackerin werden sollen.«

»Faszinierend«, meinte Cassandra. »Gibt es noch mehr wie Sie?«

»Nein. Die meisten verlassen sich auf wissenschaftliche Analysen. Was ich ebenfalls tue.«

»Aber nur als Rückversicherung«, vermutete Cassandra.

Es war keine Frage, aber Dani nickte trotzdem.

»Das macht es einfacher für die Uni oder das Museum oder die betreffende Regierung.«

Cassandra wandte ihre Aufmerksamkeit wieder Shane zu. Mehrere Atemzüge lang verhielt er sich so still und reglos wie Prasam Dhamsa.

Er sah ein, daß Danis Vorschlag sinnvoll war. Er gefiel ihm bloß nicht. Der Gedanke, sie nochmals in Gefahr zu bringen, störte ihn. Andererseits hatte er keine große Wahl.

»Können Sie schwimmen?« fragte er schließlich.

Dani lachte triumphierend. »Hab sogar ’nen Tauchschein.«

Einen Moment lang blickten die beiden sich schweigend in die Augen. In diesem Moment hörte die Außenwelt auf zu existieren.

»Ich begleite Sie nach Hause«, bot Shane an. »Wenn Sie dann immer noch mitkommen wollen, bitte.«

Erst schluckte sie und nahm dann seine Herausforderung an.

»Nach Ihnen, großer Mann«, sagte sie und gab ihm einen leichten Schubs.

»Mist«, grollte er.

Die Straßen von Georgetown waren ruhig. Nur die Herbstblätter raschelten und rauschten im Nachtwind. Shane marschierte zügig dahin. Sie hatten mehr als einen Kilometer zurückgelegt, bevor er sein Tempo drosselte. Dani holte tief Luft und verkürzte ihre Schritte. Sie gingen über die Pennsylvania Avenue in die Richtung, in der ihr Apartment lag.

»Ich bin es nicht gewohnt, mit jemandem zusammenzuarbeiten«, maulte Shane.

»... Irgend jemandem oder bloß mit mir?«

»Irgend jemand! Lieber arbeite ich allein. Deshalb habe ich auch den Militärdienst quittiert – und als Einsiedler in Tibet gelebt. Es nagt an mir, wenn ich für jemand anders die Verantwortung übernehmen muß.«

Dani spürte den Aufruhr hinter Shanes ruhiger Fassade.

»Das habe ich noch niemandem erzählt«, fügte er hinzu. »Aber Gillespie spürt es wohl. Bis dahin zwang er mir nie einen Partner auf ...«

»Wir sind doch einigermaßen zurechtgekommen in Tibet.«

»Aruba ist nicht Tibet.«

»Vermutlich meinen Sie damit nicht nur das Klima«, sagte Dani trocken.

»Die Harmony ist ... böse. Ein altmodisches Wort, aber das einzig zutreffende. Wenn die Wind davon kriegen, wer wir sind, dann ist es aus mit uns.«

»Ich werde nichts sagen, wenn Sie nichts sagen.«

»Das ist kein Spiel«, meinte Shane ungeduldig.

»War es in Lhasa auch nicht! Es handelte sich um echte Kugeln.«

Shane versuchte es mit einer anderen Taktik.

»Warum ist das so wichtig für Sie?« fragte er.

»Die Seide«, erwiderte Dani schlicht.

»Aber Sie glauben doch gar nicht, daß es Buddhas Robe ist.«

»Halten Sie das für notwendig?«

»Warum sollten Sie sonst mitkommen?« hielt er dagegen.

»Um die Seide wieder in Sicherheit zu wissen.«

Die Leidenschaft in Danis Stimme war unterschwellig, aber wahrnehmbar. Bleibt nur noch eine Karte, dachte Shane. Ich hatte gehofft, sie nicht ausspielen zu müssen.

Doch noch während er das dachte, beschleunigte sich sein Puls.

Shane und Dani gingen eine Weile schweigend dahin, bogen automatisch in die Connecticut Avenue ein und dann in ihre Straße. Sie wurden langsamer, als sie sich ihrem Apartment näherten. Es überraschte sie nicht, daß er ihre Adresse kannte.

Ein Auto fuhr langsam an ihnen vorbei, wie ein urbaner Raubvogel, der seine Beute umkreist. Das Wageninnere war dunkel. Dennoch konnte Dani die Silhouette des Mannes ausmachen, der am Steuer saß, und auch seinen männlichen Beifahrer.

Dani fühlte, wie Adrenalin in ihren Blutkreislauf schoß. Wenn sie allein gewesen wäre, hätte sie ihre Schritte beschleunigt, um so rasch wie möglich in Reichweite ihres Apartmentblocks zu gelangen.

Shane warf einen Blick auf den vorbeifahrenden Pkw. Als der Wagen das Licht einer Straßenlampe passierte, begegneten sich eine Sekunde lang die Blicke von Shane und dem Beifahrer.

Der Gesichtsausdruck des Mannes veränderte sich. Wo zuvor einfach Kühle gewesen war, zeichnete sich plötzlich Unbehagen ab. Er hielt kurz Rücksprache mit dem Fahrer. Das Auto wurde schneller und verschwand.

Shane ging weiter, als ob nichts geschehen wäre.

»Hatten Sie keine Angst, sie könnten von der Harmony sein?« fragte Dani.

»Wenn die Harmony einem Killer auf den Hals hetzt, dann fahren die nicht gemächlich die Straße ab. Die springen aus einem Schrank und ballern dir Löcher in die Unterhose.«

»In die Unterhose?«

»Yep. Baller in den Unterleib, wenn du wirklich sichergehen willst.«

»Wie reizend!«

»Gillie glaubt das jedenfalls. Ist einer seiner Lieblingssprüche.«

Dani steckte den Schlüssel ins Schloß der schweren Sicherheitstür zu ihrem Wohnhaus.

Shane hatte die Fäuste in die Tasche seines Jacketts geschoben und musterte sie mit wachsamen Augen.

»Was kann ich tun, um Ihre Meinung zu ändern?« fragte er rundheraus.

Als Dani aufblickte, wurde sie sich der physischen Unterschiede zwischen ihnen auf einmal überdeutlich bewußt. Er türmte sich wie eine Klippe über ihr auf. Ein schwacher Lichtstrahl aus dem Gang fiel in Streifen über sein Gesicht und ließ ihn noch finsterer, noch bedrohlicher wirken.

Doch Dani fürchtete sich nicht. Nicht vor Shane.

»Da gibt es nichts zu ändern«, erwiderte sie schlicht.

Langsam zog Shane die Hände aus den Taschen und langte nach ihr.

Dani hielt den Atem an, weil sie nicht sicher war, was jetzt kommen würde – sie hatte Angst und auch wieder keine. Seine Hände legten sich auf ihre Schultern und zogen sie an sich, während er sich gleichzeitig zu ihrem Mund niederbeugte.

Der Kuß war sanfter, als Dani erwartet hätte, aber auch hungriger. Irgendwie erschütterte er sie zutiefst und auf eine Weise, die nichts mit ihrer Panik bei großen Männern zu tun hatte.

»Und was ist damit?« fragte Shane leise. »Ändert das Ihre Meinung?«

»Sollte es das?«

»Sie haben verdammt recht, das sollte es.«

Er küßte sie wieder, weniger sanft diesmal. Sie spürte seine kaum unterdrückte Leidenschaft und fing an zu zittern.

Aber nicht aus Furcht.

Auf einmal konnte sie nicht anders, als wild seinen Kuß zu erwidern, ja, mit Leidenschaft um seine Umarmung zu kämpfen, die mehr von ihm verlangte als die Beherrschung eines Eremiten.

Shane stieß einen erstickten Laut aus. Seine Arme schlossen sich wie Stahlbänder um sie und hoben sie hoch, hielten sie so eng an sich gedrückt, daß sie kaum mehr Luft bekam.

Schließlich ließ er sie zögernd an sich hinabgleiten. Er machte keinen Versuch, seine Erektion vor ihr zu verbergen. Nur seine Blicke ließ er mit solch unverhüllter Leidenschaft über sie gleiten, daß sie wünschte, sich erneut an ihn klammern zu dürfen.

»Das wollte ich Ihnen demonstrieren«, gestand er ihr. »Wir begehren einander. Und es gibt nichts Schlimmeres bei einer verdeckten Operation – als Sex.«

Dani genoß noch einen Augenblick seine warmen Hände, die Daumen, mit denen er über die Unterseite ihrer Brüste strich, und das blanke Verlangen in seinen Augen. Nur vorübergehend überließ sie sich einem köstlichen Schauder.

»Dann müssen wir eben einfach nein sagen, nicht wahr?«

Shane antwortete auf tibetisch.

Dani bat ihn nicht um eine Übersetzung.

»Sie bestehen also noch immer darauf mitzukommen?« fragte er ein wenig resigniert.

»Jawohl.«

»Es wird die Hölle, Lady. Ich kann Ihnen versichern, daß Sie bald mit mir im Feuer rösten.«

15

Curaçao
November

Fünf Tage später saß Dani in einem Privatjet von Risk Limited und starrte auf das wolkenverhangene Meer hinunter; doch was sie sah, waren nicht die Wolken. Es war Shane, wie er ausgesehen hatte, als er sie küßte, Licht und Schatten, die über ein vor Leidenschaft glühendes Gesicht fielen.

Seit jenem Abend hatte er kaum mehr ein Wort mit ihr gewechselt. Gillespie war es, der ihren Crashkurs in Selbstverteidigung und Undercoverarbeit übernahm. Und er war angenehm überrascht festzustellen, daß sie einige Judogriffe kannte und noch ein paar andere gemeine Tricks, um einen Mann unschädlich zu machen.

Gleichzeitig schimpfte er über ihre Ahnungslosigkeit im Umgang mit Feuerwaffen. Er gab nicht eher Ruhe, als bis Dani wußte, wie man Revolver und Halbautomatikpistolen lud und wie man sie abfeuerte. Außerdem gab er ihr eine Kurzeinführung in die Funktionsweise von leichten Automatikwaffen und brachte ihr sogar bei, wie man Drei-Runden-Salven mit einer Uzi, der israelischen Waffe, die von den Risk-Limited-Agenten bevorzugt wurde, abfeuerte.

Manchmal traf sie sogar ihr Ziel. Meist jedoch brummte Gillespie lediglich, sie solle warten, bis sie das Weiße in den Augen des Gegners sah und dann davonrennen wie der Teufel.

Andererseits jedoch lobte er ihren ausgezeichneten Orientierungssinn und ihr Talent im Kartenlesen, ihre Fähigkeit, sich Fakten und Namen zu merken sowie Befehle zu erteilen, aber auch zu befolgen.

Ich hätte auch noch die Höchstpunktzahl dafür kriegen sollen, wie gut ich mit mir allein zurechtkomme, dachte Dani trocken. Shane ist mir jedenfalls geflissentlich aus dem Weg gegangen seit dem Abend, an dem er mich nach Hause begleitet und geküßt hat, bis der Asphalt unter meinen Füßen schmolz.

Sie versuchte nicht an jene leidenschaftliche Umarmung zu denken, der sich beide ebenso unerwartet wie hemmungslos hingegeben hatten.

Unglücklicherweise blieb ihr auf dem langweiligen Flug zum Plesman Airport in Curaçao wenig anderes zu tun, außer sich die vor ihnen liegenden Gefahren auszumalen.

Da war es im großen und ganzen immer noch besser, über Shane nachzudenken.

Das Flugzeug schoß wie ein Falke zur Rollbahn hinab. Gillespie, der neben dem Piloten saß, reckte den Kopf und nickte. Shane machte sich nicht die Mühe, einen Blick nach unten zu werfen. Er saß einfach nur da, so wie er während des ganzen Fluges dahingedämmert hatte, und fragte sich, warum er bloß in so ein Schlamassel geraten war. Ausgerechnet Dani als Partnerin bei einer verdeckten Operation zu haben. Ausgerechnet!

Dummheit, dachte Shane, pure Dummheit. Oder Lust.

Was auf dasselbe hinausläuft.

Eine Bell Jet Ranger hockte wie eine zornige Hornisse auf dem Flugfeld, als die firmeneigene Gulfstream II auf der Rollbahn aufsetzte. Gillespie hatte die Flugzeugtür schon aufgerissen, bevor der Jet neben dem Helikopter zum Halten kam.

Dann trat er hinaus in die schwülen Passatwinde und streckte sich genüßlich. Mit seinen Khakishorts und dem schwarzen, mit riesigen roten Blumen verzierten Hemd sah er ganz wie der Durchschnittstourist aus.

»Endlich wieder daheim«, sagte er mit einem breiten Grinsen, als Dani die Gangway herunterkam. »Warm wie ’n Backofen, aber daheim!«

»Mit dem Namen hielt ich Sie eher für einen schottischen Grafen oder so was«, bekannte Dani.

»Stimmt auch, aber etwas karibisches Blut fließt auch durch meine Adern.«

»Zwei Welten, und fühlt sich in beiden zu Hause«, sinnierte Dani.

Gillespie grinste.

»Beweg dich, Gillie«, ertönte Shanes Stimme hinter Danis Rücken. »Die Zeit drängt.«

Etwas schief lächelnd, salutierte Gillespie und eilte zu dem mit laufendem Motor wartenden Hubschrauber. Shane war nur einen halben Schritt hinter ihm. Dani mühte sich, ihren Partnern wider Willen auf den Fersen zu bleiben.

»Das heißt wohl, daß wir doch nicht nach Aruba schwimmen müssen«, meinte sie.

»Ich dachte, Sie wären versessen auf Abenteuer«, brummte Shane.

»Mecker, mecker, mecker«, entgegnete Dani. »Ich hab in den letzten fünf Tagen alles getan, meine Seite der Abmachung einzuhalten. Sogar Gillie sagt, daß ich bereit bin. Also reißen Sie sich am Riemen, um mit seinen Worten zu sprechen.«

»Gillie gab Ihnen ein ›Ungenügend‹ im Schießen und ein ›Ausreichend‹ in Selbstverteidigung«, näselte Shane. »Kein Agent von Risk Limited dürfte mit solchen Noten auch nur allein auf die Toilette gehen, geschweige denn in den Schlund der Harmony.«

»Gillie gab mir die Bestnote in Kartenlesen und eine zusätzliche Eins in kooperativer Problemlösung«, schoß sie stolz zurück.

Shane grunzte nur.

»Ich kann einem Mann die Nase brechen, wenn ich muß«, sagte Dani, »aber ich habe vor, Ihnen das Grobe zu überlassen, während ich mich mehr um die Feinarbeit kümmere.«

»Das haben Sie vor, hm? Jesus Christus! Ich wette, Sie glauben auch noch an den Osterhasen.«

»Sie nicht?«

Shane warf Dani einen Seitenblick zu, der einen Stein hätte verätzen können.

»Ich bin der Senioragent«, reckte er sich, »und bestimme, wo es langgeht.«

»Wo bleibt die Gleichberechtigung?«

»Die haben Sie zu Hause gelassen. Sie wollten es ja so, schon vergessen?«

»Mach mal 'ne Pause«, sagte Gillespie, der plötzlich herumgefahren war. »Seid ihr euch in Tibet auch dauernd so an die Kehle gegangen?«

»Nein«, behauptete Shane, während sie es gleichzeitig bejahte. Überrascht blickten sie einander an und mußten lachen.

Gillespie stieß einen unmerklichen Erleichterungsseufzer aus. Er und Cassandra hatten mehr als eine »Diskussion« darüber geführt, ob es ratsam war, eine relativ unerfahrene Person wie Dani auf so eine Operation zu schicken, was besonders Shane strikt ablehnte.

Doch da waren sie nun. Gemeinsam.

Und würden es auch vorläufig bleiben.

Der Hubschrauberpilot kletterte auf das geteerte Flugfeld und

Gillespie trat vor, um ihn zu begrüßen. Die beiden Männer schüttelten einander die Hände wie alte Bekannte. Sie standen im Zugwind der sich langsam drehenden Rotorblätter und verständigten sich schreiend über das ohrenbetäubende Dröhnen der Turbine des Jet Rangers.

Gillespie schritt um den Chopper herum und inspizierte ihn, als wäre er persönlich für dessen Zustand verantwortlich.

Dani sah ihm amüsiert zu. Nach diesen paar Tagen hatte sie gelernt, hinter Gillespies ungewöhnlich attraktivem Äußeren auf den Mann, der dahintersteckte, zu achten. Er war pingelig genau, unnachgiebig, manchmal grob, manchmal leidenschaftlich und immer intelligent. Unter Maschinen, Waffen und Waffenkameraden fühlte er sich pudelwohl.

Gillespie und Shane gleichen sich in mancher Hinsicht, dachte Dani und warf einen Seitenblick auf ihren Nebenmann. Beide waren Kämpfer. Beide erwarben sich gute Freunde und unbarmherzige Feinde.

Aber Shane teilte Gillies ungewöhnliche Begeisterung und Interesse für moderne Technologie nicht. Shane benutzte, was er hatte, ohne viel Aufhebens darum zu machen. Alles, was er wollte, war, daß das jeweilige Werkzeug im entscheidenden Moment funktionierte.

Dani studierte die beiden Männer unter gesenkten Wimpern und kam zu dem Schluß, daß die Unterschiede damit noch nicht endeten.

Shanes Haltung fehlt das Militärische, erkannte sie. Trotz seiner Größe ist er irgendwie unauffällig. Understatement, das ist sein Ding. Irgendwie … schattenhafter.

Manchmal sah Dani Shane an und mußte an stille Wasser denken, die tief waren. Und gefährlich.

Sein Charakter, der etwas Verlockendes und Abweisendes zugleich besaß, beunruhigte und faszinierte sie.

»Gillie würde selbst gern mitmachen, stimmt's?« fragte Dani Shane.

»Ja, er wäre liebend gern wieder an der Front, aber Cassandra braucht ihn.«

»Ist komisch, daß ein Mann wie er das aufgibt, was sein eigentliches Element ist.«

»Er hat wohl was gefunden, das er noch mehr liebt«, vermutete Shane.

»Cassandra?«

Der große Mann zuckte die Schultern.

»Cassandra oder Risk Limited«, erklärte er. »Was auch immer. Gillie war eine Legende in den Special Air Services Ihrer Majestät. Cassandra ist die einzige, die ihn je dazu bringen konnte, seinen stolzen Nacken oder die Knie zu beugen.«

»So, wie Sie das sagen, klingt das ja, als stecke er jetzt in einer unfreiwilligen Position. Ein Sklave oder so was!«

Shane warf Dani einen langen Seitenblick zu.

»Wie sollte man es sonst sehen?« fragte er.

»Als Partnerschaft.«

Shane machte ein Geräusch, das alles bedeuten konnte.

»Hab nicht gehört, daß sich einer von beiden beklagen würde«, fügte Dani hinzu. »Sie vielleicht?«

Er sparte sich eine Antwort. Mit einem letzten Blick auf den Chopper schritt Gillespie zu Shane und Dani zurück. In der Hand hatte er einen dünnen, schwarzgelben Ordner, der Dani irgendwie bekannt vorkam. Den reichte er Shane.

»Hertz-Mietwagenvertrag, Zündschlüssel und der Schlüssel zu einer Strandcabana im Hyatt Regency auf Aruba«, rasselte Gillespie herunter. »Der Wagen ist ein blauer Toyota Kabrio und steht in einem Palmenhain etwa hundert Meter von dem Strand entfernt, auf dem Miller euch absetzt.«

Shane klemmte sich den Ordner unter den Arm. Gillespie blickte Dani an.

»Sie finden alles, was Sie brauchen, in der Cabana«, sagte er. »Strandkleidung und ein paar feinere Klamotten fürs Casino. Vergeßt nicht, ihr seid ein glückliches Liebespärchen auf Urlaub.«

»Glückliches Liebespärchen, hm?« fragte Dani höhnisch.

Sie blickte Shane an. »Denken Sie dran, wenn Ihnen wieder nach Fremdeln zumute ist.«

Shane murmelte etwas Unverständliches.

»Benehmen Sie sich bitte wie ein altmodisches Mädchen«, empfahl Gillespie Dani. »Überlassen Sie Ihrem Partner die Entscheidungen.«

»Ich hab noch nie 'ne gute Matratze abgegeben«, begehrte Dani auf.

»Verflucht noch mal«, seufzte Gillespie. »Fünf Tage waren einfach zu wenig.«

»Fünf Jahre hätten genausowenig gereicht«, übertrumpfte Shane ihn noch.

Gillespie warf ihm einen bitterbösen Blick zu, bevor er sich wieder Dani zuwandte. Sanft tippte er mit dem gestreckten Zeigefinger auf ihre Stirn.

»Sie haben einen ziemlich hellen Verstand«, appellierte er an sie. »Benutzen Sie den, statt Ihren Mund.«

Dani mußte gegen ihren Willen lächeln. Sie umarmte Gillespie spontan, was beide überraschte.

»Danke. Glaube ich wenigstens«, sagte sie.

Er lächelte, schüttelte Shane die Hand und winkte sie an Bord des Helikopters. Als sie näher traten, begannen sich die Rotoren schneller zu drehen.

Diesmal war der Pilot ein Mann mit graumeliertem Haar und weißem Schnurrbart. An seiner rechten Hand fehlten zwei Finger. Die alte Verletzung behinderte ihn jedoch nicht im geringsten. Nur Sekunden nachdem Shane und Dani sich festgeschnallt hatten, befanden sie sich auch schon in der Luft.

Die nächsten vierzig Minuten lang saßen sie eng zusammengedrängt auf dem Rücksitz. Das Dröhnen der Motoren machte eine Unterhaltung unmöglich.

Da wären wir also wieder mal in einer Lärmschachtel, dachte Dani trocken. Bloß, daß diesmal die Sitze bequemer sind. Ein bißchen zumindest. Alles in allem war Shane gar keine so schlechte Unterlage.

Bei dem Gedanken kräuselten sich ihre Mundwinkel.

Shane reichte Dani ein Paar Kopfhörer, deutete auf einen Schalter und setzte die seinen ebenfalls auf.

»Studierzeit«, ordnete er an.

Aus einem Aktenordner zog er acht postkartengroße Fotografien heraus. Er hielt ihr eine hin.

Dani unterdrückte mühsam ein Stöhnen.

»Katja Pilenkowa«, leierte sie herunter. »Bordellmadam, wohnhaft in Harmony Estate. Ehemaliges Mitglied der sowjetischen Nomenklatura. Beteiligte sich aktiv am Ausverkauf des Sowjetimperiums nach dessen Zusammenbruch. Im Austausch für gewaschenes Geld aus dem Westen gingen wahre Wagenladungen von Rubeln an die italienische Mafia und das kolumbianische Kartell. Die Rubel wurden dazu benutzt, um alles, von Kunstwerken bis zu Spaltprodukten, auf dem russischen Schwarzmarkt zu kaufen, Güter, die dann wiederum ganz legal an den Westen verscherbelt wurden. Ruckzuck saubere Dollars.«

Shane machte eine ungeduldige Handbewegung. Er war nicht an Katjas Vita interessiert. Dani sollte sich nur auf eins konzentrieren.

»Ist Katja gefährlich?« fragte er schroff.

»Nur wenn man ihr den Rücken zudreht. Oder im Bett. Oder wenn man 'ne Flasche Wodka ist. Himmel, die Frau kann vielleicht saufen!«

Shane lächelte dünn. Ein weiteres Foto tauchte aus der Akte auf.

»Ilja Kasatonin«, begann Dani erneut. »Katjas Liebhaber und wahrscheinlich auch Geschäftspartner. Mietkiller der Harmony. Hat den Afghanis genauso eingeheizt wie sie ihm. Und ja, er ist immer gefährlich.«

Ein drittes Foto wurde ihr hingestreckt.

»Kodjimura«, sagte Dani. »Soll Mitglied der Harmony werden, hält sich bisher aber noch bedeckt, ebenso wie Tony Liu aus China. Katja sucht noch nach der Schwachstelle bei Liu. Ishida, der außerdem ein hohes Tier bei den Yakuza ist, hat sie bereits in der Hand.«

»Wenn die Karen den Transport der Seide übernommen haben, dann hat Katja Lius Schwachstelle gefunden«, sagte Shane. »Bleibt nur noch Kodjimura. Ohne seine Unterstützung ist die

Harmony blockiert. Die Yakuza werden versuchen, ein Harmony-Mitglied gegen das andere auszuspielen.«

Ein viertes Bild tauchte auf, dann ein fünftes, dann die anderen, und Dani ratterte die Namen nur so herunter: La Pena, Spagnolini, Liu, Ishida. Die Aufzählung all ihrer Verbrechen übte schließlich eine eher betäubende als beängstigende Wirkung auf Dani aus. Sie wurden zu bloßen Fakten, wie die Anzahl von Äpfeln in einer Kiste oder Flaschen in einem Träger oder Leichen in einem Massengrab.

Mit einem schwindelähnlichen Gefühl blickte Dani Ishidas Foto an und dachte an seinen Konkurrenten, Kodjimura.

»Was ist mit Kodjimuras Privatleben?« fragte sie. »Tut er sonst noch was außer Saufen, herumhuren und heimgehen, um sein armes Weib zu verprügeln?«

»Er ist ein Yakuza der dritten Generation«, erfuhr sie von Mr. Crowe. »Darum möchte er nicht nur gefürchtet, sondern auch respektiert werden. Zudem interessiert er sich leidenschaftlich für japanische Kultur, ebenso wie sein Patron.«

»Das Interface?«

Shane nickte. »Wer immer das auch sein mag, wir konnten es bis jetzt nicht rausfinden.«

Stirnrunzelnd kehrte Danis Blick zu Kodjimuras Bild zurück. Wie die Sizilianer akzeptierten auch die Japaner die Existenz von organisiertem Verbrechen. Das ging so weit, daß es ein sogenanntes »Interface«, ein Bindeglied zwischen der legalen Geschäftswelt und der illegalen Welt der Yakuza gab. Yukio Koyama war ein solcher Kontakt.

»Ist Kodjimura Christ, Marxist, Buddhist, Moslem, Hindu?« fragte Dani.

»Eher ein Satanist, würde ich sagen.«

»In Asien? Das bezweifle ich. Noch irgendwelche Passionen, außer achtzehnjährige Blondinen?«

»Antike japanische Schwerter«, gab Shane Auskunft. »Die Sammlung seiner Familie ist weltberühmt. Er selbst hat sich kürzlich auf ...«

Shanes Stimme erstarb. Ein überraschter Ausdruck trat auf

sein Gesicht und verschwand so blitzschnell, daß Dani nicht sicher war, ihn überhaupt gesehen zu haben.

»Was?« fragte sie.

»Seide«, erwiderte Shane schlicht. »Kodjimura hat sich aufs Sammeln von kostbaren Stoffen verlegt. Ich nehme an, sein Vater und sein Großvater haben ihm bereits alle guten Schwerter weggeschnappt.«

»Antike oder moderne Seide?«

»Beides.«

»Asiatische oder europäische?« fragte Dani.

»Asiatische.«

»Japanische oder chinesische, persische oder indische?«

»Himmel, Weib, Sie stellen aber eine Menge Fragen.«

»Geben Sie mir Antworten, und ich halte den Mund.«

Shane lächelte flüchtig. »Ich weiß nicht, ob sich Kodjimura auf etwas Bestimmtes spezialisiert hat.«

»Finden Sie es raus.«

»Ist das denn wichtig?«

»Sammler sind eigenartige Typen«, erläuterte Dani. »Einige tun es, damit andere ihre Sammlung bewundern können. Manche verschließen die Sachen und erfreuen sich insgeheim daran. Einige tun beides. Es gibt welche, die sammeln nur Stoffe aus einer bestimmten Epoche. Wieder andere wollen nur japanische, chinesische oder was auch immer. Einige konzentrieren sich sowohl auf ein Land als auch auf einen bestimmten Zeitabschnitt, auf ein bestimmtes Webmuster und ...«

»Ich glaube, ich hab begriffen, was Sie meinen«, unterbrach Shane sie. »Wenn Buddhas Seide in Kodjimuras Sammlerprofil paßt, brauchen wir uns nicht mehr wegen einer Privatauktion den Kopf zu zerbrechen. Katja wird dieses Unikat dazu benutzen, um die Beziehungen zu ihm zu zementieren, und Kodjimura fällt wie 'ne reife Pflaume ins Netz der Harmony.«

»Wie gesagt, Sammler sind komische Käuze.«

Shane wechselte den Kanal an seinem Kopfhörer und sprach kurz mit dem Piloten, dann schaltete er wieder zu Dani zurück. Wortlos zog er noch mehr Fotos aus der Akte.

Dani nannte pflichtschuldigst Namen und Nationalität und faßte kurz die erschreckenden Biographien der einzelnen Gangster zusammen, die sich in Katjas ironisch benanntem Anwesen zwecks dunkler Geschäfte trafen.

Ihr Prüfer hörte ihr aufmerksam zu. Er wußte, daß es an sich überflüssig war, Dani nochmals zu drillen, aber es hielt immerhin ihre Gedanken von der kommenden Gefahr ab.

Oder meine, gestand er sich ehrlich. Bei den Tränen von Buddha, ich wünschte, sie wäre zu Hause geblieben!

Aber das war sie nicht. Und jetzt hing ein weiteres Leben von seiner Geschicklichkeit ab!

Es war eine Sache, wegen eines eigenen Fehlers draufzugehen – aber jemand anders mitzureißen wog schwerer.

Ganz besonders Dani, dachte Shane niedergeschlagen. Warum, zum Teufel, mußte es ausgerechnet sie sein?

Elf Meilen vor Aruba brachte der Pilot den Helikopter bis auf etwa drei Meter zum Wasser hinunter. Dani sah, wie der unter ihnen liegende braungrüne Klumpen Land allmählich Gestalt annahm. Wenn man sie nicht gerade zu antiken Seidenstoffen, Seidenraupen, Fadentypen, Webstil, Färbestil u.s.w. »befragt« hatte, hatte sie Bücher und Landkarten von Aruba studiert.

Es hatte sich gelohnt. Landmarken, die Dani zuvor nur auf Papier gesehen hatte, tauchten nun plötzlich dreidimensional vor ihr auf. Der Heuhaufen sieht wirklich aus wie einer, dachte sie. Über hundertfünfzig Meter hoch. Der Rest der Insel war flach und sandig. Sie hatte eine Art karibischer Wüste erwartet. Dennoch brachte die öde Mischung aus Fels, Sand und sturmgebeugten Dividivi-Bäumen sie ein wenig aus der Fassung.

Da hast du also deine Träume von einem tropischen Paradies, dachte Dani. Na ja, es ist ja auch nicht unbedingt eine Hochzeitsreise oder so was. Wir betreten die größte Freiland-Geldwäscherei der Welt. Das schmutzige Geld des halben Universums geht hier durch und kommt so weiß wie der Sand der Insel wieder zum Vorschein.

Nicht zum ersten Mal überlegte Dani, wie seltsam es doch war, daß Risk Limited und die Harmony ihre jeweiligen Geburten derselben tektonischen Verschiebung in der Globalpolitik verdankten – dem Untergang des Sowjetimperiums. Der Zusammenbruch einer drakonischen Ordnung und nationaler Grenzen stellte eine goldene Gelegenheit dar, die die internationale Verbrecherwelt sofort erkannt und ergriffen hatte.

Japanische Yakuza, chinesischer Tong, sizilianische plus amerikanische Mafia, kolumbianisches Kartell, russische *mafiya* – der Name spielte keine Rolle. Das Resultat blieb sich gleich: eine Übernahme oder Korruption der jeweils noch existierenden zivilen Autorität.

Dani spürte, wie ihr kalt wurde, als sie an all das dachte, was sie inzwischen über die Vereinigung namens Harmony gelernt hatte. Nichts davon war harmlos.

»Zu schade, daß internationale Politiker und Cops nicht ebenso effektiv und pragmatisch zusammenarbeiten können wie internationale Gangster«, sagte Dani. »Dann wäre die Harmony eine Totgeburt.«

»Ist sie aber nicht«, sagte Shane. »Sie wächst und gedeiht. Aruba ist ihr Herz. Das Herz des Monstrums, in Weiß und Türkis.«

»Aber wir sind bloß glückliche Touristen«, erinnerte Dani ihn.

»Sicher.«

»Ich hoffe, Sie haben recht, was Katja und ihren Größenwahn betrifft.«

»Genug Wodka macht den brillantesten Strategen größenwahnsinnig. Die Harmony ist so schnell und scheinbar mühelos gewachsen, daß Katja sich für kugelsicher hält.«

Dani biß sich auf die Lippe und blickte auf die Insel hinunter. Sie dachte an Kugeln, an Feng und an einen Killer namens Kasatonin.

Rasch näherte sich der Chopper der Zitadelle der Harmony. Die Strände auf der Leeseite der Insel waren rauher und schmaler als die auf der Westseite. Daher wurden sie sowohl von Touristen als auch von Einheimischen weniger favorisiert. Und deshalb hatte Gillespie auch dort die Landestelle gewählt.

Wie ein anmutiger Raubvogel flog der Helikopter in weitem Schwung über eine Palmenreihe und folgte sodann einem schmalen Feldweg Richtung Süden, immer an der Küste entlang. Der Pilot steuerte seinen Flieger mit einem beinahe festgeklebten, glücklichen Grinsen, wie ein kleiner Junge in der Achterbahn. Erst als sie sich der angewiesenen Stelle näherten, drosselte er schließlich die Geschwindigkeit.

Die Stimme des Piloten ertönte in den Kopfhörern der beiden Mitflieger.

»Sieht meiner Meinung nach recht verlassen aus.«

»Alles Roger«, antwortete Shane.

»Macht eure Tür auf«, sagte der Pilot. »Ich geh so weit runter wie möglich. Ihr springt dann in den Sand und lauft Richtung Zentrum.«

»Los, wir springen!«

Shane nahm seinen Kopfhörer ab und öffnete den Sitzgurt. Dani folgte hastig seinem Beispiel, während er schon die Schiebetür öffnete. Der Rotorwind erfüllte die Helikopterkabine mit einem unheimlichen Heulen.

Eine Art Krampf durchschoß Dani.

Es ist kein Traum, dachte sie plötzlich. Himmel, wo bin ich da hineingeraten?

Sie blickte auf ihren Begleiter und mußte an seine ruhige Beherrschung und tödliche Sicherheit denken. Der Panikanfall verging.

Wenigstens bin ich diesmal nicht allein, dachte sie. Auch wenn mein Partner manchmal die Gesprächigkeit eines Regenwurms besitzt.

Shane erspähte ein Stück blaues Blech, das zwischen Gebüsch hervorlugte. Er wies dorthin und gab dem Piloten das Signal runterzugehen.

Der Pilot betätigte den Steuerknüppel, und langsam senkte sich der Chopper zum Strand ab, wo er etwa einen Meter über dem Sand in der Luft verharrte.

Risk Limiteds Agent Shane trat auf eine Landekufe hinaus und verschwand mehr oder weniger in einer gigantischen Staubwolke. Ohne sich umzublicken streckte er die Hand nach Dani aus und tastete sich vorwärts.

Dani zögerte nur eine Sekunde, bevor sie seine Hand ergriff und sich von ihm im offenen Türrahmen in Position ziehen ließ.

Der Helikopter sank noch ein paar Zentimeter weiter ab und schwebte dann wie ein kleiner Tornado an Ort und Stelle. Der Pilot schob Dani eine lederne Tasche über die Schulter.

Automatisch griff sie nach der Schlaufe. Im nächsten Moment zog Shane sie auf die Kufe hinaus und sprang dann leichtfüßig in den Sand.

Sobald auch Danis Füße den Boden berührten, schlang er seine Arme um sie, drückte ihr Gesicht an seine Brust und drehte dem Helikopter den Rücken zu.

Dieser schwang sich sofort wieder gen Himmel und überließ die beiden ihrem Schicksal.

16

Aruba
November

Dani kniff die Augen ganz fest zusammen und vergrub ihr Gesicht in Shanes Hemd. Sie war froh über diese Deckung, denn der davonfliegende Hubschrauber wirbelte eine gigantische Menge Staub auf, ganz zu schweigen von dem ohrenbetäubenden Lärm und Wind.

Mit zu Schlitzen verengten Augen sah Shane zu, wie der Chopper über den Strand und die Wellen verschwand, zurück zur Landepiste in Curaçao. Innerhalb von fünfzehn Sekunden verklang der Fluglärm, bis nur noch das Meeresrauschen zu hören war.

Shane hakte im Geiste diese Hürde als glücklich überwunden ab. Reinzukommen war immer der gefährlichste Teil einer Mission.

Rauszukommen der zweitgefährlichste.

Verdammt, Dani, warum bist du nicht daheim geblieben, wo du hingehörst? fragte Shane im stillen.

Aber diese Frage erübrigte sich nun. Und jetzt unterlag sie seiner Obhut.

Danis Atem fühlte sich warm an auf seiner Brust, wärmer als die tropische Luft. Auf einmal merkte er, daß er wie ein Idiot dastand und sie festhielt, wo er doch handeln sollte, und zwar rasch.

Sie wirkt höllisch auf meine Konzentration, dachte Shane grimmig. Zuviel Zeit in einem Kloster verbracht. *Verdammt.*

Abrupt ließ er sie los, langte nach der Ledertasche und öffnete sie. Drinnen befand sich ein Stoffpäckchen, das mit einer Schnur umwickelt war. Er machte kurzen Prozeß mit der Umschnürung.

Eine Pistole tauchte aus der Hülle auf. Shane checkte sie mit ein paar raschen Bewegungen, stellte fest, daß sie funktionsbereit war, und ließ sie in den Beutel zurückplumpsen.

»Soweit alles in Ordnung«, murmelte er. Dann, an Dani gewandt: »Du bleibst hier, bis ich dich rufe.«

»Wo gehst du hin?«

»Zum Auto.«

Dani blickte sich um. Das blaue Kabrio war von oben her zu sehen gewesen, jetzt jedoch nicht mehr. Shane hatte das Versteck des Wagens also sicher vom Hubschrauber aus entdeckt.

Mit einer Schnelligkeit und Gründlichkeit, die sich nur mit langer Erfahrung erklären ließ, untersuchte Shane die unmittelbare Umgebung. Es gab keine Anzeichen dafür, daß an dem Tarnnetz etwas verändert worden war, seit es über das Fahrzeug gelegt und alle Spuren verwischt worden waren.

Er riß das Gebüsch beiseite.

Da sah Dani erst, daß sich darunter ein Netz befand, das den Mietwagen verborgen hatte. Sie machte Anstalten, dorthin zu rennen.

»Bleib stehen, verdammt noch mal!« bellte Shane, ohne sich umzublicken.

Dani erstarrte und fragte sich, woher er hatte wissen können, daß sie zu dem Auto laufen wollte, sobald es aufgedeckt war.

Er kennt mich nach wenigen Tagen schon besser als mein Ex-Mann je nach einer mehrjährigen Ehe, dachte sie.

Sie wußte nicht, ob dieser Gedanke sie tröstete, ärgerte oder beunruhigte.

Rasch und ohne etwas anzufassen inspizierte Shane den Wagen selbst. Am Schluß legte er sich sogar auf den Bauch und spähte unter die Karosserie. Zufrieden stand er danach wieder auf, klopfte sich zerstreut den Sand von den Sachen und packte den Türgriff.

Der Mechanismus sprang mit einem Klicken auf.

Nummer zwei abgehakt, dachte Shane, und der Himmel allein weiß, wie viele noch kommen.

Er öffnete die Tür, setzte sich hinters Steuer, steckte den Schlüssel ins Schloß und zündete.

Der Wagen sprang glatt an.

Nummer drei.

»Okay«, rief Shane. »Jetzt kannst du kommen.«

Während Dani zu ihm rannte, öffnete er das Handschuhfach und schob den Lederbeutel hinein.

»Was sollte das alles?« wollte Dani wissen, nachdem sie die Tür hinter sich zugezogen hatte.

»Gillies BBO Nr. 237«, sagte Shane und stieß rückwärts aus dem Palmenwäldchen hinaus. »Erwarte einen Hinterhalt, wenn du dich deinem Fluchtwagen näherst.«

»Was ist ein BBO?«

»Ein blendender Blitz des Offensichtlichen.«

Dani lachte.

»Ein blendender Blitz des Offensichtlichen«, fuhr Shane fort, »ist weit besser als der blendende Blitz einer Autobombe. Das ist BBO Nr. 1.«

Danis Lächeln erstarb.

»Falls du mir Angst einjagen willst, kannst du dir deine Spucke sparen«, sagte sie.

»Ich versuche bloß, meine Erfahrungen an dich weiterzugeben. Eine gute Autobombe geht innerhalb einer Sekunde nach dem Anlassen hoch.«

»Ich werde es mir merken!«

»Tu das. Ich teile Gillies vertrauensvollen Ansatz beim Feldtraining nicht. Meiner Ansicht nach ist es nicht immer gut, auf das zu warten, was von selber kommt.«

Die Reifen griffen Asphalt. Shane beschleunigte das Tempo.

Drei Minuten nachdem Shane und Dani vom Helikopter gesprungen waren, gab es keinerlei Anzeichen mehr dafür, daß sie etwas anderes waren als einfache Touristen in Freizeitkleidung.

Shane fuhr über die Straßen der kleinen Insel wie ein Einheimischer, aber Dani merkte rasch, wie ihr »ausgezeichneter Orientierungssinn« flötenging.

Gillie hat hier sicher irgendwo eine Landkarte plazieren lassen, dachte sie. Für mich, nicht für Shane. Dieser Zen-Cyborg – so ein außerirdischer Roboter – brauchte keine.

In der Seitentasche der Beifahrertür steckte prompt eine Karte von Aruba. Dani brauchte keine Minute, um herauszufinden, wo sie sich gerade befanden und wo es hinging.

Fünfzehn Minuten später bog Shane in die Hauptstraße ein, die nach Oranjestad führte. Während sich der Wagen dem Flughafen näherte, wich die rauhe, trockene Umgebung mehr und mehr vereinzelten Vororten.

Zunächst waren die Häuser nichts weiter als schäbige Holzhütten, die heidnische Talismane zierten. Je weiter sie jedoch kamen, desto häufiger tauchten schmucke Bungalows am Straßenrand auf, die sich mit holländischen Windmühlen abwechselten, welche sich träge im Passatwind drehten. Das Ganze wirkte eigenartig friedvoll.

Seufzend entspannte sich Dani. Es fiel ihr nicht schwer, in einer solchen Umgebung die Touristin zu spielen. Als sie den Flughafen hinter sich gelassen hatte, nahm die Stadt Oranjestad allmählich Gestalt an. Dani stellte sich vor, genau das zu sein, was sie vorgaben: Touristen, die eine Besichtigungstour über die Insel gemacht hatten und Aruba bald wieder auf dieselbe Weise verlassen würden, wie sie gekommen waren – an Bord einer Maschine der American Airlines, so einer, wie sie sie im Vorbeifahren auf der Rollpiste gesehen hatte.

Bloß ein Liebespärchen auf Urlaub.

Sie warf einen Blick zu Shane hinüber. Er war wirklich ein

präsentabler Reisegenosse: intelligent, gut aussehend und, wenn er wollte, sogar unterhaltsam. Was er in letzter Zeit nicht oft wollte.

»Du verstehst es wirklich, einem Mädchen an exotischen Orten eine schöne Zeit zu bescheren«, sagte sie. »Erst Lhasa, dann Aruba.«

Mit einer ausholenden Bewegung wies sie auf die Stadt und die Umgebung, auf die emporragenden Hotelblocks, die sich am Westrand entlangzogen.

»Vergiß bloß nicht, warum wir hier sind«, mahnte Shane.

»Oh, da mach dir mal keine Sorgen«, erwiderte Dani. »Das vergesse ich schon nicht. Falls doch, ist ja immer noch der Zen-Cyborg da, um mich wieder daran zu erinnern.«

»Der was?«

»Du!«

Shanes Gesicht verfinsterte sich vorübergehend. Dann legte sich wieder die Maske darüber, die er trug, seit Cassandra ihm Dani als Partnerin zugeteilt hatte.

Notfalls wäre sie auch ohne ihn hergekommen.

Shane war versucht gewesen, sie wörtlich zu nehmen und ihren Bluff auffliegen zu lassen, aber er tat es nicht. Wenn er nicht mitgemacht hätte, wäre Gillespie dran gewesen. Und das machte vom professionellen Standpunkt aus überhaupt keinen Sinn.

Und hinsichtlich des persönlichen Standpunkts rief Shane sich, sooft er konnte, sein freiwillig abgelegtes Keuschheitsgelübde ins Gedächtnis.

Schon zwei Jahre, elf Monate und zweiundzwanzig Tage. Nicht mehr lange …

Der Stadtkern von Oranjestad sah genauso aus wie auf dem Video, das Gillie ihnen vorgeführt hatte. Da gab es pastellfarbene Häuserblocks, die noch aus der Kolonialzeit stammten. Doch unter die alten Geschäftshäuser hatten sich neue, chromglänzende Einkaufszentren, neue Casinos mit grellbunten Neonreklamen und Bankgebäude mit Spiegelglasfassaden gemischt.

Dani atmete tief durch. In der Luft hing ein süßer, blumiger Geruch.

»Obst?« fragte sie. »Oder wird hier die Luft für die Touristen parfümiert?«

»Das ist der feine Gestank der Korruption«, klärte Shane sie auf.

»Wie romantisch!«

»Romantisch?« Er stieß ein hartes Lachen aus. »Es gibt hier dreihundertfünfzig Banken, eine so korrupt wie die andere. Was du hier siehst, sind Glas- und Stahldenkmäler für Gier und Bestechung.«

»Lächle, Darling. Wir sind auf Urlaub, schon vergessen?«

Shane warf Dani einen unsicheren Blick zu.

»Ein Liebespärchen auf Urlaub, um genau zu sein«, flötete sie. »So hat es Gillie doch genannt, oder?«

»Shit!«

Dani biß sich auf die Lippe. Sie fühlte, daß Shane nahe daran war, seine vielgerühmte Beherrschung zu verlieren.

Am nördlichen Ende der Stadt bogen sie in die Hauptverkehrsstraße ein, die am Strand entlangführte. Auf beiden Seiten der Avenida zogen sich in endloser Reihe kleinere Hotels, Casinos und Restaurants hin. Die eher bescheidenen Gebäude wichen jedoch bald den Luxushotels für zahlungskräftigere Gäste. Ein Wall hochaufragender Zement- und Glasgebäude türmte sich wie Klippen längs der Straße auf.

Lücken zwischen den von Menschenhand gefertigten Türmen gaben den Blick auf einen schneeweißen Küstenstreifen frei. Bis zum glitzernden, tiefblauen Meer zog sich der breite, blendend helle Strand hinab.

»Willkommen im Land der Harmony«, rief Shane aus. »Schönen Urlaub wünsche ich!«

»Und ich wünschte, Gillie hätte mir nicht all diesen Schmutz erzählt.«

»Du hattest die Wahl.«

»Hast du es irgendwann auch mal satt, dich ständig zu wiederholen?« fragte Dani ihn in scharfem Ton.

»Nein. Ich bin ein Roboter, schon vergessen? Ein Cyborg!«

Dani zuckte zusammen. Aus Shanes Mund klang es viel

schlimmer, als sie es gemeint hatte. Sie beschloß, das Thema zu wechseln. Umgehend.

»Es ist schwer vorstellbar, daß so viele Menschen ahnungslos ihren Urlaub hier, im Schatten einer Organisation wie der Harmony, verbringen«, äußerte sie daher.

»Bist du je in Rio gewesen?«

»Nein, aber ich würde gerne mal hinfahren. Soll wunderschön sein dort.«

»Rio ist der Vorhof zur Hölle«, sagte Shane. »Die Hölle lauert überall. Die Strände sind nicht sicher für die Touristen. Eigentlich ist es nirgends sicher. Du mußt überall damit rechnen, ein Messer in den Rücken zu bekommen.«

»Du hast aber eine ziemlich finstere Sicht von der Welt.«

»Das kommt von einem Leben ohne rosa Brille und Elfenbeinturm.«

»Gibst du dir eigentlich Mühe, ein solcher Bastard zu sein, oder ist das bei dir natürlich?« erkundigte sich Dani.

»Natürlich. Meine Eltern haben nie geheiratet.«

»Nun, dann wär damit auch dieses Thema erledigt. Heiliger Antonius, wir amüsieren uns aber prächtig.«

»Wieso?«

»Lächle, du Bas – sturer Schwarzseher«, verbesserte sich Dani hastig. »Wir sind ein Liebespaar auf Urlaub, und das hier ist ein Kabrio. Man sieht uns.«

Shane lächelte wie ein Wolf, der Lammrippchen gewittert hat.

»Vergiß es«, winkte Dani ab. »Ich werde das für beide übernehmen.«

Das Kabrio sauste an doppelten und dreifachen Hoteltürmen vorbei, die sich an der zum Meer gewandten Straßenseite hinzogen. Kunstvolle Spielhallen waren raffiniert in die jeweiligen Hotelkomplexe integriert, da freilich die Casinos dem Profit mehr dienten als die Swimmingpools.

»Nicht wie in Las Vegas«, meinte Dani. »Dort tun sie alles, um die Aufmerksamkeit der Leute auf die Spielhöllen zu lenken. Fehlt bloß noch, daß sie attraktive Bömbchen zünden.«

»Vegas, hm? Du magst Glücksspiel?«

»Warum sollte ich sonst meinen Urlaub an der Seidenstraße verbringen?« entgegnete Dani.

»Ich meinte das Spiel um *Geld*, nicht um deinen Hals!«

Dani zuckte mit den Schultern.»Um Geld zu spielen finde ich indiskutabel. Aber ich weiß, daß es für viele eine Lieblingsdroge darstellt.«

»Es ist kein Zufall, daß man Verbrechen, kommerzielles Glücksspiel und staatliche Korruption gewöhnlich in ein und demselben Bett findet«, sagte Shane. »Der Geruch menschlicher Schwäche zieht Räuber an wie eine eitrige Wunde die Fliegen.«

»Hübscher Vergleich. Sehr geschmackvoll obendrein.«

»Die Fliegen denken das auch«, erwiderte er.

»Stop«, unterbrach Dani ihn. »Du bist gerade am Hyatt vorbeigefahren.«

»Ich weiß. Schau dir lieber das nächste Grundstück an.«

Dani sah ein enormes, stählernes Gatter, das eine Allee verschloß, die bis zum Strand hinabführte. Ein trübes Messingschild an einem Torpfosten verkündete den Namen des Anwesens.

HARMONY ESTATE. PRIVATBESITZ.
BETRETEN VERBOTEN!

»Ist ja nur halb so groß wie Malibu Beach«, meinte Dani wegwerfend.

»Mach dir bloß nichts vor, Professor. Das ist nicht Malibu.«

»Ich wußte gar nicht, daß wir an das Anwesen so nah rankommen.«

»Deshalb sind wir ja hier.«

Shane wendete den Wagen wie ein Tourist, der sich verfahren hatte, und nahm dann eine Nebenstraße zum Hyatt. Wenige Augenblicke später stellte er das Auto in einem Palmenhain ab. Er langte ins Handschuhfach und holte den Lederbeutel heraus. Bevor Dani die Tür aufmachen konnte, war Shane schon draußen. Sie stieg hastig aus und beeilte sich, ihm hinterherzurennen.

»Langsam, *Darling*«, säuselte sie.

»Tut mir leid. Die Hitze geht mir auf die Nerven.«

Dani wußte, daß es nicht die Hitze war, die Shane auf die Nerven ging, sondern ihre unerwünschte Anwesenheit.

»Du bist nicht gerade ein guter Verlierer«, brummte sie.

»Zeig mir einen guten Verlierer, und ich zeig dir, was später aus ihm wird.«

Dani hakte sich energisch bei Shane unter und grub die Hacken in den Sand.

»Halt sofort an«, befahl sie.

Shane blieb abrupt stehen. Das Lächeln, mit dem sie zu ihm aufblickte, zeigte jede Menge Zähne, aber kein bißchen Wärme.

»Wir sind ein Liebespaar auf Urlaub«, zischte sie.

»So, wie du mich die ganze Zeit dran erinnerst ...«

Dani legte Shane die Hand auf den Mund, was eine zärtliche Geste hätte sein können, aber nicht war. Sie stellte sich auf die Zehenspitzen und reckte sich zu seinem Ohr.

»Hör auf, mich wie deine rotznäsige kleine Schwester zu behandeln«, flüsterte sie zornig. »Ganz besonders, wo wir unter den Argusaugen der Leute rumlaufen, die wir täuschen wollen.«

Als Dani sich wieder auf die Füße stellte, streifte eine ihrer Brüste Shanes Unterarm. Die Berührung konnte Absicht gewesen sein. Oder auch nicht.

Was Shane erstarren ließ, war das beinahe überwältigende Bedürfnis, es herauszufinden.

Noch acht Tage Keuschheit, gemahnte er sich zähneknirschend. Der Countdown läuft.

Andererseits beinhaltete sein Gelübde sehr genaue Regeln. Shane beugte sich vor und küßte Dani sanft auf den Mundwinkel.

»Ich bin froh, daß du es auf diese Weise spielen willst«, sagte er mit ein wenig heiserer Stimme.

»So habe ich es nicht ...«

Der Rest von Danis Satz ging in einem raschen, harten Kuß unter.

»Sei nicht so ungeduldig«, meinte er lächelnd. »Wir sind ja gleich drinnen.«

»Du verd ...«

Shane packte Danis Kopf und schnitt ihr das Wort ab, indem er ihr Gesicht an seinen Hals drückte.

»Wir sind ein Liebespaar, schon vergessen?« zog er sie auf. »Du glaubst doch, daß die Palmen Ohren haben, oder nicht?«

Nach ein paar Sekunden entspannte sich Dani. Sie nickte an Shanes leicht stoppeligem Hals.

»Bevor ich nicht sicher bin, daß das Strandhäuschen keine Ohren hat«, sagte er, »hältst du deinen Mund zu, außer wenn du mich küßt. Öffnest du ihn noch mal, es sei denn auf direkten Befehl, nehme ich das als galante Einladung. Verstanden?«

Dani war stocksteif. Sie antwortete mit einem knappen Nicken.

Shane ließ ihren Kopf los, doch nicht ohne zuvor mit den Fingern durch ihr Haar zu streicheln, eine Geste, die sich sowohl als Warnung als auch als Liebkosung auffassen ließ.

Oder als beides. Untergehakt schlenderten sie den schmalen Weg zu den Cabanas entlang. Als sie sich dem Bungalow näherten, der dem Strand – und dem gußeisernen Zaun des Harmony-Grundstücks – am nächsten lag, zog Shane einen Schlüssel aus seiner Tasche. Er prüfte die Hausnummer auf dem Anhänger, bevor er sich zu Dani hinunterbeugte.

»Mach Touristen-Smalltalk«, flüsterte er. »Und vergiß nicht, wir sind schon seit ein paar Tagen hier.«

»Also diese Blumen hier sind einfach umwerfend«, sagte Dani einen Moment später. »Sie erinnern mich immer an Seide.«

Shane warf ihr einen entsetzten Blick zu.

»Äh, Samt, an Samt«, korrigierte Dani sich hastig. »So üppig und glänzend und weich!«

Er grunzte.

»Und all die Vögel, die einbeinig am Strand herumstehen«, erwärmte sie sich. »Sind die nicht niedlich?«

»Niedlich«, echote Shane. »Genau.«

»Ich kann gar nicht fassen, daß dieser herrliche Sandstrand da drüben so vollkommen leer ist. Glaubst du, man hätte was dagegen, wenn wir uns rüberschleichen und ihn benutzen würden? Der Zaun geht nicht ganz bis zum Wasser.«

Shane folgte Danis Blick. Sie musterte das Anwesen durch die gußeisernen Streben. Stacheldrahtschlingen zierten den oberen

Teil, und automatische Überwachungskameras verdarben den Eindruck, sich in einem unberührten Paradies zu befinden.

»Sicher hätten die was dagegen«, motzte Shane. »Diese Reichen verursachen mir Blähungen. Das, was sie haben, benutzen sie nicht, wollen aber auch nicht, daß sich andere dran erfreuen.«

Der Schlüssel ließ sich mit geölter Leichtigkeit im Schloß umdrehen. Die Tür quietschte auch nicht.

Nichts explodierte.

Mit einem scheinbar gleichgültigen Blick überflog Shane den Raum, bevor er eintrat.

Alles leer.

»Nach dir«, murmelte er. »Gleich hinter dir, um genau zu sein.«

Als Dani das Häuschen betrat, merkte sie, daß Shanes linke Hand sich nie sehr weit von dem offenen Lederbeutel, in dem die Waffe steckte, entfernte.

Ein kalter Schauer überlief sie, und das lag nicht an der ausgezeichneten Klimaanlage der Cabana. Die Sonne, die tropische Vegetation und die samtige Luft der Karibik hatten also seine rasiermesserscharfen Sinne kein bißchen getrübt.

Unbehaglich blickte sie sich um. Der Bungalow besaß ein Wohnzimmer mit Blick aufs Meer und den Strand. In einer Zimmerecke befand sich eine gut bestückte Bar, dahinter, auf der Rückseite und weiter weg von der donnernden Brandung, lag das Schlafzimmer.

»Also diese Möbel sind wirklich hübsch, muß ich echt zugeben«, meinte Dani.

»Ja«, stimmte Shane abwesend zu. »Hinreißend!«

Er hatte kaum einen Blick für die Qualität der Einrichtung übrig. Wachsam glitten seine Augen über Stühle, Tisch und den Rest der Ausstattung, doch auf den ersten Blick waren keine Wanzen zu sehen.

Während Shane Glühbirnen und Steckdosen untersuchte, machte sich Dani selbst auf Inspektionstour. Die ganze Zeit über ließ sie nette Bemerkungen über die Möbel, die Aussicht, das Wetter und die Terrassentüren vom Stapel, die ihr selbst nach Tagen immer noch so gut gefielen.

Shanes Antworten reichten von »äh« über »ja« bis »wie nett«.

»Und einen guten Geschmack, was den Likör betrifft, haben sie obendrein«, lobte sie.

»Ja?«

»Grand Marnier.«

»Köstlich.«

»Und ob! Eine Flasche von der Größe kostet im Duty-free mindestens fünfzig Kröten.«

Shane, der gerade die Kontrolle einer eigenartig plazierten Steckdose beendet hatte, richtete sich auf und blickte Dani an.

»Du magst Grand Marnier, hm?« fragte er.

»Männer«, meinte Dani verächtlich. »Du weißt nicht mal mehr meine Lieblingsfarbe, stimmt's?«

»Äh ...«

»Da hast du es«, sagte sie. »Pffff!«

Shane machte sich wieder an sein Checking. Er war nicht wirklich besorgt. Bloß vorsichtig. Afghanistan hatte ihn gelehrt, daß vorsichtige Männer länger lebten als die andere Sorte.

Jedenfalls wußte er, daß er eine wirklich hochtechnisierte Wanze ohnehin nie entdecken würde. Wenn andererseits ihre Deckung schon so weit aufgeflogen war, daß die Harmony bereits ihre Unterkunft verwanzt hatte, konnten sie so oder so einpacken.

»Nett von deinem Boß, dir diese Reise als Bonus zu spendieren«, sagte Dani.

»Hm!«

»Die Cabana muß mindestens fünfhundert pro Tag kosten.«

»Achthundertfünfzig«, berichtigte Shane. »Bin gleich wieder zurück.«

»Ich warte hier«, meinte Dani zuckersüß, »auf jedes deiner ›Ahs‹ und ›Ähs‹!«

Shane ging zur Schlafzimmertür und öffnete sie. Er warf einen Blick hinein und lächelte bitter. Buddha muß einen eigenartigen Sinn für Humor haben, dachte er.

Rasch überprüfte Shane sämtliche Ecken, fand jedoch nichts Auffälliges. Er betätigte die Toilettenspülung und lauschte aufmerksam. Alles funktionierte.

Einschließlich ihm.

Sein Körper befand sich zweifellos in sexueller Alarmbereitschaft. Keine der Konzentrationsübungen, die in Tibet immer so gut funktioniert hatten, nützte etwas. Danis Geruch war auf seinem Hemd, ihr Geschmack auf seinen Lippen, und beim Gedanken an ihre Brüste und wie sie sich in seinen Händen angefühlt hatten wurden ihm die Shorts zu eng.

Verdammt.

Mit diesem stillen Fluch stolzierte Shane durchs Zimmer zur Wohnzimmerbar. Er riß die Kühlschranktür auf, erspähte eine kalte grüne Flasche karibisches Bier und machte sich über sie her.

»Was ist los?« fragte Dani.

Shane nahm noch einen tiefen Schluck. Dani musterte ihn gründlich. Seine Augen waren so klar wie die Nacht und ebenso undurchdringlich.

Er senkte die Flasche. Dann verzog sich sein Mund zu einem eigenartigen Lächeln.

Oho, dachte Dani. Irgend jemand ist in einen Yakfladen getreten. Und zwar knöcheltief.

»Nichts«, knurrte er.

»So siehst du aber nicht aus.«

Sein Lächeln wurde breiter, aber kein bißchen wärmer.

»Nein«, sagte er abwesend. »So sehe ich nicht aus.«

»Halloho?« meinte Dani. »Sprechen wir dieselbe Sprache?«

»Noch nicht, aber bald.«

»Was, zum Teufel, meinst du damit?«

Shane wies mit einer Kopfbewegung aufs Schlafzimmer. »Überzeug dich selbst«, sagte er. »Aber vergiß nicht, Süße, du hast es ja so gewollt.«

Mit einem letzten verwirrten Blick auf Shane ging Dani zum Schlafzimmer und schaute hinein. Der Raum war kühl und mit hauchzarten Vorhängen bestückt. Die Schranktüren standen offen. Drinnen hing die von Gillespie versprochene Freizeitkleidung.

Dani machte sich nicht die Mühe nachzusehen, ob die Größe stimmte. Sie war sicher, daß alles perfekt paßte.

Hier hatte eine kundige Hand gewaltet und auch Shanes Sachen ausgepackt. Ein T-Shirt hing lässig über einer Stuhllehne. Ein kirschrotes Negligé über einer anderen.

Dani zuckte zusammen und wandte sich ab.

Durch die offene Badezimmertür konnte sie sehen, daß Toilettenartikel auf dem Spiegelbord und dem Waschbecken herumstanden – die von ihr bevorzugten Marken. Einige Fläschchen waren nur mehr halb voll, als wären sie bereits in Gebrauch.

Alles in allem wirkte der Raum bewohnt und gemütlich, einschließlich der zurückgeschlagenen Tagesdecke, die das Doppelbett schmückte.

Da durchfuhr es Dani auf einmal wie ein Blitz.

Ein Bett.

Zwei Leute.

Das hatte ihr gerade noch gefehlt.

Dani wirbelte herum. Shane stand im Türrahmen. Er hob die Bierflasche in wortlosem Toast.

»Du mußt das Gute an der Sache sehen«, besänftigte er sie.

»Was soll denn bitte daran gut sein?«

»Wenn das hier zu Ende ist, wissen wir, wie gut du wirklich schauspielern kannst.«

»Leck mich, Cowboy«, fauchte Dani.

»Cowboy, hm? Ist das besser als ein Zen-Cyborg?«

Die Schlafzimmertür knallte so heftig zu, daß Shane beinahe die Bierflasche aus der Hand gefallen wäre.

17

Der Morgen bescherte dem Himmel eine Farbenexplosion über Aruba.

Mit einer einzigen geschmeidigen Bewegung erhob sich Shane von seinem Nachtlager auf dem Boden – auf »seiner« Seite des Bettes. Er war froh, endlich dieser Folterkammer entrinnen zu können.

Nie hätte er gedacht, daß ein Doppelbett so schmal sein könnte.

Obwohl sich Dani an ihre Seite der Bettkante gekrallt hatte, als wäre es ein Rettungsanker, hatte das nicht viel genutzt. Jeder Atemzug, jede Bewegung, ja sogar das leise Streifen ihres Haars über das Kopfkissen waren für ihn Feuerzungen, die über seinen Körper leckten.

Ist wohl doch ganz gut, daß ich den Eintritt ins Kloster hinausgeschoben habe, dachte er. Wenn ich Dani danach begegnet wäre, hätte ich die Weihen für den Rest meines Lebens bereut.

Doch wie die Dinge stehen, bin ich nur noch ganz kurz gebunden.

Resolut weigerte sich Shane, die verbleibenden Tage, Stunden und Minuten zu zählen. Mit raschen Bewegungen streifte er sich seine Shorts über und nahm das Fernglas aus dem Koffer, der für ihn bereitstand.

Ein viereckiger Lichtfleck tanzte auf der kleinen, dem Meer zugewandten Veranda. Von dieser Stelle aus konnte er das Anwesen der Harmony überblicken, ohne selbst gesehen zu werden.

Shane brachte die nächste halbe Stunde damit zu, den dichten Grünwuchs auf dem Nachbargrundstück mit dem Fernglas zu durchdringen. Sein Ziel war der Zaun, der die Harmony umgab.

Auf den ersten Blick, ja selbst auf den zweiten, wirkte die Einfriedung unüberwindlich. Sie war etwa drei Meter hoch und bestand aus dichtstehenden, vertikalen Eisenstangen, darüber Stacheldraht. Der rostfreie Stacheldraht glitzerte bedrohlich in der Morgensonne.

Den gußeisernen Zaunstreben war es in der salzigen Meeresluft nicht so gut ergangen. Die Passatwinde und das Spritzwasser hatten das Metall unter dem schwarzen Anstrich langsam aber sicher korrodiert.

»Was tust du?«

Shane zuckte zusammen, als die weiche Stimme in seinem Rücken erklang. Das irritierte ihn.

Er konnte sich nicht mehr erinnern, wann es zuletzt jemandem gelungen war, sich an ihn heranzuschleichen.

»Ich bewundere die Aussicht.«

Dani schluckte eine ätzende Bemerkung hinunter. Ihr derzeitiges Verhältnis war angespannt genug, so daß sie nicht noch Öl aufs Feuer gießen mußte. Nicht mal die fünfhundert Dollar, die Shane letzte Nacht beim Blackjack gewonnen hatte, schafften es, ihn aufzuheitern.

»Hast du was an?« fragte Shane gereizt und ohne sich umzudrehen.

»Nicht den Tangabikini, den man freundlicherweise für mich besorgt hat, falls du das meinst.«

»Genau den meine ich.«

Danis Anblick in diesem Bikini gestern würde er so schnell nicht vergessen. Er hatte sie nur ganz kurz gesehen, als sie das Badetuch abnahm und in den Pool sprang, aber das reichte ihm für den Rest seines Lebens. Es gab Frauen mit einer besseren Figur auf dem Hotelgelände, aber keine von ihnen brachte ihn so durcheinander wie diese eine.

Shane ließ das Fernglas sinken und warf Dani einen Blick über die Schulter zu. Ihr Haar war noch zerzaust vom Schlafen, ihre Haut sanft gerötet. Sie war vom Kinn bis zu den Füßen in einen weißen Hotelfrotteemantel gewickelt.

Irritiert betrachtete er ihre schmalen Füße und deren anmutige Wölbung. Ihre Zehen spielten müßig mit dem weichen Sand am Rand der Veranda, als ob sie einen schlafenden Geliebten neckten.

Hitze schoß Shane durch die Adern bei dieser Vorstellung. Er wandte sich abrupt ab und studierte geflissentlich die Barriere der Harmony gegen den Rest der Welt.

»Netter Zaun, hm?« sagte Dani. »Richtig nachbarschaftlich.«

»Ja.«

»Ich frage mich, ob sie hier dieselben Probleme mit Eisen haben wie in Florida.«

»Was meinst du damit?« fragte Shane.

»Schlechte Handwerker und ordentlich Salz in der Luft«, erklärte sie.

Shane grinste wie ein Hai. »Dasselbe habe ich mich auch schon gefragt.«

»Und?« drängte Dani.

»Sieht so aus, als wären diese gußeisernen Stäbe nicht mehr ganz solide. Ein paar sind sogar in ziemlich desolatem Zustand. Woher weißt du das mit Florida?«

»Die Eltern meines Ex leben dort. Sie mußten ihren schicken neuen Eisenzaun schon nach zwei Jahren auswechseln lassen.«

Shane warf Dani erneut einen Schulterblick zu. Jetzt einen faszinierten!

»Beim zweiten Mal«, fuhr sie fort, »haben sie die Handwerker ein paar Stäbe durchsägen lassen, bevor der Zaun aufgestellt wurde, um sicherzugehen, daß es sich wirklich um solides Eisen handelte und nicht um Wellpappe mit einer dünnen Schicht Blech drumrum.«

Lachend drehte sich Shane wieder zu der einschüchternden Abgrenzung um. »Wenigstens haben sie was draus gelernt.«

»Stimmt. Zu schade, daß sie diese Fähigkeit nicht an ihren einzigen Sohn vererbt haben.«

»Eine Dumpfbacke, hm?«

Das verneinte Dani. »Nö, hat bloß einen Dreck auf alles gegeben, was nicht stärker und gemeiner war als er.«

Shanes Griff um das Fernglas verkrampfte sich unwillkürlich. Die Ausdruckslosigkeit in Danis Stimme verriet ihm, daß diese Wunde noch nicht verheilt war.

Kein Wunder, daß sie Männern mißtraut, dachte Shane. Klingt, als ob sie mit einem echten Arschloch verheiratet gewesen wäre.

»Ich kenne den Typ«, meinte Shane beiläufig. »Aber nicht aus meinem Rasierspiegel.«

Dani rang nach Luft und lachte dann, ohne es zu wollen. Sie sprach, ohne zu überlegen.

»Das weiß ich«, gestand sie. »Wenn das nicht so wäre, hätte ich letzte Nacht die Schlafzimmertür zugesperrt, statt sie bloß zuzuknallen.«

Shane studierte den Zaun emsig weiter.

»Du brauchst nicht auf dem Boden schlafen«, versicherte Dani ihm. »Dieses Bett ist so groß wie ein Fußballplatz.«

»Ich hab mich im Kloster an harte Böden gewöhnt.«

»Wie lange warst du bei den Azurmönchen?«

»So lange, bis Prasam erkannte, daß ich nicht zu ihnen gehörte«, gestand Shane.

»Falsche Rasse?«

»Falsches Temperament.«

Eine Zeitlang herrschte Stille, während Dani Shane beim Beobachten des Zauns zusah.

»Was ...«, begann sie.

»Nicht jetzt«, unterbrach er sie.

Daraufhin sagte Dani nichts mehr, sondern verlegte sich aufs Zuschauen. Während er den Zaun mit dem Fernglas absuchte, betrachtete sie eingehend das Muskelspiel seines kräftigen Rückens und die Glätte seiner Haut. Sie erinnerte sie an feinstgewobenes Material. Gerne hätte sie sein gebräuntes männliches Fleisch berührt, so wie sie Textur und Gewebe eines edlen Stoffs ertastete.

»Genau wie ich dachte«, stellte Shane fest.

Danis Finger zuckten zurück, und sie merkte, daß sie beinahe getan hätte, wonach sie sich so sehr sehnte. Schuldbewußt versteckte sie die Hände hinter dem Rücken.

»Was meinst du?« Ihre Stimme klang ebenfalls schuldbewußt.

»Die Überwachungskameras überlappen nicht vollständig«, informierte er sie.

Dani seufzte vor Erleichterung. Er hatte ihre vorwitzige Bewegung nicht bemerkt.

»Was soll das heißen?« fragte sie.

»Salzwasser und Nachlässigkeit.«

»Oh, also daher weht der Wind«, sagte Dani unbestreitbar sarkastisch. »Warum bin ich nicht selbst darauf gekommen?«

Shane warf ihr einen Blick über die Schulter zu.

»Siehst du die Kameras da?« fragte er.

»Hab ich gestern schon!«

»Sie sollten eigentlich kontinuierliche, überlappende Bilder des Grundstücks um den Zaun herum liefern.«

Dani beobachtete die langsam nach allen Seiten schwenkenden Apparate.

»Sieht aus, als täten sie das auch«, sagte sie nach ein paar Sekunden.

»Nicht ganz. Alle drei Minuten überlappen sie nicht.«

Dani runzelte die Stirn. »Für wie lange?«

»Neunundzwanzig Sekunden.«

»Wie groß ist die Lücke in den Aufnahmen?«

»Groß genug für einen Mann, um reinzukommen«, frohlockte Shane.

»Aber du denkst doch nicht etwa daran …«, begann sie.

»O doch, darauf kannst du wetten«, unterbrach er sie. »Alle drei Minuten ist das neben dem Strandvolleyballfeld des Hotels gelegene Stück Zaun für das Kontrollzentrum der Harmony unsichtbar.«

»Gillie sagte, wir würden unseren Kontaktmann *außerhalb* des Grundstücks treffen.«

»Hm!«

Shanes Zustimmung beruhigte Dani keineswegs. Eigentlich bewirkte sie eher das Gegenteil.

»Der Stacheldraht sieht leider nirgendwo rostig aus«, warf sie ein.

»Da hast du recht. Oh, wo wir schon davon reden, ich muß mich rasieren. Wir sollen nach dem Frühstück beim Museum sein.«

Dani wollte noch etwas sagen, gab jedoch auf. Shane war bereits auf dem Weg ins Bad.

Wenigstens hat er Shorts an, dachte sie, statt diesem Cache-Sex, das sie ihm als Ersatz für eine Badehose in den Koffer getan haben. Herrje, da hätte er gleich pudelnackt rumlaufen können, und es hätte wenig Unterschied gemacht – im Hinblick auf meinen Seelenfrieden …

Als Shane und Dani schließlich gegen Mitte des Vormittags unterwegs waren, ballten sich schwere Wolken über ihnen zusammen und verliehen Aruba eine bedrohliche Atmosphäre. Die blauen und orangefarbenen Häuserfassaden der Altstadtpromenade bekamen unter dem verhangenen Himmel einen geradezu unheimlichen Glanz. Die holländischen Windmühlen wirkten unter der Gräue irgendwie passender, ein Eindruck, der durch die tropischen Palmen daneben jedoch wieder zerstört wurde.

Shane schloß das Dach des blauen Kabrios, bevor sie das Hotel verließen. Trotz Klimaanlage war es im Wageninnern drückend schwül.

Sie parkten in einer ruhigen Seitenstraße nahe des Marktes von Aruba und machten sich zu Fuß auf den Weg.

»Hier ist es«, sagte Shane.

Dani warf einen Blick über die enge Straße, als sie an dem Gebäude vorbeikamen, auf das Shane sie mit einer Kopfbewegung hingewiesen hatte.

»Spazier ein bißchen«, tuschelte Shane ihr zu. »Ich möchte erst die Gegend auskundschaften, bevor wir reingehen.«

»Museo Numismático«, las Dani laut vor. »Ein Geldmuseum?«

»Geld ist der Brennstoff dieses kleinen Paradieses. Dreihundertfünfzig Banken und beinahe ebenso viele Casinos!«

»Welch treffender Ort für ein Stelldichein mit einem Spion«, raunte Dani. »Ich nehme an, dein Mann Boston wird gut dafür bezahlt, daß er die Harmony infiltriert?«

»Wieviel ist ein Menschenleben wert?«

»An manchen Orten erschreckend wenig«, entgegnete Dani.

Shane widersprach ihr nicht. Er hatte den größten Teil seines Erwachsenendaseins an genau jenen Orten zugebracht.

»Boston stammt aus einer alteingesessenen arubischen Familie«, gab Shane Auskunft. »Sein Vater schied dahin, kurz bevor er Premierminister hätte werden sollen.«

»Ein natürlicher Tod?«

»Wenn man Geldgier als natürlich betrachtet.«

»Was ist passiert?« fragte Dani.

»Die Kolumbianer haben ihn vor zehn Jahren umgebracht, weil sie einen Ort brauchten, wo sie ihre korrupten Banken aufbauen konnten.«

»Er wollte nicht, daß sie sich auf Aruba einnisteten?«

»Genau – und der neue Premier konnte ihre Bestechungsgelder gar nicht schnell genug einstreichen. Die flache Hand über der Faust, das ist sein Stil«, sagte er.

»Kaum überraschend!«

»Boston verachtet Geld«, fuhr Shane fort. »Er glaubt, es wäre für die Zerstörung seiner Insel verantwortlich.«

»Die *Gier* nach Geld ist die Wurzel allen Übels«, korrigierte Dani ihn. »Geld ist bloß das, was es ist, ein Mittel. Mehr nicht.«

Ein flüchtiges Lächeln glitt über Shanes Züge.

»Boston teilt deine akademische Sichtweise der Dinge nicht«, meinte er. »Als einer von der altmodischen Sorte will er die Leute vom Erdboden vertilgen, die Aruba in einen Sündenpfuhl der Finanzwelt verwandelt haben.«

»Hat er sich deshalb Risk Limited angeschlossen?«

»Nein. Deshalb sind wir mit ihm in Kontakt getreten. Boston ist Haushaltsvorstand von Katjas Anwesen.«

Dani schüttelte langsam den Kopf. »Nach dem, was Gillie mir so über Katja erzählt hat, sollte Boston eine Kampfzulage bekommen.«

»Sie ist ein richtiges Biest, wenn man für sie arbeiten muß; aber Boston hat einen Traum ...«

»Was für einen Traum?«

»Katja ein Messer in den Leib zu rammen, so tief es geht.«

Dani stolperte. Shane packte sie beim Arm und hielt sie fest.

»Tut mir leid«, entschuldigte sie sich. »Irgendwie wird mir in letzter Zeit dauernd der Boden unter den Füßen weggezogen.«

»Sollte ich jetzt nicht mein ›Ich-hab's-dir-doch-gesagt‹ anbringen?«

»Nicht unbedingt.«

»Bist du sicher?«

»Laß gut sein, Kumpel«, sagte Dani in perfekter Imitation von Gillies britischem Akzent.

Shane lachte, ließ ihren Arm jedoch nicht los. Nicht, daß Dani länger seine Stütze gebraucht hätte. Es war bloß so, daß sich ihre Haut so herrlich unter seinen Fingern anfühlte.

»Wo wurde Boston trainiert?« fragte Dani.

Shane warf ihr einen verständnislosen Blick zu. »Trainiert?«

»Du weißt schon. Wie man sich als verdeckter Agent im Feindgebiet verhält und all so was.«

»Boston ist ein kluger, zorniger Bürger mit guten Verbindungen. Daraus besteht sein Training.«

»Aber Katja denkt nicht in bürgerlichen Kategorien.«

»Bis jetzt hatte Boston keinen Grund zur Annahme, daß man ihn schärfer beaufsichtigt als die übrigen Mitglieder des Haushalts.«

Shane blieb stehen und widmete sich einem Schaufenster.

Dani wartete und fragte sich, welcher von den staubigen Artikeln wohl Shanes Aufmerksamkeit erregt haben mochte.

Dann merkte sie, daß Shane gar nicht das Schaufenster im Visier hatte. Er benutzte die Scheibe als Spiegel, um das Treiben hinter sich zu beobachten und um zu sehen, ob man sie möglicherweise verfolgte.

Ein fetter Regentropfen klatschte aufs abgetretene Pflaster. Dani warf einen Blick zum immer bedrohlicheren Himmel.

»Davon stand aber nichts im Reisekatalog«, sagte sie.

»Jeden November. Pünktlich wie die Uhr!«

Die Zufriedenheit in Shanes Stimme war unüberhörbar. Er sah zu, wie die Leute zum schwarzen Firmament aufblickten und sich dann eilig nach Zufluchtsorten umsahen.

»Und schon geht es los«, verkündete Shane.

Ein weiterer dicker Tropfen klatschte auf die Markise über ihren Köpfen. Dann noch einer und noch einer. Auf einmal wurde die Luft zu Wasser. Die Verkäufer schlossen hastig ihre Buden, während ihre Kunden schleunigst unter das nächstliegende Dach flüchteten.

»Komm«, forderte Shane sie auf. »Jetzt machen wir es wie zwei gute Touristen und rennen auch zu einem Unterschlupf.«

Er packte Danis Hand und führte sie im Schweinsgalopp den Gehweg zurück. Kurz darauf standen sie vor dem Eingang zum Museum. Ein schlanker, gutgekleideter Schwarzer in Tropenanzug und weißem Strohhut betrat dicht vor ihnen das Gebäude. Der Mann beachtete sie nicht, während Shane zwei Eintrittskarten kaufte und Dani ins Innere schob.

Die einzige andere Person in Sichtweite war ein schläfrig aussehender Wächter, der der Ansicht zu sein schien, daß der Türrahmen zum Ausstellungsraum seiner kräftigen Schulter bedurfte. Seiner geübten Haltung sah man es an, daß er mit dieser Aufgabe aufs liebevollste vertraut war.

Im ersten Ausstellungsraum befanden sich Schaukästen mit allen möglichen zentral- und südamerikanischen Währungen. Dani konnte jedoch nur einen flüchtigen Blick erhaschen, denn Shane zerrte sie schon weiter.

»Vergiß das hübsche Papier«, sagte er. »Das wirklich gute Zeug kommt noch.«

»Und das wäre?«

»Gold.«

»Nach dem zu gieren die Wurzel allen Übels ist, stimmt's?«

»Was immer Sie sagen, Frau Professor!«

»Frau Assistentin genügt vorläufig; aber wenn ich ein braves Mädchen bin, dann klappt meine Beförderung noch vor Weihnachten.«

Shane sagte nichts. Soeben hatte er Boston erspäht, der vor einem Schaukasten mit spanischen *reales* und Golddublonen stand.

Ein rascher Rundumblick überzeugte Shane davon, daß sonst niemand in der Galerie oder den Eingängen stand.

»Da sind wir«, sagte er. »Das ist das echte vierundzwanzigkarätige Ding!«

Einige Augenblicke lang standen die drei Menschen wortlos Seite an Seite wie Fremde, die gemeinsam den Inhalt eines Schaukastens bewundern.

Dani wußte nicht, was die Männer taten, aber sie lauschte mit jeder Pore ihres Körpers auf sich nähernde Schritte.

Nichts.

Nachdem sie noch ein Weilchen dagestanden hatten, nahm Boston schließlich seinen weißen Hut ab und verbeugte sich elegant vor Dani und Shane.

»Sie müssen meiner armen Insel vergeben«, bat er. »Doch die Sonne wird bald wiederkehren.«

»Das ist schon in Ordnung«, sagte Shane. »Ich mag Gold.«

»Es gibt sehr viel Gold auf Aruba.«

Boston lächelte breit und entblößte eine Reihe makellos weißer, kräftiger Zähne.

Dani bemerkte, daß seine Augen alles andere als devot waren. Sein Blick glitt mit einer raschen Intelligenz über sie hinweg, die er gar nicht lange zu kaschieren suchte.

»Ist dies der einzige Ort, wo wir reden können?« fragte Shane leise.

»Der Wachmann ist mein Bruder«, beruhigte Boston ihn.

Shane sah immer noch nicht allzu glücklich drein.

»Er ist einer der letzten überlebenden Mitglieder der Arubischen Befreiungsfront«, meinte Boston leise, »... und damit immun gegen Bestechung.«

Shane blickte sich rasch um. Sie waren immer noch allein.

»Sie sind Miss Danielle Warren?« fragte Boston.

»Dani«, korrigierte sie ihn.

Boston wies mit einer ausholenden Bewegung auf die Schaukästen.

»Dies war einst eine glückliche Insel«, sagte er. »Aruba galt als der einzige Ort in der Karibik, der nicht von Sklavenhändlern heimgesucht wurde.«

Dani nickte, denn das wußte sie aus Gillies Unterricht.

»Und dennoch ergibt sich unser Volk nun freiwillig den Hyänen – im Namen des Geldes«, ergänzte Boston bitter.

»Sie sind nicht die ersten«, sagte Shane, »und auch nicht die letzten. Welche von den Hyänen der Harmony hält sich im Moment auf der Insel auf?«

»Nur die oberste, Katja.«

»Gut. Da ist die Überwachung ein wenig lascher.«

Boston nickte. »Delegationen aus den maßgeblichen Syndikaten werden sich jedoch bald wieder treffen.«

»Hier?« fragte Shane.

»Nein. An der Pazifikküste der Vereinigten Staaten.«

»Das ist ganz schön weit weg von Sizilien oder Chicago«, fand Shane.

»Man nimmt Rücksicht auf die Bequemlichkeit der chinesischen Repräsentanten.«

Shane wurde auf einmal ganz still.

»Katja hat also endlich auch sie in ihr Netz gelockt?« fragte er.

»Ich fürchte, Tony Liu ist das neueste Mitglied der Harmony«, berichtete Boston.

»Verflucht noch mal. Sind Sie sicher?«

Boston zuckte anmutig die Schultern. »Katja überbrachte Liu die Weihnachtssocke mit ihren eigenen lilienweißen Händen. Sie und Liu haben sich eine ganze Zeitlang unter vier Augen unterhalten – lange genug, um La Pena nervös zu machen.«

»Wissen Sie, was in der Socke war?« fragte Shane.

»Ich bin nicht ganz sicher. Es sah aus wie ein Paß.«

»Ein amerikanischer?« fragte Shane skeptisch.

»Möglich. Soweit ich das aus der Entfernung erkennen konnte, war er blau.«

»Kanadische Pässe sind blau«, sagte Dani.

»Was ist mit den Japanern?« fragte Shane.

»Das werden wir sehen«, meinte Boston. »Katja hat hohe Erwartungen in bezug auf die Yakuza. Sie hofiert mehrere, hauptsächlich jedoch Kodjimura und Ishida.«

»Es wäre wohl zuviel zu erhoffen, daß Ishida beitritt anstatt Kodjimura«, murmelte Shane.

»Warum?« wollte Dani wissen.

»Ishidas Lebenserwartung dürfte nur noch Wochen betragen. Kodjimura wetzt nämlich schon die Messer.«

»Ein kurzes, aber erfülltes Leben«, bemerkte Dani zynisch.

»Je kürzer, desto besser«, sagte Shane. Er blickte Boston an. »Wann und wo findet dieses Treffen statt?«

Boston schüttelte unglücklich den Kopf.

»Katja, diese doppelzüngige Hure«, mäkelte Boston, »vertraut mir nur, was den Haushalt betrifft; darüber hinaus sagt sie mir nichts.«

»Sie trifft auch selbst die Reisearrangements?« fragte Shane.

»Aufzeichnungen, Reisepläne und ähnliches schreibt und speichert sie ausschließlich auf ihrem privaten PC ab.«

»Codiert?«

»Ich weiß nicht.« Boston breitete die Arme aus. »Auf jeden

Fall schreibt sie alles auf russisch, eine Sprache, der ich nicht mächtig bin.«

»Kennst du ihren Access Code?« fragte Shane.

»Wie bitte?«

»Einige Computer sind so programmiert, daß man sie nur mit einem Schlüsselwort benutzen kann.«

»Computer selbst sind der reinste Code für mich«, rückte Boston mit der Sprache heraus. »Ich weiß nichts über diese Maschinen, außer dem Namen, den ich Ihrem Vorgesetzten schicken konnte. Das gilt auch für das übrige Personal. Katja ist äußerst umsichtig in diesen Dingen.«

»Wo befindet sich ihr Computer?« fragte Shane.

»In ihren Privaträumen.«

»Weggeschlossen?«

»Warum etwas wegschließen, wovon ohnehin niemand etwas versteht außer ihr?« fragte Boston. »Der Rechner steht auf einem Schreibtisch im Wohnzimmer ihres Privatflügels. Er ist immer angeschaltet. Sie empfindet große Verachtung für die Arubaner, und ganz besonders für mich.«

»Oder der Wodka macht ihr allmählich einen Strich durch die Rechnung«, hoffte Shane.

»So gütig ist der Teufel nicht«, brummte Boston, »und der Herr hat sein korruptes Eden verlassen.«

Obwohl Bostons Stimme ruhig klang, verriet die Anspannung in seiner Haltung einen Haß, den man wohl nur in der Hölle kannte.

»Im Privatquartier der Zarin befindet sich ein Safe«, sagte Boston. »Die Kombination habe ich zwar noch nie benutzt, aber ich kenne sie.«

Dani blickte Shane überrascht an. Sein Gesicht war vollkommen ausdruckslos, aber sie spürte, daß auch er über den Safe und seine Kombination Bescheid wußte.

»Was ich von Ihnen brauche«, sagte Shane zu Boston, »sind mehr Informationen über dieses Treffen mit den Asiaten. Alles, was Sie zufällig mitbekommen, könnte nützlich für uns sein.«

»Ich weiß nur, daß Katja schon seit Monaten daran arbeitet. Sie ist besessen von dem Ziel, alle asiatischen Länder in die Harmony mit einzuschließen.«

»China ist gar kein so schlechter Anfang«, kommentierte Dani trocken.

»China genügt nicht«, wandte Shane ein. »China ist ein Land, das immer noch zu sehr im neunzehnten Jahrhundert verhaftet ist – gelinde gesagt. Katja braucht Japans ultramodernen Zugang zu den finanziellen Schaltknöpfen am Pazifik.«

»Sie sollte es mal bei den Vereinten Nationen versuchen.«

»Warum sich die Mühe machen?« meinte ihr Partner. »Alles, was die tun, ist reden. Und die Mitglieder der Harmony wollen sich immerhin das Blut von den Händen waschen, um neue Deals abzuschließen – bevor sie lästige Mitwisser ausmerzen.«

Boston lächelte kalt. Dani mußte unwillkürlich an ein Messer denken. In Katjas Rücken.

»Ich glaube, die von Katja hofierten Japaner sind mächtige Männer in ihrer Heimat«, sagte Boston jetzt, »aber sie haben wohl in jedem einzelnen Fall eine kriminelle Vergangenheit.«

»Warum?« fragte Dani. »Bloß weil sie sich mit ihr abgeben?«

»Die Männer hatten allesamt große Probleme, Einreisepapiere für die USA zu erhalten«, erklärte der Arubaner. »Katja hat Tausende von Dollars ausgeben müssen, um den Weg zu ebnen.«

»Interessant«, murmelte Shane. »Und wo ist die Dame jetzt?«

»Zu Hause.«

»Wie steht es mit Kasatonin?«

»Er hat heute morgen ein Flugzeug genommen.«

»Gut. Ich würde ungern im Dunkeln über ihn stolpern.«

»Dagegen bete ich um seine rasche Rückkehr«, sagte Boston. »Ohne ihn ist Katja so umgänglich wie eine rollige Bestie.«

»Hat Kasatonin irgendwas Ungewöhnliches bei sich gehabt?« fragte Dani. »Ein zirka ein Meter langes Rohr aus Metall oder Glas mit einem Stoff darin?«

Boston schüttelte den Kopf. »Er kam wie immer, mit nicht mehr als seinem Paß und jeder Menge Bargeld.«

»Verdammt«, sagte Dani. »Vielleicht hat er es ja am Flughafen deponiert.«

»Ich glaube eher, daß er es seit Tibet nicht mehr gesehen hat«, argumentierte Shane. »Das hätte zumindest ich an seiner Stelle gemacht – so viel Distanz wie möglich zwischen mich und das Ding bringen.«

»Welches Ding?« erkundigte sich Boston.

Als Dani antworten wollte, schnitt Shane ihr das Wort ab: »Es ist besser für ihn, wenn er nichts darüber weiß!«

»Aber wenn ich nun einen so seltsamen Gegenstand, wie Sie erwähnten, sehe ...?« bohrte Boston weiter.

»Dann schnappen Sie ihn sich und machen sich sofort aus dem Staub. Auf der Stelle, hören Sie? Und kontaktieren Sie Risk Limited, sobald Sie können«, legte Shane ihm ans Herz. »Halten Sie sich nicht mal mehr damit auf, Katja abzumurksen, verstanden?«

Boston zögerte kurz, dann nickte er.

»Wenn die Chefin allein ist, wie verbringt sie dann ihre Abende?« fragte Shane. »Wann steht sie auf, wann geht sie schlafen?«

»Sind keine Gäste da«, erstattete Boston Bericht, »zieht sie sich so um neun Uhr in ihre Zimmer zurück. Oft arbeitet sie dann noch bis Mitternacht an ihrem Computer oder telefoniert.«

»Woher wissen Sie das? Können Sie sie belauschen?«

»Das Licht des Bildschirmschoners spiegelt sich im Fenster«, sagte Boston. »Wenn sie daran arbeitet, sieht es anders aus.«

Shane nickte.

»Was das Belauschen betrifft«, fuhr Boston fort, »habe ich das bis jetzt tunlichst unterlassen. Katja hat Mittel und Wege herauszufinden, wer sie beobachtet und wer nicht.«

Shane war nicht überrascht.

»Wenn sie mit ihrer Arbeit am Computer oder am Telefon fertig ist, was dann?« fragte er.

»In Kasatonins Abwesenheit trinkt Katja, bis sie ohne Alpträume schlafen kann.«

»Wie lange hält sie das durch?« erkundigte Dani sich neugierig.

»Eine Stunde, nicht länger. Katja ist nicht gerade zimperlich im Umgang mit Wodka.«

»Also bis ein Uhr morgens kann sie völlig hinüber sein?« hakte Shane nach.

Boston zuckte mit den Schultern. »Sieht so aus. Die paar Male, die ich sie wegen dringender Angelegenheiten wecken mußte, mußte ich sie regelrecht aus den Kissen schütteln.«

»Wann steht sie auf?«

»Bei Sonnenaufgang. Immer.«

Shane stieß einen leisen Pfiff aus. »Das ist vielleicht ein zähes Weib!«

»Genau«, pflichtete ihm Boston bei. »Sie besitzt eine enorme Disziplin, einen riesigen Ehrgeiz und einen scharfen, korrupten Verstand.«

»Was hat Mrs. Pilenkowa heute abend vor?« fragte Shane.

»Sie gibt eine intime Dinnerparty für ein Dutzend Bankiers aus Oranjestad und Medellin.«

»Hält sie das im Haupthaus fest und von ihren Privatquartieren fern?« erkundigte sich Shane.

Boston überlegte zögernd.

»Gewöhnlich ist Katja in solchen Fällen immer bis Mitternacht beschäftigt, manchmal auch bis ein Uhr morgens«, sagte er langsam. »Sie muß dafür sorgen, daß ihre männlichen Gäste in jeder Hinsicht ... zufrieden sind.«

»Macht sie das selbst?« fragte Dani.

»Katja?« Boston lächelte kalt. »Nie. Sie läßt einen Mann nur unter Todesandrohung in ihr Bett und würde ihm nie zu Willen sein. Kasatonin bedrängt sie mit Gewalt, kann aber selbst nichts mit ihr anfangen.«

Dani mußte an das Foto von Kasatonin denken, das sie gesehen hatte.

»Ein, äh, ziemlich einzigartiges Arrangement«, sagte sie.

»Bei den beiden scheint es zu funktionieren«, meinte Shane lakonisch. »Also wird Katja den größten Teil des Abends ihrem Privatquartier fernbleiben. Was ist mit dem übrigen Personal? Die Wachposten?«

»Das Personal ist weit weniger aufmerksam, wenn Kasatonin weg ist«, sagte Boston.

»Einschließlich der Torhüter?«

»Leider nein. Das sind Türken. Aber der Rest der Sicherheitstruppe besteht aus Inselbewohnern. Die sind zu sanft, um gute Wachhunde abzugeben.«

»Nicht alle«, schränkte Shane ein und blickte Boston vielsagend an.

»Ah ja! Aber ich habe alle angeheuert, bis auf die Torhüter.«

»Einschließlich der Instandhaltungstruppe, wie ich annehme?«

Auch Bostons Lächeln erinnerte Dani an einen Haifisch.

»Wie steht es mit der Überwachung der Grundstücksgrenzen?« interviewte Shane den Einheimischen weiter.

»Sobald Kasatonin abgereist ist, sitzt nur ein Mann im Kontrollzentrum; doch der beobachtet höchstens seinen Fernsehbildschirm und nicht die Überwachungsmonitore.«

»Kasatonin würde junge Hunde kriegen, wenn er das wüßte«, sagte Shane. »Der Typ ist ein wahrer Mordbube.«

»Er teilt Katjas Verachtung gegenüber den Arubanern. Warum auch nicht? Die Harmony hat jeden, der hier mit den Ton angibt, gekauft.«

»Kriegt der Wachmann je Hunger auf seinem einsamen Posten?« fragte Shane.

»Er geht mit einer Zuckerbäckerin.«

»Gut. Sorgen Sie dafür, daß sie – oder er – um zweiundzwanzig Uhr dreißig einen kleinen Snack einnehmen.«

»Einen Snack?« fragte Boston lächelnd. »Eine Schüssel Galina Sopi vielleicht, mit einer kräftigen Prise Brom?«

»Das wäre wohl ein wenig zu direkt. Nein, sorgen Sie einfach dafür, daß er um genau zweiundzwanzig Uhr dreißig von den Überwachungsbildschirmen abgelenkt ist.«

»Mehr nicht?«

»Das wird genügen!« sagte Shane blinzelnd.

Das hoffe ich zumindest, fügte er im stillen hinzu, hoffe ich verdammt stark.

18

Washington D.C.
November

Die Musik paßte überhaupt nicht in eine klassische Buchhandlung, dachte Cassandra Redpath irritiert. In solchen Läden sollte man Barockmusik oder Konzerte aus der Renaissance spielen, oder vielleicht sogar mittelalterliche Gesänge.

Aber im DuPont Circle regierten Dissonanz und Kakophonie.

Cassandra warf einen ärgerlichen Blick auf die Lautsprecher hinter der Theke. Eine Musikgruppe, die klang wie rammelnde Schweine bei einem Raketenabschuß, röhrte schon seit zwanzig Minuten aus den Boxen.

Gleichsam als Antwort auf ihre Gebete glitt eine neue CD in den Player. Ein Rap ertönte und spuckte eine maschinengewehrartige Haßtirade aus den Lautsprechern.

Im großen und ganzen waren Cassandra dann doch die rammelnden Schweine lieber.

Ein magersüchtiges Mädchen saß an der Kasse. Bis auf das knallrote Tuch, das sie sich wie ein Stirnband um den Kopf gebunden hatte, war sie vollkommen in Schwarz gekleidet. Die Stecker und Ringe in ihren Ohren, Augenbrauen und Nasenflügeln hätten einen Metalldetektor außer Rand und Band gebracht.

Die Kassiererin bemerkte Cassandra, die auf der anderen Seite stand, überhaupt nicht. Sie war stirnrunzelnd in eine Biologieschwarte vertieft, die aufgeschlagen vor ihr auf dem Ladentisch lag.

Cassandra stellte ihre Bücher daneben ab. Der Knall war kräftig genug, um einige Blätter des Schulbuchs ins Flattern zu bringen.

Das Mädchen blickte vollkommen desinteressiert auf.

»Waskannichfürsetun …«

Cassandra ließ den Sprachcomputer in ihrem Hirn rattern. Rasch ging sie die Liste der Möglichkeiten durch. Dann noch einmal. Am Ende kam sie zu dem Schluß, daß es sich um ihre eigene Muttersprache handeln mußte.

»*Waskannichfürsetun*«, wiederholte die Angestellte mit Nachdruck.

»Ja, Sie können etwas für mich tun.« Cassandra sprach jede Silbe sorgfältig aus. »Ich würde gerne diese Bücher hier bezahlen.«

»Echt?«

»Echt«, erwiderte Cassandra.

»Sie lesen dieses Zeug, echt?«

»Nein, ich trainiere damit Gewichtheben.«

»Cool.«

Das Mädchen blickte die Bücher und die Kasse an, als ob sie sich nicht ganz sicher wäre, wie das Ganze zusammenhing.

»Der Lärm macht es einem schwer, sich zu konzentrieren«, eilte Cassandra ihr zu Hilfe.

»Ich kann mich nie irgendwo konzentrieren, echt?« sagte das Mädchen. »Es is echt schlimm hier? All die Bücher, gehen mir total auf die Mütze?«

Ihre Stimme hob sich nach jedem Satz, als ob sie eine Frage stellen würde, anstatt etwas zu sagen. Soweit es Cassandra betraf, war dies der albernste linguistische Tick, der je in Mode gekommen war, seit *verstehste*.

»Lesen Sie?« fragte sie milde interessiert.

»Hä?«

»Worte. Sätze. Vielleicht manchmal Absätze?«

»Oh, aber sicher«, antwortete das Mädchen mit einem Schulterzucken. »Die fanden, ich muß lesen können, damit ich den Job kriege?«

»Aber lesen Sie auch wirklich?«

»Sie meinen Bücher und so was?«

Cassandra nickte.

»Äh, nö«, bekannte die junge Schönheit. »Ich bin mehr ’ne Zuhörerin?«

»Gott sei Dank gibt es Bücher auf Kassette«, brummte Cassandra.

Das Mädchen blinzelte verwirrt. »CDs wollte ich sagen?«

»Aber natürlich«, begütigte Redpath, »sind Sie auf dem Musik-Trip?«

Sie schob einen Hundertdollarschein über den Ladentisch, um die drei Bücher zu bezahlen.

»Cool«, sagte das Mädchen. »Is der echt?«

Cassandra war versucht, die Kassiererin darauf hinzuweisen, daß Leute, die lasen, oftmals mehr echtes Geld zur Verfügung hatten als die, die es nicht taten – kam jedoch zu dem Schluß, daß es sich nicht lohnte.

»Er ist echt!« Dabei ließ sie es bewenden.

Die Angestellte bewegte langsam die Lippen, während sie jeden Titel las und dann die entsprechende Nummer in die Registrierkasse eintippte. *Chinesische Triaden und die Opiumkriege, Seide und die asiatische Seele, Die neue russische Mafija.*

»Sie wolln das alles echt lesen?« wiederholte das Mädchen.

»Heute abend? Nein. Aber mit der Zeit schon.«

Ein mitleidiger Ausdruck glitt über das Gesicht der Jugendlichen, während sie die Gesamtsumme abrief.

»Sie müssen mal 'n bißchen raus, unter die Leute, verstehnse?« flüsterte sie.

Cassandra lachte. »Ich gehe oft aus.«

»Also nicht in Buchläden oder so, Sie wissen schon?«

»Ja, natürlich.«

Kopfschüttelnd zählte die Kassiererin das Wechselgeld ab und reichte es Cassandra zusammen mit der Büchertüte.

»Schöntagnoch«, sagte sie mechanisch, obwohl es schon fast einundzwanzig Uhr war.

Cassandra steckte die Bücher in ihre lederne Schultertasche, hängte sie sich über und wandte sich zum Ausgang. Einen Moment stand sie unschlüssig auf dem Gehsteig und überlegte, ob sie nun zu Fuß heimgehen oder ein Taxi rufen sollte.

Die leuchtende, runde Scheibe des Vollmonds ging über den Bäumen des Rock-Cree-Parks auf. Der herbe Geruch verbrannter Blätter hing in der Luft.

Kalt, aber belebend, dachte sie.

Sie kam gerade von einem Tai-Chi-Kurs, den ein Mitglied der Interessensvereinigung der Volksrepublik China abhielt. Daher fühlte sie sich wie neugeboren, und all ihre Sinne waren geschärft. Sie hatte eine einfache Hose und einen Blazer an und trug bequeme Halbschuhe.

Ein Spaziergang wäre jetzt tickety-boo, also quasi astronomisch, wie Gillie sagen würde, dachte Cassandra lächelnd.

Ihr Lächeln erstarb bei dem Gedanken daran, was Gillespie davon halten würde, daß sie zu Fuß allein durch die Nacht marschierte.

Andererseits erwartete sie ihn nicht vor vierundzwanzig Uhr zurück. Er würde müde und erschöpft sein, aber auch etwas zu essen brauchen und ein wenig Zeit zur Entspannung.

Cassandra hatte ein leichtes Abendessen bestellt, das man ihnen servierte, bevor sie sich auf ihre beiden nebeneinanderliegenden Zimmer zurückzögen.

Solange ich vor Gillie nach Hause komme, sagte sich Cassandra, muß ich mir auch keine Standpauke über die Gefahren der Stadt im allgemeinen und insbesondere im Dunkeln – ohne ihn! – anhören.

Schon seit Jahren zankten sie sich deswegen. Doch bis jetzt weigerte Cassandra sich standhaft, einen Bodyguard in ihre Privatsphäre einzulassen. Das hieß, außer Gillespie natürlich.

Cassandra wandte sich in südliche Richtung, die gutbeleuchtete Connecticut Avenue hinunter. Kurz darauf trat ein großer Mann aus dem Schatten eines Hauseingangs. Er war ihr nicht nahe genug, um eine Bedrohung darzustellen.

»Guten Abend, Botschafterin«, sagte er freundlich.

Cassandra drehte sich um und erkannte ihn sofort.

Ilja Kasatonin.

Da Kasatonin sah, wie sich Cassandras Pupillen bei seinem Anblick weiteten, wußte sie also, wen sie vor sich hatte.

»Wenn Sie ganz ruhig bleiben, geschieht Ihnen nichts«, sagte er leise. »Sie sollten jedoch wissen, daß ich das Leben von Sergeant-Major Gillespie in Händen halte.«

»Das bezweifle ich.« Cassandra reagierte äußerst abweisend.

Kasatonin hob die rechte Hand. Cassandra erkannte ein kleines Zelltelefon. Das rote Statuslicht blinkte hektisch, was zeigte, daß die Verbindung offen war.

»Ich hätte mich schon früher an Sie gewandt«, erläuterte Kasatonin, »aber wir haben den Sergeant-Major heute leider einmal verloren.«

»Ja, er ist schwer zu fassen, der Sergeant-Major«, sagte Cassandra in beiläufigem Ton. »Sie können ihn eigentlich gar nicht gefunden haben.«

Dann wartete sie und unterdrückte ihre eiskalte Angst, die sich nun wie mit kantiger Faust in ihrem Magen breitzumachen versuchte.

»Wir haben ihn gefunden«, insistierte Kasatonin. »Er ist im Moment in Miami.«

»Das sind auch eine Menge anderer.«

»Aber nicht alle warten auf einen Rückflug nach Washington D.C.«

Cassandra hob lediglich argwöhnisch die kastanienbraunen Augenbrauen und wartete ab.

»Sie sind skeptisch«, meinte Kasatonin. »Das verstehe ich. Augenblick, ich werde Ihnen genau sagen, was er gerade tut.«

Kasatonin hob das Telefon an sein Ohr und sprach auf russisch etwas in den Hörer.

Cassandra ließ es sich zwar nicht anmerken, aber sie verstand jedes Wort. Er bat jemanden, ihm Gillespies Aktivitäten zu beschreiben.

»Man sagte mir«, sagte Kasatonin auf englisch zu Cassandra, »daß er sich gerade eine Brezel an einem Imbißstand gekauft hat. Etwas Gelbes – Senf vielleicht? – ist darauf.«

Cassandra hoffte inbrünstig, daß ihr Gesichtsausdruck nichts von ihren Gefühlen verriet. Als Vegetarier fand Gillespie auf Flughäfen kaum je etwas Eßbares. Außer Brezeln.

»Er liest ein Buch mit weichem Einband«, fuhr Kasatonin fort. »Ein Taschenbuch, so sagt man doch, nicht wahr?«

Cassandra starrte ihn an, ohne ein Wort zu sagen.

»Der Titel des Buches lautet ...« Kasatonin hielt inne.

Er knurrte eine Frage ins Telefon.

»*Culloden?*« wiederholte er für Cassandras Ohren. »Gibt es ein solches Buch?«

Cassandras Herz setzte einen Schlag lang aus. Sie antwortete mit einem knappen Kopfnicken. »Ein Roman von John Prebble!« Sie hoffte, daß ihre Stimme normal klang. »Es handelt vom letzten Aufstand der schottischen Highländer gegen England.«

Was Cassandra nicht hinzufügte, war, daß sie gesehen hatte, wie Gillespie das Buch ein paar Stunden bevor er das Haus verließ einpackte.

Ein eigenartig trauriges Lächeln umspielte Kasatonins Mund.

»*Culloden*«, sagte er träumerisch. »Ob es mir gefallen würde? Sergeant-Major Gillespie und ich haben viele gemeinsame Interessen, wie Sie wissen.«

»Nicht, was die Hauptsache anbelangt.«

Das seltsame Lächeln erlosch, und Kasatonins Gesicht wirkte wieder so ausdruckslos wie zuvor. Es war das Gesicht eines Mannes, den nichts berührte. Wie immer sein Leben auch verlaufen war, wie viele Male er dem Tod entronnen sein, welche Qualen er erlitten oder zugefügt haben mochte, nichts von alledem hatte ihn wirklich getroffen.

Während Cassandra ihn aufmerksam betrachtete, fragte sie sich, ob die Afghanis vielleicht doch mehr abgeschnitten hatten als nur seine Genitalien.

»Dieses Telefon«, sagte Kasatonin, »ist meine Verbindung zu jemandem, der Ihren Sergeant-Major beschattet. Falls Sie Ihren Bodyguards einen Wink geben oder sonst etwas tun, das die Aufmerksamkeit auf uns lenken könnte, ist er ein toter Mann. Haben Sie das verstanden?«

Cassandra befürchtete, daß man ihrer Stimme ihre Wut und Angst anmerken könnte. Also nickte sie nur.

Bodyguards, dachte sie. Ach, Gillie, du hattest ja so recht. Aber wer bewacht dich, wenn ich nicht bei dir bin? Die Passanten verrieten keinerlei Neugier über den großen Mann, der in einem dunklen Hauseingang stand, und die Frau, die in seiner Nähe stehengeblieben war. Keine Waffe tauchte auf. Kasatonin befand sich nicht nahe genug bei Cassandra, um bedrohlich zu wirken. Jedem Vorbeigehenden mußte es vorkommen, als hielte sie nur kurz an, um mit einem alten Bekannten zu schwatzen.

Ein kluger Kopf, dachte Cassandra bitter. Da er mich nicht gleich umgebracht hat, wird er sich wohl noch irgendeinen Nutzen von mir versprechen.

Keine sehr beruhigende Aussicht.

Kasatonins Blick suchte beständig prüfend die nächtliche Umgebung ab und haftete an jedem langsam vorüberfahrenden Auto.

Dem Himmel sei Dank, daß er glaubt, ich hätte ein paar Bodyguards versteckt, dachte Cassandra.

Nächstes Mal werde ich auf dich hören, Gillie!

Wenn es ein nächstes Mal für uns gibt ...

Energisch lenkte sie ihre Gedanken in eine andere Richtung. Gillie lauerten nicht zum ersten Mal Killer auf. Er hatte dasselbe selbst schon oft getan. Jetzt mußte sie unbedingt einen kühlen Kopf wahren und versuchen, Zeit zu gewinnen.

»Was wollen Sie von mir?« fragte Cassandra mit deutlicher Stimme.

»Ich würde mich gerne über ein Geschäft mit Ihnen unterhalten«, sagte Kasatonin. »Etwas, das uns beiden zu großem Vorteil gereichen könnte.«

Cassandra schwieg. Ihre Augen, mit denen sie Kasatonin beobachtete, besaßen selbst in der Dunkelheit ein heißes, smaragdgrünes Funkeln.

»Die Bank an der Bushaltestelle«, sagte Kasatonin. »Nach Ihnen!«

Er wies mit ausgestreckter Hand auf eine Bank zirka fünfzehn Meter weiter hinten am Gehsteig.

Cassandra wandte sich um und schritt wortlos dorthin. Als sie sich niedersetzte, hielt sie sich ihre Büchertasche schützend vor den Oberkörper. Sie bezweifelte, daß drei Wälzer ausreichten, um eine Kugel aufzuhalten. Andererseits war das der beste Schutzpanzer, den sie besaß – abgesehen von Kasatonins Vermutung, sie wäre nicht so allein, wie es den Anschein hatte.

Kasatonin hielt sich das Handy ans Ohr und erkundigte sich auf russisch nach der genauen Abflugzeit von Gillespie. Dann erinnerte er den Mann am anderen Ende der Leitung daran, daß Gillespie ein Nahkampfspezialist sowie ein ausgezeichneter Schütze sei. Er wiederholte das zweimal, da ihn die Antwort seines Genossen offenbar nicht zufriedenstellte.

Cassandra wünschte Gillespie im stillen eine gute Jagd.

»Ich möchte Ihnen versichern«, sagte Kasatonin und ließ den Hörer sinken, »daß wir Ihnen und Ihrer Organisation gegenüber die größte Hochachtung empfinden.«

Er lächelte glatt. Sein Blick ließ Cassandras Hände nie aus den Augen, als ob er sie für gefährlich hielte, trotz seines eigenen Zugriffs auf Gillespie.

»Wir?« fragte Cassandra.

»Kommen Sie, Botschafterin. Sie haben mich doch erkannt.«

»Ilja Kasatonin?« fragte sie.

Er verneigte sich in gespieltem Respekt.

»In diesem Fall«, blitzte Cassandra ihn an, »handelt es sich bei dem von Ihnen erwähnten ›wir‹ um eine Ansammlung von verbrecherischen Elementen, die sich die Harmony nennt. Sie wird von einer Kupplerin namens Katja Pilenkowa geleitet.«

Kasatonin dünne Lippen verzogen sich zu einem belustigten Lächeln. »Die Harmony! Einer von Katjas kleinen Scherzen. Wir sind lediglich eine flexible Konföderation von Individuen, die gemeinsame Geschäfte betreiben.«

»Das ist reichlich nett ausgedrückt«, konstatierte Cassandra.

»Sicher ist es das. Sie und Ihre Leute dagegen sind intelligente, aggressive menschliche Individuen, die leichtsinnig jede Menge – ja manchmal sogar ihr Leben – aufs Spiel zu setzen, um ihre Interessen zu verfolgen.«

»Unsere Interessen decken sich nicht mit denen der Harmony.«

»Sie haben eine globale Vision«, überging Kasatonin Cassandras Worte einfach. »Eine so klare Sichtweise ist rar in einer Welt, die mehr und mehr in einem Strudel von ethnischen Kleinkriegen und der Tyrannei von barbarischen Kriegsherren versinkt.«

»Der Prozeß, den Sie da beschreiben, wird ja gerade durch jedes Mitglied von Risk Limited aufs schärfste bekämpft«, äußerte Cassandra. »Da kann ich wirklich keine Gemeinsamkeiten erkennen.«

»Sie besitzen ganz außergewöhnliche Ressourcen«, sagte Kasatonin. »Keine andere Organisation, außer dem früheren KGB und dem CIA von vor zwanzig Jahren, verfügt über ein derartig internationales Potential an Menschen und Materialien, und Sie aktivieren es mit einem einzigen Telefonanruf.«

»Wie schmeichelhaft und wie unwahr. Haben Sie schon mal einen Job in der Werbebranche, als Lobbyist oder Vertreter für Schlangenöl in Betracht gezogen?«

Kasatonin stieß ein kurzes Lachen aus, das mehr Überraschung als Belustigung ausdrückte.

»Sie lenken vom Thema ab«, tadelte er milde.

»Ich bin Realistin.«

»Keine andere Organisation hat es fertiggebracht, den Heroinapparat der Sizilianer zu infiltrieren und einen solchen Schaden anzurichten, daß die Reparaturen immer noch andauern.«

Cassandra starrte Kasatonin mit unbeteiligter Miene an.

»Von einem solchen Coup ist mir nichts bekannt«, sagte sie. »Ich beglückwünsche die Gruppe, die das geschafft hat.«

»Beglückwünschen Sie sich selbst, Botschafterin. Irgend jemand hat die italienische Polizei von der Aktion in Kenntnis gesetzt. Dann gab derselbe Informant die Nachricht an die Amerikaner weiter, um die Italiener auf diese Weise zum Handeln zu zwingen. Also wurde eine Megasendung Rauschgift konfisziert.«

»Erstaunlich.«

»Wir wissen, daß dies geschehen ist, denn der Mann hat anschließend dieselbe Information an uns weiterverkauft.«

»Eine äußerst aktive Person, einfallsreich außerdem«, lobte Cassandra.

»Die Amerikaner zu informieren war eine wirklich brillante Idee«, sagte Kasatonin. »Ich muß Ihnen aufrichtig gratulieren. Nichts sonst hätte die italienische Regierung dazu bewegen können, gegen die Mafia vorzugehen.«

»Selbst wenn das, was Sie sagen, stimmt – was es nicht tut –, kann ich trotzdem nicht sehen, wo wir etwaige gleiche Interessen haben sollten«, wandte Cassandra ein. »Die Sizilianer sind ja auch Mitglieder der Harmony.«

»Diese Konfiszierung war ein Doppelschlag gegen uns«, meinte Kasatonin sachlich.

»Entzückend!«

»Die Sendung wurde mit russischem Geld finanziert«, legte er ihr dar. »Wie Sie wissen, ist westliche Währung eine Kostbarkeit in meinem Land. Einige Köpfe mußten rollen, als die Ware verloren war. Ich meine das leider wörtlich.«

»Das interessiert mich nicht«, entgegnete Cassandra brüsk. »Risk Limited ist eine Privatorganisation, die amerikanischen und ausländischen Klienten Beratung in Sicherheitsfragen bietet. Wir sind weder Polizisten noch Detektive, sondern beraten nur, und gelegentlich geben wir auch Unterstützung.«

»Beratung? Unterstützung?« wiederholte Kasatonin kalt. »Dieser dunkelhaarige Bastard, der mir letzten Monat in Lhasa beinahe eine Kugel durch den Kopf gejagt hätte – was hat der Ihrer Meinung nach gemacht, beraten oder unterstützt?«

»Das müssen Sie ihn fragen. Ich habe keine Ahnung, wovon Sie sprechen.« Cassandra lächelte dünn. »Aber falls Sie ihn finden, verraten Sie mir doch freundlicherweise seinen Namen. Wir sind immer an Leuten interessiert, die sich in Asien auskennen.«

Kasatonin warf einen Blick auf seine Armbanduhr. Als er wieder aufschaute, wußte Cassandra, daß die Zeit, die ihr und Gillespie noch blieb, langsam ablief.

»Genug mit dem Geplänkel«, sagte Kasatonin kurz angebunden. »Wir wissen sehr viel über Ihre Einsätze. Wirklich beeindruckend. Das ist auch der Grund, warum wir Ihnen die Gelegenheit bieten, der Harmony beizutreten.«

Cassandra, die ihren Schock bei diesen Worten einfach nicht verbergen konnte, starrte Kasatonin fassungslos an.

»Wenn Sie behaupten, Risk Limited auch nur im geringsten zu kennen«, brachte sie schließlich heraus, »dann müßten Sie wissen, daß wir alles das verabscheuen, was die Harmony präsentiert.«

»Macht und Geld sind universale Ziele. Das betonen Sie immer wieder in Ihren Schriften. Die Harmony offeriert einen direkten Weg zu beidem.«

»Mir ist der Umweg lieber«, murmelte Cassandra.

»Urteilen Sie nicht zu rasch. Wir leben jetzt in einer Welt, in der Supermächte zusammengebrochen sind, in der Nationen wie die Vereinigten Staaten nicht mehr in jeden Konflikt eingreifen – und in der kleinere Mächte nur noch daran interessiert sind, die zivile Ordnung aufrechtzuerhalten. Mit einem Wort, es herrscht ein internationales Machtvakuum.«

»Gut beobachtet.«

»Vielen Dank. Das steht in einem Ihrer Artikel.«

»Ich bezweifle, daß Sie diese Lektion nötig hatten.«

Kasatonins Lächeln war von ebenso kalter Intelligenz wie seine Augen.

»Sie haben recht«, bestätigte er. »Die Harmony wird dieses Machtvakuum ausfüllen. Wir werden unsere Feinde vernichten.« Er hob das Telefon in seiner Hand. »Falls Sie unser Angebot ablehnen, werden wir zuschlagen, und zwar gleich hier und jetzt. Heute nacht.«

Gillespie.

Nackte Angst drohte Cassandra zu übermannen. Kasatonin war ein verflucht schlauer Bursche und Katja, die Kupplerin, desgleichen.

Warum bedrängen sie uns gerade jetzt? fragte sich Cassandra im stillen.

Die Antwort lag in der Luft.

Die Seide.

Aus irgendeinem Grund war dieses Stück Stoff so wichtig für die Harmony, daß sie lieber die Konkurrenz kontaktierten, als einen Verlust des Objekts zu riskieren.

Kontaktieren oder umbringen, benannte Cassandra es wortlos. Kein großer Unterschied.

Verstümmelte Laute ertönten aus dem Telefon. Kasatonin legte den Hörer ans Ohr.

»Ja, du Drecksack«, sagte er in barschem Russisch, »folge ihm auf jeden Fall. Und vergiß nicht! Komm ihm nicht zu nahe. Er mag ja ein alter Löwe sein, aber seine Zähne sind immer noch ziemlich scharf.«

Kasatonin ließ den Hörer sinken. »Sie sehen, ich respektiere Männer wie Gillespie. Ein Talent wie ihn findet man selten. In den fluktuierenden Allianzen der Harmony wäre ein solcher Experte sehr nützlich.«

»Gillie ist der letzte Mensch auf Erden, der sich mit der Harmony zusammentun würde.«

»Deshalb unterbreiten wir unser Angebot ja auch nicht ihm. Er ist wie ein Wachhund, nur Ihnen ergeben.«

Cassandra rührte sich nicht.

»Sie«, sagte Kasatonin sanft, »sind ein Gut, das es wahrhaft zu schützen gilt. Wenn es um internationale Macht geht, besitzen Sie einen ungeheuren Einfallsreichtum und große Weitsicht.«

»Wie Ihr Boß«, bemerkte Cassandra.

»Ihnen kann sie nicht das Wasser reichen. Katja besitzt einen unglaublichen kriminellen Instinkt. Für die Meute der Harmony, die hinter ihr herhechelt, ist sie geradezu perfekt.«

Cassandra zog die Brauen hoch und sagte kein Wort. Sie war schon seit Jahren nicht mehr in Feindesnähe geraten, hatte die erste Regel aber dennoch nicht vergessen: Sieh zu, daß du lebend davonkommst!

»Wenn die Macht einer kriminellen Vereinigung jedoch einen gewissen Punkt überschreitet«, salbaderte Kasatonin, »zerfällt diese Vereinigung entweder in sich gegenseitig bekriegende Einzelzellen, oder sie findet einen Führer, der klug genug ist, um die Gruppe in die Welt der ›legalen‹ Macht zu geleiten: die Welt der Aktien und Anleihen, der Lobbyisten und Regierungen. Katja kann die Harmony nicht so weit bringen. Sie schon.«

»Interessant«, sagte Cassandra. Und meinte es auch. »Und was ist mit Ihnen?«

Er zuckte mit den Schultern. »Ich habe keine Geduld mit Schwachköpfen. Sie werden mich beraten.«

»Ich würde meine Kontakte sehr schnell verlieren, wenn sich herumspräche, daß ich für die Harmony arbeite.«

»Keiner braucht je davon zu erfahren, außer uns beiden.«

»Katja ist keine Närrin.«

»... sondern eine wunderschöne, tödliche Waffe, eine Waffe aus Eis. Aber Wodka bringt sie zum Schmelzen.«

»Man merkt nichts davon«, entgegnete Cassandra.

»Das wird man bald. Sie wird sich verschätzen. Dann treten Sie an ihre Stelle.«

Cassandra spürte die Kälte der Bank nicht, die langsam in ihre Knochen drang, und auch nicht den kalten Wind, der in den Halskragen ihres Mantels fuhr. Ihr Hirn arbeitete fieberhaft auf mehreren Ebenen gleichzeitig.

Kasatonins Angebot könnte ernst gemeint sein.

Oder so verlogen wie sein Lächeln.

Es könnte beides sein, je nach Umständen.

In jedem Fall hingen ihr Leben und das von Gillie von dem ab, was sie in den nächsten Minuten sagte.

Insgeheim mußte Cassandra dem Erfindungsreichtum der Harmony Achtung zollen. Wenn es nach ihm ginge, dann hätte Kasatonin Gillespie wahrscheinlich sofort getötet, als Warnung an sie und Risk Limited. Aber die hier dargelegte Taktik besaß Eleganz und Raffinesse.

Zusammenarbeit statt roher Gewalt.

Katja Pilenkowa ist subtiler, als ich dachte. Oder Kasatonin. Der zweite Gedanke war erschreckender als der erste.

»Falls ich an Ihrem Angebot interessiert wäre«, sagte Cassandra langsam, »wie würde es weitergehen?«

»Das ist ganz einfach. Wir müssen eine Vertrauensbasis zwischen uns schaffen.«

Cassandra verkniff sich ein Lächeln. Kasatonin sagte das, als wäre es ihm gerade erst eingefallen – als wäre er nie an Leute herangetreten und hätte sie mit seinen Bestechungen oder Drohungen, seinen Schmeicheleien oder Schlägen korrumpiert.

Als hielte er nicht Gillespies Leben in seinen narbigen Händen ...

»Jemand muß den ersten Schritt tun«, gab Kasatonin sich großmütig.

Aus dem Handy drangen erneut unverständliche Laute. Er hob es ans Ohr und lauschte. Dann runzelte er die Stirn.

»Ja, natürlich«, beeilte sich Cassandra zu antworten und betete inbrünstig, daß es noch nicht zu spät war. »Woran hatten Sie dabei gedacht?«

Kasatonin zögerte und widmete sich weiterhin dem Hörer. Sein Mund verhärtete sich.

Cassandra rutschte unbehaglich auf der Bank hin und her, als ob ihr gerade erst klargeworden wäre, daß sie sich mit dem Feind unterhielt und ihr nun Zweifel kämen, was die ganze Sache betraf.

Wie Kasatonin und auch sie wußten, war eine Kontaktaufnahme eine heikle Angelegenheit. Eine Unterbrechung im falschen Moment, ein falscher Blick, ein falsches Wort, und der Fisch schlüpfte vom Haken, bevor er – oder sie – im Netz war.

Cassandra begann absichtlich, an ihrer Tasche herumzufummeln, mit den Füßen zu scharren und sich nach Passanten umzusehen. Sie bot ganz das Bild einer Frau, die sich zunehmend unbehaglich fühlt.

»Elender Hurenbock«, fauchte Kasatonin.

Er senkte den Apparat wieder und konzentrierte sich auf Cassandra.

»Der Name Ihres Informanten innerhalb der Harmony«, sagte er, »wäre eine angemessene Geste, um Ihre Verbundenheit mit Ihrem neuen Partner zu demonstrieren.«

»Sie gehen davon aus, daß ich über einen solchen Informanten verfüge.«

»Das müssen Sie. Niemand hätte uns in den letzten Jahren soviel Schaden zufügen können ohne einen Zuträger.«

Cassandra wühlte noch ein wenig in ihrer Tasche herum, eine Frau, die nachdachte und die Dinge sorgfältig abwog.

»Falls es einen solchen Informanten gäbe«, meinte sie schließlich langsam, »wäre er eine sehr wertvolle Trumpfkarte. Was bekomme ich zum Ausgleich?«

»Ein anderes wertvolles As. Den Sergeant-Major!«

»Selbst wenn ich einen Mann in Ihrer Organisation hätte«, gab

Cassandra zu bedenken, »könnte ich ihn nicht auf die Art ausliefern, die Sie im Sinn haben. Ich wäre Ihnen dann nicht mehr von Nutzen.«

»Warum nicht?« fragte Kasatonin barsch.

»Die Arbeit von Risk Limited basiert auf der freiwilligen Kooperation unserer örtlichen Informanten oder Berater. Wenn es sich herumspräche, daß ich die Identität eines solchen Kollegen preisgegeben hätte, würden sich alle anderen sofort zurückziehen.«

Kasatonin schüttelte den Kopf.

»Sie überraschen mich, Botschafterin«, knurrte er. »Um einen minder wichtigen Informanten zu schützen – wahrscheinlich eine von Katjas Huren –, setzen Sie das Leben eines Mannes wie Gillespie aufs Spiel.«

»Gillespie ist sogar wichtiger, als Sie denken«, korrigierte Cassandra. »Deshalb möchte ich Ihnen ein Gegenangebot machen.«

»Sie sind nicht in der Position zu verhandeln.«

Kasatonin hob das Telefon ans Ohr.

»Warten Sie!« rief Cassandra in Panik. »Einen Mann zu töten ist nicht so schwer, wie ihn wieder zum Leben zu erwecken. Hören Sie mich an.«

Ihre leidenschaftliche Reaktion ließ Kasatonin zögern.

»Dann sprechen Sie«, befahl er ungnädig.

»Ich wäre bereit, jegliche Informanten, die ich möglicherweise in der Harmony habe, zurückzuziehen und Ihnen mein Wort zu geben, keine weiteren mehr zu kontaktieren.«

Kasatonin sah nachdenklich aus.

»Im Gegenzug«, fuhr Cassandra fort, »müssen Sie sich mit mehreren Bedingungen einverstanden erklären. Allem voran möchte ich persönlich mit Katja Pilenkowa verhandeln.«

Kasatonin schüttelte den Kopf.

»Unmöglich«, wehrte er ab. »Katja mag ja bereit sein, Sie zu empfangen, aber bevor ich so etwas auch nur in Betracht ziehe, brauche ich den Namen des Informanten.«

»Warum?« fragte Cassandra rundheraus.

»Ganz einfach eine Frage der Disziplin.«

»Aber Sie wären mit der zweiten Bedingung einverstanden?«

»Katja Pilenkowa ist eine freundliche Person«, gestand Kasatonin ihr zu, »sie freut sich immer, Menschen kennenzulernen.«

»Dann bitten Sie sie, zu mir zu kommen«, schlug Cassandra rasch vor. »Es gibt Dinge, die ich nur ihr und ihr allein mitteilen möchte.«

»Aber eins müssen Sie mir sofort sagen. Wer ist Ihr Spion? Eine Hure? Ein Mitglied des Hauspersonals? Ich habe alle streng überwachen lassen während der letzten Woche, aber da scheint es eine Lücke zu geben.«

Boston. Shane. Dani.

Obwohl die Namen wie ein hohles Echo durch ihren Kopf hallten, verriet Cassandra sich nicht einmal durch ein Wimpernzucken.

»Oder ist es einer dieser blutsaugerischen Bankiers aus Oranjestad?« drängte Kasatonin barsch. »Raus mit der Sprache!«

»Ich habe nie gesagt, daß ich einen Informanten hätte«, erinnerte Cassandra ihn besonnen. »Allerdings verfüge ich über Informationen, die für Katja sehr nützlich sein könnten.«

»Den Namen«, bellte Kasatonin. »*Sofort!*«

Cassandra holte tief Luft und setzte auf Risiko.

»Mit der Kooperation bin ich einverstanden«, sagte sie, »aber zuerst muß ich wissen, ob Sie wirklich für die Harmony agieren und dies nicht nur ein Ränkespiel für Ihre eigenen Zwecke ist. Lassen Sie mich mit Pilenkowa sprechen.«

»Nein«, lehnte Kasatonin ab.

Er hob das Telefon an sein Ohr.

»Habt ihr ihn im Visier?« fragte er barsch.

Cassandra erstarrte. Ihr blieb nur die Wahl zwischen zwei gleichwertigen Übeln.

Gillespie war der geschickteste und schnellste Mann, den sie kannte, sowohl physisch als auch mental – doch der Harmony standen die besten Killer der Welt zur Verfügung.

Und dann war da noch ihr Informant. Sie stand in Bostons Schuld.

»Lassen Sie mich doch mal mit Katja reden«, bat Cassandra erneut. »Wem kann das schon schaden? Lassen Sie mich sichergehen, daß Sie mit ihrer Zustimmung handeln.«

»Nein!«

Unnachgiebig befahl Kasatonin seinem Mann, Gillespie bei der ersten sich bietenden Gelegenheit zu töten.

»Wenn Sie gut aufpassen«, sagte Kasatonin und reichte Cassandra das Telefon, »dann hören Sie vielleicht den Schuß, der Sergeant-Major Gillespie trifft.«

»Nein!«

»Dann sagen Sie mir den Namen!« zischte er. »Es ist noch nicht zu spät.«

Gillie!

Cassandra hörte eine entfernte Stimme aus dem Telefon, die etwas auf spanisch verkündete. Der letzte Aufruf für Gillies Flug.

Dann hörte sie auf einmal ein Füßescharren und einen erstickten Schmerzensschrei. Noch mehr vage Laute drangen über die tausend Meilen weite Distanz an ihr Ohr.

Tierische Laute. So wie man sie hört, wenn jemand seine ganze Kraft einsetzt.

Cassandra kannte diese Laute. Sie hatte sie bei Gillie gehört, wenn er Stunde um Stunde mit Shane oder ähnlich gut trainierten Männern und Frauen asiatische Kampfsporttechniken übte.

Gute Jagd, Gillie!

Kasatonin riß das Handy wieder an sich und ließ eine russische Salve los.

»Chechin. Chechin! Was ist los? Mach schon, antworte!«

Cassandra hätte ihm am liebsten das Ding aus der Hand gerissen und selbst hineingebrüllt.

Das Gesicht des Russen blieb undurchdringlich. Dann breitete sich ein dünnes Lächeln auf seinen Zügen aus. Wortlos hielt er Cassandra das Telefon hin.

Sie riß es ihm aus der Hand und wandte sich von ihm ab, da sie Kasatonin nicht ihre Gefühle preisgeben wollte.

»Ja?« fragte sie mit heiserer Stimme.

»Hallo, Liebes. Wie, zum Teufel, kommst du ans andere Ende dieser Leitung?«

Der Klang von Gillespies Stimme löste eine so heftige Welle der Erleichterung in ihr aus, daß ihr ganz schwindlig wurde.

»Ist mit dir alles in Ordnung?« fragte sie.

»Vergiß es. Wie steht es mit dir?«

»Gute Frage!«

Sie drehte sich zu Kasatonin um.

Die Busbank war leer. Der Gehsteig ebenso. Die Nacht hatte Kasatonin verschluckt.

Einen Augenblick lang glaubte Cassandra, das Geräusch sich entfernender Schritte aus einer nahe gelegenen Gasse zu hören. Dann gehörte die Umgebung wieder ganz ihr.

Sie war allein.

»Mir geht es gut«, meldete sie. »Bist du sicher, daß dir nichts fehlt, Gillie?«

»Nichts, was nicht wieder verheilt – was ich von den zwei Wichsern, die gerade versucht haben, mich um die Ecke zu bringen, nicht behaupten kann. Was, zum Teufel, ist da los bei dir?«

Gillespie japste ein wenig, als ob er gerade einen Fünfzigmetersprint zurückgelegt hätte und erst zu Atem kommen müßte.

»Später«, vertröstete Cassandra ihn. »Zuerst müssen wir Shane erreichen. Ich fürchte, die beiden sind aufgeflogen.«

»Verdammt und zugenäht«, polterte Gillespie. »Mach dich sofort dran, Cassie. Ich warte.«

Rasch wählte sie das Sekretariat von Risk Limited, das sie dann an Shane Crowe weitervermitteln würde.

Während sie mit dem Telefon zu tun hatte, betete Cassandra glühend, daß sie nicht am Ende eine tote Leitung herbekäme.

19

Aruba
November

Der tropische Regen rauschte in gleichmäßigem Donner über das Schrägdach des Bungalows.

Bis auf den Regen war es schon seit einiger Zeit vollkommen still in Innern des Raumes.

Mit brütendem Gesicht beobachtete Dani Shane. Falls er es bemerkte, ließ er sich jedoch nichts anmerken. Er stand an dem kleinen Eßtisch und beschäftigte sich mit den Werkzeugen, die er heute nachmittag in Oranjestad gekauft hatte.

»Ich halte das immer noch für eine beknackte Idee«, sagte sie unverblümt.

»Gillie nicht. Deshalb hat er ja das Diskettenlaufwerk und die Kabel zu den Badesachen gepackt.«

»Aber wir beide sind ein Team.«

»Es ist zu gefährlich für dich«, fuhr er ihr über den Mund.

»Für dich etwa nicht?« entgegnete Dani hitzig.

Shane blickte auf. Sein Gesicht war ausdruckslos, seine dunklen Augen vollkommen ruhig.

»Alles, was ich brauche, sind fünf Minuten mit Katjas Computer«, versuchte er es mit Geduld.

»Ist das alles?« fragte Dani sarkastisch. »Warum bittest du nicht gleich noch um eine gute Fee und eine goldene Kutsche, wo du schon dabei bist?«

»Zu auffällig.«

»Verdammt, das ist kein Witz!«

»Lache ich vielleicht?«

»Shane, dieser Computer könnte ans große Sicherheitsnetz angeschlossen sein.«

»Ist er nicht.«

»Woher willst du das wissen?«

»Boston.«

»Und wenn er sich nun irrt?« führte Dani ins Feld.

»Vielleicht ja auch nicht!«

Sie stöhnte gereizt, schoß aus ihrem Stuhl und fing an, auf und ab zu tigern. Dabei ließ Shane sie nicht aus den Augen.

Ohne sich um sie zu kümmern, wickelte er eine rechteckige Box von der Größe eines Brotlaibs in eine Plastiktüte. Das Ganze stopfte er dann in einen schwarzen Rucksack.

Der Rest von Shane war ebenfalls schwarz. Schwarzes, langärmeliges Hemd, schwarze Hose, schwarzes Haar. Seine Füße steckten in weichen schwarzen Boots. Ein schwarzer Regenponcho hing über einem Stuhl.

Auf den ersten Blick sahen die Sachen aus wie teure Designerklamotten. Ein zweiter Blick zeigte jedoch eine ungewöhnliche Anzahl von Taschen. Und bei noch deutlicherem Hinsehen wurde etwas Eigenartiges offenkundig. Es handelte sich gar nicht richtig um Schwarz, sondern um Schattierungen von Dunkel, die willkürlich ineinanderflossen.

Nachttarnkleidung, erkannte Dani staunend.

»Mal ganz abgesehen von Boston, mir scheint es unwahrscheinlich, daß Katja ihre Dokumente nicht codiert«, bemerkte sie.

»Ich will sie ja gar nicht lesen, ich will sie nur kopieren.«

»Aber ...«

»Nichts aber«, unterbrach Shane sie ungeduldig. »Cassandra hat ein paar Hacker auf Lager. In ihrer Jugend haben die mal die Liste der Gutschriften eines Monats von American Express geklaut, bloß so, aus Spaß.«

»Soll mich das vielleicht beruhigen?«

»Mich beruhigt es jedenfalls. Diese Jungs könnten einen wissenschaftlich codierten File mit einem rostigen Nagel aufknacken.«

»Warum haben die sich dann nicht in Katjas Computer reingehackt?«

»Sie ist zu clever, um ihn an ein Modem zu hängen. Ohne Modem kein Zugang und keine Möglichkeit, sich reinzuhacken! Außer auf die altmodische Art natürlich.«

Lächelnd hielt Shane eine Metallsäge hoch. Sie verschwand ebenfalls im Rucksack, zusammen mit dem Laufwerk. Er packte noch ein paar andere Werkzeuge dazu und ließ nur den Drahtschneider auf dem Tisch liegen. Dani näherte sich Shane, der soeben den Rucksack schulterte.

»Laß mich mitgehen«, bat sie. »Ich weiß mehr über Computer als du.«

»Ich weiß genug, um den Job zu erledigen.«

Shane nahm den Drahtschneider und stopfte ihn in eine Seitentasche seiner Hose.

»Und was soll ich tun, *Partner*?« fragte Dani kühl. »Die Hände falten und beten?«

»Mir wär es lieber, du behältst die Hintertür im Auge.«

»Was?«

»Wenn ich mal drin bin, kann ich die Kameras nicht mehr sehen«, erklärte er. »Du mußt mir sagen, wann die Luft rein ist, so daß ich durch den Zaun wieder rauskriechen kann.«

Dani blickte ihn skeptisch an. Shane lächelte gewinnend.

»Du willst doch nicht, daß ich aus den Büschen rauskomme und der Star von Arubas häßlichstem Heimvideo werde, oder?« fragte er.

Mit angespannten Bewegungen trat Dani ans Fenster und riß den Vorhang beiseite.

»Beide Kameras sind auf hohe Pfosten montiert«, sagte sie. »Selbst bei dem Sauwetter wirst du sie von drinnen aus erkennen.«

»Dir entgeht aber auch gar nichts, wie?«

»Wenn man mal so knapp dem Tod entronnen ist wie ich, ist man auf Zack, glaub mir«, erwiderte Dani zuckersüß.

Lange herrschte Stille, während beide dem Rauschen des Regens auf dem Dach lauschten.

Dani, die Shane beobachtete, hoffte trotz aller Zweifel, daß er doch noch auf sie hören würde.

Nach einer Weile ging er zu ihr und nahm ihr Gesicht in seine Hände. Sanft aber unnachgiebig hob er es hoch, bis sie ihm in die Augen sehen mußte.

Dani verharrte vollkommen reglos. Es kam ihr vor, als hätte er seine Maske abgenommen. Die Sehnsucht, die sie in seinen Augen sah, schockierte und erregte sie zugleich.

»Ich bin kein Zen-Cyborg«, murmelte Shane. »Wenn ich dich ansehe, dann begehre ich dich. Alles an dir. Aus tiefstem Herzen.«

Er spürte den Schauder, der sie überrann.

»Angst?« fragte er.

Sie schüttelte den Kopf.

»Die solltest du aber haben. Mir jedenfalls jagt es eine Heidenangst ein. Ich bin ein einsamer Wolf. War nie anders. Ich habe noch nie zu irgend jemandem gehört. Aber mit dir ...«

Shanes Stimme erstarb. Seine Hände krampften sich momentan um ihr Gesicht. Seine Daumen liebkosten ihr Kinn und den Puls, der so hektisch in ihrer Halsschlagader pochte.

»Du bist anders«, sagte Shane einfach. »Du rührst direkt an meine Seele.«

Eine Sekunde blickte Dani ihn nur stumm an. Seine Augen waren wie seine Worte: klar, ehrlich und drängend. Sie ließen einem keinen Platz zum Verstecken.

Keinem von ihnen.

Ich könnte ihn lieben, diesen Mann, dachte Dani. Wenn ich es zulasse ...

Und er auch ...

Ein Zittern durchlief ihren Körper.

Shane fühlte es ebenfalls. Eine Spannung knisterte zwischen ihnen, daß förmlich Funken aufstoben.

Hastig zog er seine Hände von Danis zarten Wangen.

»Siehst du, was ich meine?« fragte er leise. »Ich muß heute abend allein gehen.«

»Aber ...«

»Hör mir zu«, fiel Shane ihr heftig ins Wort. »Ich kann dich nicht neben mir haben, ohne dich zu begehren oder berühren zu wollen. Aber ich kann dich nicht berühren, ohne alles zu vergessen, außer, wie verrückt ich nach dir bin.«

Abrupt wandte sich Shane von Dani ab. Er starrte aus dem Fenster auf den schwarzen Zaun mit seinen gefährlich blinkenden Stacheldrahtschlingen. Verbissen zählte er die Kameraschwenks und wartete auf den Moment, in dem sie nicht überlappten.

»Neulich«, sagte Shane, »da habe ich dich nur geküßt, weil ich dachte, dich damit wegzujagen.«

»Wie das?«

»Du fürchtest dich vor großen Männern«, erwiderte er schlicht.

»Nicht vor dir.«

»Warum nicht?«

Dani zögerte, winkte dann jedoch ab.

»Die ganze Zeit in dieser verfluchten Kiste in Tibet«, erinnerte sie ihn, »hast du nicht ...«

Wieder schlenkerte sie mit den Armen.

»... mich nicht an dich rangemacht?« meinte Shane in trockenem Ton.

Dani nickte.

»Das erklärt nicht, warum du mir vertraust«, wandte er ein. »In dieser Gasse, mit dem toten Feng zu deinen Füßen, da habe ich meine Hand nach dir ausgestreckt, und du hast sie ergriffen. Warum?«

»Ich hatte dich zuvor schon gesehen.«

»Kasatonin auch. Hättest du seine Hand genommen?«

»Niemals«, antwortete sie wie aus der Pistole geschossen.

»Warum nicht, Dani?«

»Weil er nicht du war.«

Sie hörte, wie Shane scharf die Luft einsog. Dann war wieder nur das Trommeln des Regens auf das Dach vernehmbar.

»Vertraust du immer auf deinen Instinkt?« fragte er ein paar Augenblicke später.

Sie zögerte, dann schüttelte sie den Kopf.

»Als ich jünger war«, berichtete sie, »habe ich nie auf diese kleine Stimme in meinem Innern gehört, die mir sagen wollte, was falsch oder richtig war.«

»Dein Ex-Mann?« riet Shane.

»Mein Ex«, bestätigte Dani. »Er war groß, attraktiv und charmant, besonders in Gesellschaft. Man konnte ihn nicht gerade als Gehirnakrobaten bezeichnen, aber auch nicht als Dummkopf. Ich habe mir eingeredet, daß kein Mensch perfekt ist, doch ebensowenig, alle Bräute haben vor der Hochzeit Zweifel, und den ganzen Kram.«

Das Rauschen des Regens erfüllte die Stille.

»Nach diesem spektakulären Fehler«, schloß Dani, »wollte ich nur noch auf meinen Instinkt hören – und zur Hölle mit der sogenannten Rationalität!«

Shane lächelte ein wenig. »Gesprochen wie ein wahrer Buddhist.«

Dani war nach Lachen zumute, fürchtete aber, daß sie eher hysterisch als belustigt klingen würde.

»Sowohl mein Instinkt als auch mein Verstand sagen mir«, ergriff Shane das Wort, »daß ich nicht arbeiten kann, wenn ich dauernd über die Schulter sehen muß, ob mit dir alles in Ordnung ist. Ein Mann kann dabei draufgehen, wenn er zu oft zurückschaut.«

»Draufgehen kann er auch, wenn er ohne Rückendeckung arbeitet«, bemerkte Dani scharfsinnig.

»Ich weiß. Also bleib hier und decke mich.«

Dani schloß die Augen und kämpfte gegen die aufsteigende Angst, die sich wie ein wildes Tier in ihr breitmachen wollte.

»Aber ich habe Angst um dich«, entfuhr es ihr.

Shanes Lachen war scharf und bitter.

»Genauso geht es mir mit dir«, knallte er ihr hin.

»Dann laß mich nicht zurück!«

»Ich passe schon mein Leben lang selbst auf mich auf. Du nicht. Deshalb bin ich ja auch der Boß und nicht du. Bleib hier, versprich es mir!«

Sie schwieg.

»Dani? Kann ich auf dich zählen?«

Abrupt veränderte sich ihre Körperhaltung. Noch bevor sie den Mund öffnete, erkannte Shane an ihren hängenden Schultern, daß sie nachgegeben hatte.

»Meinetwegen«, sagte sie lahm.

Shane wäre am liebsten zu ihr gestürzt, um sie in den Arm zu nehmen. Aber er ließ es doch bleiben. Er war nicht sicher, ob er es bei einer Umarmung belassen würde.

Richtig albern, kanzelte Shane sich ab. Man könnte glauben, ich hätte noch nie eine Frau begehrt.

Dann erkannte er, daß es stimmte. Er hatte noch nie eine Frau begehrt – nicht so wie Danielle Warren!

Er warf einen Blick auf seine Armbanduhr. Zeit zu gehen.

Rasch ergriff er den Regenponcho, zog ihn über und machte den Reißverschluß am Hals zu. Die Kapuze tauchte sein Gesicht in Schatten. Stumm stieß er die Terrassentür auf.

Ohne einen Blick zurückzuwerfen, trat er in die stürmische

Nacht hinaus. Wie ein Schatten huschte er zu dem Zaun und verschmolz mit dem Umriß einer nahe stehenden, hochgewachsenen Palme.

Im Schein der sich langsam bewegenden Überwachungskameras konnte Shane den silbern funkelnden, windgepeitschten Regenvorhang geradezu greifen.

Er mußte die Kameras gar nicht sehen, um ihre Position bestimmen zu können. Ihr Rhythmus hatte sich in sein Hirn eingegraben.

Bald würden die Kameralinsen über die Palmen gleiten, und eine Lücke täte sich in der Überwachungsschleife auf. Bis dahin mußte Shane warten, was er mit der Reglosigkeit eines Felsens fertigbrachte.

Reglosigkeit war eine der vielen Disziplinen, die er von den Azurmönchen gelernt hatte. Prasam Dhamsa war ein ausgezeichneter Lehrmeister gewesen. Er sah Anlagen in ihm, die Shane selbst nie wahrgenommen hatte – Geduld, Hingabe, Intelligenz, ein alles verschlingender Hunger nach etwas, das nicht Verzicht hieß.

Dhamsa hatte außerdem erkannt, was Shane nur zögerlich akzeptieren wollte. Der Weg eines Mönchs war nicht Shanes Zukunft.

Jetzt ging ihm ein Licht auf.

Woher wußtest du es, Prasam? fragte Shane seinen alten Lehrer im stillen. Auf so etwas wäre ich nicht im entferntesten gekommen. Das zölibatäre Leben fiel mir nicht schwer, sobald ich mich einmal dazu entschlossen hatte.

Dann legte Danielle Warren ihre Hand in meine und vertraute mir ihr Leben an, ließ sich von mir vom Tod ins Diesseits ziehen. Oder war es umgekehrt? Hat sie mich in ein neues Leben gezogen?

Das muß ich Prasam fragen, wenn ich ihn wiedersehe.

Falls das eintreffen wird.

Wie Dani ist auch mir nicht ganz wohl bei dieser Sache. Zu viele Amateure. Zu wenig Zeit. Zu viele Unbekannte.

Schwere Tropfen klatschten auf die gummierte Oberfläche von

Shanes Poncho und flossen in stetigen Rinnsalen abwärts. Seine Hosenbeine trieften bereits. Aber das Computerlaufwerk in der Plastiktüte war geschützt.

Tickety-boo, wie Gillie sagen würde, dachte Shane grimmig. In diesem Fall dient der Mensch nur dazu, die Elektronik rein und wieder raus aus der Höhle der Harmony zu schaffen. Wenn der Mensch dabei naß wird, sein Pech! Nur die Apparatur muß trocken bleiben.

Die Sekunden bis zum Öffnen des Kamerafensters tickten mit der Präzision eines Metronoms durch Shanes Hirn. Obwohl er weiterhin regungslos verharrte, machte sich allmählich so etwas wie ein Hochgefühl in ihm breit. Der Countdown näherte sich seinem Knackpunkt.

Wie immer genoß Shane die Ungebundenheit der Nacht. Er konnte es kaum abwarten, sich der bevorstehenden Herausforderung zu stellen. Das war etwas, was er kannte, worin er gut war, was er liebte: sein Lebensinhalt.

Doch noch während sein Blut in Wallung geriet, spürte er, daß diesmal etwas anders war als sonst. Seine Definition von Freiheit hatte sich geändert. Ein Teil von ihm war ungeduldig, trotz seiner disziplinierten Reglosigkeit. Und der wollte nun alles so schnell wie möglich erledigen – damit er zu der Frau zurückkehren konnte, die auf ihn wartete, weil er sie darum gebeten hatte.

Nicht mehr. Nur darum gebeten.

Und zwar eine, ungefähr so schwach und unterwürfig wie ein Pantherweibchen, das seine Jungen bewacht. Sie glich in ihrer Natürlichkeit und Offenheit einem tropischen Sonnenuntergang. Ihr Verstand sowie ihre Zunge wiesen Messerschärfe auf.

Dennoch vertraute sie ihm, wie ihm noch nie zuvor jemand vertraut hatte.

Nicht einmal er sich selbst.

Der Regen rauschte wie eine Wand hernieder. Ausufernde Blitze zuckten über den tropischen Nachthimmel. Donner tobte hinterdrein. Nur die Kamerabewegungen und Shanes Herzschlag waren berechenbar.

Er zählte die letzten Sekunden mit und löste sich vom regennassen Stamm der Palme. Seine Bewegungen blieben vollkommen ruhig. Der schwarz-graue Regenponcho bot zwar eine wirksame Tarnung, doch rasche Bewegungen erregten Aufmerksamkeit. Während er sich mit langen, gelassenen Schritten dem Eisenzaun näherte, zog er vorsichtig die Drahtzange aus der Tasche an seinem Oberschenkel.

Ein behutsames Ankratzen des Metalls verriet Shane, daß er Glück hatte. Entweder bevor oder nachdem Katja das Anwesen gekauft hatte, hatte jemand die verrosteten Streben mit schwarzer Farbe überpinselt. Die Farbe war rasch rissig geworden, so daß das Salzwasser seine unbarmherzigen Angriffe stetig hatte fortsetzen können.

Die Streben waren jedoch nicht gleichmäßig verrostet, sondern einige brüchiger als die anderen. Rasch untersuchte Shane mehrere Stäbe, wählte einen aus und machte sich ans Werk.

Zunächst schnitt die Drahtzange relativ leicht durch die marode Oberfläche. Doch dann trafen die Stahlbacken auf unversehrtes Eisen. Shane nahm die Zange in beide Hände und drückte zu, so fest er konnte. Der Schweiß brach ihm aus und rann ihm über Stirn und Rücken. Dennoch gab er keinen Laut von sich.

Es dauerte nicht lange, bis das ersehnte Geräusch zusammenschnappender Stahlbacken ertönte. Shane, der am Boden kniete, machte rasch einen weiteren Schnitt ein paar Zentimeter über dem Erdboden. Ein meterlanges Stück fiel in den Sand.

Dann machte er sich an den benachbarten Eisenstab, doch diesmal hatte er nicht soviel Glück. Die Stange war nicht so verrostet wie die vorherige. Er mußte kleine Schaukelbewegungen mit der Stahlzange machen, wieder und wieder, doch noch immer trafen sich die Zangenbacken nicht.

Die Zeit rannte ihm davon, doch er blieb ruhig. Dann nahm er einen neuen Anlauf und drückte zu, bis seine Halsmuskeln wie Eisenstränge hervortraten und ihm der Schweiß aus allen Poren brach.

Schließlich fiel auch ein zweites Stück in den Sand. Mit den beiden Stangen bewaffnet, kroch er durch den Zaun.

Nur Augenblicke später duckte er sich in hüfthohes Buschwerk und Tropenblumen, die sich um einen anmutigen Tulpenbaum rankten. Das dichte Gebüsch sorgte dafür, daß den Harmony-Bewohnern der Anblick der grunzenden und ächzenden Volleyballspieler vom Hotel erspart blieb.

Doch das dichte Laub bot darüber hinaus eine hervorragende Deckung für Eindringlinge. Noch bevor die dem Wasser am nächsten liegende Kamera ihren Schwenk vollendet hatte und sich wieder auf den Zaun richtete, war Shane von der Bildfläche verschwunden.

Gillie würde ein paar Köpfe an Spießen braten, wenn er hier das Sagen hätte, dachte Shane. Boston hat sich wirklich Mühe gegeben, das Sicherheitssystem seiner erlauchten Zarin zu unterminieren.

Shane schob die Zaunstangen unter einen Busch und tastete sich vorwärts. Die Sicherheitsbeleuchtung des Anwesens ähnelte dem Zaun: Sie hatte dringend eine Wartung nötig. Er bewegte sich mühelos von Deckung zu Deckung.

Die einzigen Lampen, die ausnahmslos funktionierten, waren diejenigen rings um die Swimmingpools. Shane umging eine Stelle, an der er die helle Beleuchtung hätte kreuzen müssen. Dann kroch er auf dem Bauch einen Pfad entlang, der zu den Cabanas und dem weißen Sandstrand führte.

Aus einem Bungalow drangen menschliche Stimmen.

Shane erstarrte und fürchtete schon, entdeckt worden zu sein.

Die Stimmen änderten jedoch nicht ihre Tonlage.

Ein rascher Blick ins Fenster der nächstliegenden Cabana verriet Shane, daß er sicher war. Ein Dinnergast, Venezolaner, nach seinem Akzent zu schließen, schwadronierte betrunken in den Ausschnitt einer jungen Arubanerin. Sie hatte den Blick zur Zimmerdecke gerichtet und ritt ihn mit mechanischen Hüftbewegungen. Nach ihrem Gesichtsausdruck zu schließen, hätte sie ebensogut das Silber polieren können.

Ja, reite ihn nur, Cowgirl, dachte Shane. Ein Gast weniger, um den ich mir Sorgen machen muß.

Der Regen prasselte in Böen auf das Land hernieder. Blitze zuckten, und Donnergrollen ertönte weithin.

Der Sturm war Segnung und Fluch zugleich. Einerseits überdeckte er jegliche Geräusche und zwang die Menschen dazu, sich in den Häusern aufzuhalten. Andererseits konnte ihn jedoch das Aufleuchten eines Blitzes im unpassenden Moment leicht auffliegen lassen, ganz als würde er im Scheinwerferlicht einer dunklen Bühne auftauchen.

Shane löste sich lautlos von der Cabana und zwängte sich in ein Wäldchen aus mannshohen Weihnachtssternbüschen. Dann schlich er sich, so rasch er konnte, zu dem weißen, stuckverzierten Haupthaus, wobei er sich ständig nach etwaigen Posten umsah. Egal wie lax die Bewachung in Kasatonins Abwesenheit auch war, mußte es trotzdem Männer geben, die das Grundstück beaufsichtigten.

Ein Wächter saß in einem Schaukelstuhl auf der überdachten Veranda einer Cabana, die ihn vor dem Sturm einigermaßen schützte. Als Shane an ihm vorbeischlich, hörte er das Schnarchen des Mannes sogar durch den lauten Regen.

Ein zweiter wackerer Bursche amüsierte sich im Schatten einer anderen Cabana mit einem Zimmermädchen; doch im Gegensatz zu dem Pärchen in der ersten Cabana schienen hier sowohl Männlein als auch Weiblein ganz bei der Sache zu sein.

Shane gönnte es ihnen von Herzen.

Der Sturmwind fegte um das Haupthaus und beutelte die Palmen und die dünnen Äste der Dividivis wie Streichhölzer. Geräuschlos glitt Shane durch die Nacht, bis er die Posten ausmachte, die das Haupttor bewachten.

Die Männer hatten sich frierend unter einem Vordach zusammengestellt und rauchten etwas, das verdächtig süß roch.

La mota, dachte Shane. Schön inhalieren, Jungs, und angenehme Träume!

Katja mochte ja Teufels Großmutter auf Rädern sein, wenn es ums Hauspersonal ging – aber es brauchte schon einen bösartigen Bastard wie Kasatonin, der für Disziplin in der Wachmannschaft sorgte.

Shane huschte vorwärts, unaufhaltsam wie ein Schatten. Ein hell erleuchtetes Panoramafenster im Erdgeschoß zog seine Aufmerksamkeit auf sich. Mitten im Gebüsch verharrte er in vernünftiger Distanz vom Fenster und spähte hinein.

Katja Pilenkowa war die einzige Frau an einem Tisch inmitten stattlicher und offensichtlich betrunkener Männer.

Bankiers oder Geldwäscher? fragte sich Shane insgeheim. Nicht, daß da ein großer Unterschied wäre auf Aruba, dank der Harmony.

Katja trug ein flammend rotes Kleid, das ihre weißen, nackten Schultern betonte. Trotz der heißen Farbe wirkte sie wie eine Skulptur aus Eis – unberührbar, funkelnd, kalt.

Shane sah mit einem Blick, daß die Gäste bereits mehrere Gänge mit den jeweils begleitenden Alkoholika hinter sich gebracht hatten. Nun standen Liköre, Brandy und Espressotassen auf der langen Tafel. Die Aschenbecher waren voll, Krawatten saßen locker. Die Herren hatten rote, verschwitzte Gesichter. Einige schwankten mit glasigen Augen auf ihren Stühlen.

Die Freudenmädchen haben ganz schön was zu tun, dachte Shane. Die Hälfte der Typen würde ihn nicht mal mehr mit Hilfe eines Stöckchens hochkriegen.

Katja selbst saß vor einem Brandydekanter und hielt ein gefülltes Glas trinkbereit am Kopfende des Tischs. Sie kippte die Hälfte der klaren, braunen Flüssigkeit hinunter, als ob es Eistee wäre.

Vielleicht ist es das ja auch, überlegte er. Sie sieht jedenfalls nicht so aus, als würde sie sich schon den ganzen Abend einen Brandy nach dem anderen hinter die Binde gießen.

Die Hausherrin lächelte erst einem, dann einem anderen Gast zu. Dann neigte sie sich einem dritten zu und gewährte ihm einen flüchtigen Einblick in ihr weißes Dekolleté. Ein vierter Kumpan empfing eine leichte Berührung und einen Seitenblick, der alles versprach. Andere Männer beugten sich vor, angelockt von der kalten, funkelnden Brillanz ihrer Gastgeberin.

Versprechen, immer nur Versprechen, durchschaute Shane sie. Ist es das Geld, oder sind es ihre Titten, die die Bankiers antörnen? Nun, wie auch immer, sie fressen ihr jedenfalls aus ihrer eiskalten kleinen Möse.

Shane wich in die Dunkelheit zurück und nahm seinen Rundgang um das Gebäude wieder auf. Das Sicherheitskontrollzentrum befand sich auf der Rückseite. Durch eine regennasse Fensterscheibe konnte er eine ganze Wand voller Monitore erkennen. Auf den Schirmen waren Ausschnitte des verlassenen Zauns und windgepeitschte Palmen zu sehen, der Regen, die Swimmingpools, die Cabanas und Bereiche des Haupthauses.

Auf keinem der Bildschirme erschienen jedoch Katjas Privaträume.

Boston hat recht, dachte Shane voller Genugtuung. Die Meisterin dieser Zunft will sich nicht ausspionieren lassen, nicht mal im Namen der Sicherheit.

Von all den Monitoren im Kontrollzentrum vermochte es nur der Fernsehbildschirm, auf dem gerade irgendein südamerikanischer Softporno lief, die Aufmerksamkeit der Wache zu fesseln. Ein gespielt lustvoll kopulierendes mexikanisches Pärchen tummelte sich dort.

Shane konnte mit einem Blick feststellen, daß die beiden bessere Schauspieler waren als die Nutte, die er in einem der Gästebungalows gesehen hatte.

Er wandte sich ab, mied tunlichst die Personalquartiere und begab sich dann durch die Weihnachtssternbüsche zurück zu Katjas Cabana. Der etwas abseits gelegene Bungalow war dunkel. Offensichtlich befand sich niemand darin. Kein Posten stand unter dem überdachten Verbindungsweg oder beobachtete die Cabana vom Haupthaus aus.

Nur um ganz sicherzugehen, umschlich Shane Katjas Refugium noch einmal. Nur aus einem der Räume drang so etwas wie Licht. Zuerst dachte er, sie hätte ihren Fernseher angelassen, doch dann brachte des rhythmische Flackern und gedämpfte Flimmern Shane zu dem Schluß, daß es der Bildschirmschoner des Computers sein mußte.

Hierauf steuerte er die hintere Terrassentür der Cabana an. Mit der Geschicklichkeit eines geschulten Einbrechers kitzelte er das gut geölte Schloß mit einem Stahlhäkchen. Die dünnen Operationshandschuhe, die seine Hände wie eine zweite Haut umspannten, störten ihn dabei nicht im geringsten.

Das Schloß bewegte sich. Lautlos öffnete er die Tür.

Shane streifte seinen durchnäßten Regenponcho ab und stopfte ihn hinter eine Topfpflanze beim Eingang.

Seine schmutzigen Turnschuhe folgten.

Barfuß, doch immer noch mit Handschuhen, schlüpfte Shane in die Cabana und zog die Tür hinter sich zu.

In der Luft hing ein schweres Parfum, das sich ihm auf die Lungen legte wie eine Überdosis von Jasmin und Gardenien. Eine Zeitlang verharrte er ganz still und lauschte aufmerksam, während sich seine Augen an die Dunkelheit des Raums, der nur durch die unauffällige Grundstücksbeleuchtung von draußen ein wenig erhellt wurde, gewöhnten.

Kein Atem war zu hören, keine Bewegung, nichts, was darauf hindeutete, daß sich jemand im Raum befand.

Das Schlafzimmer war vollkommen in Weiß gehalten – weiße Vorhänge, weißer Teppich, weiße Möbel, weiße Dekorationsstücke.

Pure Jungfräulichkeit, ging es Shane durch den Sinn. Katja verführt die Männer zu Dutzenden, ohne auch nur mit einem von ihnen Sex zu haben. Der einzige, den sie an sich ranläßt, schlägt sich als Gewaltverbrecher durch.

Natürlich erschien sie allen als gefährlicher Engel.

Unterdessen fiel die Seele der süßen Katja allmählich der Fäulnis anheim. Das würde sie eines Tages verderben. Aber bis dahin wütete sie noch ohne Erbarmen!

Er schlich zum Wohnzimmer, wo ein Nachtlicht brannte. Um keine Schatten auf die heruntergelassenen Jalousien zu werfen, bewegte er sich gebückt. Vorsichtig näherte er sich dem Computer, der auf einem Arbeitstisch neben der Bar stand.

Das Gerät entsprach genau Bostons Beschreibung: ein hochmoderner Apple-Computer. Er war angeschaltet. Der Bildschirmschoner zeigte ein ungewöhnliches Motiv: geschmeidige, kunstvoll kopulierende Pärchen.

Shane drückte auf eine Keyboard-Taste. Der Monitor blühte weiß auf, so hell, daß er zusammenzuckte. Er drehte die Helligkeit herunter. Nun war der Schein etwas diskreter.

Mit ein paar raschen Mausbewegungen öffnete er das Dateiverzeichnis und durchsuchte es. Alles russisch, wie erwartet! Die riesige Anzahl der Dateien benötigte allerdings keine lange Erklärung.

Zuviel Futter für sein kleines Laufwerk.

Shane glitt mit dem Cursor durch das Directory und fluchte innerlich. Die Dateinamen waren zwar nicht verschlüsselt, aber dennoch unleserlich für ihn.

Abgesehen von einem beeindruckenden Repertoire an russischen Flüchen reichte seine Kenntnis der Sprache nicht aus, um wirklich entscheiden zu können, was kopierenswert war und was nicht. Möglicherweise wählte er bloß aus, was man in jedem Computerladen um die Ecke erwerben konnte.

Plötzlich fiel sein Blick auf ein bestimmtes russisches Wort. Das kannte er. Es bedeutete »Schweineexkrementfresser«.

Neugierig rief Shane die Datei auf und überflog die darin befindlichen Dokumente. Nicht-kyrillische Namen sprangen ihm in die Augen.

La Pena.

Liu.

Spagnolini.

Die Liste ging weiter, einiges davon in kyrillischen Buchstaben, anderes nicht.

Tong.

Yakuza.

Medellin.

Es gab weitere, untergeordnete Dateien unter jeder Master-Datei und andere russische Ausdrücke, die im Main Directory wieder auftauchten.

Shane stieß einen lautlosen Seufzer der Erleichterung und Belustigung aus.

Katja, du bist wirklich verdreht, dachte er. Ich fange mal mit den Schweineexkrementfressern an. Dann stopfe ich alles, was sonst noch deinen schmutzigen Namen trägt, in mein Laufwerk, bis es rülpst und genug hat. Cassandras Computerfreaks werden den Rest besorgen.

Es dauerte nur einen Augenblick, um das Laufwerk aus seinem Rucksack zu holen und das Kabel in die Anschlußbuchse im Rückteil von Katjas privater Zuflucht zu stecken.

Er ging das Inhaltsverzeichnis durch, während er im Geiste die verrinnenden Sekunden zählte. Soviel er konnte markierte er mit der Maus, wählte das Kopierzeichen auf der Tastatur und überließ den Rest dem Rechner. Mit erstaunlicher Geschwindigkeit duplizierte das Gerät nun ganze Datenblocks auf das angehängte Laufwerk.

Shane bemerkte keinerlei Anzeichen, daß sein Tun einen Alarm ausgelöst hätte.

Mit einem stummen Stoßgebet drückte er auf die Umschalttaste, hielt sie nieder und markierte Datei über Datei, während er durch das Verzeichnis scrollte.

Das Handy in seiner Hosentasche vibrierte lautlos.

Shane ignorierte Danis Anruf – alles, woran er im Augenblick denken konnte, waren der Computer und die darauf enthaltenen unbezahlbaren Informationen über die Harmony. Er wußte, daß sich die Lücke zwischen den Kameraschwenks geöffnet und wieder geschlossen hatte; doch das Laufwerk schluckte noch immer an den gigantischen Datenmengen, die er zum Kopiervorgang markiert hatte.

Während der Austausch der beiden Computer lief, ging Shane zu dem altmodischen Safe, der in einer Zimmerecke hockte wie ein antiker gußeiserner Ofen. Wie Boston gesagt hatte, stammte der Safe aus dem neunzehnten Jahrhundert. Sein Geheimnis war sein enormes Gewicht und nicht hochentwickelte Technik, um Einbrecher abzuschrecken.

Doch wer würde wohl die Königin der Diebe bestehlen, wenn sie vom Fürsten der Finsternis beschützt wurde?

Vor dem Ungetüm kniete Shane nieder und machte sich an die Arbeit. Das Drehschloß klickte leise. Dann wieder. Und wieder. Geräuschlos schwang die Tür auf.

Alles blieb still.

Er holte eine winzige Taschenlampe hervor und ließ ihren bleistiftgroßen Strahl über das Innere gleiten. Da lagen Schachteln mit Goldmünzen, Tütchen mit losen Diamanten – so sah es zumindest aus –, und in einer langen Reihe von schmalen, vertikalen Fächern lagen Stapel von Geldscheinen in unterschiedlichster Währung.

Fluchtmittel? Oder Bestechungsgelder?

Ungeduldig wandte er sich von den beträchtlichen Schätzen ab und untersuchte die Innentür. Dort befand sich nämlich das einzige Fach, das groß genug war, um das gesuchte Glasrohr aufzubewahren. Mit einer raschen Bewegung öffnete er den Verschlußhebel des Fachs.

Wieder vibrierte sein Handy.

Shane ignorierte den Ruf abermals und langte nach der etwa einen Meter großen Porzellanpuppe, die in dem Fach steckte. Sie trug ein Taufkleidchen aus sehr alter Spitze. Ihr Haar war rotblond, so blond wie Katjas, und der Körper der Puppe weich und zierlich; unmöglich konnte darin ein Glasrohr versteckt sein.

Die Augen der Puppe hatte man ausgekratzt. Ein dunkler Fleck breitete sich auf dem Schoß aus, als ob die Puppe vergewaltigt worden und das Blut schon lange, lange getrocknet wäre.

Auf dem Boden des Fachs lagen Fotos von einem Mädchen in unterschiedlichen Wachstumsstadien. Da gab es Babyfotos, das Mädchen als Kleinkind in einem Spitzenkleidchen, Schnappschüsse von einem schlaksigen, anmutigen wunderschönen Teenager mit Katjas leeren Augen und kaltem Lächeln.

Wieder vibrierte das Handy beharrlich an Shanes Bein. Er bemerkte es zwar, aber nur wie aus unendlicher Ferne. Der kleine Strahl seiner Taschenlampe glitt über ein Foto nach dem anderen.

Auf jedem Bild umarmte das Mädchen ein älterer Mann. Ihre Augen waren also ausgekratzt worden, seine nicht – doch die Kratzer befanden sich bei ihm in der Leistengegend. Er mußte ebenso gründlich verstümmelt sein wie Kasatonin.

Sehr sanft steckte Shane die Puppe wieder in das Fach zurück und schloß die Klappe. Ihm kamen dabei die Lehren von Ngon Fok Gyen in den Sinn, der sagte, daß, wo und wann immer ein Mensch Atem schöpfte, Buddha, die fleischgewordene Nächstenliebe, wohnte.

Shane fragte sich, ob sich Buddha auch in der traurigen, wahnsinnigen Finsternis von Katjas Seele befand.

Er verschoß den Safe wieder und ging zum Computer zurück. Das Laufwerk übernahm immer noch Dateien. Er markierte eine weitere Kolonne und kopierte sie.

Auf einmal hörte Shane ein leises Rascheln, als ob jemand an die Weihnachtssterne gestoßen wäre. Es konnte aber auch der Wind gewesen sein.

Oder jemand zwängte sich durchs Gebüsch, um einen Blick durchs Fenster zu werfen.

Shane klickte rasch das Copy-Icon an, um die markierte Datenkolonne zum Kopiervorgang freizugeben, und riß dann den Mauszeiger vom Bildschirm. Sofort flammte der Bildschirmschoner auf.

Rasch drehte er den Helligkeitsregler wieder hoch und stieß sich in gebückter Haltung vom Schreibtisch ab. Geräuschlos schlich er über den dicken Teppich der Cabana.

Tick-tack. Tick-tack.

Das leise Geräusch kam von der Terrasse bei den Glasschiebetüren des Schlafzimmers.

Shane drückte sich an den Türrahmen und spähte in die Dunkelheit hinaus.

Nichts.

Verlaß dich nicht auf deine Augen, ermahnte er sich. Was sagt dir dein Bauch?

Die Antwort kam umgehend.

Da draußen ist jemand – jemand, der weiß, daß *ich* hier drinnen bin.

Shane überlegte blitzschnell. Der Computer im Nebenzimmer lud gehorsam Dateien auf sein Laufwerk. Er wollte jedes bißchen haben, das er draufpressen konnte. Dann mußte er das Laufwerk wieder abhängen, in seinen Rucksack stopfen und schleunigst Fersengeld geben.

Er lauschte auf die Geräusche der Nacht. Der Wind pfiff durch die Bäume, und Buschwerk schlug gegen das Fenster. Der Regen fiel in stetigen Strömen. Immer wieder blitzte und donnerte es.

Keine Stimmen.

Keiner, der sich am Türschloß zu schaffen machte. Vielleicht ist es ja nur wieder jemand vom Personal auf der Suche nach einem trockenen Plätzchen für ein Schäferstündchen. In dem Fall werden sie sich bald verziehen; denn egal wie geil sie sind, sie werden es auf keinen Fall in den Privatgemächern der Zarin treiben.

Vorsichtig stieß er sich vom Rahmen ab, öffnete die Schiebetür einen Spalt und lauschte angestrengt. Wind und Regen überdeckten die Geräusche, doch die feuchte Luft übertrug dafür um so deutlicher die Gerüche der Umgebung. Schnuppernd atmete er ein. Der Duft des Regens und der feuchten Vegetation erfüllte seine Nase. Doch zwischen all diesen Gerüchen war noch etwas, etwas ... Weibliches. Katja kann es nicht sein, sagte sich Shane und atmete lautlos aus. Die würde ich in einem Schlachthaus auf hundert Meter gegen den Wind riechen.

Außer, sie benutzt das Jasmin-Gardenien-Parfum nur in ihrem Schlafzimmer. Dann stecke ich wieder mal bis zum Kinn im Dreck. Sie könnte hergekommen sein in dem Verdacht, daß jemand in ihre Suite eingebrochen ist, und sich gleich wieder aus dem Staub gemacht haben.

Wenn ich hierbleibe, sitze ich in der Falle.

Andererseits könnte es aber auch nur ein Wächter sein, der bloß herumschnüffelt. Wenn das der Fall ist ...

Still wie ein Schatten öffnete Shane die Tür, schloß sie geräuschlos hinter sich und verschmolz mit der Nacht. Während er im Buschwerk verschwand, zog er ein Klappmesser aus seiner Hosentasche. Mit einer Daumenbewegung ließ er die Klinge hervorspringen.

Das Messer war den Vollautomatikwaffen des Bewachungspersonals natürlich in keiner Weise gewachsen, doch Shane machte sich keine großen Gedanken darüber. Afghanistan – und Gillie – hatten ihn gelehrt, daß ein kluger Kopf, Geräuschlosigkeit und ein Messer oftmals alles waren, was ein gut ausgebildeter Mann zum Überleben brauchte.

Kalt und ohne Mitleid prasselte der Regen hernieder und

durchweichte ihn bis auf die Haut. Er ging in die Hocke und überprüfte seine Umgebung.

Nichts.

Soeben wollte er sich wieder aufrichten, als er eine flüchtige Bewegung erhaschte. Er erstarrte in seiner Hockstellung wie ein sprungbereiter Tiger.

Eine schwarze Gestalt löste sich von einem Baumstamm und näherte sich Shane. Er konnte die Größe der Person erkennen, sonst jedoch nichts, außer, daß derjenige etwas in der rechten Hand hielt.

Dann trug ihm der Wind den Duft noch deutlicher in die Nase, ein Duft, der ihn bis in seine Träume verfolgte.

Shane richtete sich lautlos hinter der Person auf, legte ihr die Hand auf die Lippen und zog sie mit sich ins schützende Buschwerk.

»Was, zum Teufel, hast du hier zu suchen?« zischte er erzürnt. »Du hast versprochen, auf mich zu warten!«

Danis schreckensstarrer Körper sackte erleichtert zusammen, als sie merkte, wer sie da erwischt hatte. Sie reichte ihm ein Handy. Shane hielt sich das Telefon ans Ohr, nahm seine Hand jedoch nicht von Danis Mund.

»Was ist?« fauchte er leise.

Cassandras Stimme drang an sein Ohr. »Verlaßt sofort die Insel!«

»Aber ...«

»Weg dort. *Umgehend.*«

20

»Ich bin reingekommen. Befinde mich jetzt auf dem Grundstück der Harmony«, meldete Shane ins Telefon.

»Gebt Boston Bescheid und verschwindet«, drängte Cassandra.

»Dann bist du also sicher, daß er kein Doppelagent ist?«

»Ja. Dani wird dir alles erklären. *Beeilt euch!*«

Sie legte auf. Leise fluchend starrte Shane auf das Handy. Er zog Dani fester an sich. Sie war vollkommen durchnäßt, und ihre Kleidung klebte wie eine zweite, kältere Haut an ihrem Körper. Langsam nahm er die Hand von ihrem Mund.

»Sie sagte, du würdest alles erklären«, murmelte Shane. »Aber sprich leise. Nicht flüstern, das hört man nämlich.«

»Kasatonin hat das Personal in der letzten Woche scharf überwachen lassen.«

»Shit!«

Shane überlegte blitzschnell. Soweit er es beurteilen konnte, war Boston niemand gefolgt, aber das mußte nicht unbedingt stimmen. Nicht, wenn Kasatonin irgendwie Wind bekommen hatte.

»Sollte Boston verfolgt worden sein«, meinte Dani, »dann könnten uns Kasatonins Leute entdeckt haben.«

»Oder sogar fotografiert!«

»Das hat Gillie auch gesagt. Mit einem einzigen Foto würde Kasatonin uns auf der Stelle identifizieren.«

»Ich hole das Laufwerk. Dann werde ich Boston warnen«, entwarf Shane seinen Schlachtplan.

»Cassandra sagte, wir sollen alles stehen- und liegenlassen und sofort verschwinden. Der Chopper wartet schon.«

»Ausgeschlossen. Ich habe mehr Informationen auf diesem Laufwerk, als Risk Limited in Jahren sammeln kann.«

»Aber ...«

»Hast du dir Bostons Nummer gemerkt?« fragte Shane angespannt.

Dani nickte.

»Geh zurück zu dem Loch im Zaun«, forderte er sie auf. »Verstecke dich dort. Ruf Boston an. Du erinnerst dich an die Botschaft?«

Dani nickte. Der Code war unauslöschlich in ihr Gehirn gegraben. *Au revoir, mon cher.*

»Warte im Gebüsch auf mich, bis ich komme«, hauchte Shane ihr ins Ohr. »Verstanden?«

Wieder nickte sie.

»Falls du irgendwelchen Lärm von Katjas Cabana her hörst«, murmelte Shane, »dann warte nicht, sondern verschwinde auf der Stelle.«

Danis Körper versteifte sich protestierend.

Shane sprach einfach weiter.

»Fahr zum Treffpunkt«, sagte er, »sende das Signal und warte mindestens hundert Meter vom Auto entfernt, bis der Chopper landet. Kapiert?«

Dani rührte sich nicht.

»Hör zu«, drängte Shane. »Ich weiß, wie man auf feindlichem Terrain untertaucht. Du nicht. Erinnerst du dich an das, was Gillie gesagt hat?«

Widerwillig nickte Dani. Die Anweisung hatte ihr schon damals nicht gefallen. Jetzt haßte sie sie geradezu.

Im Zweifelsfall gehorchen Sie Shane, und zwar ohne Fragen!

Shane schaute sich sorgfältig nach allen Richtungen um. Nichts hatte sich gerührt. Er wandte sich Dani zu und blickte sie an. Sie zitterte vor Kälte und Aufregung, aber ihre Augen waren klar und wachsam auf ihn gerichtet. Sie biß sich auf die Unterlippe, damit ihr die Zähne nicht klapperten.

Es lag etwas unheimlich Erotisches in der Art, wie sie das tat. Er versuchte wegzusehen, schaffte es aber nicht. Sämtliche Willenskraft mußte er aufbieten, um sie nicht hier und jetzt zu küssen, ein letztes Mal das Leben in seiner unsäglichen Süße zu kosten, bevor er sich wieder auf den Weg in Katjas Hölle machte.

Abrupt richtete er sich auf.

Dani umkrallte sein Handgelenk, eine stumme Warnung, sich nicht zu rühren. Noch während sich ihre Nägel in seine Haut gruben, erspähte er die Bewegung, die Dani bereits entdeckt hatte.

Katja schlenderte den Weg vom Haupthaus zu ihrer Cabana entlang. Über sich hielt sie einen großen schwarzen Regenschirm, in der anderen Hand den Saum ihres langes Kleides. Die flammend roten Pailletten blitzten und funkelten im schwachen Licht der Wegbeleuchtung.

Ihre Schritte waren ein wenig zu exakt, wie die einer Betrunkenen, die nüchtern erscheinen wollte.

Vielleicht hatte sie ja gar keinen Eistee den ganzen Abend in sich hineingegossen, dachte Shane. Wenn ich in das Zimmer und zu dem Safe zurück müßte, würde ich mich auch besaufen.

Shane und Dani, die so nahe beieinanderhockten wie Hühner auf der Stange, verharrten stillschweigend im Gebüsch. Katja ging weniger als zwanzig Meter entfernt an ihnen vorbei.

Wenn Shane sicher gewesen wäre, absolut sicher, daß er Katja ohne jedes Aufhebens hätte töten können, dann hätte er diese Möglichkeit ernsthaft in Erwägung gezogen – schon, damit sein Datendiebstahl nicht aufflog.

Aber er konnte nicht glauben, daß Katja so ungeschützt war, wie sie erschien. Da gab es zu viele Schatten hinter ihr auf dem Gartenweg, Schatten, die womöglich von einem Mann oder auch mehreren stammten und die ihr diskret folgten.

Das war ein alter Trick, um einen Angreifer aus der Deckung zu locken. Einer der ältesten.

Denn er funktionierte.

Leg den Köder aus und schnapp dir den Fisch, der aus dem Dunkeln schnellt.

Seinen eigenen Hals hätte er in der Tat für diese Chance riskiert, aber nicht Danis.

Shane schob seine Gedanken beiseite. Er sollte sich um die erschlichenen Dateien sorgen und nicht um diese Dame hier. Aber ich sorge mich nun mal um sie, trotzte er auf, damit muß ich fertig werden. Sich darüber zu wundern ist Zeitverschwendung. Eine Menge Männer sind mit einem Ausdruck der Überraschung im Gesicht krepiert.

Und egal, wie viele Male Katja den Tod verdient hat, ich darf nicht vergessen, was Cassandra immer sagt – Informationen über den Feind, die er bei dir nicht vermutet, sind *immer* die wertvollsten.

Wenn ich die schöne Katja um die Ecke bringe, betrachtet Kasatonin die ganze Operation als aufgeflogen und macht sich an die Schadensbegrenzung.

Angefangen mit der Seide.

Shane verwarf also seinen Mordanschlag, außer es bliebe ihm nichts anderes übrig. Mit der Ausdauer eines Mannes, der tagelang in den eisigen Winden Tibets meditiert hat, machte er sich ans Warten.

Als Katja sich der Tür näherte, ließ sie den Saum ihres Kleids fallen. Mit langsamen Bewegungen fischte sie den Cabanaschlüssel aus ihrem paillettenbesetzten Abendtäschchen. Dann stellte sie den Regenschirm auf den Boden, um aufzuschließen. Ihr schimmerndes Haar wurde dunkler im Regen und hing ihr rasch in nassen Strähnen ins Gesicht.

Ungeniert fluchte sie auf russisch und versuchte es erneut. Nachdem sie eine Weile an dem Schloß herumgefummelt hatte, schaffte sie es schließlich, die Tür aufzubekommen.

»Mach dich bereit«, hauchte Shane. »Sobald sie die Leitung und das Laufwerk sieht, bricht die Hölle los.«

Die Tür fiel hinter Katja zu.

Shane beobachtete wachsam die Fenster. Er erhaschte einen Blick auf ihre schattenhafte Gestalt, die durchs Wohnzimmer schritt, ohne das Licht anzuknipsen.

Kurz darauf war sie im Schlafzimmer. Eine ziemlich schwache Nachttischlampe flammte auf. In deren Schein war deutlich zu sehen, wie sie den Reißverschluß ihres Kleides aufzog. Sie trat aus der funkelnden roten Robe und stieß sie mit einem Fußtritt beiseite. Ihr BH und ihr Slip folgten.

Dani warf einen Blick auf Shane.

Seine Augen suchten systematisch alles ab, bloß nicht das Fenster, hinter dem Katja sich auszog. Was sich im Innern befand, wußte er bereits. Das, was sie draußen möglicherweise erwartete, machte ihm weitaus mehr Kummer.

Dani beugte sich zur Seite und hauchte ihre Wort in Shanes Ohr.

»Du weißt wirklich, wie man einem Mädchen eine tolle Zeit beschert. Ich war noch nie bei einer Strip-Show.«

Shane wußte nicht, ob er lachen oder Dani erwürgen sollte, weil sie ihn beinahe zum Lachen gebracht hätte; schließlich sollten all seine Sinne in Alarmbereitschaft sein, gewillt, sich jeder

Situation zu stellen – ob es nun Töten oder Sterben war oder etwas dazwischen.

Er schüttelte den Kopf und legte die Finger auf Danis Mund. Durch die dünnen Gummihandschuhe fühlte er, daß ihre Lippen kalt waren. Ihr Atem jedoch nicht. Ihre Lebenswärme durchdrang seine Hüllen.

Katja stolzierte ins Badezimmer. Einen Augenblick später tauchte sie wieder mit einem großen Handtuch auf. Sie rieb sich energisch trocken, bevor sie das Handtuch zu einem Turban um ihr nasses Haar wickelte. Hierauf nahm sie einen Bademantel aus dem Schrank und kehrte ins Wohnzimmer zurück.

Shane nahm die Hand von Danis Mund und machte sich bereit, sie auf die Füße zu reißen und mit ihr davonzulaufen.

Nun, wenigstens habe ich keine Wachen entdeckt, die uns irgendwo auflauern könnten.

Noch nicht jedenfalls.

Zu Shanes unsäglicher Erleichterung ging das Licht im Wohnzimmer auch jetzt noch nicht an. Er entspannte sich ein wenig.

Anscheinend hat sich Katja genug Alkohol genehmigt, daß helles Licht ihren Augen weh tut, dachte er.

Unermüdlich wartend beobachtete Shane, wie Katja am Computerterminal vorbei den Raum durchschritt und zur Bar ging. Sie nahm ein Glas aus dem Regal, öffnete den Gefrierschrank und schenke sich eine großzügige Portion Wodka ein.

Die eisige Flüssigkeit hatte kaum die Chance, das Glas zu beschlagen, als Katja sich den Wodka auch schon mit einem ekstatischen Kopfschwung hinter die Binde kippte.

»Wahrscheinlich hat sie Schlafprobleme«, murmelte Dani.

»Sie ist nicht ganz dicht, wenn du mich fragst.«

Katja schenkte sich noch einmal nach, dann stakste sie, das Glas in der Hand, mit unsicheren Schritten ins Schlafzimmer zurück. Als sie an die Glasschiebetüren kam, die Shane benutzt hatte, hielt sie inne, als ob etwas ihre Aufmerksamkeit erregt hätte.

Verdammte Scheiße, dachte Shane. Habe ich etwa Spuren auf ihrem jungfräulichen weißen Teppich hinterlassen, obwohl ich die Schuhe ausgezogen habe?

Nun trat Katja an die Glastür. Sie verharrte einen Moment lang, zog dann den dünnen Vorhang beiseite und starrte in die finstere Nacht hinaus. Ein Blitz zuckte auf und erhellte einen Moment lang ihre Züge.

Ihre Haut besaß die Farbe eines weißen Marmorgrabsteins, und ihre Augen glühten unheimlich. Etwas wie Wahnsinn umgab sie.

Shane und Dani rührten sich nicht. Katja stand nur ein paar Meter von ihnen entfernt und hatte sie direkt im Blickfeld.

Dann merkte Shane, daß sie nichts sah als ihre eigenen Ränke.

Langsam veränderte sich ihr Gesichtsausdruck. Ein teuflisches Lächeln breitete sich auf ihren Zügen aus. Dani wäre am liebsten aufgesprungen und davongelaufen.

Sie erhob das frostige Glas in ihrer Hand, wie um einer Welt, die sich so leicht korrumpieren ließ, zuzuprosten. Dann warf sie den Kopf in den Nacken und trank ihr selbsterwähltes Gift bis auf den letzten eisigen Tropfen aus.

Der Vorhang entglitt ihren Fingern. Sie drehte sich schwankend um und tappte auf das Bett zu. Das Glas fiel aus ihrer Hand und schlug auf dem Teppich auf.

Als ob sie über unebenen Boden schreiten würde, änderte Katja zweimal ihre Richtung. Schließlich brach sie auf dem Bett zusammen. Selbst der schwache Schein der Nachttischlampe war für ihre vom Alkohol geweiteten Pupillen zuviel. Fahrig suchte sie nach dem Schalter, fand ihn jedoch nicht. Da bleibt nur noch der Stecker. Sie riß ihn aus der Wand.

Dunkelheit senkte sich über die Cabana.

»Schöne Alpträume wünsche ich«, murmelte Shane.

Dani erschauerte.

»Ihren Kater morgen möchte ich nicht für eine Million Dollar haben«, sagte Dani. »Sie muß diesen Satan von Liebhaber sehr vermissen.«

»Liebe ist kein Wort, das ich in Verbindung mit ihr oder Kasatonin benutzen würde.«

»Irgendwie fehlt es dem Ausdruck tierischer Ficker an einer gewissen ...«

Shanes Hand schloß sich wieder über Danis Mund, während er sich ein Lachen verkniff.

»Weib«, brummte er, »deine flinke Zunge wird noch mal unser Tod sein.«

Sie nuschelte etwas Unverständliches. Er wußte nicht, ob sie ihm beipflichtete oder widersprach. Und es war ihm auch egal.

»Findest du allein zum Loch im Zaun zurück?« hauchte er Dani ins Ohr.

Sie nickte stürmisch.

»Dann ab mit dir«, befahl er. »Warte dort im Gebüsch auf mich.«

Wieder kam etwas Unverständliches hinter seiner Hand hervor. Shane ignorierte es.

»Wenn du da angelangt bist«, sagte er, »laß das Handy einmal ertönen. Solltest du in Schwierigkeiten geraten, laß es zweimal klingeln oder schrei was das Zeug hält.«

Abermals wackelte sie mit dem Kopf.

»Los jetzt, Dani! Ich werde davon ausgehen, daß alles, was sich zwischen mir und dem Durchschlupf befindet, ein Feind ist. So gesehen könnte ich dich umbringen und es erst merken, wenn es zu spät ist. Hast du verstanden?«

Dani nickte erschauernd.

Shane nahm seine Hand weg.

»Also!« forderte er sie leise auf. »Ich komme, sobald ich das Laufwerk habe.«

»Cassandra hat gesagt …«, begann Dani.

Erneut hielt er ihr den Mund zu. Er konzentrierte sich mit allen Sinnen auf seine Umgebung, einschließlich jenes namenlosen, der ihm in Afghanistan mehr als einmal das Leben gerettet hatte.

Nichts umgab sie, außer dem karibischen Sturm. Wie Katja, hatte auch der sich für die Nacht eingerichtet.

Shane nahm seine Hand weg.

»Verschwinde!«

Dani warf einen Blick auf Shanes Gesicht und begriff, daß sie diesmal nicht gewinnen würde.

Sie gehorchte.

Die Nacht und der silbrige Regen umgaben Shane wie ein finsterer Mantel, und er verharrte reglos in der Dunkelheit.

Weder in Katjas Suite noch draußen regte sich etwas, bis auf den Sturm.

Er wartete geduldig, lauschte, richtete all seine Sinne auf die Gegebenheiten.

Schließlich vibrierte das Handy an seinem Hosenbein. Einmal.

Mit einem stummen Dankgebet machte sich Shane auf den Weg zur Terrassentür. Sein Einbruchswerkzeug war überflüssig. Katja hatte es nicht geschafft, die Tür zuzusperren.

Shane wischte seine nackten Füße, so gut er konnte, mit dem Regenponcho ab, bevor er die Tür öffnete. Sobald er drinnen war, glitt er unverzüglich zum Computer. Mit einer Hand drehte er den Helligkeitsregler herunter, mit der anderen tippte er auf das Keyboard.

Sofort erschien eine Nachricht auf dem Bildschirm, die besagte, daß nicht mehr genügend Speicherplatz auf dem Laufwerk für die von ihm gewählten Dateien vorhanden sei.

Er brach den Kopiervorgang ab. Mit raschen, entschlossenen Bewegungen entfernte er Kabel und Aufnahmegerät und stopfte alles in seinen Rucksack. Zwar war er naß vom Regen, aber er hütete sich, einen Tropfen auf das Laufwerk zu bringen.

Der Bildschirmschoner flammte wieder auf mit den vorherigen Sex-Robotern.

Den Helligkeitsregler drehte er ebenfalls auf die ursprünglich vorgefundene Position. Ohne Zögern schob er geräuschlos die Glastüren auf, schlüpfte hinaus und schloß sie hinter sich. Er zog die Gummihandschuhe aus und raffte seine Laufschuhe und den Regenponcho auf; die Schuhe gönnte er sich jedoch erst, nachdem er im Gebüsch angelangt war.

Mit jeder weiteren Sekunde fragte sich Shane, ob Dani wohl entdeckt würde, bevor er sie erreichte.

Regen und nasse Blätter liefen an Shanes Poncho herunter, doch es blitzte und donnerte nur einmal. Der schlimmste Sturm hatte sich gelegt, nur eine stetige Nässe rauschte herab.

Shane fühlte Danis Anwesenheit, bevor er sie erblickte. Sie hockte zusammengekauert im dichten Laub. Das Zittern der Blätter in Wind und Regen überdeckte ihr eigenes Schlottern.

Trotz ihres offensichtlichen körperlichen Unbehagens beobachtete sie wachsam die Kameras.

Er schlich von hinten an sie heran. Wieder legte er die Hand auf ihren Mund, um einen Überraschungsschrei zu vereiteln. Erschrocken versteifte sie sich und entspannte sich wieder, als sie merkte, wer sie gepackt hatte.

Er nahm seine Hand weg.

»Wie lange bis zur Lücke?« hauchte er Dani ins Ohr.

»Neun Sekunden. Hast du das Laufwerk gekriegt?«

»Yep. Lauf sofort zum Auto, aber faß es nicht an.«

»Und du?« fragte sie.

»Ich bin direkt hinter dir.«

Einen Augenblick später schlüpfte Dani durch das Loch im Zaun. Wie versprochen folgte Shane ihr auf dem Fuße. Bevor sie das Auto erreichten, war er zehn Meter vor ihr.

Dani sah zu, während Shane den Wagen untersuchte. Alles schien in Ordnung zu sein. Er wandte sich zu Dani herum und sah, daß sie bereits nach der Tür griff, den Autoschlüssel in der Hand.

»Was zum ...«, begann Shane.

»Geh ein Stück zurück«, unterbrach Dani.

»Gib mir sofort den Schlüssel«, fuhr er sie an.

»Nein. Wie du gesagt hast, du hast eine bessere Chance, im feindlichen Territorium mit dem Laufwerk durchzukommen als ich. Los, *geh zurück*.«

Shane rang mit sich. Dani hatte recht, und sein Verstand wußte es. Aber seine Gefühle rebellierten.

Nach ein paar Sekunden gewann seine Vernunft die Oberhand.

»Keine Scheinwerfer und kein Lärm«, warnte er sie.

»Ich tu mein Bestes«, versprach Dani.

Insgeheim fluchend wich Shane so weit zurück, wie es die Sicherheit erforderte und wartete.

Dani steckte den Schlüssel in die Tür und gleich darauf ins

Zündschloß. Kein von Menschen verursachter Blitz, kein Donnern zerriß die Stille der Nacht.

Erleichterung überfiel Shane mit einer Adrenalinwelle und sein Herz hämmerte lauter als der Regen. Er rannte zum Wagen.

Dani rutschte bereits über die Mittelkonsole auf den Beifahrersitz. Samt nassem Poncho und Rucksack warf sich Shane hinters Steuer, achtete jedoch darauf, die Tür so leise wie möglich zu schließen.

Er schaltete die Scheinwerfer erst an, als der Wagen das Hotelgrundstück verlassen hatte und sich in den Verkehr von und zu den Casinos fädelte.

»Hast du Boston erreicht?« fragte er.

»J-ja ...«

Erst jetzt fiel Shane wieder ein, daß Dani, obwohl draußen um die fünfundzwanzig Grad herrschten, halb erfroren war. Er drehte die Heizung an.

Nach ein paar Minuten stieß Dani einen langen Seufzer der Erleichterung aus. Wärme durchströmte ihre von Regen, Wind und Angst vollkommen erstarrten Glieder.

»Hoffentlich versucht Boston nicht, Katja umzubringen, bevor er verschwindet«, sagte Shane.

»Warum nicht?«

»Aus demselben Grund, aus dem ich darauf verzichtet habe. Die Informationen auf dem Laufwerk sind wesentlich wertvoller, wenn die Harmony nicht erfährt, daß wir sie haben.«

»Oh!«

Der Schauder, der Dani überrann, hatte nichts mit der Kälte zu tun.

»Tust du so was öfter?« fragte sie nach einer Weile.

»Leute umbringen?«

»Hm!«

Shane erläuterte: »In der Hinsicht habe ich in Afghanistan genug erlebt.«

»Wolltest du deshalb Mönch werden?«

Ohne zu antworten warf er einen Blick in sämtliche Autospiegel. Egal wie viele Manöver er vollführte, wie unerwartet er auf einen Hotelparkplatz einbog, kein Auto löste sich aus dem Verkehr und folgte ihm.

Zufrieden machte sich Shane auf den Weg zu der kleinen Nebenstraße. Keine Scheinwerfer tauchten hinter ihnen auf. Und keine vorne.

»War das der Grund?« fragte Dani, als ob seit ihrer letzten Frage keine Zeit verstrichen wäre.

Shane maß sie von der Seite.

»Hat dich dein Ex-Mann verprügelt?« fragte er kühl. »Bist du deshalb abgehauen?«

Dani stieß einen überraschten Laut aus. Sie wollte ihm gerade sagen, daß ihn das einen Dreck anging, als ihr klar wurde, daß seine Frage nicht persönlicher war als ihre.

»Ich wollte nicht neugierig sein«, entschuldigte sie sich. Dann fügte sie langsam und deutlich hinzu: »Die Antwort ist ja, auf beide Fragen. Meine Gelübde breche ich genauso wie du erst nach reiflicher Überlegung.«

»Ich bin froh, daß du Versprechen ernst nimmst«, brummte Shane.

»Wieso?«

»Weil es verdammt kalt sein wird, während wir auf den Hubschrauber warten.«

»Was meinst du damit?«

»Das wirst du schon sehen. Warte hier, bis ich zurückkomme, um dich zu holen.«

Mit diesen Worten lenkte Shane den Wagen von der Straße ins Unterholz, schaltete Scheinwerfer und Motor ab und stieg aus. Im strömenden Regen konnte Dani ihn kaum erkennen, während er den Kofferraum öffnete und wieder schloß. Dann verschwand er im Dunkeln, in der Hand das elektronische Signalgerät, mit dem er den Helikopter anfunken wollte.

Dani wartete im allmählich auskühlenden Wageninnern und fragte sich, wie lange es wohl dauern würde. Schon jetzt klebte ihr die Kleidung wieder feucht am Körper.

Die Beifahrertür ging auf. Kühle Tropfen und Wind fegten über sie hinweg.

»Raus«, ordnete Shane an.

»Aber ...«

»Ja, ich weiß«, unterbrach er sie. »Hier drin ist es trocken. Aber hier würde man uns auch zu allererst suchen.«

Dani stieg aus und folgte Shane in den strömenden Regen und das dichte Unterholz. Prompt rannte sie in ihn hinein, als er plötzlich stehenblieb, in die Knie ging und sich schließlich mit dem Rücken an eine Palme setzte.

Der Regen strömte Dani vom Haar in den Nacken. Sie bemerkte es kaum. Sie war so naß, als wäre sie soeben einem Schwimmbecken entstiegen. Zitternd sank sie neben Shane auf den Boden, schlang die Arme um die Knie und rollte sich zu einer festen Kugel zusammen.

Sie bat ihn nicht um seinen Poncho. Selbstverständlich war es wichtiger, das Laufwerk trocken als sie warm zu halten.

»K-kann ein Hubschrauber bei dem S-Sturm fliegen?« stammelte sie.

Ihre Zähne klapperten noch nicht. Aber sie würden bald damit anfangen.

»Bin schon bei schlimmerem Wetter geflogen«, sagte Shane angespannt.

»Wie l-lange wird es dauern, b-bis der Hubschrauber kommt?« Sie fror entsetzlich.

Shane unterdrückte einen Fluch auf die Götter, denen es gefiel, ihn mit genau dem zu foltern, was er sich mehr als alles andere auf der Welt wünschte, aber sich nicht erlauben durfte. Noch nicht. Nicht, ohne sein Gelübde zu brechen.

»Zu lange«, sagte er mit grimmiger Gewißheit. »Und bei weitem nicht lange genug.«

»Das klingt wie eine dieser unverständlichen Weisheiten, die Zenmeister ihren Schülern beibringen.«

»Zuerst ein Cyborg, jetzt ein Zenmeister. Soll das eine Beförderung sein?«

Dani mußte lachen, obwohl sie vor Kälte zitterte.

Mr. Crowe, der ihrem Lachen lauschte, wußte nicht, wie lange er es sich noch verkneifen konnte, sie zu küssen, zu berühren, die samtige Wärme ihres Körpers zu erforschen. Er hoffte, daß die Erlösung nahte.

Bitte!

Himmel noch mal!

Mit einer zornigen Handbewegung riß Shane den Reißverschluß des Ponchos auf, so weit er reichte. Nicht weit genug.

Nun zog er das Messer aus seiner Hosentasche. Mit einer Daumenbewegung ließ er die Klinge herausspringen. Der Stahl zerschnitt den weichen Stoff des Umhangs wie Butter.

»W-was tust du d-da?« bibberte Dani.

»Ich mache Platz für zwei Köpfe.«

»Aber d-das Laufwerk …«

»Ist schon in Ordnung«, fiel Shane ihr ins Wort.

Ich laufe auch schon auf Hochtouren, dachte er zynisch. Also wenn dieser Vergleich nicht eine kleine Meditation wert ist.

»Komm her«, lud er sie jetzt ein.

Dani ließ sich nicht zweimal bitten. Kniend tauchte sie unter den Poncho. Der Duft von feuchter Vegetation, nasser Kleidung und schierer männlicher Hitze überfiel sie. Eine schwindelerregende Mischung. Am liebsten wäre sie so für immer sitzen geblieben und hätte das alles nur tief in sich eingesogen.

Zögernd steckte Dani den Kopf durch die geweitete Öffnung des Umhangs und versuchte, es sich in ihrer knienden Position bequem zu machen.

»Hör auf rumzurutschen und setz dich mit dem Rücken zu mir«, befahl er barsch.

Artig drehte Dani sich herum und ließ sich nieder.

Irgendwie war sie ganz von Shane überdacht. Sein Torso schmiegte sich an ihren Rücken, seine Beine erhoben sich beiderseits der ihren und seine Arme schlangen sich um sie. Eine unübersehbare Wölbung bohrte sich an ihr Steißbein.

»Ups«, entfuhr es Dani.

Shane hätte beinahe gelacht. Aber damit hätte er sich nur an ihrem Körper gerieben. Er redete sich ein, daß er das nicht wollte.

Eine Selbsttäuschung.

»Nur keine Panik«, beschwichtigte er sie. »Ich werde schon nicht über dich herfallen.«

»Klar! I-ich war bloß überrascht, das ist alles.«

Ein paar Minuten lang saßen die beiden auf diese Weise zusammen, während der Regen auf den Poncho herunterprasselte. Shanes Körperwärme drang wie die karibische Sonne in Danis erstarrte Gliedmaßen. Allmählich hörten ihre Zähne auf zu klappern. Mit einem langen Seufzer lehnte sie sich entspannt an ihn.

»Besser?« wollte er wissen.

Sein Mund befand sich so nahe an ihrem Ohr, daß Dani die Wärme seines Atems spürte. Das Schaudern, das sie überlief, hatte nichts mit der Kälte zu tun.

»Jawohl!« Sie biß sich auf die Unterlippe. »Danke.«

»Gern geschehen. Zwei Körper zusammen sind wärmer als zwei einzelne.«

»Du fühlst dich kein bißchen kalt an.«

Shane lachte.

Dani merkte, was sie da gesagt hatte und hätte sich am liebsten geohrfeigt.

»So habe ich es nicht gemeint«, schickte sie hinterher.

»Natürlich nicht.«

Shanes Atem strich über ihr Ohr. Mit einer Sehnsucht, die sie sich erst jetzt eingestand, legte sie die Hände auf seine Unterarme. Seine hochmoderne Tarnkleidung fühlte sich kühl an, der Mann darunter jedoch nicht.

Dani strich mit den Händen über ihn, von seinen Handgelenken zu den Schultern und wieder zurück. Ihre Handflächen schmachteten förmlich nach seiner Wärme. In der Stille, durch die nur der Regen trommelte, umkreiste sie mit den Fingern wieder und wieder seinen Bizeps, prüfte seine Stärke.

Zum ersten Mal, seit ihr Ex-Mann ihr Vertrauen bösartig mißbraucht hatte, ertappte sich Dani dabei, wie sie den physischen Unterschied der Kräfte zwischen Mann und Frau genoß. Langsam begann sie die harten Gliedmaßen, die sich so anders anfühlten als die ihren, zu streicheln.

Shanes Muskeln spannten sich unter Danis Händen an, als er

sie noch enger an sich zog. Seine Unterarme hoben ihre Brüste in langsamer Liebkosung.

Ein erregender Schauer packte sie. Ihre Brustwarzen verhärteten sich ebenso unfreiwillig wie Shanes Glied, das sich an ihre Hüfte preßte.

Er neigte den Kopf ein wenig vor und strich mit den Lippen über die weiche, nasse Haut ihres Nackens. Dann kostete er sie genießerisch wie ein Kater, der eine Sahneschüssel ausleckt.

»Shane?« wisperte Dani.

»Ich bin hier.«

»Ist das eine gute Idee?«

Er verneinte. »Soll ich aufhören?«

»Bitte nicht.«

Shane verharrte einen Moment lang vollkommen reglos.

»Zwei Körper zusammen sind besser als zwei einzelne«, wiederholte Dani seine Worte.

»Wärmer«, korrigierte er.

»Das auch.«

Shane lachte leise. Dani schloß die Augen und legte den Kopf zur Seite, um ihm mehr Haut zum Küssen anzubieten. Seine Lippen fanden ihr Ohrläppchen. Er saugte den Regen von ihrer kühlen, empfindsamen Haut.

»Wein doch«, ermutigte er sie.

Danis Lachen klang ein wenig erstickt.

»Bloß Regen«, sagte sie.

»Bloß du!«

Shane regte sich, und seine Hände glitten über Danis Rippen. Ihre Bluse war noch kalt und naß vom Regen, aber die Hitze der Frau darunter zog ihn so magisch in ihren Bann wie ein Sirenenruf.

Sanft, unaufhaltsam glitten Shanes Hände unter Danis Brüste und schlossen sich dann um die festen Halbkugeln. Genießerisch tastete er das weiche Fleisch, das sich so sehr von dem seinen unterschied. Er hungerte danach, die Härte ihrer Nippel zu prüfen, doch traute seiner Beherrschung nicht über den Weg.

Da bewegte sich Dani und nahm ihm die Entscheidung ab.

Ihre festen Warzen stupsten verlockend gegen seine Finger. Sie reckte sich langsam und genüßlich wie eine Katze und preßte sich gegen seine Handflächen.

Shane schluckte einen lustvollen, aber auch bedauernden Fluch hinunter. Ihre Warzen waren wie sein Körper, aufs höchste erregt, und gierten danach, gestreichelt zu werden.

Sie regte sich erneut, rieb ihre Brüste in stummem Flehen an seinen Handflächen. Ihre Hände legten sich über die seinen und drückten und drängten. Ein Augenblick später nahm sie sie fort.

Verdutzt fragte er sich, ob sie wohl ihre Meinung geändert hatte. Dann fühlte er, wie sich unter seinen Händen der Stoff ihrer Bluse öffnete, während sie sie aufknöpfte. Dann löste sie den Vorderverschluß ihres BHs. Mit unverhüllter Sinnlichkeit rieb sie seine Hände an ihren nackten Busen und bäumte sich erregt auf.

Elementarer Hunger rammte sich wie eine Faust in Shanes Magen und ließ ihn erbeben. Er wollte nichts mehr, als Dani die Sachen vom Leib zu reißen und sich in ihr zu vergraben.

Falscher Zeitpunkt, schalt er sich grimmig. Falscher Ort. Richtige Frau.

Mit einem erstickten Stöhnen nahm Shane, was Dani so offen und ehrlich anbot. Er streichelte ihre Brüste und zupfte an ihren Warzen, bis sie wimmerte vor Erregung. Jeder Laut war wie ein scharfer Peitschenhieb auf seinen vor Lust schmerzenden Körper.

»Ich kann dein Herz spüren«, sagte er. »Es hämmert stärker als der Regen. Das gefällt mir.«

»Und du willst mich auch«, gab Dani zur Antwort. »Ich hätte nicht gedacht, daß mir das jemals wieder gefallen würde, aber das tut es.«

Dani machte einen Hohlrücken und wand sich genießerisch, wobei sie den Druck auf die Innenseite von Shanes Oberschenkel erhöhte.

»Du bringst mich ganz schön in Fahrt«, gestand sie mit heiserer Stimme. »Ich habe noch nie einen Mann so begehrt wie dich.«

Einen Augenblick lang drückte Shane ihr förmlich die Luft ab. Er hielt sie mit hartem Griff und preßte sehnsüchtig seine Lenden an sie. Abrupt lockerte er seine Umklammerung und vergrub stöhnend das Gesicht in ihrem Nacken.

Seinen eigenen Hunger würde er noch nicht stillen, aber Danis … das war etwas anderes.

»Ist das unbequem für dich?« fragte sie hastig und drehte den Kopf zu ihm herum. »Ich kann mich auch anders hinsetzen.«

Shane nahm ihren Mund mit einer Leidenschaft, die sie in keinem Zweifel über seinen Zustand beließ. Seine Finger zitterten, als er den Messingknopf am Bund ihrer Jeans berührte. Dann zeichnete er die kühle Rundung nach, als ob er sich schon auf den anderen, viel heißeren Knopf darunter freute.

Der Bund von Danis Jeans öffnete sich. Langsam zog Shane die Metallzunge ihres Reißverschlusses herunter. Sein Fingerknöchel rieb sich an ihr. Dann stahlen sich seine langen Finger in ihr Höschen.

Dani stieß einen erstickten, kehligen Laut aus und bäumte sich auf, um Shane besseren Zugang zu gewähren. Er liebkoste ihr warmes, glattes Fleisch, bis sie sich wand und in seine Handfläche preßte. Nun zupfte er an dem festen kleinen Knopf, den er aus ihren weichen Falten gelockt hatte.

Sie wimmerte und wand sich in seinen Armen. Es gelang ihr nur halb, er hielt sie zu eng an sich gedrückt. Ihre Hand glitt hinter ihren Po und wollte ihn streicheln. Er umschlang ihre Finger und hielt sie fest an seine Hüfte gepreßt.

»Ich möchte …«, begann Dani.

»Nein«, wehrte er heiser ab.

»Aber ich möchte dich berühren!«

»Ich weiß.«

»Willst du denn nicht …«

Danis Worte endeten in einem Keuchen, als Shanes Finger in ihre nasse Öffnung drangen. Sie erschauerte, einmal, noch einmal, und eine viel heißere Flüssigkeit als der Regen rann über Shanes Hand.

»Teufel noch mal, ja, ich will es», stieß er heftig hervor. »Aber es ist noch nicht soweit.«

Dani erwachte schlagartig aus dem Nebel der Leidenschaft.

»*Verdammt!*« Plötzlich war es ihr eingefallen. »Du hast recht. Ich nehme ja nicht die Pille und bin dann auf einmal schwanger.«

Bei dem Gedanken durchzuckte Shane eine unerträgliche Erregung. Seine Reaktion verblüffte ihn selbst.

»Das wirst du nicht«, versprach er ihr.

»Ein Pfadfinder, hm? Allzeit vorbereitet?«

»Nein. Ein Gelübde.«

Shanes Hand bewegte sich und genoß Danis Bereitschaft für ihn, während er sie liebkoste. Eine Welle der Lust schlug über Dani zusammen, mit einer Heftigkeit, die sie völlig verwirrte.

»Was – für ein Gelübde?« keuchte sie.

Shanes Finger bohrten und zogen sich zurück, bohrten und zogen sich zurück, in einem Rhythmus, der Dani absolut wild machte. Sie biß sich auf die Lippen, um nicht laut aufzuschreien angesichts der unerträglichen Lustwellen, die sie durchzuckten. So etwas hatte sie noch nie erlebt.

»Keuschheit«, flüsterte Shane ihr ins Ohr.

»*Was?*«

»Ich habe sexuellen Aktivitäten für drei Jahre abgeschworen. Aber mach dir keine Sorgen. Nur einer von uns wird das bereuen.«

Dani schüttelte benommen den Kopf. Was er da sagte, war ebenso unglaublich wie die schockierende Lust, die er ihr schenkte, noch während er sprach.

»Das meinst du doch nicht im Ernst«, stieß sie erstickt hervor.

Shane antwortete nicht. Er nahm einfach Danis Mund und liebkoste sie, bis sie sich unter ihm aufbäumte wie ein zum Zerreißen gespannter Bogen, bis es sie schüttelte und sie sich unter den unerträglichen Lustwellen wand, die er mit jeder Handbewegung bei ihr auslöste.

Schließlich zwang sich Shane, Danis Mund und ihr heißes, nasses Fleisch freizugeben, obwohl es ihm vorkam, als würde er sich die Haut vom Leib reißen. Er wußte nicht, ob es Regen oder Tränen der Ekstase waren, die über ihr Gesicht liefen. Aber er war bereit, seine Seele für einen gemeinsamen Höhepunkt zu verkaufen.

Wenn er nun Tränen anstelle von Regen schmeckte, dann würde er sein Gelübde brechen …

Mit entschlossenen Bewegungen schlüpfte Shane aus den Rucksackschlaufen, duckte sich unter dem Poncho weg und stand auf, um sich allein in die Fluten zu stellen.

21

Washington D.C.
November

Vergiß es, sagte sich Dani. Nichts passiert!

Selbst nach drei Tagen schoß Dani noch eine peinliche Röte in die Wangen, wenn sie daran dachte, wie sie Shane beinahe angebettelt hatte, mit ihr intim zu werden.

Kein Wunder, daß er ohne einen Blick zurückzuwerfen davonmarschiert ist, dachte sie. Nur überrascht es mich, daß er mich nicht einfach dort hocken gelassen hat, damit ich wieder zu Verstand komme.

Aber das hat er nicht. Er hat mir mehr gegeben in diesen paar Minuten, als ich ein Leben lang von Männern bekommen habe. Die Papiere verschwammen vor ihren Augen. Sie erforschte ihr Gedächtnis, wann sie das letzte Mal mehr als ein, zwei Stunden geschlafen hatte – ohne Ergebnis.

Statt dessen blickte sie von dem Papierstapel auf ihrem Schreibtisch auf und musterte ihr Campusbüro. Ihr Blick glitt von den eingerahmten Seidenmalereien zu den Wandteppichen. Die unterschiedlichsten Textilien waren aufgrund ihres hohen Alters zwar verblaßt; dennoch besaß jedes einzelne Stück eine eigenartige Leuchtkraft und Lebendigkeit.

Sie liebte die alten Gewebe. Kundige Hände hatten sie zur Freude von Menschen geschaffen. Jeder Webstil erzählte von einer anderen Kultur, von einem anderen Weber, einer anderen Weberin. Jede Farbe stammte von Kräutern, Mineralien oder Käfern, die es nur an ganz bestimmten Orten auf der Welt gab und nirgends sonst.

Da hing auch ein moderner Seidenschal, dessen Motiv einem Fresko aus einem Kloster an der Seidenstraße entlehnt war. Nicht weit davon stand ein Glasbehälter mit einem Fetzen antiker Baumwolle, den sie in einer geplünderten Anasaziruine gefunden hatte. In einem Schaukasten an einer anderen Wand befand sich ein moderner japanischer Kimono in leuchtenden Grün-, Blau- und Weißtönen.

Gegenüber prangte ein zarter *k'ossu*-Wandteppich aus der späten Ming-Periode, der den Flug eines Phönix zeigte. Die Farben strahlten wie ein frischer Regenbogen. Diese Seide hatte sie sechs Monatsgehälter gekostet. Für Dani wäre auch der dreifache Preis noch eine einmalige Gelegenheit gewesen.

Stumm und dennoch beredt erzählten ihr die Gewebe von einem Heer von Frauen, die über die Jahrhunderte hinweg gesponnen, gewebt, geschwatzt und gelacht hatten, während sie etwas schufen, das sie selbst, ihre Kinder, ihre Enkel und Urenkel überdauern würde … Generationen von Menschen, die Kunstwerke aus einzelnen Fäden schufen, die Vollendung und Schönheit gleichsam aus dem Nichts erstehen ließen.

Wie jene kurzen Augenblicke in Aruba, dachte Dani.

Müde rieb sie ihre brennenden Augen und fragte sich, warum das Schicksal ihr den falschen Mann untergejubelt hatte.

Ein Keuschheitsgelübde.

Zorn und Scham wallten in Dani auf. Wenn er früher damit herausgerückt wäre, hätte ich mich nicht so bloßgestellt. *Zur Hölle mit ihm!*

Und mit mir auch. Wie konnte ich nur so blöd sein!

Angestrengt konzentrierte sie sich wieder auf die Gegenwart. Der Herbst war zu Ende gegangen, während sie sich in den Tropen aufhielt. Ein eisiger grauer Regen aus den Appalachen fegte nun durch die Hauptstadt. Der Winter, streng und asketisch wie ein Kloster, übernahm für die kommenden Monate das Regiment.

Der Gedanke an Klöster und Mönche ließ Dani zusammenzucken.

Das Telefon klingelte und riß sie aus ihren Gedanken. Erleichtert hob sie den Hörer noch vor dem zweiten Klingeln ab.

»Danielle Warren«, meldete sie sich.

»Immer noch dran, Mädchen?«

Beim Klang von Gillespies tiefer Stimme warf Dani einen schuldbewußten Blick auf den vor ihr liegenden Papierstapel.

»Ich arbeite tatsächlich grade«, sagte sie. »Puh, was für ein Berg!«

»Das ist nichts im Vergleich zu den Mengen, die Shane aus Aruba mitgebracht hat. Cassandra und vier andere Übersetzer brüten rund um die Uhr darüber.«

»Haben Sie die Seide schon gefunden?« fragte Dani erregt.

»Nein.«

»Verdammter Mist!« Sie ließ ihrer Enttäuschung freien Lauf.

»Amen. Wie steht es mit Ihrem Netzwerk von Textilenthusiasten?«

»Keiner hat was von einem antiken, außergewöhnlichen indischen, tibetischen oder chinesischen Seidenstoff gehört, der zum Verkauf stünde. Oder sie wissen davon und reden nicht.«

»Verdammter Mist!«

»Ist das die Stelle, an der ich jetzt mit ›Amen‹ dran bin?« meinte Dani.

Gillespie lachte.

»Shane hatte auch damit recht«, bemerkte er.

»Womit?«

»Er sagte, egal wie brenzlig es auch wurde, Sie brachten ihn zum Lachen.«

Dani schloß die Augen und kämpfte die Röte nieder, die in ihre Wangen schießen wollte.

»Wissen Sie, daß er tausend Tode starb, während er zusah, wie Sie den Schlüssel im Wagenschloß umdrehten?« fragte Gillespie.

Dani stockte der Atem. »Das hat man ihm nicht angemerkt.«

»Sie sind eine phantastische Partnerin. Shane singt nichts wie Lobeshymnen auf Ihren kühlen Kopf.«

»Oh, das kann ich mir vorstellen. Deshalb habe ich mich ja auch wie ein Eisen um Mr. Crowes steifen Nacken gefühlt.«

Gillespie räusperte sich. Oder vielleicht lachte er auch, überlegte Dani.

»Ist Boston schon rausgekommen?« erkundigte sie sich.

»Wir haben ihn vorletzte Nacht rausgeholt.«

»Gott sei Dank!« atmete sie auf. »Shane fürchtete schon, er würde sich über Katja hermachen.«

»Hätte er auch beinahe getan«, berichtete Gillespie. »Sein Bruder hat es nicht geschafft.«

»Was?«

»Der Museumswächter. Die Harmony hat ihn vor uns erwischt …«

Dani starrte aus dem Fenster auf die verregnete Umgebung und verbot sich jegliche Vorstellung der Konsequenzen für das Opfer.

»Dani? Sind Sie noch dran?«

»Jaha.«

»Gut. Da ist noch ein Paket an Sie unterwegs. Sagen Sie uns, was Sie davon halten. Es ist das Neueste, was unsere Jungs aus dem Internet gefischt haben.«

Dani konnte ein Stöhnen nicht ganz unterdrücken.

»Seit drei Tagen kämpfe ich mich durch Memos, beantworte eine Million neugieriger und unhöflicher Fragen von Studenten, Kunsthändlern und Insidern«, beschwerte sie sich. »Und jetzt mischen sich auch noch die Computerfreaks ein.«

»Die Botschafterin wäre Ihnen wirklich dankbar.«

»Tatsächlich? Weiß ›die Botschafterin‹ denn nicht, daß ein Mensch auf die Dauer nicht mit drei Stunden Schlaf auskommt?«

Gillespie lachte. »Und ich habe geglaubt, wir hätten Sie bis jetzt immer mit Samthandschuhen angefaßt.«

»War das vor oder nach dem Marathon?«

»Dem Marathon?«

»Meine sogenannte ›Befragung‹«, half Dani ihm auf die Sprünge. »Sie erinnern sich doch sicher an unseren dreizehnstündigen Kaffeeklatsch?«

»Shane haben wir zwanzig Stunden durch die Mangel gedreht.«

»Soll mich das vielleicht trösten?«

»Na ja, wenn Sie eine Sadistin sind«, erwiderte Gillespie fröhlich.

»Nein. Und genausowenig bin ich eine Masochistin. Wenn Sie das bitte im Gedächtnis behalten würden.«

»Dräut da vielleicht schon ein Nervenzusammenbruch am Horizont?«

Dani dachte darüber nach, dann seufzte sie ein wenig über sich, ein wenig über den Regen.

»Nein, ich glaube nicht«, sagte sie. »Aber verdammt noch mal, Gillie, es macht mich ganz verrückt, daß wir nach allem, was wir auf Aruba riskiert haben, immer noch nicht wissen, wo die Seide ist und warum die Harmony sie gestohlen hat!«

»Jede qualifizierte Vermutung nehmen wir dankbar an.«

»Ich bezweifle, daß meine qualifizierter wäre als Shanes.«

»Seine Sichtweise der Dinge ist östlich. Ihre nicht.«

»Östlich? Sie meinen so mehr buddhistisch?«

Der Sergeant-Major grunzte zustimmend.

»Gillie«, hielt Dani ihm vor, »haben Sie überhaupt eine Ahnung, vor was für eine schwere Aufgabe Sie mich gestellt haben?«

»Sagen Sie es mir.«

»Innerhalb von drei Tagen soll ich eine aktuelle Monographie für Sie anfertigen.«

Der Laut, den Gillespie ausstieß, klang mitfühlend. Glaubte Dani zumindest.

»Solche Facharbeiten«, betonte Dani, »erfordern normalerweise Jahre.«

»Wie gut, daß Sie so ein kluges Köpfchen sind!«

Sie ignorierte die Schmeichelei. »Meine bisherigen Arbeiten habe ich alle post factum veröffentlicht, Hunderte von Jahren danach, um genau zu sein. Manchmal sogar Tausende.«

Gillespie brummte so, daß es definitiv ermutigend und gleichzeitig fragend klang.

»Alles war stets Geschichte«, meinte Dani im Bemühen, es ihm begreiflich zu machen. »Es handelte sich um statische Situationen und nicht um dynamische. Ich konnte mir Zeit lassen, konnte in aller Ruhe im Staub der Jahrhunderte wühlen und Muster, Trends und Deutungen herausfiltern.«

»Exakt! Cassandra meint, Sie wären brillant, wenn es um das

Herausfiltern von Mustern ginge. Deshalb möchte sie ja, daß Sie alle Informationen über die Harmony analysieren und sich ein Bild machen von den politischen und ökonomischen Auswirkungen für Asien, basierend auf der Wirkungskraft der tibetischen Freiheitsbewegung und der Macht der Harmony mit oder ohne bestimmte Mitglieder.«

»Gillie«, sagte Dani gequält, »niemand ist je gestorben oder hat überlebt wegen meiner Monographien.«

»Macht einen ganz schönen Unterschied, nicht wahr? Steigt einem zu Kopf wie purer Scotch.«

»So ungefähr«, gab sie zu. »Aber was ist mit dem Kater danach?«

»Fragen Sie Shane. Er war in den letzten Tagen der reinste Bastard. Hab ihn schließlich zu den Azurmönchen geschickt, damit er es an diesem Parakeet auslassen kann.«

»Armer Kerl.«

»Shane?«

»Pakit«, berichtigte Dani.

»Bei dem ist Ihr Mitleid fehl am Platze. Er versucht den Lama dazu zu überreden, Risk Limited den Fall wegzunehmen und eine andere Firma zu beauftragen.«

»Irgendein bestimmter Grund?«

»Parakeet behauptet, daß Shane die Seide zweimal verloren hat«, sagte Gillespie mit unüberhörbarer Verachtung.

»Was?«

»Einmal in Lhasa, als er Sie rettete statt den Fetzen, und dann noch mal auf Aruba.«

»Es gibt nicht den geringsten Beweis dafür, daß die Seide überhaupt auf Aruba war«, ließ Dani sich vernehmen. »Boston hat deutlich gesagt, daß Kasatonin mit leeren Händen ankam.«

»Nun, Parakeet tönt rum, wir könnten auch nicht beweisen, daß die Seide *nicht* dort war.«

»Wie nett!«

»Wenn Sie es sagen«, meinte Gillespie. »Von hier aus betrachtet sieht mir das Ganze mehr nach einem waschechten Charlie-Foxtrott-Debakel aus.«

»Sie sollten mal mein Büro sehen: Charlie Foxtrott in einer Gelehrtenkammer!«

Gillespie lachte. »Rufen Sie mich an, wenn Sie was brauchen, Süße.«

»Mehr Zeit!«

»Wenn Sie es mit Vierundzwanzigstunden-Schichten nicht schaffen …«

»… dann versuche ich nachts zu arbeiten«, beendete Dani trocken seinen Satz. »Herzlichen Dank, Gillie. Erinnern Sie mich daran, daß ich Ihnen einen Gefallen schuldig bin. Salz in Ihren Kaffee würde mir da auf Anhieb einfallen.«

Dani hängte ein, während Gillespie noch lachte. Zu ihrer Überraschung mußte auch sie lächeln. Dieses Gespräch hatte sie mit neuem Auftrieb erfüllt.

Ein Glück, dachte Dani. Ich brauche jedes bißchen Energie, das ich kriegen kann.

Auf ihrem Schreibtisch häuften sich Dokumente, Kataloge und jede Menge Zeitungsausschnitte. Einiges davon stammte von Risk Limiteds Computer-Datenbanken. Doch der überwiegende Teil des Forschungsmaterials kam aus Danis eigener Fundgrube – Ausstellungskataloge und Auktionsprogramme, Bücher, die nicht mehr erhältlich waren, und Esoterikmagazine, die nur in limitierter Anzahl aufgelegt wurden, aber Informationen enthielten, die sonst nirgends auf der Welt zu finden waren.

In den Tagen vor und nach Aruba, die Dani mit dem Sichten und Sortieren von Dokumenten und Forschungsmaterial verbracht hatte, war ihr allmählich klargeworden, daß sie selbst eine einzigartige Informationsquelle darstellte.

Andere hatten ihr Interesse an antiken Textilien oft als seltsam, ja manchmal als ausgesprochen lächerlich abgetan. Doch jetzt begriff Dani, daß sie mehr bieten konnte als die Summe ihrer wissenschaftlichen Artikel. Sie war nicht nur untrennbar mit der zurückliegenden Vergangenheit, sondern auch mit der lebendigen Gegenwart und der ungewissen Zukunft verbunden. An ihrer Arbeit orientierten sich nicht nur eine Handvoll Akademiker, sondern auch Politiker und Naturvölker vom Rande der Welt.

Und nicht zu vergessen Mörder und Betrüger, rief sie sich ins Gedächtnis.

Selbst nach ihren vielen Aufenthalten in der relativen Anarchie entlang der Seidenstraße hatte Aruba ihr eine Art Offenbarung gebracht. Es war wie der Unterschied zwischen der Lektüre eines Reisemagazins und dem eigenen Blick hinter die Kulissen.

Der durchschnittliche karibische Tourist sah nur Sonne und Strand und die bunten Lichter der tropischen Nächte. Doch hinter der Strandidylle der Neonfassade von Aruba lag eine andere, weit finsterere Realität. Die Finsternis zu bagatellisieren hieß, auch das Gute in Abrede zu stellen, das natürlich trotzdem existierte.

Aber wir könnten viel, viel mehr Licht gebrauchen, dachte Dani und zog ein paar Papiere aus dem Stapel. Ein paar Lagerfeuer in der düsteren Nacht der Harmony sind einfach nicht genug.

Scheinbar willkürlich suchte sie noch mehr Papiere heraus. Früher einmal hätte sie sich gefragt, warum sie ausgerechnet diese aus dem Stapel von Dokumenten auswählte. Das ließ sie jedoch inzwischen bleiben. Sie hatte erfahren, daß die rationale Ebene ihres Verstandes nicht immer die verläßlichste war. Muster formten sich woanders, dort, wo Instinkt und Intellekt miteinander verschmolzen.

Ich werde nach Hause gehen und dort weiterarbeiten, beschloß Dani und stopfte die Papiere in ihre Schultertasche. Während dann meine Minestrone kocht, lege ich eine CD mit gregorianischen Gesängen auf und lasse meinen Kopf ein wenig ausruhen.

Sie zögerte, doch dann steckte sie auch die restlichen Risk-Limited-Dokumente zu den anderen Papieren in die Tasche. Nachdem sie Shanes Einbruchswerkzeug gesehen hatte, das er so geschickt zu benutzen verstand, war ihr Vertrauen in Schlösser merklich geschwunden.

Der rationale Teil von Danis Verstand sagte, daß sie übertrieb mit ihrer Sorge, der Arm der Harmony könnte bis in ihr Büro hier an der Uni reichen. Es war unmöglich, daß sie hierherkommen, ihre Papiere filzen und die bittere Wahrheit rausfinden könnten.

Doch ihr Instinkt empfahl ihr, aufzuhören zu denken und sämtliche Unterlagen in die Tasche zu stopfen. Was sie energisch in die Tat umsetzte …

Es klopfte. Bevor sie »Herein!« rufen konnte, ging die Tür auf.

Der Kopf des Leiters der archäologischen Fakultät, Henley Cage, erschien. Cage, einer von Amerikas führenden Experten in chinesischer Innenarchitektur, war ein großer, dünner Akademiker, der natürlich eine der Eliteuniversitäten des Landes absolviert hatte und eine Schwäche für Cordjacketts mit Lederflecken an den Ellenbogen sowie für Haarschnitte, die weder lang noch kurz waren, besaß.

»Hallo, Unbekannte«, sagte er lässig.

»Hallo Henley«, erwiderte Dani lächelnd. »Was gibt es?«

»Ich bin froh, daß ich Sie endlich in Ihrem Büro antreffe. Schon seit Tagen suche ich Sie.«

Cage war gewöhnlich ein recht toleranter Fakultätsleiter, innerhalb gewisser Grenzen natürlich. Offenbar hatte Dani eine dieser Grenzen überschritten.

Dani entschuldigte sich. »Es war in letzter Zeit recht hektisch.«

»Das sehe ich«, meinte Cage.

Er kam herein und beäugte abschätzend die Stapel von Büchern und Zeitschriftenartikeln, die sich überall türmten. Wie vielen Washingtoner Akademikern waren ihm die Nahtstellen nicht fremd, wo die hehren Gipfel akademischer Lehren in die finsteren Täler politischer Realität übergingen.

Ohne zu überlegen, machte Dani ihre Schultertasche mit den Risk-Limited-Papieren zu. Solche Geheimniskrämerei war neu für sie. Sie kam sich einigermaßen töricht vor, ja beinahe paranoid. Doch auf der primitiven Ebene ihres Verstandes mußte Dani immer wieder daran denken, wie überrascht Feng ausgesehen hatte, als er starb. Cage nahm ein Buch zur Hand und durchblätterte es müßig.

»Seit wann interessieren Sie sich für karibische Archäologie?« fragte er.

»Das tue ich nicht. Ich interessiere mich für einen Urlaub. Seit Sie Ihre Zustimmung zu meiner Beratertätigkeit für Cassandra Redpath gaben, bin ich so beschäftigt wie ein einbeiniger Fußballer.«

»Ach ja«, brummte Cage. »Mrs. Redpath. Ich habe Ihnen meine Zustimmung gegeben, oder?«

»Mit Sicherheit!«

Cage legte das Buch über die Karibik beiseite und nahm einen Essay über die Unterschiede zwischen indischer Wildseide und der frühen Rohseide des domestizierten Seidenspinners aus dem China um zweitausend vor Christus zur Hand.

»Aber wie konnte dieses spezielle Projekt Sie so sehr beschäftigen, daß man Sie in den letzten Wochen kaum noch in Ihrem Büro antraf«, äußerte sich Henley spitz.

Müdigkeit und Anspannung und das Bedürfnis, nach Hause zu kommen zu ihrer Minestrone, ließen Danis Antwort ein wenig schärfer als beabsichtigt ausfallen.

»Ist das eine offizielle Nachfrage, Vorsitzender Cage?«

»Oh, äh ...«

»Falls es eine ist«, unterbrach Dani ihn ruhig, »würde ich Sie gerne darauf hinweisen, daß ich in diesem Semester nur zu wenigen Vorlesungen verpflichtet bin.«

»Ein Abendseminar«, bestätigte Cage. Dann fügte er hinzu: »... das Sie jedoch letzte Woche ausfallen ließen.«

»Mrs. Samms hat mich vertreten. Ihre Kenntnisse – speziell auf dem Gebiet der Renaissance-Seiden – sind den meinen ebenbürtig, wenn nicht sogar überlegen.«

»Natürlich«, begann Cage, »aber ...«

»Im übrigen«, fuhr Dani fort, ohne ihm Zeit zu langen Vorhaltungen zu lassen, »war ich während meiner Abwesenheit durchaus verfügbar und habe zudem Überstunden für das Projekt gemacht, für das *Sie* mich empfahlen.«

»Sie wissen, daß ich Sie immer schon für einen der Stars der Fakultät gehalten habe«, tat er ihr schön.

»Vielen Dank!«

»Allerdings hatte ich angenommen, der Beraterjob für Redpath wäre nur kurzfristig. Können Sie mir sagen, bis wann Sie damit fertig sein werden?«

»Sie sind der erste, dem ich dann Bescheid gebe.«

»Das habe ich nicht gemeint«, knurrte Cage.

»Tut mir leid, aber die Dauer ist nicht voraussehbar!«

Er runzelte die Stirn.

»Halten Sie es für eine gute Idee, Ihre akademischen Aufgaben gerade jetzt eines Open-end-Projekts wegen zu vernachlässigen?« fragte Cage.

»Meine Arbeit für Mrs. Redpath basiert hundertprozentig auf meinem wissenschaftlichen Spezialgebiet. Ich halte dies für eine einmalige Gelegenheit zu beruflicher Erweiterung.«

»Sie klingen ja wie eine Highschoolabsolventin, die Daddy das Weiterstudieren aus dem Kreuz leiern möchte.«

Dani rief sich in Erinnerung, daß Cage, der sich zwar manchmal mehr wie ein professioneller Rivale als wie ein Kollege benahm, immer noch ihr Boß war. Er respektierte ihre Arbeit. Obwohl sein Spezialgebiet, weit entfernt von ihrem, die Bronzen der Ch'in-Dynastie bildeten, kam er oft mit besonderen Anliegen zu ihr.

»Cassandra Redpath ist brillant«, sagte Dani fest. »Sie als Mentorin zu haben bedeutet eine einmalige Chance.«

Cages Stirnrunzeln vertiefte sich.

»Ich fürchtete, daß Sie so etwas sagen würden«, meinte er.

»Was sagen?«

»Mrs. Redpath kann sehr charismatisch sein. Aber ...«

Dani wartete.

»... aber ihr Genie äußert sich manchmal auf etwas reaktionäre Weise«, formulierte Cage es vorsichtig.

»Wie bitte?«

Der Professor seufzte. »Darf ich offen sein?«

»Aber sicher.«

»Mrs. Redpath hat in dieser Stadt seit Jahren in so manchem Hornissennest herumgestochert. Darunter sogar in einigen ziemlich großen. Sehr häufig sucht sie die Konfrontation, und manche betrachten sie als Unruhestifterin.«

»Wirklich? Wer?«

Cage machte eine vage Handbewegung. Sein Gesichtsausdruck besagte, daß er mehr wußte, als er preiszugeben bereit war.

»Auch wenn ich Ihrer Zusammenarbeit mit Risk Limited vor ein paar Wochen prinzipiell zugestimmt habe«, fuhr er fort, »so war nicht abzusehen, daß Redpath Sie in einem solchen Ausmaß in Beschlag nehmen würde.«

»Ich …«, begann Dani, aber er gab ihr keine Gelegenheit einer Rechtfertigung.

»Sie sind Akademikerin. Ihre oberste Loyalität hat dieser Universität zu gelten.«

Ein kalter Schauder lief über Danis Rücken.

»Gab es etwa spezielle Beschwerden über meine Arbeit?« fragte sie.

Wieder machte der Vorsitzende eine vage Handbewegung. Danis Nacken kribbelte. Irgend etwas stimmte nicht, aber sie hegte Zweifel, in welcher Hinsicht.

»Wenn jemand versucht, meinen Brunnen zu vergiften«, sagte sie langsam, »dann würde ich gerne wissen, wer.«

Cage begegnete ihrem Blick mit kalten grauen Augen.

»Nichts so Dramatisches«, wiegelte er ab. »Dies soll bloß eine kleine Erinnerung sein, daß Sie als Dozentin angestellt wurden und nicht, um an Mrs. Redpaths etwas beflecktem Altar zu beten.«

»Keine Sorge«, sage Dani und zeigte Cage zwei Reihen sauberer weißer Zähne. »Die Heldenverehrung habe ich zusammen mit dem Weihnachtsmann aufgegeben.«

Sie nahm ihre Ledertasche und hängte sie sich über die Schulter.

»Dann arbeiten Sie von jetzt an also wieder ganz für die Uni?« erkundigte sich ihr Chef.

»Sobald ich mit dem Projekt fertig bin, zu dem *Sie* mich abgestellt haben! Außer natürlich, ich erhalte eine anderslautende schriftliche Anweisung von Ihnen.«

Immer noch lächelnd wartete Dani darauf, daß Cage den Inhalt seiner »kleinen Erinnerung« in eine formelle Aufforderung fassen würde. Am Ende zuckte er mit den Schultern.

»Ich möchte an diesem Punkt noch nicht den akademischen Senat hinzuziehen«, sagte er.

»Und an welchem Punkt wären Sie dazu bereit?« hakte Dani nach.

»Die Abschlußprüfungen sind in zehn Tagen. Es würde mir nicht gefallen, wenn Ihr exzellenter Ruf durch unzulängliche Prüfungsaufgaben für Ihre Studenten Schaden litte.«

»Das wäre für mich genauso unbefriedigend«, erwiderte Dani ruhig.

»Wie soll ich das verstehen?«

»Wie Sie wollen – aber was ich in meiner freien Zeit tue, schmälert meine akademische Pflichterfüllung in keinster Weise.«

Cage zögerte, dann zuckte er erneut die Schultern. »Ich hoffe, Sie wissen, was Sie tun, Dani.«

»Spucken Sie es aus, Henley. Ganz im Vertrauen!«

»Akademische Pflichterfüllung ist ein vager Begriff und schwer zu definieren.«

»Im Klartext heißt das …?«

»Ihr Fakultätsposten läuft ab.«

»Was meinen Sie damit …«

»Das ist mein letztes Wort zu dem Thema«, unterbrach der Professor sie. »Es ist mehr, als ich hätte sagen dürfen.«

Ihr Vorgesetzter öffnete die Tür, trat hinaus und zog sie hinter sich zu. Lange Zeit starrte Dani ins Leere. Ihr rationaler Verstand und ihr Instinkt waren sich in diesem Fall tatsächlich vollkommen einig. Sie drehte sich um, nahm den Telefonhörer zur Hand und wählte Cassandras Privatnummer. Lange warten mußte sie nicht. Das Telefon wurde schon beim ersten Klingeln abgenommen.

»Ja«, sagte Cassandra.

Ihre Stimme klang ziemlich angespannt, als ob sie noch mehr unter Druck stünde als Dani.

»Ich weiß immer noch nicht, wie viele Karten in diesem Deck sind«, sagte Dani, »aber ich kann Ihnen mit Sicherheit verraten, daß mindestens eine gezinkte darunter ist.«

»Wir erwarten Sie.«

Das Freizeichen ertönte. Seufzend verabschiedete Dani sich von ihrer Minestrone.

22

Seattle
November

Durch sein Fernglas konnte Ilja Kasatonin die horizontalen gelben, blauen und roten Streifen der kolumbianischen Flagge, die vor dem verhangenen Himmel der Elliot Bay an Bord der *Esmeralda* wehte, deutlich erkennen. Kräftige, kleine, weiß-grüne Schlepper manövrierten den rostigen Frachter zum Pier Nr. 43. Die Schlepper sahen aus wie Tänzer, die eine alternde, beleibte Ballerina umkreisten.

»Kannst du ihn sehen?« fragte Katja Kasatonin.

»Noch nicht.«

Nervös rutschte Katja auf dem Sitz des Sedans hin und her und strich ihren Kaschmirmantel über ihren langen Schenkeln glatt. Sie hätte lieber ihren Zobelmantel getragen, wollte jedoch nicht unnötig Aufmerksamkeit erregen. Die Amerikaner waren so pingelig, wenn jemand unwesentliche Pelztiere zu warmen Mänteln verarbeiten ließ.

Kasatonin senkte das Fernglas ein paar Millimeter und musterte nun die lange Reihe von Containern, die auf den Weitertransport warteten.

Zweihundert Meter vom Containerschiff entfernt zog ein Trawler ein paar lange Schleppangeln durch den regen Bootsverkehr. Am Steuer des Boots stand ein erfahrener Vietnamflüchtling namens Huang Khe.

Huang war früher ein verdeckter Vietkong-Agent in Saigon gewesen. Nun erledigte er denselben Job in Seattle, außer daß er jetzt für Ilja Kasatonin arbeitete anstelle von Ho Chi Minh. Im

Moment tat Huang dasselbe wie sein Boß – er suchte nach einem ganz bestimmten Container in dem Gewimmel der Elliot Bay.

Sorgfältig musterte Huang das rostige Schachbrettmuster der güterwagengroßen Stahlcontainer, die an Deck des kolumbianischen Schiffs gestapelt standen. Zunächst entdeckte er keinen blauen Container mit den vier Schriftzeichen einer taiwanesischen Reederei.

Kasatonin, der das Ganze aus der Entfernung beobachtete, ebensowenig.

»Irgendwas?« fragte Katja auf russisch.

»Geduld, schöne Schlange! Es ist noch früh.«

Katjas volle Lippen wurden schmal, aber sie sagte nichts. Sie wußte zwar, daß Kasatonin irgendwo da draußen einen Spion hatte, aber nicht genau, wo.

Tony Liu hockte wie ein meditierender Mönch vorne auf dem Beifahrersitz des Sedan. Er ließ sich durch nichts anmerken, daß er jedes Wort mitbekam, das hinter dem Trennglas im Fond des Wagens gesprochen wurde.

Nicht, daß Liu irgendein Geheimnis erfahren hätte. Katja und Kasatonin waren schließlich nicht dumm. Zweifellos wußten sie, daß sie belauscht wurden, denn sie sprachen die meiste Zeit russisch. Er würde das Tonband später übersetzen lassen.

Ein Mann, der töricht genug war, sich in Sicherheit zu wiegen, überlebte nicht lange in der brutalen Welt der Harmony. Und Tony Liu war nicht töricht.

»Container«, sagte Kasatonin und konzentrierte sich nun mehr auf den Trawler als auf das rostige Frachtschiff, »sind perfekte Schmuggelbehälter. Anonyme Eier in einem Hühnerschlag.«

»Deshalb werden sie ja auch inspiziert«, meinte Katja. »Wie soll man sonst Computer von eingemachtem asiatischen Gemüse unterscheiden?«

»Nicht jede Fracht kontrollieren sie.«

»Trotzdem, das Risiko …«

»Wir haben alles menschenmögliche getan, haben die Sendung um die halbe Welt geschickt. In jedem Land ein anderer Container!«

»Und ein anderer Spion«, setzte Katja hinzu.

Kasatonin zuckte die Schultern.

»Mit den Spionen werden wir fertig«, winkte er ab.

»Wenn wir sie erwischen ... aber wenn wir nun nicht alle erwischt haben?«

Kasatonin antwortete nicht. Seine Aufmerksamkeit richtete sich auf den Trawler, der zwischen den Containerstapeln kaum sichtbar war.

Huang holte seine Leinen ein, als ob er des unproduktiven Fischens müde sei. Er ging zu einer Kiste, zog einen großen blauen Lumpen heraus und schüttelte ihn siebenmal aus. Dann wischte er sich die Hände ab und legte den Lappen wieder in die Kiste zurück.

»Er ist da«, teilte Kasatonin ihr auf russisch mit.

»Bist du sicher?« fragte Katja in derselben Sprache.

»Absolut.«

Katja reckte den Hals und spähte aus ihrem Fenster. Der Schlepper wirkte, soweit sie ihn sehen konnte, unverhältnismäßig elegant im Vergleich zu dem rostigen Frachtschiff. Rauch quoll in dicken Schwaden aus dem glatten, nach hinten geneigten Schornstein, während er den Riesendampfer vorsichtig zum Liegeplatz bugsierte.

Selbst durch das verdunkelte Glas des Wagens konnte Kasatonin die auffallenden blauen Kisten auf dem Cargodeck des Schiffs erkennen. Drei Container befanden sich gleich im ersten Stapel hinter dem Ruderhaus. Vier weitere standen in der obersten Reihe im Bug.

Alle sieben Behälter gehörten der von Tony Lius Himmel-und-Erde-Tong kontrollierten Reederei.

Kasatonin lachte laut auf, als er daran dachte, was wohl jetzt unter den amerikanischen Zollbeamten los war.

»Was freut dich so?« fragte Katja auf russisch.

»Dein Mr. Liu ist ein Schlaumeier!« Dies sagte Kasatonin auf englisch.

»Natürlich. Ich arbeite doch nicht mit Dummköpfen zusammen.«

»Liu ist klüger als die meisten«, wechselte Kasatonin wieder ins Russische. »Er heizt den Zollbeamten gehörig ein, wie man so schön sagt.«

Katja konnte sich nur mit Mühe zurückhalten, ihn kräftig in den Arm zu kneifen.

»Na los, erzähl schon«, befahl sie.

»Die amerikanischen Zollbehörden verfügen über ein weltweites Spionagenetz, das Sendungen aus bekannten Drogenexportländern überwacht. Ganz besonders aus Bangkok.«

»Deshalb wollte ich ja auch nicht, daß die Container aus Bangkok kommen. Aber nein, deiner Ansicht nach sollten wir darauf vertrauen, daß Liu schon weiß, wie er die Seide rüberschmuggelt.«

»Liu hat sieben Container auf diesem Schiff. Alle blau. Alle aus dem Verteilernetz des Himmel-und-Erde-Tong.«

Kasatonin lachte. »Die Amerikaner werden so beschäftigt sein wie Fliegen auf einen Scheißhaufen.«

»Ahhh«, schnurrte Katja. »Wirklich clever. Und Liu allein weiß, in welchem Container sich die Schmuggelware befindet.«

»Du und ich, wir wissen es«, berichtigte Kasatonin.

»Aber natürlich. Wir haben ja auch genug bezahlt für die Information.«

»Wir hätten sie auch so bekommen können.«

Katja lächelte.

»Liu ist wirklich klug«, zollte sie ihm Beifall. »Keiner aus der Harmony weiß Genaues über seine Verbindungen.«

»Außer uns – diesmal jedenfalls.«

Kasatonin schwieg und versuchte, die Kennzahl auf den Schmalseiten der blauen Container zu entziffern. Es kostete ihn einige Mühe, aber das Fernglas war stark, und der Sedan bot eine stabile Plattform.

»Acht-neun-drei-drei-fünf«, sagte Kasatonin auf russisch.

»Welcher? Wo?«

Katjas Stimme klang schrill vor Aufregung und Ungeduld. So nah, so greifbar nah lag die Erfüllung ihrer Träume – Macht und Reichtum in einem Ausmaß, daß sie sich nie wieder bedroht fühlen mußte.

Sicherheit!
Endlich!
Zum Greifen nah.

»Die Kiste in der obersten Reihe hinter dem Fockmast«, informierte Kasatonin sie.

»Wird sie als erste ausgeladen?«

»Wahrscheinlich.«

Katja runzelte die Stirn. »Ich hätte sie woanders plaziert.«

»Ich auch. Zollbeamte sind am Anfang einer Inspektion viel gründlicher als am Ende.«

Kasatonin ließ das Fernglas sinken und blickte Katja an. Sie zog eine Grimasse.

»Wenn wir protestieren«, gab Katja zu bedenken, »verraten wir uns.«

Kasatonin schwieg.

Das genügte Katja als Antwort. Beide wußten, daß die Harmony ein sensibel ausbalanciertes Gefüge von Vertrauen und Mißtrauen war.

Aber Buddhas Robe konnte man keinesfalls irgend jemandem anvertrauen. Liu hatte man lediglich gebeten, etwas in einem Glasbehälter zu schmuggeln. Nur Katja und Kasatonin wußten, was darin steckte; denn der Mann, der ihn geblasen und die Seide in seinem Innern verstaut hatte, war nun tot.

Zumindest hatte Kasatonin es so geplant. Er nahm an, daß Liu inzwischen ahnte, was sich in dem Zylinder befand, so wie Kasatonin die Schmuggelroute herausbekommen hatte.

»So viel Mühe wegen eines Stoffetzens«, bemerkte Kasatonin auf russisch.

»Für dich ist es ein Fetzen – für Kodjimura das Turiner Grabtuch und der Heilige Gral in einem!«

»Was für eine Dummheit!«

»Wenn die Leute keine Dummköpfe wären, wo blieben wir dann?« fragte Katja.

»Wir wären tot oder arme Schlucker, was im Grunde auf dasselbe hinausläuft.«

Katja lachte.

»Das Entladen hat begonnen«, brummte Kasatonin.

Sofort wandte Katja ihre Aufmerksamkeit wieder dem Dock zu.

Die auf Schienen laufenden Container- oder Ladebrücken rollten in Position. Langbeinige, achträdrige Portalstapler sammelten sich wie übergroße Stahlkrebse, damit sie die Container, sobald sie von den Kranen auf dem Dock abgesetzt worden waren, beiseite räumen und aufeinanderschichten konnten. Wenn das Signal einmal gegeben war, würde das Containerschiff in atemberaubender Geschwindigkeit entladen sein.

Katja klopfte an die Trennscheibe des Wagens.

Die Scheibe rollte herunter. Eine Rauchwolke schwallte in den luxuriösen Fond. Äußerlich mochte Tony Liu ja ruhig erscheinen, doch er zündete schon seit einer Stunde eine starke asiatische Zigarette nach der anderen an.

Katja ließ die verdunkelte Seitenscheibe des schwarzen Cadillac Sedan herunter.

»Katja«, warnte Kasatonin sie.

»Chinesischen Tabak kann ich einfach nicht ausstehen«, sagte sie in barschem Russisch. »Und es ist auch niemand in der Nähe.«

Ein kalter Wind fegte von der Bucht herein. Die *Esmeralda* dockte weniger als hundert Meter von ihnen entfernt an. Von dort, wo sie standen, auf dem Parkplatz der Reederei, ragte ihr Schornstein hinter sauber gestapelten Reihen verschiedenfarbiger Container auf.

»Welcher Container ist unserer?« fragte Katja Liu auf englisch.

»Der dort an der Außenseite, gleich hinter dem Ruderhaus.«

»Wie wurde der Glaszylinder versteckt?«

Liu hustete diskret, ließ sein Seitenfenster herunter und spuckte hinaus.

Katja konnte kaum ihren Ekel verbergen. Die Manieren dieses Mannes waren heute sogar noch beleidigender als gewöhnlich.

»Reis«, klärte Liu sie auf. »Ein Sack Basmatireis.«

»Ist das nicht verdächtig?« fragte Katja. »Amerikaner exportieren Reis, sie importieren ihn nicht.«

Liu lächelte. »Basmati ist sehr beliebt bei amerikanischen

Gourmets. Es befinden sich zweihundert Säcke in dem Container.«

»Und der Zylinder? Ist er auch darin?« fragte Kasatonin.

»Ja.«

»Glas kann zerbrechen!«

»Machen Sie sich keine Sorgen, Mr. Kasatonin. Ich verstehe mein Geschäft.«

»Aber natürlich«, versicherte Katja rasch. »Euer Tong ist beispiellos.«

Es war keine falsche Schmeichelei, sondern die simple Wahrheit. Liu nickte gemessen.

»Ich mache mir weniger Sorgen um das Glasrohr als um Spione«, erklärte sie nun.

Tony Liu sog zwischen seinen weit auseinander stehenden Vorderzähnen die Luft ein, was bei ihm, wie gesagt, ein Zeichen von Verärgerung war.

»Die Mitglieder des Himmel-und-Erde-Tong sind äußerst loyal«, zischte er.

Katja, die wußte, wie sehr Liu intime Berührungen mißfielen, langte über die Trennscheibe hinweg und streichelte seine Wange.

»Ich wollte Ihren Tong nicht beleidigen«, zwitscherte sie. »Aber wir sind schließlich lange genug dabei und wissen, daß Loyalität in unserem Geschäft immer käuflich ist.«

Wieder zog Liu zischend die Luft durch seine Vorderzähne. Katja lächelte und zog ihre Hand zurück.

Der Gabelstapler machte sich ans Entladen der *Esmeralda.* Kisten wurden bewegt und Gerät in Position gebracht. Ohne weitere Umschweife beförderte der Ausleger der Ladebrücke die drei blauen Container, die hinter dem Ruderhaus standen, an Land. Vorsichtig setzte er sie auf dem Asphalt auf.

Die Vorderdeckcrew beim Ruderhaus schien weniger tüchtig zu sein. Der erste der vier Container, acht-neun-drei-drei-fünf, hing immer noch am Vorderdeckausleger, als ein dunkelblauer Helikopter über die Elliot Bay hinwegfegte. Der Chopper flog die gesamte Länge der *Esmeralda* ab, hing einen Moment lang reglos in der Luft und flog dann zu dem Containerstapel zurück.

Gleichzeitig drang Sirenengeheul von der Straße jenseits des Parkplatzzauns herüber. Drei Sedan rasten an den überraschten Torwachen vorbei auf den Containerumschlagplatz.

Die Wagen waren dunkelblau, genau wie der Helikopter. Mit quietschenden Reifen und heulenden Sirenen flitzten sie zwischen den herumstehenden Containern und Stapeln auf die drei blauen Container zu, die vorhin gelöscht worden waren.

Als die Autos an ihnen vorbeirasten, zog Katja rasch den Kopf zurück, um nicht gesehen zu werden. Das Symbol auf den Wagentüren war eindeutig. Eine Adrenalinwelle schoß in Katja hoch und brachte sie zum Zittern.

»Amerikanischer Zoll«, ächzte sie.

Der Kranführer begann die kostbare Ladung auf das Dock zu senken – und direkt in die Arme der wartenden Behörden.

Liu beobachtete das Ganze mit vollkommener Gleichgültigkeit. Sein Fahrer hockte mit heruntergezogener Mütze hinter dem Steuer. Nach der Haltung der beiden zu schließen, konnten sie ebensogut tot sein.

»Was soll das?« fragte Katja barsch auf englisch.

Liu streckte die Hand aus und tätschelte seinerseits Katjas Wange.

»Der amerikanische Zoll, wie erwartet«, bestätigte er.

»Wovon reden Sie?«

»Schauen Sie zu«, forderte Mr. Tong sie auf. »Sie werden etwas lernen.«

Mit diesen Worten wandte er sich wieder dem Schauspiel vor ihm zu.

Kasatonin machte eine plötzliche Bewegung in Richtung Liu, doch Katja hielt ihren mordlustigen Liebhaber mit einer kurzen Geste zurück.

»Warte«, sagte sie auf russisch.

»Wenn er uns verraten haben sollte …«, knurrte Kasatonin in derselben Sprache.

»Ja«, unterbrach Katja ihn, »dann tötest du ihn.«

»… hoffentlich nicht zu spät!«

»Für den Tod bleibt immer noch Zeit.«

Mit zornig zusammengekniffenen Augen beobachtete Kasatonin die Werft.

Ebenso wie das Entladen des Containerschiffs, so war auch die Razzia gut organisiert. Ein Dutzend Zollbeamte in blauen Overalls sprang mit Gewehren und Pistolen bewaffnet aus den drei Wagen. Die Männer schwärmten über das Dock und sicherten das Gelände ab.

Noch mehr Autos tauchten auf. Zwei Hundeeinheiten trafen in Lieferwagen ein. Hunde und Hundeführer sprangen heraus. Deutsche Schäferhunde zerrten aufgeregt und ungeduldig an ihren Leinen.

Katja blickte Tony Liu an.

Er war gelassen wie eine Lotosblüte. Unbewegt sah er zu, wie der Container mit dem Reis und der antiken Seide am Kran hing und langsam an Land manövriert wurde. Vorsichtig senkte sich die Kiste auf den Asphalt herab, wo überall Zollbeamte herumschwirrten.

Kasatonins Hände schlossen sich um die Aufschläge von Lius beigem Seidenanzug.

»Laß sofort mit dem Entladen aufhören, du Idiot«, fauchte er. »Noch berührt der Container mit dem Glaszylinder nicht amerikanischen Boden. Die Zollbeamten haben nicht das Recht, ihn zu durchsuchen!«

Dem Zorn folgte Überraschung, als Liu klarwurde, daß Kasatonin wußte, in welchem Container sich die Seide befand.

Kasatonin schüttelte ihn.

»Jawohl, du schlauer Fuchs, wir wissen, wo sie ist«, blaffte er weiter. »Laß mit dem Entladen aufhören, bevor es zu spät ist!«

Ein Grinsen breitete sich auf Lius Gesicht aus, bei dem alle seine tabakgelben Zähne entblößt wurden. Er lachte Kasatonin frech ins Gesicht.

»Ein Idiot? Nein, das bin ich nicht«, wehrte er sich milde. »Warten Sie ab. Sie werden schon sehen!«

»Wenn wir dieses Glasrohr verlieren, bist du ein toter Idiot!«

Liu lachte noch mehr.

»Ilja!« Katja zupfte ihn am Ärmel.

Ohne die Jackenaufschläge des lachenden Chinesen loszulassen, drehte Kasatonin sich um und starrte aus dem offenen Wagenfenster.

Die Zollbeamten hatten sich über die drei blauen Container hergemacht, die bereits auf dem Dock standen. Einige Crewmitglieder der *Esmeralda* und eine zunehmende Anzahl von Hafenarbeitern sammelten sich, um zu gaffen. Ein Beamter stieß ein Brecheisen unter die Siegel der Inspektionsklappe. Die dünnen Metallstreifen rissen ohne Widerstand.

Als zwei Beamte die Klappe öffneten, sprang ein Hund vor und griff den Pappkarton an, der nun sichtbar geworden war. Der Karton wurde augenblicklich von dem Hund wütend attackiert. Plastikbeutel fielen heraus.

Schließlich griffen beide Schäferhunde die Beutel an, rissen sie mit ihren Zähnen in Stücke. Eine Wolke weißen Pulvers stob auf, bevor die Hundeführer ihre Tiere zurückreißen konnten.

Mehr Zollbeamte und Hafenarbeiter versammelten sich um die zerfetzte Verpackung. Der Helikopter landete nicht weit von ihnen auf dem Platz. Die Rotoren wirbelten das weiße Pulver auf, und Plastikbeutel flogen in alle Richtungen.

Die Suchhunde stürzten sich kläffend und bellend auf die weiße Ware. Alle außer den Frachtarbeitern stolperten aus dem Weg. Mehrere Beutel fielen ins Wasser, wo sie zwischen der *Esmeralda* und dem Pier trieben.

Liu lachte und lachte.

»Warum lachen Sie?« grollte Katja. »Das ist eine Katastrophe!«

Liu schüttelte nur den Kopf und kicherte weiter.

»Die Hunde«, japste er schließlich. »Sie haben so fein trainierte Nasen. Ein Hauch Heroin, und sie spielen verrückt!«

Katja betrachtete Liu entgeistert, als ob auch er durchgedreht wäre.

»Container acht-neun-drei-drei-fünf«, rief Kasatonin auf einmal. »Katja, schau mal!«

Während sich auf der Werft ein Hexenkessel zusammenbraute und die Mannschaften anderer Schiffe anlockte, fuhr der Kranführer ungerührt fort, Container acht-neun-drei-drei-fünf abzuladen. Er bugsierte die blaue Box an Land und ließ sie dann behutsam zur Werft hinunter.

Frachtarbeiter lösten sich aus dem Tumult um die ersten drei blauen Container. Sie gingen ohne Zögern zu dem Behälter, in dem die kostbare Seide versteckt war. Ein Containerstapler rollte unverzüglich heran.

Während aller Augen auf die Drogenrazzia gerichtet waren, nahm der Stapler flink den Haupttreffer auf. Und schon rollte das achträdrige Gefährt mit Container acht-neun-drei-drei-fünf wie eine Mutter, die ihr Baby in Armen hält, davon.

Nur einen Augenblick später verschwand die Kiste hinter einem Gebäudeblock.

Kasatonin ließ Lius Jackenaufschläge los.

»Kluger Chinese«, lobte er. »Wieviel Heroin hat Sie das gekostet?«

»Ein Kilo.«

Liu kicherte nach wie vor und beobachtete das Schauspiel, das er inszeniert hatte.

»Von hier aus sah das nach mehr als nur zwei Pfund aus«, sagte Katja.

»Das Heroin ist stark verschnitten«, erklärte Liu. »Die Hunde kennen nur den Geruch. Die Qualität des Stoffs können sie nicht beurteilen.«

Nun drehte sich Liu um und starrte Kasatonin lange Zeit an.

»So ist das also!« Er zog zischend die Luft durch die Vorderzähne. »Sie vertrauen mir nicht? Sie lassen mich ausspionieren?«

»Selbstverständlich«, entgegnete Kasatonin ungerührt. »Die Kapsel besitzt großen Wert.«

»Die Volksrepublik China hat eine hohe Belohnung dafür ausgesetzt«, pflichtete Liu ihm bei. »Ich entschied mich, der Versuchung zu widerstehen.«

Kasatonin schwieg.

»Wer aus meinem Tong hat Informationen an Sie verkauft?« fragte Liu beiläufig.

Kasatonin zuckte die Schultern.

»Es ist nur zu Ihrem Vorteil, es mir zu verraten«, meinte Liu.

»Wer einmal gekauft wurde, kann wieder gekauft werden. Von der anderen Seite.«

»Sag es ihm«, murmelte Katja. »Er hat recht.«

Kasatonin zögerte nicht länger, denn sie hatten zuvor dies Stichwort vereinbart.

Es war besser, Liu die Dreckarbeit zu überlassen. Die Mitglieder der Harmony würden nur nervös werden, wenn sie argwöhnten, durch Kasatonin selbst bedroht zu sein.

»Ricky Po«, sagte Kasatonin. »Ich glaube, er ist Ihr ›roter Stock‹, Ihr Vollstrecker in Bangkok.«

Liu nickte. Ein enttäuschtes Lächeln glitt über seine Züge.

»Ricky, Ricky, Ricky«, sagte er traurig. »Ja, er ist mein roter Stock. Jetzt bin ich gezwungen, jemanden aus Hongkong kommen zu lassen, der ihn liquidiert. Was für eine Verschwendung!«

»Ich kann etwas für Sie arrangieren, wenn Sie wollen«, bot Kasatonin an.

»Nein, danke.«

»Wenn er nur aus dem Weg ist«, meinte Kasatonin. »Jeder, der geheime Informationen für nur zehntausend kanadische Dollar verkauft, ist ein Narr.«

»Sie würden also den Verräter ohne Aufschub erledigen, den Sie selbst verführt haben«, sinnierte Liu.

»Wie Sie schon sagten, wer einmal käuflich ist, ist es immer.«

Liu blickte Katja an. »Ihr roter Stab hier muß zweifellos asiatisches Blut in den Adern haben. Er begreift die erforderliche Gnadenlosigkeit. Vertrauen Sie ihm?«

Katja lächelte Kasatonin an.

»Ah, mein roter Stab«, murmelte sie. »Natürlich vertraue ich ihm. Unter allen meinen Freunden ähnelt er mir am meisten.«

Katja lächelte immer noch, als Liu sich wieder umdrehte und seinem Fahrer einen scharfen Befehl auf Mandarin gab.

Der anonyme schwarze Sedan brauste davon und ließ das so raffiniert inszenierte Chaos hinter sich.

23

Als das Taxi Dani vor dem Georgetowner Hauptquartier von Risk Limited absetzte, war ihr Mißtrauen Henley gegenüber bereits ins Wanken geraten.

Aber die Erinnerung an die Gefahr, in der sie in Lhasa und Aruba geschwebt hatte, haftete noch recht deutlich in ihrem Gedächtnis.

Zwei Gärtner widmeten sich der Bepflanzung des Vorgartens der Villa. Dani musterte die beiden sehr genau. Sie gruben methodisch die halb gefrorene Erde der Blumenbeete um; doch Dani sah die kleinen Stöpsel in den Ohren der Männer. Stöpsel, durch die, wie Gillie ihr erklärt hatte, Nachrichten empfangen und weitergegeben werden konnten.

Eine Uzi lugte zwischen den gewöhnlichen Gartengeräten aus einer in Reichweite liegenden Arbeitstasche hervor.

War das Haus letztes Mal auch schon so streng abgesichert oder habe ich nur nichts gemerkt? fragte sich Dani, während sie den Pfad zum Eingang entlangschritt.

Wahrscheinlich, überlegte sie, wären mir vor sechs Wochen die Kanone und die Ohrstöpsel überhaupt nicht aufgefallen. Die Gärtner wären einfach nur Gärtner gewesen, die Tulpenzwiebeln für den kommenden Frühling einsetzten … und Henley bloß ein Wichtigtuer, der sich aufplusterte.

Die Burschen nahmen Dani diskret, aber gründlich in Augenschein. Sie nickte den beiden höflich zu.

Einer lächelte zurück, der andere murmelte etwas in ein verstecktes Mikro.

Cassandra Redpath öffnete die Tür, bevor Dani überhaupt die Klingel betätigte.

»Kommen Sie rein«, sagte sie. »Gillie serviert gerade Tee im Konferenzzimmer. Wir werden uns dort unterhalten.«

»Yakbuttertee?«

Cassandra zog eine Grimasse, als sie Danis hoffnungsvollen Gesichtsausdruck sah, und schloß die Tür hinter ihr.

»Sie und Shane!« Die Dame schüttelte den Kopf. »Als Diplomatin mußte ich mehr als genug internationale ›Delikatessen‹ probieren. Und Yakbuttertee ist mit die schlimmste Brühe, die mir je untergekommen ist.«

»Ich würde ihn sogar für einen Teller Minestrone eintauschen«, seufzte Dani.

Cassandra lächelte. »Dafür habe ich auch eine Schwäche. Gillie und ich haben heute morgen eine gekocht. Es ist sicher noch was da.«

»Und wie steht es mit gregorianischen Gesängen als Beilage?«

»Sie haben wohl das Bedürfnis nach ein wenig mentaler Entspannung?«

»Schon«, gestand Dani ohne Zögern.

»Nun, das läßt sich arrangieren.«

»Herrlich!«

»Die meisten Leute brauchen mehr zu ihrer Zufriedenheit«, bemerkte Cassandra und führte Dani durchs Haus.

»Lhasa wirkte klärend auf meine Bedürfnisse«, sagte Dani trocken. »Jetzt nehme ich mit jeder kleinen Freude vorlieb.«

Zusammen gingen die Frauen durch die letzten offiziellen Räumlichkeiten. Eine speziell konstruierte Tür schloß sich hinter ihnen.

»Also gut.« Cassandra atmete auf. »Jetzt kann uns niemand mehr belauschen. Was ist passiert?«

»Erinnern Sie sich noch an Henley Cage?«

»Ja. Er war einer meiner ehrgeizigsten, aber am wenigsten begabten Studenten. Nun ist er Vorstand Ihrer Fakultät und hat uns seine Zustimmung zur Entleihung Ihres Sachverstands erteilt.«

»Inzwischen hat er es sich anders überlegt.«

Cassandra drehte sich um und blickte Dani durchdringend an. Dani kam es vor, als würde sie von grünen Lasern durchbohrt.

»Henley hat mir im Vertrauen mitgeteilt, daß meine Anstellung höchstwahrscheinlich nicht verlängert würde, wenn ich weiterhin darauf bestünde, meine akademischen Pflichten Ihretwegen zu vernachlässigen.«

Cassandra zog überrascht ihre kastanienroten Augenbrauen hoch.

»Als ich ihn dazu aufforderte, mir das schriftlich zu geben«, fuhr Dani fort, »hat er gekniffen.«

Cassandra schüttelte beinahe enttäuscht den Kopf und ging weiter. Dani folgte ihr.

»Ich weiß, daß Henley nicht gerade ein Freund ist, aber für einen Feind hätte ich ihn nicht gehalten«, sagte Cassandra.

»Vielleicht liegen die Dinge ja anders, als Sie meinen«, erwiderte Dani. »Je mehr ich darüber nachdenke, desto eher kommt er mir nur wie der Überbringer der schlechten Nachricht vor, nicht wie die schlechte Nachricht selbst.«

»Interessant«, meinte Cassandra und blieb vor einer Tür stehen. »Wie kommen Sie darauf?«

»Henleys Fachgebiet ist die chinesische Innenarchitektur. Er pflegt intensive Kontakte zum Kultusministerium in Peking. Fast seine gesamte Forschungsarbeit vor Ort hängt vom guten Willen der Chinesen ab.«

»Von deren Regierung!«

Dani nickte. »Kann sein, daß ich ja bloß paranoid bin.«

»Selbst Paranoide ...«

»... haben echte Feinde«, ergänzte Dani. Dann erschauerte sie. »Ich habe sämtliche Risk-Limited-Papiere mitgenommen, als ich mein Büro verließ.«

Cassandra musterte das blasse, angespannte Gesicht der Jüngeren.

»Es ist noch nicht zu spät, Dani. Sie können die Papiere bei uns lassen, in Ihr Büro zurückgehen und Henley sagen, Ihnen wäre jetzt ein Licht aufgegangen.«

Langsam schüttelte Dani den Kopf.

»Ein Licht ist mir nicht aufgegangen«, flüsterte sie. »Ich habe die Nacht erlebt, die Art von kultureller Nacht, die das finsterste Mittelalter noch strahlend erscheinen läßt.«

Cassandra berührte die neue Mitstreiterin sanft an der Schulter.

»Überlegen Sie es sich gut«, wiederholte sie. »Sie waren uns eine sehr große Hilfe, aber die Situation hat sich mittlerweile gefährlich zugespitzt.«

»Ist sonst noch was schiefgegangen? Irgend etwas mit Shane?« fragte Dani panisch. »Hat er sich gemeldet?«

»Er sitzt gleich hinter dieser Tür«, beruhigte Cassandra sie.

Dani stieß einen tiefen Erleichterungsseufzer aus.

»Andauernd fürchtete ich, er wäre wieder in Lhasa oder Aruba oder an einem noch gefährlicheren Ort«, gestand sie. »Ich wußte die ganzen letzten Tage nicht, ob er in Gefahr war oder verletzt oder ...«

Ein mitfühlender Ausdruck glitt über Cassandras Miene.

»Shane sitzt ununterbrochen über den Computerdateien der Harmony und probiert die neuen Codebrecher aus, die unsere Hacker austüfteln«, erklärte sie. »Er hat kaum geschlafen. Erwarten Sie nicht zuviel von ihm.«

Danis Züge wurden ausdruckslos. »Warum sollte ich etwas von Shane erwarten?«

»Bloß eine Vermutung, nichts weiter«, murmelte Cassandra. »Gillie und ich haben Shane noch nie in einer solchen Laune erlebt.«

»Hat denn ein Heiliger überhaupt Launen?« fragte Dani mit einer Spur von Bitterkeit.

»Shane ist kein Heiliger!«

»Also das kann ich nicht behaupten.«

Cassandra lächelte flüchtig. »Aha – ich hatte mich schon gewundert!«

Dani klappte den Mund zu.

»Falls es etwas helfen würde«, flüsterte Cassandra ihr zu, »hat Gillie schon überlegt, ob er Shane nicht in den Trainingsraum schleifen und ordentlich verprügeln soll.«

»Da hätte er aber ganz schön zu tun.«

»Für beide eine gute Übung.«

Dani brachte ein kleines Lächeln zustande. »Was soll's! Ich hab schlimmere Irrtümer als Shane Crowe überlebt!«

»Sind Sie sicher, daß er ein Irrtum ist?«

»Mich hält er bestimmt für einen.«

Es herrschte Schweigen, während Cassandra ihre Worte mit der Sorgfalt der Diplomatin, die sie einmal war, abwägte.

»In der alten Welt«, sagte sie langsam, »die, die wir alle hinter uns gelassen haben, sind Krieger und Frauen gewöhnlich getrennte Wege gegangen. Jetzt nicht mehr. Jetzt ziehen einige Frauen an der Seite der Männer, die sie lieben, mit an die Front. Die Männer hassen es, aber ...« Sie zuckte die Schultern. »Wir gewöhnen uns alle daran. So hart es auch ist.«

Dani blickte Cassandra an und sah, wie müde und doch gleichzeitig wie lebendig die andere wirkte – ihre Vitalität konnte man beinahe greifen.

Charisma, dachte Dani. Damit hat Henley recht. Aber was die Unruhestifterin betraf, könnte er nicht mehr danebenliegen.

»Was ist passiert?« fragte Dani. »Und versuchen Sie nicht, mir weiszumachen, es wäre nichts geschehen.«

»Kasatonin hat versucht, Gillespies Leben gegen mein Einverständnis, von jetzt an mit der Harmony zu kooperieren, auszuspielen.«

»Wie? Wann?«

»Als ihr auf Aruba wart. Kasatonin hat mich auf offener Straße abgepaßt. Wir unterhielten uns, während seine Männer versuchten, Gillie in Miami umzubringen.«

»Allmächtiger!«

»Und Gillie hat sich der Killer angenommen. Ich bin nur deshalb noch am Leben«, fügte Cassandra hinzu, »weil Kasatonin nicht glaubte, ich wäre ohne Beschützer auf der Straße.«

Dani stieß ein ersticktes Lachen aus.

»Katja war auch so ein Glückspilz«, sagte Dani. »Shane hätte sie töten können.«

»Er hat es mir erzählt. Bloß gut, daß er es nicht getan hat! Sowohl um seinet- als auch um unseretwillen ... was er in ihrem Safe fand, hat sie in seinen Augen etwas menschlicher gemacht. Ein verlorenes Kind ...«

Cassandras Stimme erstarb. Sie faltete ergeben die Hände.

»Alles, was Shane mir sagte, war, daß er die Seide nicht gefunden hat«, wunderte Dani sich.

»Er wollte Sie schonen. Es gibt nichts in Katjas Safe, das Ihr Leben bereichern würde.«

Während Dani noch darüber nachdachte, öffnete Cassandra die Tür zum Konferenzzimmer und drängte sie sanft zum Eintreten.

Der Raum bildete das glatte Gegenteil zur Würde und Gemütlichkeit von Cassandras stattlicher Privatbibliothek. Es gab zwar auch hier Bücher, doch dominierten die sechs Computerterminals, zweimal so viele Konferenzleitungen und weitere, nicht auf den ersten Blick durchschaubare elektronische Geräte, die in mehreren, in den Ecken verteilten Nischen angeordnet waren.

Rasch suchte Dani nach Shane.

Er saß mit dem Rücken zu ihr vor einem PC. Auf dem Kopf hatte er Kopfhörer, und zwar von der Art, wie sie Fluglotsen trugen – extrem leicht, unauffällig und ultramodern.

Auf dem Bildschirm war ein Nummern- und Buchstabensalat zu erkennen. Er starrte ihn an, als könnte er allein kraft seines Willens den Code knacken.

»Will noch jemand Minestrone?« erkundigte Cassandra sich.

Gillespie blickte von einem Stapel Papiere auf. Neben ihm stand ein modernes, silbernes Teeservice mit den obligatorischen Keksen, Milch und Zucker. Unter den Halbgläsern blickten seine Augen müde und zornig drein, wie ein Mann, der zuviel Gier und Dummheit, Tod und Leiden gesehen hat.

Kopfschüttelnd sagte er: »Aber ich kann gerne eine für dich bestellen.«

Das lehnte Cassandra dankend ab.

Shane blickte nicht einmal vom Bildschirm auf. Die verschlüsselten Zeichen starrten ihn mit den Augen von zahllosen Toten an.

Er markierte alles und drückte auf ein paar Tasten. Der Cursor wurde zu einer hin- und hereilenden Leuchte. Sie sollte dem Anwender nur signalisieren, daß der Computer arbeitete, obwohl kein Ergebnis aufflimmerte.

»Dani hat gerade eine indirekte Warnung von den Chinesen bekommen«, meldete Cassandra nun.

Shane fuhr herum. Seine Augen glitten wie Hände über Dani, um zu sehen, ob sie irgendwo verletzt war. Dann wechselte sein Blick wieder zu Cassandra.

»Wissen sie von Aruba?« fragte er.

Cassandra blickte Dani an.

»Henley hat ein Buch über die Karibik auf meinem Büroschreibtisch liegen sehen«, erklärte Dani. »Ich hab ihm gesagt, ich wollte da auf Urlaub hinfahren.«

»Hat er es dir abgekauft?« hakte Shane nach.

»Scheint so. Daraufhin hat er sich einen Artikel über Seidenraupen angesehen.«

Shane schaute zu Gillespie hinüber.

»Hier gibt es nichts, Kumpel«, verneinte der. »Nicht mal eine Andeutung, daß du und Dani auf Aruba erkannt worden wäret, und der Computer der Zarin spuckt auch sonst nichts Spezifisches aus.«

»Aber jemand von der chinesischen Regierung weiß über Dani Bescheid!« erklärte Shane.

»Lhasa«, spekulierte Cassandra.

»Kann sein. Vielleicht aber auch viel näher der Heimat.«

»Ich bezweifle, daß es Henley Cage ist«, sagte die Botschafterin.

»Er kommt immer noch eher in Frage als die Azurmönche«, wandte Shane ein. »Am besten knöpfe ich ihn mir mal gründlich vor. Sehr gründlich.«

Cassandra und Gillie tauschten einen geheimen Blick.

»Nicht du«, bestimmte Cassandra. »Ich setze Walker darauf an.«

»Dann mach das mal«, zeigte Shane sich einsichtig.

Er blickte Dani an.

»Hoffentlich hast du ein paar Sachen mitgebracht«, knurrte er. »Du bleibst nämlich hier. Und wenn du einen Fuß nach draußen setzt, dann nur mit Bodyguards.«

Ohne auf eine Antwort zu warten, drehte er sich wieder zu seinem Computer herum. Die kleine Leuchte schoß immer noch über den Text, während der Computer den Codebrecher verdaute.

»Irgendwelche Erkenntnisse?« fragte Cassandra.

Gillespie war derjenige, der antwortete.

»Das Verschlüsselungssystem stammt noch aus der Sowjetzeit. Ein Relikt aus dem kalten Krieg. Und ein verdammt hartes dazu!«

»Was sagen unsere Hacker?« wollte sie wissen.

»Nichts, das der Rede wert wäre. Sie probieren grade ein Decodierungsprogramm aus, das sie aus den Computern der Nationalen Sicherheitsbehörde gefilzt haben.«

Der Cursor auf Shanes Bildschirm hörte auf zu toben. Alle starrten auf den Monitor.

Eine unheilige Alphabetsuppe blinkte zurück.

»Dreck«, fluchte Shane. »Soviel zu Version neun!«

»Version zehn kam gerade via Modem rein«, sagte Gillespie. »Dasselbe Dokument, Punkt zehn. Sie sagten, es könnte sein, daß es bei ein paar Dateien funktioniert, aber wahrscheinlich nicht bei allen. Katja ist ein verdammt gerissenes Luder.«

Shane markierte alles, tippte ein paar Buchstaben sowie Zahlen ein und wartete. Wieder schoß der Cursor los, während sich der Computer durch Austauschcodes und Neukombinationen von Decodierungsanweisungen fraß. Plötzlich flimmerten zwanzig Zeilen Kauderwelsch auf. Shane studierte die Zeichen einige Augenblicke, markierte dann alles und tippte eine Übersetzungsanweisung ein. Auf dem Bildschirm erschienen schlagartig lesbare Worte und Sätze.

»Bingo«, zischte Shane.

Gillespie war erstaunlich geschwind aus dem Stuhl und an seiner Seite. Seine schwarzen Augen musterten den Bildschirm über Shanes Schulter hinweg.

»Einundfünfzig abgehackt, bleiben nur noch hundertdreißig«, sagte Shane.

»Was ist es?« fragte Cassandra.

»Gute Frage«, brummte Gillespie.

Shane hielt es für eine Art Memorandum. Dani und Cassandra standen gleichzeitig auf und traten hinter ihn. Sie sahen Großbuchstaben, Abkürzungen und Zahlengruppen.

»Könnte ebensogut immer noch russisch sein«, knurrte Shane.

Er nahm den Hörer des in Reichweite befindlichen Telefons ab und drückte auf die Gegensprechtaste.

»Front und Center«, gab er durch. »Wir haben eins mehr für euch.«

Einen Augenblick später betrat Boston den Raum. Sein Gesicht war in den wenigen Tagen, seit Dani ihn das letzte Mal gesehen hatte, um Jahre gealtert.

»Es tut mir leid, was mit ... Ihrem Bruder passiert ist«, murmelte Dani.

Ihre Stimme drückte alles aus, was sie nicht in Worte zu kleiden vermochte. Was sie sagte, war keine Höflichkeitsfloskel, sondern kam aus tiefstem Herzen.

»Ich danke Ihnen«, erwiderte er leise. »Er wird gerächt werden.«

Dani, die Bostons Gesichtsausdruck sah, zweifelte keine Sekunde daran.

»Was halten Sie davon?« fragte Shane.

Gillespie machte Platz für Boston.

Der Arubaner beugte sich vor und studierte intensiv den Bildschirm.

»Exakt«, sagte er.

In diesem einen Wort lag eine ganze Welt der Befriedigung. Er deutete auf eine Reihe von Buchstaben und Zahlen.

AA491 AR-MIA

»Das«, erläuterte Boston, »ist der tägliche American-Airlines-Flug von Aruba nach Miami.«

»Sind Sie sicher?« fragte Shane.

»Ich habe jede Menge Passagiere auf diesem Flug gebucht.«

»Was ist mit dem Rest?« erkundigte sich ersterer.

Boston scrollte mit dem Cursor durch das Dokument.

»Die Zarin hat mir solche Listen gegeben, wenn erwartete Mafiosi abgeholt werden sollten«, erstattete er Bericht.

Shane fuhr an den Anfang des Dokuments und ging es dann geschwind nochmals durch.

»Ein Flugplan«, las er laut. »Nein, verschiedene sogar.«

Er durchkämmte sie rasch – Flugnummern, Fluglinien, Abkürzungen von Flughäfen, Reiserouten für zehn Passagiere.

»Zwei kommen mit der Aeroflot aus Moskau«, faßte Shane zusammen. »Drei aus Europa: Rom, Paris, London. Alle landen in New York und nehmen dort einen Anschlußflug.«

Cassandra und Gillespie blickten einander an, aber keiner von beiden machte den Mund auf.

»Drei weitere flogen von verschiedenen Orten in der Karibik nach Miami«, sagte Crowe nun langsam. »Alle nahmen denselben Anschlußflug.«

Er deutete auf die zehnte Eintragung. Die Abkürzung kannte er nicht. »ANA 511. Weiß einer, was das heißt?«

»All Nippon Airlines«, gab Dani Auskunft, bevor Boston eine Chance hatte.

»Aber natürlich!« Shane schüttelte den Kopf, wie um ihn zu klären. »Darauf hätte ich eigentlich selbst kommen müssen.«

»Mit ein bißchen mehr Schlaf wäre dir das sicher gelungen«, verteidigte Cassandra ihn gegenüber sich selbst.

Shane ignorierte seine Chefin.

»Diese Flüge haben alle dasselbe Datum«, faßte Dani zusammen. »Alle Maschinen befinden sich heute abend in der Luft.«

»Ja, aber warum?« fragte Shane.

Keiner wußte eine Antwort.

Cassandra wandte sich an Boston, aber der begriff es ebensowenig.

Eindringlich musterte er den Bildschirm, als ob er durch sein schieres Rachebedürfnis den mysteriösen Abkürzungen einen Schlüssel entlocken könnte.

»Jemand, der Zugang zum Flugticketvergabesystem der verschiedenen Fluggesellschaften hat, könnte uns wohl Bescheid geben, wer diese Reisenden sind, wohin sie wollen und wann sie dort ankommen«, mutmaßte Shane.

Gillespie trat in Aktion.

Er ging zu einem anderen Computer, kopierte sich das Dokument von Shanes Schirm und wählte eine Nummer an.

»Okay«, sagte er kurz darauf. »Ich schick es jetzt rüber.«

Ein paar Tastendrucke sandten das Dokument an ein anderes, mit dem Risk-Limited-Computernetz verbundenes, Terminal.

Shane rief ein weiteres Dokument auf. Kauderwelsch. Er setzte Decodierungsprogramm Nummer zehn darauf an. Der kleine blaue Cursor rührte sich wieder. Und wirbelte herum.

Cassandra knöpfte sich Boston vor. »Ruhen Sie sich ein wenig aus. Wenn Sie Hunger haben, teilen Sie die Minestrone mit Dani – es ist sicher genug für zwei da.«

»Falls Sie mich brauchen ...«, begann der Arubaner.

»Dann rufen wir Sie schon«, unterbrach Shane ihn mit überraschend sanfter Stimme. »Machen Sie ein Weilchen Pause.«

Shane wies hin nicht darauf hin, daß er aussah wie der wandelnde Tod.

Boston nickte erschöpft und ging.

»Hast du irgendwas Neues über die Seide erfahren, seit ich weg war?« fragte Cassandra Shane.

»Das waren doch bloß ein paar Minuten!«

Sie warf ihm einen strengen Blick zu.

»Nächstes Mal kannst du an die Tür gehen«, knurrte sie.

»Nur wenn Kasatonin draußen steht«, entgegnete Shane.

»Er gehört mir«, ließ Gillespie sich vernehmen. »Vergiß das ja nicht, Kumpel!«

Shane blickte Gillespie an und beschloß, es für den Moment gut sein zu lassen.

»Die Seide wird in keinem der Dokumente erwähnt, die wir entschlüsseln konnten«, berichtete der Sergeant-Major.

»Ich glaube, die Operation hat Kasatonin im Alleingang durchgezogen«, lautete Shanes Ansicht. »Er arbeitet nicht mit Partnern.«

»Das verstehst du doch bestens«, rutschte es Dani aus Versehen heraus.

»Was soll das heißen?« fragte Shane kühl.

»Du hast unmißverständlich klargemacht, daß du lieber allein arbeitest. Was würdest du tun, wenn du Kasatonin wärst?«

»Keinesfalls würde ich die Seide Tony Liu aushändigen.«

»Höchstens, wenn es keine andere Transportmöglichkeit gäbe«, warf Cassandra dazwischen.

Shane verschränkte seine Arme. »In dem Fall würde ich den schleimigen Hurensohn keine Sekunde lang aus den Augen lassen.«

»Das ist das Problem jedes Verbrechers«, kommentierte Cassandra. »Sobald man die Welt der gültigen Wertmaßstäbe verläßt, kann man sich nur noch auf sich selbst verlassen.«

»Mich wundert es, daß sich die Harmony nicht längst zerstört hat«, fand Dani.

»Katja«, meinte Shane schlicht.

»Oder Kasatonin«, korrigierte Cassandra ihn. »Das Angebot, das er mir unterbreitete, war, gelinde gesagt, äußerst widersprüchlich und provokativ.«

Gillespie stieß ein markerschütterndes Geheul aus, das eher auf ein schottisches Schlachtfeld gehört hätte als in einen High-Tech-Konferenzraum.

Dani wirbelte erschrocken zu ihm herum.

»Wir haben sie!« rief Gillespie und glotzte auf seinen Monitor.

»Wo?« fragte Shane eilig.

»Seattle«, sagte Gillespie. »Packt eure Sachen, Jungs und Mädels. Wir gehen auf die Jagd!«

»Dani nicht«, bestimmte Shane. »Sie bleibt hier, und zwar unter Bewachung.«

»Überleg dir das lieber noch mal«, warnte Dani ihn.

»Das brauche ich nicht.«

»O doch«, trumpfte sie auf. »Schließlich bin ich immer noch die einzige, die die Seide im Dunkeln erkennen kann, schon vergessen?«

Shane hatte es nicht vergessen und war deswegen stinksauer …

24

»Ausdrucken, Gillie«, befahl Cassandra kurz angebunden und beendete damit einen eventuellen Streit zwischen Shane und Dani, bevor er richtig beginnen konnte. »Und Katjas Datei bitte ebenfalls!«

Schon einen Augenblick später entließ der Laserdrucker ein Blatt nach dem anderen. Cassandra verharrte über dem Drucker wie ein Adler über einem fischreichen Gewässer und packte die Blätter, sobald genug Weiß zum Anfassen erschien.

Shane stand über ihre Schulter gebeugt und überflog die Seiten, sowie sie auftauchten.

»Ich wette, das Reisebüro liebt Katja«, sagte er nach ein paar Seiten.

»Warum?« wollte Dani wissen und spähte um Shanes Schulter herum.

Seine Nasenflügel blähten sich, als er ihren einzigartigen Geruch einatmete. Die unfreiwillige Reaktion seines Körpers auf sie brachte ihn zur Verzweiflung.

Noch zwei Tage. Der Countdown lief.

»Auf Erster-Klasse-Buchungen gibt es eine höhere Provision«, erwiderte er ein wenig barsch.

»Also die Namen kenne ich nicht.« Dani runzelte die Stirn.

»Falsche Namen«, erläuterte Cassandra abwesend. »Ohne Katjas Computerliste wüßten wir nicht, wer was mit wem und wann zu tun hätte.«

»Das muß Spagnolini sein, auf der Alitalia von Mailand morgen«, sagte Shane. »Er reist unter dem Namen Buttafuco.«

Cassandra nahm einen Block zur Hand. Rasch begann sie die enttarnten Namen zu notieren, sobald sie sie nach dem Herkunftsland identifiziert hatte.

»Aber was ist ...«, begann Shane.

Mrs. Redpath hielt die Hand hoch, und Shane verstummte.

Einige Augenblicke später begann sie vorzulesen, was sie aufgeschrieben hatte.

»Der Kopf der *Union Corse* reist unter den Namen Jacques Revel direkt aus Marseille an«, erhob sie ihre Stimme.

Shane warf einen Blick auf die beleuchtete Wandkarte, auf der die Zeitzonen eingezeichnet waren.

»Er ist in vier Stunden in der Luft«, bemerkte er.

»Katja und Kasatonin sind bereits aufgebrochen«, sagte Cassandra und warf einen Blick auf die Uhr. »Ebenso unser Freund Tony Liu, der über … warte mal … ja, hier ist es, Vancouver, Kanada, eingeflogen ist.«

»Vancouver? Ich dachte, die anderen peilen alle Seattle an«, unterbrach Shane.

»Das tun sie auch. Tony Liu traf heute morgen mit einem Verbindungsflug ein«, erläuterte Cassandra.

»Das paßt«, bestätigte Gillespie. »Wir haben gerade erfahren, daß Liu kanadische Reisepapiere besitzt. Er benutzt sie, um seine Tong-Filialen in Vancouver zu besuchen. Sieht so aus, als würde er auch in die Staaten reisen.«

»Steht er nicht auf der Shit-Liste der Zoll- und Einwanderungsbehörden?« forschte Shane nach.

»Hätte ich auch gedacht«, sagte Gillespie. »Ich werde jemanden darauf ansetzen.«

»Aber unauffällig«, mahnte Cassandra. »Der Fisch soll sich erst austoben, bevor wir die Angel einholen.«

»Unauffällig ist gebongt, Botschafterin!«

Gillespie wählte eine Nummer.

»Und wo hält sich Liu jetzt auf?« fragte Dani.

Cassandra überflog Katjas decodiertes Memorandum. »Im Vierjahreszeiten in Seattle. Wirklich gute Arbeit, daß du dieses Papier hier entziffert hast, Shane!«

»Ich hätte lieber die Seide – und zum Teufel mit dem Memorandum!« lautete sein Kommentar.

»Wir haben jetzt die Weichen gestellt. Das ist mehr als vorher.«

Dani blickte über Cassandras Schulter.

»Sie übernachten alle im Vierjahreszeiten?« fragte sie.

»Scheint so.« Cassandra nickte. »Für übermorgen ist ein Privatdinner in einem der gehobenen Steakhäuser in Seattle geplant.«

»Der Seattler Steak-Gipfel«, verkündete Dani. »Ich frage mich, ob sie sich über dem Wodka-Tomaten-Sorbet an die Kehle gehen?«

Shane stieß ein kurzes Gelächter aus.

»Das wäre zu schön, um wahr zu sein«, sagte Gillespie und erhob sich. »Es handelt sich hier um das größte Meeting von internationalen Verbrecherbaronen in der Geschichte. Dagegen sieht selbst der Appalachen-Gipfel von 1957 wie ein Grundschul-Klassentreffen aus.«

»Das heißt, wir werden über das FBI stolpern«, unkte Shane.

»Wohl kaum«, entgegnete Gillespie. »Das ist eine Sache, die irgendwo zwischen Bureau und Agency fällt.«

»Mit anderen Worten«, führte Cassandra aus: »Keiner fühlt sich verantwortlich – also macht sich auch keiner Gedanken.«

»Da hast du nur zu recht«, brummte Gillespie.

»Spielt sowieso keine Rolle«, winkte sie ab. »Diese Männer werden bestimmt nicht auf Heroinsäcken sitzen und Uzis als Visitenkarten rausfischen.«

»Jeder einzelne ist so sauber wie die Fingernägel eines Chirurgen«, pflichtete Gillespie ihr bei. »Bloß eine kleine Regenbogenkoalition, die zu einem netten Schwatz über die globalen Aussichten für Unternehmer zusammenkommt.«

»Alle reisen unter falschen Namen«, meinte Shane.

»Das ist immer noch ein Vergehen in den Vereinigten Staaten.«

»Eine Übertretung der Einwanderungsgesetze«, interpretierte Gillespie verächtlich. »Die würden eine Kaution in Höhe von zehntausend Dollar hinblättern und davonmarschieren.«

»Soll das heißen, wir können überhaupt nichts tun?« klagte Dani.

»Nicht via die üblichen Kanäle, nein«, sagte Cassandra.

»Die Mitglieder der Harmony haben es ausgezeichnet verstanden, sich von ihren eigenen Delikten zu distanzieren.«

Shane wandte seine Aufmerksamkeit wieder den Listen zu.

»Yokio Koyama«, sagte er. »Ist das Kodjimura unter einem falschen Namen?«

»Nein«, sagte Cassandra. »Er reist unter dem Namen Fudjiwara.«

Stirnrunzelnd verglichen Shane und Cassandra die Namen und Flugdaten.

»Scheint ein Außenseiter im Rennen zu sein«, folgerte Shane. »Glaubst du, der Yukio ist echt?«

»Haben wir Yukio Koyama in unserer Datenbank?« fragte Cassandra.

Gillie tippte eine Reihe von Suchanweisungen ein und wartete dann.

»Nicht in den schwarzen Files«, gab er einen Augenblick später Bescheid.

»Faszinierend ...« Cassandra ermunterte ihn weiterzusuchen. Die langen, mahagonibraunen Finger des Sergeant-Major tanzten wieder übers Keyboard, und er wechselte in eine andere Datenbank. »Da ist er, in den offenen Files!«

Cassandra wartete.

Gillespie pfiff durch die Zähne. »Das ist ein ganz hübscher Hund, Botschafterin. Legal bis über den Kragen.«

Shane richtete seine Aufmerksamkeit auf Gillespies Computerbildschirm.

»Japanischer Industrieller«, zitierte er laut.

»Präsident einer der größten Holdingfirmen in Tokio und Berater der neueren japanischen Premierminister«, fügte Gillespie hinzu.

»Wenn Koyama wirklich ein so wackerer Bürger ist, was hat er dann bei der Harmony zu suchen?« wollte Shane wissen.

»Gute Frage«, äußerte Cassandra ihren Beifall. »Gillie?«

Der machte sich wieder über seinen Computer her. Ein paar Minuten später blickte er auf. »Noch keine Antwort, Botschafterin. Sogar der Erzbischof von Canterbury sieht wie ein Halsabschneider aus – im Vergleich zu diesem Saubermann.«

»Nun, wir können nicht rumsitzen und Däumchen drehen«, fauchte Shane. »Wenn wir die Seide nicht wiederkriegen, müssen wir unsere verdammten Köpfe hinhalten, und jeder wird bezahlen, vom einfachen tibetischen Bauern bis zu Risk Limited.«

Dani zuckte bei der Wut in seiner Stimme zusammen. Der Zen-Cyborg von Aruba war verschwunden und Shane offensichtlich am Rande seiner Beherrschung angelangt.

Er hat mich gerettet in Lhasa anstelle der Seide, dachte Dani unglücklich. Bringt er es deshalb kaum über sich, mich anzusehen?

»Ich kenne da jemanden, der uns vielleicht weiterhelfen würde«, schlug Dani vor, ehe sie es sich wieder anders überlegen konnte.

»Wen?« fragte Shane barsch. »Doch nicht dieses Arschloch von Henley?«

»Nein. Aber dieser Mann hat einen äußerst ... sensiblen Posten inne.«

»Diskretion ist für uns nichts Neues«, entgegnete Cassandra schlicht.

Dani zog ein Notizbuch aus ihrer Tasche, suchte eine bestimmte Nummer und ging zu einem der Telefone. Jeder im Raum hörte geflissentlich weg. Leise sprach sie mit mehreren Leuten, der letzten Person ein wenig länger, dann hängte sie auf. »Tom trifft sich in fünfzehn Minuten mit mir in der Renwick Gallery!«

»Den Teufel ...«, begann Shane.

»Geh mit«, unterbrach Gillespie ihn. »Ich passe auf Cassandra auf.«

Shane sah nicht gerade entzückt aus, aber er protestierte nicht weiter. Während Gillespie einen Wagen anforderte, wandte sich Shane an Dani.

»Bist du sicher, daß er nicht hierher kommen kann?« fragte er.

»Ziemlich. Diese Galerie ist nämlich sein berufliches Terrain.«

»Dann beweg dich. Die Zeit begünstigt die Harmony.«

»Laß mal«, sagte Dani. »Diesmal habe *ich* das Kommando. Tom ist ein Freund. Ich weiß, wie ich mit ihm umzugehen habe.«

Einen Augenblick lang fürchtete Dani Shanes Widerstand, doch dann lächelte er und wies mit einer Handbewegung zur Tür.

»Nach Ihnen, Chefin«, verneigte er sich.

Dani hätte sich besser gefühlt, wenn sein Lächeln weniger wolfsähnlich gewesen wäre.

Sie hastete an ihm vorbei. Kaum hatten sie das Haus verlassen und saßen im Wagen, fiel Shane auch schon mit einer weiteren Fragenkanonade über Dani her.

»Entschuldige«, unterbrach ihn der Fahrer, »aber Cassandra sagte, Mrs. Warren soll erst etwas Suppe essen, bevor du sie zerlegst.«

»Suppe? Wovon, zum Teufel, redest du, Walker?« bellte Shane.

»Minestrone«, erwiderte Walker gemütlich. »Im Fach neben deinem Sitz.«

»Solltest du dir nicht Henley vorknöpfen?« löcherte Shane ihn.

»Gillie hielt es für besser, jemand anderen darauf anzusetzen. Jemanden, der bei Schießübungen weniger oft ins Schwarze trifft als ich.«

Dani sah sich den Fahrer genauer an. Er hatte einen Stöpsel im Ohr – und vielleicht auch noch Erde unter den Fingernägeln? Eine dampfende Schüssel Minestrone tauchte unter Danis Nase auf, gehalten von Shanes Pranken.

»Iß!« befahl er. »Du siehst aus wie eine veritable Leiche.«

»Vielen Dank. Du siehst auch recht originell aus!«

»Iß, oder ich stopf dir das Zeug in den Mund.«

»Immer diese leeren Versprechungen«, murmelte Dani.

Dann machte sie sich jedoch mit dem Enthusiasmus und der Geschwindigkeit einer Verschmachtenden, die es gewohnt war, heiße Flüssigkeiten in kalten tibetischen Zelten zu sich zu nehmen, über die Suppe her.

Shane sah zu, wie der Löffel wiederholt zwischen Danis Lippen verschwand, und gab sich Mühe, nicht daran zu denken, wie sich ihr Mund an dem seinen angefühlt hatte.

Dann leckte sie den Löffel ab.

Finster blickte er in eine andere Richtung.

»Wer ist dieser Informant, den du so einfach aus dem Ärmel gezaubert hast?« fragte er unwirsch.

Statt zu antworten leckte Dani hingebungsvoll weiter.

»Ich weiß nicht, ob ich das Recht habe, dich mitzubringen«, zögerte sie. »Schließlich hat ja nicht Tom mich um das alles gebeten.«

»Mörder machen sich auch keine Gedanken über Rechte.«

Eine Zeitlang war nur das Geräusch von Metall auf Plastik zu hören, während sich Dani an der köstlichen Suppe bis zum letzten Tröpfchen labte und danach wieder den Löffel ableckte. Mehrmals.

Shane schaute hartnäckig aus dem Fenster. Es war, als versuchte er an einem sonnigen Nachmittag die Abenddämmerung herbeizuzwingen. Einfach unmöglich.

»Dani ...«, begann Shane. Seine Stimme klang heiser.

»Tom«, unterbrach Dani ihn. »Nenn ihn Tom.«

»Tom wer?«

»Tomohide Noda«, gab Dani widerwillig Auskunft.

Der Wagen hielt vor der Renwick Gallery an. Das Gebäude, das an der Pennsylvania Avenue lag, stand wie ein schlampiger Wachtposten neben dem Blair House, nicht weit vom Weißen Haus entfernt.

Im roten, viktorianischen Sandsteingebäude des Renwick war es still wie in einer Kirche. Stolz achtete dieses Museum darauf, nur die esoterischsten Ausstellungen in Washington D.C. zu beherbergen. Einzig wahre Anhänger von übersinnlicher Kunst – oder die Frierenden und Obdachlosen – verbrachten ihre Tage im Renwick.

»Niemand ist uns gefolgt«, bemerkte Walker.

»Laß die Scheibe hoch«, ordnete Shane an.

Die kugelsichere Trennscheibe rollte hoch und schuf auf diese Weise zwei Kabinen.

»Wo liegt das Problem?« fragte Shane Dani offen. »Hast du Angst, ich könnte deinen Freund mit der Pistole bedrohen?«

»In deiner derzeitigen Stimmung könntest du etwas verpatzen. Tom hat deinen Zorn nicht verdient – dann schon eher ich.«

»Was soll das heißen?«

»Zuerst habe ich die Seide für dich verloren und dann ...« Dani errötete. »Dein blödes Gelübde, verdammt noch mal! Jedenfalls laß es nicht an ihm aus.«

»Ich bin nicht wütend auf dich, weder was das Thema Seide, noch was mein Gelübde anbelangt.«

»Vergiß es einfach!«

»Sicher«, blaffte Shane. »Sobald ich mir das Atmen abgewöhnt habe.«

Dani biß sich auf die Unterlippe.

Ihr Held wandte den Blick ab.

»Hör zu«, sagte er einen Augenblick später. »Ich überlass dir die Führung, was den guten alten Tom betrifft, aber allein lass ich dich nicht da reingehen. Abgemacht?«

Sie zögerte, dann seufzte sie. »Wenn es sein muß ...«

»Warte, bis ich deine Tür aufmache.«

Shane stieg aus, ging um den Wagen herum und öffnete ihren Schlag. Sein Wolljacket stand bis zur Hüfte offen. Als sie auf das Gebäude zuschritten, fuhr ein Windstoß über sie hinweg. Einen Augenblick lang konnte Dani deutlich das Schulterhalfter seiner Pistole erkennen.

Noch einmal fragte sich Dani, ob sie das Recht hatte, Tomohide Noda in eine potentiell gefährliche Situation wie diese zu bringen.

Aber es war zu spät, es sich anders zu überlegen. Shane hielt bereits die Tür zum Foyer für sie auf. Mit einem stummen Stoßgebet trat Dani ein.

»Laß uns zuerst den Hauptausstellungsraum ansehen«, sagte sie laut und vernehmlich.

»Wie du willst, Schatz!«

Dani neigte sich näher zu Shane.

»Vergiß nicht«, flüsterte sie, »Tom erweist mir mit diesem Treffen einen persönlichen Gefallen. Niemand bezahlt ihn dafür, daß er seinen Hals riskiert.«

Shane fragte sich im stillen, wie persönlich dieser Gefallen wohl sein mochte; aber er verkniff es sich, diesen Gedanken laut zu äußern.

»Ein guter Freund?« fragte er statt dessen mit neutraler Stimme.

»Er ist Kulturattaché an der japanischen Botschaft. Ich kenne ihn schon seit mehreren Jahren.«

Shanes dunkle Augen glitten über die langen Reihen von Schaukästen im Hauptausstellungsraum. In jedem Kasten befand sich eine kostbar bestickte Seidenrobe mit zahlreichen Untergewändern, die fächerförmig dem Auge des Besuchers dargeboten wurden. Die Farben waren in der Tat spektakulär. Die Qualität der Arbeiten überstieg bei weitem bloße Handwerkskunst; hier handelte es sich um wahre Kunstwerke.

»Hat er diese Kimonoausstellung arrangiert?« fragte Shane.

»Ja. Es ist die hervorragendste Sammlung zeitgenössischer Seidenstoffe, die die Japaner je aus ihrem Land hinausgelassen haben.«

»Ich bin beeindruckt.«

»Vergiß nicht«, bat Dani nochmals mit leiser, drängender Stimme, »Tom hat eine Menge zu verlieren, wenn so ein Tycoon wie Koyama glaubt, er unterstützte Risk Limited.«

Anstatt zu antworten, atmete er einfach nur den frischen Duft von Danis Haar ein.

»Die Ausstellung liefert Tom einen plausiblen Vorwand, um von der Botschaft wegzukommen und sich mit uns zu treffen«, fuhr sie fort, »also gib dich wirklich interessiert.«

»Wie sieht eure Beziehung genau aus?«

»Ist das eine persönliche oder eine professionelle Frage?«

»In Japan gibt es da keinen Unterschied«, belehrte Shane sie. »Diplomaten haben ihre eigenen Ansichten. Glaubt Tom, es wäre was für ihn oder seine Regierung drin, wenn er uns hilft?«

»Tom ist in San Francisco aufgewachsen und damit ebenso Amerikaner wie Japaner.«

Shane neigte den Kopf und strich mit dem Mund über Danis glänzendes Haar.

»Überlege, was du ihm sagst«, hauchte er ihr ins Ohr. »Dieselbe Regierung, die das Gehalt deines Freundes bezahlt, macht Kotau vor Koyama. Kann sein, daß der gute alte Tom seine Nüsse bereits im Knacker hat.«

»In der Seele ist er ein Künstler – kein Diplomat, der sich für Machtspiele interessiert.«

»Wenn ein Künstler nicht über den Luxus des Schutzes durch die Bürger verfügt, dann muß er sich an den Schachzügen der

Macht beteiligen«, erläuterte Shane. »Und an dieser Nahtstelle kommen Leute wie du und ich ins Spiel. Wir repräsentieren einen Teil dieses Schutzes.«

Dani brach in ein beinahe hilfloses Lachen aus.

»Wie seltsam du bist, Shane Crowe«, flüsterte sie. »Du siehst deine Stärke wirklich nur als Schutzschild.«

»Sie ist dazu da, Schlupfwinkel zu schaffen.«

»Einige Männer sehen ihre Stärke als Waffe, nicht als Verteidigungsausrüstung oder Werkzeug.«

Bevor Shane darauf etwas sagen konnte, hörte er Schritte hinter sich. Rasch fuhr er herum und trat zwischen Dani und jeden, der ihr möglicherweise Schaden zufügen wollte.

»Es ist Tom«, sagte Dani leise.

Shane rückte beiseite.

Der japanische Attaché sprang mit der Agilität eines Turners die Steinstufen herauf. Tomohide Noda war einssiebzig groß und ungewöhnlich wohlproportioniert.

»Danielle, es ist schon so lange her«, sagte er und streckte die Arme aus.

Er ergriff Dani bei den Schultern und zog sie für einen Augenblick an sich. Sie antwortete ihm mit einer kurzen Umarmung.

Shane stieß einen stummen Erleichterungsseufzer aus. Die Körpersprache der beiden verriet ihm, daß sie einander mochten und respektierten, aber nicht intim waren.

»Bist du endlich gekommen, um dir die Ausstellung anzusehen?« fragte Noda.

»Ich schaue jede Woche einmal vorbei, seit sie eröffnet wurde, aber Shane kennt sie noch nicht«, antwortete sie . »Es könnte interessant für ihn sein, sie durch deine Augen zu sehen.«

Tom maß Shane mit einem raschen, intelligenten Blick.

»Tom, das ist Shane Crowe«, stellte Dani die beiden eilig vor. »Shane, Tomohide Noda.«

Noda schüttelte ihm die Hand wie ein Amerikaner, spontan und kräftig.

»Wie nett, einen Freund von Dani kennenlernen zu dürfen!« sagte Noda.

Dani lächelte etwas schief.

»Shane und ich haben, äh, miteinander zu tun, aufgrund einer äußerst wertvollen tibetischen Seide, die gestohlen wurde«, bekannte sie.

»Dani hat mit der größten Hochachtung von Ihnen und Ihrer Arbeit gesprochen«, fiel Shane ihr ins Wort. »Das wenige, was ich bisher hier gesehen habe, läßt vermuten, daß sie untertrieben hat, was Ihren Geschmack und Ihr ästhetisches Gespür anbelangt.«

Noda lächelte. »Wie höflich und wie asiatisch Sie sich anhören. Soviel Takt würde man bei Ihrer Statur gar nicht vermuten, Mr. Crowe.«

Shane deutete eine knappe Verbeugung an. »Da wären Sie nicht der erste, Mr. Noda.«

»Und auch nicht der letzte, wette ich.« Noda blickte Dani an. »Weißt du auch, was du tust?«

»In etwa«, erwiderte sie schlicht.

Nodas Blick verengte sich.

»Also gut«, meinte er. »Der Name, den du am Telefon erwähntest, ist in Geschäftskreisen wohlbekannt«.

Shane wartete, doch ohne rechte Hoffnung. Nodas Tonfall klang nicht gerade ermutigend.

»Ich bitte dich nicht darum, irgendwelche Geheimnisse preiszugeben«, stellte Dani richtig. »Auch allgemein bekannte Einzelheiten könnten uns helfen, einen der wertvollsten Seidenstoffe, der überhaupt noch existiert, zu retten.«

Noda studierte Dani eine Zeitlang. Dann blickte er Shane an und schließlich vage geradeaus.

»Dein Rat, der uns damals die Pfingstrosenteppiche erhalten hat, war unbezahlbar«, sagte er leise. »Die japanische Kultur steht in deiner Schuld.«

»Nein, ich …«, begann Dani.

»Das mindeste, was ich tun kann, ist, dich auf die Herrlichkeit unserer Kimonos aufmerksam zu machen«, fuhr Noda unbeirrt fort. »Du wirst dort Muster finden, die dich entzücken und erleuchten werden.«

Mit diesen Worten schritt Noda rasch auf die lange Reihe der Schaukästen zu.

Dani blickte Shane an, zuckte die Schultern und folgte ihm.

»Persönlich bevorzuge ich die zeitgenössischen Gewänder«, bekannte Noda.

Er deutete auf ein paar lose, weich fließende Kreationen, die eher westlichen Abendkleidern als Kimonos glichen.

»Japan muß sich von der schweren Hand der Tradition befreien«, setzte ihnen dieser Mann der Kultur auseinander, »so wie sich Amerika vor einem Jahrhundert davon befreit hat.«

Dani murmelte eine höfliche Zustimmung.

Shane schwieg.

»Die japanischen Künstler sollten lernen, sich neuer, kühnerer Webtechniken und Färbungen zu bedienen, Techniken, die sie in innovative Richtungen führen«, sagte Noda voll Enthusiasmus. »Mit dieser Ausstellung möchten wir eine solche künstlerische Freiheit fördern.«

Die leichte Betonung des Wortes »Freiheit« erregte Shanes Aufmerksamkeit. Er fing an, Noda mit derselben Konzentration zuzuhören, als würde er zu Füßen seines Zen-Meisters sitzen.

Und aus demselben Grund. Noda hatte etwas auf dem Herzen, etwas, das sich nur indirekt lehren ließ.

»Meine modernistischen Impulse halten mich jedoch nicht davon ab, einige Elemente traditioneller Handwerkskunst zu schätzen«, erklärte der Japaner, »ganz besonders, wenn diese Traditionen mit Neuerungen einhergehen.«

»Könnten Sie mir ein Beispiel zeigen?« fragte Shane ruhig.

Dani warf ihm einen Seitenblick zu. Shanes Aufgeschlossenheit nötigte ihr Respekt ab.

Wie in Lhasa, dachte sie. Und in Aruba. Ich frage mich, was er bei Tom spürt, das mir entgangen ist?

Noda blieb vor einem großen, frei stehenden Schaukasten stehen. Im Innern befand sich ein herrlicher, leuchtend blauer Seidenkimono. Der Stoff war reich mit Grün und Gold bestickt.

»Das«, führte Noda vor, »ist das berühmteste Gewand aus der neueren Geschichte japanischer Textilkunst.«

Dani mußte die Plakette gar nicht lesen.

»Der Kimono des Präsidenten«, sagte sie. »Eine wundervolle Errungenschaft.«

»Er wurde von Norhige Tanaka geschaffen«, wandte Noda sich an Shane. »Sie ist eine der begabtesten jungen Textilkünstlerinnen im heutigen Japan. Um die Wahrheit zu sagen: Sie ist brillant! Man kann sehr viel von ihr lernen.«

Wieder war es die leichte Betonung auf dem Wort *lernen*, die Shane dazu veranlaßte, Nodas Worte noch sorgfältiger zu registrieren.

Als Dani um den Schaukasten herumging, folgte Shane ihr. Beide betrachteten aufmerksam das außergewöhnliche Stück.

Noda wies sie auf die Muster der Seitenteile hin: »Sie sind gleichzeitig abstrakt und konservativ.«

»Uralte heilige Kraniche zwischen weißblauen Ozeanwellen«, sagte Dani feierlich. »Doch das Bild besitzt eine Dynamik der Bewegungen, die neu ist.«

»Ganz genau«, pflichtete Noda ihr bei. »Jetzt sehen Sie sich einmal den Rücken an.«

Dieser Teil des Kimonos war zu einem anmutigen Fächer auseinandergezogen, so daß der goldschwarze Karpfen, der zwischen sanft wogenden Schilfgräsern schwamm, sichtbar war.

»Der Entwurf ist traditionell«, sagte Dani, »stammt aus der Edo-Periode.«

»Aber im Gegensatz zu rein traditionellen Edo-Arbeiten«, bemerkte Noda, »fällt Ihnen sicher der Karpfen auf. Er besitzt ein beinahe postmodernes Selbstbewußtsein. Sie sehen das an seinen Augen und an dem gerissenen Zug um seinen Bart.«

Shane studierte den Fisch genau. Seine herunterhängenden Bartenden besaßen tatsächlich Ähnlichkeit mit denen eines japanischen Patriarchen.

»Der Karpfen ist wirklich gelungen«, meinte Dani zurückhaltend, »aber ich bin nicht sicher, ob ich verstehe, worauf du hinauswillst.«

»Um das zu verstehen, muß man die überlieferte Bedeutung des Karpfens kennen«, räumte Noda ein.

»Dieser Wasserbewohner ist das Symbol für Geduld und Durchhaltevermögen«, lieferte Shane die Interpretation.

Noda, den Shanes Kenntnisse nicht überraschten, lächelte. »Also«, begann er, »stellen Sie sich den Karpfen als einen Geschäftsmann vor, der sich langsam gegen die Strömung seinen Weg bahnt, immer wartend, bis sich seine Geduld einmal bezahlt macht.«

»Das ist eindeutig die konservative Auffassung eines japanischen Industriellen«, bestätigte Dani.

»Und dieser Fisch wirkt beinahe hämisch«, meinte Noda, »als ob er sicher wäre, daß die Strömung sehr bald in seine Richtung schwenkt.«

Shane blickte voller Interesse auf.

»In Wahrheit«, fuhr ihr gebildeter Führer fort, »ist der Bursche hier ein sorgfältig entworfener und exzellent ausgeführter Kommentar zu der Natur der japanischen Geschäftswelt in der heutigen Zeit.«

»Und das entnimmst du alles diesem Muster?« fragte Dani.

»Siehst du den seidenen Unterkimono?« überging Noda ihre Frage. »Er entstammt den klassischen Kostümen des No-Theaters. Eine der bekanntesten No-Figuren ist eine Jungfrau, die um Einlaß in den Tempel ersucht.«

»Ich erinnere mich«, fiel Dani ein. »Die Zuschauer wissen, daß sie keine Jungfrau ist.«

»Genau«, sagte Noda. »Sie wissen, daß sie eine Hexe ist, weil sie die silbernen Dreiecke auf ihrem seidenen Untergewand glitzern sehen. Sie wissen, daß das der Schimmer von Schlangenschuppen ist.«

Schweigend studierte Dani den Kimono und hoffte darauf, daß Noda weniger in Rätseln sprechen und deutlicher werden würde.

Shane sah sich die zugehörige Karte an, die neben dem Kimono im Schaukasten lag. In japanischen Schriftzeichen und auf Englisch stand darauf der Name der Künstlerin sowie ein Dank an den Besitzer des Prachtstücks, der ihn zur Verfügung gestellt hatte.

Der Besitzer war Yukio Koyama.

Wortlos wies Shane Dani auf die Plakette hin.

»Die Japaner haben eine eigene Auffassung von der Art, wie die tonangebende Gesellschaft und die Unterwelt miteinander umgehen sollten«, erläuterte Noda. »Einige japanische Geschäftspraktiken würde ein Amerikaner als ausgesprochen hinterhältig bezeichnen.«

»Wie das?« fragte Dani.

»Zum Beispiel«, führte Noda an, »gibt es da die *sokaiya*, die Finanzgangster, die Aktionärskonferenzen platzen lassen und Schutzgelder von den großen Firmen erpressen. Die meisten Japaner halten sie für Mitglieder der verschiedenen Yakuza, der japanischen Mafia.«

»In diesem Fall sollte der Karpfen-Boß eher besorgt als hämisch dreinschauen«, empfahl Dani.

»Außer, der Karpfen gehört selbst zu den *sokaiya*«, wandte Shane ein.

Wieder lächelte Noda. »Ich glaube, daß der hier, äh, Pate aller Karpfen ist. Er kontrolliert die Übergänge, wenn Sie so wollen, zwischen dem organisierten Verbrechen und dem legalen Establishment in Japan.«

»Kein Wunder, daß Kodjimura mit dem Sammeln von Seide angefangen hat. Da haben sie wenigstens etwas, worüber sie in der Öffentlichkeit reden können.«

»Kunst ist wie das Leben selbst«, dozierte Noda, »voller Subtilität, Geheimnisse und Überraschungen.«

Er blickte sich um, um sicherzugehen, daß sie sich allein im Ausstellungsraum befanden. Dann zog er einen einfachen weißen Umschlag aus seiner Brusttasche und reichte ihn Dani.

»Wir sollten uns wirklich öfter sehen«, schlug er vor. Dann wandte er sich an Shane. »Mr. Crowe, ich werde vielleicht gelegentlich einmal auf Sie zurückkommen.«

»Dani hat meine Nummer«, sagte Shane. »Sie können sich jederzeit bei mir melden.«

»Vielen Dank, das werde ich!«

Noda drehte sich um und verließ, ohne einen Blick zurückzuwerfen, die Galerie.

Dani starrte den Umschlag an. Er war vollkommen weiß, weder Absender noch Empfänger standen darauf.

»Darf ich das mal haben!« Shane streckte seine Hand aus.

»Warum nicht?« fragte Dani sarkastisch. »Du und Tom, ihr scheint euch ja auf Anhieb verstanden zu haben.«

Shane blickte den Umschlag an und öffnete ihn mit einem Finger.

»Tom weiß, daß du ihn nicht aus privaten Gründen hergebeten hast«, sagte Shane. »Also wies er mich höflich darauf hin, daß jetzt ich ihm einen Gefallen schulde.«

»Ich habe Tom nie für berechnend gehalten.«

»Wer redet denn von berechnend?«

Sprachlos warf Dani die Arme in die Luft.

In dem Umschlag befand sich ein einziges Blatt Papier, die Kopie eines Zeitungsausschnitts. Die engen Spalten und die altmodischen Schriftzeichen der Überschrift ließen vermuten, daß der Ausschnitt schon ein paar Jährchen auf dem Buckel hatte.

Fünf japanische Industrielle als Kriegsverbrecher überführt!

Shane hielt das Blatt so, daß Dani es ebenfalls lesen konnte. Beiden sprang sofort ein bestimmter Name ins Auge, ein Name, der unterstrichen war.

Yukio Koyama.

Der Artikel berichtete von den Vorwürfen des Militärtribunals gegen Koyama und vier andere japanische Industrielle nach dem zweiten Weltkrieg. Die Vergehen waren relativ unbedeutend und zogen lediglich kurze Gefängnisstrafen nach sich, da die damalige Regierung die Schande eines verlorenen Krieges so schnell wie möglich vergessen machen wollte.

Shane brummte zufrieden. Der Jäger hatte endlich seine Beute im Visier.

»Koyama ist also ein Kriegsverbrecher«, sagte er leise. »Ein unbedeutender zwar, verglichen mit den Nazis, aber er hat was auf dem Kerbholz.«

»Dasselbe könnte man sicher der Hälfte der Führungspersonen jener Ära nachweisen«, meinte Dani. »Im übrigen ist das schon Jahre her.«

Nun las Shane den Artikel nochmals. »Da steht keinerlei Andeutung von einer offiziellen Amnestie!«

»Na und?« fragte Dani.

»Also könnte es genügen, um dem Paten aller Karpfen den Zutritt zu den Vereinigten Staaten zu verwehren.«

»Vorausgesetzt, die richtigen Leute wissen im voraus Bescheid.«

»Und du kennst die richtigen Leute.«

Shane lächelte. »Ich nicht, aber Cassandra.«

»Wozu soll das gut sein?«

»Wir gewinnen damit vielleicht das, was wir am nötigsten brauchen, nämlich Zeit.«

25

Seattle
November

Katja lag vollkommen gelöst, ja beinahe schläfrig auf dem Bett. Sie hatte die Arme über den Kopf geworfen, und ein Ausdruck von Verzückung lag auf ihrem Gesicht.

Kasatonin strich mit seinem dicken, schwieligen Finger über die zarte, weiße Haut an der Unterseite ihrer Arme.

»Paß auf, du Hornochse«, murmelte sie, ohne die Augen zu öffnen. »Ich mag es nicht, wenn man mich kitzelt.«

Er sagte nichts und fuhr über ihre Schulter zu ihrem Schlüsselbein.

Katjas Augen blieben geschlossen.

Sein Finger glitt über ihr Schlüsselbein. Mit dem Fingernagel fuhr er über ihre Brust.

»Du haßt es, gekitzelt zu werden«, sagte Kasatonin. »Kann ich mich deshalb nicht daran erinnern, dich je richtig lachen gehört zu haben?«

Er näherte sich ihrer Brustwarze.

Da packte sie seine Hand, um ihn aufzuhalten; doch er schüttelte ihren Griff mit Leichtigkeit ab.

»Keiner von uns hat viel zu lachen«, fertigte Katja ihn ab.

»So mürrisch – so typisch russisch! Als nächstes nimmst du noch deine Balalaika zur Hand und singst schluchzend alte Heimatballaden.«

Während er sprach, zupfte er an ihren Rippen, als ob es Gitarrensaiten wären.

Ihre Augen öffneten sich schlagartig. Sie waren klar und dunkel, die Pupillen vom Wodka geweitet.

»Du bist heute abend ungewöhnlich verspielt«, meinte sie.

»Und das gefällt dir nicht.«

Ohne zu antworten stieg Katja aus dem Bett, streifte ein Negligé über und stolzierte zur Bar. Sie starrte ihr blasses Gesicht in dem langen, goldgerahmten Barspiegel an.

Die Suite war die teuerste im Vierjahreszeiten und voller billigem Schnickschnack, der japanischen Touristen zwar gefallen mochte, den Katja jedoch beleidigend fand.

»Ich bin nicht wie andere«, sagte sie ruhig. »Warum sollte ich lustig sein?«

»... nach dem Sex bist du es.«

Sie zuckte die Schultern. »Das kommt und geht, wie ein Atemzug.«

Sie zog eine Flasche Wodka aus dem Eisfach und goß ein kleines Glas halb voll. Nach dem ersten Schluck schnitt sie eine Grimasse.

»Er ist *nicht* kalt genug. Die Amerikaner stellen ihre Hotelgefrierschränke einfach nicht tief genug ein.«

»Amen, schöne Schlange«, spottete Kasatonin. »Nie ist sie glücklich.«

»Glück ist etwas für Narren – ich bevorzuge Kontrolle.«

Kasatonin setzte sich auf und kratzte sich an der runden Narbe auf seinem Bauch. Dann streckte er sich, bis seine Schultergelenke hörbar knackten.

»Hast du im Moment das Gefühl, die Kontrolle zu besitzen?« fragte er.

Katjas einzige Antwort war ein irritiertes Schulterzucken.

»Das darfst du aber«, meinte er gähnend. »Selbst Tony Liu hat endlich kapiert, daß er ein Narr wäre, wenn er sich mit uns anlegen würde.«

»Hat er das?« schnappte sie.

»Wenn nicht, dann ist er ein toter Mann – wie er weiß!«

Katja leerte das Glas in einem Zug, als wäre es eine besonders bittere Medizin.

»Und ich bin am nervösesten, wenn die Dinge am besten zu laufen scheinen«, sagte sie mürrisch.

»Wie heißt es noch – ›Nichts ist schwerer zu ertragen als eine Reihe von guten Tagen‹, nicht wahr?«

»Es ist unmöglich zu lächeln, wenn sich die Tycoone der Harmony versammeln. Nur Luzifer weiß, was sie hinter vorgehaltener Hand planen.«

Kasatonin lachte laut auf und warf die Bettdecke zurück. Nackt schlenderte er durchs Zimmer auf Katja zu. Sein Körper wirkte wie eine geschmeidige, tödliche Waffe.

»Wenn sie sich schlecht benehmen«, sagte er beiläufig, »kriegen sie es eben mit mir zu tun. Das ist der Hauptgrund, warum ich bei dir bin, oder nicht? Oder ist der andere Grund doch wichtiger, schönste aller Schlangen?«

Katja sah im Spiegel, wie Kasatonin bedrohlich näher kam. Sie war immer wieder erstaunt, daß sie soviel männliche Kraft allein mit ihren Lippen und ihrer flinken Zunge beherrschen konnte. Das war schon einige Schmerzen wert.

Nein, mußte sich Katja insgeheim eingestehen. Es machte die Schmerzen zu einem wahren Aphrodisiakum.

Und er ist sich, zur Hölle mit ihm, völlig darüber im klaren.

Kasatonin schlang den Arm von hinten um Katja und riß sie grob an sich.

»Verlassenes, trauriges Waisenkind«, zog er sie auf. »Immer muß sie nachdenken, immer macht sie sich Sorgen, immer hat sie Angst. Du bist dabei, die mächtigste Frau seit Kleopatra zu werden – und was tust du? Du jammerst.«

Mit halbgeschlossenen Augen studierte Kasatonin Katjas

Züge im Spiegel. Vorher, während des Dinners, als die ersten Mitglieder der Harmony eintrafen, wirkte sie so vital, so unglaublich lebendig. Kein Mann konnte die Augen von ihr abwenden, einschließlich ihm selbst.

Doch jetzt, wo sie so entspannt war, wie sie es sich je erlaubte, sah ihr Gesicht aus wie eine Totenmaske. Ihre Augen lagen tief in den Höhlen, und ihre Haut sah durchsichtig, ja beinahe fleckig aus, so dünn war sie.

Als sie nach der Wodkaflasche griff, schoß Kasatonins Hand vor. Er hielt ihre Finger fest, kurz bevor sie ihr Ziel erreichten.

»Du hast genug«, wisperte er beinahe sanft. »Mehr Wodka tut dir nicht gut.«

Mit überraschender Heftigkeit riß Katja sich von ihm los und schnappte sich die Flasche.

»Du bist nicht mein Vater!« schrie sie.

Ihre Augen glühten vor Wut, was ihre Farbe mit einem Mal wieder zum Leuchten brachte.

Kalte Furcht strich Kasatonin über den Nacken.

Sie steht schon zu nah am Abgrund, dachte er, näher sogar, als ich dachte.

Was er brauchte, war eine Brücke über diesen Schlund, eine Möglichkeit, die ungeheure Macht, die Katjas Händen entschlüpfte, festzuhalten. Cassandra Redpath hätte als diese Brücke getaugt.

Einen Moment lang verwünschte er Gillespies Geschicklichkeit, mit der er seinen Killern entronnen war.

So nahe, dachte er bitter. So nahe war ich dran, eine zweite, noch klügere Katja zu bekommen.

Träge überlegte Kasatonin, ob die rothaarige Botschafterin beim Sex wohl ebenso wäre wie Katja, die ihre Beherrschung nur auf dem höchsten Gipfel des Schmerzes und der Lust verlor.

Aber das war etwas, das er wohl erst erfahren würde, wenn er Redpath erneut unvorbereitet in die Finger bekäme, was nun natürlich viel schwieriger war. Bis dahin mußte er sich mit dem bescheiden, was er hatte.

Katja.

»Du sprichst von Kontrolle«, sagte er kalt. »Der Wodka nimmt dir aber alles aus der Hand.«

»Keineswegs!«

»Doch. Ich habe es in der russischen Armee erlebt, die Launen und plötzlichen Stimmungsumschwünge, die Rasereien. Wodka schadet dir.«

»Guttun oder schaden. Das sind Worte, Ilja, Laute ohne Bedeutung. Die Welt ist so oder so schlecht. Willst du das etwa bestreiten?«

»Wodka kann sie auch nicht bessern.«

»Nein. Er macht sie einfach nur erträglicher.«

Er bewegte sich so schnell, daß Katja die Hand, die ihr die Flasche entriß, überhaupt nicht sah. Sein Arm schlang sich um ihre Rippen und riß sie so brutal an sich, daß ihre Schulterblätter gegen seine Brust krachten und sie gepeinigt nach Luft rang.

»Es ist amüsant, Katja Pilenkowa über Gut und Böse reden zu hören«, meinte er.

Sie wurde stocksteif. Dann wehrte sie sich ein paar Sekunden lang gegen seine grobe Umarmung, doch vergebens.

Es war immer vergebens.

»Ich mache mir keine Illusionen«, sagte Katja tonlos. »Nur Männer wie du können sich Illusionen leisten.«

»Männer wie ich? Was für Typen sind das?«

»Grausam. Blitzschnell. Stark. Böse.«

Kasatonin lachte. »Der ideale Partner für eine schöne Schlange, nicht wahr?«

»Gib mir den Wodka!«

»Nein.«

Katja wehrte sich heftiger.

Kasatonin lachte und wurde spielend mit ihr fertig. Das war vertrautes sexuelles Territorium für ihn: Zuerst das Heranpirschen an die Beute, dann packt man das sich wehrende Bündel, was das Gefühl der eigenen Männlichkeit unweigerlich erhöht.

Ohne Vorwarnung senkte Katja ihre Zähne in den harten Muskel von Kasatonins Unterarm.

Darauf war er nicht gefaßt. Katja hatte ihn nicht mehr zum

Bluten gebracht seit ihrer ersten gemeinsamen Nacht. Er befand sich in dem Irrtum, es ihr gründlich abgewöhnt zu haben.

Offenbar brauchte sie eine zweite Lektion.

Kasatonin stieß die Wodkaflasche in den Eimer zurück und schlang den rechten Arm um Katjas Hals. Mühelos riß er ihren Kopf zurück und drückte ihr die Kehle ab.

Erst dann hob er den linken Arm hoch und sah sich die Wunde an. Leuchtend rot quoll das Blut aus dem Biß.

»Du dreckiges Luder«, knurrte Kasatonin. »Sieh, was du angerichtet hast!«

Ihre Antwort bestand aus einem erstickten Würgen. Sie versuchte mit aller Kraft, ihren Hals aus seinem Griff zu befreien.

Kasatonin hob Katja mit dem einen Arm am Hals hoch, so daß ihre Zehen ein paar Zentimeter über dem Teppich baumelten. Sie schlug wild mit Armen und Beinen um sich. Nach etwa einer Minute erlahmte ihre Gegenwehr und hörte schließlich ganz auf. Sie stieß einen eigenartigen Laut aus. Ihre Augen verdrehten sich, und sie erschlaffte.

Kasatonin wartete noch ein paar Sekunden, dann lockerte er seinen Griff und hielt sie fest, so daß sie nicht zu Boden fiel. Keuchend schnappte sie nach Luft.

»Du hast mich zum Bluten gebracht«, zischte er ihr ins Ohr. »Soll ich dich auch zum Bluten bringen?«

Katja war zu sehr damit beschäftigt, nach Atem zu ringen, um antworten zu können. Keuchend und würgend saugte sie Luft in ihre gierigen Lungen.

Ganz leicht verstärkte Kasatonin seinen Griff wieder.

»Soll ich dich auch zum Bluten bringen?« wiederholte er mit öliger Stimme.

Katja schwamm am Rande der Bewußtlosigkeit. Es war ein seltsam schönes Gefühl, und sie klammerte sich daran, wie sie sich an den Schwindel klammerte, den ihr die richtige Anzahl von Drinks schenkte: tot, ohne richtig tot zu sein, ein Gefühl, gerade noch so lebendig, die Gegenwart wahrzunehmen.

»Hast du eine Ahnung, wie langsam eine menschliche Bißwunde heilt?« giftete er jetzt.

Da Katja nicht sprechen konnte, schüttelte sie lediglich den Kopf.

»Lange, schöne Schlange! Und es bleiben immer Narben zurück. Erinnerst du dich noch an diejenigen, die ich dir zugefügt habe?«

Katja erbebte.

»Wo soll ich dich beißen?« fragte Kasatonin.

Mit seiner groben Pranke fuhr er in den Ausschnitt ihres Negligés. Er umkrallte ihre Brust mehr schmerzhaft als zärtlich.

»Hier?« fragte er. »Möchtest du, daß ich dich hier beiße?«

Sie erstarrte unter Kasatonins schwieliger Hand. Der kehlige Laut, der ihr entfuhr, hatte nichts mehr mit ihrem verzweifelten Luftschnappen von vorhin zu tun.

Er hätte unmöglich sagen können, ob dies ein Schmerzenslaut war oder ein lustvolles Keuchen oder beides zusammen. Deshalb erregte Katja ihn auch wie kein anderes weibliches Wesen.

Jedes Mal brachte sie sie beide näher an den Abgrund, den Tod, der sie erwartete.

Diesmal vielleicht, dachte Kasatonin, hin- und hergerissen zwischen Bedauern und Blutdurst. Vielleicht ... Nun stieß er sie herum, so daß sie ihn ansehen mußte. Bei dieser Bewegung wurde ihr Negligé aufgerissen. Er hob seinen linken Arm. Das Blut floß in dicken Rinnsalen aus der Wunde, die ihre scharfen Zähne hinterlassen hatten.

Mit dem Unterarm fuhr er ihr über die blasse Wange. Das Resultat sah aus wie Rotwein im Schnee.

»Vielleicht sollte ich dich hier rein beißen?« fragte Kasatonin.

Er wischte Katja das Negligé von den cremigen Schultern. Dann packte er den Muskel über ihrem Schlüsselbein mit Daumen und Zeigefinger.

Katja gab keinen Laut von sich, doch ihr ganzer Körper versteifte sich vor Schmerz, obwohl gleichzeitig ein unglaubliches Lustgefühl in ihr aufwallte.

Dieses Spiel war ihr nicht fremd. Kasatonin würde ihr weh tun, schlimm weh tun wahrscheinlich, aber keine Spuren hinterlassen.

»Oder hier?« fragte er leise.

Kasatonin stieß seine Hand zwischen Katjas Schenkel.

Sie zog zischend die Luft ein, während eine Mischung aus Schmerz, Lust und sexueller Erwartungsfreude ihren Körper elektrisierte, wie nichts sonst es vermochte, nicht einmal Wodka.

»Nein!« Diesen Vorschlag verwarf er sogleich. »Da werde ich dich nicht beißen. Das magst du viel zu gern.«

Er lockerte seinen Griff um Katjas Schulter und sägte mit der äußeren Handkante zwischen ihren Schenkeln hin und her. Es war die Hand, mit der er tötete. Ihre Außenkante war rauh und schwielig.

Katja hatte gesehen, wie er mit dieser Hand mühelos Ziegel zerschlug – und nötigenfalls auch ein menschliches Genick.

Langsam überließ sie sich der Hand, die gleichzeitig eine Waffe war, und dachte an den Tod, den sie so vielen Menschen bereitet hatte. Derselbe Tod würde eines Tages zu ihr kommen, wenn sie sich verschätzte und ihn zu weit reizte. Der Gedanke war unerträglich erregend.

»Ah, mein süßer Tod«, sagte Katja mit seltsam kindlicher Stimme. »Ich verspreche, ein braves kleines Mädchen für dich zu sein.«

»Brav? Du?«

Kasatonins Hand verdrehte sich plötzlich, und Katja stieß einen Schrei aus. Sie erbebte, und es lief wie Blut über seine Hand, heiß und naß.

Er lachte, während die Überbleibsel seines Geschlechtsorgans zum Leben erwachten. Katja allein war in der Lage, ihm einen Hauch der höllischen Lust zu bereiten, die er nach der afghanischen Folter empfinden konnte. Nur sie – denn sie allein genoß den Gedanken an die Schmerzen, die er hatte durchmachen müssen. Seine Verstümmelung erregte sie mehr, als es ein gesunder Mann je vermocht hätte.

»Du bist nur auf eins ansprechbar«, knurrte Kasatonin und bewegte seine Hand rasch und brutal hin und her. »Und das sind Schmerzen. Die brauchst du sogar mehr als den Wodka. Ich werde sie dir zufügen, schöne Schlange. Vielleicht bald …«

Katjas Atem kam nun stoßweise. Obwohl sie sich dagegen

wehrte, wußte sie, daß sie allmählich die Kontrolle über ihren Körper verlor.

Die Schmerzen waren exquisit. Perfekt.

Das Telefon klingelte zweimal, bevor das Geräusch Katjas sexuelle Benommenheit durchdrang. Sie erstarrte, als ob die Schallwellen direkt in sie hineingefahren wären.

»Es ist nicht das Hoteltelefon«, keuchte sie. »Es ist mein Handy.«

»Dann geh an die Arbeit, Befehlshaberin!«

Bevor das Telefon ein drittes Mal läutete, gab Kasatonin sie frei und wischte sich die Handkante an ihrem Negligé ab. Dann schnappte er sich die Wodkaflasche von der Bar.

Katja schüttelte zweimal böse den Kopf. Sie strich ihr Negligé glatt, während sie durchs Zimmer zu ihrem Aktenkoffer schritt. Ungeduldig grabschte sie nach dem Handy und drückte auf eine Taste.

»Ja«, sagte sie.

Ihre Stimme klang kalt und vollkommen beherrscht.

Das erregte Kasatonin.

Er nahm einen Schluck direkt aus der Flasche. Dann dachte er verächtlich an seinen mitleiderregenden Schwanz, diesen elenden Lappen. Da gab es nichts mehr zu beschönigen.

Wahrscheinlich erriet Katja seine Schwäche ihr gegenüber längst. Wenn er sich sicher wäre, daß sie es wußte, dann würde ihr Leben sogar noch schneller enden, als er ursprünglich geplant hatte.

Der Wodka rann höllisch kalt seine Kehle herunter. So wie Katja.

»Sprechen Sie deutlicher«, befahl sie. »Ich kann Sie nicht verstehen.«

Aus dem Hörer drang eine hohe, piepsige Stimme, die eine asiatische Sprache sprach. Einen Augenblick später ertönte eine andere Stimme, die etwas in stark gebrochenem Englisch sagte.

»Ehrenwerter Gast nicht erlaubt Terminkalender seinen einzuhalten«, sagte die Stimme.

Katja erkannte Miuro Tama, den Chefsekretär von Yukio

Koyama, bevor die Bedeutung seiner Worte in ihr Bewußtsein sickerte. Eine Angst, die nichts mit Lust und Tod zu tun hatte, durchzuckte sie.

All die Arbeit, all das Planen, all das Morden! Diese Absage wollte sie fast überwältigen. Jahre habe ich dafür gearbeitet. *Jahre!*

»Ich bedauere das zu hören«, sagte sie mit beherrschter Stimme. »Meine Geschäftspartner und ich haben Ihre Ankunft mit großer Freude erwartet.«

»Leider unmöglich«, winselte Tama. »Unmöglich!«

Katja schnippte leicht mit dem Finger, um Kasatonins Aufmerksamkeit zu erregen. Als er sie ansah, streckte sie die Hand nach der Wodkaflasche aus. Er durchquerte das Zimmer und reichte sie ihr. Sie nahm sie, trank jedoch noch nicht. Blitzschnell überlegte sie, wie sie die Informationen, die sie brauchte, bekommen konnte, ohne eventuellen Lauschern zuviel preiszugeben.

Tama rief ohne Stimmverzerrer oder sonstige Verschlüsselung an. Ihre Unterhaltung konnte jeder mithören, der ein Funktelefon besaß.

»Gibt es einen besonderen Grund für diese neue Lage der Dinge?« fragte Katja.

Ein hastiger Wortwechsel auf japanisch drang an ihr Ohr, als der Sekretär mit einer anderen Person Rücksprache nahm. Dann kam Koyama selbst an den Apparat. Seine Stimme bebte vor Zorn.

»Die Amerikaner«, zeterte er, »haben mein Visum zurückgezogen.«

»Was? *Ihr* Visum?«

Betroffen rätselte Katja, was die amerikanischen Behörden wohl zu einer solch beleidigenden Handlung bewogen haben mochte. Sie trank einen Schluck Wodka, als ob es Eiswasser wäre.

»Ein Zeitungsreporter hat ein paar uralte Geschichten über mich ausgegraben«, grollte Koyama. »Er nennt mich einen Kriegsverbrecher.«

»Welche Zeitung?«

»Die *New York Times*. Sie verunglimpfen mich mit dieser Bezeichnung!«

Koyama platzte fast vor Wut.

»Die werden sich bei mir entschuldigen«, betonte er, »und wenn ich halb Manhattan kaufen und an die Koreaner verhökern muß.«

»Es kommt nichts Gutes dabei heraus, sich mit einem so mächtigen Blatt anzulegen«, beschwichtigte Katja ihn. »Und diese Zeitung hat immensen Einfluß, das kann ich Ihnen versichern.«

Der Japaner erwies sich als total uneinsichtig. »Zuerst hat dieser Hundehaufen die amerikanischen Immigrationsbehörden in ein zweifelhaftes Licht gerückt. Dann hat er mich direkt angerufen und nach ›Verbrechen‹ aus einem Krieg gefragt, an den sich keine Laus mehr erinnert!«

»Woher hatte der Reporter seine Informationen?« fragte Katja.

»Ich weiß es nicht.«

»Tolliver«, keifte Koyama. »Finden Sie ihn! Finden Sie seine Quelle. Und dann tun Sie, was zivilisierte Menschen mit Hundehaufen tun!«

»Die amerikanische Presse genießt eine spezielle Immunität«, wandte Katja ein. »Sie kann nicht für Ihre Akte verantwortlich gemacht werden.«

»Ich dachte, Sie und Ihre Geschäftspartner hätten ›Freunde‹ in allen wichtigen Positionen. Offenbar ist das ein Irrtum. Es lohnt sich nicht mehr, mit Ihnen zu diskutieren.«

»Sie haben mich mißverstanden«, versicherte Katja rasch.

»Ausgezeichnet. Ich gehe also davon aus, daß ich planmäßig abfliege.«

»Bitte haben Sie ein wenig Geduld. Es könnte etwas länger als achtzehn Stunden dauern.«

Koyama knurrte vernehmlich über diese Zumutung.

Als Katja wieder sprach, klang ihre Stimme warm, heiser und unzweifelhaft feminin.

Kasatonin hätte beinahe laut aufgelacht.

»Vertrauen Sie mir, mein Freund«, beschwor sie ihn. »Meine Kollegen und ich haben ein Geschenk für Sie, das Ihnen unsere große Hochachtung beweisen wird.«

Der Präsident grunzte, als würde er auch nichts anderes erwarten.

»Unser Geschenk übertrifft alles, was Sie bisher gesehen haben,« schwärmte sie. »Menschen mußten ihr Leben dafür lassen, daß wir es in die Hände bekamen. Andere haben ihr gesamtes Leben nur damit zugebracht, es zu bewahren.«

»Was ist das, womit Sie mich locken wollen?«

Katja lachte leise und verführerisch. Sie lud den alten Mann dazu ein, als Mann auf sie zu reagieren und weniger als gekränkter Verbrecherkönig.

»Aber es soll doch eine Überraschung sein«, tat sie geheimnisvoll.

»In den Vereinigten Staaten gibt es keine Überraschungen für mich.«

»Wenn Sie nur ein wenig Geduld haben, dann ...«

»Ich bin eine bedeutende Persönlichkeit«, unterbrach Koyama sie kalt. »Entweder betrete ich ein Land durch die Vordertür oder gar nicht.«

Katja dachte einen Moment lang nach, dann lächelte sie.

»Aber selbstverständlich«, schnurrte sie. »Ich werde Ihr Flugticket höchstpersönlich umbuchen und unsere gesamte Gruppe ebenso.«

»Was meinen Sie damit?«

»Wir werden Sie alle in Kanada treffen. Dort überreichen wir Ihnen dann das Geschenk, das Ihnen beweisen wird, wie sehr uns Ihre Mitarbeit am Herzen liegt.«

»Wann?«

»Innerhalb von zwei Tagen.«

»Sorgen Sie dafür!«

Das Freizeichen ertönte.

Katja blickte das Handy an. Ihr Gesichtsausdruck war ebenso kalt, wie ihre Stimme warm gewesen war.

»Probleme?« erkundigte sich Kasatonin.

»Nichts, das sich nicht beheben ließe ... aber das nächste Mal, wenn du Mrs. Redpaths Gurgel in Reichweite hast, drück zu!«

26

Washington State
November

Der firmeneigene Jet von Risk Limited durchstieß östlich von Spokane die Lüfte. Durch die Luken drang der indigoblaue Himmel in der Dämmerung. Darunter türmten sich goldene Wolken, die das Licht der sinkenden Sonne reflektierten.

Dani tastete sich langsam ins Bewußtsein und blickte auf ihre Uhr. Sie hatte mehr als drei Stunden geschlafen.

Shane Crowe saß zusammengesunken auf dem gegenüberliegenden Sitz. Seine Augen waren geschlossen und seine Haltung vollkommen entspannt. Doch erst als sie sah, daß auch seine Hände friedlich in seinem Schoß lagen, war Dani sicher, daß er wirklich schlief.

Unauffällig, um ihn nicht zu wecken, streckte sie sich. Die Aufregung seit Lhasa hatte sie ebenso erschöpft wie elektrisiert.

Und das Schlimmste – oder das Beste – steht mir noch bevor, dachte Dani. Lieber Himmel, ich könnte eine Woche lang schlafen.

Wie hält Shane das bloß aus? Vielleicht ist er ja deshalb in ein buddhistisches Kloster gegangen. Weil er die Aufregungen nicht mehr ertragen konnte und Ruhe brauchte.

Das Flugzeug änderte leicht seinen Kurs und flog nunmehr Richtung Süden. Die Sonne flutete durch das ovale Fenster herein. Das Licht berührte Shanes Gesicht wie der Pinsel eines Malers. Auf einmal war jede einzelne Linie, jeder Schatten, jede Farbnuance erkennbar.

Dani widerstand der Versuchung, ihm das dichte, glänzende schwarze Haar aus der Stirn zu streichen, seinen maskulinen Dreitagebart zu liebkosen, um dann seine Lippen nachzuzeichnen, zuerst mit den Fingern, dann mit ihrer Zunge.

Das ist das Adrenalin, sagte sie sich, nichts weiter! Im Alltag käme mir Shane nicht halb so sexy vor wie jetzt.

Und wenn ich mir das oft genug einrede, glaube ich es am Ende sogar.

Die Sonne auf seinen Lidern weckte Shane. Langsam wendete er den Kopf. Als das Licht nicht nachgab, öffnete er irritiert die Augen.

Er sah, daß Dani ihn beobachtete. Seine Irritation wich schlagartig. Ein langsames Lächeln breitete sich auf seinen Zügen aus. Seine langen Beine manövrierten gezielt, bis seine Knie mit den ihren zusammenstießen.

»Hätte nicht erwartet, daß du hier Platz nimmst«, sagte er. »Du bist mir in letzter Zeit ausgewichen.«

Seine Stimme war heiser vom Schlaf und von etwas anderem, etwas, das Dani an Aruba, warmen Regen und eine Intimität denken ließ, die sie nie für möglich gehalten hätte.

»Ich wollte die Dinge nicht noch mehr komplizieren«, erklärte sie.

»Für dich?«

»Für uns beide.«

Unruhig richtete Dani sich in ihrem Sitz auf. Sie streckte die Arme über den Kopf und versuchte, die Verspannungen in Schultern und Rücken zu lockern.

Damit hatte sie ihn nicht reizen wollen, doch genau das geschah. Ihr Top spannte sich über Brüste, die durch den Anblick von Shane und den bloßen Gedanken an Aruba bereits sensibilisiert waren.

Erst jetzt merkte Dani, daß die obersten Knöpfe aufgegangen waren. Es klaffte auf, und ein weicher weißer BH sowie ihr Brustsansatz waren zu sehen. Automatisch senkte sie die Arme, um sich rasch in Ordnung zu bringen.

Sobald Danis Fingerspitzen den ersten Knopf berührten, merkte sie, daß Shane sie mit unübersehbarem männlichem Interesse betrachtete. Ihre Hände begannen zu zittern. Ein simpler Vorgang war auf einmal unmöglich zu bewerkstelligen. Die Knöpfe weigerten sich, durch die rutschigen Löcher zu schlüpfen.

Sanft strich Shane ihre Hände beiseite und übernahm die Arbeit für sie. Dani spürte das zarte Streicheln von Fingerspitzen über Seide und harte Brustwarzen, als er ihr Oberteil glattzog.

»Na bitte«, sagte er. »Alles schön brav zugeknöpft – das wolltest du doch, oder?«

Sie wandte den Blick von dem hungrigen Ausdruck in seinen Augen ab. Angelegentlich studierte sie ihre Hände und verwünschte insgeheim ihre Ungeschicklichkeit.

»Es tut mir leid«, sagte sie erstickt. »Ich wollte dich nicht anmachen.«

»Alles klar.«

»Wirklich?«

Jetzt blickte sie ihn direkt an.

Er beruhigte sie. »Wenn man gerade aufgewacht ist, sind die Gefühle immer am stärksten.«

Einen Moment lang blickten sie einander wie gebannt in die Augen. Dani konnte kaum atmen, so sehr begehrte sie diesen Mann.

Shane kämpfte mit denselben Gefühlen, freute sich jedoch gleichzeitig über die Tatsache, daß Dani ihnen ebenso ausgeliefert war wie er.

Bald, versprach er sich. Sehr bald.

Doch ihm kam es noch wie eine Ewigkeit vor, bis sein Gelübde erfüllt wäre. Dann stand es ihm frei, einen Aspekt seiner Menschlichkeit zu erforschen, den er bis dato für entbehrlich gehalten hatte.

Prasam Dhamsa dachte anders. Nicht zum ersten Mal fragte sich Shane, warum der Lama ihn besser kannte als er sich selbst.

Die Tür zur Pilotenkanzel ging auf und unterbrach die geladene Stille. Lea Rubin, die Chefpilotin von Risk Limited, kam herein.

Shane blickte die Pilotin an. Sie war weder groß noch klein, weder dick noch dünn, sondern einfach nur blitzgescheit und besaß die schnellsten Reflexe, die er je gesehen hatte – bei Mann oder Frau.

»Seepiste oder Boeingpiste?« fragte Lea. »Die Bodencrew muß das wissen.«

»Boeing«, antwortete Shane. »Das hier ist nicht unbedingt ein Einsatz in der Wildnis. Wer erwartet uns?«

»Gelmann. Er ist gestern von Los Angeles hergeflogen.«

»Kennt er sich aus in Seattle?«

»Er hat ein lokales As namens Flanders aktiviert.«

»Flanders?« fragte Shane.

»Ehemaliger Zollbeamter der US-Behörden! Schon seit Jahren tingelt er durch diesen Teil der Welt.«

»Sollte ich ihn kennen?«

»Er ist nicht berühmt, falls du das meinst«, bemerkte Lea. »Eher berüchtigt!«

Shanes Mundwinkel zuckten.

»Ein allgemein menschliches Problem!« Er warf einen Blick auf Dani. »Was ist passiert?«

»Man hat ihn letztes Jahr unehrenhaft entlassen«, rückte Lea heraus.

»Warum?«

»Nun, offiziell ist er vorzeitig in den Ruhestand getreten.«

»Und inoffiziell?«

»Flanders hat es den indianischen Schmugglern zu schwer gemacht, sich um die amerikanische Tabaksteuer herumzumogeln«, erklärte sie. »Außerdem weiß er eine Menge über die Operationen der Fukien-Chinesen.«

»Klingt nach dem idealen Mann für uns«, meinte Shane. »Ein Cop, der für Gleichberechtigung eintritt. Zu stur, um sich politisch korrekt zu verhalten.«

Dani zog eine Grimasse.

»Es ist noch nicht zu spät!« Er sah sie aufmerksam an. »Du kannst immer noch zum Campus zurück.«

»Warum höre ich da Mitleid in deiner Stimme ...«

»Sorry. Bloß ein Reflex, nehme ich an.«

»... als ob ein buddhistisches Kloster weniger weltfremd wäre als ein Campus«, fuhr Dani fort, ohne sich unterbrechen zu lassen.

Lea lachte laut auf.

»Mag sein, daß es mir nicht gefällt, all die blutigen Einzelheiten über Tongs und Mafia und Drogenkartelle und gedungene Mörder zu erfahren«, mäkelte Dani, »aber ich laufe auch nicht davon und verstecke mich.«

Einen Augenblick lang musterte Lea Dani gründlich.

»Eine realistische Idealistin«, stellte sie fest. »Ich habe dir doch gesagt, daß Cassandra und ich nicht die einzigen sind, die diese beiden Eigenschaften besitzen.«

»Geh, steuer deine Maschine«, knurrte Shane.

»Jawohl, mein Herr und Meister!« Lea verbeugte sich übertrieben. »Merken Sie, Dani, daß er Frauen mag, die Befehle entgegennehmen können!«

»Das Leben ist tückisch und voller Fallgruben«, säuselte Dani.

Lea lachte noch, als sie die Tür zur Pilotenkanzel wieder hinter sich schloß.

»Zen-Philosophie?« fragte Shane.

»Das habe ich von einem gewissen Shane Crowe, Zen-Mönch.«

»Nicht mehr lange«, sagte er und warf einen Blick auf seine Uhr. »Zum Glück! Übrigens, du wirst Juan sicher mögen.«

Dani schuttelte den Kopf und ließ ihre seidige Mähne fliegen.

»Welcher Part fällt mir bei diesem Treffen zu?« wollte sie wissen.

»Du stehst im Mittelpunkt, glaub mir.«

»Also ich habe keine Ahnung, wovon du redest«, murmelte Dani.

»Juan Gelmann ist Soziologe. Hat seine Diplomarbeit über die Straßenbanden von L.A. geschrieben. Dann beschloß er, seine Kenntnisse auf direktere, weniger akademische Weise anzuwenden.«

»So wie du?«

»Ich habe nie eine Diplomarbeit zustande gebracht«, bekannte Shane.

»Nein, du hast sie *gelebt*. Großer Unterschied.«

»Du deine auch. Wie viele Akademiker verbringen ihre Zeit mit Feldforschungen, so wie du?«

»Nicht genug«, äußerte Dani mit Nachdruck.

»Kann sein. Aber vielleicht bietet ihnen die Universität ja die Zuflucht, die sie brauchen.«

»Eine Zuflucht?«

»Nicht jeder verfügt über deine Widerstandsfähigkeit, Dani. Und verdammt wenige sind so hübsch.«

»Hübsch?« fragte Dani erstaunt. »Das glaubst du wohl selbst nicht.«

»O doch!«

»Du machst dir was vor. Ich besitze mehr als einen Spiegel. Gaub mir, was das Aussehen betrifft, kann man mich getrost als durchschnittlich bezeichnen.«

»Nun, dann unterscheidet sich unsere Sehweise«, sagte Shane. »Für mich bist du ... hinreißend.«

Dani wußte nicht, was sie darauf sagen sollte, denn er klang zweifellos aufrichtig.

Von seinem Blickwinkel aus.

Mit einem leisen Lächeln schloß Shane die Augen und überließ Dani ihren Gedanken über die erstaunliche Vielfalt der Wahrnehmungsmöglichkeiten. Er öffnete sie erst wieder, als das Flugzeug fünfzehn Minuten später landete.

Dani und Shane wurden von Juan Gelmann empfangen, einem schlanken, schwarzhaarigen Latino, der sie aus traurigen Hundeaugen hinter einer runden Nickelbrille anblickte. Er sah eher aus wie ein Grundschullehrer als wie ein Risk-Limited-Agent. Gelmann stellte ihnen seinen Kompagnon, Bill Flanders, vor.

Dani setzte ihr Fakultätstreffen-Lächeln auf und schüttelte Hände, während sie Flanders taxierte.

Er war ein kräftig gebauter Abenteurer mittleren Alters, dessen Gesicht Spuren von Sonne, Wind und Whiskey aufwies. Um seinen Mund lag der zynische Zug eines Mannes, der sein Leben damit zugebracht hat, in den menschlichen Abgründen herumzuwühlen.

Ein Windstoß wehte seine Jacke auf. Im Bund seiner Jeans steckte eine Pistole.

Dieser Knabe fühlte sich ohne Waffe offensichtlich nicht wohl. Nach allem, was Dani in den letzten Wochen durchgemacht hatte, fiel ihr Urteil über Flanders nicht mehr ganz so hart aus, wie es früher einmal der Fall gewesen wäre. Sie war bereit abzuwarten, ob er sich wirklich als ein so sturer Haudegen herausstellte, wie er erschien.

»Nett, Sie kennenzulernen«, wandte er sich an Dani.

Er sprach mit dem leicht verwaschenen Südstaatenakzent eines Mannes, den es schon vor langer Zeit vom heimatlichen Texas an die Westküste verschlagen hat.

Dani hatte erwartet, ignoriert oder mit der üblichen männlichen Überheblichkeit von oben bis unten gemustert zu werden. Von seiner überraschenden Freundlichkeit war sie sehr angetan.

Flanders wies über die Landepiste auf einen wartenden Lieferwagen. Von außen sah er aus wie eine dreckige Schrottkarre mit stark getönten Scheiben.

»Ihre Kutsche erwartet sie, Ladies und Gentlemen«, lud er sie ein.

»Schon mal was von einer Waschanlage gehört?« fragte Shane, während sie auf den Veteranen zuschritten.

»Saubere Autos glänzen so«, erwiderte Flanders. »Das tut meinen armen alten Augen weh.«

Shane lachte und duckte sich, um hinten einzusteigen.

»Hübsch«, sagte er nach einem raschen Rundumblick. »Eine rollende Überwachungsstation.«

»Alles da, außer Satellitenfernsehen«, stimmte ihm Flanders zu. »Die verdammte Schüssel wäre zu auffällig.«

Dani stieg ein und sah, was Shane gemeint hatte. Es gab bequeme Sitze, ein Funkgerät, Ferngläser und Nachtsichtgeräte.

»Vorzeitiger Ruhestand, hm?« sagte Dani auf Geratewohl.

»Manche Gewohnheiten wird man nur schwer los«, entgegnete Flanders fröhlich.

Gelmann stieg vorne auf der Beifahrerseite ein und schlug die Tür hinter sich zu.

»Das Schöne an den Zollgesetzen ist«, setzte Flanders ihnen auseinander, »daß man eine Belohnung für die Ergreifung böser Jungs bekommt.«

»Wirklich?« fragte Dani verwundert.

»Wirklich, Ma'am. Ich verdiene jetzt etwa genausoviel wie früher, als ich noch für die Regierung arbeitete. Bloß daß der Formularkram und damit die unbezahlten Überstunden wegfallen.«

»Gute Arbeit, Juan«, lobte Shane, zufrieden, daß Gelmann Flanders ausgewählt hatte.

»Dachte ich mir auch«, erwiderte Gelmann ruhig.

Shane überflog nochmals das Innere des Lieferwagens, sah dann dessen Besitzer ein paar Augenblicke lang nachdenklich an und fällte seine Entscheidung.

»Wenn das hier ordentlich gut läuft«, sagte er zu Flanders, »könnten weitere Jobs für Sie drin sein. Interessiert?«

»Ist ein Froscharsch wasserscheu?«

Dani kicherte.

Mit einer Behendigkeit, die über das Grau in seinem schütteren Haar hinwegtäuschte, kletterte Flanders auf den Fahrersitz. Auf Nebenstraßen verließ er den Flughafen. Egal, wie viele Wenden er auch machte, wie oft er abbog, er mußte keinen einzigen Blick auf einen Wegweiser oder gar einen Stadtplan werfen.

»Was war mit unseren Angaben?« fragte Shane Gelmann.

»Das Hotel und die restlichen Reservierungen haben sich als korrekt erwiesen«, antwortete dieser.

»Ihr habt sie mit eigenen Augen gesehen?«

Gelmann nahm seine Brille ab, polierte sie auf dem Ärmel seiner Cordjacke und setzte sie dann wieder auf.

»Cassandra sagte, wir sollten nicht zu nah an sie rangehen«, formulierte er vorsichtig.

»Wie nah ist zu nahe?« fragte Shane.

Gelmann grinste, und auf einmal sah er eher aus wie ein Kobold als wie ein trauriges Hündchen.

»Ich habe einen Tisch neben dem sizilianischen Gentleman und seinem korsischen Kumpan ergattern können, letzte Nacht in der Hotelbar«, verriet er. »Beide eindeutig identifiziert.«

Shane brummte erfreut.

»Sie hockten die ganze Nacht dort, haben teuren Brandy geschlürft und Lügengeschichten über ihren Erfolg, was Geld und Frauen betrifft, ausgetauscht«, fügte Gelmann hinzu.

»Irgendwas Brauchbares?« fragte Shane.

»Sie sprachen Französisch, die einzige Sprache, die sie beide gut genug konnten, um sich ungefähr verständigen zu können – also redeten sie relativ offen; aber ich habe nichts gehört, das ich nicht bereits wußte.«

»Sie sprechen Französisch?« fragte Dani.

»Er spricht zehn Sprachen«, mischte Shane sich ein.

»Zwölf sogar, wenn man solche Außenseiter wie Baskisch und Finnisch mitzählt«, sagte Gelmann bescheiden, »aber wen interessiert das schon?«

»Und ich dachte, Sie wären bloß einer dieser überstudierten Messikaner«, zog Flanders ihn auf.

»Und Sie habe ich für einen jener Holzkopftessaner gehalten«, entgegnete Gelmann.

Flanders sagte etwas auf Maschinenpistolen-Spanisch. Gelmann feuerte zurück, mit Zinsen. Die beiden Schlawiner lachten.

»Klingt, als ob die Herren noch in einer dreizehnten Sprache bewandert wären«, meinte Shane trocken.

»In welcher?« erkundigte Dani sich.

»In Gossen-Spanglisch.«

»Wenn du es sagst. Die einzigen wirklich guten Schimpfwörter, die ich kenne, sind englisch oder aus diversen obskuren Stammesdialekten.«

»Ich kann Ihnen gerne ein paar beibringen«, erbot sich Gelmann und drehte sich um.

»Um Danis Erziehung kümmere ich mich«, bestimmte Shane.

Gelmann verzog nachsichtig einen Mundwinkel.

»Was ist mit Pilenkowa und Kasatonin?« fragte Mr. Crowe jetzt.

»Sie residieren im Vierjahreszeiten, und zwar in der größten Suite«, sagte Gelmann.

»Konntet ihr irgendwie an sie rankommen?«

»Bill hat da einen alten Kontaktmann beim Wachdienst«, erläuterte Juan.

»Die beiden verhalten sich ziemlich unauffällig«, teilte Flanders Shane mit, »abgesehen von ein bißchen Blut auf den Bettlaken.«

»Wessen Blut?«

»Hab keine sichtbaren Verbände gesehen.« Flanders zuckte die Achseln.

»Sah aus, als hätte sich jemand geschnitten und das Blut an den Laken abgewischt.«

»Für manche Leute«, nuschelte Dani, »ist Sex ein Kampfsport.«

Shane warf ihr einen raschen Seitenblick zu. »So, wie ich die beiden kenne, würde mich das nicht überraschen.«

»Abgesehen davon«, berichtete Flanders, »sind sie seit zwei Nächten hier und haben sich durch drei Fünftel Stolichnaya gesoffen.«

Der ehemalige Zöllner blickte Shane im Rückspiegel an.

»Das ist nicht wenig«, sagte er. »Glauben Sie mir, ich weiß Bescheid.«

»Alles schon mal erlebt, wie?« fragte Shane.

»Darauf können Sie wetten«, entgegnete Flanders lässig. »Meine Narben beweisen es.«

»Katjas Narben sind nur in ihren Augen zu sehen«, flocht Dani ein.

»Also säuft sie sich blind!« Laut Flanders geschah ihr das nur recht.

Shane hatte schweigend ein Fernglas zur Hand genommen und justierte die Linsen. Er studierte den in der Ferne aufragenden Mount Rainier.

»Irgendwelche Anzeichen, daß Katja seit gestern stärker unter Druck steht?« fragte er.

»Nicht, daß ich wüßte«, sagte Gelmann, »aber ich darf ja nicht zu nah an die Russen ran. Warum?«

»Dani und ich haben das Feuer letzte Nacht ein wenig geschürt, oder haben es zumindest versucht«, erläuterte Shane. »Ich hatte gehofft, auf ein paar sofortige Resultate zu stoßen.«

»Mir ist nichts aufgefallen«, meinte das Sprachgenie. »Ihnen, Bill?«

»Über die Russen weiß ich nichts«, gab Flanders zu, »da kann ich also nicht behilflich sein. Aber ...«

Shane wartete, während Flanders den Lieferwagen zwischen

zwei Lastwagen hindurchsteuerte. Er fuhr mit der Sorglosigkeit eines Mannes, der genügend Kumpel bei der Verkehrspolizei hat.

»... ein Typ vom Himmel-und-Erde-Tong sollte mich heute früh treffen«, fuhr Flanders fort. »Er ist jedoch nicht aufgetaucht.«

»Einer von Tony Lius Männern?« fragte Shane.

Flanders nickte.

»Er ist das, was sie als ›Zeremonienmeister‹ des örtlichen Tongs bezeichnen«, führte er aus, »aber er wäre gern der Oberboß. Ab und zu, wenn er glaubt, daß es ihm was nützt, gibt er Informationen an mich weiter.«

»Ist er verläßlich, wenn ihr eine Verabredung trefft?« fragte Shane.

»War das erste Mal, daß er mich versetzt hat. Vielleicht wurde er ja von den fünf Blitzen getroffen, von denen sie dauernd reden.«

»So was passiert schon mal.«

Shane räusperte sich.

»Und nicht zu knapp – da unten an der mexikanischen Grenze, wo ich aufgewachsen bin.«

»Gibt es dort auch Tong?« fragte Dani.

»Gleich hinter der Grenze gibt es eine mexikanische Stadt, die den größten Tong-Tempel südlich von San Francisco beherbergt«, berichtete Flanders.

»Tatsächlich ...«

»Was sagt Ihnen Ihr Instinkt?« unterbrach Shane ihn.

Flanders schoß Shane einen scharfen Blick aus dem Rückspiegel zu. »Instinkt, was soll das denn heißen?«

»Wenn Sie den nicht hätten, wären Sie längst tot.«

»Allerdings wissen den nicht viele einzuordnen. Die haben das Hirn vollgeschissen mit Bestimmungen und dergleichen.«

»Ich nicht«, sagte Shane.

Der Fahrer grinste. »Nun, da gab es eine echt komische Drogenrazzia, gestern auf den Containerdocks in der Elliot Bay.«

»War das ein Zufallstreffer, oder haben die Cops Wind gekriegt?«

»Oh, ein Zufall war es nicht«, meinte Flanders gedehnt. »Einer der Jungs von der Drogenbehörde in Seattle hat einen Tip über eine Ladung Heroin, die sich in einem aus Bangkok kommenden Container befinden sollte, bekommen.«

»Was ist daran so komisch?« wollte Dani wissen.

»Auf den ersten Blick nichts!« lautete die Antwort. »Zoll und Drogenbehörde haben den Container sofort dingfest gemacht.«

»Ein ganzer Container voll Heroin?« Dani war echt schockiert.

»Nö, bloß zwanzig Kilo von dem weißen Pulver. Stand in allen Zeitungen und ging durch sämtliche lokalen Fernsehstationen. Ein richtig großer Triumph im internationalen Kampf gegen Drogen.«

»Und wo ist die Pointe?« fragte Shane.

»Stellte sich heraus, daß das Dope nicht mal eine Reinheit von fünf Prozent hatte«, fuhr Flanders fort. »Gut gemixt, gut verschnitten und ungefähr so wertlos wie Titten an einem Keiler.«

»Sie haben recht!« feixte Shane. »Das ist komisch.«

»Warum?« fragte Dani.

»Kein Drogenschmuggler, der was auf sich hält, würde zweiundvierzig Pfund Talkumpuder und zwei Pfund Dope schmuggeln«, sagte Flanders.

»Und erst recht kein Chinamann«, bekräftigte Shane. »Für die Tong kommt Effizienz gleich hinter Loyalität.«

»Na und?« insistierte Dani.

»Also hat jemand keine Kosten und Mühen gescheut, einen Zirkus auf den Docks an der Elliot Bay zu veranstalten«, sagte Flanders.

»Sie glauben, es war Tony Lius Gruppe?« fragte Shane.

»Lassen Sie es mich so formulieren«, erläuterte Flanders. »Der Tip an die Drogenbehörde kam von einem unbedeutenden Straßendealer, der oben in Bellingham ein Restaurant hat. Das liegt gleich südlich der kanadischen Grenze.«

»Ein chinesisches Restaurant!« landete Shane sofort einen Treffer.

»Der Junge hat 'nen Preis verdient!«

»Welches ist es?« fragte Shane.

Flanders nannte das Shanghai Inn.

»Das gehört zu den Lokalen, die die Tong zur Tarnung einrichten«, sagte Gelmann. »Die besitzen eine ganze Kette solcher Schuppen. Die Tong liefern *bok choy*, Sojasprossen und das bekannte weiße Pülverchen, alles auf ein und denselbem Lastwagen.«

»Also hat jemand aus dem Himmel-und-Erde-Tong an der eigenen Ladung rumgepfuscht«, folgerte Shane. »Warum? Bekämpfen sie sich jetzt schon untereinander?«

»Mmpf, die Babys halten so dicht wie Läuse auf dem Skalp eines Penners«, meinte Flanders kopfschüttelnd. »Wenn sie also wirklich ihr eigenes Dope geopfert haben, dann nur, um eine andere, wertvollere Ladung zu schützen.«

»Die Seide«, sagten Dani und Shane wie aus einem Mund.

»Das muß aber eine verdammt wertvolle Seide sein, wenn sie sich solche Mühe machen«, bemerkte der Fahrer.

Dani nickte eifrig.

Shane begriff, daß die Seide also hier war. »Jetzt bleibt nur noch die Frage, wie die Harmony auf die Abwesenheit ihres Ehrengasts reagiert.«

»Abwesenheit?« hakte Flanders nach.

»... des Ehrengasts«, bestätigte Shane. »Könnten Sie schneller fahren? Die Zeit drängt.«

Flanders warf einen Blick in den Rückspiegel, um zu sehen, ob Shane scherzte.

Es war ihm ernst. Daher gab der Fahrer Gas.

27

Einmal abgesehen von der Lücke zwischen Tony Lius Vorderzähnen, hätte er der grinsenden Katze in »Alice im Wunderland« alle Ehre gemacht. Sein Lächeln strahlte gerissener denn je im harten Schein der nackten Glühbirnen, die von den Balken des alten hölzernen Lagerhauses hingen.

Der Buddha strahlte ebenfalls, aber anders.

Er war etwas mehr als lebensgroß und bestand aus kostbarem Teakholz. Es handelte sich nicht nur um eine wundervoll geschnitzte Figur, sondern um ein Kunstwerk. Arme und Torso des sitzenden Erhabenen zeugten von Kraft und Stärke, was der Statue neben Spiritualität eine starke Sinnlichkeit verlieh.

Doch vor allem im Gesicht der Figur trat die Größe des Künstlers zutage. Ihr Ausdruck war sowohl gelassen als auch in sich versunken, was einen Eindruck von Entrücktheit hervorrief, die menschliches Verständnis überstieg. Liu stieß den Arm der Statue mit dem Ellenbogen an.

»Hübsch, nicht wahr?« fragte er.

Kasatonin nickte. »Trotzdem mehr ein Herrscher als ein Gott«, sagte er langsam. »Stimmt das nicht, Katja?«

Sie schüttelte ihr Haar und wandte den Blick ab. Alles, was mit Religion zu tun hatte, verursachte ihr Unbehagen.

»Die Statue wurde in Bangkok angefertigt«, berichtete Liu. »Sie soll das Herzstück eines wunderschönen neuen Tempels bilden, den die Buddhisten hier in Seattle errichten.«

Ungeduldig drehte sich Katja um und blickte den Chinesen herausfordernd an. Liu reizte sie schon seit fast einer Stunde. Immer wieder deutete er auf das Vorhandensein der Seide hin, ohne wirklich zu verraten, wo sie sich befand.

»Ist es nicht erstaunlich«, sagte Liu, »wie wir uns vor solchen Gottheiten immer wieder erbärmlich vorkommen, selbst wenn wir nicht einer bestimmten Religion oder Glaubensrichtung angehören?«

»Kommt darauf an«, wandte Katja ein.

Kasatonin beobachtete Liu mit ausdruckslosen blauen Augen.

»Selbst Regierungsbeamte und beliebige Passanten erweisen ihnen Respekt«, fuhr Liu fort.

»Wollen Sie damit auf etwas Bestimmtes hinaus?« Katja quetschte sich ein Lächeln ab.

Liu nickte leicht und genoß ihre Ungeduld.

»Man will immer auf irgend etwas hinaus«, murmelte der Chinese.

»Dann erklären Sie es. Bitte«, fügte Katja hinzu.

»Es wäre auf alle Fälle undenkbar für einen einfachen Zollbeamten, eine so kostbare und künstlerisch wertvolle religiöse Statue wie diese richtig einzuschätzen«, sagte Liu.

Während Kasatonin mit dem starräugigen Interesse einer Schlange zusah, nahm Liu einen Hammer zur Hand, den man zuvor zum Öffnen der Transportkiste benutzt hatte. Er wog das Werkzeug in der Hand, testete Balance und Gewicht. »... und auch unvorstellbar, beispielsweise das hier zu tun.«

Noch während Liu sprach, schwang er den Hammer. Seine Bewegung kam ebenso schnell wie überraschend. Stahl krachte gegen Teakholz. Das überirdisch schöne Gesicht zerbarst. Holzsplitter flogen in alle Richtungen.

Entsetzt rang Katja nach Luft. Trotz ihrer äußerlich zur Schau getragenen Gleichgültigkeit befand sich in ihrem Herzen immer noch ein Rest russisches Schulmädel, mit der Achtung, die ein Schulmädel religiösen Statuen gegenüber empfindet.

Liu lachte bei ihrer Reaktion laut auf und gab einem seiner Assistenten einen Wink.

Der Mann öffnete eine Schachtel und hob einen Buddhakopf heraus, der ebenso außergewöhnlich war wie der, den Liu soeben zerschmettert hatte.

»Nur keine Angst«, sagte er. »Der Buddha geht schon nicht kopflos in seinen neuen Tempel. Ich habe hier einen Ersatzkopf, vom selben Künstler!«

»Wirklich bemerkenswert, was Sie in so kurzer Zeit zustande gebracht haben«, bewunderte Kasatonin den Gauner.

Lius Kopfnicken war gleichzeitig eine kleine Verbeugung vor sich selbst.

»Ich besitze dieses wunderschöne, zweiköpfige Kunstwerk schon eine ganze Weile«, sagte er. »Und eines Tages mußte einfach etwas auftauchen, das es wert war, Buddhas Schutz anheimgestellt zu werden.«

»Die Harmony bedankt sich bei Ihnen!« Katja deutete einen Knicks an.

»Das ist nur ein kleiner Ausdruck meiner Dankbarkeit für das Geschenk meines Enkelsohnes«, erwiderte Liu.

Er ging um die Statue herum zu ihrer Rückseite und griff in den offenen Hals. Mit einem wirkungsvollen Armschwung holte er ein Paket heraus, das die Größe eines übergroßen Footballs besaß. Mit einem Taschenmesser schlitzte er die äußere Hülle des Pakets auf.

Während er es aus dem Polstermaterial wickelte, kam allmählich ein Glaszylinder zum Vorschein. Er wies etwa einen halben Meter Länge auf und besaß einen Durchmesser von zirka zehn Zentimetern. Verschlossen war er mit einem einfachen Korken und einer zusätzlichen Silikonschicht, damit der harte Korken ja nicht feucht wurde. In dem winzigen Loch, durch das man die Luft aus dem Rohr abgesaugt hatte, steckte ein einfaches Ebenholzstäbchen.

»Die Seide«, sagte Liu schlicht, »sicher und unversehrt! Und so schön wie an dem Tag, an dem sie aus dem Kloster in Lhasa gestohlen wurde.« Katja prüfte das Glas sorgfältig. Es gab weder Sprünge noch Absplitterungen. Doch was noch wichtiger war, kein Kondenswasser hatte sich im Innern gebildet. Auch wenn das Siegel ziemlich grob und einfach aussah, schien es funktioniert zu haben.

»Sie werden bemerken, daß das Glas im Innern nicht beschlagen ist«, sagte Liu triumphierend.

»Da haben Sie Glück gehabt«, brummte Kasatonin. »Lassen Sie mich sehen.«

Der Glaszylinder wirkte absolut zerbrechlich in den groben Pranken des Russen. Er rollte das Rohr hin und her und besah es sich von allen Seiten im Schein der Lampe.

Nur eine kleine Ecke des blauen Stoffs blitzte zwischen der schützenden Umhüllung aus weißer Seide hervor. Uralte Goldfäden funkelten in der zarten Bläue.

Mit einem Schulterzucken hielt er Katja den Behälter hin.

»Es ist noch alles wie vorher«, sagte er, »… ein ausgebleichter Stoffetzen. Das Gold darin bringt nicht einmal einen Rubel ein. Ich putze mir die Schuhe mit besseren Lappen.«

Liu lächelte breit, beinahe großzügig. Er hatte befürchtet, daß Kasatonin wegen der Seide Schwierigkeiten machen würde.

Mit beiden Händen nahm Katja das Glasrohr von Kasatonin entgegen. Sie starrte die Seide mit einem kleinen Lächeln auf dem Gesicht an. »Es sieht nicht so aus, als hätte sich all die Mühe gelohnt«, bemerkte ihr Liebhaber. »Aber ich bin ja nur ein einfacher Soldat, kein General.«

»Was wir Mr. Koyama schenken, ist Geschichte, nicht Reichtum«, verkündete Katja. »Ich glaube, er wird sehr zufrieden sein.«

»Dann kommt er also?« fragte Liu scharf.

»Aber natürlich tut er das«, sagte sie. »Warum sollte er nicht ...?«

»Die japanische Yakuza ist nicht gerade für ihre Kooperationsbereitschaft bekannt«, gab Liu zu bedenken.

»Der Präsident braucht uns mehr als wir ihn«, behauptete Kasatonin.

Liu blickte zweifelnd drein.

»Nun, beide Seiten brauchen einander gleich dringend«, bereinigte Katja die Atmosphäre. »Wir sind ebenbürtige Konkurrenten, ob nun als Freunde oder Feinde – bleibt ihm überlassen. Ich vertraue darauf, daß er die für ihn wünschenswertere Entscheidung trifft.«

»Natürlich wird er das«, winkte Liu ungeduldig ab. »Aber wie wollen Sie Koyamas Visumproblem lösen?«

Katjas Blick suchte wieder das Stückchen blauer Seide, während sie den kalten Glaszylinder in den Händen drehte.

»Kein Regierungsentscheid ist endgültig«, sagte sie. »Es gibt immer eine übergeordnete Stelle, die den vorherigen Beschluß aufheben kann ... gegen ein entsprechendes Entgelt.«

Lius Lider senkten sich, bis seine Augen nur noch schwarzglühende Schlitze waren.

»Aha«, murmelte er. »Dann wird also ein amerikanischer Immigrationsbeamter bald ein hübsches kleines Ferienhaus in Florida erwerben.«

»Dieses Mal nicht«, korrigierte Katja. »Wir haben ja bereits eine Immigrationsbeamtin unter unserer Kontrolle – die Dame, die Ihre Einbürgerungspapiere unterzeichnete.«

»Das war in Ottawa«, sagte Liu. »Sie ist Kanadierin. Was kann sie Koyama schon nutzen?«

Die Zarin lächelte.

»Wie weit ist Seattle von Kanada entfernt?« fragte sie. »Von der Stadt Vancouver?«

»Hundertzwanzig Meilen«, antwortete Liu, »aber ...«

»Die Vorbereitungen wurden getroffen, während wir hier unsere Zeit verschwendet haben«, unterbrach Kasatonin.

Katja warf ihrem Geliebten einen warnenden Blick zu.

»Wir verlegen unser Treffen ins Vierjahreszeiten in Vancouver«, sagte Katja.

»Wann?« fragte Liu.

Kasatonin, den Lius unverschämte Haltung ärgerte, trat einen Schritt vor. Eine Berührung durch Katjas schmale, weiße Hand stoppte ihn.

»Koyama fliegt heute abend nach Vancouver«, teilte Katja ihm in aller Ruhe mit. »Das Treffen findet morgen statt.«

»Ah«, seufzte Liu. »Wenn Sie einen sicheren Ort für das Treffen suchen, hat der Himmel-und-Erde-Tong jede Menge zu bieten.«

»Vielen Dank, aber das wird nicht nötig sein.«

»Wie denken Sie sich den Transfer?« fragte Liu in scharfem Ton.

Wieder machte Kasatonin Anstalten, den kleinen Mann anzugreifen, und wurde erneut von seiner Donna in Schach gehalten.

»Wir chartern eine Jacht für diejenigen, die sich jetzt in Seattle befinden«, legte sie ihren Plan dar. »Und auf dem Weg nach Vancouver machen wir eine Rundfahrt durch die San-Juan-Inseln.«

Liu grunzte.

»Sie jedoch«, fügte Katja genüßlich hinzu, »werden uns natürlich nicht begleiten.«

Einen Augenblick lang zeichnete sich Furcht in Lius Gesicht ab, bevor er sich wieder in der Hand hatte.

»Warum nicht?« fragte er unwillig.

»Weil Sie viel zu beschäftigt sein werden«, instruierte sie ihn und reichte ihm lächelnd den Glaszylinder zurück.

»Es ist Ihre Aufgabe, den Fetzen noch mal für uns durchzuschmuggeln«, erklärte Kasatonin.

Liu verbarg seine Erleichterung noch perfekter als seine ursprüngliche Angst.

»Vermutlich werden Sie damit keine Schwierigkeiten haben«, setzte der Russe hinzu. »Soweit ich gesehen habe, gelangt man von den Vereinigten Staaten nach Kanada ebenso leicht wie in eine Hure.«

»Nein, nein, ich erwarte keine Schwierigkeiten«, versicherte Liu eifrig.

»Und wie wollen Sie es bewerkstelligen?« löcherte Kasatonin ihn im Befehlston.

»Je weniger Leute Bescheid wissen, desto besser für uns alle«, wich Liu aus.

»Nicht mit mir, Chinamann«, fauchte Kasatonin.

»Sie haben die Seide dem Himmel-und-Erde-Tong schon mal anvertraut ...«

»Anvertraut?« unterbrach Kasatonin ihn lachend. »Ich bin der Route dichter gefolgt als Sie.«

Ein alarmierter Ausdruck huschte über Lius Miene.

»Sagen Sie mir, wie Sie die Seide nach Vancouver befördern wollen«, verlangte Kasatonin, »jetzt, auf der Stelle, und zwar in allen Einzelheiten.«

Während er sprach, zog der Russe eine Landkarte aus seiner Lederjacke. Er öffnete die Karte, auf der die Gegend zwischen Seattle und Vancouver minutiös auszumachen war.

Zornig richtete sich Tony Liu zu seinen vollen eins fünfundsechzig auf. Er sah aus wie ein Terrier, der einen Wolfshund anknurrt.

»Bitte erklären Sie es ihm«, meinte Katja lächelnd und berührte Liu sanft am Arm. »Die Harmony existiert, weil Kooperation profitabler ist als Krieg.«

Liu wußte, daß er keine Wahl hatte. Er hatte es von dem Augenblick an gewußt, als er den kanadischen Paß sah, der ihm seinen Enkelsohn bescherte, das Baby jedoch gleichzeitig indirekt bedrohte.

Da nahm Liu die Karte und breitete sie auf einer Packkiste aus.

»Es gibt mehrere Möglichkeiten«, sagte er kurz angebunden.

Kasatonin und Katja flankierten den Tongführer wie zwei Wachtürme.

»Zum Beispiel?« fragte Katja.

»Es besteht eine Sonderspur für Pendler am Grenzübergang in Blaine«, sagte Liu. »Wagen mit den entsprechenden Plaketten werden praktisch durchgewinkt.«

Katja nickte anerkennend. »Die Seide könnte also in drei Stunden in Vancouver sein, richtig?«

Liu schüttelte energisch den Kopf. »Nur wenige Asiaten verfügen über solche Plaketten. Wir müßten also einen Kaukasier dafür anheuern. Vielleicht möchte Mr. Kasatonin ja ...«

»Nein«, fiel sie ihm ins Wort. »Ilja bleibt bei mir. Immer.«

Liu war nicht überrascht. Jedes Mitglied der Harmony wußte, daß Kasatonin nicht nur Katjas Vertragskiller, sondern auch ihr Bodyguard war. »Dann also jemand anderer«, lenkte er ein.

Katja blickte Kasatonin an. Neben dem Töten war er am nützlichsten, wenn es um Taktik und Logistik ging.

»Nein«, lehnte er ab. »Keine Außenstehenden, wenn es nicht sein muß.«

»Wie steht es mit Fischerbooten?« fragte Katja. »Benutzen die nicht die geschützte Wasserstraße nach Alaska?«

Sie wies auf die Meerenge zwischen Vancouver Island und dem kanadischen Festland.

»Es wäre einfach, die Kapsel im Kielraum zu verstecken«, meinte auch Kasatonin.

»Fischerboote verkehren aber nur in der Saison«, gab Liu zu bedenken. »Und jetzt ist keine gute Zeit.«

»Welche Route dann?« fragte Kasatonin ungehalten.

»Die Stafette«, schlug Liu vor. »Ist wahrscheinlich ohnehin die beste Lösung. Einfacher zu kontrollieren. Das streben Sie doch an – Kontrolle?«

Diese Stafette wollte Kasatonin erklärt haben. »Ich kenne den Begriff, aber nicht in Verbindung mit Schmuggel.«

»Wie Sie schon sagten, ist dies eine äußerst durchlässige

Grenze«, begann Liu. »Der Tong überquert sie häufig, gewöhnlich jedoch von der kanadischen Seite aus.«

»Wie?« fragte Kasatonin.

»Wir bringen das Heroin in eine kleine kanadische Stadt auf Vancouver Island und weiter via Fähre durch die San-Juan-Inseln.«

Katja runzelte die Stirn. »Was ist mit Zollinspektionen?«

»Die gibt es nur auf den direkten internationalen Routen«, erläuterte Liu. »Aber der Fährverkehr zwischen den Inseln wird nicht kontrolliert.«

»Wirklich?« entgegnete Katja. »Das erscheint mir selbst für amerikanische Begriffe erstaunlich.«

Liu lächelte und sog, wie so oft, Luft durch die Zähne.

»Die Inseln sind ein wahres Labyrinth an Fährlinien und Fahrplänen«, erinnerte er. »Es ist möglich, daß jemand eine Sendung nach, sagen wir, San Juan Island, bringt und dort dem Stafettenempfänger überbringt.«

Kasatonin sah, worauf Liu hinauswollte. Er nickte ungeduldig, aber Liu ließ sich nicht beirren.

»Jemand von kanadischer Seite kommt auf einer Inlandsfähre an, übernimmt die Stafette und kehrt nach Victoria zurück. Von dort aus braucht ein Wasserflugzeug nur ein paar Minuten bis Vancouver. Und natürlich gibt es keine Zollinspektionen zwischen den kanadischen Inseln und dem kanadischen Festland.«

»Warum San Juan Island?« fragte Kasatonin und blickte auf die Landkarte. »Da ist doch eine Stadt – Friday Harbor.«

Liu blickte irritiert auf. »Na und?«

»Warum nicht eine der anderen Inseln, auf der sich weniger Leute, also weniger Zeugen, aufhalten?«

»Weil, mein Freund«, belehrte Liu ihn, »es in Friday Harbor einen sicheren Aufbewahrungsort für heiße Ware gibt.«

»Wo?« fragte Katja.

»In einem Restaurant namens ›China Girl‹.« Liu schnitt eine Grimasse. »Ich hasse den Namen, aber er gefällt den Touristen.«

»Dieses China Girl«, erkundigte Kasatonin sich, »gehört es dem Himmel-und-Erde-Tong?«

Liu grinste ihn mit seinem Fette-Katze-Grinsen an, doch gegenwärtig sah er eher aus wie eine Kanalratte als wie ein Kater.

»Es ist so sicher wie ein Banktresor«, schwor der Chinese.

Katja blickte Kasatonin an und wartete auf seine Entscheidung.

Eine Zeitlang war es still im Lagerhaus, während Kasatonin Lius Plan von allen Seiten begutachtete. Dann nickte er kurz.

»Die Seide muß bis morgen früh um zehn in Vancouver sein«, sagte Katja. »Geht das mit Ihrer Stafette?«

»Aber natürlich, Zarin«, bekam sie zur Antwort.

Lius Lächeln erweckte in Katja den Wunsch, ihn wegen der Benutzung ihres Spitznamens zur Rechenschaft zu ziehen.

»Dann leiten Sie es in die Wege«, sagte sie ebenfalls lächelnd; doch im Geiste plante sie bereits, wie sie sich an diesem arroganten Schlitzauge rächen würde. Der Gedanke erfüllte sie mit einer prickelnden Vorfreude.

Aber zuerst, mahnte sie sich, muß Liu seinen Anteil an meiner Strategie erfüllen!

28

In dem verfallenen Lagerhausdistrikt, der früher einmal Seattles Chinatown beherbergt hatte, gab es überall Schutthaufen. Doch trotz der vielen Lücken in den Gebäudereihen besaß die Gegend noch immer ein unübersehbar kantonesisches Flair, das in den alten, übriggebliebenen Ruinen zum Ausdruck kam.

Dani versuchte seit zwanzig Minuten, sich vorzustellen, wie es hier wohl früher einmal ausgesehen hatte. Diese geistige Übung sollte ihr helfen, mit dem Mischmasch aus Langeweile und Nervosität fertig zu werden, das sie beherrschte.

Es gab keinen Zweifel daran, daß Überwachungsarbeit eine ziemlich monotone Angelegenheit war. Bisher hatte sie nichts anderes getan, als herumzusitzen und eine Szenerie anzustarren, auf der sich rein gar nichts abspielte.

»Ist Überwachen immer so, äh, aufregend?« fragte Dani sarkastisch.

Shane nickte zerstreut.

»Dann wird der Adrenalinquotient bei dieser Arbeit aber ziemlich unterfordert.«

»Es ist nur dann langweilig, wenn man sich einen Kilometer vom Beobachtungsobjekt entfernt aufbaut«, brummte Flanders in seinen nicht vorhandenen Bart.

»Was?« fragte Dani.

Flanders hob den Kopf und unterbrach einen Moment lang seine Beschäftigung, nämlich das Reinigen und Polieren einer großen Pistole.

»Wenn man näher rangeht« – vielsagend blickte er dabei Shane an –, »ist Überwachen viel interessanter, als beim Trocknen von Reinigungsöl zuzusehen, glauben Sie mir.«

Shane beachtete Flanders nicht, sondern saß weiter reglos da und starrte durch die getönten Scheiben wie ein Tiger, der in der fleckigen Dunkelheit des Dschungels auf Beute lauerte.

Flanders murmelte etwas auf Gossenspanisch und fing mißmutig an, Kugeln in seine Waffe zu schieben.

»Es ist langweilig und auch wieder nicht«, knurrte Shane auf einmal, »... kann beides sein oder keins von beiden.«

»Versuch es doch mal in einer Sprache, die wir alle verstehen«, regte Dani an.

»Verglichen damit, einen Punkt an einer blanken Wand in einer eisigen Klosterzelle anzustarren und über die unendlichen Variationen der Unendlichkeit nachzudenken«, versetzte er, »ist Überwachung unglaublich stimulierend.«

»Zen oder die Kunst der Überwachung!« Flanders lüftete eine Braue. »Ich habe euch Risk-Limited-Typen immer für Hirnakrobaten gehalten, aber ich hätte nicht gedacht, einen Zen-Krieger in dem Geschäft zu finden.«

»Er ist Mönch«, entgegnete Dani mit einem Anflug von Bitterkeit. »Da liegt der Unterschied.«

»Ein Suchender«, korrigierte Shane alle beide. »Nicht mehr. Aber auch nicht weniger.«

»Suchen Sie was Bestimmtes?« fragte Flanders unschuldig. »Seattle ist 'ne ziemlich große Stadt. Wir haben hier fast alles.«

Shane lachte. In den wenigen Stunden, die sie in dem Lieferwagen zusammen verbracht hatten, hatte er angefangen, den mürrischen ehemaligen Zollbeamten zu schätzen.

Prasam Dhamsa würde Flanders sehr gefallen, dachte Shane. Er würde die unbeugsame Sehnsucht nach einer besseren Welt ahnen, die sich hinter dem Zynismus dieses Cops verbarg.

»Frieden suche ich«, bekannte er jetzt. »Das ist es doch, was im Grunde jeder sucht.«

»Sprich du bitte für dich selbst«, sagte Dani. »Das einzige, wonach ich suche, ist greifbarer – die seidene Robe des Buddhas.«

»Das würde auch mir gewaltigen Frieden schenken«, stimmte ihr Shane zu. »Ganz gewaltigen!«

Flanders gestikulierte mit seiner Pistole in Richtung des Lagerhauses, das sie schon seit einer Stunde beobachteten, genauer gesagt, seitdem Katja und Kasatonin es betreten hatten.

»Macht es Sie nicht nervös, daß Sie möglicherweise direkt davorstehen?« fragte er.

»Das wissen wir nicht mit Sicherheit«, bemerkte Shane.

»Wir könnten die Tür eintreten und es rausfinden.«

»Aber wir können die eingetretene Tür nicht wieder einhängen, falls die Seide nicht da ist«, gab der Zen-Spezialist zu bedenken.

»Wie wär es mit einem kleinen Parabolmikrofon, ein Nageltransmitter in der Wand des Schuppens vielleicht?« schlug Flanders vor.

»Zu gefährlich. Da stehen sicher irgendwo Wachen herum, mit ihren Knarren im Anschlag.«

»Ich bin beispielsweise gut als betrunkener Penner.«

Shane schüttelte den Kopf.

»Shit Marie«, maulte Flanders. »Also, damit ich die Hausregeln auch verstehe, hat Risk Limited ein Problem mit schmutzigen Tricks?«

Das machte Shane von den jeweiligen Umständen abhängig.

»Es ist ja nicht so, als müßten wir den Fall vor Gericht bringen, oder?« fing Flanders wieder an. »Alles, was wir wollen, sind Informationen.«

»Anonyme Informationen«, präzisierte Shane. »Die Sorte, die nicht zurückverfolgt werden kann.«

»Das ist ja gerade das Nette an Parabolmikros«, beharrte Flanders.

Erneut schüttelte Shane den Kopf.

»Wir haben es hier nicht mit einem Straßendealer zu tun«, sagte Shane. »Kasatonin besitzt einen sechsten Sinn für Gefahrensituationen.«

»Du aber auch«, warf Dani ein.

»Was uns aber nicht davor bewahrte, in eine wirklich heiße Zwickmühle zu geraten, bei unserem letzten Treffen mit dem Burschen in Lhasa«, grollte er.

Flanders blickte auf. »Wie heiß?«

»So wie ein Grab kalt ist«, entgegnete Shane.

»Da habt ihr euch aber ganz schön verbrannt, Söhnchen!«

Shane hob seine Stimme. »Ich möchte Dani nicht noch mal in eine solche Gefahr bringen. Sie ist Zivilistin.«

»Das ist Ihr Job«, erwiderte Flanders. »Sie müssen die Suppe schließlich auslöffeln.«

»Wie lange sollen wir noch hier rumhängen?« erkundigte Dani sich.

»Bis wir etwas sehen!«

»Würdest du das auch so machen, wenn ich nicht dabei wäre?« drängte ihn Dani.

»Wahrscheinlich«, gab er Bescheid.

Flanders schnaubte verächtlich.

»Wir können es uns immer noch leisten, geduldig zu sein«, erläuterte Shane. »Unsere Agenten in Tokio lassen Koyama nicht aus den Augen. Besser machen wir es gleich richtig, als hinterher einen zweiten Versuch wagen zu müssen.«

»Aber …«, begann Dani.

»Warte«, unterbrach Shane sie.

Dani starrte ihn an. Von einem Herzschlag auf den anderen war der Tiger lebendig geworden.

Flanders erwachte einen Augenblick später aus seiner Lethargie. Er richtete sich im Stuhl auf, stieß die Pistole in ein Halfter an seinem Gürtel und preßte sein Fernglas vor die Augen.

Shane beobachtete das Geschehen bereits durch seins.

Auf dem schuttbedeckten Vorplatz der Lagerhalle erschien ein khakifarbener Pickup mit einem Camperaufbau und hielt vor der Tür zum Lagerhaus des Himmel-und-Erde-Tong an. Der Fahrer stieg aus und klopfte.

»Chen Li Hwan!« Flanders pfiff durch die Zähne, als er den Chinesen erkannte. »Da wird doch der Hund in der Pfanne verrückt! Fünftausend Dollar sind auf seinen Skalp gesetzt. Hätte nie gedacht, daß der seinen löchrigen Bart und seinen knochigen Hintern noch mal diesseits der Grenze sehen lassen würde.«

Das Lagerhaustor glitt nach oben, und der Mann wurde eingelassen.

Shane überflog das Innere mit einem einzigen Fernglasschwenk. »Acht, vielleicht zehn Leute sind da drin. Kasatonin. Katja. Liu – dazu ein sitzender Buddha. Eine Tempelstatue. Der Kopf fehlt.«

»Dann wissen Sie ja, wie sie die Ware reingeschmuggelt haben«, meinte Flanders.

»Worauf warten wir noch?« fragte Dani mit wachsender Aufregung.

»Auf 'ne bessere Chance«, erwiderte Shane klar und deutlich.

Flanders zog ein Handy aus der großen Tasche zu seinen Füßen. »Je was von Polizeinotruf gehört?«

»Ja. Und nein! Rufen Sie nicht an.«

»Chen wird im ganzen Staat gesucht«, murrte Flanders. »Ein anonymer Tip an die Seattler Polizei würde genügen, und in fünf Minuten wäre ein bis an die Zähne bewaffnetes Sonderkommando hier.«

Shane sah zu, wie das Lagerhallentor hinter dem abgestellten Camper wieder nach unten glitt, bevor er antwortete.

»Stecken Sie das Telefon weg«, kommandierte er.

»Wollen Sie die gottverdammte Seide nun haben oder nicht?« Flanders war am Ende seiner Geduld.

»Dieses Stück Seide ist so delikat und empfindlich wie ein Spinnennetz«, erklärte Shane. »Wir müssen warten, bis wir sicher sein können, es unbeschädigt in die Hände zu bekommen. Bis an die Zähne bewaffnete Sondereinheiten der Polizei sind nicht gerade für ihr Fingerspitzengefühl bekannt.«

Außerdem gab es noch ein anderes Problem – eins, das nur er, Cassandra und Gillespie sowie eine anonyme Weberin kannten. Wenn Shanes Plan funktionierte, gelangte nicht nur die Seide in Sicherheit, auch die Harmony wäre in alle Winde zerstreut.

Flanders holte tief Luft und schüttelte fassungslos den Kopf.

»Sie sind der Boß«, räumte er ein. »Aber irgendwann müssen wir mal was riskieren, oder wir kommen nie nah genug ran an unser Ziel.«

»Wir müssen der Harmony zuvorkommen und einen ... einen Hinterhalt legen«, erklärte Shane, ohne das geschlossene Tor aus den Augen zu lassen. »Wer ist Chen Li Hwan?«

»Ein Heroinschmuggler«, zürnte Flanders. »Er wird vom Zoll gesucht. Seiner Familie gehört ein Nudelgeschäft im Chinesenviertel von Victoria. Ist wahrscheinlich der Lagerplatz für die Hälfte der Heroinlieferungen, die aus Asien hierherkommen; aber bis jetzt hat es noch keiner geschafft, die Sippe festzunageln.«

»Gehört er dem Himmel-und-Erde-Tong an?« fragte Shane.

»Sieht so aus«, mutmaßte Flanders. »Fremde werden bestimmt nicht in dieses Nest reingelassen – sonst wären wir schon längst selbst einmarschiert.«

Die beiden Männer beobachteten wieder eine Zeitlang das Gebäude.

Nichts geschah.

Auf einmal ertönte ein leises, rhythmisches Klopfen an der Seitentür des Lasters. Shane drehte sich um, als die Tür aufging und Gelmann hereinkletterte. Sein Schmunzeln ließ vermuten, daß er gute Neuigkeiten hatte.

Shane hob das Fernglas und nahm erneut das Lagerhaus ins Visier.

»Schieß los«, sagte er zu Gelmann.

»Die Hotelconcierge ist eine hübsche junge Latina, die in Guadalajara geboren wurde und teilweise dort aufwuchs, genau wie ich«, leitete Gelmann ein.

»Mir haben Sie erzählt, Sie wurden in Guanajuato geboren«, bemerkte Flanders.

Unschuldig zuckte Gelmann die Achseln.

»Die Concierge hatte heute vormittag jede Menge zu tun«, fuhr er unbeirrt fort. »Sie mußte eine Luxusjacht für ein paar stinkreiche Touristen chartern, die im Vierjahreszeiten residieren.«

»Und das soll wichtig für uns sein?« wunderte Dani sich.

»Geduld, *chica*«, sagte Gelmann aufgeräumt. »Nachdem sie zwei Tage hier sind – und für fünf gebucht haben –, beschließen die fetten Bosse der Harmony, das Hotel zu verlassen und eine Kreuzfahrt durch die San-Juan-Inseln nach Vancouver zu machen – Vancouver Stadt, nicht die Insel.«

»Wann brechen sie auf?« fragte Shane.

»In ein paar Stunden.«

»Der Name der Jacht?« Shanes Stimme klang ziemlich autoritär.

»So ungefähr *M.V. Party Tyme*«, erwiderte Gelmann.

»Katja hat eine Übernachtung auf dem Schiff vorgesehen, so daß sie morgen vormittag in Vancouver eintreffen. Dort hat sie für die Gruppe ein paar Nächte im Vierjahreszeiten in der Georgia Street buchen lassen.«

»Wer wird an Bord sein?« wollte Shane wissen.

»Alle außer Tony Liu.«

Shane grinste. »Gute Arbeit. Verdammt gute Arbeit!«

»Vancouver«, meldete Dani sich. »Könnte Koyama ein Visum für Kanada bekommen?«

»Sicher«, erwiderte Flanders. »Die Kanadier sind viel liberaler, was Einwanderungs- und Besucherbestimmungen betrifft. Die würden wahrscheinlich selbst Dracula politisches Asyl anbieten, wenn es ihn noch gäbe.«

»Dann war das alles hier umsonst«, sagte Dani entmutigt. »Die Harmony kriegt ihre japanische Verbindung, Koyama die Seide, und der Rest der Welt guckt mit dem Ofenrohr ins Gebirge.«

»He«, mahnte Shane freundlich.

Er legte das Fernglas beiseite und ergriff Dani bei den Schultern. Sie zitterte vor Wut und Enttäuschung.

»Warte nur«, beschwichtigte er. »Das ist unsere Chance, einen Vorsprung zu erwischen.«

»Vorsprung? Um Himmels willen, Shane! Wahrscheinlich wimmelt es in dem neuen Hotel schon von Bodyguards. Ganz zu schweigen von der Jacht. Was sollen wir tun – neben ihnen herschwimmen?«

»Man nennt das Schäferhundtaktik«, setzte Shane ihr auseinander.

»Wohl eher ›Ausmanövriertwerden‹!« schoß sie zurück.

»Wir haben sie dazu gebracht, ihre Pläne zu ändern«, meinte Shane. »Etwas, das sie nicht voraussehen konnten, ist eingetreten. Und genau dann passieren Fehler – zu unserem Vorteil, Dani!«

»Klingt viel riskanter, als sich hier und jetzt Einlaß zu verschaffen und die Seide zu schnappen«, brummte Flanders.

Shane blickte Flanders an.

»Überlegen Sie mal«, hielt er ihm vor. »Wird die Harmony die Seide mit an Bord nehmen?«

Der ehemalige Zollbeamte dachte einen Moment lang nach, dann schüttelte er den Kopf.

»Um diese Jahreszeit gibt es nur sehr wenige Touristenkreuzfahrten Richtung Norden durch die San Juans«, überlegte er laut. »Ein einziger Anruf würde genügen, und die Mounties fallen über die Jacht her wie Heuschrecken über ein Weizenfeld.«

»Außerdem sind die Russen paranoid«, ergänzte Gelmann. »Die würden niemals riskieren, sich mit der Seide erwischen zu lassen.«

»Deshalb fährt Tony Liu nicht mit«, faßte Shane zusammen. »Er ist der Schmuggelexperte. Wenn Sie Liu wären, wie würden Sie die Seide über die Grenze bringen?«

Flanders nannte sofort Chen Li Hwan. »Er gilt als der allergerissenste Kurier!«

»Ist er nicht Kanadier?« fragte Dani.

»Die Pipelines funktionieren in beide Richtungen«, klärte

Shane sie auf. »Reichen Sie mir doch mal das Handy mit dem Decoder.«

Flanders holte ein ungewöhnlich großes Handy aus der Tasche zu seinen Füßen und warf es Shane zu. Der fing es mit einer so geschickten Bewegung auf, daß Flanders blinzelte.

Er wählte die Nummer, und ein paar Augenblicke später war die Verbindung hergestellt. Der Decoder verzerrte Cassandras Stimme zwar, doch sie war dennoch einigermaßen verständlich.

»Hi, Cassandra«, sagte Shane. »Ist Gillie in der Nähe?«

»Ja.«

»Gut. Schalte auf Lautsprecher.«

Dani beobachtete Shane mit angehaltenem Atem. Wieder konnte man seine Konzentration förmlich greifen, während er auf die zweite Leitung wartete.

»Wir sind uns sicher, daß die Seide sich in einem Lagerhaus im International District von Seattle befindet«, meldete Shane.

»Wie ist sie da hingekommen?« fragte Cassandra.

»Im Bauch einer Buddhafigur.«

»Kämst du ran ohne Aufsehen?« erkundigte sich Gillespie.

»Negativ. Argusaugen wachen über sie. Hat der fette japanische Karpfen schon das Land verlassen?«

»Bleib dran«, sagte Cassandra. »Gillie ruft in Japan an.«

Dreißig Sekunden später hatte Shane seine Antwort. Er gab sie an seine ungeduldige Truppe im Lieferwagen weiter.

»Die Tokioer Agenten sind Koyama bis zum Narita Airport gefolgt«, berichtete Shane. »Er hält sich im Moment im Duty-free auf und hat einen Boarding-Paß für einen Air-Canada-Flug bei sich. Sie konnten allerdings nicht rauskriegen, für welchen Flug er eingecheckt ist.«

»Aus zu großer Distanz ist alles Scheiße«, sagte Flanders zu niemand Bestimmtem.

»Sie sollen auf die Abflugtafel schauen«, befahl Shane ins Telefon. »Ich wette, in den nächsten zwanzig Minuten geht ein Flug nach Vancouver, Kanada.«

Shane wartete, während die Botschaft weitergegeben, beantwortet wurde und an ihn zurückging.

»Du bist einfach brillant«, applaudierte Cassandra.

»Sicher«, erwiderte Shane mit einem grimmigen Lächeln. »Deshalb hab ich mir die Seide ja auch beim ersten Mal durch die Finger gehen lassen.«

»Bullshit«, fluchte Cassandra. »Wenn du eine andere Wahl getroffen hättest, hätte ich dich gefeuert.«

Shanes Lächeln wurde ein wenig sanfter. »Ist Gillie noch da?«

»Hier«, tat Gillespie kund.

»Jetzt ist Plan B angesagt. Haben die Techniker die Wanze?«

»Tickety-boo!«

»Gut«, sagte Shane. »O-oh! Ich muß Schluß machen. Chen kommt gerade raus. Wir halten euch auf dem laufenden.«

Flanders hechtete auch schon auf den Fahrersitz, während Shane das Gespräch mit einem Knopfdruck beendete.

»Nageln Sie Chen fest, sobald er aus der Gegend raus ist«, ordnete Shane an.

»Ich dachte, wir wollten keinen Staub aufwirbeln«, protestierte Gelmann.

»Unserem Amtsbruder fällt bestimmt was ein, wie er Chen das Maul stopfen kann«, meinte Shane. »Ihn über sein verfassungsmäßiges Recht zur Zusammenarbeit in Kenntnis zu setzen wäre das, was mir dabei in den Sinn käme.«

Gelmann blickte ihn verständnislos an.

Flanders lachte laut auf. »Sie haben es also entdeckt, hm?«

»War kaum zu übersehen«, ließ Shane verlauten.

»Wovon redet ihr?« wollte Dani wissen.

Shanes langes Bein schoß vor. Er schob die Fußspitze unter eine der Tragschlaufen von Flanders' schwerer Ledertasche und zog sie auf Armeslänge heran.

Dann zerrte er eine dunkelblaue Regenjacke heraus und schüttelte sie aus. U.S. CUSTOMS, Amerikanischer Zoll, stand in großen weißen Blockbuchstaben drauf.

»Haben Sie auch eine Marke?« fragte er Flanders.

»Eine falsche, aber es hat sich noch nie jemand beschwert.«

»Vielleicht waren die armen Sünder zu sehr damit beschäftigt, Ihre fette Pistole zu bewundern«, bemerkte Dani.

»Yep, das alte Ding hat eine ganz schöne Horrorwirkung auf die bösen Jungs«, bemerkte Flanders.

Durch die getönten Scheiben ihres Gefährts konnten sie sehen, wie Chens Pickup wendete und in Richtung Kingdome verschwand.

Flanders fuhr rückwärts aus ihrem Versteck. Er hielt sich etwa einen Block hinter dem Pickup, eine Entfernung, die er eine Meile lang beibehielt. Dann bog Chen in eine kleine Seitenstraße ab.

»Er ist auf dem Weg zum asiatischen Gemüsemarkt«, informierte Flanders die anderen. »Wir hatten schon immer vermutet, daß er seine Ladung zwischen dem *bok choy* versteckt.«

»Festnageln«, sagte Shane. »Rasch!«

Der Lieferwagen schoß nach vorn. Ziemlich rasch hatte Flanders Chens Pickup ein- und überholt. Ohne Vorwarnung riß er das Lenkrad herum, steuerte den Wagen scharf nach rechts und stieg auf die Bremse.

Wie zu erwarten, bremste Chen ebenfalls und ließ den Wagen schlingern, um einer Kollision auszuweichen. Als er seinen Fehler erkannte, war es bereits zu spät. Sein Pickup war zwischen Gehsteig und Laster eingeklemmt.

Flanders warf den Parkgang ein und sprang hinaus. Einen Augenblick später tauchte er neben Chens Wagentür auf.

Als Chen die blaue Jacke der Zollbehörden sah, versuchte er den Rückwärtsgang einzulegen, verfehlte ihn und ruckte erneut an der Gangschaltung.

»Rühr dich nicht, du Arschloch«, fauchte Flanders.

Die Worte drangen deutlich durch die geschlossene Fensterscheibe, aber es war die dicke Pistole, die die Botschaft noch unmißverständlicher rüberbrachte.

Chen saß mit einem Mal vollkommen reglos da.

»Du bleibst hier«, befahl Shane Dani, »weil du dich nicht auskennst.«

»Warum überrascht mich das nicht?« murmelte sie. »Endlich wird es mal spannend, und da muß ich den Zuschauer spielen.«

Dani sprach mit sich selbst, da Shane und Gelmann bereits

draußen waren. Zusammen rissen sie Chen von seinem Sitz, warfen ihn über die Motorhaube und durchsuchten ihn.

»Geehrter Chen Li Hwan«, meinte Flanders gedehnt. »Du steckst echt tief im *kim chee*. Hättest in deinem Versteck in Victoria oder Kanton bleiben sollen! Ist viel sicherer da. Nicht so nah an einem amerikanischen Bundesgefängnis.«

»Nein, nein, nein«, winselte der Chinese, der immer noch mit gespreizten Armen und Beinen auf der Motorhaube lag.

»Sie haben falschen Chen! Sie wollen anderen Chen.«

»Bevor die Ladung aus Vancouver durchkam, habe ich eine Woche lang in deiner Westentasche gelebt«, trällerte der brave Zöllner. »Ich erkenne meine Chens, wenn ich sie sehe. Und ich sehe *dich*, Arschloch!«

»Nein, nein, nicht ich. Ein anderer Chinamann, ich nicht.«

»Fingerabdrücke lügen nie«, schaltete Shane sich ruhig ein. »Wenn Sie der falsche Chen sind, werden wir uns entschuldigen. Sind Sie aber der richtige, werden Sie Ihre Frau anrufen und ihr sagen, daß Sie nicht zum Abendessen kommen. Und zwar für die nächsten zwanzig Jahre.«

Shane packte den drahtigen kleinen Mann beim Handgelenk und drehte ihm den Arm auf den Rücken, als ob er vorhätte, ihm Handschellen anzulegen.

»Fingerabdrücke?« stotterte Chen.

Shane blickte Flanders an.

»Auf den Plastikbeuteln waren überall welche«, log Flanders, ohne rot zu werden. »Ich habe dir selbst dabei zugesehen, wie du die Beutel angefaßt hast.«

Chen sah verwirrt drein, als könnte er sich gar nicht daran erinnern, so sorglos mit seiner Ware umgegangen zu sein.

Flanders wollte ihm nicht zuviel Zeit zum Überlegen lassen. Er packte den kleineren Mann bei den Jackenaufschlägen und riß ihn grob hoch.

»Die amerikanische Regierung hat kein besonderes Verständnis für Schmuggler«, meinte er und ragte bedrohlich über seinem Opfer auf. »Dumm von dir, dich auf diese Seite der Grenze zu begeben, wirklich dumm, Chen!«

»Ich kein Schmuggler«, piepste er. »Habe Restaurant, ist alles.«

»Ja, ja, ja«, meinte Flanders unbeeindruckt. »Das sagt ihr immer. Was macht schon ein bißchen Heroin unter dem *bok choy* aus, stimmt's?«

»Nein! Kein Schmuggler!«

»Hören Sie auf mit dem Mist«, bellte jetzt Shane. Seine Stimme klang wie ein Peitschenhieb, »oder wir brummen Ihnen noch weitere fünf Jahre für Beamtenbeleidigung auf.«

Chens Mund verdünnte sich zu einer blassen Linie.

»Kein Schmuggler«, beharrte er.

»Fünfundzwanzig Jahre«, sagte Gelmann. »Wollen Sie es auf dreißig erhöhen?«

»Überleg mal«, zischte Flanders Chen ins Ohr. »Dein Arsch gehört uns. Wir können es dir leicht oder richtig schwer machen. Liegt an dir, ob du heute abend nach Hause darfst.«

Chen sah einen Moment lang völlig perplex aus. Dann breitete sich Erleichterung, ja beinahe Euphorie, auf seinen Zügen aus.

»Sie wollen jemand anderen, ja?« fragte er eifrig. »Ich kann Ihnen jemand anderen geben, großer Mann, wirklich groß!«

Flanders brachte es fertig, geschockt und gleichzeitig gelangweilt auszusehen.

»Heißt das etwa, daß du deine Brüder aus dem Himmel-und-Erde-Tong verraten würdest«, fragte er, »dem Tong, dem du geschworen hast, bis zum letzten Blutstropfen zu dienen?«

Chen lächelte. »Das kein Tong-Bruder. Ist weiß wie du. Russischer Gangster, kannst wetten!«

»Sprechen Sie weiter!« Shane mahnte ihn außerdem sanft: »Lügen Sie uns ja nicht an, Chen. Es würde Ihnen gar nicht gefallen, was passiert, wenn wir es rausfinden. Und das tun wir!«

»Sie Russen ganz leicht fangen, Boß«, lächelte Herr Li Hwan. »Er sagt, er gleich hinter mir, die ganze Zeit. Sie wollen?«

Shanes Faust krachte auf die Motorhaube des Pickups.

»Verdammt«, fauchte er.

»Was ist los?« fragte Flanders.

»Wenn Kasatonin gleich hinter Chen ist«, erkannte Shane, »dann ist er auch gleich hinter *uns*.«

»Scheißspiel!«

»Amen. Los, bewegt euch, Kinder«, kommandierte Shane. »Die Ärsche, die da im Wind flattern, könnten sehr leicht unsere sein.«

29

Der Kapitän der *M. V. Party Tyme* war ein großer, vierschrötiger Mann. Er zählte sechzig Lenze, versuchte, wie vierzig auszusehen und benahm sich wie zwanzig. Durchs Fernglas beobachtete er lüstern die Gruppe buntgekleideter junger Frauen, die soeben über die Laufbrücke stöckelten. Sie trugen beängstigend hohe Absätze und entsprechend kurze Röcke.

»Nicht gerade üppig für den Geschmack eines Seemanns«, sagte er, »aber ich hätte ganz gewiß nichts dagegen, wenn mir eins dieser Täubchen gehörig einen blasen würde.«

Ilja Kasatonin stand nur wenige Schritte entfernt und inspizierte das Logbuch der Jacht. Als er fertig war, ließ er es absichtlich auf den Kompaßtisch fallen.

Irritiert über den lauten Knall, senkte der Kapitän das Fernglas und blickte sich um.

Der Russe ignorierte den Kapitän und studierte mit gespieltem Interesse den Kompaß.

Der Kapitän blickte wieder durch sein Glas. Erneut plumpste das Logbuch mit einem Knall auf den Kompaßtisch.

»Junger Mann«, sagte der Kapitän, »wenn Sie nichts halten können, dann heben Sie es doch gar nicht erst hoch.«

»Sie sind ein Liebhaber des weiblichen Geschlechts, wie es scheint, Kapitän«, stellte Kasatonin fest und studierte weiter ungerührt den Kompaß.

»Schließlich bin ich ein Mann«, entgegnete der Kapitän.

»Diese Damen sind nicht für Sie oder Ihre Mannschaft.« Mit diesen Worten schaute Kasatonin plötzlich auf und nagelte den Kapitän mit dem ausdruckslosen Blick eines Killers fest.

»Die gesamte Mannschaft hat in ihren Quartieren zu bleiben, solange sie nicht im Dienst ist«, bestimmte Kasatonin. »Und das schließt Sie mit ein.«

Der Schiffseigner schlug die Hacken zusammen.

»Nur keine Sorge«, zerstreute er die Bedenken seines Auftraggebers. »Dies ist eine erfahrene Chartercrew. Ihre Gäste werden sich nicht gestört fühlen.«

Kasatonin befreite den Kapitän von seinem Blick und machte sich wieder ans Studium des Kompasses.

»Falls jedoch«, meinte der Kapitän, »eine der jungen Damen ein wenig Meerluft schnuppern möchte, schicken Sie sie ruhig zu mir auf die Brücke. Bei mir hat sich noch nie jemand über die, äh, Aussicht beklagt.«

Kasatonins Kopf fuhr so blitzschnell herum wie der einer angreifenden Viper.

Der alte Seebär warf nur einen Blick auf diesen Fiesling und zuckte gegen seinen Willen zusammen. Obwohl beide Männer von gleicher Größe und Statur waren, besaß die reptilienhafte Kälte in Kasatonins Augen etwas Angsterregendes.

»Sie haben mich nicht verstanden!« Kasatonin schob die Hände in die Hosentaschen. »Wenn Ihre Männer nicht auf Ihren Posten sind, haben sie unsichtbar zu bleiben.«

»Einige Gäste wären gern mal auf einer Brücke, das ist alles«, brummte der Kapitän. »Wir versuchen, Ihnen jeden Wunsch zu erfüllen.«

»Ich werde während des ersten Teils der Reise nicht an Bord sein.«

Der Kapitän unterdrückte seine Erleichterung. Wenigstens teilweise.

»Aber ich stoße in Victoria wieder zu Ihnen«, kündigte Kasatonin an. »Falls einer der mir Anvertrauten in irgendeiner Weise gestört wurde, werden Sie mir Rechenschaft ablegen. Gibt es noch irgendwelche Fragen?«

Das Gesicht des Kapitäns lief zornesrot an. Er war es nicht gewöhnt, Befehle von anderen entgegenzunehmen.

»Offenbar kennen Sie die Seegesetze nicht«, schnaubte er.

»Sobald wir mal unterwegs sind, habe ich das Kommando, nicht Sie. Wenn es Probleme gibt, kümmere ich mich darum, und niemand sonst.«

Kasatonin tat, als würde er sich abwenden, dann fuhr er blitzschnell herum. Mit einer Hand packte er den Kapitän an der Gurgel.

»Sie sind der Kapitän eines schwimmenden Bordells, nicht eines Schiffs der königlichen Marine«, höhnte er.

Der Kapitän stand in Habachtstellung. Es war weniger ein Ausdruck seines Respekts als ein Versuch, den Stahlfingern, die seine Luftröhre zusammendrückten, zu entrinnen.

»Dies ist eine Vergnügungsfahrt im wahrsten Sinne des Wortes«, fuhr der Russe fort. »Falls Sie oder Ihre Männer irgend etwas tun, das das Vergnügen der Passagiere trübt, kastriere ich Sie. Haben wir uns verstanden, *Käpt'n*?«

Der Schiffseigner stieß einen erstickten Laut aus und nickte. Kasatonin lockerte seinen Griff um den Hals des anderen ein wenig. »Sie werden bis Mitternacht in Victoria sein!«

Abermals nickte der Kapitän.

»Wo genau?« fragte Kasatonin nach.

»Da ist eine Privatwerft gleich am Fuß der Government Street«, flüsterte der Gebeutelte mühsam. »Ich habe einen Platz reservieren lassen.«

»Planen Sie keinen allzu langen Aufenthalt«, knurrte Kasatonin. »Bis zum Frühstück müssen wir am inneren Hafen von Vancouver sein. Wir werden also so rechtzeitig losfahren, daß ich einen Flug vom Vancouver Airport bekomme, der in genau achtzehn Stunden geht. Haben Sie noch Fragen?«

»Nein«, stieß der Kapitän heiser hervor.

»Dann machen Sie alles bereit, um in einer Stunde abzufahren.« Kasatonin ließ den malträtierten Hals ebenso plötzlich los, wie er ihn gepackt hatte.

Ohne den Mann nochmals anzusehen, verließ er die Brücke. Mit der Geschwindigkeit und Koordination des Leistungssportlers, der er einmal gewesen war, sprang er die Leiter hinunter zum Hauptdeck.

Katja überprüfte gerade den Inhalt von einem Stoß Schachteln und Reisetaschen, die soeben an Bord eingetroffen waren. Alle trugen die Aufschrift eines Seattler Schlechtwetterausstatters.

»Du hast aber lange gebraucht«, befand sie. »Gab es Probleme?«

»Nicht der Rede wert.«

Madam Pilenkowa blickte suchend in Kasatonins Augen.

»Falls dir der Kapitän auch nur die geringsten Schwierigkeiten macht«, sagte Kasatonin, »erinnere ihn daran, daß ich am Fuße der Government Street in Victoria auf diesen schwimmenden Puff warten werde.«

Lächelnd stieß die Donna ein zufriedenes Schnurren aus. Sie genoß die Tatsache, daß sie einen so gefährlichen Mann wie Kasatonin an der Leine hielt.

»Das werde ich sicher tun, mein Schatz«, murmelte sie.

Katja beugte sich vor und zog eine dicke Daunenjacke aus einer Schachtel. Anmutig schlüpfte sie in das warme Kleidungsstück.

»Da sind noch mehr!« Sie deutete auf die Schachteln. »Die meisten der Herren waren nicht auf eine spätherbstliche Wasserrundfahrt vorbereitet.«

»Sollen die Huren sie doch warm halten.«

Bei diesen Worten musterte Kasatonin die Frauen ohne jedes Interesse. Sie hatten sich auf der Gangway versammelt und rauchten und schwatzten wie Verkäuferinnen, die darauf warteten, daß die Ladentüren geöffnet wurden und die Tagesarbeit beginnen konnte.

»Haben sie auch alle gültige Pässe?« fragte er.

»Selbstverständlich.«

Mit einem verächtlichen Grunzen wandte sich Kasatonin von dem grellbunten Schmetterlingsschwarm ab.

»Überzeuge dich lieber noch mal«, meinte er. »Die Kanadier haben vielleicht irgendwelche absurden Gesetze gegen das Einführen von Frauen zur Prostitution.«

»Ein Zuhälter von der Cosa Nostra in Los Angeles hat mir die Mädchen in einem gecharterten Jet geschickt«, gab Katja Auskunft. »Es sind alles Amerikanerinnen. Sie brauchen kein Visum für Kanada.«

»Was ist mit Verpflegung? Hast du in der Kombüse nachgesehen? Stehen auch die notwendigen Stimulanzien zur Verfügung?«.

»Aber natürlich!« Katja gähnte. »Ich weiß, wie ich meine Arbeit zu tun habe. Gräm dich nicht!«

Kasatonin antwortete nicht. Er hatte ein ungutes Gefühl im Magen. Das Gefühl hatte er schon, seit Chen vom Lagerhaus aufgebrochen war.

»Entspann dich, Schatz«, murmelte Katja. »Das wird eine echte Vergnügungstour.«

Kasatonin grunzte.

»Tony Liu und seine Leute sorgen dafür, daß Koyamas Geschenk sicher in Victoria eintrifft«, fügte Katja hinzu. »Wir wollen diese Zeit nutzen, uns ein wenig zu erholen, bevor wir dem Präsidenten gegenübertreten.«

Kasatonin entspannte sich kein bißchen.

Katja seufzte. Sie hatte gehofft, die Reise auf intime Weise mit ihrem mörderischen Liebhaber verbringen zu können.

»Schau!« Sie wies auf eine dicke Daunenjacke. »Die habe ich extra für dich gekauft. Damit fühlst du dich wieder wie zu Hause in Estland.«

Ein Windstoß fuhr über das Salzwasser und ließ Kasatonins hellblondes, seidiges Haar flattern. Katja wehte das Haar ebenfalls um die Wangen. »Dieses Land ist so kalt und klar«, bemerkte sie und atmete tief ein. »Dabei sehnt man sich unwillkürlich nach dem, was einmal war.«

»Was einmal war, ist tot!«

Katja schnitt eine Grimasse angesichts Kasatonins schlechter Laune.

»Zieh sie an«, schlug sie vor und hielt ihm die Jacke hin. »Damit wirkst du sogar noch attraktiver.«

Kasatonin stieß ihr Geschenk beiseite.

»Wir sind bereits zu weit vorgedrungen, um jetzt noch etwas zu riskieren«, sagte er.

»Aber wer sollte sich uns hier in den Weg stellen?« lag Katja ihm in den Ohren.

Darauf wußte Kasatonin keine Antwort. Doch er, der Jäger, kannte auch das Gejagtwerden. Und seine Instinkte waren allesamt in Alarmbereitschaft.

»Die Kanadier wollen doch nur den Zigarettenschmuggel aus den Vereinigten Staaten verhindern«, besänftigte Katja ihn. »Das ist alles, woran sie interessiert sind. Und wir benutzen keine Leute aus diesem Metier. Die Seide ist also sicher.«

Als Kasatonin immer noch nicht antwortete, legte Katja ihm die Jacke über die breiten Schultern. Dann schob sie den Ärmel über seinen langen muskulösen Arm, um zu sehen, ob er auch paßte. Ihre Finger berührten die Stelle, an der sich unter seinem langärmeligen Hemd ein dünnes Pflaster verbarg. Ihr fiel ihre Angst und Erregung beim Anblick des Bluts ein, das aus seinem harten Fleisch gequollen war, und daß sie selbst ihn gebissen hatte.

Katja fuhr mit den Lippen über den Ärmel, unter dem sich die Bißwunde verbarg.

»Bitte, Liebster, komm zu mir«, flüsterte sie verführerisch. »Ich will wiedergutmachen, was ich dir angetan habe.«

Mit der Jacke immer noch an seinen Oberkörper gedrückt, trat sie näher. Absichtlich ließ sie ihn ihre Brüste spüren.

Kasatonin packte sie bei den Schultern und hielt sie grob fest. Der Geruch nach Wodka und Sexualität, der von Katja ausging, reizte ihn, brachte ihn noch mehr auf.

»Warum willst du mich ausgerechnet jetzt bei dir haben?« murrte er. »Normalerweise kannst du es doch kaum abwarten, mich deine Kriege für dich ausfechten zu lassen. Planst du etwa eine Überraschung?«

Vorübergehend malte sich Erstaunen auf Katjas Miene, aber keine Beunruhigung.

»Natürlich nicht!« bestritt sie empört.

»Warum soll ich dann so unbedingt bleiben? Macht dir irgend etwas Angst, schöne Schlange?«

Katja wollte sich stärker an Kasatonin drängen, aber er hielt ihre Schultern weiterhin fest im Griff. Sie wandte den Blick ab, weil er die alberne Furcht in ihren Augen nicht lesen sollte.

»Ja«, wisperte sie. »Ich möchte nicht mit diesen Ungeheuern allein sein. Im Moment traue ich ihnen nicht über den Weg.«

»Das hättest du ohnehin nie tun sollen«, sagte Kasatonin. »Sie würden dich ohne mit der Wimper zu zucken zum Frühstück verspeisen, wäre da nicht dein russischer Wolfshund.«

Angst durchzuckte Katja und ließ sie erschauern. »Ich weiß. Verlaß mich nicht. Bitte!«

Lachend hielt Kasatonin Katja von sich fern, als sie versuchte, sich in seine Arme zu kuscheln.

»Dann begreifst du also endlich, wie sehr du mich brauchst! Das ist gut ... es macht dich ein wenig fügsamer.«

Er streckte seine Arme ganz durch und stieß Katja von sich.

»Ilja?«

Kasatonin blickte sie mit einem seltsam müden Lächeln an.

»Wir reden weiter, wenn die Seide in Sicherheit ist«, vertröstete er sie. »Wenn du meinen wahren Wert wirklich zu schätzen weißt ...«

Katja stand angespannt da und wartete darauf, daß er seinen Satz zu Ende sprach. Doch er schwieg und starrte wortlos über das kalte, windgepeitschte Wasser der Elliot Bay zu den zerklüfteten Gipfeln des Hurricane Ridge in der Ferne.

»Was ist?« fragte Katja schließlich. »Was verlangst du?«

»Ich will gleichberechtigter Partner werden. Das wäre nur fair, oder nicht?«

»Du willst die Hälfte von allem, wofür ich mein ganzes Leben lang geschuftet habe«, fragte Katja leise, »... wofür ich mich habe vergewaltigen und verprügeln lassen, um es zu bekommen?«

»Hast du es allein geschafft?« fragte Kasatonin scharf.

»Ja!«

»Das ist ein Irrtum.«

Angst, Zorn und die Wirkung des Wodkas brachten Katja in Rage.

»Aus dem Abfallhaufen der sowjetischen Armee habe ich dich gezogen«, fauchte sie. »Ich habe dich vor einem Leben voller billigem Wodka und Schwelgen in alten Erinnerungen mit deinen abgewrackten Kameraden bewahrt, und jetzt behauptest du, dir steht die Hälfte meines Besitzes zu?«

»Ich war dein Auftragsmörder. Ohne mich hättest du jetzt gar nichts. Inzwischen mußt du das doch begriffen haben«, sagte Kasatonin schulterzuckend. »Aber nein, du lebst immer noch in der Welt eines rachsüchtigen Kindes.«

»Ohne mich würdest du ...«

»Glaubst du vielleicht, deine scharfe Zunge hält den Italiener auf Distanz?« unterbrach Kasatonin sie.

»Auf Distanz? Ha! Er bedrängt mich wie ein geiler Bulle eine Kuh.«

»Hat er dich je angefaßt?«

Katja wollte schon ja sagen, hielt sich jedoch im letzten Moment zurück. Die Lüge würde nichts nützen, aber jede Menge Schaden anrichten.

»Nein«, stieß sie zwischen zusammengebissenen Zähne hervor.

»Und warum nicht, glaubst du?« fragte Kasatonin sanft.

»Er weiß, daß du ihn töten würdest, so wie du diesen Informanten aus seinem Syndikat in Kalabrien letztes Jahr beseitigt hast.«

»Und er weiß, daß ich ihn mit einem Messer umbringen würde, hübsch langsam, und nicht mit einer Autobombe.«

Katja zweifelte keinen Augenblick daran – die Männer der Harmony genausowenig.

»Wenn du willst«, sagte Kasatonin mit einem diabolischen Grinsen, »kannst du meinen Vorschlag ja als Heiratsantrag auffassen.«

Katja wurde blaß, so schockiert war sie.

»Oder als eine geschäftliche Verbindung, wenn du unser Verhältnis auf einer unabhängigen Basis halten willst. Aber überlege gut, bevor du meinen Vorschlag zurückweist. Ich mache ihn nur einmal.«

Mehrere Atemzüge lang starrte Katja ihn sprachlos an. Dann breitete sich auch auf ihrem Gesicht ein gewisses Lächeln aus.

»Und wenn ich nicht akzeptiere?« fragte sie, obwohl sie die Antwort im voraus wußte. Doch sie mußte sie unbedingt aus seinem Mund hören – sie wußte selbst nicht, warum.

»Dann tue ich, was ich immer tue«, näselte Kasatonin. »Ich werde dir drohen, dich zu töten. Aber dieses Mal lasse ich mich nicht von deiner Schönheit becircen. Dann habe ich alles, nicht nur die Hälfte.«

»Du hättest gar nichts«, fuhr die Zarin ihn an. »Ohne mich würde es dir ziemlich schwerfallen, die Harmony zusammenzuhalten.«

»Kann sein«, räumte er ein.

»Das wäre eine ziemliche Pattsituation«, meinte Katja.

Kasatonins Lächeln wurde noch breiter.

»Vielleicht sollten wir das Ganze ja als Interessensheirat betrachten«, sagt er ironisch.

Katjas Lächeln erstarb.

»Oder als Teufelsbund?« schlug sie vor.

»Im Himmel gibt es nicht viel zu gewinnen«, argumentierte Kasatonin. »Dagegen bietet die Hölle Leuten wie dir und mir eine ganze Menge.«

»Wirklich?« flüsterte Katja.

Kasatonin lachte laut auf. Dann riß er sie hart an sich und gab ihr einen Kuß, der Blut auf ihrem Mund zurückließ.

»O ja«, sagte er und schaute zu, wie Katja sich die Lippen ableckte. »Die Hölle wird dir sehr gefallen, schönste aller Schlangen! Sie ist dein natürliches Zuhause.«

30

Die Spätnovembersonne versank golden hinter der eleganten weißen Jacht. Einen Moment lang erschien das hinreißende Paar an Deck – der hünenhafte Russe und die anmutige blonde Verführerin – im goldenen Licht: Insekten in Bernstein.

»Irgendwie toll, findest du nicht?« fragte Dani.

»Kasatonin und Katja?« vergewisserte sich Shane.

»Ja.«

»Nur aus der Entfernung. Sobald du ihre Augen siehst, ist es mit der Illusion vorbei.«

Dani blickte wieder zu der gecharterten Jacht hinüber. Sie und Shane saßen – in sicherer Entfernung zur Fensterfront – in einem Restaurant am Pier 57. Von dort aus konnten sie die Luxusbarke ungehindert beobachten, ohne selbst entdeckt zu werden.

»Aber sie sehen aus, als wären sie verliebt«, beharrte Dani.

Shane stieß einen erstickten Laut aus, der Überraschung, Lachen und Unglauben gleichzeitig beinhaltete.

»Es gibt sogar noch Seltsameres«, brummte Dani.

»Nicht in der überlieferten Geschichtsschreibung.«

»Du glaubst also nicht, daß Liebe existiert?«

»Für die beiden? Niemals! Was diese Liebe eint, fußt höchstens auf einer komplexen Form von Haß.«

»Warum sind sie dann immer noch zusammen? Aus Geldgier?«

»Vielleicht«, räumte Shane ein, »... oder es liegt nur daran, daß Haß ebenso bindend sein kann wie Liebe.«

»Für mich nicht.«

»Nein, für dich nicht. Du unterscheidest dich von Katja wie ein Diamant von Yakdung.«

Dani warf Shane einen überraschten Blick zu. Seine Aufmerksamkeit war ganz auf die Jacht gerichtet.

Drei glänzende Limousinen rollten zur Anlegestelle. Türen wurden mit gebührender Ehrerbietung geöffnet, und acht Insassen, alles Männer, traten in die goldene Nachmittagssonne hinaus. Jeder der Ankömmlinge war luxuriös gekleidet. Jeder bewegte sich mit dem Selbstbewußtsein eines Kabinettsmitglieds.

»Ah, noch mehr Mitglieder dieser üblen, sogenannten ›Harmony‹«, brummte Shane. »Ich glaube nicht, daß du hören willst, was diese Macker ›lieben‹.«

»Macht«, antwortete Dani ohne Umschweife.

»Das sowieso. Aber wie sie diese Neigung ausleben ...« Shane schüttelte den Kopf. »Das ist es, was dich bestimmt nicht interessiert.«

»Aber du weißt es!«

»Ich habe keine Wahl. Die erste Regel lautet: Erkenne deinen Feind!«

Schweigend sah Dani zu, wie einige Crewmitglieder über die Laufplanke kamen und das Gepäck aus den Kofferräumen der Limousinen zu laden begannen.

Die acht Paten der mächtigsten Verbrechersyndikate der Welt schlenderten umher, bewunderten die Jacht und scherzten wie Touristen auf einem Ferienausflug. Die Szene wirkte absolut natürlich, höchstens etwas mondän.

»Sie sehen so normal aus«, bemerkte Dani. »Und trotzdem sind sie meine Feinde, die ich überhaupt nicht kenne.«

»Das willst du auch nicht, glaub mir.«

»Was hat Wollen damit zu tun?« fragte Dani herausfordernd. »Möchtest du es denn, oder hast du einfach nur eingesehen, daß es notwendig ist?«

Shane zögerte, dann sprach er so leise, daß Dani ihn kaum verstehen konnte. »Alles nützt auch nicht immer.«

»Shane, hör mir zu«, sagte Dani und beugte sich vor. »Seit Lhasa bin ich hin- und hergerissen zwischen meinem rationalen Verstand, der mir einreden will, daß das sogenannte Böse ein archaisches Relikt ist, und meinem Bauchgefühl, das befürchtet, daß es heutzutage schlimmere Teufel gibt als je die Hölle gesehen hat.«

Einen Moment lang war Shane absolut still.

»Mir ging es genauso«, bekannte er dann leise. »Und schließlich landete ich in einem Kloster – du dagegen auf einer Universität!«

»Zu guter Letzt dann alle beide in Lhasa!«

Shane schloß die Augen.

»Hilf mir, daß ich nicht die falsche Entscheidung im unpassendsten Moment treffe«, bat Dani. »Kläre mich bitte auf.«

Shane stieß langsam den Atem aus und öffnete die Augen. Als er sprach, klang seine Stimme gespielt lässig, ja beinahe scherzend. Aber seine Augen waren so schwarz wie die Dinge, die er sich anschickte zu beschreiben.

»Wollen sehen, also wen haben wir da?« flapste er.

Er rückte seinen Stuhl herum, um die acht Herren besser im Visier zu haben.

»Siehst du den großen, gutaussehenden Satansbraten mit dem dunklen Haar und dem dünnen Oberlippenbärtchen?« fragte er.

»Ja. Das ist José Gabriel de la Pena vom Medellinkartell«, schnurrte Dani herunter. Sie hatte Gillies Einführungskurs noch nicht vergessen.

»Drogenbaron.«

»Außerdem ist er Modeschöpfer«, ergänzte Shane.

Dani stieß einen Überraschungslaut aus. »Das stand aber nicht in seiner Akte.«

»Gillie hat die Unterlagen gründlich gefilzt, bevor er sie dir zeigte.«

»Warum?«

»Warum einen Ahnungslosen in Panik versetzen?«

»Mittlerweile sind mir etliche Illusionen vergangen«, sagte Dani.

Shane bedauerte das sehr.

Sie nicht ... »Erzähl mir von La Pena und seinen Kreationen.«

»Er hat die sogenannte ›kolumbianische Krawatte‹ erfunden«, knurrte Shane. »Ich möchte dir die Einzelheiten ersparen, aber es hat was damit zu tun, daß man die Kehle vertikal aufschlitzt und die Zunge nach unten durch die Öffnung rauszieht.«

Danis Lider zuckten. Das war ihre einzige Reaktion.

»Aber er ist richtig nett zu seiner Mutter« fügte Shane hinzu. »Sie und die örtliche Kirchengemeinde schwimmen nur so in Spenden.«

»Wie können die Priester bloß sein Geld annehmen?«

»Warum nicht? Denk doch bloß an all das Gute, was sie damit bewirken!«

Als sie die scharfe Ironie in Shanes Ton hörte, wünschte Dani, sie hätte nicht um diese Informationen gebeten. Ein Rückzieher kam jedoch nicht in Frage.

»Dann ist da Sallie Spagnolini, der mit dem schwarzen Seidenhemd und den weißen Pünktchen drauf«, ging es weiter. »Wird ganz schön frieren draußen auf dem Wasser, aber diese Aufmachung ist sein Markenzeichen.«

Dani nickte.

»Sallie stammt aus Chicago, aber er verbringt eine Menge Zeit in Las Vegas«, berichtete Shane nun.

»In der Akte, die Gillie mir zeigte, wurde nicht erwähnt, daß Spagnolini ein Spieler ist.«

»Das ist er auch nicht. In Vegas nennen sie ihn ›Sallie, den Hengst‹.«

Danis Lider zuckten. »Nichts Neues!«

»Sallie verbraucht mehrere Showgirls pro Nacht.« Shanes Stimme hob sich. »Und ich meine das wörtlich. Bis jetzt hat er noch keine gefunden, die eine ganze Nacht mit ihm durchgestanden hätte. Wie du schon erwähntest, ist für manche Männer Sex ein Kampfsport.«

Wieder zuckten Danis Lider, indes blieb sie stumm.

»Vor ein paar Monaten hat Sallie zufällig gehört, wie eins der Mädchen seine sexuelle Technik kritisierte«, fuhr er fort. »Ihr Zuhälter hat ihre Zunge, Titten und noch ein paar andere ausgewählte Körperteile mit der Post bekommen. Der Rest von ihr ist nicht mehr aufgetaucht.«

Dani preßte die Lippen zusammen. Sie war starr vor Ekel über diese Grausamkeiten, aber auch auf der Hut vor seiner Wut.

Selbstverständlich wollte er sie beschützen: *Erkenne deine Feinde.*

»Sallie ist ganz verrückt nach seinen Kindern«, erzählte Shane. »Sie haben so viel Spielzeug, daß nicht mal fünfzig Kinder alles benutzen könnten.«

Er hielt inne, doch Dani verkniff sich jeden Kommentar.

»Außerdem züchtet Mr. Spagnolini Show-Pferde«, kam noch hinzu. »Die, die Preise gewinnen, hält er in marmornem Luxus. Die anderen läßt er wegen der Versicherungsprämie erschießen.«

Die Zuhörerin sagte kein Wort.

»Erkennst du Giovanni Scarfo?« fragte Shane.

Das bejahte Dani: »Die silberne Mähne ist schwer zu übersehen.«

»Du wirst dich wahrscheinlich freuen zu hören, daß er sich von dem Rest der Harmony-Männer unterscheidet. Scarfo ist ein guter Familienvater mit der üblichen Geliebten, das wahre Vorbild eines aufrechten kalabrischen Bürgers.«

Dani wartete auf die Fortsetzung, die nichts Gutes verhieß. Sie wußte nur nicht, wie schlimm es diesmal ausfallen würde.

»Der Signor ist ein so guter Bürger«, sagte Shane, »daß er, wenn er nicht gerade drei Viertel von einer Tonne von achtundfünfzigprozentigem Heroin pro Jahr in die USA pumpt, Waisenkinder sammelt.«

»Waisenkinder?« fragte Dani schwach.

»Genau. Kleine Mädchen. Wirklich kleine. Sieben Jahre und drunter. Willst du wissen, zu welchem Zweck?«

»Er muß im Internet ziemlich populär sein«, griff sie Shanes Ironie auf. Doch ihre Stimme zitterte, und der Effekt war dahin.

»Hast du genug?« erkundigte er sich.

»Ich hatte schon beim ersten Mal genug, als ich die gefilzte Version der Akte vorgelegt bekam.«

»Warum also mehr? Oder bist du einer dieser Kleiderschrank-Masochisten?«

»In dem Fall wäre ich wohl bei meinem Ex geblieben«, sagte Dani angespannt. »Aber, verdammt noch mal, sieh sie dir doch an, Shane! Sie sehen zum Heulen normal aus!«

»Daran arbeiten sie auch hart genug.«

»Aber warum sich die Mühe machen? Ihnen gehört doch schon die halbe Welt, und auf die andere Hälfte sammeln sie fleißig Optionen.«

»Wenn diese Art Saubermänner mit Hörnern und Schwänzen rumlaufen würde, wäre es freilich schwerer, sie zu ignorieren«, sagte Shane trocken. »Die Leute sollen denken, der einzige Unterschied zwischen der Harmony und anderen multinationalen Kartellen bestünde darin, daß ›Freizeitdrogen‹ harmlos sind.«

Dani verzog das Gesicht zu einer Grimasse, wandte den Blick aber nicht von den in der goldenen Sonne stehenden Bonzen ab.

»Schöne Freizeit, hm?« fragte Shane und drehte sich zu ihr herum. »Warst du jemals in einem Crack-House, Dani? Oder in der Notaufnahme, wenn sie einen einliefern, der zuviel Kokain geschnupft hat? Junge, Junge, da geht vielleicht was ab!«

»Warum bist du eigentlich so böse auf mich?« forschte Dani nach. »Gibst du immer noch mir die Schuld daran, daß du die Seide in Lhasa nicht bekommen hast?«

»Das war meine Wahl, nicht deine.«

»Was soll dann das Gebell? Und versuch nicht, es abzuleugnen. Dein Ton ist so scharf, daß man Haie damit filetieren könnte.«

Shane machte den Mund auf und schloß ihn wieder, um Dani eindringlich zu mustern. »Ich fürchte, du verstehst immer noch nicht!«

»Inwiefern?«

»Diese Männer würden dir von einer Sekunde zur nächsten das Lebenslicht ausblasen, wenn sie auch nur den leisesten Verdacht hätten, daß du ihnen im Weg stehst.«

»... und Lhasa – schon vergessen?« erinnerte ihn Dani. »Kasatonin weiß das sicher noch.«

»Lhasa war bloß eine Zufallsbegegnung.«

»Schöner Zufall! Schöne Begegnung!«

»Trotzdem ist es nicht zu vergleichen mit der jetzigen Situation«, sagte Shane. »Wenn mein Plan funktioniert – und die Harmony findet deine Beteiligung raus –, kannst du vielleicht nie wieder dein altes Leben führen.«

Dani warf Shane einen mißtrauischen Blick zu.

»Was *hast* du denn vor?« fragte sie.

Er schüttelte den Kopf.

»Das brauchst du nicht zu wissen«, sagte er. »Ich wollte dich nicht mal dabeihaben.«

»Welch eine Überraschung«, spottete Dani. »Aber da bin ich nun mal! Leider! Du hast mich noch nichts tun lassen, außer durch blöde Fenster zu starren.«

Shanes Augen wurden schmal vor Zorn, ein Zorn, den er nicht länger vor ihr oder vor sich selbst zu verbergen trachtete.

Dani starrte ohne mit der Wimper zu zucken zurück.

»Keine Angst vor mir, hm?« schnaubte er.

»Nein.«

»Spricht nicht gerade für deine Intelligenz.«

»Persönlich pflege ich aus dem Bauch heraus zu reagieren«, entgegnete sie.

Shane konnte nicht anders, er mußte lächeln.

Dann blickte er sich unauffällig um. Niemand war nahe genug, um mitzuhören.

»Ich versuche nahe genug ranzukommen, um die Glaskapsel auszutauschen«, raunte Shane ihr zu.

Dani öffnete den Mund, nichts kam heraus. Sie räusperte sich.

»Gegen was? Haben die Azurmönche noch ein altes Stück Seide rumliegen gehabt?« fragte sie schließlich.

»Erinnerst du dich an die endlosen Interviews, über die du gestöhnt hast?« fragte Shane.

»Das werde ich wohl kaum vergessen. Mir war gar nicht klar, daß ich so viel über antike Seidentextiltechniken weiß.«

»Unsere, äh, Mitarbeiterin, zeigte sich auch sehr beeindruckt«, pflichtete Shane ihr bei. »Sie hat ein Ersatzstück für uns gewebt.«

»Woraus?«

»Aus wilder Tussah-Seide, plus einer Variante des Bombyx-Seidenspinners, genau wie du es beschrieben hast.«

»Einfach so, ja?«

»Nun, es war höllisch schwer, entsprechend feine Goldfäden aufzutreiben; aber schließlich haben wir es geschafft. Dann wurde das Ding in einem Labor bearbeitet, um zu ›altern‹.«

»Ist es fertig?«

»Gerade eben. Gillie schickt es per Risk-Limited-Express.« Shane warf einen Blick auf seine Uhr. »Müßte jeden Moment eintreffen.«

»Deshalb wolltest du die Seide nicht früher kapern«, sagte Dani. »... die Harmony soll nicht merken, daß sie drangekriegt worden ist.«

Das Lächeln, das nun über Shanes Züge huschte, war ausgesprochen wölfisch.

»Genau – im großen und ganzen schwebt es uns so vor«, sagte er.

»Im großen und ganzen, hm? Und im einzelnen?«

»Das brauchst du …«

»… nicht zu wissen«, vollendete Dani hilfreich seinen Satz.

»Bin ich froh, daß du mich verstehst!«

Sie zog eine Grimasse. »Warum hast du mich dann überhaupt mitgenommen?«

»Cassandra bestand darauf.«

»Red bitte Klartext!«

»Weil du die echte Seide durch Berührung erkennen kannst«, gab Shane zu. »Das kann sonst niemand.«

Dani wollte etwas sagen, hielt inne und begriff plötzlich.

»Du fürchtest, die Seide könnte bereits ausgetauscht worden sein, stimmt's?« fragte sie.

»Tony Liu hatte sowohl Motiv, Gelegenheit, Zeit als auch die Mittel.«

»Ich dachte, er gehört zur Harmony.«

»Das heißt nicht, daß er nicht nebenbei seine eigenen Pläne verfolgt.«

»Es gibt eben einfach keine Ehre unter Räubern mehr«, sagte Dani.

»Ehre bedeutet der Harmony weniger als ein Hundefurz.«

»In was für einer herrlichen Welt – du – wir – doch leben.«

»Es war deine Entscheidung«, hielt Shane ihr vor. »Ich habe versucht, dich rauszuhalten.«

»Falsch! Du hast versucht, mich ignorant zu halten.«

»Ignoranz kann ein Segen sein.«

»Wirklich?« fragte Dani. »Warum gibt es dann so viele unglückliche Menschen auf der Welt?«

Shane lächelte müde. »Du und Cassandra, ihr seid mir schöne Gesinnungsgenossen.«

»Was meinst du damit?«

»Sie hat dasselbe gesagt.«

»Und was ist mit Gillie?«

»Er hält es wie ich«, sagte Shane. »Versucht noch immer, seine Frau zu schützen, komme was da wolle, und trotz aller Emanzipation.«

»Vielleicht versucht sie ja auch, ihn zu schonen«, sagte Dani,

»indem sie nicht wie ein verdammtes Mühlrad um seinen Hals hängt.«

Bei dem Gedanken, daß Cassandra versuchen sollte, den gelegentlich recht mörderischen Sergeant-Major an die Leine zu nehmen, mußte Shane lachen. Doch dann wurde er plötzlich wieder ernst, und sein Blick richtete sich forschend auf Dani.

»Ist es das, was du im Sinn hast?« fragte er. »… mich zu schützen?«

»Sehe ich aus, als ob ich verrückt wäre?« erkundigte Dani sich. Aber ihre Stimme war nicht so fest wie ihr Blick. »Also gut, verdammt noch mal«, gestand sie erschöpft. »Ich bin eine Närrin. Das sollte nichts Neues für dich sein.«

Shane strich mit den Fingerspitzen über Danis Wange, dann ihren Mund. Er spürte ihren warmen Atem.

»Ich habe mich nicht über dich lustig gemacht«, sagte er leise. »So ein sanftes Menschenkind wie du hat noch niemals versucht, mich unter die Fittiche zu nehmen. Es überrascht mich einfach, das ist alles.«

Dani errötete und wich Shanes klaren, dunklen Augen aus.

»Vergiß es«, murmelte sie. »Ich weiß, daß du ungefähr soviel Schutz brauchst wie eine durchschnittliche Lawine.«

»Vor Afghanistan hätte ich das auch geglaubt. Inzwischen ist nun meine Welt ins Wanken geraten.«

Beim traurigen Klang seiner Stimme mußte ihn Dani wieder ansehen. Die Mischung aus Zorn und Kummer, die sie in seinen Augen las, rührte an ihr Innerstes und ließ sie nicht mehr los – brachte sie zum Weinen, so, wie er geweint haben mußte – lautlos, unsichtbar.

Ein Kummer, der um so schrecklicher war, weil er kein Ventil kannte.

»Es gibt solche und solche Wunden«, sagte Shane ruhig. »Ich dachte, ich hätte mich davon erholt. Doch dann sah ich, wie du wegen einer heiligen Seide einen Pakt mit dem Teufel eingingst …«

Shanes Lächeln war so lieb, daß Dani auf einmal ein dicker Kloß in den Hals stieg.

»Ich wünschte, du wärst nicht ... so verletzt worden«, flüsterte sie.

»Dasselbe könnte ich zu dir sagen. Aber das Leiden ist ein unentbehrlicher Lehrer. Wir müssen bloß aufpassen, daß wir nicht zu gut lernen.«

»Was meinst du damit?«

Shanes einzige Antwort war noch ein zartes Wangenstreicheln.

»Falls etwas schiefgeht«, riet er, »bleib in Deckung und halt dich raus.«

»Aber ...«, begann Dani.

Shane sprach nicht weiter.

»Dann kannst du zu deinen Studenten und zu deiner Forschungsarbeit zurückkehren, ohne jemandes Wissen – abgesehen von Risk Limited.«

»Und was ist mit dir?«

»Wenn ich Glück habe, geht die Harmony in die Geschichte ein.«

»Und wenn nicht, bist du tot – das willst du doch andeuten, oder?« fragte Dani erregt.

»Die Harmony wird ihr möglichstes tun. Ich ebenso!«

»Shane ...«

Er legte den Zeigefinger auf ihre Lippen und brachte sie damit zum Schweigen.

»Sag nichts mehr«, flehte er. »Versprich mir nur, daß du in Deckung bleibst!«

»Wenn ich kann ...«

»Dani ...«

»Ich werde auf keinen Fall meinen Hals auf Kosten von deinem retten«, unterbrach sie ihn zornig, »also rede kein Blech daher!«

Shane raufte sich die Haare, aber es fiel ihm nichts ein, womit er die Entschlossenheit in Danis Augen hätte erschüttern können. Mit einem unterdrückten Fluch sah er auf seine Uhr.

»Gillies Paket sollte inzwischen eingetroffen sein«, meinte er.

Er blickte zur Jacht hinaus, die am Pier festgemacht war. Die Mannschaft lud gerade den letzten Rest des Proviants an Bord. In Kürze würde das Schiff ablegen.

»Schau!« rief Dani leise.

Kasatonin schritt über die Gangway zum Pier. Katja blieb an der Reling, bis er im Nachmittagsverkehr des Hafens untertauchte.

Zu Danis Verwunderung sah Shane weder überrascht noch unglücklich aus. Als ihr klar wurde, was das bedeutete, zog sich ihr Magen angstvoll zusammen.

»Du willst also die Seide direkt vor der Nase dieses Killers austauschen?« fragte sie erstickt.

»Unter Umständen«, sagte Shane. »Aber wenn das verdammte Flugzeug mit unserer Seide je landet, mache ich es noch in Seattle, bevor Kasatonin eine Chance bekommt, das Original zu bewachen.«

Shane erhaschte aus dem Augenwinkel eine Bewegung und fuhr mit raubtierhafter Geschwindigkeit herum.

Gelmann zwängte sich durch die Tischreihen. »Schlechte Nachrichten!«

»Wir sitzen bereits«, sagte Shane.

»Der Pilot hat gerade angerufen«, murmelte Gelmann. »Ein Triebwerk ist ausgefallen, und sie mußten in Boise notlanden. Sie werden ungefähr mit einer Stunde Verspätung eintreffen – vielleicht auch mit zweien.«

»Shit«, lautete Shanes Kommentar.

Er blickte zum Hafen hinaus. Ein Dockarbeiter machte soeben die letzte der Leinen los. Schwarzer Rauch stieg aus dem Schornstein. Das schmutzige Meerwasser am Heck des Boots begann zu brodeln.

»Wird ganz schön knapp«, meinte Gelmann.

»Wie knapp?« fragte Dani.

»Chen sollte das betreffende Lagerhaus in den nächsten zehn Minuten verlassen haben.«

»So bald?« fragte Shane. »Verflucht noch mal. Ausgerechnet jetzt muß denen ein Triebwerk ausfallen.«

»In zwei Stunden ist Chen in Anacortes, um mit einer Fähre nach Victoria überzusetzen«, teilte Gelmann ihnen mit.

»Anacortes?« fragte Shane.

Im Geiste ging er die Karte von Washington durch.

»Man braucht an einem guten Tag etwa anderthalb Stunden mit dem Auto, um dorthin zu gelangen«, erläuterte Juan, bevor Shane fragen konnte. »Das läßt uns nicht viel Spielraum.«

»Viel brauche ich auch nicht«, sagte Shane, »aber eine Chance, verdammt noch mal.«

»Worauf warten wir dann noch?« fragte Dani die Männer. »Los, auf mit euch! Wir werden schon dafür sorgen, daß es klappt.«

Gelmann warf ihr einen erstaunten Blick zu.

Shane war bereits auf dem Weg zur Tür.

31

Anacortes
November

Während das letzte zitronengelbe Licht vom westlichen Horizont wich, glitt die Washington-State-Fähre *Winomish* ins Dock von Anacortes. Ein Dutzend Fußgänger gingen von Bord. Danach signalisierten die Matrosen den Autos, die aus Kanada kamen, die Einfahrt.

Es gab nicht viele Pkws, die auf den Parkstreifen am Dock darauf warteten, auf das sich rasch entleerende Schiff zu kommen. Weniger als sechzig Wagen standen dort in ein paar Reihen, um nach Victoria in Kanada, via Friday Harbor/Washington, geschippert zu werden.

Chen Li Hwans Laster war der zweite in der zweiten Wagenreihe. Kasatonin befand sich fünf Fahrzeuge hinter ihm. Der Überwachungswagen von Risk Limited hielt sich vorsichtshalber nochmals zehn Fahrzeuglängen entfernt.

Dani hatte sich daran gewöhnt, im Schatten ihres Feindes zu leben. Seit einer Stunde lag sie nun ausgestreckt auf der Rückbank im hinteren Teil des Lieferwagens, hin- und hergerissen zwischen einem überwältigenden Schlafbedürfnis und einer beinah unerträglichen Anspannung.

Ihre einzige Abwechslung bestand darin, von Zeit zu Zeit vorsichtig die Plane zu lüften und über den Parkplatz und das stahlblaue Wasser der Rosario Strait zu blicken.

Gerade fuhren zwei Schlepper aufs Meer hinaus. Sie steuerten Richtung Norden, mit langen Holzstämmen im Schlepptau. Dani wußte, daß die Pötte zu kanadischen Gewässern unterwegs waren, denn sie hatte die Zeit mit dem Studieren von Landkarten totgeschlagen.

Bei der Überwachungsarbeit gab es wirklich jede Menge freie Zeit. Inzwischen fühlte Dani sich qualifiziert, Führungen durch die San-Juan-Inseln zu übernehmen.

Ich frage mich, wie lange die *Party Tyme* wohl bis Victoria braucht? dachte sie, sprach es jedoch nicht laut aus. Die angespannte Stimmung in dem Kabuff auf Rädern ließ darauf schließen, daß dieses Thema nicht gerade willkommen wäre.

Langsam lief ihnen die Zeit davon.

»Chen ist schon ein irrer Typ«, brummte Flanders.

Dani warf einen Blick in den vorderen Teil des Lieferwagens, wo Flanders allein ausharrte.

»Warum sagen Sie das?« meinte sie ohne wirkliches Interesse.

»Er weiß, daß er 'nen Konvoi von mindestens 'ner Meile hinter sich herzieht, und sitzt da vorn, als ob er schlafen würde!«

Shane stieß ein unbestimmtes Grunzen aus. Er hockte im hinteren Teil des Lieferwagens, in Danis Nähe, und linste gelegentlich durch die Vorhänge. Seinen Stuhl hatte er zurückgelehnt und aalte sich wie eine Katze in der Sonne.

Was Dani daran am meisten irritierte, war die Tatsache, daß sein Wohlbefinden nicht geheuchelt war. Irgendwie schaffte er es, alles auszuschalten und seine Energie für den Moment aufzusparen, in dem er sie brauchte.

Zen-Cyborg, dachte sie.

Dann mußte sie an Aruba denken. Hitze wallte in ihr auf.

Nun, sagte sich Dani säuerlich, *jetzt* ist er jedenfalls ein Zen-Cyborg. So was möchte ich auch mal sein!

Aber den Bogen hatte sie einfach nicht raus. Sie konnte ihr Hirn nicht ausschalten. Immer sprang es von der langweiligen Gegenwart in die angsterregende Zukunft oder die aufwühlende Vergangenheit, als die Leidenschaft sie in den Armen eines keuchenden Mannes überwältigte.

Gemütlich richtete Shane sich auf. Er zog den Vorhang ein winziges Stück beiseite, genug, um gerade hinausspähen zu können. In diesem Spalt war Kasatonins Wagen fixiert, wie das Ziel eines Scharfschützen im Zielfernrohr.

»Chen hat die Nerven eines Schmugglers und den Mumm eines Taschendiebs«, sagte Shane. »Eine gefährliche Kombination!«

»Ihr russischer Freund wirkt ein wenig nervös«, hielt Flanders dagegen. »Er sitzt da, als hätte er 'nen Stock im Arsch, schon seit wir Seattle verlassen haben. Man könnte glauben, er würde die Seide selbst transportieren.«

»So sieht er immer aus«, bemerkte Dani.

»Der Typ sollte lernen, sich zu entspannen«, meinte Flanders. »Ein durchschnittlicher Zollinspektor entziffert Körpersprache wie eine Anzeigetafel.«

»Die können ihn bis zu den Backenzähnen durchsuchen«, schaltete sich Shane ein, »und würden nichts finden. Er mag ja Katjas zahmer Wolf sein, ist aber sonst verdammt gerissen.«

»Hat wirklich sie allein das Sagen?« fragte Dani.

»Sie hält die ganze Harmony zusammen«, bestätigte Shane.

Flanders schnaubte. »Macht wohl Sinn, nehme ich an. Große Gauner sind wie große Bullen. Es braucht schon 'ne besondere Kuh, die mit denen fertig wird.«

»Cassandra würde Ihnen die Kehle aufschlitzen für so eine Bemerkung«, sagte Shane.

»Ich würde ihr dabei helfen«, versicherte Dani.

»Ihr Boß?« fragte Flanders Shane, ohne Dani zu beachten.

»Yep«, antwortete Shane fröhlich.

»Wie ist es, für eine Frau zu arbeiten?« wollte Flanders wissen. »Ich hab mich aus dem Job verabschiedet, bevor sie mir die Röcke vor die Nase setzen konnten.«

»Sind Frauen wirklich so viel anders, wenn es ums Geschäft geht?« fuhr Dani dazwischen.

Shane grinste. »Hast du je die Ansichten von Sun Tzu über Krieg gelesen?«

»Bis vor ein paar Monaten war das noch nicht nötig«, versetzte Dani.

»Könntest was lernen«, meinte er. »Sun besitzt eine beinahe feminine Sichtweise, vom Westen her gesehen.«

Flanders gähnte.

»Zum Beispiel?« fragte Dani herausfordernd.

»Er glaubt, daß es besser ist, *ohne* Kampf zu gewinnen«, gab Shane Auskunft. »Die meisten Männer kämpfen lieber und gehen unter, als mit Finesse zu taktieren.«

»Man muß wissen, wann es besser ist, anzugreifen oder abzuwarten«, stimmte Dani ihm zu. »Aber das ergibt sich doch aus der Logik.«

»Logik hat verdammt wenig damit zu tun«, korrigierte Shane. »Wenn es um Logik ginge, würden längst ›die Röcke‹ die Welt regieren.«

»Wer sagt, daß sie es nicht tun?« entgegnete Dani.

Shane lachte. »Ich würde dich liebend gerne mal auf Prasam ansetzen.«

»Meinem Eindruck nach sind Frauen eine exotische Spezies für ...«

Der Motor des Lieferwagens unterbrach sie. Die erste Reihe der wartenden Wagen begann auf die Fähre zu holpern.

Fluchend aktivierte Shane das Handy mit dem Stimmverzerrer und wählte eine Nummer.

»Wir legen in fünf Minuten von Anacortes ab«, meldete er. »Wo, zum Teufel, bleibt das Paket?«

Dani lauschte, konnte Gelmanns Antwort jedoch nicht verstehen – im Gegensatz zu Shane. Sie gefiel ihm gar nicht.

»Schau, ich sitze ihm hier praktisch im Nacken«, sagte Shane ungehalten. »Er wird die Seide nicht anfassen, bis sie im kanadischen Victoria eintrifft. Danach ist Sense. Jetzt läuft also Plan D. Verstanden?«

Stillschweigend fragte sich Dani, wie Plan D wohl aussah. Der Ausdruck auf Shanes Gesicht sagte ihr, daß sie sich lieber nicht danach erkundigen sollte.

Ein so starkes Bedürfnis, ihn zu beschützen, überfiel sie mit einem Mal, daß es sie überraschte. Sie wollte nicht, daß ihm nochmals weh getan wurde, daß er noch mal leiden, noch mal darum kämpfen mußte, sein Gleichgewicht wiederzufinden.

Geht es ihm vielleicht ebenso, was mich betrifft? fragte sie sich. Aber ich will nicht, daß er dafür bezahlen muß.

Du brauchst ungefähr soviel Schutz wie eine durchschnittliche Lawine.

Vor Afghanistan hätte ich das auch geglaubt. Inzwischen ist nun meine Welt ins Wanken geraten.

Dani wollte nicht, daß Shane noch mehr physische oder psychische Pein durchstehen mußte.

Aber das hatte nicht sie zu entscheiden.

Shane ließ den Hörer sinken und blickte Flanders an.

»Wann legen wir in Friday Harbor an?« fragte er den Fahrer.

»In ungefähr einer Stunde.«

»Gibt es dort einen Flughafen?«

»Wenn Sie ein paar Tierchen verscheuchen und ein wenig Unkraut zupfen, ja.«

»Alles klar«, sagte Shane in den Hörer. »Charter den schnellsten Hubschrauber, den du auftreiben kannst. Jetzt sofort. *Nein*! Hör mir zu.«

Dani erstarrte bei Shanes Tonfall.

»Der Hubschrauber soll auf der Piste bereitstehen, und zwar mit dem Okay für Friday Harbor«, ordnete Shane an. »Wenn unser Jet landet, schnapp dir das Paket und schau, daß du in den Sattel springst. In Friday Harbor kannst du dann als Fußpassagier an Bord kommen.«

Er machte eine abrupte Handbewegung. »Natürlich ist noch genug Zeit, schau, daß du das verdammte Ding zu Flanders bringst.«

»Ich treffe ihn an der Snack Bar«, warf Flanders ein.

»Snack Bar«, wiederholte Shane. »Flanders. Capito?«

Gelmann mußte es wohl kapiert haben, denn Shane drückte auf den Schlußknopf und legte den Hörer beiseite, bevor der andere dazu kam, zu antworten.

»Laß mich Juan treffen«, bat Dani. »Wenn er mich anquatscht, fällt es weniger auf, als …«

»Nein«, unterbrach Shane sie.

»Warum nicht?« fragte sie hitzig.

»Kasatonin.«

Die Entgegnung, die Dani auf den Lippen lag, blieb ihr im Hals stecken.

»Er würde mich erkennen«, sah sie dann ein. »Und dich auch.«

»Auf der Stelle«, stimmte Shane ihr zu. »Und dann wär es aus mit uns.«

»Wie lange noch?« fragte Flanders.

»Der Jet braucht zehn Minuten, bis er Boise verlassen kann«, teilte Shane ihm mit.

»Himmeldonnerwetter, Sie kalkulieren aber wirklich knapp«, sagte Flanders. »Was passiert, wenn der Chopper nicht rechtzeitig in Friday Harbor eintrifft?«

Shanes Augen verengten sich zu Schlitzen. Kurz und bündig befahl er: »Bringen Sie uns an Bord, und zwar so, daß wir Chens Truck im Auge behalten.«

»Ich tue, was ich kann, ohne einen Ballon hochgehen zu lassen«, murrte Flanders.

Er manövrierte den Lieferwagen auf die Fähre und stellte ihn ab. Chens Lastwagen stand in der Nähe des Bugs. Kasatonins Wagen parkte eine Reihe weiter und zwei Wagen hinter ihm.

Die Fahrer verließen ihre Autos und gingen hinauf aufs Passagierdeck. Chen tauchte aus seinem Laster auf, schloß ihn ab und ging ebenfalls nach oben.

Einen Augenblick später stieg auch Kasatonin aus, streckte die gewaltigen Arme und verriegelte seine Limousine.

»… häng mich an ihn ran«, nuschelte Flanders, »bin wieder zurück, sobald ich Juan getroffen habe!«

Wie ein Bär, der soeben aus dem Winterschlaf erwacht, entstieg Flanders dem Lieferwagen, schlug die Tür hinter sich zu und schlenderte in Richtung Oberdecktreppe. Aber er bewegte sich schneller, als es aussah. Bald schon hatte er Kasatonin ein- und überholt.

Flanders steckte sich eine Zigarette in den Mundwinkel und blieb direkt vor Kasatonin stehen. Demonstrativ klopfte er seine Taschen ab, fand nichts und blickte sich nach jemandem um, der ihm Feuer geben konnte.

Kasatonin schüttelte den Kopf.

Flanders ging weiter auf die Treppe zu und wiederholte die Pantomime vor einem anderen Passagier. Wieder kein Glück.

Der Russe beachtete ihn nicht.

»Die amerikanische Zollbehörde hat einen Riesenfehler gemacht, Flanders aus ihrem Dienst zu entlassen«, sagte Shane. »Er ist ein Genie.«

»Ich kann mir vorstellen, daß Risk Limited mit ihm einiges anzufangen weiß«, äußerte Dani trocken.

»Das hoffe ich. Er ist zu gefährlich, um ihn ohne Aufpasser rumlaufen zu lassen.«

»Huhu, das kommt genau vom Richtigen!« Sie schüttelte den Kopf.

Shane warf ihr einen Seitenblick zu.

»Was soll das schon wieder heißen?« fragte er. »Ich war doch bei dir Gentleman vom Scheitel bis zur Sohle. Und die übrige Welt muß sich eben auf was gefaßt machen.«

»Genau das meine ich! Irgendwie seid Ihr beide wie die Leute, denen ihr auflauert. Ein klein wenig räuberisch!«

»Wer Haie fangen will, braucht scharfe Zähne.«

»Aber deine spirituelle Haut ist nicht so dick wie die eines Hais«, sagte Dani sanft.

»Das macht mich zu einem Menschen.«

»Und verletzlich!«

»Ist dasselbe!«

Die Motoren der Fähre röhrten derartig auf, daß es ebenso hörbar wie fühlbar war. Der plumpe weiße Riese fuhr rückwärts los und schwang dann den Bug nach Westen, auf die San-Juan-Inseln zu.

Zum ersten Mal seit Aruba war Dani wirklich allein mit Shane. Bei der Erkenntnis stockte ihr der Atem, jedenfalls die Sekunden lang, bis es ihr wieder einfiel – sein *Keuschheitsgelübde.*

Um ihren verkrampften Rücken ein wenig zu lockern, stützte Dani sich mit einem Ellenbogen auf die Lehne der Rückbank und legte ihre Beine hoch.

Shane erhob sich von seinem Sitz und kam zu ihr.

»Zieh deine hübschen Beine ein wenig an, ja?« bat er sie. »Ich muß Chens Laster im Auge behalten, und du hast die beste Aussicht des Hauses.«

Wortlos rutschte Dani in die Mitte und machte Platz für Shane. Ächzend ließ er sich auf den gepolsterten Sitz nieder und streckte seine langen Beine von sich.

»Danke«, sagte er. »Ich bin zu groß und zu alt, um mich noch so quälen zu lassen.«

Dani lachte und rang hilflos die Hände.

Eine Zeitlang saßen sie Seite an Seite beisammen, während Shane durch eine schmale Vorhanglücke hinauslugte.

Dani nahm seine Wärme mit jeder Pore ihres Körpers wahr. Sie suchte in seinem Gesicht nach einem Anzeichen dafür, daß er sich dieser Wärme, oder seiner Nachbarin, ebenfalls bewußt war oder auch nur der Tatsache, daß sie in den nächsten Stunden draufgehen konnten.

Shanes Mund war eher entspannt als verkniffen. Auf seinen Wangen lag ein leichter Bartschatten. Mit seinen Augen blinzelte er ein wenig, aber nur, um besser zu sehen. Ihr kam es dagegen vor, als würde er jeden Moment einschlafen.

Möglicherweise würde das auch gleich geschehen.

»Wie machst du das bloß?« fragte Dani gereizt.

»Was?« entgegnete er und drehte sich zu ihr herum.

»Du bist so entspannt«, sagte sie. »Je mehr wir uns dem Ziel nähern, desto ruhiger wirst du. Obwohl ich weiß, daß du dich nicht für kugelsicher hältst.«

Shane warf einen Blick auf den Pickup, dann wieder auf Dani.

»Ich habe meinen Frieden gemacht, egal was passiert«, sagte er.

»Deshalb kann ich alles Notwendige tun, ohne mich zu verheddern.«

»Das Gesetz der Krieger, stimmt's?« fragte sie, und eine leichte Herausforderung lang in ihrer Stimme. »Wer seinen Tod akzeptiert, kann sein Leben meistern.«

»In etwa …«

»Lebst du deshalb in Keuschheit? Um dich nicht zu verheddern?«

Sobald ihr die Worte über die Lippen geschlüpft waren, bereute sie sie schon.

»Egal«, winkte sie hastig ab. »Es geht mich ja nichts an.«

»Du bist die einzige, die es etwas angeht«, gestand Shane ihr zu. »Für mich war Keuschheit einfach eine Willensübung. Zumindest fing es einfach an. Dann bist du aufgetaucht. Und auf einmal wurde alles kompliziert.«

»Tut mir leid. Wenn ich das gewußt hätte, hätte ich nie …«

Shanes lange Finger wischten die Worte von Danis Lippen. Er versicherte ihr: »Nichts von alledem ist deine Schuld. Du bist die einzige Unschuldige auf diesem ganzen verdammten Eimer.«

»Unschuldig?« Dani stieß ein beinahe wildes Lachen aus. »Das klingt ja, als wäre ich ein Schulmädchen mit Zöpfen und weißen Socken.«

»Ich meine sauber, rein, nicht verdorben durch …«, zögerte er.

»Das Böse?« schlug Dani vor.

Shane hob die Achseln. »Einen treffenderen Ausdruck gibt es wohl nicht.«

»Ich bin keine Säulenheilige.«

»Du bist ganz Frau«, sagte Shane feierlich. »Unglücklicherweise!«

Mit grimmig zusammengekniffenem Mund blickte er auf seine Uhr. Noch vierundzwanzig Stunden und eine Minute galt sein Gelübde.

Das genügt, um sie zu schützen, dachte Shane, wenigstens vor dem äußersten. Sie ist so verkrampft und wird alleine nicht damit fertig. Hoffentlich versteht sie das, was ich ihr signalisieren möchte.

Ich muß mich von ihr fernhalten. Kasatonin weiß Bescheid, wer ich bin, was ich bin, was ich tue. Solange er am Leben ist, darf Dani sich nicht in meiner Nähe blicken lassen.

Auf gar keinen Fall.

»Shane?«

»Mach dir keine Sorgen, Schatz. Ich weiß, was ich tue.«

»Aber ich nicht!«

»Vertraust du mir?«

»Tue ich das nicht immer?« entgegnete Dani. »Frag mich bloß nicht, warum. Ich weiß es nicht.«

»Und ich muß es nicht wissen.«

Shane drehte sich langsam zu ihr um und legte seine große, kräftige Männerhand auf ihre Schulter. Sie trug eine leichte Daunenjacke über einem Wollpulli. Er spürte ihre Körperwärme unter seiner Handfläche. Ihre sanften, weiblichen Formen lockten ihn, wie sonst nichts es vermochte.

Liebevoll knetete er ihre Schulter und genoß die anmutige Rundung. Seine Finger glitten unter ihre Jacke. Er fühlte ihren BH-Träger unter dem Pulli und mußte an Lhasa denken, als er ihr Gepäck durchsuchte und sich vorkam wie ein Voyeur.

Keine schwarze Spitzenwäsche, nicht bei dieser Frau, dachte Shane wieder einmal. Sie hat das gar nicht nötig. Mit ihrer Hitze verbrennt sie auch so jeden Mann.

Ganz besonders mich.

Dani stand unter solcher Anspannung, daß ihre Muskeln unnatürlich verhärtet waren. Shane fuhr fort, sie sanft zu kneten.

»Du fühlst dich steinhart an«, sagte er.

Dani schloß die Augen und kämpfte ihre instinktive Reaktion auf seine Berührung nieder.

»Ich habe Angst«, stammelte sie.

»Vor mir?«

»In – in so einen Krieg war ich noch nie verwickelt.«

Das stellte einen Teil der Wahrheit dar, aber nicht den Teil, der sie beide betraf.

Shane fragte sich, ob es Dani überhaupt bewußt war.

Schweigend und unnachgiebig knetete er sie weiter.

»Du hast keine Angst«, sagte er nach einer Weile. »Nicht vor diesem Krieg jedenfalls …«

Er sah die Tränen in ihren Augen, bevor Dani sich aus seinem Griff winden und ihm den Rücken zudrehen konnte. Stocksteif saß sie da.

»Wovor hast du Angst?« fragte Shane, obwohl er sich damit auf gefährliches Terrain begab.

Doch er mußte hören, was er bereits zu spüren glaubte – daß sie ihn ebenso sehr begehrte wie er sie.

Dani schüttelte den Kopf. Sie holte tief Luft.

»Solltest du nicht besser auf deinen Posten gehen?« fragte sie mit vorgetäuschter Gelassenheit, die auf Bitterkeit beruhte. »Wenn etwas schiefgeht, dann will ich nicht dafür verantwortlich sein, einen Zen-Cy-, einen Zen-Krieger abgelenkt zu haben.«

Shane sagte nichts, sondern legte einfach seine Hände auf ihre Schultern und fuhr fort, sie zu massieren.

Die Jacke war im Weg. Er zog den Reißverschluß auf und schob sie ihr ein wenig von den Schultern.

»Shane …«

»Es ist schon in Ordnung«, überging er Danis Protest. »Du vertraust mir schließlich, schon vergessen? Es hilft niemandem etwas, wenn du die Zügel nicht losläßt.«

Seine Finger glitten über ihre Schultern und blieben leicht auf ihrem Schlüsselbein liegen. Sanft walkten seine Daumen ihren angespannten Nacken.

Ohne es zu wollen, erschauerte Dani unter der einfühlsamen Kraft von Shanes Händen. Sie biß sich auf die Lippen und verbot sich die schwindelerregenden Gefühle, die ihre Körper mit jeder Berührung elektrisieren wollten.

Aber sie wehrte sich vergeblich; Dani konnte nicht gegen etwas gewinnen, was sie mehr brauchte als die Luft zum Atmen. Langsam schwand die Anspannung aus ihrem Körper und damit leider auch ihr Widerstand. Ihr Kopf sank vornüber, während Shanes Finger ihre wohltätige Behandlung fortsetzten.

Seine Daumen glitten ein wenig tiefer und erfühlten die Muskeln beiderseits ihrer Wirbelsäule. Ohne zu überlegen, hob Dani den Kopf und ließ ihn langsam und genüßlich kreisen. Auf einmal gab es nur noch sie und Shane, seine Hände und ihren Körper.

»Du bist zäh«, sagte Shane, »und stark. Ich glaube, mir ist noch nie eine so starke Frau untergekommen.«

Dani ächzte hörbar auf.

»Stark?« fragte sie leise. »Wohl kaum. Ich könnte nie Bäume ausreißen, und wenn ich es mein Leben lang versuchen würde.«

»Die Art von Stärke hab ich nicht gemeint.«

Zur Antwort schnappte sie zittrig nach Luft.

»Im Moment fühle ich mich alles andere als stark«, flüsterte sie. »Ich komme mir vor wie Wachs über einer Flamme.«

Shanes Augen schlossen sich in sinnlichem Reflex auf ihre Worte. Unschlüssig zögerte er, als er auf die Häkchen ihres BHs stieß.

Bevor Dani etwas sagen konnte, glitten seine Hände auch schon unter ihre Jacke und den Pulli, über ihre glatte, nackte Haut hinauf zum BH-Verschluß. Mit einer raschen Bewegung öffnete er ihn, und ihre Brüste reckten sich ihm entgegen.

Ein Teil von Dani sehnte sich danach, sich zu Shane umzudrehen, seine schwieligen, aber sanften Hände zu ergreifen und sie an sich zu pressen.

Keuschheitsgelübde.

Zornig schloß Dani die Augen und zwang sich, an etwas anders zu denken. Irgendwas. Sie wollte Shane nicht noch mal durch die Tortur unerfüllter Leidenschaft schicken.

Seine Hände fuhren wieder fort mit der unpersönlicheren Massage. Am liebsten wäre sie vor ihm zurückgezuckt, denn es machte sie allmählich verrückt; aber sie hatte Angst, daß diese Bewegung ebenso verräterisch wäre wie ihre Brustwarzen, die sich zu diamantenen Knospen verhärtet hatten.

»Du hast dich für ein Leben im Dienste der Kultur entschieden, des Besten, was Menschenhände hervorbringen können«, sagte Shane nun.

»Soll das ein Vorwurf sein?«

»Nein. Bloß eine Tatsache. Du hast dein Leben der Bewahrung edler Dinge gewidmet, die die Jahrhunderte überdauert haben.«

»Und du hast dich für ein Leben nahe der Häßlichkeit, dem Schlimmsten, was Menschen zuwege bringen können, entschieden«, spann Dani den Faden weiter.

»Nicht ganz. Was ich will, ist, das Schlimmste ändern. Um das tun zu können, darf ich den häßlichen Seiten des Lebens nicht ausweichen.«

»Du befindest dich dabei aber in einem schrecklichen Nachteil«, sagte Dani erstickt. »Dir liegt etwas am Leben – Menschen wie Kasatonin nicht.«

»Und du hast mehr vom Zauber des Lebens in dir, als ich je in einem Menschen gefunden habe. Wenn ich an dich denke ... dann tritt alles andere in den Hintergrund.«

Dani erstarrte, als ob er ihr nun doch zu nahe getreten wäre.

»Laß mich los«, stieß sie zwischen zusammengebissenen Zähnen hervor.

»Du bist so verkrampft. Du brauchst ...«

»Noch einen Gnadenfick?« unterbrach ihn Dani bitter. »Aber es war ja nicht mal das, stimmt's? Wie würdest du es nennen, wenn ein Mann ...«

Danis Worte endeten in einem Überraschungsruf, denn Shane hatte sie mit einem Ruck zu sich herumgerissen, so daß ihre Haare flogen.

»Man nennt es sich lieben«, sagte er sanft.

Aber seine Augen loderten. Er war wütend. Dani ebenso.

»Zur Liebe braucht es zwei«, fauchte sie. »Als Soloakt ist es nur die halbe Miete. Und erzähl mir nicht, das hättest du nicht gemerkt!«

»... hab ich durchaus gemerkt!«

»Warum quälst du uns dann?«

»Ich ... ich kann einfach nicht anders«, wisperte Shane. »Lieber berühre ich dich und leide, als gar nichts von dir zu haben.«

»Aber ich protestiere! Was glaubst du, wie man sich fühlt, wenn man alles bekommt und nichts dafür geben kann? Wie würdest *du* dich fühlen, wenn du ich wärst?«

»Frustriert. Zornig. Am Explodieren.«

»Bingo.«

»Ich versuche dich zu schützen, Dani.«

»Wovor?«

»Vor mir.«

Einen Augenblick lang war Dani zu schockiert, um etwas sagen zu können.

»Aber du würdest mir nie weh tun?«

»Sexuell? Nein. Ich würde dich vom Kopf bis zu deinen süßen Zehen lieben und wieder zurück. Und dann noch mal. Und noch mal ...«

Shane stieß ein ungebärdiges Lachen aus.

Dani zuckte zusammen.

»Vergiß mein Geschwätz«, sagte Shane mit rauher Stimme.

Aber keiner von beiden konnte es.

»Du mußt mich einfach in Ruhe lassen«, erinnerte Dani ihn. »Dein Gelübde!«

Shane warf einen Blick auf seine Armbanduhr. »Wenn es morgen um diese Zeit wäre«, murmelte er, »dann könnte mich nichts auf der Welt von dir fernhalten.«

»Aber es ist nicht morgen!«

»Ja. Sei dankbar dafür, Dani. Ich habe noch nie eine Frau so sehr begehrt wie dich. Nur für eine Nacht tauge ich nicht.«

»Alles oder nichts?«

»Jawohl«, erwiderte er schlicht.

»Dann solltest *du* dankbar sein, daß nicht morgen ist. Denn ich bin erst recht kein Partner für eine Nacht.«

Shane blickte forschend in Danis haselnußbraune Augen und schüttelte traurig den Kopf.

»Ich scheine nicht der Richtige für dich zu sein«, flüsterte er.

»Vielleicht ist es auch umgekehrt, und ich passe nicht zu dir ...«

»Dani«, Shanes Stimme brach. »Mir geht es darum, dich zu schonen ...«

»Wenn ich geschont werden möchte, bist du der erste, der es erfährt.«

»Du verstehst einfach nicht. Ich habe Dinge gesehen ... Dinge getan.«

Shane holte tief und zittrig Atem.

»Und?« fragte Dani.

»Zum Teufel! Du hörst mir nicht zu! Ich bin nicht der, für den du mich hältst.«

»Der Zen-Cyborg?«

»Ich bin zu verdammt menschlich«, sagte Shane heftig, »ein Wrack, wie du es dir nicht vorstellen kannst.«

»Schon möglich! Aber ich weiß auch, daß wahre Stärke in der Genesung liegt, und nicht darin, niemals zu entgleisen.«

Shanes Lider zuckten, als hätte Dani Salz in eine offene Wunde gestreut.

Es folgte eine lange Stille, in der man nur Shanes keuchenden Atem vernahm. Mit größter Willensanstrengung entspannte er sich und sank an die Rückenlehne zurück.

Dann streckte er seine Arme aus.

»Darf ich dich denn wenigstens halten?« fragte er. »Bloß halten. Nichts weiter.«

»Das ist keine vernünftige Idee«, flüsterte Dani.

Aber noch bevor sie die Worte ausgesprochen hatte, hielt er sie bereits umfangen.

Er blickte auf Danis Lippen hinab. Sie zitterten, halb lächelnd, halb aus einem Bedürfnis heraus zu weinen.

»Es ist absolut wundervoll«, ächzte Shane. »Komm und bleib ein Weilchen bei mir. Das ist alles, was wir haben! Und wenn diese Hölle hier vorbei ist, darfst du mich nicht wiedersehen.«

Dani sagte nichts darauf, doch die Art, wie sich ihr Körper instinktiv versteifte, sprach für sich.

»Kasatonin«, führte Shane ins Feld. »Nicht mein Gelübde.«

»Wie bitte?«

»Dieser Mann weiß, daß ich ein Spieler bin. Wenn er dich noch mal bei mir findet, ist dein Leben keinen Pfifferling mehr wert. Das kann und werde ich nicht zulassen. Also halt mich, Dani. Bitte halt mich!«

Mit einem Schluchzen schmiegte Dani sich in Shanes Arme, die Schutz und Qual zugleich für sie waren. Langsam, langsam, ließ sie den Kopf sinken, bis er wieder auf seiner Brust lag.

Und wieder atmete Dani diese Mischung aus Hitze und Mann ein, die Shane Crowe ausmachte – genoß den Unterschied zwischen ihren beiden Körpern, genoß seine Stärke.

Aber diesmal hatte sie keine Angst vor seiner Ausstrahlung. Sie suchte sie ebenso unausweichlich wie ein Fluß das Meer.

Langsam schlossen sich Danis Augen. Mit einem tiefen Seufzer überließ sie sich dieser vorübergehenden Glückseligkeit. Einen Augenblick lang fühlte sie sich auf eine Weise mit Shane verbunden, die sie nicht in Worte fassen konnte.

Irgendwie war das sogar eine Steigerung der üblichen Intimität. Es war, als ob man liebte und wiedergeliebt wurde.

»Was für ein wunderschönes Lächeln«, wisperte er.

»Und ich habe eine herrliche Entdeckung gemacht.«

»Und die wäre?«

»Bei manchen Männern kann Stärke ein Geschenk und eine Freude sein ... Männern wie dir, Shane!«

Flüchtig drückte er Dani ganz fest, zog sie noch enger an sich. Dann wurde seine Umarmung wieder sanfter.

Aber es war zu spät. Dani hatte bereits Shanes harten Beweis seines Hungers nach ihr gespürt. Sie versuchte, sich zu befreien und aufzusetzen.

Doch seine Arme schlangen sich liebevoll, aber unnachgiebig um sie. Er hauchte einen Kuß auf ihren Hals.

»Nein«, sagte Dani. »Ich will nicht diejenige sein, wegen der du dein Gelübde brichst. Du würdest mich dafür hassen.«

»In dieser Beziehung gibt es keinen Haß.«

»Dann würdest du dich eben selbst hassen!«

Shane sagte nichts. Genausowenig ließ er Dani los. Er mußte erfahren, ob die Sehnsucht sie ebenso verzehrte wie ihn.

Warum konnte ich mein Gelübde nicht einen Tag früher ablegen? fragte er sich erbittert. *Bloß einen verdammten Tag früher!*

Aber das hatte er nicht getan. Und jetzt gab es keine Garantie dafür, daß er den heutigen Tag überlebte, um die Verheißung von morgen zu kosten.

Ein Jammer, daß die internationale Datumsgrenze nicht durch den Peget Sund verläuft, dachte Shane.

Dann lachte er plötzlich laut auf.

Es war ein aufrichtiges Lachen, kein bitteres.

»Shane?« fragte Dani vorsichtig.

»Die internationale Datumsgrenze«, erläuterte er.

»Was ist damit?«

»Ob du willst oder nicht, es ist morgen in Tibet.«

Dani wollte fragen, was er damit meinte, konnte aber nicht. Mit einer raschen Bewegung hatte er ihren Pulli hochgeschoben und ihre Brüste entblößt. Der Laut, den er ausstieß, als er sie sah, benahm ihr den Atem.

Sie keuchte, als seine Zunge sie auf einmal heiß liebkoste.

»Shane? Bist du sicher?«

Der erstickte Laut, den er ausstieß, war sowohl Lachen als auch Stöhnen. Er ergriff eine ihrer Hände und zog sie zu seinem Schoß hinunter, so daß sie fühlen konnte, wie sehr er sie brauchte.

»Was ist mit dir?« fragte er. »Stimmt alles?«

Dani wollte antworten, doch sie brachte nur ein Keuchen heraus, als Shanes Mund zuerst eine, dann die andere Brust küßte. Alles, was sie sagen konnte, war sein Name.

Dann fühlte sie, wie ihre Jeans aufging, fühlte, wie sich seine Hand hineinschob, wie sie ihm mit einem Aufbäumen antwortete. Mit Leichtigkeit nahm ihre erregte Öffnung seinen suchenden Finger auf und akzeptierte seine Liebkosungen, bis sie seidig und heiß über seine Handfläche rann.

Shane unterdrückte einen wilden Fluch, hob sie hoch und riß ihr Jeans und Höschen mit einer einzigen Bewegung herunter. Dann sah er zu, wie sie seinen Bund öffnete und seine drängende Erektion befreite, während sie ihn gleichzeitig streichelte.

»Ich hab nichts dabei, um dich zu schützen«, hauchte er.

»Hab ich dich darum gebeten?«

Shane biß die Zähne zusammen und rang um Beherrschung. Doch mit jedem Atemzug, mit jeder Berührung, mit dem Duft der Erregung, der zwischen ihnen aufstieg, entglitt sie ihm mehr und mehr.

»Ich wollte, daß es für immer ist«, stieß er erstickt hervor.

»Das nächste Mal«, keuchte Dani. »Nächstes Mal! Jetzt ...«

Ihre Worte gingen in einem ekstatischen Ächzen unter, denn Shane hatte sie kurzerhand auf seinen Schoß gezogen und war mit einem mächtigen Stoß in sie eingedrungen, um ihre Körper nahtlos miteinander zu verbinden. Einen endlosen Augenblick lang hielten sie einander nur fest und ergaben sich ihrer Leidenschaft.

Dann bewegten sich seine Hüften, und Dani vergaß alles andere. Es gab nur noch sie und Shane und ihre unglaubliche Lust. Sie stöhnte lustvoll und überließ sich ihm in uneingeschränkter Hingabe. Ihre Bewegungen ergänzten die seinen, verdoppelten und verdreifachten die wachsende Anspannung ihres Liebestanzes.

Er stieß ein tiefes, gutturales Stöhnen aus. Sie antwortete mit einem heiseren Schrei und mit winzigen, flüssigen Konvulsionen, die Shane vollends die Besinnung raubten. Laut rief er sie und verströmte sich wild und tief in ihr, wieder und wieder.

Die Ekstase verwandelte Dani. Wie mit Fäusten griff sie nach den Wellen der Lust, bis sie in ihnen unterging. Alles, was sie tun konnte, war, sich an Shane zu klammern, um es so zu ertragen. Tief im Innern wurde das Gefühl geboren, auf einmal ein ganzer Mensch zu sein.

Shane hielt Dani ebenso fest umschlungen und aus demselben Grund: Beide waren gleichzeitig abgestürzt und erneut geboren. Vollkommen!

Sie ließen einander erst los, als sie das laute Dröhnen eines Helikopter über sich hörten, der mit großer Geschwindigkeit niedrig über das Meer hinwegflog.

»Juan?« fragte Dani.

Wenn wir Glück haben.

Oder Pech.

Dann fragten sich beide, ob sie den Gedanken wohl laut ausgesprochen hatten.

32

Dani saß, wieder vollständig angekleidet, auf Shanes Schoß, als die Fähre tutete. Sein Kinn ruhte auf ihrem Kopf, während er Chens Laster durch einen Vorhangspalt nachschaute.

Ihre Augen waren geschlossen. Sie nahm Shane in tiefen Zügen in sich auf und überlegte sich währenddessen neue Argumente gegen seine Überzeugung, ihr Leben wäre besiegelt, wenn Kasatonin sie zusammen entdeckte.

Oder vielleicht ist es ja doch nicht so einfach, gestand sich Dani unglücklich ein. Vielleicht will Shane mich nicht wiedersehen, weil er meinetwegen sein Gelübde gebrochen hat.

Der Gedanke verursachte Dani Höllenqualen, Keuschheit – oder besser gesagt, deren Mangel – war ein Thema, über das Dani nicht mit Shane sprechen wollte. Er selbst hatte es seit seiner rätselhaften Bemerkung, daß es in Tibet morgen wäre, auch nicht mehr erwähnt.

Morgen, dachte Dani und streifte sanft mit den Lippen über seinen Hals. Er ist entschlossen, uns kein Morgen zuzugestehen.

Nur das Heute!

Das Geräusch eines Schlüssels, der in der Tür umgedreht wurde, durchbrach die Stille des Gefährts. Das Schloß sprang auf. Gelmann glitt auf den Fahrersitz.

»Hoch mit den Popöchen, Jungs und Mädels«, flötete er durch die zugezogenen Vorhänge.

Dani fühlte die Nervosität, die Shane mit einem Mal ergriff.

»Showtime?« fragte er.

»Ich lass die Box auf dem Vordersitz liegen und gehe wieder rauf auf das Passagierdeck«, informierte Gelmann sie.

»Warum?« fragte er.

»Flanders wird schon ganz verrückt, weil er auf Chen und auf Kasatonin aufpassen muß.«

»Sind sie etwa zusammen?« fragte Shane scharf.

»Negativ«, meinte Gelmann. »Sie benehmen sich, als weilten sie auf unterschiedlichen Planeten.«

Sanft hob Shane Dani hoch und gab ihr einen zarten Kuß auf die Lippen, dann setzte er sie neben sich auf der Bank ab.

»Was macht Chen gerade?« fragte Shane. »Er ist nicht zu seinem Laster zurückgekommen.«

»... hat sich verkrümelt, kurz bevor die Fähre ihre Schotten dichtmachte. Tat, als würde er aufs Klo gehen, aber statt dessen hat er sich mit einem anderen Asiaten getroffen, einem Typen, der wie ein Schiffssteward angezogen ist.«

»Das übliche also«, sagte Shane vollkommen unbeeindruckt. »Sonst noch was?«

»Flanders kam nicht nahe genug ran, um sicher zu sein – aber es sieht so aus, als hätte Chen dem anderen einen Spind- oder Zündschlüssel gegeben.«

»Was?« fragte Dani und richtete sich kerzengerade auf. »Versucht Chen etwa, uns reinzulegen?«

»Wenn nicht uns, dann vielleicht Kasatonin«, meinte Gelmann. »Vielleicht uns und ihn. Von dem, was Flanders so über den Typ sagt, könnte Chen einem Aal noch was über Glätte beibringen.«

»Egal, wen Chen zu hintergehen versucht, wir müssen rasch handeln«, entschied Shane. »Geh zurück! Du und Flanders, ihr könnt alle drei Bastarde im Auge behalten.«

»Bin schon unterwegs«, sagte Gelmann und langte nach dem Türgriff.

»Falls einer von denen sich auf eigene Wege macht, sag uns per Handy Bescheid«, fügte Shane noch hinzu, als sich die Tür des Lieferwagens öffnete.

»Sorry, unmöglich«, knurrte Gelmann. »Wir sind hier außer Reichweite. Außerdem wird es auch so schon schwer genug für uns. Die sind drei und wir nur zwei.«

»Tut, was ihr könnt! Was immer auch passiert, gebt uns ein Signal«, bat Shane. »Ich will mich nicht umdrehen und auf einmal Kasatonins Messer im Rücken haben.«

»Gebongt!« Gelmann schlüpfte hinaus.

Nachdem er sich davon überzeugt hatte, daß sie allein auf dem Autodeck waren, griff Shane durch den Vorhang, der die Fahrerkabine vom Rückteil des Lieferwagens trennte. Seine Finger fanden eine harte, längliche Box. Er schleuste sie nach hinten.

»Was ist das für ein Präsent?« fragte Dani.

»Das sollst du mir sagen.«

Shane legte den Kasten auf seine Knie und ließ die Schlösser aufschnappen. Das Innere war mit Aluminium ausgekleidet und mit dickem Schaumstoff gepolstert. Ein zylindrisches Loch wurde in dem Schaumstoff sichtbar, und darin wiederum ein Glasrohr. Im Innern des Rohrs befand sich ein robuster, weißer Seidenstoff, und an einer Ecke lugte daraus ein Stück blauer, mit Goldfäden durchwobener Seide hervor.

»Buddhas Seide!« flüsterte Dani aufgeregt.

»So weit, so gut.«

Die Öffnung der Kapsel verschloß ein Korken; ein ebenholzschwarzer Zahnstocher versiegelte das Loch hierin, durch das man die Luft mittels einer Vakuumpumpe entfernt hatte. Drei Päckchen Silikongel waren zu der Seide gepackt worden.

Shane wühlte eine kleine Taschenlampe aus seinem Werkzeugset und ließ den Lichtstrahl über das Glasrohr gleiten. Kein Kondenswasser hatte sich im Innern gesammelt.

»Wie gut gefällt dir die Beute?« fragte er Dani.

»Ist das eine Multiple-Choice-Frage?« entgegnete sie.

»Kannst antworten, sooft du willst«, sagte er, »aber es gibt nur einen Treffer.«

»Dann muß ich mir den Stoff näher ansehen.«

Shanes Hand schoß vor und hielt Dani davon ab, das Glasrohr zu berühren. »Warte! Auch die können Fingerabdrücke abnehmen. Ich will nicht, daß du irgendwie mit der Sache in Verbindung gebracht wirst.«

Er förderte ein Paar feinster Lederhandschuhe zutage und streifte sie über. Die Art trugen auch Städter an kalten Tagen.

Dani starrte sie an.

»Kasatonin trägt genau solche Handschuhe«, bemerkte sie.

»Eine Menge Leute tun das. Deshalb hab ich sie ja ausgesucht. Wenn man mit Chirurgenhandschuhen rumläuft, fällt man nämlich ganz schön auf, glaub mir.«

Behutsam nahm Shane die Glaskapsel heraus. Er hielt sie ins Licht, damit Dani die Seide drinnen so genau wie möglich betrachten konnte, ohne sie tatsächlich zu berühren.

»Sieht gut aus«, sagte sie einen Moment später. »Aber da ist etwas ...«

Sie stieß einen frustrierten Laut aus, riß eine Taschenlampe aus einer Wandhalterung und beleuchtete die Kostbarkeit zusätzlich von allen Seiten.

»Verdammt«, fluchte Dani leise.

»Was ist los?«

»Jemand hätte besser zuhören sollen.«

»Wie meinst du das?« hakte Shane nach.

»Das Webmuster. Es ist die richtige Technik, aber einfach nicht dieselbe Dichte. Nicht ganz, jedenfalls.«

»Na und?«

»Ein Fachmann merkt den Unterschied«, erklärte Dani.

»Wie schnell?«

»Was?«

»Wie viele Leute, außer dir, würden es auf den ersten Blick merken?«

Dani zögerte, dann schüttelte sie den Kopf. »Wenige! Man hat mir versichert, daß ich ein ausgezeichnetes Auge hätte.«

»Beide sind umwerfend«, fand Shane, »fielen mir schon in Lhasa auf!«

»Mein Tastsinn ist sogar noch besser«, sagte Dani, ohne auf ihn einzugehen.

»Amen!«

Das Funkeln in seinen Augen verriet Dani, daß er an jene wilden Momente dachte, als alles, was zählte, das Gefühl von Haut an Haut war, ein Verschmelzen, so tief, daß es Dani bis an ihr Lebensende nicht mehr vegäße.

»Du hörst mir nicht zu«, beschwerte sie sich dann. »Früher oder später – wahrscheinlich eher später – wird man die Seide als Fälschung erkennen. Eine gute zwar, aber trotzdem eine Fälschung.«

Überraschenderweise freute sich Shane darüber.

»Das hatte Cassandra gehofft«, sagte er. »Eine gute, jedoch keine großartige Fälschung.«

»Aber …«

»Keine Zeit jetzt«, sprach Shane über Danis Worte hinweg. »Ich muß an die Arbeit!«

Er zog die Vorhänge ein wenig auseinander und überflog Chens Truck.

Niemand zu sehen.

Shane zog einen Zündschlüssel aus dem Münztäschchen seiner Jeans und wählte zwei Schraubenzieher aus seiner Werkzeugtasche.

»Bleib hier«, befahl er. »In ein paar Minuten bin ich wieder da.«

»Ich geh mit«, verkündete Dani. »Wenn du mit meiner Hilfe auch nur zehn Sekunden einsparst …«

»Nein«, unterbrach Shane sie. »Jemand muß hier sein, falls Gelmann Alarm schlägt. Außerdem ist es dein Job, schöne Dinge zu bewahren und nicht deinen hübschen Hals für ein Miststück wie Kasatonin zu riskieren.«

Dani holte tief Luft und wollte schon weiter protestieren; doch dann erkannte sie, daß sie Shane mit jeder Sekunde, die sie ihn aufhielt, noch mehr gefährdete.

»Beeile dich«, sagte sie erstickt.

Shanes Kuß war so kurz, daß Dani gar keine Zeit hatte zu reagieren. Dann war er auch schon aus der Tür und ging ruhigen Schritts über das kalte Stahldeck der Fähre.

»Die Seele eines Poeten und den Mumm eines Taschendiebs«, murmelte sie vor sich hin, als ihr Shanes Worte wieder einfielen. *»Beeile dich, verdammt noch mal!«*

Mit einer Gemächlichkeit, die Dani rasend machte, schlenderte Shane zwischen den Wagenreihen hindurch. Ein heftiger, eisiger Wind heulte über den offenen Bug der Fähre. Das Wasser hatte um diese Jahreszeit nicht mehr als fünf, sechs Grad Celsius.

Shane war froh, daß er nicht zu seinem Ziel schwimmen mußte. Bei der Temperatur würde selbst ein widerstandsfähiger Mann ohne die richtige Ausrüstung binnen kurzem erfrieren.

Als Shane den Pickup erreichte, hatte er den Wagenschlüssel bereits in der behandschuhten Hand. Er blickte sich unauffällig, aber gründlich um.

Niemand zu sehen!

Er betätigte den Schlüssel an der Beifahrerseite. Das Schloß ging mühelos auf, und auch die Tür ließ sich leise öffnen.

Shane schwang sich federnd hinein, machte die Tür zu und zog die Glaskapsel aus seiner Jacke.

Ein weiterer Rundumblick überzeugte ihn davon, daß er nach wie vor allein war auf weiter Flur. Er zog den Aschenbecher aus dem Armaturenbrett und tauchte in der Ausbuchtung vor dem Sitz unter. Im Geiste die vorübertickenden Sekunden mitzählend, machte er sich an einem versteckten Aufbewahrungsort im Armaturenbrett zu schaffen.

In weniger als vierzig Sekunden hatte Shane die drei Schrauben gelöst. Der Deckel des Fachs schwang zur Seite und gab eine erstaunlich große Öffnung frei. Drinnen befand sich ein Glasrohr.

Eine Ecke azurblauer Seide blitzte ihm verführerisch entgegen.

Shane zog das Rohr aus seinem Versteck. Korken, Zahnstocher und Silikonpäckchen entsprachen genau der Darstellung des Risk-Limited-Spions. Aber die uralte Seide war in dicken weißen Brokatstoff gewickelt und nicht in die schlichte, weiße Seide, wie sie Dani und auch der Spion beschrieben hatten.

Verdammt, dachte Shane wütend. Ich muß unsere Version neu einwickeln.

Rasch und vorsichtig zog er den Korken aus Chens Kapsel. Zu seiner Erleichterung gab es kein nennenswertes Zischen. Das Vakuumsiegel war nicht perfekt gewesen, was bedeutete, daß er seine Arbeit hier beenden konnte; andernfalls hätte er alles zum Lieferwagen zurücknehmen müssen, um es mit der Vakuumpumpe zu verschließen, die sicherheitshalber in seinem Gepäck wartete.

Rasch öffnete Shane sein eigenes Glasrohr und vertauschte die beiden weißen Umhüllungen. Als er die Rollen in ihre jeweiligen Behälter zurückgeschoben hatte, warf er einen eiligen Blick auf die Treppe, die vom Passagierdeck zum Auto hinunterführte.

Ein kleiner Mann in der Uniform eines Stewards war soeben die Treppe herabgestiegen. Er blickte sich auf dem Wagendeck um, erspähte das gewünschte Fahrzeug und ging darauf zu.

Der Steward passierte eine Deckenlampe. Die Glühbirne war zwar schwarz und trüb von Abgasen und Salzwasserspritzern, dennoch konnte Shane den Mann als Asiaten identifizieren.

Er hatte einen Satz Wagenschlüssel in der Hand und trug unter einem Arm ein in ein Handtuch gewickeltes Paket. Das Paket besaß exakt dieselbe Größe wie das von Shane.

Der »Steward« war zu Chens Vehikel unterwegs.

Org, Org, wer hat das verdammt Original? dachte Shane wild.

Es gab nur einen Weg, das herauszufinden.

Shane verschloß die Tür von innen, zwängte sich noch tiefer in den Fußraum des Beifahrersitzes und wartete.

Der Steward schloß die Fahrertür auf, bückte sich, um einzusteigen und war bewußtlos, bevor er Shanes Handkante sehen konnte, die aus dem Halbdunkel auf ihn zuschoß.

Shane zog den Mann ins Wageninnere und machte den Wagenschlag zu. Ohne den bewußtlosen Mann mehr als ein paar Sekunden lang aus den Augen zu lassen, legte Shane die Risk-Limited-Seide in das Schmuggelfach, schraubte die Deckplatte wieder fest und schob den Aschenbecher an seinen Platz.

Der Steward stöhnte. Mit einer Hand drückte Shane die Halsschlagader des Mannes ab und ließ ihn wieder in einem Strudel der Bewußtlosigkeit versinken. Mit der anderen Hand wickelte er das Paket auf, das der Kerl mitgebracht hatte.

Er starrte erst die eine, dann die andere Glaskapsel an. Vollkommen identisch.

Einschließlich der Umwicklung mit weißem Brokat.

»Heiliges Kanonenrohr«, entfuhr es Shane.

Der Steward begann sich zu regen.

Vorsichtig drehte Shane seinen Kopf zu sich herum. Mit einem kurzen Handkantenschlag an den Hals knipste er ihm wieder das Licht aus. Er setzte den Steward so hinters Steuer, daß es aussah, als würde er schlafen.

Hoffentlich war der Schlaf des Stewards kein permanenter,

aber im Moment konnte er sich darüber, weiß der Himmel, keine Sorgen machen. Vorläufig störte er jedenfalls nicht.

Rasch ergriff Shane beide Glaszylinder sowie das Handtuch, in das der Steward sein Paket eingewickelt hatte, und stopfte alles unter seine Jacke. Dann blickte er sich um.

Jemand kam über die Treppe aufs Wagendeck herunter. Es war eine grauhaarige Frau mit rosa Leggings und einem lila Anorak. In der Hand hielt sie eine fettige Papiertüte.

Eine Zivilistin, dachte Shane ungeduldig. Laß sie bloß nicht auf ein Nickerchen runtergekommen sein!

Die Frau machte die Tür eines Wagens auf, der vier Fahrzeuge weiter hinten in der Nebenreihe stand. Sofort begann ein rattengroßes Hündchen zu japsen und zu kläffen. Sie hielt das hektische Pelzknäuel im Arm und fütterte es mit Bissen aus der Tüte.

Falls sie an diesen Muff Reste vom Schiffsessen verfüttert, dachte Shane, hätte er es bei den Ratten in Lhasa besser gehabt.

Die Frau säuselte noch ein paar Augenblicke ihrem Haustierchen zu, dann schloß sie wieder ab und eilte in die Wärme der Fahrgastlounge zurück.

Shane rollte das Wagenfenster ein wenig herunter und lauschte einen Moment, um sicherzugehen, daß das Wagendeck auch wirklich wieder leer war.

Eine Autotür öffnete und schloß sich irgendwo hinten auf der Fähre. Schritte näherten sich dem Laster. Er war irritiert, als er Dani im Seitenspiegel erkannte, aber nicht überrascht. Halbwegs hatte er sie schon erwartet, seit der Steward aufgetaucht war.

»Steig ein!«

Dani blieb keine Wahl, denn Shane zog sie schon herein und über seinen Schoß. Die Tür schloß sich hinter ihr, bevor sie einen Muckser tun konnte.

Mit raschen Bewegungen machte sich Shane an den beiden Glasbehältern zu schaffen.

»Ich sah den Mann, und dann bist du nicht gekommen und – ist er tot?« fragte Dani, die das Opfer jetzt erst bemerkte.

»Vergiß ihn«, fauchte Shane. »Welches davon ist die echte Seide?«

Dani bat nicht um mehr Licht. Das Halbdunkel des Wagendecks war ihr bester Schutz. Heftig rieb sie die Fingerspitzen an ihrem Jackenärmel, um sie gleichzeitig zu erwärmen, zu säubern, zu trocknen und zu sensibilisieren.

Dann schloß sie die Augen.

Shane verkniff sich die Bemerkung, daß es mit offenen Augen wohl besser ginge. Er wickelte eine Ecke einer Seide aus und hielt sie so, daß Danis Fingerspitzen sie leicht berührten.

Sie hielt die Luft an, aber nicht aus Angst. Dieses uralte Gewebe wollte sie nicht einfach anpusten, wenn es sich irgendwie vermeiden ließ. Ihre Fingerspitzen strichen federleicht darüber, einmal, dann noch einmal, schließlich ein drittes Mal mit etwas mehr Druck.

»Nein«, sagte sie. »Falsches Webmuster. Eher persisch als indisch oder chinesisch. Aber ich wette, sie ist alt. Sehr, sehr alt. Sollte es eine Fälschung sein, dann eine bessere als unsere ...«

»Das ist ja wunderbar«, rang Shane sich ab.

Er hielt ihr die zweite Seide hin.

Dani rieb sich erneut die Fingerspitzen an ihrer Jacke ab, bevor sie den Stoff berührte. Ganz zart strich sie zuerst in einer, dann in einer anderen Richtung darüber hin. Der ferne, ferne Rhythmus eines antiken Webstuhls drang zu ihr. Sie erlaubte sich ein abermaliges, beinahe sehnsüchtiges Streichen über die uralte Seide, dann hob sie den Kopf.

Und nickte nur.

Shane fragte nicht, ob sie sicher war. Er wechselte lediglich die Umhüllungen aus, und zwar so rasch, daß man seinen Bewegungen im Halbdunkel kaum folgen konnte. Die einfache, dicke weiße Seide wurde um das von Dani als echt erkannte Tuch gewickelt. Er steckte es in die Flasche zurück, verkorkte sie und blickte sich um.

Noch immer keine Menschenseele in Sicht.

Shane öffnete die Tür, schob Dani aus dem Laster und stopfte den Glaszylinder unter ihre Jacke.

»Geh zurück zu unserem Fahrzeug. Und komm ja nicht wieder raus, egal was passiert. Hast du verstanden?«

»Kommst du denn ...«

»Hau ab!«

Dani drehte sich um und huschte davon.

Rasch wickelte Shane den Brokat um die elegante Fälschung, rollte alles zusammen und steckte auch diese wieder zurück in ihren Behälter. Erst nachdem er sie verkorkt hatte, hielt er unschlüssig inne.

Der gesunde Menschenverstand sagte Shane, sich unverzüglich aus dem Staub zu machen.

Andererseits ...

Shane arbeitete rasch und präzise. Als er fertig war, packte er den Steward mit einer Hand bei den Aufschlägen seiner Uniform und fühlte mit der anderen den Puls an seiner Halsschlagader.

Der Tong war noch am Leben.

Der Reihe nach versetzte Shane ihm ein paar Ohrfeigen, und bald darauf begann der Mann zu stöhnen. Da tunkte Shane ihn abrupt mit dem Gesicht nach unten auf den Sitz und blickte sich um.

Das Autodeck war leer – bis auf einen mannsgroßen Schatten, der neben der Treppe zum Passagierdeck lauerte.

Ich hoffe bloß, das ist Flanders, dachte Shane.

So oder so, er mußte raus. Und zwar sofort!

Beherzt kletterte er aus dem Laster, als ob es die selbstverständlichste Sache der Welt wäre. Ohne den mannsgroßen Schatten aus dem Augenwinkel zu verlieren, schritt er auf die Treppe zu, als wolle er aufs Oberdeck.

Die Gestalt löste sich aus dem Dämmer.

»Beeilen Sie sich«, knurrte Flanders. »Ich hab Kasatonin auf dem Lokus gelassen. Er könnte jeden Moment hier antanzen.«

»Und Gelmann?«

»Der überwacht Chen. Wollen Sie, daß ich diesen Möchtegern-Steward ein wenig ins Meer tauche?«

»Er nutzt uns mehr, wenn er am Leben bleibt.«

»Hageldonnerwetter«, stöhnte Flanders frustriert, »hab ich es doch gewußt!«

Shane lachte leise und eilte zu ihrer feinen Kiste.

Einen Augenblick später lag das Deck wieder verlassen da.

33

Washington D.C.
Dezember

Ein neutraler schwarzer Sedan hielt am Gehsteig vor dem Washingtoner Hauptquartier von Risk Limited. Dani warf einen neugierigen Blick vom Wageninnern auf das Herrenhaus.

Niemand arbeitete im Vorgarten und grub die gefrorene Erde um.

Kein Mensch fegte den Gehsteig oder pinselte an der Fassade herum oder erledigte sonstige zur Tarnung von Wachpersonal geeignete Arbeiten.

»Wo sind denn alle?« fragte Dani den Fahrer. »Das letzte Mal, als ich hier war, wimmelte es draußen nur so von Ihren Genossen.«

»Die Zeiten ändern sich«, meinte Walker.

Dani lächelte trotz der Traurigkeit, die so sehr Teil von ihr geworden war wie ihre Haselnußaugen, und stimmte ihm aus tiefstem Herzen zu. Auch Shane hatte offenbar eine Wandlung durchgemacht.

Sobald sie nämlich beim Vierjahreszeiten in Vancouver vorfuhren, war Shane aus dem Lieferwagen geklettert und verschwunden.

Nicht mal umgedreht hatte er sich zu ihr, bevor er ging. Er hatte weder geschrieben noch angerufen.

Ein neuer Agent war an der Wagentür aufgetaucht, bevor sich Shane außer Sichtweite begab. Von dem Moment an hatte Walker sie keine Sekunde mehr aus den Augen gelassen.

Wechselvolle Zeiten und ebensolche Bodyguards.

Die Gefühle waren indes geblieben.

Warum kann ich mich nicht ebenfalls ändern? fragte sich Dani müde. Werde ich auch in zehn Jahren noch Herzklopfen kriegen, sobald ich einen großen, dunkelhaarigen Mann mit einem federnden Gang erblicke?

Ich scheine nicht der Richtige für dich zu sein …

Mir geht es darum, dich zu schonen.

Kasatonin weiß, daß ich ein Spieler bin. Wenn er dich noch mal bei mir findet, ist dein Leben keinen Pfifferling mehr wert. Das kann und werde ich nicht zulassen.

Und er verhielt sich konsequent. Es war, als hätte Shane Crowe niemals existiert – außer in ihren Träumen.

Die Tür auf ihrer Seite des Sedan öffnete sich. Sie hatte gelernt, auf diese Höflichkeitsgeste zu warten, die genau ihrer Sicherheit diente. Energisch gab sie sich einen Ruck.

»Da wären wir«, sagte Walker. »Sie werden erwartet.«

»Danke.«

Als Walker keine Anstalten machte, Dani zur Vordertür zu begleiten, blieb sie stehen und blickte sich zu ihm um.

»Man sagte mir ziemlich unverblümt, daß ich in jedem Fall draußenzubleiben habe«, sagte Walker mit einem eigenartigen Lächeln. »Und ich meine wirklich sehr unverblümt.«

»Das ist komisch.«

»Ich würde eher sagen, verständlich.«

»Wie bitte?«

Wieder lächelte Walker. Ein richtiges Lächeln diesmal. Die Art Lächeln, die Frauen erkennen ließ, was für ein gutaussehender Mann Walker war.

»Es ist ein Vergnügen, mit Ihnen zusammenzusein, Dani«, rief er ihr zu. »Falls Sie es je satt haben, darauf zu warten, daß Crowe aufwacht und den Kaffee riecht, sagen Sie mir Bescheid.«

Auf einmal hatte Dani Tränen in den Augen. Sie kam noch mal zurück und umarmte Walker.

»Danke«, sagte sie ein wenig heiser. »Ich mag Sie auch.«

Dann drehte sie sich um und eilte auf das Portal zu. Bei jedem Schritt fühlte sie den eisigen Dezemberwind, der selbst ihren dicken Wollmantel durchdrang. Ein Mann, den sie nicht kannte, bat sie beflissen herein.

»Hier entlang, Dr. Warren!«

Dani mochte ja seinen Namen nicht kennen, doch sie hatte gelernt, den Typ einzuordnen – bewaffnet, koordiniert, hochtrainiert und alles andere als dumm.

»Serviert Gillie Tee in der Bibliothek?« fragte Dani nur halb im Scherz.

»Der Sergeant-Major ist auf Urlaub.«

Dani blinzelte überrascht. »Es ist doch hoffentlich alles in Ordnung mit ihm?«

»Er hat eine Schwäche für die Karibik.«

»Strandhüpfen, hm?«

»Sehr viel mehr kann man auf Aruba auch nicht anfangen, außer man mag das Glücksspiel.«

Auf einmal wäre Dani beinahe gestolpert. Erinnerungen an Aruba, an Regen und Leidenschaft durchzuckten sie wie ein Blitz und brachten sie zum Zittern.

»Mag Gillie denn Pokern?« fragt Dani und zwang sich, normal zu sprechen.

»Nicht um Geld.«

Der Mann klopfte zweimal an Cassandras Bürotür und spähte durch die Tür.

»Sie werden erwartet«, sagte er und wies sie hinein.

Er ging nicht mit.

Der vertraute Raum brachte Erinnerungen an Shane zurück. Dani mußte gegen das Gefühl ankämpfen, daß er hier irgendwo steckte, zwischen all den Buchreihen und den Kunstobjekten – auf sie wartete mit einem Lächeln und ausgestreckten Armen …

Hör auf! schalt Dani sich innerlich. Es ist vorbei. Akzeptier es und schau, daß du allein vorankommst.

Aber sie konnte genausowenig aufhören, von Shane zu träumen, wie sie aufhören konnte zu atmen. Jede Nacht wurde die Sehnsucht größer. Jeden Morgen war es schwerer aufzustehen, zur Arbeit zu gehen und zu lächeln, als würde sie sich nicht verzehren nach einem Mann, der sie nicht liebte.

»Guten Abend, Dani«, sagte Cassandra. »Es ist ja auch schon fast dunkel, nicht wahr?«

Dani nahm sich zusammen und wandte sich der Stimme zu.

Cassandra Redpath saß vor dem Globus, der die Inseln und Kontinente als zarte Eingravierungen auf jener durchsichtigen Kristallkugel zeigte. Im Schein der Kugel glühten ihre grünen

Augen wie die einer Katze. Eine dampfende Tasse Tee stand vor ihr, und nicht weit davon, auf einem Beistelltischchen, erwarteten Dani eine umfangreiche Teekanne und die obligatorischen Kekse.

»Nachmittag, Abend«, meinte Dani. »Im Winter ist das alles einerlei.«

Cassandra musterte Dani durchdringend, dann nickte sie, als ob sie ihr Gegenüber richtig eingeschätzt hätte.

»Kommen Sie, setzen Sie sich zu mir!« Sie klopfte aufs Sofa. »Tee?«

»Danke.«

»Oder vielleicht Dinner? Sie sehen aus, als hätten Sie einige Mahlzeiten ausgelassen.«

»Ich hatte viel Arbeit nachzuholen«, erklärte Dani und rang sich ein Lächeln ab.

»Haben Sie es geschafft?«

»Bin sogar wieder ein Stück voraus.«

»Dann dürften Sie aber zufriedener aussehen«, wandte Cassandra ein.

Dani schwieg.

»Edelmütige Männer könnte ich manchmal erschießen, Sie auch?« fragte Cassandra. »Der Fluch ihrer Tugendhaftigkeit ...«

Der Laut, den Dani von sich gab, hätte sowohl ein Lachen als auch ein Schluchzen sein können.

»Bitte nehmen Sie Platz«, wiederholte Cassandra. »Sturköpfigen männlichen Edelmut kann ich zwar nicht beseitigen, aber ich kann Ihnen erzählen, was mit der Seide geschah, die wir nicht zuletzt dank Ihrer Hilfe doch noch ergattert haben.«

»Das würde ich sehr gerne hören. Walker war die reinste Auster, wenn es um dieses Thema ging.«

»Walker ist eine Perle, auch wenn Shane dauernd an ihm rummeckert.«

Dani wollte nicht, daß man ihr ihre Reaktion auf diesen Namen anmerkte, vermochte sie aber nicht ganz zu unterdrücken. Es gab nur wenig, das Cassandras grünen Augen und ihrer raschen Auffassungsgabe entging.

Mit gewollt grimmigem Gesichtsausdruck ging Dani zur

Couch. Ringsum lagen überall Zeitungen verstreut, einige davon in fremder Schrift. Eine war eine englischsprachige Version eines Hongkonger Blattes. Dann gab es die *New York Times* sowie eine spanische oder portugiesische Gazette.

»Das sieht nach Informationsdefizit aus«, bemerkte Dani.

»Man findet die außergewöhnlichsten Informationen in den verschiedensten Zeitungen. Natürlich selten auf den Frontseiten.«

»Bei einigen dieser Journaillen könnte ich nicht sagen, was die Front- und was die Rückseite ist.«

Cassandra lachte leise, schenkte Dani Tee ein und reichte ihr die dampfende Tasse.

»Ohne Milch und Zucker, richtig?« fragte Cassandra.

Dani nickte. »Danke.«

Höflich schob Cassandra ihr die Kekse hin. Mit ebensolcher Höflichkeit suchte sich Dani den kleinsten heraus und tat, als würde sie daran knabbern.

»Erinnern Sie sich noch an Mr. Yukio Koyama?« fragte Cassandra.

Dani antwortete wie aus der Pistole geschossen. »Ich erinnere mich ... an alles.«

»Überrascht mich nicht. Adrenalin stärkt das Gedächtnis. Dient zum Überleben, habe ich mir sagen lassen.«

Mrs. Warren nickte ergeben und wünschte insgeheim, daß das Adrenalin ihre Affäre mit Shane nicht so schmerzvoll lebendig erhielte.

»Für Mr. Koyama scheint sich das Blatt gewendet zu haben. Zum Schlechteren«, ergänzte Cassandra.

Dani hörte auf so zu tun, als wäre sie an ihrem Keks interessiert, und richtete ihren lebhaften Blick statt dessen auf die andere.

»Wie das?« erkundigte sie sich.

Cassandra wühlte kurz in dem Blätterwald.

»Ah, da ist es ja«, murmelte sie.

Bildzeichen und Fotos prangten auf der Seite. Cassandra begann laut zu lesen, wobei sie den Text aus dem Stegreif übersetzte.

»Der ehrenwerte und geachtete Mr. Yukio Koyama genießt nicht mehr länger das Vertrauen seiner Aufsichtsräte und anderer wichtiger Mitglieder der Gesellschaft, für die er als ...« Cassandra hielt inne. »Teufel noch mal, dafür haben wir einfach kein Wort –, Kontaktmann, Vermittler, Graue Eminenz –, fungierte.«

»Was ist passiert?«

Cassandra lächelte wie ein Tiger.

»Akuter Gesichtsverlust«, gab sie Auskunft. »Man hört, daß auf einer seiner Dinnerparties ein äußerst peinlicher Vorfall passierte.«

»Ist die Sache ernst?«

»Geradezu tödlich. Eine herrliche alte Seide, die er kürzlich erworben hatte, stellte sich als moderne Fälschung heraus.«

»Kaum zu glauben«, erwiderte Dani glatt.

»Es kommt sogar noch schlimmer: Irgendein diabolisches Hirn hat ein Zeichen mit unsichtbarer Tinte auf die Seide gemalt. Die Tinte wurde erst, nachdem der Stoff eine gewisse Zeitlang dem Tageslicht ausgesetzt war, sichtbar.«

»Was stand drauf?«

»Nun, frei übersetzt soviel wie ›April, April! Arschloch‹.«

Zum ersten Mal seit Wochen erfaßte Dani Heiterkeit.

»Koyama war natürlich außer sich«, fuhr Cassandra fort. »Er ging schnurstracks zu Katja, die sagte, die Seide muß wohl auf der Fähre von Risk Limited ausgetauscht worden sein. Sie jedenfalls hätte gewiß keinen Grund, ihn zu demütigen, sondern hege größtes Interesse an seiner Mitwirkung in der Harmony.«

»Hat Koyama ihr geglaubt?«

»Das muß er wohl. Er hat sie nicht umgebracht.«

»In diesem Fall überrascht es mich, daß Sie nicht an allen Ecken und Enden bewaffnete Wachposten stehen haben.«

»Ach, Koyama hat mir bereits einen kleinen Besuch abgestattet.« Cassandra schlug ein Bein über das andere.

»Was? Wann?«

»Letzte Woche.«

»Liegt er jetzt bei den Frühlingszwiebeln unter der Erde?«

»Nicht doch«, zwinkerte Cassandra ihr zu. »Ich habe ihm lediglich erklärt, daß Risk Limited tatsächlich auf der Fähre Lius Schmuggler ausgeschaltet und die Seiden ausgetauscht hat.«

Dani zog eine Grimasse. »Ich wette, er war nicht sehr erfreut.«

»Dann habe ich ihm gezeigt, was wir bekommen haben.«

»Etwa Buddhas Seide ...?« fragte Dani fassungslos.

»Nein. Ich habe ein wunderschönes, sehr altes Gewebe vor ihm ausgebreitet, das man als das heilige Tuch hinzustellen versuchte.«

»War es die Seide, die ich auf der Fähre sah? Chens Fälschung?«

»Nun«, murmelte Cassandra, »die Fälschung, die ich ihm zeigte, war tatsächlich eine unserer Notfallreserven. Es handelte sich um eine antike persische Seide, die unsere Labore in einen bemerkenswerten, ausgebleichten Azurton färbten. Inzwischen sieht man allerdings die Farbe kaum mehr. Die moderne Chemie ist leider nicht perfekt, aber äußerst effektiv.«

Dani merkte, daß ihr Mund offenstand. Sie klappte ihn zu.

»Ich schlug vor«, nahm Cassandra den Faden wieder auf, »daß sich Koyama nach Tony Liu als dem eigentlichen Schurken umsehen solle. Liu gefiel der Machtzuwachs der Harmony in Asien überhaupt nicht. Er fürchtete um das Leben seines Enkelsohns in Amerika. Außerdem verkaufte Tony die Kostbarkeit für zwei Millionen Pfund Sterling an die Volksrepublik China, noch bevor sie das goldene Dreieck verlassen hatte.«

»Aber das ist unmöglich«, protestierte Dani sofort. »Ich habe Buddhas Robe auf der Fähre selbst berührt. Das weiß ich ganz genau.«

»Prasam Dhamsa auch. Übrigens möchte er Ihnen seinen Respekt und seine Dankbarkeit aussprechen. Er hofft, daß Sie ihn bald besuchen kommen. *Sehr* bald – es gibt etwas zu erzählen.«

»Ich – aber – verdammt, wer hat nun das Original?«

»Die wahren Eigentümer. Die Azurmönche.«

»Sind Sie sich dessen sicher?«

»Absolut. Und Koyama glaubt jetzt fest, Tony Liu hätte ihn hintergangen.« Cassandra zuckte mit den Schultern. »Ein logischer Schluß. Er fand die Weber, die Liu zu der Tong-Fälschung anstiftete.«

»Es klingt recht unwahrscheinlich, daß Liu so dumm sein

sollte. Eine Fälschung, ja – aber sie Koyama unter die Nase zu halten, nein!«

Cassandra lächelte wie eine Katze.

»Liu ist kein dummer Mann«, erläuterte sie, »trotzdem wohl mittlerweile tot.«

»Koyama hat ihn umbringen lassen?«

»Wahrscheinlich. Doch unter den Tong ist ein genereller Bandenkrieg ausgebrochen. Jedes ehrgeizige Mitglied hätte an Lius Tod schuld sein können. Ein typischer Machtkampf unter Gangstern.«

»*Bon appetit*«, meinte Dani sarkastisch.

»Ja, wirklich eine sehr anregende Vorstellung. Noch einen Biskuit? Oder haben Sie mit dem hier noch nicht genug herumgespielt?«

Die Jüngere warf einen Blick auf die kläglichen Überreste ihres Kekses und merkte erst jetzt, daß ihre Finger voller Krümel und Puderzucker waren. Reumütig schüttelte sie den Kopf.

»Wie haben Sie das bloß geschafft?« fragte Dani. »Ich meine nicht die Kekse ...«

»Also das war eigentlich nicht ich, sondern Shane. Der Mann besitzt einen byzantinischen Verstand und die Hinterhältigkeit eines Machiavelli.«

Dani verbarg ihre Ungeduld hinter ihrer Teetasse.

»Shane fand die echte Seide in Chens Laster versteckt, genau wie der es versprochen hatte. Unglücklicherweise war das Tuch in Brokat gewickelt statt in die einfache weiße Seide, die Sie beschrieben haben. Und die wir natürlich peinlich genau kopiert haben.«

»Nicht gut!«

»Shane war tatsächlich nicht erfreut. Er tauschte die Umhüllungen aus, legte unsere geniale Fälschung in das Geheimfach im Armaturenbrett und wollte sich gerade absetzen, als der sogenannte ›Steward‹ auftauchte.«

Ein kalter Schauder überlief Dani, als sie an jene Szene zurückdachte.

»Ich hab ihn gesehen«, flüsterte sie, »und ich kam mir so nutzlos vor. Warnen konnte ich Shane nicht, konnte ihn nicht retten – mir blieb nichts anderes übrig, als herumzusitzen und ...«

»Ja«, sagte Cassandra in die Stille, die sich über den Raum gesenkt hatte. »Es muß schrecklich für Sie gewesen sein.«

Der Ausdruck in Cassandras Augen und ihrem Tonfall ließ Dani vermuten, daß der Älteren diese unglückliche Lage durchaus vertraut war.

Gillie, dachte Dani. Arme Frau. Aber wenigstens hat er sie nicht aus so absurden Sicherheitsgründen verlassen.

»Jedenfalls«, fügte Cassandra nonchalant hinzu, »hat Shane dem Steward eines über den Schädel gegeben. Als er dann sah, daß ein wenig zu viele Glaszylinder mit Seide herumschwirrten, kam ihm Ihr Expertenrat gerade recht.«

»Ja, er war echt begeistert, mich zu sehen«, spottete Dani.

»Wie ich schon sagte, edelmütige Männer sind manchmal zum Erschießen!«

Dani lächelte dünn, aber zustimmend.

»Sobald Sie mit dem Original in der einfachen weißen Umhüllung verschwunden waren«, sagte Cassandra, »öffnete Shane das Geheimfach noch mal, legte die Fälschung des Stewards hinein und unsere Fälschung in den Behälter des Stewards, den er anschließend wieder ins Handtuch einwickelte.«

»Langsam kriege ich Kopfschmerzen.«

»Wie gesagt, ausgesprochen byzantinisch!«

»Für wen hat der Steward eigentlich gearbeitet?« wollte Dani wissen.

»Für Liu. Als der gute Mann sein Bewußtsein wiedererlangte, nahm er an, daß, wer immer ihn auch niedergeschlagen hatte, auf die ins Handtuch gewickelte Fälschung hereingefallen war. Also tauschte er, was er für seine Fälschung hielt, mit derjenigen in dem Geheimfach aus – nahm das, was er für die richtige Seide hielt, an sich und machte sich davon.«

»Hübsches Spielchen«, lobte Dani.

»Es war ziemlich amüsant. Solange es andauerte, jedenfalls«, sagte Cassandra trocken.

»Also hat Koyama die Seide mit dem freundlichen Gruß von

Risk Limited gekriegt. Und was geschah mit Chens Dreingabe zum Seidenroulette?«

»Die ruht derzeit in einer Kiste in einem Pekinger Lagerhaus, neben anderen tibetischen Heiligtümern.«

»Wie lange läßt sich die chinesische Regierung wohl hinters Licht führen?«

Cassandra warf einen Blick auf die Wanduhr, von der auch die Tag- und Nachtzonen rund um die Welt abzulesen waren.

»Nicht mehr lange«, meinte sie zuversichtlich. »Die Probleme des Himmel-und-Erde-Tong fangen gerade erst an. Es ist nicht ratsam, es sich mit ihren Machthabern zu verscherzen, das werden sie bald feststellen. Doch wo wir schon dabei sind: Dasselbe gilt für die Tibeter!«

Noch während sie sprach, fischte Cassandra eine weitere Seite aus dem Stapel.

»Es scheint«, fuhr sie fort, »als wäre die tibetische Freiheitsbewegung derzeit aktiver denn je. Ihr neuer Schlachtruf heißt ›Heiliges Azur‹. Hat wohl etwas mit dem bewußten Gegenstand zu tun, wie ich vermute.«

Dani stieß einen langen Seufzer aus. »Dann war es das also wert?«

»Es gibt keine Garantie dafür, daß die Bewegung Erfolg haben wird.«

»Nein, aber zumindest haben die Tibeter ein Stück ihres geheiligten Erbes herübergerettet in die Gegenwart.«

»Ein ziemlich formidables Stück sogar«, stimmte Cassandra zu.

»Katja muß stinkwütend sein«, sagte Dani.

»Sie ist tot.«

Dani riß die Augen auf. »Wirklich?«

»Jawohl. Ihr Liebhaber hat sie in einem Anfall von Wut oder sexueller Leidenschaft getötet. Die Polizei ist sich da nicht ganz sicher. Kasatonin beging kurz darauf Selbstmord.«

»Also, das ... ist ... ja nicht zu fassen.«

»Der Tod kommt zu uns allen.«

Dani machte eine ungeduldige Handbewegung. »Ich kann einfach nicht glauben, daß sich ein Killer wie Kasatonin wegen einer Frau das Leben nimmt.«

»Glücklicherweise kennt die Polizei von Aruba Kasatonin nicht so gut wie Sie. Offiziell gilt es als Mörder-Selbstmord-Geschichte.«

»Fall abgeschlossen?«

»Vollkommen!«

»Gillie muß sehr erleichtert sein«, bemerkte Dani.

»Der Sergeant-Major hat Glück, daß ich seine Haut nicht als Tapete benutze«, entgegnete Cassandra und blickte an Dani vorbei.

»Und ich bin extra mit erhöhter Geschwindigkeit an deine Seite zurückgeeilt!« Der soeben Genannte machte die Bürotür hinter sich zu. »Bloß um dir das Abendessen zu kochen!«

Trotz seines scherzenden Tonfalls klang er hundemüde. Er hatte ein paar blaue Flecken und Schwellungen im Gesicht. Als er sich näherte, hinkte er leicht.

»Anstrengenden Urlaub gehabt?« erkundigte Dani sich mitfühlend.

»Hatte schon schlimmere!«

Cassandras Augen glitten aufmerksam über Gillespie hinweg. Sie übersah nicht den geringsten Kratzer.

»Setz dich«, sagte sie sanft. »Ich schenke dir eine Tasse Tee ein.«

»Keine Zeit! Prasam Dhamsa und sein Gefolge warten draußen im Foyer.«

»Du machst Witze«, rief Cassandra aus.

»Die Ungeduld hat ihn gepackt«, behauptete Gillespie. »Sobald Kasatonin mal aus dem Weg war, gab es für ihn kein Halten mehr.«

Die Tür hinter Gillespie ging erneut auf.

»Prasam Dhamsa hat keinen einzigen ungeduldigen Knochen im Leib«, widersprach Cassandra.

»Nein«, posaunte Shane von der Tür, »aber ich verdammt noch mal schon!«

Obwohl seine Worte Cassandra galten, schossen seine Augen auf der Stelle zu Dani hinüber.

Erschrocken fuhr sie von der Couch hoch, als sie seine Stimme vernahm.

Sie blickte Shane mit derselben Erwartung an, wie er sie. Sollte sie nun hoffen oder weinen? Auch er wirkte vollkommen erschöpft, und dennoch hatte er in ihren Augen nie wundervoller ausgesehen.

Prasam Dhamsa trat um Shane herum in die Bibliothek. Seine schwarzen Augen überflogen zustimmend den Raum und die Anwesenden. »Alles versammelt! Das gut.«

»Eure Heiligkeit«, sagte Cassandra und erhob sich rasch. »Was für eine unerwartete Ehre! Wir wollten uns gerade zu Ihnen nach Virginia auf den Weg machen.«

»Er rastlos«, meinte Dhamsa und wies mit einer wegwerfenden Handbewegung auf Shane.

Dhamsa rang nach Worten, darum formulierte er es auf tibetisch. Shane dolmetschte.

»Zuerst mußte der Rastlose herausfinden, wer die Seide von ihrem heiligen Platz gestohlen hat«, übersetzte Shane.

»Der Rastlose?« fragt Dani. »Oh, du!«

»Yep. Ich. Und wie. Hab mich an Pakits Fersen geheftet wie ein Mungo an eine Schlange.«

»Pakit«, sann Cassandra nach. »Dann stimmte also Gillies und meine Vermutung, daß ein Auzurmönch die Seide gestohlen hatte.«

»Wie kamen Sie darauf?« fragte Dani Gillespie.

»Shane hat die Wachen selbst ausgebildet«, erklärte Gillespie schlicht. »Ich hab schon mal mit Schülern von ihm gearbeitet. Kein Außenseiter wäre ohne Aufsehen an jenes Tabernakel rangekommen, daher mußte es ein Mönch gewesen sein. Ein Insiderjob!«

»Ich war nicht ganz glücklich über diese Theorie«, flocht Mr. Crowe ein.

Prasam stellte eine Frage. Shane antwortete in derselben Sprache. Der Heilige lächelte wie ein Buddha, sagte rasch etwas und schwieg dann.

Shane fand es weniger spaßig.

»Prasam erinnerte mich an ein buddhistisches Sprichwort«, teilte er den andern mit. »Wenn närrische Leute einen närrischen Führer haben, gehen alle zugrunde. Pakit dachte, sein Lama wäre ein solcher Narr und die Tibeter, die ihm folgten, wären demnach dem Untergang geweihte Dummköpfe.«

»Er hielt die Chinesen für die Zukunft des klugen Mannes?« fragte Dani.

»Das hat Pakit mir am Ende jedenfalls gestanden. Sein erstes und oberstes Ziel lautete, die Trottel von ihrer abergläubischen Vergangenheit zu erlösen.«

»Die heilige Seide«, murmelte Cassandra.

»Genau«, bestätigte Shane. »Pakit hatte die Seide für Kasatonin gestohlen, es sich dann aber anders überlegt. Er nahm an, daß Kasatonin ihm wahrscheinlich nach getaner Arbeit die Kehle aufschlitzen würde.«

Gillespie grunzte. »Der Junge war also nicht vollkommen verblödet, wie es scheint.«

»... aber auch nicht gerade der Hellste«, schränkte Shane ein. »Er hatte kalte Füße, bis rauf zu den Knien; aber die Seide hat er nicht zurückgebracht.«

»Wie ging es weiter?« fragte Cassandra.

»Er hat sie Feng gegeben«, berichtete Shane, »den dann auf Dani angesetzt und den Skandal abgewartet, der losbrechen würde, wenn die Welt erführe, daß man eine Amerikanerin beim Kauf einer gestohlenen Reliquie erwischte. Die chinesische Volksarmee wäre als Held dagestanden, weil sie ein kostbares Stück tibetischer Kultur gerettet hätte.«

»Welches prompt nach Peking zur Aufbewahrung geschickt worden wäre«, lautete Cassandras Kommentar.

»So sah der Plan aus«, meinte Shane. »Aber ganz so hat es nicht funktioniert. Pakit sammelt jetzt gefrorenen Yakdung und meditiert in einer eisigen Hütte, weil die fragliche Amerikanerin genug Mut und Intelligenz besaß, rechtzeitig eine helfende Hand zu ergreifen, die ihr angeboten wurde.«

Shane hielt Dani seine Rechte hin.

»Im Moment habe ich kein tibetisches Dach, auf das wir klettern müssen«, entschuldigte er sich, »aber ich will dich trotzdem an meiner Seite haben.«

Dani schloß die Augen, um nicht an ihren Traum erinnert zu werden, wie er ihr die Hand entgegenstreckte.

»Dein ... Gelübde«, stammelte sie.

»Prasam hat mich von meinem Gelübde noch an dem Abend, als er uns zum ersten Mal zusammen sah, losgesprochen«, unterbreitete Shane ihr.

Nun riß sie die Augen wieder auf. »Wie bitte?«

»Es ist ein buddhistischer Brauch«, erklärte er. »Gelübde, deren Einhaltung unmöglich wird, kann die Person aufheben, vor der sie ursprünglich abgelegt wurden. Ich legte mein Keuschheitsgelübde vor Prasam ab, und er entband mich davon.«

»Aber – in Aruba – ich – du – wir haben nicht ...?«

Mrs. Warren gab auf. Sie schüttelte nur noch den Kopf.

»Ich bin nicht so weise wie Prasam«, gab Shane zu. »An die drei Jahre habe ich mich gehalten. Dann, auf der Fähre nach Vancouver, wurde mir plötzlich klar, daß es bereits morgen in Tibet war und somit mein Gelübde bereits erfüllt.«

»Die internationale Datumsgrenze«, sagt Dani verblüfft.

»Nimmst du noch mal meine Hand und ein neues Versprechen an?« fragte Shane.

»Aber ich entbinde niemanden von solch einem Gelübde«, sagte Dani, »auch nicht, wenn du mich darum bittest.«

»Das wird niemals geschehen, Dani. Wenn ich einmal etwas gelobe, halte ich es.«

Dani konnte sich nicht daran erinnern, einen einzigen Schritt getan zu haben. Jedenfalls lagen sie sich auf einmal gegenseitig in den Armen.

Nach einigen Augenblicken erhob Prasam Dhamsa das Wort.

»Er hat ein Geschenk für uns«, übersetzte Shane. »Ein *kata.*«

»Was ist das?«

»Ein traditioneller tibetischer Schal, der mit guten Wünschen gewebt wurde.«

Sanft drehte Shane Dani herum, so daß sie Dhamsa ansehen konnte.

Bewundernd schnappte sie nach Luft.

Der Lama hielt eine ganz außergewöhnliche Seide in Händen. Einst muß sie von so tiefem Indigo gewesen sein wie die Dämmerung. Jetzt wies sie ein leuchtendes Blau auf.

Zögernd berührte Dani den Stoff, während Cassandra ihn dem Paar um die Schultern legte und es so miteinander verband.

Der Webrhythmus war Dani ebenso vertraut wie ihr eigener Herzschlag: vor und zurück, Pause, vor und zurück …

Die Seide des Buddha …?

Jetzt kam ihr die Farbe viel kräftiger vor, und das Gewebe an mehreren Stellen geflickt. An den Reparaturen gab es zwar nichts auszusetzen, aber sie unterschieden sich dennoch vom ursprünglichen Material. Vor langer Zeit, vor Jahrhunderten vielleicht, hatte jemand weiche, samtige Seidenfransen an den Schal genäht.

»Wie auch immer – der Weber«, meinte Dani nachdenklich, *»ist auf alle Fälle ein und derselbe gewesen!«*

Prasam Dhamsas Lächeln wurde noch überirdischer. Er sagte rasch etwas.

»Diese Legende stammt nämlich aus Prasams Familie«, dolmetschte Shane, »in der Tat soll einer ihrer Vorfahren die Robe des Buddha gewebt haben. Er bedankt sich bei dir für die neuerliche Bestätigung, daß die ganze Schöpfung eins ist und wir mit ihr.«

»Aber das kann ich nicht annehmen«, sagte Dani heiser und strich über das Tuch.

Dhamsa verbeugte sich mit einer kleinen, an Shane gerichteten Ansprache.

»Prasam ist der letzte seiner Sippe. Er wird bald sterben. Zu wissen, daß er der Hüter eines solchen Schatzes ist, hat ihn sehr belastet. Er möchte, daß wir die Seide behalten: Damit nehmen wir ihm die Last von seinen Schultern und befreien ihn von den letzten Banden, die ihn noch an das Rad von Tod und Wiedergeburt ketten.«

»Shane?« wisperte sie und forschte in seinen Augen.

»Alles in Ordnung, Dani! Dhamsa wußte es schon beim ersten Mal, als er mich sah.«

»Was soll das heißen?«

»Er wußte, daß ich nicht zum Mönch ausersehen war. Ich habe ihm nicht geglaubt. Jetzt sehe auch ich, was er gleich erkannte.«

»Was?«

»Uns. Ob du mich nun heiratest oder nicht, unser beider Leben sind miteinander verwoben, Dani. Dhamsa hat das durchschaut.«

Unsicher hauchte sie: »Schicksal, hm?«

»Wollen wir zusammen ...?«

»... gehören?«

»Wie Pech und Schwefel! Wenn du einverstanden bist.«

Dani spürte das zarte Gewebe des Schals auf ihren Schultern, die uralte Seide, die die Vergangenheit mit der Gegenwart verknüpfte. Dann hob sie den Kopf und blickte in die Augen ihrer Zukunft – die vor Entzücken strahlten.

Lachend breitete sie die Arme aus.